跂王

张建广 著

作家出版社

图书在版编目（CIP）数据

跤王 / 张建广著 . -- 北京：作家出版社，2024.5
ISBN 978-7-5212-2625-6

Ⅰ. ①跤… Ⅱ. ①张… Ⅲ. ①长篇小说 - 小说集 - 中国 - 当代 Ⅳ. ①I247.5

中国国家版本馆 CIP 数据核字（2023）第 245457 号

跤　王

作　　者：张建广
责任编辑：李亚梓
装帧设计：琥珀视觉
出版发行：作家出版社有限公司
社　　址：北京农展馆南里 10 号　　邮　编：100125
电话传真：86-10-65067186（发行中心及邮购部）
　　　　　86-10-65004079（总编室）
E-mail: zuojia@zuojia.net.cn
http://www.zuojiachubanshe.com
印　　刷：唐山玺诚印务有限公司
成品尺寸：170×240
字　　数：577 千
印　　张：41.75
版　　次：2024 年 5 月第 1 版
印　　次：2024 年 5 月第 1 次印刷
ISBN 978-7-5212-2625-6
定　　价：78.00 元

作家版图书，版权所有，侵权必究。
作家版图书，印装错误可随时退换。

小说纯属虚构，请勿对号入座。

——作者

目 录

第一章	1
第二章	22
第三章	47
第四章	67
第五章	91
第六章	115
第七章	142
第八章	166
第九章	190
第十章	213
第十一章	236
第十二章	257
第十三章	277
第十四章	301
第十五章	323

第十六章	347
第十七章	368
第十八章	392
第十九章	417
第二十章	441
第二十一章	463
第二十二章	485
第二十三章	509
第二十四章	533
第二十五章	553
第二十六章	576
第二十七章	596
第二十八章	612
第二十九章	631
第三十章	649

第 一 章

趵突泉水向东流进护城河,便到了南门集市,这是二十世纪三十年代济南最大的商贸聚集地。东西一里长,南北半里宽。集市除了卖各种货物,还有唱戏、说书、说相声、说快板、唱评弹、玩杂耍的。艺人竞相竞技吸引顾客,吸引力却都抵不过跤场场主马拧子。

马拧子四十七八岁,宽脸粗脖络腮胡,比常人高一头,肩宽胸厚。他力道惊人,百十来斤的石锁,玩得身前身后上下翻飞,不光手接,还屈臂外挑,左右来回倒腾。倒腾得差不多了,装作失手,石锁砸向地面,着地瞬间用脚面像接毽子一样接住。他金鸡独立悬担着石锁展示腿劲儿,待叫好声、掌声、赞叹声稍稍回落,猛地一挑,石锁越过头顶落向身后,即将落地,他迅捷地转身用另一只脚接住。这下掌声、叫好声便炸翻了场子。集上的人闻声纷纷赶来,把跤场围得里三层外三层,挤不进,站在车上看,爬到树上瞧。

马拧子出场与其他跤场场主也不同,他好拿着个大呀呀葫芦往嘴里灌上两口酒,然后拧上盖往后一抛,一徒弟接住。他要的就是这个范儿,就像京剧名家盖叫天出场前先叫上一口,引来满场喝彩和掌声。

今天马拧子出场戏演完,晃着膀子拍着肉鼓鼓的胸脯绕场行走。"老少爷们儿,在下马拧子给各位行礼了。"说着拱手行礼。他开跤场二十多年,举手投足带有江湖气。观众回报掌声。马拧子唾沫星飞溅:"俺马拧子名气不大,也就在中国有点儿名气,外国老毛子不知咱是何许人也……"观众不觉大笑。马拧子来了精神:

"人称我马拧子，其实我是马揣子。"他立住脚伸手指向远方："北平的勾子、天津的别子、济南府的揣！"他一拍胸脯："我跟跤手摔跤，不使别的招数，一照面，一个揣'啪'地从头顶照直摔出去。"他比画着："今儿就让大伙开开眼！"说着朝徒弟一招手，一徒弟上场。

马拧子边讲边比画："跤术三大绊，勾子、别子、揣。揣最好看也最难使。揣是抓住对手一上腿一撤步一个倒望天河愣愣地把他从头顶摔出去。"他指着徒弟："我先给这小子使个弓步揣。"说着同徒弟纠缠在一起。徒弟从来不让着师傅，马拧子不允许让。徒弟使尽招数欲摔翻师傅，可招数被马拧子轻松地破解。他瞅准空当儿，上腿弓腰将对手摔了个脆的。观众鼓掌叫好。

马拧子喘息着绕场行走："北平、天津、保定、济南四大跤城的老少爷们儿都知道北有花蝴蝶，南有马拧子。花蝴蝶是保定跤手，身材健美，上场白缎子灯笼裤大红跤衣，走跤架像蝴蝶飞舞。"他晃着膀子拍着胸脯踢蹬着腿："我马拧子形象不佳，像门坐地炮，动作也不花哨，可我跤摔得实在！"他大拇指一挑指向自己。观众报以热烈的掌声。

马拧子打量着徒弟对观众道："这跤，我用盖步揣摔他。"只见马拧子抢把抓住了徒弟的褡裢袖，牵着徒弟随自己步子走，走了几步突然变换方向，上脚盖步两膀用力，便将徒弟摔了个鹞子翻身。

马拧子喘着粗气继续道："摔跤不能光摔不讲跤技，光看摔不听讲解不长见识。老少爷们儿既然来到我场子，我就要讲讲跤法。"他环视众人，见观众目不转睛地望着自己，道："咱先从跤架说起。跤架是摔跤前活动身体，调整心态和向对手示威，跤架练好了，进攻快如闪电，防守密不透风，从跤架可看出门派功夫。"观众饶有兴趣地听着。马拧子比画着："跤架分为黄瓜架、雷公架、包斧架、刀螂架和小车架。山东跤手大多是黄瓜架，走起来像黄瓜在架子上荡悠。"说着走起了跤架："要我说黄瓜架最好看也最实用。"马拧子跤架走得两腿软似面条，实如钢柱，两臂随身体荡起，犹如腾云驾雾。观众饶有兴趣地观赏。马拧子边表演边解释："身子放松，脚尖着地，走三点步。吸胸收腹，脸不过膝，重心不前不后不左不右。"他演示得极为漂亮。观众看着不觉鼓掌。马拧子边做分解动作边讲解："手似流星眼似电，腰似蛇形脚赛钻。"马拧子跤架走得潇洒飘逸。跤架走完，又讲解如何练习。观众中有来跟马拧子学跤的，马拧子喜欢他们，也愿教授。"要想练好跤架首先要练好基本功。"说着从徒弟手中接过一根短木棍，"二尺四的木棒专练跤架手法，前边的手画小圈，后边的手画大圈。"说着演练跤架手法，前手灵巧，后手有力。演练完，马拧子晃着膀子绕场一周："好文的先生，好武的师傅，我不能光说不练，既然来了，我马拧子就不会让各位白花钱，下面让各位过过瘾！"说着冲后场喊道："上场！"喊完脱下跤衣往空中一抖，跤衣飞旋着落地。同他摔跤的徒弟也将跤衣脱下。

　　刘学栋和振鲁光着膀子从后场出来，观众鼓掌叫好。刘学栋身材高大，宽肩窄腰肌肉发达，眼睛大而亮，透露出灵透劲儿和倔劲儿，高挺的鼻梁、棱角分明的嘴唇给人感觉挺男子汉气。振鲁稍矮一点儿，粗壮略有点儿肥胖，脸和脖子都肉乎乎的。胳膊上的肌肉不如刘学栋明显，却也显示出了蛮力。二人拾起地上的跤衣穿上绕场两周，然后迈动跤步逼近对方，"啪啪啪"地抢把。

　　马拧子在一边介绍道："外行看热闹内行看门道，摔跤讲究输跤不输把，输了把就离倒地差不离了。"刘学栋抓住振鲁的跤衣袖和偏门一个牵别将振鲁摔翻。观众一片叫好声。马拧子介绍道："这叫牵别，抢把抓住对方跤衣袖和偏门随即上腿撤步变脸，就是转体。"他比画着动作："把对方撂了个跟头。"

　　振鲁从地上爬起来望了刘学栋一眼，晃动硕大的身躯向刘学栋逼来，刘学栋迈动跤步避实就虚连摔了对方几个趔趄。振鲁使蛮劲抱起刘学栋，刘学栋的腿旋即盘住了他的腿，两人一上一下较起了劲儿。振鲁欲把对方从身上摔出去，无奈刘学栋紧贴在他身上，腿像蛇一样盘着他的腿。振鲁的脸渐渐憋红了，气也粗了，当他换气欲变化姿势时，刘学栋的腿猛地一撩"走"，振鲁被摔了个仰面朝天。众人喝彩。刘学栋解开腰间绳索，脱下跤衣，露出发达的胸肌和健壮的手臂。他将跤衣甩向空中，跤衣飞旋着飘落。

"好！"观众又是一阵喝彩。

马拧子抱拳行礼绕场一周："各位老少爷们儿都见识了这小子的跤技。"他走到刘学栋身旁反手甩掌"啪"地打到他胸脯上："把俺得意的徒弟摔了个跟头，这小子是谁？"他指着刘学栋，观众望着。马拧子道："大伙眼生？踢场子的？"他晃着臂膀拍着胸脯："在济南府，我马拧子不到七老八十，没人敢来踢这场子！"观众笑了起来。马拧子又问观众："他小子是谁？"

观众望着刘学栋，刘学栋与振鲁及其他跤手的气质完全不同，脸上带有傲气，不像卖艺的。观众摇头。

一观众道："莫不是玉泉楼刘掌柜的……"

"好！这爷们儿有眼力。"马拧子冲他一伸大拇指，"玉泉楼酒家刘掌柜的侄子。刘掌柜认识吧？别说咱济南，外地人也知道他的大名，我马拧子巴瞎是个驮碑的东西。"他用手做出王八爬行的样子。

刘学栋跟马拧子学跤四年，马拧子一直不让学栋上场摔，学栋二叔玉泉楼的掌柜忌讳。近些日子，学栋多次提出，马拧子才破例答应让他今天当众亮了相。

马拧子指着刘学栋："这小子灵透得很，跤技大有长进，刚才大伙见到了吧，摔倒了俺大徒弟，也就是他师哥，他没大没小犯上作乱，俺今天当着老少爷们儿的面教训这小子！"

众人来了兴趣，鼓掌叫好。

刘学栋笑着抱拳："不敢，不敢，师傅。"他好在后场看跤，知道如何烘托师傅。

马拧子仰起下巴面露傲视："别不敢啊，拿出本事来，摔倒俺马拧子，你小子就全国扬名了！"说着同刘学栋再次披挂好跤衣。马拧子对观众："今儿俺用拧子摔他，用旁的招儿算欺负他小子！"说着和刘学栋绕场走起了跤架。

刘学栋腰功好，长胳膊长腿、摇摆伸展幅度大，动作漂亮潇洒。

马拧子轻蔑地瞥了一眼他，蛮牛似的逼近，二人抢把，抢把就是不让对方轻易抓住好把，而抓住对方的。

刘学栋手快，施猿臂一把抓住了马拧子的跤衣领，他刚欲贴身使绊，不想被马拧子盘住了腿。马拧子腿一撩"走"，刘学栋便被摔了个屁股蹲儿。

众人喝彩，两个行家却看出了门道："这小子假摔。"

另一观众点头道："是，刘小子腿脚利索，马拧子根本盘不住他。"

他俩说的是行话，虽然马拧子功夫高深，却不及学栋腿脚灵活。

马拧子冲刘学栋道："小子哎，还差些事儿，这次是跤技胜你，下一跤力气赢你！"他转向观众："这跤俺用麻花绊儿盘他。"他的意思是同对方比力气。

当下二人晃着身子又走起了跤架，然后"啪啪啪"地抢把，几个回合下来，刘学栋又被马拧子盘住了腿。刘学栋将马拧子抱起欲摔翻，马拧子挺住，两人较起了劲。相持许久，都涨红了脸。马拧子轻声道："行了。"刘学栋会意，腿一软，被摔平在地。

众人叫好，那两个行家又摇头。

马拧子喘息着进了后场，回手一掌打在了身后的刘学栋胸脯上："真跟老子较劲啊！"

刘学栋忙笑着辩解："俺只想让师傅摔个脆的。"

马拧子喘着粗气："山高不能灭太阳，你得记住这古训。师傅也是小五十的人了，再摔你小子得悠着点儿。"

"俺记住了，师傅。"刘学栋说着忙给师傅倒水。

马拧子接过水说："早点回去吧，刚才俺在场子上说溜了嘴，人家知道了你是刘掌柜的侄子，我怕传到你叔耳朵里。你高门大户，跟卖艺的下九流混，会辱没你叔的名声。"

刘学栋忙道："哪儿的话，师傅。"

刘学栋跟马拧子偷着学摔跤是六年前的事儿。

刘学栋的父母死后，跟着奶奶在潍坊生活，十五岁时，奶奶去世，他二叔——玉泉楼的刘掌柜把他接到了济南。刘学栋上学第一天就被大自己几岁的独眼龙洪二堵在了路上，要他每天进贡半块大洋和猪头肉、猪耳朵。刘学栋摇头，独眼龙一挥手，七八个孩子上来把刘学栋打得鼻青脸肿。洪二指着躺在地上的刘学栋说："不孝敬爷，见天打你小子！"

刘学栋站起身抹了把脸，鼻血流了下来，他从书包里取出本子，撕下纸边走边擦。血流不止，来到溪水边，摘下书包，捧起水洗，他洗去脸上的血迹才去上学。

那天刘学栋下了课，害怕独眼龙洪二在路上截他，就去了南门市场打发时光。一圈蓝布围成的场子里传来阵阵叫好声和掌声，百无聊赖的他好奇地走进了跤场。两圈长凳围成了一个跤场，长凳上挤坐着观众，他们身后还站着不少人。

刘学栋挤进人群看到场中两跤手在摔跤，二人你来我往摔得煞是好看。只见一跤手将另一跤手从头顶摔过，他兴奋地跟着鼓掌。

场主马拧子出场了，他壮硕得像南门集市待卖的犍牛，他摔徒弟就像摔孩子。刘学栋愣愣地望着他，不明白他怎么有这么大的力气，崇拜敬畏油然而生。

从跤场出来，刘学栋想：自己有马拧子的力气和跤技就不会受独眼龙洪二欺负了。他有了学摔跤的念头。

从那开始，刘学栋天天到跤场看马拧子和他徒弟们摔跤，或趴在地上透过围布看马拧子在后场教徒弟练把式。把式学会了，没有对手，刘学栋就叫鞋匠缝了个帆布假人，里面装上沙子，天天练功。尽管刘掌柜、刘夫人极力反对，可他们的话对学栋来说就是耳旁风。半年下来，他摔假人轻松得像摔枕头。

那天，独眼龙洪二又领着一群孩子在胡同截住他劈头盖脸地打。刘学栋忍着，洪二打得更凶。刘学栋偷眼瞄着他，渐渐地独眼龙在他眼中变成了练功的假人儿，刘学栋突然抓住独眼龙的领口，一个揣将他摔过头顶。独眼龙重重地砸在地上，痛苦地翻滚。刘学栋愣愣地望着他，不相信是自己摔出去的。众孩子先是呆若木鸡，既而惊叫着四逃。

从那，就成了刘学栋到处截洪二了。今天在这条路上堵他，明天在那个胡同口等候，见了他就施展跤技，摔得他爬不起来才离开。

刘学栋狂了起来，凡是欺负过他的同学都被他摔了个遍。摔断一个同学的胳膊受了处分，摔嫖客受伤昏过去被学校开除，他也没接受教训。他在社会上惹是生非多年，令他二叔二婶整日提心吊胆，直到他跟马拧子练起了摔跤才老实。四年下来，他跤技已炉火纯青。

白玉泉是个不小的泉池，泉池周围用青石砌成，清澈的泉水从泉池北侧潺潺流出，水中游着十几条二尺多长的大草鱼。邻泉立着一座二层楼，转过墙角，可见楼上端悬挂着一个大金匾，上面写着"玉泉楼"。

玉泉楼是名冠济南的大酒店，室内装饰得古色古香，一楼酒桌考究，大漆桌子铮明瓦亮，从门口望去像一面面镜子。楼梯扶手用红木雕成，台阶镶嵌着黄金样的铜板。拾级而上来到二楼，每个单间上方都有个很雅的名字，"荷花厅""龙凤馆""曲水亭"……玉泉楼后窗外就是碧波荡漾的泉池。

王大厨提着勺子来到幽静典雅的后院，冲北屋喊道："掌柜的，一天了，也没人送来鸡，晚上客人点鸡怎么对付？"他中等个儿，圆头圆脑胖腰身，眼睛鼻子嘴巴颇像如来，喜相有亲和力。

北屋八仙桌两侧坐着刘学栋的二叔刘掌柜和二婶刘夫人。刘掌柜一看就知是实诚人，刘夫人端庄贤惠，从面相可知年轻时是个美人儿。

"学栋出去一天，也没见提回一只鸡来。"刘夫人侧脸对丈夫说。她平常也说学栋，但注意分寸，毕竟学栋是侄不是儿。

刘掌柜站起身迈出门，冲王大厨道："叫伙计到周围住户家先收几只，钱多点儿也别跟人计较，再把笼里的鸽子宰了。"

王大厨应声而去，他刚进厨房，刘学栋就进了后院。

刘掌柜看见他问："学栋啊，你买的鸡在哪儿？厨房等着用哩。"他像慈父。他哥被人摔死后，留下学栋这孤儿，刘掌柜很疼侄子，刘掌柜性格本来也憨厚。

"我在北园庄里跑了大半天，也没收到一只，不过跟人家打了招呼，明天就能送来。"刘学栋好糊弄叔，说着进了屋。

刘掌柜愠怒地说："鸡遍地都是，哪儿收不来，到哪儿玩去了？"

刘学栋见瞒不过，"扑哧"笑了："到南门跤场试了两跤。"说着抓起茶壶往茶碗里倒满喝了起来。

刘掌柜夫妇没儿没女，把刘学栋当成亲儿，原想让他读完大学走官路，可学栋刚上了几天高中就被开除，令他们的愿望落空。

刘掌柜恨铁不成钢地说："咱家不是富贵大贾，也算得上体面人家，你出没跤场，同下九流为伍，不怕辱没了祖宗名声？"刘学栋喝着水不搭腔。刘掌柜语重心长地说："学栋呀，你心眼直，不是混官场的料，可也得干点正事吧？我明年就六十了，人生七十古来稀，没几年活头了。这份家业不托付给你给谁？可你能做好这份营生吗？不易呀，大官巨富，来往过客，黑白两道，你心眼儿转换得过来吗？我这一辈上，兄弟仨，你爸仗义疏财，七处房产一处店面，不出几年搭了进去。你三叔一介书生，不懂经营，北平两处宅子当了一处。算来算去，就这玉泉楼算大家产了。可你知道吗？当年你爷爷在的时候，咱是济南有名的大户人家。"

刘学栋不愿听叔瞎叨叨，放下空碗："叔，我干活去了。"说着赶紧离开了北屋。

玉泉楼的货都由刘学栋进，他心思却不在进货上。他没事儿不是在院中练摔跤基本功，就是跑到南门跤场后场跟马拧子学跤或跟振鲁、福生、黑蛋较量。尽管他不花心思，进的货却都新鲜，也不少秤短两。那些卖鸡鸭鱼肉蔬菜水果的见他人高马大，不敢糊弄他，况且知道前些年他好惹是生非打架。

刘学栋进了厨房，埋怨王大厨不该告他的状。

王大厨说："客人点鸡我上不了，你叔心里舒服？再说营业额也上不去啊。"

刘学栋不以为意地说："上不去怕啥，咱酒店挣钱不老少了，你还想累死俺叔啊，再说俺也没有玩儿的空了。"

玉泉楼面朝东，河对面并立着两座青砖青瓦的二层楼——艳翠楼和齐鲁饭庄。艳翠楼是有名的妓院，占地面积很大，北方几个省的名妓大多集中在这里，引得达官贵人常来出入。

齐鲁饭庄室内装饰豪华，桌椅板凳全是红木的，嫖客妓女常在这里吃喝，掌柜是范老鸨的丈夫。

这会儿，饭庄二楼靠窗的餐桌旁坐着穿着体面的税务局局长于明德。他高个儿、高眉骨、高鼻梁，五官周正。他搂着妓女莲花正往她嘴里灌酒。莲花轻轻推开他："于局长，您是见过大世面的人，喝酒得有法有规，您输了拳让我代，代一行，代二中，代三代四讲不过去吧？"

于明德局长轻抚她肩膀笑着道："莫动气，莫动气，说实话我最喜看你的醉态，贵妃醉酒嘛。"说着离开桌子，他蹒跚地做了几个贵妃醉酒的动作，惹得满桌人喝彩。莲花也笑了。于明德来了兴致独自斟满酒饮下，一抹嘴学女腔唱起了京剧《贵妃醉酒》中的唱段："海岛冰轮初转腾，见玉兔，玉兔又早东升，那冰轮离海岛，乾坤分外明，皓月当空，恰便似嫦娥离月宫……"声音婉转有韵味，引来满屋人喝彩。

于明德抱拳向各位致礼，回到桌旁："莲花，这下可该干了吧。"莲花嬉笑着喝下杯中酒。

莲花是艳翠楼的头牌，要说莲花的脸面比一般姑娘俊不了多少，但她呀呀葫芦的身材却是世间难寻，男人只要在她身上趴过一回，便对其他女人失去了兴趣，难怪男人过后称她为尤物。

莲花开苞的时候才十三岁。

那天，天津高老板路过济南进了艳翠楼。范老鸨一看来了甩大钱的主儿，脸笑得像盛开的牡丹。她慌忙招呼腊梅、海棠。两靓女从楼梯上缓缓而下，可刚走到中间，高老板就骂了起来："我家丫鬟、厨娘比她俩都俊！"他转脸冲老鸨道："我倒想甩大钱，可惜没好货。"说完往门外走。

范老鸨遗憾地送高老板出门，就在高老板上车的当儿，老鸨脑海闪出了莲花,脱口:"一个雏子!"

高老板停下脚步。他睡姑娘很讲究,一是睡俊的,二是睡雏子,若不出类拔萃,用他的话讲就是瞎了琼。他跟老鸨进了艳翠楼,老鸨忙令莲花沐浴。沐浴时,老鸨进来,当看到刚沐浴过的莲花,眼睛直了,没想到小小年纪的莲花,胸前竟发育出两个团团的小馒头,馒头上端点缀着两颗红点。莲花从她眼前走过,滚圆的屁股泛着光泽,范老鸨忽然意识到,莲花才是艳翠楼最贵重的宝物。

范老鸨抚摸着莲花的身体欢喜地说:"莲花这身子真娇嫩,活像大明湖的嫩藕。"莲花面无表情地穿着衣服。老鸨深知对没出道的女孩只有哄得晕头转向才能达到目的,就说:"今晚好好伺候高老板,那可是个贵人,艳翠楼姐妹几十人,让你撞了头彩。伺候好了,干妈明天给你买和田玉的镯子。"莲花静静地听着,没有表情。老鸨望着莲花说:"往后,就不用干活了,天天住在贵妃苑。一日三餐有人送,屎尿盆子有人倒,干享福。"莲花依旧面无表情。老鸨观察着莲花,见她没表示出听话,就说:"男人们心疼你,捧在手里怕摔了,含在嘴里怕化了,就怕你消受不起。可有些事得忍,不忍成不了大器。再说越不顺从,男人就越折腾你。千万别冲撞高老板,冲撞了他,干妈舍不得揍你,看门的二愣也捶扁你!"

莲花在范老鸨的调教下,果真成了济南的名妓。

莲花能快速地成才,得益于范老鸨的精心培育。范老鸨之所以能成为老鸨中的翘楚,得益于出众的外表和超人的智慧。她年近四十,却像二十五六,中等个儿,饱满,五官俊秀,男人与她对视不过三十秒,定迫不及待地想与她销魂。远看近看范老鸨都像大家闺秀,只是张嘴说话,或一颦一笑就连小家碧玉也不如了。她有卖春和经营这行当的天赋,入行不久便知晓了如何吸引男人和干好这行的诀窍,并为以后开艳翠楼定下了选拔姑娘要脸俊、胸满、腚瓜子圆的标准。

她还倾心教授姑娘们技战法,培养出的姑娘不但俊美,业务水平也出众。

范老鸨在艳翠楼从不跟手下姑娘争风吃醋,对倾心嫖客也压抑住春心。只有当客人嫖过了心爱的姑娘和沾过了艳翠楼所有的花草，她才同他们上床叙别："上马饺子下马面，我不过是送客回乡前的一盘饺子。"她常谦虚地对嫖客这么说。嫖客领教了她的技法，往往日思夜想或终生难忘。下次再进艳翠楼，定直奔老鸨卧房，欲在她身上倾注琼浆。这时范老鸨劝他们先去找年轻的姑娘来个采阴补阳，客人走前，才和人家上床叙叙依依不舍之情。这样她既沐浴了"爱情"，又赚得盆满钵满，还让姑娘们得到了历练。

　　王掌柜殷勤地给于明德敬酒，他得罪不起这尊神，可于明德偏不给他面子："说实话，我来就是看你齐鲁饭庄靠艳翠楼近，莲花上来下去方便。论吃菜，还真不对味，这不我还得让手下到玉泉楼取菜。"说着唤来下属："去，到玉泉楼弄几个好菜来。"
　　这一下子弄得王掌柜在众人面前十分尴尬。
　　王掌柜是范老鸨的丈夫，生得平头正脸白白净净挺体面，只是眼珠子好四处寻摸给他减了不少分。范老鸨多少次说他："别跟贼似的乱寻摸，说贼那是抬举你，你就像来艳翠楼的嫖客，不是瞅姑娘们的胸，就是瞅裆和腚，下作！"
　　每当这时，王掌柜都苦着脸辩解："你不是不知道俺爹开棺材铺，俺从小就觉得棺材周围藏着小鬼，瞅啊瞅，就养成了眼珠子四下寻摸的习惯，改起来忒费劲儿。"王掌柜并不令高官贵宾讨厌，与他们交谈敬酒，眼神正，挺正人君子，所以上层人物与平民百姓对他的评价大相径庭。
　　不一会儿，于明德的下属提着食盒上来，来到桌旁把食盒放在桌上，一样样地取出菜。于明德用筷子尝了一口叫好，随后又尝了另外几个，于明德转身问王掌柜："这几样菜你这儿能烧得出吗？"
　　同桌人竞相品尝，尝后不住地赞叹。于明德又招呼别桌的熟人过来尝尝，尝后个个叫好，弄得王掌柜尴尬万分。
　　于明德等人走后，王掌柜气鼓鼓地在房中徘徊。客人在他酒店里吃别家的菜，对他是莫大的侮辱。
　　王掌柜的夫人进了门，见老头子在房中皱眉来回踱步问："溜

...... 11

达吗？还不脱光腚睡。"

"气死我了！"王掌柜停下脚步，"今晚玉泉楼把菜做到咱店里来了。"

老鸨一惊，像遇到了挑衅："真骑在人头上拉屎了。"她感到这事儿就像嫖客揽着别家春楼的姑娘来艳翠楼睡，心火一下子被点燃。

王掌柜瞪着眼睛说："不光气人，还毁咱生意，你想，客人知道了，谁还来咱店吃饭。"

老鸨来了气："刘掌柜这老绝户欺人太甚，赶明儿我上玉泉楼骂这个被骗了蛋蛋的玩意儿！"

王掌柜说："你不用去。"

"不去能气死老娘，这骡子日驴日马也日不出个驹！"范老鸨气得喘息。

王掌柜反倒沉住了气："骂管什么用？越骂人家生意越红火，他毁咱生意，咱不会毁他的。"

王掌柜夫妇和玉泉楼的刘掌柜早有间隙。

当年范老鸨开窑子挣了钱，打算和丈夫建一处春楼一处饭庄，正好周四少爷破了产卖宅子，王掌柜和妻子心中大喜。

周四少爷的宅子位于趵突泉、大明湖中间，宅子前是一条二十多米宽的护城河，宅子后是六七百平方米的白玉泉，这么好的位置在济南绝无仅有。二人前去周四少爷家商谈，周四少爷正等着钱用开价并不高，可王掌柜和范老鸨还想再压压价，就有意装出不热心的样子不再理茬儿。谁知济南大户刘老太爷病逝，身为二少爷的刘掌柜卖了大宅，买下了周四少爷的宅院建酒楼。王掌柜和老鸨知道后懊悔不迭，从那王掌柜和范老鸨就恨透了刘掌柜。

玉泉楼尚未上客，已陆陆续续进来十几个妓女，每人在一张桌旁坐下点菜，边点边叽叽喳喳地评论菜肴，说九转大肠像男人的阳具，鲍鱼像女人的……

伙计一看这架势不对，慌忙跑进后院告知刘掌柜和刘夫人。刘掌柜和夫人快步走进大厅，一看这场面暗暗叫苦。

一个妓女站起身撞了刘掌柜一膀，手趁机摸弄一下他裆里的玩意儿："刘掌柜去我相思阁一趟，至少让你年轻二十岁。"随着飞了个媚眼。

众妓女哄堂大笑，刘掌柜臊得满脸通红，他应付得了砸杠子的地痞无赖，也应付得了白吃白喝的警察、兵痞和政府官员，却不知如何对付春楼的姑娘，灰溜溜地进了后院。

来吃饭的妓女丑态百出，隔桌边吃边说着下流话。客人进来，她们不是用语言挑逗，便是乱飞媚眼，吓得客人赶紧逃离。

莲花坐在墙角边品味佳肴边看着墙壁上的名人字画，她虽为妓女，却从不与她们为伍。

刘学栋正在南门跤场后场陪师傅马拧子说话，伙计进财跑进来悄声把店里的事儿跟他说了，刘学栋大惊，放下茶壶跑出了后场。

刘学栋气喘吁吁地回到玉泉楼，妓女已经散去。刘学栋来到后院北屋，见二叔二婶气得面色铁青正等着自己，刚想问怎么回事儿，刘掌柜就问起了刘学栋怎么得罪了王掌柜，刘学栋莫名其妙。

刘夫人火不打一处来："一群野鸡来咱店又扒又刨，还不结账，你没惹人家，王掌柜能差她们来这儿闹事儿？！"

刘学栋气得满脸通红，想辩解跟自己无关，却又说不出话来。

王大厨跑进来说："我寻思着这事怕跟昨晚于局长来要菜有关。"他把菜做到人家店里的利害说了。

刘掌柜顿悟："兴许是这么回事儿。"

刘夫人说："那也不能到咱店里来这一出啊，让人知道了还以为咱也靠妓女招揽生意呢。那群野鸡敢来，是范老鸹和王掌柜欺负咱官府里没人。"

刘掌柜叹了口气："咱家没做官的料，受气没法子。"他的话是说给学栋听的。

刘学栋知道叔在说他不成器，心里更气，刚想发火。王大厨见状，忙拉他出了门。

刘学栋来到河边越想越气，心想："俺自从打架出了名，济南地痞流氓、黑道人物都怕俺，你王掌柜敢骑在俺头上拉屎，看俺不把你的蛋蛋摔下来！"

刘学栋自从摔翻了独眼龙洪二，就有点儿无法无天了。虽说有二叔二婶管着，却根本管不住他。那时济南有几个有名的坏种，刘学栋就主动找他们打。那些人打仗一呼啦地上，刘学栋没少受伤。他受打独眼龙的启发，服软人家就欺负你，所以被打倒也拼命地反抗，还爬起来抄起家伙就抡，抓起石头就砸。他的疯劲儿吓坏了那些乌合之众，不久刘学栋就在济南打出了名。

令刘学栋没有想到的是，不久碰到了一个硬茬儿，济南大名鼎鼎的海鲜贩子吴勤宝。

吴勤宝粗壮敦实、面相凶狠，一年四季剃光头，头上有一道刀痕，拼杀留下来的。他过去是屠夫，每天杀一二十头猪。杀猪他不收钱，只留下人家的猪下水猪蹄猪尾，他靠卖这玩意儿赚钱。后来见做海鲜生意来钱快，就改卖海鲜。他在果蔬肉鱼蛋市场建了一个地下大冰库。为了垄断济南的海鲜市场，他令胶东等地的海鲜贩子把海鲜都卖给他，由他再卖。他的做法引起了其他海鲜贩子的愤怒，那些人就拦住外地来的海鲜汽车，要求也卖给他们。吴勤宝听说后，带着杀猪刀就赶了过去。那些人和吴勤宝打了起来，吴勤宝练过武术，杀猪杀得心狠，见人就捅，捅倒两个，那帮人一哄而散。从那，吴勤宝就独占了海鲜市场。

济南高官和有钱的人家喜欢吃海鲜，宴请必有大虾螃蟹海鱼，吴勤宝生意很快发达了起来。吴勤宝的手下卖海鲜跟明抢明夺差不多，大虾大蟹经他手下一过秤，就变小了许多。买主跟他们吵吵少不了挨打，饭店采购也只能干生气，饭店老板知道吴勤宝是个狠角色，只能忍气吞声，吴勤宝成了济南一霸。

刘学栋二叔每次到海鲜市场买货都受气。那天，他发高烧起不来床，只得让刘学栋去买，去前反复嘱咐："别跟人家吵，能买回来就行。"

刘学栋嘴上答应，可拿到手里一看螃蟹和虾就气炸了肺，刚挑的大蟹变成了小蟹，大虾变成了小虾。刘学栋跟吴勤宝的手下骂了起来，吴勤宝手下见他是个半大孩子，就上来打他。刘学栋打不过人家，抓起木棍就抡，把吴勤宝手下打得狼狈而逃。打完，刘学栋拣了两兜大螃蟹大虾回了玉泉楼。

　　吴勤宝见手下挨了打，知道找不回面子，就没法在这地界上混。他打听到刘学栋晚上好到南门书场听说书，就揣了把杀猪刀带着一个手下去了书场。手下指着前面的刘学栋说："就是那小子。"

　　吴勤宝打发走手下，在最后一排坐下盯着刘学栋。等散了场，他跟刘学栋出了门。走到没人的胡同，上前拍了刘学栋的肩膀一下，刘学栋刚转过身来，吴勤宝一刀子就捅在了他的肚腹上。刘学栋觉得肚腹一疼，霎时明白过来转身就跑。跑回玉泉楼，解开宽厚的板带一看，板带被捅了道二指宽的口子，刀尖在肚皮上拉开了一道小口。刘学栋看着刀伤，吓得心快蹦出来了，知道若没有板带护着，刀子已把肚腹刺穿了。他吓得一夜没合眼，天亮了还惊魂未定。他想：吴勤宝没伤着自己，肯定还会来报复……他毛骨悚然。二婶喊他去吃饭，都不敢出门。他觉得济南不能待了，去哪儿呢？他想到了北平的三叔。他来到北屋跟二叔二婶说，要去北平三叔那儿看看，说完回东屋收拾随身带的衣服。

　　二叔二婶进来问他，为啥突然想去北平？刘学栋说，就是想去看看，还让叔婶给他保密，说完出了门。他往火车站走，走着走着觉得，就算逃到了北平，吴勤宝也不一定不去报复，让敬俺的人知道了俺躲避吴勤宝，不笑话俺胆小如鼠？俺还能再回济南吗？刘学栋把面子看得比天大，丢面子的事儿绝不会干。想到这儿，他觉得去北平不是上策，思来想去觉得最好的办法就是跟吴勤宝拼一场，拼死了扬名，再说谁死还不一定呢。想到这儿，他回到玉泉楼，进了厨房摸起砍骨头的刀出了门。

　　吴勤宝正在海鲜市场的屋里琢磨如何把刘学栋弄残。他干事不好张扬，出手就玩狠的，用他的话讲——咬人的狗从来不叫唤。他知道刘学栋受了惊，十天八天不敢出门，就琢磨着过些日子再去报复他。报复的时候不捅他，用砍骨头的刀劈下他一条腿。打定了主意，他就去了酒馆喝酒。

吴勤宝刚一出后门，刘学栋就提着砍刀来到了海鲜摊，吴勤宝的那几个手下一见他提溜着刀，吓得掉头就跑。刘学栋抓住其中一个问："吴勤宝呢？"

吴勤宝的手下惊慌失措地指了一下身后的屋子。刘学栋推倒他冲进门，没见到吴勤宝，就提着砍刀满市场找他。周围的人见他这个样子都吓得连忙躲闪。吴勤宝正在喝酒，听手下人说刘学栋正提着砍刀满市场找他，吓得头上冒出了冷汗。

刘学栋没找到吴勤宝，心想这小子不会算完，为了不遭他的算计，决定跟他干到底，他打算第二天再去市场找他。

吴勤宝也知刘小子不会算完，告诉手下按他的计策来。次日，果真刘学栋提着砍刀来到了海鲜市场，他抓住吴勤宝的手下问："吴勤宝呢？"

吴勤宝的手下指着后院说："在后院冰库里点货。"

刘学栋提着砍刀来到了后院，果真看到了一个向下的台阶，就走了下去。刘学栋刚进大门，大门猛地关上，刘学栋回身拉铁门，门却被人在外面锁住。吴勤宝的声音传来："你小子就在里面等死吧！"

刘学栋用力拉门，门纹丝不动。刘学栋挥刀砍，刀砍在铁门上，几下就断了，学栋急得"哇哇"地大哭，边哭边在漆黑的冰库里四处摸索，希望找到能撬开门的铁器。可摸来摸去，除了大冰坨子的鱼虾，没有任何一点儿可用之物，他也冻得哆嗦起来。

二叔二婶大半天见不到学栋，来到厨房问厨子可知学栋的去处。厨房的人告诉，学栋提着砍刀出了门。二叔一听，知道坏了事儿，坐上三轮车就去了海鲜市场。

吴勤宝的手下不搭理他，刘二叔来到吴勤宝的办公房，吴勤宝摇头说没见过他侄子。刘二叔从他表情看出，他清楚侄子在哪里，就跪地求情，吴勤宝让人把他拖了出去。

刘二叔担心学栋出事儿，连忙跑到警察局报案。警察局来人质问吴勤宝，吴勤宝和手下死不承认见过学栋，警察也没了办法。

刘学栋在冰库冻得快不行了，依然四处摸索，他摸到了大门一侧固定门的插销柱上。插销柱是又粗又大的螺丝，刘学栋摸起地上的断刀片插进大螺丝槽用力拧，竟能拧动，他一阵狂喜，拼命地拧了起来。拧下一个又拧下一个，当拧到第四个时，怎么也拧不动了。他知道插销柱生了锈，就用刀刃伸进铁槽一点点地蹭，蹭一会儿拧一拧，也不知蹭了多少回拧了多少次，才把插销拧下。当他拉开大铁门，一下子瘫倒在地。过了好一会儿，才缓醒过来。他艰难地顺着台阶往上爬，爬到上面看到了阳光。阳光照耀着他，身体渐渐增加了温度有了力气。他喘息半晌登上了台阶，看到一根大铁棍，就抓起进了旁边的门。

吴勤宝正在告诫手下："不能透露出一点儿消息。"话刚说完，刘学栋进了门。吴勤宝一见惊呆了，不知面前的是刘学栋，还是鬼。他还没回过神儿来，刘学栋的铁棍便砸了下来，吴勤宝本能地往旁边一侧身，铁棍把椅子砸得稀烂，吴勤宝惊恐地蹿出了门。

刘学栋提着铁棍满市场找吴勤宝，没找到，瘫倒在地。

刘学栋被抬回玉泉楼，昏迷了两天。第三天，吴勤宝的说客抬着鱼虾螃蟹来拜见他二叔，道了歉，并保证只要玉泉楼需要海鲜，足秤足两保质地送来。刘学栋才算完。

刘学栋在济南地痞和黑道上出了名，郊外的人却不知道他。

那天，刘学栋扛着扒网到北园稻田去扒鱼，扒坏了人家刚插下的稻苗。一稻农过来训他，刘学栋张嘴就骂。那稻农招呼来周围插秧的人打他，刘学栋抡起扒网跟他们打。那些人拿着铁锨铲他抡他，他全然不怕。一稻农的铁锨划过他的头顶，拉开一道口子，铁锨稍微低一点儿，刘学栋脑瓜就开瓢了。他见头上流下了血，发了疯，追着人家打。那人跑进庄里，刘学栋追进了他家。庄里的人拿着铁锨木棍冲了进来，刘学栋忙拉下旁边的铡刀举起就劈，庄里人被他的气势吓坏了。他一铡刀劈在了碗口粗的树干上，硬硬地把树干劈成了两截，村里人不敢跟他玩命了，四处散去，刘学栋扛着铡刀回了城。从那，城外的稻农和菜农也都知道了他。

这些事已过去四年了，刘学栋跟马拧子练跤后老实了许多，可没有人敢来欺负他。现在王掌柜、范老鸨竟指使妓女来玉泉楼挑衅，刘学栋怎能咽下这口气。他望着对面的齐鲁饭庄，恨不能冲进去把店里的东西砸了。好容易才熬到了天黑，他晃着膀子进了艳翠楼。

艳翠楼大厅灯火通明，楼上楼下不时传来娇声浪语。刘学栋见妓女嫖客相拥调笑，大声喝道："给俺听好了，找乐子的给俺出去，这里的姑娘今晚俺全包了！"妓女见他这个架势，知道是来找事的，吓得吱呀乱叫，嫖客也面露胆怯。刘学栋吼道："不愿找麻烦的出去！"嫖客们不满，却怕这彪形大汉，不少人怏怏地往门外走。莲花在楼上冷眼望着刘学栋，两人目光相交，刘学栋嗓门更大了："今晚，这里卖的俺全买了！"他有意向老鸨叫阵。莲花还没见过这么狂的人。

王掌柜和夫人老鸨听到禀报，带着打手二愣和另一壮汉进了大厅。

刘学栋听到动静转过身冲王掌柜道："你手下的姑娘中午到俺玉泉楼吃饱喝足了，今晚上她们就全归俺了，你也不用到玉泉楼结账了，这叫两清。"

王掌柜不敢上前，碰到硬茬都如此。

范老鸨上前两步打量着刘学栋："哎哟，刘掌柜侄子长大成人了，宽肩窄腰的真俊气。"她知道前几年刘学栋好打架，近几年没听到他的动静儿，况且她从来没把他当成个人物。她围着他转了一遭："可惜你年轻身子骨还不壮，包全部姑娘顶得住吗？"楼上楼下的嫖客妓女笑了起来，刘学栋臊得满脸通红。老鸨斜眼看着刘学栋："你敢来就是条汉子！不过，来这里闹事的轻则断胳膊断腿，重了搭上条性命。看在你叔同俺家那口子同行的分上，就光毁你裤裆里的玩意儿吧。"说着一摆手。

两壮汉向刘学栋逼来。

刘学栋打量他俩一眼："算了吧，你俩脚下没根儿。"

壮汉咬着牙："什么有根儿没根儿。"说着上来就是一拳。

刘学栋也不躲避待拳到了脸前，身子一闪伸手在壮汉脑后一抹："出去。"壮汉就飞了出去。

打手二愣先是一愣，回过神儿来冲上前挥拳猛击，刘学栋借势一个拉拽转体，将他从头顶摔飞了出去。先前倒地的壮汉爬起来冲向刘学栋，刘学栋一脚将他踹出七八步，摔在地上捂着胸口打滚儿。嫖客妓女和范老鸨、王掌柜惊得瞠目结舌。刘学栋来到二愣面前，一把抓住他脖领猛地一甩，甩砸在了窗棂上，昏了过去。刘学栋望着躺在地上的两个打手轻蔑地一笑，转过身逼向王掌柜。王掌柜吓得连连后退，刘学栋步步逼近，王掌柜退到墙角，刘学栋虎视眈眈地瞪着他。

王掌柜缩蜷着身子望着高大健壮的刘学栋额头渗出冷汗："街里街坊的别动气，老叔有闪失的地方你多担待，多担待……"见刘学栋又逼近一步，惊恐地喊起来："啥事儿都好商量……"

老鸨知道了刘学栋的厉害，也走过来堆起笑脸："没啥解不开的疙瘩，大兄弟。"

刘学栋白了她一眼，盯着王掌柜："好商量？"

王掌柜连忙点头："是，你说，你说。"

刘学栋双手抔腰："那俺就不客气了，马上去结账，一桌三块大洋。"他想砸王掌柜范老鸨一杠子。

"行，行。"王掌柜忙不迭地点头。范老鸨还想讨价还价，一看刘学栋这架势，知道没有商量的余地，就不说话了。

刘学栋说："那我回店等着。"

王掌柜舒了口气："行行，我立马让人过去结。"

刘学栋指着趴在地上的两壮汉说："这两条狗看家不管用。"说完大笑着往门外走。

楼上的莲花笑了，刘学栋抬头正好看到她。莲花赞许地微微点了下头，刘学栋晃着膀子出了艳翠楼。

王掌柜、范老鸨丢了大人，气急败坏地训斥二愣和打手，说他俩白在春楼里拿钱，还不如养条狗。楼上楼下的妓女嫖客笑望着他们，老鸨见状，气得指着他们号："看什么看，有劲儿到房里使去！"

范老鸨、王掌柜来到会客厅，气得差点晕过去。他俩是济南有名的人物，叫一个半大小子来春楼又打又砸如何受得了。老鸨从柜子里抓出一袋钱扔在桌上，让丈夫去找人教训刘家小子。

马拧子正在后场教学栋、黑蛋、福生、振鲁等徒弟们跤技。黑蛋之所以叫黑蛋，是他爸见孩子生出来黑不溜秋的，起了这个名。他比刘学栋矮半头，身子骨壮实。福生比黑蛋矮一点瘦一点，白净，眉黑眼亮，一看就知机灵人。

马拧子说："摔跤是八步短打，武术所拆，讲究个快。快打慢、慢打迟。师傅常说'打闪纫针'，就是借着闪电把针穿上，就这个理儿。还讲究个巧，一巧破千斤。"说完他冲学栋道："来。"刘学栋走到他面前。马拧子牵着他走跤步，马拧子手一抖脚一绊，把学栋摔翻。马拧子冲徒弟们道："看见了吗？他脚一落地就有无数个摔法，可以使别子、拧子、勾子、耙子、揣、踢、抹脖、大得合、跪腿、搓窝……"黑蛋、福生、振鲁等人听着。马拧子继续讲解："跤法妙处还讲究借劲儿打劲儿。"马拧子抓住振鲁："挂腿，用麻花绊掰他，你往后掰，他朝前使劲儿，你就顺着他的劲儿来个别子。"说着身子一侧，腰一塌腿一撩，把振鲁撩了个跟头。刘学栋等人信服地点头。"式子一个个练，摔起来，绊子要连环着使。"马拧子说着抓住福生，把腿伸到他裆里，"用别子不成接着来剪腿。"话说完，已把福生撂倒。

小徒弟恳求马拧子："师傅，你教教俺们揣的破法。"

马拧子瞪了他一眼："头五年只教进攻不教防守，这样才长跤技。一照面，'啪啪'地互相进攻才有看头。都防守了，阴死阳活的，看跤的早拔腿开溜了。"小徒弟们点头明白了。马拧子指着刘学栋、黑蛋、振鲁、福生对小徒弟们说："你几个到了你师哥年岁，师傅才教你们。"

小徒弟望着刘学栋高大的身躯问马拧子："碰到师哥这么大块头的怎么摔？"马拧子说："力大降十会，一巧破千斤。要想巧就得练好绊子，俗话道丑功夫，俊绊子，要在基本功上下力气。"

众徒弟练了起来。

刘学栋对马拧子说:"师傅,我得进货去了。"

马拧子点头,刘学栋出了后场。

刘学栋刚走,王掌柜就从前场走了进来。马拧子看见他,知道找自己有事儿,就冲徒弟们摆摆手,众徒弟去了前场。他和王掌柜坐下,王掌柜开门见山地说想让他去打刘学栋。马拧子望着王掌柜半晌不语。王掌柜以为马拧子嫌钱少,就说:"兄弟能让人砸了玉泉楼,揍跑王大厨,我出十块。再多点儿也行。"

"到底多少?"马拧子盯着他的眼睛问。

王掌柜伸出手掌比画着:"十五块,行不?要不,二十块!"说着从衣袋中掏出钱袋拍到桌上。

马拧子哈哈大笑:"王掌柜,钱是不少,俺哪能值那么多钱,可是卖艺的讲究个义字。刘学栋是俺徒弟,王大厨是俺朋友。俗话说是亲三分近,是灰热于土,一拃宽过四指。徒弟像儿子,俺想打就打,旁人不能动一指头,朋友如同兄弟,哪有帮着别人打自家兄弟的。俗话说和气生财,我劝掌柜的别再找人报仇了。要是真找人碰了学栋、王大厨,俺马拧子不会抄袖不管。"说完抓起钱袋扔在王掌柜怀里。

王掌柜这才知道刘学栋是马拧子的徒弟。

第 二 章

　　黄昏是艳翠楼繁忙的时候，妓女们忙着梳妆打扮，准备开始夜晚的生意。莲花却坐在大厅悠闲地嗑着瓜子，范老鸨招呼她去打扮，莲花眼皮不抬："今儿不舒服。"
　　"哪儿不舒服？"老鸨问。
　　"哪儿都不舒服。"莲花看也不看她。
　　范老鸨知道莲花给她出难题，想到前日受了刘学栋的气，今儿莲花又跟自己过不去，心里着实堵得慌。
　　范老鸨自从经营艳翠楼，不知治服了多少姑娘。买来的姑娘想撞死，不出几天就被她治得服服帖帖。有的姑娘鼓捣嫖客欲收拾她，范老鸨总能化险为夷。
　　范老鸨开艳翠楼多少年都风平浪静，再狂的嫖客也不敢闹事儿。艳翠楼内部管理得更井井有条，范老鸨管姑娘不靠罚，靠情。所谓的"情"就是让姑娘们顺心。这是她同老郎中交谈受到的启发。老郎中说："治内里的病靠调理，调理就是疏通，疏通了就消除了痼疾。"范老鸨聪明，就把治病的理儿用在了管理姑娘上。她知道姑娘们离家来艳翠楼心里窝气，面对的顾客还少有正人君子。再吃不好，心里会更堵，自然会得罪嫖客。她就先从姑娘们伙食抓起。她鄙视其他春楼的老鸨，要么不管姑娘们的饭，要么伙食很差。范老鸨不但供姑娘们白吃，饭菜还非常好。她丈夫开饭庄，不缺人手做。范老鸨选食材颇讲究，米面吃新的好的，每周炖一回鸡、两回鱼。鸡是从南山买来的跑鸡，肉紧实。鱼是从大明湖捞出来的活鱼，大明湖的水是趵突泉流进的，有矿物质，鱼肉鲜美。范老鸨还供姑娘们喝羊奶。由于吃得好，姑娘们个个红光满面，肌肤晶莹，喜笑颜开的。

老鸨怕姑娘们发胖，还带她们锻炼身体。先是绕大厅走京剧莲步，后来做扭腰拽腚展胸操。姑娘们练得腰细腚圆胸脯挺。凭着性感的身材和水灵的肌肤，引来了众多的嫖客和上层人物。除了本地的，还有青岛、北平、天津、南京的，就连两千四百多里外的上海也有坐火车过来的。来时红光满面精神头十足，回去时脸色苍白抬不起眼皮，盛钱的箱子空了。嫖客凑在一块儿嘀咕："又折了十年寿。"尽管抱怨，照来不误。

嫖客和外边人看着姑娘们精神焕发有说有笑，以为范老鸨人好，其实她比哪个老鸨都狠。看似她给姑娘们的钱比其他春楼的要多，其实发不到她们手上。姑娘们用钱的时候，想从她手里抠出几个子儿比登天还难。范老鸨就是用这办法让姑娘们白给她出力，消耗青春的代价只是能吃上好饭食。

范老鸨事业一直顺水顺风，见莲花跟自己叫板，觉得治不服她，就没法经营艳翠楼了，她望着莲花半晌走了出去。

一会儿，王掌柜带着打手二愣进来，范老鸨跟在后面。范老鸨完全能摆平莲花，之所以叫来丈夫，为的是在众妓女面前保持慈善的干妈形象。

王掌柜走近莲花有意问："谁不舒服？"

莲花白了他一眼："你还不知道谁？"

王掌柜盯着莲花："有话跟我说开，别难为你干妈。"

莲花双手抱在胸前头一歪，冲范老鸨道："从今儿，我要五五开，不用你代存，月底把钱给我。"

"我的妈哎，狮子大开口没数了。旁的姑娘，月底五块大洋，咱们二八分。五五开？我走南闯北还没听说过哪个姑娘跟当妈的对半劈。"老鸨愤愤不平。

莲花白了她一眼："我给艳翠楼挣的钱不能说用车拉，也得用人抬，我说五五不过分。"

王掌柜和颜悦色地凑近莲花："你打小是你干妈精心调教出来的，容易吗？"

莲花瞪了他一眼："有脸说。"她转脸冲老鸨："我十二岁到你门下，十三岁开苞，精心我领了。"

王掌柜厚着脸皮道："你干妈不是为了生意吗？没有你干妈，说不定你还在要饭呢。"

莲花反唇相讥："要饭也比干这个好。"

范老鸨气得喘息，好看的面容也变得丑恶了，她冲丈夫使了个眼色，王掌柜冲二愣点了下头。

二愣活动着胳膊瞪着眼逼向莲花，莲花看着凶神恶煞的二愣害怕了。二愣下手特狠，多少姑娘被他打断踹断了肋条。老鸨一见莲花心虚了，口气也缓和下来："唉，我知道我女儿懂事儿，干妈我生意做大了，你是头等功臣，别说到时五五分，六四也成，先这么着吧，你装扮装扮，快来客人了。"

老鸨从十五岁就干这行当，对妓女心理了如指掌，用她的话讲："打老娘出道还没碰到过调教不了的姑娘。"

莲花不甘心这结局，琢磨了一夜想到了刘学栋。在这之前，她曾让于明德跟范老鸨提过此事。范老鸨对于明德说："我给莲花开了先例，今后还怎么管别的姑娘。"这事便不了了之，莲花想通过刘学栋来达到目的。

第二天，莲花买了包花生仁走进书场，她知他常去听说书。看到刘学栋坐在一隅，向他走去，靠近他坐下。刘学栋看到莲花，脸上露出厌恶。说书人正说着"秦琼大战宇文成都……"，这是刘学栋最喜欢听的段子，现在却听不下去，他害怕别人看见他跟妓女坐在一起说三道四，正想离开，莲花一句"你也像秦琼"就让刘学栋的屁股离不开条凳了。刘学栋侧脸望着她，莲花微笑着："你敢作敢为，真很像。"刘学栋霎时对莲花不那么厌恶了。在济南被人夸成秦琼，是莫大的荣耀。秦琼是隋末济南府大名鼎鼎的好汉，以勇悍著称。他曾跟农民起义军领袖和秦王李世民征战四方，打杀了不少隋炀帝手下的名将。他还特别讲义气，在济南备受推崇。

莲花说："看你教训那对狗男女和看家狗真解气。"

"是吗？"他明知故问，他喜欢听到赞扬和恭维。

"当然了，姐妹都恨不能你揍扁了他们。"见刘学栋笑了，莲花装作关心地说，"不过你也得小心点儿，我听干妈说你再进艳翠楼，就让人揍得你爬不起来，当着客人亮你的丑。"

刘学栋火了："什么，她说这话？"

莲花一本正经地说："是，可别出卖我。"

刘学栋心火被点燃。

莲花见状笑着："我为了你好，别看上次你打了二愣，那是人家没提防，以后见到他可得躲着走。"说完点下头走了。

刘学栋被气爆了，恨不能立马冲进艳翠楼。好容易等到天黑，才迫不及待地往艳翠楼走。

艳翠楼门前流光溢彩车水马龙，刘学栋进了大厅，见妓女嫖客正在调笑，立住了脚。众嫖客妓女看到他大惊失色，不知该进爱巢，还是出艳翠楼。刘学栋眼睛寻找着范老鸨。一打手早报告了老鸨，范老鸨胆战心惊地从门里出来，见二愣和壮汉低头耷拉眼地躲在立柱后，心里生气，没办法赔着笑脸走向刘学栋。刘学栋活动着手腕脚腕挑衅地望着范老鸨和打手。范老鸨从丈夫嘴里知道了刘学栋的背景，还没想出对付的办法，见刘学栋找上了门，着实心虚。

这时莲花快步从楼上走下，来到刘学栋跟前耳语道："你还真来了，逗着你玩儿呢。"

刘学栋一愣，莲花拉扯着他出了门。来到大街上莲花笑着说："我想看看你像不像秦琼，你还真来了。"刘学栋生气地瞪着她，莲花恭维道："你比秦琼还英雄。"

刘学栋想发火，想到对女人发不雅，气愤地甩开她的手臂走了，莲花望着他远去的背影笑出了声。

莲花进了艳翠楼，昂着头往楼上走。范老鸨堆起笑脸在后面问："莲花姑娘，这是咋回事儿？"

莲花回头丢下一句："你昨天不是想拾掇俺吗？学栋哥听了想找你理论理论。"

范老鸨大惊失色，没想到莲花同刘家小子有交情，忙道："哪儿的话，我舍得揍干女儿吗？"莲花用嘴努向二愣和壮汉。范老鸨说："他俩敢动你一指头，老娘砸断他们的腿！"

莲花双手交叉在胸前居高临下地眯着眼："那俺说的分成的事，您老不动气了？"

范老鸨先是一愣接着笑了："那不是小事嘛，女儿大了，该有点家底了，咱先不五五开，三七，你三我七。"

莲花冷冷地望着老鸨。

范老鸨苦着脸说："这也是姑娘当中最高的了。你也知道干妈经营多不易，你要是再高，姐妹们学你，艳翠楼不垮了？"

莲花思索着。

范老鸨见状忙道："就先这么着吧。"

莲花想了想，只得道："那月底你把钱都给我。"她觉得能达到这步，已经很不错了。

"干妈给你攒着不一样吗？"老鸨不想给。扣着姑娘们的钱，姑娘们才没法离开艳翠楼，给了莲花，姑娘们也会效仿。

"我还是不麻烦你的好。"莲花说完转身往楼上走。

范老鸨望着她的背影无奈地说："好说，好说，月底干妈就给你，这女儿顺心了？"话语轻飘飘的，表情却是咬牙切齿。

这是范老鸨第二回受气，上回刘学栋打了二愣，今天莲花又赢了她，可别忘了在这之前，范老鸨可是济南的"女皇"啊。

说起来范老鸨是个奇人，她的天赋在卖春姑娘中绝无仅有，谁都知一百个学厨艺的出不了一个厨子头，一千个做生意的出不了一个巨贾，一万个卖春的姑娘出不了一个老鸨，而范老鸨还是老鸨中的翘楚。

艳翠楼一开业，范老鸨就显示出了非凡的经营才能。她很快就比北园那个把水稻卖成金价的王家举出名，比把菜价卖成天价的田学信名气更大。说起来王家举和田学信也是济南响当当的人物。王家举种出的水稻蒸在锅里满街飘香，吃一口回味无穷。据说他的稻种是道士赠送的，口味营养国内第一。冰雪融化，他的稻苗还没插秧，有钱的人已把秋后产的大米定光了。

"稻米王"隔壁的邻居是菜农田学信，田学信把四十多畦菜侍弄得比周围菜农种出的都有滋味儿。他从大明湖引来趵突泉水，还在夜间偷偷地往菜畦里撒鸡粪鸭粪，倒死狗烂猫沤出来的臭水。太阳一出，富有生命力的菜蔬如饥似渴地吸收水分养分，所以菜特水灵好吃。他的菜比周围的菜贵出好几倍。即便这样，每天天不亮，都有不少大户人家的佣人来他家门前排长队。尽管王家举和田学信事业大成，但跟范老鸨比，却是小巫见大巫。

范老鸨在不到六尺宽七尺长的床榻上辛勤耕耘，不但收获了车拉马载的钱财，还收获了众多"爱情"。和她交媾的政府军队高官、巨贾、警察局长、警察、恶霸、土匪都拜在了她的石榴裙下，对她唯命是从。一年后，她扩建艳翠楼，情人们有钱的出钱，有力的出力。春楼扩建完，还帮她维护治安。由于治安好，艳翠楼周围形成了一个不小的商业圈。饭店、布店、成衣店、百货店、理发店、表店、澡堂、修脚铺应运而生。除此，还聚集起了擦皮鞋、蹬三轮、卖花、卖各种小吃和卖杂物的。

范老鸨经营艳翠楼，除了靠天赋，还靠勤奋。她不像其他春楼的老鸨不再接客，而是亲力亲为。每当重要人物来临，都亲自出马。对工作也从不吝惜力气，她对待每个顾客都使出十八般武艺，尽最大努力让顾客满意。她还时常搞个"义举"，碰到玉树临风的公子或五大三粗的壮汉都无私地奉献。用她的话讲："不图挣钱，图尝个滋味儿。"

范老鸨还很讲情义，对有头有脸的人物心甘情愿地"奉献"。这些权贵想表示谢意，老鸨说："收了钱就没了情意。"那些同她交媾过的贵宾，从未辜负过她的情意，对她都有求必应，为日后艳翠楼的发展做出了重大贡献。

老鸨除了工作尽心，回家对丈夫也极尽贤妻的本分。身体再疲乏，也满足丈夫的需求，还柔情似水。弄得丈夫身心俱爽，似喝了茅台飘飘欲仙晕乎乎的。

范老鸨除了柔，还硬。她的硬不像泼妇骂街撒泼，硬中充满了智慧。

艳翠楼刚开业时，范老鸨唯独受警察局长的气。王局长白睡她不说，还在众人面前取笑她："别看你光鲜，其实就是个卖×的。"王局长之所以侮辱她，出于嫉妒。自己虽有权有势，却没有多少钱，即便从地痞流氓手中诈点儿，也是仨瓜俩枣；从商贾身上诈钱也不易，他们不少人跟高官有关系。

范老鸨恨不能拧死王局长，她一直在琢磨着用啥办法。终于，在市长来检查艳翠楼时，她抓住了机会。

那天，王局长陪同郑市长来艳翠楼检查。检查完，郑市长正想出门，范老鸨悄悄地捏了一下他的手："我跟市长说点事儿。"郑市长以为老鸨送金条，就跟她进了会客厅。一进门，范老鸨就解郑市长的腰带，郑市长一把攥住。范老鸨妩媚地一笑，面颊在郑市长脸上蹭了几蹭，郑市长的手就松开了，范老鸨快速地和他在门后进行了"感情交流"。郑市长"交流"完，系上腰带正气凛然地出了门。

范老鸨跟出："等等。"郑市长转过身，范老鸨来到他面前蹲下身，为他系起了裤子前开门的扣子。郑市长一下子愣住了。警察局长等人怔怔地望着他俩，郑市长羞得面红耳赤。老鸨给他系完，面带窘态的市长大人才往大门口走。王局长等人瞬间明白了刚才屋中发生了什么。从此，王局长在老鸨面前再也不敢冒犯。

范老鸨从此常在酒局上侮辱王局长，说他就像艳翠楼的打手二愣，只不过二愣在艳翠楼，他在警察局。王局长非常尴尬，却不敢发作。过后还乞求老鸨别断了旧情。老鸨说："我就是个卖×的，想买你得花银子。"王局长只得叫商人帮他买单。

王局长再同范老鸨交媾，已不是范老鸨伺候王局长，而是王局长伺候范老鸨了。范老鸨还不忘调笑他："不让娘娘享受，就饿死你！"王局长不认为老鸨言过其实，他嫖过艳翠楼所有的姑娘，感觉没哪个能像范老鸨把人弄得这么舒服。王局长心里常想："范老鸨参加全国妓女技能比赛，准能夺魁。"

范老鸨除了摆平王局长，还摆平了济南城防严副司令。严副司令见艳翠楼生意兴隆，提出同老鸨合伙。老鸨一听就知道他想霸占艳翠楼。为了不得罪他，在床上奉献了一场柔情。没想到严副司令提上裤子说，合伙的事儿就这么定了。范老鸨才知严副司令是个狠人。她的推理很符合逻辑，能提上裤子说出这话的，确实不是凡人。范老鸨知道碰到了厉害角色，但从不服输的她绝不会屈服。她思来想去，从青岛弄来了一个绝色的姑娘。这姑娘从头到脚挑不出一点儿瑕疵，就是有性病。

范老鸨把秦姑娘弄到艳翠楼，天天和她在会客厅嗑瓜子拉呱，为的是等候严副司令。严副司令见范老鸨没回信儿，这天带副官和几个卫兵撞进了门。他正想冲老鸨发火，看到了旁边的秦美人儿，火没发出，却看愣了神儿。范老鸨请严副司令落座，严副司令都没回过神儿来。副官一看，忙同卫兵们出了门。范老鸨向秦姑娘介绍严副司令是国内独一无二的战将，本事超过了张飞、关公、马超和赵云。秦姑娘望着严副司令面露崇拜爱慕。老鸨刚出门，严副司令就抱起秦姑娘交流起"感情"。

这一"交流"，严副司令就染上了梅毒。严副司令见裆里的玩意儿红肿发达，忙用烈酒清洗，谁知越洗越厉害，不但肿还流脓。严副司令只得找本市名医，名医治不了，严副司令就跑到各地遍访医圣。毕竟当今没有华佗和扁鹊，他只得悻悻而归。回来每天都湿好几条内裤，家伙还臭得像臭豆腐乳。没办法了，只得跑到了南京。蒋委员长惜才，令副官找来神医给黄埔嫡系会诊。可这些神医也没有治好严副司令的病，严副司令就死在了回济南的列车上。

范老鸨心想："娘娘能摆平济南警察局长、城防副司令，还摆平不了你一个毛头臭小子？"就让人找来泰山后山的土匪头目邢天俊，让他剁了刘学栋四肢。邢天俊身材壮硕，面红眉黑，靠抢富户过活。在济南、青岛、泰安、济宁等地做过几桩大案，被这几个地区的警方多次通缉。邢天俊胆大包天，一次在济南抢了大户，竟独自一人来艳翠楼嫖妓。范老鸨佩服他的胆魄，奉献了一次"爱情"。范老鸨之所以非要弄残刘学栋，是想征服莲花和艳翠楼的其他姑娘。莲花提出提高分成和要回存在范老鸨那儿的钱，已令姑娘们开始效仿。

邢天俊一听是玉泉楼刘掌柜的侄子，当即指着范老鸨的鼻子骂："别说让我白睡，还给我五十块大洋，你天天陪爷，给一百块，爷也不会动他侄子一指头。"老鸨纳闷地望着对方。邢天俊说，他七八岁时，跟娘要饭去过玉泉楼。刘掌柜一见他咳嗽得吐血，忙让人拿了件旧棉袄披在了他身上，还请来老郎中给他诊病。药开出来了，刘掌柜怕他没地儿煎药，让他娘俩在佣人隔壁卧房住下，说吃完这几服药再走。邢天俊吃了带有蜈蚣、蛤蚧、蝎子的中药，病好了。他娘哭着教导儿子："你这辈子忘了娘，也不能忘了刘掌柜的恩。"听老鸨说让他去害刘掌柜的侄子，邢天俊勃然大怒，指着范老鸨道："你敢动他侄子一指头，我剁烂了你！"

老鸨早听说邢天俊杀人不眨眼，知道没法再去请高人了，不得不暂时咽下这口气。

莲花进了贵妃苑，来到梳妆台前打扮，房间位置和室内摆设是艳翠楼最好的，她要迎接于明德。于明德不令莲花厌恶，他是从日本回来的留学生，有见识有文化，举止也不像其他那些嫖客粗俗无礼，文雅而有情调。他告诉了莲花许多没见过没听过的事情，给莲花买的礼物珍贵，也让莲花喜欢。

于明德捧着一束花进了门，走到莲花身后抽出一枝插在她头上，"比一比"。莲花望着镜子，于明德把手中的花束贴到她的面颊上，望着镜中半晌道："你比花仙子更美。"莲花笑了。于明德认真地说："再比，花仙子们就羞涩地闭合凋零了。"莲花笑了起来。于明德"啪"地在她脸上亲了一下，把花插入花瓶。

莲花站起身来到窗前推开窗户，刚才跟老鸨赌气忘了开窗，她知道于明德喜欢清爽。于明德过来从后面搂住她的腰。莲花望着远处："真想到外面透透气。"她越来越感到艳翠楼压抑，从外面回来就像进地狱。

于明德吻着她的面颊："好啊，宝贝想去哪儿？趵突泉、大明湖还是千佛山？"

"那几处地儿我都去腻歪了。"

"那你想去哪儿？"

莲花思索片刻眉毛一挑："去看摔跤。"

于明德面露不屑："看那个干吗，光膀子露胳膊，啥好看的。"

莲花钩住了他的脖子娇滴滴地说："我非要去嘛。"她望着对方的眼睛，知道自己眼睛有征服力。

于明德与她凝视片刻笑了："好好好，依你。我也听说有个叫刘学栋的跤摔得不错，咱就见识见识这人的功夫。"

莲花笑了起来。于明德这话正中她的意，这几日她对刘学栋的兴趣越来越浓，想看看他在跤场是啥样子。

于明德接着说："听说刘学栋是大户人家的子弟，不常去跤场，我先给跤场场主打个招呼，明天叫他到场给咱献艺。"

莲花高兴地说："那太好了！"说着亲了他一下。莲花想知道刘学栋到底多厉害。"前几日，刘学栋打二愣轻而易举。过后受自己撮弄，还敢再来艳翠楼，要知道范老鸨有众多三教九流的朋友啊。"想到这儿，莲花撒娇地靠到了于明德的怀里。

刘学栋在院中练着石锁，百十来斤石锁，耍起来一点儿也不费劲儿。练得兴起还把石锁扔过头顶一米多高，然后屈臂用胳膊外侧接住，这是跟马拧子学的招数。刘学栋练功从不懈怠，不常去跤场，功夫也在黑蛋、振鲁、福生之上，这得力于他的"贼练"。

黑蛋进了院子，见学栋练功，立在旁边观看。见刘学栋把石锁扔得那么高，还能屈臂接住，心里暗暗叹服。刘学栋看见他，忙丢下石锁邀他进屋。黑蛋说马师傅在跤场等他。刘学栋问什么事。黑蛋说："你到那儿就知道了。"刘学栋穿上褂子和黑蛋出了玉泉楼。

马拧子正在跤场后场来回踱步，思量着如何跟学栋说献艺的事儿，他知道学栋听了心里准不痛快，琢磨着怎么说。站在旁边的福生和振鲁知道师傅想啥，却也想不出主意。刘学栋和黑蛋急匆匆地进来，学栋来到马拧子面前问："师傅，什么事？"

马拧子望了刘学栋一眼坐到椅子上，刘学栋提起大茶壶倒了一碗水递给他，马拧子接过说："一会儿你到场上摔几跤。"

刘学栋"扑哧"笑了："俺当什么事呢，黑蛋像煞有介事地把俺叫来就为这？"马拧子点头。刘学栋脱去褂子，活动几下腰身："走，黑蛋，场上撂跤去。"他盼着在观众面前展示跤技。

马拧子喝住他，刘学栋回过头望着师傅。

马拧子说："他来了你再上场。"

刘学栋眨巴下眼睛问："谁？"

"税务局局长于明德和艳翠楼的头牌莲花。"

刘学栋怔怔地望着师傅。马拧子解释："他们点名要看你撂跤。"

刘学栋一下火了："俺撂跤是个爱好又不卖艺，他凭什么点俺？"

马拧子叹了口气说："人家不是有权有势嘛。"

刘学栋气呼呼地说："他有权有势管得着俺吗？来看跤的人都知道俺撂跤就是图个玩，给税务局局长、妓女献艺，下作吧俺？"玉泉楼名冠济南，作为跟刘掌柜长大的侄子，自然养成了高傲的心气儿。

马拧子劝他："你就当跟平日里摔一样，撂几跤应付他一下完事儿。"马拧子对徒弟从来都是说一不二，唯独对刘学栋客气，有时候还得哄。

刘学栋挺着脖梗："俺偏不应付，狗男女算吗玩意儿！"

这时前场传来一阵喧闹声，一个徒弟跑过来告诉马拧子："于局长和莲花来了。"

马拧子忙走向前场。

马拧子来到前场，见到于明德和莲花笑着抱拳行礼："难得局长光临。"

于明德笑着点头，他知道马拧子是济南，乃至山东有名的人物，他敬自己很享受。

莲花问："刘学栋来了吗？"

马拧子点了下头说："正在后场准备呢。"说着伸出手指向前排正中的座位，于明德和莲花坐下，马拧子陪在了于明德旁边。于明德很要面子，干生意的人对他稍有不敬，就提高税码，所以干生意的人都对他恭恭敬敬唯命是从。于明德傲慢地望了下观众，对马拧子说："开始吧。"

马拧子站起身对小徒弟悄声交代了几句，小徒弟跑向后场。

刘学栋正在生闷气，小徒弟来到他身边说师傅让他上场。刘学栋来到出口拨开门帘望着谈笑风生的于明德和莲花，气得满脸通红，他脱下跤衣狠狠地摔在地上转身欲走。黑蛋一把拉住了他，刘学栋回身腿一挑，把黑蛋摔了个仰面朝天，刘学栋抓起褂子往场外走。

福生喊道："你走了就给师傅晾场了。"刘学栋回身望着他。福生走到他面前说："你不上场，于明德那小子肯定扔出个税单，师傅要么白忙活，要么关了跤场去喝西北风。"

振鲁走过来，拍拍刘学栋的肩膀："师傅也知道伤你面子，可有一丁点儿办法，也不会找你来。"

黑蛋爬起来说："咱师傅就像亲老子，咱不能不听。"

福生也说："马师傅教咱摔跤可没少费心，你见火不救还算师傅的徒弟吗！"

福生、振鲁、黑蛋说的是实情，马拧子教他几个摔跤没少费劲，他们也没少给马拧子添麻烦惹祸。三年前，他们练完跤到千佛山山会去玩，看到山脚下一个胖子和一个筋骨人摔跤打场子卖艺。胖子自吹是"善扑营"著名跤师肖二的大徒弟，曾在北平、天津、保定、沈阳、长春踢过十几个跤场。刘学栋等人不服气当场向人家叫板，虽然他们年少，基本功却扎实，胖子和筋骨人哪是他们的对手。他俩是济南郊区一个村庄跤场的正、副场主，没啥真本事。黑蛋三下两下就摔翻了筋骨人。刘学栋又和胖子角力，胖子虽有把力气，但跤技不精动作笨拙，被刘学栋连摔了几个滚儿。胖子、筋骨人丢了脸自然不肯罢休，他们打听到刘学栋四人是南门跤场马拧子的徒弟，就去甩坷垃抛石头。坷垃石头飞进跤场砸得观众头破血流喊爹叫娘。马拧子以为是其他跤场的场主嫉妒，就向人家问罪。那几个场主自然喊冤。刘学栋他们知道惹了祸，害怕师傅惩罚也不敢吭声。跤场三天两头飞进坷垃石头，被砸得没有了观众。马拧子让所有的徒弟埋伏在跤场周围去抓扔坷垃抛石头的人,可忙活了几个月也没见人影。马拧子跤场眼看就要倒闭了,刘学栋才供出祸是他们惹的。

刘学栋沉思半晌,想想福生、振鲁、黑蛋说得都对,而且还想到,马师傅不教自己如何做人,自己很可能在多少年前就成了济南的坏种。想到这儿,他拾起了地上的跤衣。

马拧子走进来见刘学栋穿跤衣,脸上露出了笑容释了口气。刘学栋没精打采地出了后场,观众见他出来,欢呼鼓掌叫好。

莲花也高兴地用手一指:"刘学栋!"

于明德望着彪悍英武的刘学栋,脸上露出欣赏之情。他见过振鲁、福生、黑蛋摔跤,先不说跤摔得好孬,他们都没刘学栋这气质。

刘学栋同黑蛋绕场一周摔了起来。刘学栋漫不经心,黑蛋极力配合。刘学栋一个大别子,黑蛋就展了个鹞子翻身。黑蛋爬起来又和刘学栋较量,刘学栋一个抹脖,黑蛋跃出七八步远,来了个嘴啃泥。刘学栋摔了黑蛋几跤,不懂行的观众鼓掌叫好,懂行的摇头。

于明德虽不常来跤场,却也见多识广,很快就看出了门道儿。他不满地对坐在旁边的马拧子说:"摔,就来真格的,别玩花架子!"

马拧子知道演的戏被于明德看破,站起身向后场走去,来到出口,他拉过振鲁、福生说了几句,振鲁、福生听后点头。

振鲁上场,和刘学栋绕场一周,刚一搭手,振鲁一个背摔将刘学栋重重摔在地上。观众一般很难见振鲁摔翻学栋,还摔得这么脆,不觉鼓掌叫好。于明德也咧嘴笑了,他知道刘学栋被摔,后面就有好戏瞧了。莲花吃惊地望着刘学栋,不明白他怎会被摔倒。

刘学栋仰躺在地上,愣愣地望着振鲁,没想到他在使狠招式。学栋从地上爬起来面红耳赤,瞪着眼逼向振鲁。二人纠缠在一起,刘学栋突然挣开振鲁的胳膊,一个手别子将振鲁摔了个仰面朝天。于明德高兴地笑了起来,他喜欢真摔,真摔有看头。莲花心想:刘学栋就是刘学栋,不分神儿,没人摔得了他。

刘学栋、振鲁二人又走跤架，刘学栋凶猛异常连连使绊儿，振鲁也不甘示弱，防守的同时反击。两人都是大块头，摔起来像巨人角力，颇有气势。刘学栋看到单绊难以奏效，就改用连环绊。他先是一个拉揣，没揣翻对方，紧跟着突然变脸来了个撩勾子，振鲁的腿被撩了起来，却没有倒地，刘学栋随之一个剪腿将振鲁摔翻。

振鲁爬起来扑向刘学栋，刘学栋见对方脚步乱了方寸，趁势一个黑虎钻裆将他扛在了肩上。观众鼓掌叫好，于明德、莲花更是兴奋不已。刘学栋想把振鲁扔在地上，想到他大块头，砸在地上半天也爬不起来，就扛着他转了几圈，让他脚着了地。

福生来到场中，快捷地使用散手摔法，他动作敏捷像个猴子。刘学栋几把没抓住他，被他一个抱腿摔翻。观众大笑。刘学栋恼怒地从地上爬起逼向福生，福生左右躲闪还是被刘学栋抓住，刘学栋往怀里猛地一带，身子一侧腿一挡将福生摔了个鹞子翻身。福生从地上爬起来和刘学栋周旋，刘学栋逼向福生，福生无路可逃只得向前一蹲想使抱腿，刘学栋身子一闪，伸手在他脑后一抹，福生被摔了个嘴啃泥。

观众大笑着鼓掌。

马拧子望着喜笑颜开的于明德对黑蛋耳语几句，黑蛋点头。他上场直奔刘学栋，他抱住刘学栋的腰盘腿将他砸在了地上。马拧子一见目瞪口呆，他没想到黑蛋会给学栋使损招儿。刘学栋大怒，捂着肋条爬起来逼向黑蛋，二人纠缠在一起。刘学栋抓住黑蛋往怀里猛地一带，一个大得合将黑蛋摔了个仰面朝天。黑蛋爬起来和刘学栋周旋，刘学栋肋条还在疼痛，下意识地揉了一下，黑蛋瞅准时机一个架梁踢将他摔倒。马拧子见黑蛋这么使招，恨得咬牙切齿，这又是一个损招儿。刘学栋揉着疼痛的肘关节从地上爬起扑向黑蛋，二人抓在一起绝技频使，刘学栋瞅准空当，一个撩勾子将黑蛋摔出老远。黑蛋从地上爬起扑向刘学栋，刘学栋撤步变脸一个盖步揣将黑蛋从身上摔过，黑蛋躺在地上半天爬不起来。

观众鼓掌叫好，于明德、莲花满意地站起身拍着巴掌。

马拧子来到场中抱拳冲各位行礼："今天跤就摔到这儿。"

众人站起身兴奋地谈论着往场外走。马拧子送于明德、莲花出跤场。送走了二位，马拧子来到后场，看见振鲁和福生正给黑蛋揉胳膊揉腿。

马拧子眯起眼睛走近黑蛋，黑蛋与师傅的眼光一碰吓得面如土灰。马拧子用嘲讽的口吻道："我说黑蛋，你长进大了。"

黑蛋站起身不敢看师傅，他现在也后悔使了损招儿。

马拧子继续说："你再把给学栋使的招式给师傅使使，师傅想见识见识。"说着伸出胳膊欲和黑蛋交手。

黑蛋胆怯地连连摇头不敢接招。

马拧子调笑道："别保守呀，黑蛋师傅，马拧子教了你百八十招，你教师傅一两招不行？"

黑蛋心虚地耷拉下脑袋。

"你不教，咱只能思量着做了，动作不规范，还望黑师傅指教，别让马拧子走了样儿。"说着马拧子拉过振鲁比画，"你那个抱腰摔，胳膊肘顶在学栋的肋条上，借势身子一砸对不对？"

黑蛋头上冒出冷汗。

马拧子调笑道："嘿，咱黑师傅真聪明，自创了这么一招。马拧子敢说单凭这招数，您就能摔遍天下无敌手。"

黑蛋不觉身子颤抖一下。

马拧子讥笑着望着黑蛋："黑师傅哎，您再教咱一招，您怎么把学栋胳膊弄伤的？在下马拧子没猜错的话，黑师傅使的是反关节，对不？"

黑蛋头上的汗珠更大。

马拧子一本正经地说："您教教马拧子，马拧子走南闯北三十来年，还没学过这招式，今儿算见到高人了。黑师傅哎，在下马拧子给您施礼了。"说着抱拳作揖。

黑蛋"扑通"跪在地上："师傅，师傅，我害怕学栋不真摔，于明德给你使坏。"

马拧子眼中冒火飞起一脚踢了他个仰面朝天："没出息的东西，动不动就下跪，你他妈不是条汉子！"黑蛋慌忙爬起。马拧子指着他:"你再为了师傅也不能使黑招!"说着一个背布袋将他摔在地上,黑蛋疼得在地上翻滚。马拧子吼道:"起来!"黑蛋挣扎着站起,马拧子一个揣将他摔飞出去。

马拧子的八九个徒弟面面相觑。

马拧子指着黑蛋吼道:"我平生最恨的就是使黑绊!"说完生气地坐在桌旁喘息。振鲁、福生、黑蛋不敢吭一声,其他徒弟更不敢有一点儿动静。

第二天,马拧子歇场一天。带学栋、振鲁、福生、黑蛋来到千佛山后一座孤坟前。坟前立着块石碑,石碑上刻着:兄弟之墓。刘学栋等人望着石碑纳闷:怎么碑上不写名字?马拧子"扑通"跪下连磕三个响头。刘学栋等人更是不解,对父母长辈才跪地叩首,兄弟之间哪有下跪叩头的。马拧子磕完头悲痛地说:"兄弟,马拧子向你赎罪了。"刘学栋等人更疑惑了。马拧子站起身指着墓碑问徒弟:"知道这碑给谁立的吗?"

刘学栋等人摇头。

马拧子沉痛地说:"我也不知道这位兄弟的姓名,你们知道每年清明和鬼节,我为何撇下场子给人上坟,到哪里你们也不知,我就是来这里悼念我这兄弟。这坟里没有埋我的兄弟,也没有埋我兄弟的遗物,是一座空坟。这兄弟是十五年前,被我失手摔死的。"

刘学栋等人大惊,半晌刘学栋问:"师傅,跤场上还能摔死人?"

马拧子痛心地说:"我不想再提这事儿,知道我为吗把你们领到这里吗?"刘学栋等人摇头。马拧子说:"我只要你们记住:永远不要使黑绊狠绊。"他望了黑蛋一眼,黑蛋心虚地低下头。马拧子恨恨地说:"谁使黑绊狠绊就不是我马拧子的徒弟,听见了吗?!"

刘学栋等人连忙道:"听见了,师傅!"

王大厨是玉泉楼的主厨,他厨艺名冠济南,凡吃过他的菜,没有不叫好的。他除了厨艺高,还是个大玩家。什么天上飞的、地上跑的、草里蹦的、水里游的无所不通。当然他最喜欢的还是玩蛐蛐。每年夏天，他都花不少精力不少钱购买或捕捉蛐蛐。这会儿他的徒弟正在厨房忙着配菜，他却和刘学栋蹲在一边斗蛐蛐。罐中的黑头金刚把宽翅顶了个跟头，宽翅落荒而逃，黑头金刚在后面张着牙狂追。刘学栋早不看好宽翅，宽翅败了，当然更不喜欢："败猴子扔了。"说着伸手欲抓罐中的宽翅。王大厨害怕他伤了黑头金刚，连忙把他的手推开说："黑瞎子熊掌玩不了这细活儿。"说着白胖胖的手伸进罐里，把宽翅翘在了手指上，扔到了一边。刘学栋从旁边取过一个个蛐蛐罐，为黑头金刚寻找对手。王大厨已把一个和黑头金刚个头差不多大的蛐蛐过到了斗罐中。他取过蛐蛐葫欲逗弄蛐蛐，黑头金刚已知领地来了入侵之敌，拨动着两根长须，快速地在罐中转悠寻找。四条长须一交，两只蛐蛐儿就冲上来激烈地厮咬。黑头金刚膀身有力，连撅了对手几个跟头，又猛地一嘴将对手甩出了斗罐，然后晃动着身子"嘟嘟"地鸣叫。

王大厨端起罐掂了掂，赞叹地说："看这蛐蛐多厚。"

刘学栋接过罐端详一会儿："还行。"说着递给王大厨。王大厨接过，用蛐蛐葫引逗，黑头金刚张开牙板往前冲。刘学栋盯着蛐蛐的牙板说："可惜牙板不厚不长，碰到厉害的两口就散戏。"他也喜欢蛐蛐，对选材略知一二。

王大厨笑着望了刘学栋一眼："行啊，有眼力，这家伙牙板是薄了，也不是大尺寸。"

刘学栋问："今年你还让人带蛐蛐去上海吗？"

王大厨迷蛐蛐斗，就像戏迷迷名家唱戏。每年上海斗蛐蛐，他都恨不能前往，可惜干厨师这一行脱不开身，只能叫人带着蛐蛐去上海打斗一番，回来把交战的情况详细地描述给他，也过了一把瘾。

王大厨说："去是得去，可胡四撞断了腿，我正犯愁呢。"

"那不会找旁人？"

王大厨一本正经地道："斗蛐蛐儿这玩意儿学问大了，得懂虫，打眼一看能赢才上阵叫板。败了，白搭上车旅费不说，还丢人现眼。还得见过世面，见什么人说什么话，别让人蒙了骗了还替人家点钱。还得膀身好，往那一站能震得住场，要不谁敢去，那是上海滩呀。"

刘学栋来了兴趣："要不俺去。"他养成了不服输的性格，听说人家厉害，非要和人家杠一杠。

王大厨打量刘学栋一眼说："说起来你倒合适，脑瓜灵，有腿脚功夫，也懂点虫，可你叔不会让你去。"

"咱不会想办法吗？俺叔年岁大，心眼绕不过咱俩。"刘学栋好糊弄二叔。

王大厨露出笑容说："好，有门，眼下咱得逮几个好虫，没好虫去了赔掉腚。今年天旱好虫不多，得下点功夫。"

刘学栋高兴地说："你说去哪儿逮，咱立马就走。"

王大厨说："要说最好的蛐蛐当然是出自宁津，宁津虫打遍四海无敌手。从乾隆到道光，都是宁津蛐蛐在京城抢头彩，逮个好蛐蛐献上去，至少换个县官当。"

刘学栋高兴地说："那咱就去宁津。"

王大厨做菜极为讲究，今天做的两条鱼却都烧煳了。刘掌柜进厨房告诉他，王大厨似没有听见，刘掌柜问他怎么了。王大厨说昨天晚上做了个梦，梦见俺爹娘想俺了。刘掌柜知道王大厨父母双亡，就问是不是想给二老去上坟。王大厨用搓过辣椒的手揉揉眼睛转过身来眼圈红红地说："店里太忙，以后再说吧。"嗓音还带有哭腔。

刘掌柜是个善心人，忙道："你不去心也不在菜上，还不如早去早回，再说给父母上坟也是应该的。"

王大厨见刘掌柜同意心里高兴，却又装作为难地说："路上土匪太多，能不能让学栋跟我……"

刘掌柜没等他把话说完，连忙道："行行行。"

当天，王大厨、刘学栋就准备手电筒、蛐蛐罩、蛐蛐罐，次日就去了宁津。

宁津蛐蛐天下闻名，王大厨和刘学栋来了，就像到了金银宝库。

天上布满了耀眼的繁星，周围不时地传来蛐蛐和其他草虫的鸣叫声，刘学栋手持电筒寻找着蛐蛐儿，王大厨则从蛐蛐的叫声分辨出大小再动手。两人忙了一夜，抓了不少好虫，黎明时才回到农家土屋睡觉。

到了中午，王大厨伸下懒腰坐起身，望了一眼酣睡的刘学栋喊："太阳烙熟腚了，快起来吃饭吧。"刘学栋一动不动。见刘学栋沉睡不醒，王大厨下床抄起鞋对着他屁股就是一鞋底。

刘学栋揉着惺忪的眼睛："干吗？"

"起来，我领你去外庄吃保店驴肉。"

"这庄不是有吗？"刘学栋懒懒地道。

王大厨说："这你就不懂了，保店的驴肉、大柳的面。保店驴肉有名，周边庄里卖的大多是马肉。"

"你咋知道？"刘学栋望着他，眼里有了精神。

王大厨不屑地说："还咋知道？我是干吗的？名厨再辨不出什么肉来，那还叫名厨？马肉肉丝粗还有点酸，再使料，打眼一看就能辨出。走，快起来。"

刘学栋下床穿衣。

二人到了刘庄，刘庄做驴肉最有名。二人打听哪家做的驴肉最好。村里的人说村头那家饭馆做得最有味儿，二人就到了村头。说饭馆其实不过是户人家，门口摆了两张旧桌几把破椅。王大厨、刘学栋坐下后，要了二斤驴肉吃了起来。驴肉做得确实香，连王大厨都不停地夸赞。二人吃完又要了二斤，店主从砂锅里取出驴肉细细地切着。

刘学栋对王大厨说："你吃着，俺去撒泡尿。"他拐过墙角，来到茅房，刚立住脚，忽然被不远处的蛐蛐鸣叫声吸引了。他停下动作，仔细听，蛐蛐鸣叫声又闷又响，他情不自禁地轻手轻脚地向前几步，来到土墙边，轻轻扒开草丛凑近一听，叫声是从洞里发出的。他取了根树枝伸进洞里轻轻拨着，拨了好一会儿也没有拨出。

小腹膨胀提醒了他,他解开裤子掏出家伙"哗哗"地滋了起来,滋着滋着突然一只硕大的蛐蛐冲开瀑布飞跃着闪过。刘学栋虽没看清蛐蛐,但那冲破急流的气势却令他眼前一亮,他慌忙系上裤子去逮。蛐蛐蹦进草丛,刘学栋小心翼翼地拨开草,见一只蟹青色的大蛐蛐正伏在地上蓄势待发,他猛地一把捂住。

刘学栋双手捂着蛐蛐兴高采烈地走到王大厨面前说:"逮了个大的。"

王大厨停下饮酒:"是吗?"随即招呼店主:"拿个罐子来。"

店主应声进屋,一会儿拿着个盐罐出来。刘学栋小心翼翼地将蛐蛐放进罐中。

王大厨探过头来看大呼一声:"妈哎!"惊得半晌合不上嘴。这蛐蛐黑中带点蟹青色,头大得似棒子粒,腰身粗得像只小蝈蝈,两条须拨动时似两条丝缎,立起时又像剑锋。只见它在罐中快速地移动,气势勇不可当。王大厨眼睛瞪得像牛眼,半天不眨一下。

刘学栋拍拍王大厨:"让我瞧瞧。"

王大厨盯着蛐蛐动也不动,刘学栋推推他。

王大厨说:"慢着,你知道逮了个什么吧?"

"什么?"

"蛐蛐王。"

刘学栋凑过来一瞧叫起来:"好家伙,这么大个!"蛐蛐在罐中更显得宽大厚实。

王大厨惊喜地说:"了不得了,我玩了一辈子蛐蛐,还没见过这么吓人的,百年不遇啊!瞧,头大、脖粗、翅宽,又长了两条青蛙腿。吓人,太吓人了,少说八厘五,说不定有九厘!"

王大厨是玩蛐蛐儿的行家,八岁起他就开始玩。玩到十六岁那年,他逮了个八厘多的宽翅马头。这蛐蛐儿被一个玩蛐蛐儿的老手用一块大洋买走,半个月后,王大厨再见到那只蛐蛐儿已是在蛐蛐儿斗场上了。听说蛐蛐儿主人花五块大洋买下的,当时把王大厨悔青了肠子。宽翅马头在咬斗中把对手掐了个半死,还咬下了一条腿。当时就有人出钱,要用十块大洋买。买卖成交后,新买主信誓旦旦地放出话说，要带它到上海"参战"，说不定能赢回百十块大洋。

从那天起，王大厨就干不下其他事情了，他满脑子除了蛐蛐儿就是蛐蛐儿。蛐蛐儿也叫"百日虫"，是说蛐蛐儿只能活一百天。在没有蛐蛐儿的日子里，王大厨把唐宋以来的几十本蛐蛐谱看了个遍，知道了什么样的蛐蛐儿是好蛐蛐儿。有了这理论基础，他的心就野了，他认定找到了一条发财的好门路。父亲和家人劝他别不务正业，他都当耳旁风，认为他们太傻，光知出憨力，不知咋来钱。

次年七月，他正想大显身手赚个盆满钵满的时候，听说南城玩蛐蛐儿的高手叶老四让人捅了。别人听说他家里有只能值十块大洋的好蛐蛐儿，就夜间潜入他屋里去偷。没想叶老四惊醒，上前跟人厮抓，被偷蛐蛐儿的一刀刺中了心口。听到这事儿，王大厨有点儿害怕了，怕也遭人算计，但只害怕了几天，就又跃跃欲试了。两天后，他听说另一玩蛐蛐儿高手曲元祥被人用砖头拍了后脑勺。原因是他想把一个上好的蛐蛐儿卖出去，买卖没谈成，他提着装有蛐蛐儿罐的篮子刚拐进僻静的胡同，就被人从后面拍了头。王大厨这才明白，靠倒腾蛐蛐儿确实有大风险，才断了干这行的念头。

刘学栋说："分量够重，瞧瞧牙板。"

王大厨拔了根草，打成草葫，逗引蛐蛐。他打的这草葫挺粗大，性子不刚烈的蛐蛐儿一般不敢接口，可这蛐蛐儿在草葫刚碰到牙，就张开板牙冲了过来猛咬猛拱，边拱边不时地甩头。王大厨惊叹："妈哎！这哪是蛐蛐儿牙，比蝈子的还宽还厚呢。"

刘学栋看着对草葫又推又撅又挑的大蟹青也感叹："是有点儿吓人。"

王大厨说："就这牙板，能把交战的蛐蛐儿推死。"他说的是实话，他没见过如此力大的蛐蛐，就这壮实的身板和宽厚的牙板，少有蛐蛐能跟它对上口。

刘学栋说："打打尾看看反应。"

王大厨用草葫打了下蛐蛐的后尾。蛐蛐闪电般地转了个一百八十度，随即牙一挑，把王大厨和刘学栋惊了个目瞪口呆。

王大厨感叹道:"就这一口,交战的蛐蛐就得撅出罐。"刘学栋连连点头,他觉得这个蛐蛐身手太矫健了。王大厨说:"这蛐蛐让咱俩今年挣大了,多了不说,少说挣六十大洋!多了能挣一百!"刘学栋惊得瞪大眼睛。王大厨说:"这蛐蛐好生养着,调理到白露前,你坐火车去趟上海。"刘学栋高兴地连连点头。王大厨说:"养蛐蛐得下功夫。一会儿咱俩逮几个好母子,对,公的不很起眼的干脆就别逮了,从母子里选出贵妃娘娘,好给蟹头青配对。告诉你,母子要逮小的,不能断了叉断了须,断了叉断了须就成了残坏,这家伙看不上。"他指着罐中的蟹头青说。

刘学栋问:"干吗要逮小母子?"

王大厨白了他一眼:"骡子马用大的,娘们儿玩小的。"见刘学栋不明白,王大厨解释:"这你还不懂?小娘们儿在手里团过来揉过去才顺溜,蛐蛐也一样。"刘学栋笑着说你还真是个玩家。王大厨一本正经地道:"你是不知道,我王大厨年轻的时候风流着哩。"说着自豪地翘起下巴。

刘学栋笑着:"就你?"在他心里王大厨见过大世面,但人很本分。

王大厨一拍胸脯:"对,就是我。"

刘学栋摇着头笑:"看不出来。"

王大厨一本正经地说:"我年轻的时候没这么胖,身架顺溜脸盘方正,在京城下了班,换了真丝缎衣裤,纯粹就是个公子哥儿。"

刘学栋"扑哧"笑出了声:"别胡啰啰,当厨子能有多少钱逛窑子。"

王大厨认真地说:"这你就不知道了,头一回去,确实花了大钱,人家还爱搭不理。下一回,我就带着俩刚出锅的热猪蹄,见了那娘们儿,我打开荷叶举到她面前,娘们儿一闻就晕了堂子。那猪蹄炖得是一个香满屋,几个蹄子香满楼啊。几个妓女像腥猫一样过来,逮住猪蹄猛啃,啃完像吸了大烟,满嘴油光锃亮倍儿精神。"

刘学栋笑望着他:"是吗?那么香?"

王大厨一本正经地说:"我啥时吹过牛,不但香还稀烂,抓住蹄子一抖擞，骨头哗啦哗啦就掉下来。"他比画着像骨头真掉在了地上一样。

"那么神？"刘学栋眨巴着眼睛问，他也快流哈喇子了。

"不神能哄住名妓？告诉你，那都是京城名妓，见过大世面，吃过南北大菜、满汉全席。不是特好，能拢住她们？"

刘学栋问："服了？"

王大厨伸出大拇指往自己胸口一挑："服，全服了。打那我有意几天不去妓院，你猜怎么着？"他卖了个乖，刘学栋望着对方。王大厨唾沫星四溅："好几个名妓托人捎话让我过去。我说没钱。当天那些贵妃娘娘就回话了，不用钱，光带几个热猪蹄。从那我再进妓院就光带两个猪前脚。"

刘学栋笑着感叹："你还真有本事。"

王大厨遗憾地说："可惜日久天长，掌柜的发现了端倪，就叫人数好了猪蹄，我再上妓院就不方便带了。"

刘学栋问："这么着你就来了济南？"

"也不是，我年轻气盛太张扬，让京城公子哥嫉妒。这么说吧，公子哥看好的妓女搂在怀里，我也不说话，走过去把猪蹄一亮，名妓立马推开公子哥扑到咱怀里。公子哥扬言要毁了我裆里的玩意儿，我才离开的京城。"

王大厨好胡吹海旁，了解他的人说，其实他对女人的兴趣远不如鸽子、蝈蝈和蛐蛐。离开京城，是因为得罪了那些京城名厨。

王大厨少年时期学鲁菜，学成后去了京城。清王朝解体，宫中御厨流落到京城各个酒店菜馆。王大厨来到贵宝地，听说哪儿有御厨掌勺，就到那里当学徒。几个月后，把人家拿手菜学到手了，就又去了另一家。七八年下来，他的手艺已名冠京城。

那些宫中名厨没想到一个小徒弟名气盖过了他们，如何能咽下这口气，他们向王大厨叫板公开比试厨艺。王大厨生性好强，当然应战。

比艺场设在景山园中，那天三四十个名厨都来了，他们在民间憋了二十来年，都想再露露脸风光风光。京城的人听说厨子比艺觉得新鲜，自然传得沸沸扬扬。

这天，来看厨艺比试的人把景山挤了个水泄不通，来晚的人干脆爬到树上房上。比艺场摆着四五十个炉子，名厨各守一灶，王大厨面前却摆着六个。举办人一一介绍名厨，名厨优雅地向观众颔首鞠躬。当介绍到王大厨时，他啃着个萝卜傲慢地在场上兜了一圈。举办人让厨子做好准备，名厨都闭目静思做菜放佐料的顺序，这是他们在宫中学菜时老师教的。而王大厨却像个打场子卖艺的跤手，先转腰后踢腿，完了又活动脚腕手腕，最后还一圈圈地晃着硕大的脑袋。众人望着他笑得前仰后合。举办人宣布比赛开始，名厨用勺子搋起油倒入炒勺。王大厨则提起油桶往六个炒勺里倒油。名厨搋完油立在炉前静候油热，王大厨却双手抓勺一一涮勺，涮勺自然油热得快。王大厨涮完勺把葱末姜末撒入锅中，随着油烟一冒葱姜的香味刚刚飘散在空气中，王大厨已把六个菜倒入了每个炒勺，他双手边掂菜边放着各种佐料。宫廷菜放佐料少则七八种，多则一二十种，佐料什么时候放都有讲究。一个人管两把炒勺已很难驾驭，王大厨却把着六把炒勺依然潇洒自如。他两脚移动忙而不乱，双手掂勺犹如舞蹈。菜在勺中翻着个儿，菜味越来越浓。菜炒到了火候，王大厨将菜抛起一米多高，菜还在往上升腾，他已从旁边抓过盘子，菜往下一落正好接住，观众看得目瞪口呆。那些京城名厨开始神态自若，渐渐地被身子来回舞动的王大厨搅得心烦意乱，他们不是少放了佐料，就是多加了油盐，要不就是忘了翻锅。比赛结束，名厨面前大多摆着两三个菜，多的不过五个，而王大厨面前却齐刷刷地摆着三四十个。举办人让京城美食家品尝，这些美食家品味极准，菜火候怎么样，佐料放得是不是时候一尝便知。他们来到场中先品名家菜肴，过去他们对这些名厨赞不绝口，可现在品起来不是皱眉，就是摇头，有的还把菜吐到了地上。京城名厨惭愧懊丧，围观的人议论纷纷。美食家来到王大厨的菜前眼前一亮，这些菜五光十色，八大菜系招牌菜齐全，看着就令人馋涎欲滴。美食家开始尝菜，他们细细品味想从菜中找出毛病，可是尝后无不赞叹叫好。这些菜风味各异，色香味俱全。尝完所有的菜，他们都冲王大厨伸出大拇指。围观的人看到这情景鼓起掌来，声音之大犹如山呼海啸。王大厨眉开眼笑咧着嘴巴冲众人拱手，那些京城名厨则羞愧得恨不能钻入地缝。

王大厨获胜后，所在的饭店已不是顾客盈门，而是餐桌摆到了大街上。

风光无限的王大厨狂妄得不知道了东南西北。每当向客人敬酒，他都把那些名厨说成是做炸酱面的。那些伺候过老佛爷的名厨在比艺场上丢了脸，又受到了王大厨的贬低，哪能咽下这口气，他们动了毁王大厨的心思。王大厨听到消息，才知道大事不好，没等人家下手，就逃到了济南。

第 三 章

回到济南，王大厨细心地调养蛐蛐王。他先把蛐蛐王放入一个大水桶，然后提起浇花用的大壶透过花洒滋它，为防备蹦出，在大桶上面罩上了网眼细密的渔网。

刘学栋问："这是干吗？"

"给蛐蛐王洗个澡。"

刘学栋不解地眨巴着眼睛。

王大厨边浇边解释："它被你尿滋出来的，得用水冲去它身上的尿和臊味儿，要不贵妃娘娘嫌它。"

刘学栋笑了："你想得还真周全。"

"不周全不行，这不是一般的蛐蛐，蛐蛐王啊，得好生伺候，它的地位相当于慈禧。慈禧知道吗？晚清实际的皇帝。人家没受过一丁点委屈，别说哪个人敢用尿滋她，鸡巴刚掏出来就给你旋去了。"

刘学栋哈哈大笑。

王大厨一本正经地说："我说的真的，慈禧身边的护卫都是从各地选出来的武功高手，动作那个快啊，眨眼就能抹掉三米开外人脑袋，别说你解裤子掏家伙了。"

刘学栋又笑。

王大厨见刘学栋笑得前仰后合说："你看你这个样儿，太喜形于色了，该学学人家慈禧。人家杀人都神态平和笑模呲的，除了杀大臣、百姓，还把她外甥光绪的老婆珍妃摁进了井里。慈禧临死前把光绪也药死了，别忘了光绪是她指定的皇帝啊。就这杀人不眨眼的主，生前还被人颂为'老佛爷'。'老佛爷'啥意思懂吗？就是心地善良之人。你看你听句笑话就笑得前仰后合，碰点不痛快的事儿还不暴跳如雷？你以后接了玉泉楼，我咋敢跟你搭伙？"

刘学栋不笑了。

王大厨让刘学栋再提一个水桶来，还让他扯几把花坛里的草。

"干啥用？"刘学栋问。

王大厨说："洗完，把蛐蛐王放进去，蹭干身上的水。"

"用不着吧，在罐里不就晾干了？"

王大厨说："晾干哪有蹭干舒服，你想人从浴池里出来，不用浴巾擦，在那里晾，舒服吗？"

刘学栋想想点头："也是。"

"我让蛐蛐王在草里钻钻，也给它压压惊，别看这雨丝小，"他指着花洒喷出来的水，"对蛐蛐来说，就是瓢泼大雨啊。钻钻草才能缓过劲儿来，要不能吓出心脏病。"

刘学栋又笑。

"我表达不太准，道理是这么回事儿。我说你喜形于色吧，你还不承认。"

刘学栋止住笑，提着水桶去拔草。

王大厨一天给蛐蛐王换一次食谱。今天豆子，明天花生，后天螃蟹腿。螃蟹是海蟹最好，这几日济南没活海蟹，他就捉玉泉的螃蟹喂它。

这天，王大厨正躺在床上运筹帷幄。刘学栋推门进来问："我啥时候撒丫子奔上海？"

王大厨坐起身说："还是不去好。"他思索了几日，觉得学栋去太危险，不能为了爱好让学栋有个闪失。

刘学栋一愣，问："为什么？"

王大厨说："上海滩每年白露前后斗蟋蟀都出人命，三教九流哪个也不是省油的灯，谁赢了钱都不服气，特别是外地的。前几年，胡四带去的蛐蛐都赢，那是赢仨瓜俩枣，上海滩混混看不上眼。今年咱蛐蛐王去了，肯定双方赌大钱，赢家少说得百十块大洋。咱的蛐蛐王正常打斗肯定能赢，你想人家能看着你一个外地人从上海带走那么多大洋？"

刘学栋坐下问："有那么难？"

王大厨说："你不知厉害，上海滩斧头帮头目刘七为了斗蛐蛐赢钱，杀过不少人，谁要是不服，轻则剁只胳膊剁条腿，重了，尸体砍成排骨扔进下水道里，我看你还是不去吧。"

刘学栋不服气地瞪起眼："你不说，俺还不一门心思想着去，一说俺非去不可。俺就要会会那个刘七！"刘学栋就是这脾气，听说哪个人邪气欺负人，一定想法去碰碰他。

王大厨白了他一眼说："你毛头小子初生之犊，出了事儿就晚了。"

刘学栋不服气地反驳他："你咋知道我肯定出事儿？"他打过不少恶仗，没受过大伤，自然自以为是。

王大厨说："这不明摆着，你赢了钱，人家不让你带走，你属驴的肯定不服，人家不对你下手？"

刘学栋站起身："俺有功夫怕啥？三个两个磕磕烟灰的工夫就踢腾了。"

王大厨指指凳子示意他坐下："猛虎不敌群狼，何况人家手中有小斧，那玩意儿能劈能砍还能扔，你一个人吃亏不是明摆着。"

"你越这么说，俺越是要去！"刘学栋瞪着眼，像是王大厨不让他去，要跟他拼命似的。

王大厨说："出了事，你叔准蹬腿玩完，别去了。"

刘学栋口气坚决地说："去，俺去定了，不去能憋死。你给俺说说怎么个去法儿。"

王大厨望着他半晌，叹了口气："犟脾气。我看这样吧，非去就去吧。"他知道没法再说服学栋，只得道："可赢了钱，人家不让带走你就留下，权当是去见见世面，玩了一趟。"王大厨取过罐端详着罐中的蛐蛐王感叹道："极品呵，极品。"刘学栋凑过去欣赏。王大厨说："咱不拿钱可以，但要保证打斗公平，不能遭人暗算。

你见对方蛐蛐不正常，横冲直撞，八成是饮了大烟汁，千万不能让蛐蛐王对阵。咱不图钱，但不能毁了山东宁津蛐蛐的名声。"

刘学栋答应了。

刘学栋特别信服王大厨，王大厨来玉泉楼前，玉泉楼生意平平。虽说玉泉楼位置好，周边环境优美，生意却不如对面的齐鲁饭庄。齐鲁饭庄室内装修更讲究，还紧靠着艳翠楼。

王大厨来到玉泉楼见到刘掌柜说，每月给我一块大洋，保你营业额翻两番。刘掌柜望着身着黑马褂白绸裤的王大厨，不知说什么好。王大厨打扮得不像是个厨子，倒像商人或公子哥。王大厨说："这还是头一个月，一个月后翻三番四番也有可能。"刘掌柜从王大厨话里听出，此人有备而来。刘掌柜干酒店七八年了，啥人没见过，从王大厨的自信，他看出此人不是吹牛。刘掌柜想了想说："我很想把后厨交给你，只是开头这个月你能不能先拿半块大洋？"王大厨说："我从京城来的，京城名厨来你这儿已经掉了价，再不给我一块大洋，我还有脸在这儿待啊。"刘掌柜忽然记起有人跟他说过，北平有个姓王的厨子战败了京城所有御厨的事儿，就问："你知道京城有个王大厨吗？听说他在景山……"王大厨咧嘴笑了："我就是。"刘掌柜怔怔地望着他半响，从口袋掏出一块大洋放到了桌上。王大厨摸起钱掂了掂："小瞧我了。"说着把钱扔给刘掌柜："月底再给。"

王大厨令刘掌柜停业三天打扫店里的卫生。他从其他饭店挖来几个小厨子教授厨艺，他还让刘掌柜从黄河边买来几十个大大小小的王八，从北园买来莲子、荷叶，从大明湖买来鲤鱼、草鱼，从章丘拉来大葱，从吴家堡拉来新米。

第四天，玉泉楼酒店门前爆竹炸响，引来了不少人围观。身着黑绸马褂的王大厨对人大声道："我就是北平大名鼎鼎的王大厨！"接着讲起了在景山战败京城御厨的事儿，众人饶有兴趣地听着。王大厨大声道："不信来尝我的手艺，哪个菜不好，白吃退给你双倍的钱。"

人们纷纷转告，中午就有几个高官、大贾来店里吃饭。王大厨给他们献上了甲鱼烩莲子、荷叶粉蒸肉、大葱爆羊肉、清炖鸡、栗子鸡、王八叼鸡、驴肉鱼丸、带鱼炖豆腐、蹄筋炖粉皮、梭鱼炖海蛎、蒜爆三样、大虾蛤蜊鱼、竹笋炒肚丝、驴肉茄盒、螃蟹夹鱼等十几道他们没听过没吃过的菜。顾客吃了连声叫好。王大厨一桌桌地敬酒，边敬边把他在景山战败御厨的事儿说了一遍又一遍。人们听后对王大厨佩服得五体投地，当晚已不是顾客盈门，而是在门外排起了长队。营业额当天盖过了齐鲁饭庄几倍，几天后，齐鲁饭庄已见不到顾客身影了。

　　王大厨做的这些菜，没有一个是正宗鲁菜，都是来济南后现琢磨创新出来的。济南有的是王八，没几个人愿吃。王八养分太大，常人吃了不是牙花子肿，就是鼻子流血。年老体弱的想吃又做不出好口味。王大厨就用莲子荷叶去掉王八的火性，甲鱼本身没那么香，王大厨就配上了猪后肘，这样，王八包锅的味道就鲜美有了嚼头儿。王大厨知道北平全聚德烤鸭用的是章丘葱，就用章丘葱爆炒羊肉，章丘葱味儿不冲，还甜丝丝的，再加上孜然、辣椒等佐料，炒出的葱爆羊肉比蒜爆羊肉还好吃。

　　王大厨不但菜做得好，主食也是一绝。他让人把泰安产的栗子磨成面儿用来包饺子，饺子馅儿用鸡汤调。饺子不用水下，放在锅里蒸。蒸的时候，荷叶铺在笼屉上，饺子放在上面，再罩上荷叶，大火蒸完，带着荷叶端上桌。荷叶一摘，香气扑鼻。吃一口，饺子中的汤汁流入口中，滋味儿别提多香了。顾客吃完一盘，咋呼着再来两盘、三盘、四盘！光这饺子，就比过去一桌菜卖的钱还多。

　　王大厨不但饭菜做得好，还用饭菜给人治病，就是人们常说的药膳。王大厨做完菜，跑到每个单间给顾客敬酒，见哪个顾客脸发红，气喘得不匀，就说我给你做个菜，帮你祛祛病。回到厨房，不一会儿就做出了一道汤菜，里面有百合、莲子、豆腐和冬瓜。顾客吃完，顿觉心肺通畅。王大厨见哪个顾客精神不佳，就知他肾精不足，跟人家说，我给你上个鹿肉丸子，你就有精神了。他说的鹿肉丸子很少有鹿肉，更多的是牛鞭和驴鞭。这些东西壮阳大补，熬炖再加上即墨老酒，人吃了不可能不补精。还有一些少白头的，王大厨就给他们做黑核桃、黑米、黑芝麻、黑桑葚、黑枸杞、黑枣的绿豆八宝饭，保他吃几个月头发变黑。这一来王大厨在济南的名气越来越大，超过了马拧子。有人说，外地人不知道济南有趵突泉，也知道有个叫王大厨的。

王大厨还善于同顾客聊天。他来自皇城根，见多识广，宫廷的事儿本来顾客就爱听。王大厨讲的时候还惟妙惟肖，顾客听了，觉得比听说书还过瘾。其实王大厨讲的很多内容都是现编的，什么慈禧比武则天还好色，只不过不好张扬，后人才以为她是遵守妇道的楷模，其实她下面的口馋得很。武后常跟女儿太平公主交流共享张易之、张昌宗、薛怀义的感受，慈禧却闭口不谈男女间的事，武则天宠爱面首，老佛爷却把那帮贴过身的男宠都杀了。

王大厨除了胡编，还说宫廷正事儿："不能说慈禧文化水浅得只能看懂小人书，搞政变给人递密谕，两百来个字错了十七八个，跟不上个三年级的小学生。可人家早年入宫见惯了钩心斗角尔虞我诈，明白宫廷争斗你死我活，知道咋治人。对异己和不听话的说杀就杀，说砍就砍，把大臣治得服服帖帖，祸害了国家四十八年，硬是把大清王朝弄衰败了。把香港给了英国，青岛给了德国，台湾给了日本。说是把东北租给小日本百年，其实跟给了人家差不多。"

王大厨除了说宫里的事儿，还喜欢说民间的斗鸡、斗狗、玩鸟、玩蛐蛐儿。除了这些，王大厨还同高官大贾聊高雅的。什么梅兰芳之所以能坐上京剧头把交椅，除了扮相俊美，嗓儿好听，还有他那勾人的眼神儿。他告诉顾客，为了练眼神儿，他养了一百多只鸽子。每天望着鸽子在天上飞，才练出了那双水灵灵的眸子，不但有神，还勾魂儿。他还说盖叫天特别有骨气，为了护戏班一个女孩儿，跟京城有名的大流氓头子刘子辰叫起了板。说你带走我师妹，不如带走我剁掉的这只手，你不敢剁，我帮你，说着举起了菜刀。劈过不少人的刘子辰面对盖叫天蔫了，知道这武生剁下手后，下一刀就扔过来劈自己，忙冲盖叫天抱拳行礼："盖爷，我服了！"这些故事，王大厨说起来没完没了。他脑瓜活泛，编故事张嘴就来，讲的时候还不忘让小厨子送个菜，菜当然不如王大厨做得好。王大厨尝一口，骂骂咧咧地说他的徒弟没有一个成器的，骂完说还得我亲自动手，就去了厨房。不一会儿，一盘鲜亮的菜端到了桌上，顾客一尝自然叫好。他们让人再叫来王大厨，王大厨就不来了。他的目的已经达到，顾客第二天还会来吃他的菜。

正因为顾客听王大厨说皇城根的事儿像听说书，才一顿接一顿地往下听。玉泉楼天天顾客盈门。没有订上桌的，就在门外等。实在等不及了，就让刘掌柜在门外摆张桌子。桌子多的时候，顺着东流水河沿摆出去几十米。路人看见，没有不传的。就这样，玉泉楼饭菜好吃，天天在济南人的嘴里传。所以，王大厨让刘学栋带这只九厘的大蟹青去战上海滩，刘学栋岂能不俯首听命。

刘学栋借口到上海打听山东土特产的价格，买好了第二天去上海的火车票。为了打发时光，他来到了南岗子书场。

南岗子书场是济南曲艺汇集地，全国各地曲艺种类不少汇集在这里。什么京韵大鼓、西河大鼓、河南坠子、苏州评弹、三弦、山东快书、琴书、相声等。这里还有不少名家，像唱京韵大鼓的何树来，唱河南坠子的谭桂英，唱评弹的刘得义、盛小云，唱三弦的蒋寿开……

刘学栋喜欢来这里，是他在书场学到了不少东西。他被学校开除后，没再进过校门。他又特别好学，感到看书吃力，就来书场听说书。书场讲的无外乎是英雄传奇、名人故事和男女爱情。刘学栋不愿听男女那些事儿，爱听英雄传奇和名人故事。他从书场知道了西汉的项刘争霸和隋唐英雄，也知道了《三国演义》《水浒传》中的故事。他听楚汉传奇，听到项羽在乌江自刎前，对出卖他的部下说"我脑袋就留给你去领赏钱吧"，竟哭出了声。刘学栋还被《隋唐演义》中的英雄所吸引，山东第一好汉李元霸令刘学栋自愧不如："李元霸十五就出名了，俺都二十了，还不过是马师傅的徒弟，比起人家差得没边儿了。"他还特别佩服秦琼。秦琼多年跟从李世民南征北战，手持双鞭打落无数隋将，最后却落了个卖鞭卖马的下场……刘学栋感叹老天不公。刘学栋瞧不起第七条好汉罗成，虽然他武艺高强，却太好色，见到美人就想玩弄，不是个正经货。说书人说罗成是个美男子，刘学栋却觉得他很丑。刘学栋曾跟振鲁和福生说："要是罗成活在当下，俺就跟他单挑。枪我玩不过他，摔跤俺能摔死他。"

刘学栋常受英雄的熏陶，耿直的性格和豪气就不难理解了。

瞎子是唱西河大鼓的名家，这会儿正唱着《西厢记》："清风吹柳拂人面，月淡星稀，莺莺粉面含春着人迷……"

刘学栋找到地方坐下，过去他一直爱听好汉武将，自从受莲花撮弄听了几回《西厢记》，对男女的事儿也有了兴趣。瞎子声情并茂地唱着："一步三折扇轻摇，嫦娥羞愧百花闭，歌喉一展丝竹裂，夜莺百鸟不再啼。"刘学栋神情越加专注了。瞎子接着唱道："张生拉住莺莺纤纤手，六神无主飞了去，看那手，纤如葱管白如玉，手面软得像豆脑，甲盖亮得似瓷漆，张生心跳如蹦兔，呼哧呼哧直喘气，要知下面干什么，休息片刻说仔细……"

刘学栋还沉浸在遐想之中，莲花走过来轻轻捏了下他的肩膀："着迷了？"刘学栋回过神来十分尴尬，听淫段子他还羞于见人。莲花瞟了他一眼说："我说好听吧？你还不信，保准你听了这回想下回。"

刘学栋言不由衷地说："没劲儿。"

莲花不屑地说："我说你文化水浅还不认账，一张嘴别人就知道你肚里没墨水，我劝你还是常来听听这，也就不愣头愣脑了。"

这时，一个十四五岁的女孩手托着个笸箩开始收钱。她长得清清秀秀，挺招人疼的，每当客人放了钱，都听到她轻轻的声音："谢谢。"

刘学栋问："谁的孩子？"

莲花嗑着瓜子说："瞎子的。"

刘学栋望向台上喝水的瞎子，心想：他还有这么俊的女儿。

嬉笑声传来，刘学栋向前望去，看见几个身穿绸裤的后生边向笸箩里扔钱边嬉笑着伸手摸女孩儿的面颊身体，女孩眼泪顺面颊流下。

刘学栋喘息粗了起来，他最恨欺负人的人，尤其是欺负女孩儿。

莲花侧脸望了他一眼:"瞪什么眼,卖艺的不都是这样?没这些公子哥儿,艺人还活不下去呢。"

"那也不能欺负人!"刘学栋气呼呼地说。

莲花白他一眼:"都你这么好心,世道不就公平了。"刘学栋无言以对。莲花又说:"这也怨她爹,不光让孩子在场子上受气,还让孩子替他操心。"她叹了口气:"瞎子是个酒鬼,每晚出去喝酒,不醉不归。有时喝得太多醉倒在大街上,孩子推不醒背不动,又害怕爹冻着,就趴在他身上暖和瞎子,你想多可怜。"

刘学栋心里酸酸的。这时,女孩托着笸箩走近,看到横眉怒目的刘学栋,脸上露出胆怯。

刘学栋望着女孩,眼圈一红差点落下泪,他赶忙掏出一把钱放进笸箩,女孩惊诧地望着他。刘学栋又把手中花生递到女孩面前,女孩愣了一会儿才胆怯地接过。女孩托着笸箩走了,边走边回头。

刘学栋起身来到那几个公子哥面前,伸手抓住闹得最欢的公子哥把他提拎起。其他公子哥一见是刘学栋,慌忙拱手作揖。刘学栋见公子哥求情,就放弃了摔他的想法,他扔下公子哥愤愤走回座位,没想到女孩儿一直注视着他。

中间再次休息的时候,女孩捧着笸箩收钱。走到刘学栋跟前,将笸箩捂住,低头想过去。刘学栋伸臂挡住了她,拉开她的手将钱放进去。他撩开女孩衣袖,捏捏她细细的胳膊,女孩抬起头睁大眼睛望着他。女孩凄楚的眼神令他鼻子一酸差点掉下泪来。刘学栋摸遍衣袋也没再摸到一个子儿,他转脸问莲花:"有钱吗?先借给俺。"

莲花从包里取出钱递给刘学栋,刘学栋放进笸箩,还觉得不够,抓过莲花手里的瓜子也给了女孩。女孩眼圈红了。刘学栋爱怜地抚摸着她的面颊:"谁欺负你,等俺从上海回来告诉俺,俺摔死他小子。"

女孩眼中溢出泪水,刘学栋用手轻轻抹去,莲花动情地望着他和女孩。女孩一步一回头地进了后台。不一会儿,瞎子在女孩的牵引下从后台出来,来到刘学栋跟前,瞎子和女孩跪在地上。刘学栋慌忙道："干吗，干吗？"说着把瞎子和女孩扶起。

瞎子说："老爷，听英子说你是个好人，我想把英子拜托给你。"

刘学栋愣住了。

瞎子说："我知道现在不少人打英子的主意，我不定哪会儿死了，英子让我挂心啊。"

莲花拉过英子用埋怨的口吻道："你不会少喝点酒。"

瞎子说："英子要是有个好人家，我死了比我活着强。"说着拉过英子，把她摁在地上："叫哥。"

英子跪在地上望着刘学栋叫了一声："哥。"

刘学栋慌忙把她拉起。

瞎子脸上露出笑容："这我就放心了。

刘学栋坐了两天一宿的火车到了上海。他提着一篮子蛐蛐罐从出站口出来，像个第一次进城的乡下人。他好奇地环顾繁华的街道和林立的高楼，感叹真是大城市啊。他见马路上的人比济南的人密得多，心里嘀咕："怎么跟赶集似的。"他进了饭店想买点吃的，一看盘中的饭菜傻了眼。那么一点儿跟鸟食似的，自己吃五六份也不见得饱，还死贵，他赶紧出了饭店。

他在街上走出好一段，才在一个小吃摊旁停下，他向摊主要了五碗馄饨吃起来。这时两个身穿黑缎便装的汉子注意上了他，二人对视一眼向刘学栋走来。

摊主看到他俩吓得哆嗦了起来。

两汉子走到刘学栋跟前，一个汉子敲敲桌子。刘学栋抬起头望着他，汉子把手伸到刘学栋面前。刘学栋先是一愣，瞬间明白过来，抢钱的。他听王大厨说过，上海大街上有明抢明劫的，心想这两人便是。他装作不明白地低下头继续吃馄饨。一汉子"呸"地一口痰吐到了刘学栋碗中，刘学栋忽地站起身举拳欲打。两汉子从腰间拔出斧子，刘学栋一愣心想碰到斧头帮了。两个汉子恶狠狠地瞪着他，刘学栋马上堆起笑脸："我给你拿钱。"说着揭开提篮上面的布，从蛐蛐罐下取出钱，刘学栋瞥了两汉子一眼，突然一转身夺下二人手中的斧子哈哈大笑。两汉子心惊胆战起来，他俩在上海明抢多年，从来没有碰到敢反抗的。刘学栋瞧瞧斧子突然两臂用力一对斧刃，斧刃碰出了豁子，刘学栋笑着把斧子扔进泔水桶，他冲两汉子笑了笑，端起旁边的馄饨就吃。

两汉子大怒，一汉子从背后抱住刘学栋的腰，欲将他摔翻，刘学栋猛一甩身，汉子便飞了出去。另一汉子扑上来抱住刘学栋的腿，刘学栋一个撩勾子，把汉子撩到了半空，汉子翻了几个滚儿摔在地上。

刘学栋瞪了他俩一眼，坐在椅子上对摊主道："再给俺盛上！"

摊主吓得哆嗦着动也不敢动，两个汉子从地上爬起来跑了，摊主惊恐地冲刘学栋摆手："快走吧你！"

刘学栋白了他一眼："还没吃饱呢。"

摊主着急地指着远处："他们叫人去了，回来就把你剁烂了！"

刘学栋满不在乎地说："没事儿。"说着把碗递给摊主："再来一碗。"

摊主吓得六神无主慌忙收拾摊子，刘学栋无奈地摇摇头提起盛蛐蛐的篮子前行。

刘学栋走了几条马路，看见旅馆装修豪华知道住不起，就拐进胡同，走出不多远来到一个小旅店门口。旅店陈掌柜迎出来，领着刘学栋进去边看房间边殷勤地介绍。

刘学栋在一房间停下问住一晚多少钱。

陈掌柜说："晚上泡热堂子，十个子儿。"刘学栋心里掂量着。陈掌柜见他犹豫忙道："价钱不要紧，只要看上，好商量，阿拉最喜欢和山东人打交道，豪爽讲义气。"刘学栋笑了。陈掌柜向外招呼道："换铺卷！"

一伙计应声，随即抱来被褥。

刘学栋说："掌柜的，跟你打听个事儿。"陈掌柜伸长脖子听着。刘学栋问："咬蛐蛐的场子知道吧？"陈掌柜眨巴下眼没听懂。刘学栋说："就是斗蟋蟀的地方。"

"晓得，晓得，白露到中秋节前后斗蟋蟀，在浦林街刘公馆。"

刘学栋坐下喝了口水："听说有个刘七，知道吧？"

陈掌柜说："晓得，晓得，凶得很，凶得很，满上海滩没不知道刘七爷的。"

"听说他的蛐蛐特厉害？"

陈掌柜悄声说："有猫腻，不是虫子厉害，是饮了吗啡。听说，只是听说。"他后悔说溜了嘴。这时蛐蛐罐里发出蛐蛐清脆的叫声，陈掌柜问："你是来斗蟋蟀的？"刘学栋点头。陈掌柜忙说："阿拉劝先生不要去了，去了肯定输，啥蟋蟀也斗不过饮过吗啡的。就像人刚吸了大烟，特精神，劲特足。要是赢了，必死无疑，刘七心狠手辣，找个地方就把你做了，尸骨抛进下水道里。"

刘学栋眯起眼睛心想：越是这样，俺越想会会他。

刘七庄园是上海几大名庄园之一，它坐落在黄浦江边。院中种着不少名贵的树木和花草，白色洋楼被花草树木包围，从外面看像个大花园。

在二楼大厅，刘七威严地坐在太师椅上，面前跪着两个吃了亏的汉子。刘七瘦长脸、黑眉，眼神犀利，平常很少笑，给人感觉总郎当着脸。他肩膀宽阔手很大，这是少年时跟父亲打铁练就的。他除了臂膀手腕有劲儿，腰腿也有超人的力气。别人扛两百斤的麻袋已颇为吃力，他却跟玩似的，还能腾出一只手再提起一麻袋行走。

刘七抽着水烟斗声调平缓地问："带着蛐蛐的山东大汉？"两汉子心虚地点头。刘七抬起眼皮："那就不用找了，他会自己送上门。"两汉子低下头。刘七望着他俩说："丢了斧头帮的面子该受何惩罚你俩清楚？"二人惊恐地点头。刘七语调轻飘飘地说："那就罚吧。"说完闭上眼睛仰躺在太师椅上。

两汉子颤抖着从腰间拔出斧子，惊恐地盯着对方的眼睛，一咬牙，同时劈向对方左臂，两只血淋淋的胳膊掉在地上，两人惨叫着在地上翻滚，血把地毯染红了一片。刘七抬起头望着地上的两个血人，转脸语调平缓地对身边的打手说："抬到医院养伤吧。"

几个人将两汉子抬出了门。

刘七二十七八岁时和镇上二十几个老乡来到上海码头扛活，开始受尽了黑帮、地痞、警察欺负。刘七性子烈不甘受气，就领着老乡手持小斧同地痞、黑帮拼打。每当打斗，刘七都身先士卒，手下人无不以一当十，斧头帮逐渐成了租界码头的主宰。刘七扩充势力，又向新建码头发展，形成了闻名上海的斧头帮，连黄金荣、杜月笙、张啸林也让他三分。

刘七站起身在屋里来回踱步，想到手下人被羞辱，胸口堵得难受。他不明白在上海滩竟有人敢向他叫板，这事传出去，斧头帮会颜面尽失。他气得从后腰摸出青钢小斧朝前掷去，斧子在空中飞旋，"啪"的一声击碎了座钟。

刘七别墅的草坪上站满了斗蛐蛐和押宝的人，别墅平台上摆放着一张八仙桌，四周摆满椅子。刘学栋提着盛蛐蛐罐的篮子走进院门，在人群中观看蛐蛐。

不少人亮开蛐蛐相互端量，一一找对。刘学栋先观瞻，看着看着更加自信，他的蛐蛐出自宁津，又是王大厨精心挑选出来的，这些蛐蛐虽然个头大小不一，却都是精兵强将。

忽然，大平台上"咣"的一声锣响。人们朝台上望去，看见敲锣的人扯着嗓门喊："好了，今天斗蟋蟀开始，找上对的先上来报个名！"

不少人朝楼里拥去。

刘学栋在人群中寻找，他看了不少蛐蛐，直摇头："太弱。"他心想真是一方水土养一方人，南方的蛐蛐也像南方人，苗苗细细的。

一个持蛐蛐罐的人不服气："太弱？看看你的。"

刘学栋从篮子里取出一个罐打开，众人看后纷纷称赞："好虫，好虫！"

持罐人从衣袋取出一个罐也打开，众人一看又惊呼："好，不多见！"

刘学栋探头看看，果真是条好虫，个头还稍大。持罐人问："敢斗吗？"

刘学栋笑了："咋不敢。"

旁边一个人用手捅捅他："分量小吃亏，换个大点的。"

刘学栋自信地说："用不着。"

持罐人对刘学栋说："那我俩上去报个名？"

刘学栋随他进了大厅，来到验蛐蛐的老者面前将蛐蛐递上。老者看了认为势均力敌，就对身着浅色方格西装的主持人说了几句，主持人问完二人姓名和籍贯便上了场。

随着"咣"的一声锣响，主持人来到大平台正中，他四十来岁，中等个儿，细皮嫩肉油头粉面的。他清清嗓子大声道："下边这对是——济南的刘先生和广州的沈先生。刘先生的蟋蟀六厘半，沈先生的七厘。按说不是一个级别，但刘先生主动请战，下面二人到下边亮亮蟋蟀。各位，看准了押宝，刘先生的在左边，沈先生的在右边。"

斗蛐蛐意不在斗而在赌，观众分别对两只蛐蛐押宝，押的多赢的多，押的少赢的少，押错了宝钱就打了水漂。

二人走下台亮蛐蛐。

刘七和打手早看到了刘学栋，刘学栋人高马大，在人群中鹤立鸡群。刘七望着刘学栋取出一支烟，随从给他点燃道："出了公馆就剁了他？"刘七摇摇头。

众人看过刘学栋的蛐蛐都叫好，可看过沈先生的更是一片赞叹声。押宝人群纷纷向右边拥去，刘学栋望着他们直摇头。

刘学栋和沈先生走向大平台，身后各有三个证人。

主持人冲院中人咋呼着："押呀，快押！以小对大，说不准，小能胜大！"可是人群大多拥向右边。

台下有人议论："山东虫厉害。"

马上有人反驳："厉害也是在同一级别，不同级别，再厉害也白搭。"

刘学栋、沈先生落座。

"咣"的锣声响起。

牌子上现出押宝比为三十七比三百八十六，众人一片惊呼。

主持斗蛐蛐的老者揭开中间斗罐，示意刘学栋和沈先生将虫放入，二人各自揭开蛐蛐罐，轻轻地将蛐蛐放入斗罐。宁津蛐蛐似乎知道厮杀即将开始，晃动着身子在罐中寻找，而广东的蛐蛐却在愣神儿。宁津蛐蛐发现了对手猛地冲了上去，广东蛐蛐反应过来慌忙迎敌，可是已经晚了，宁津虫猛地一嘴就将它挑出了斗罐。

老者和平台上的证人呆呆地看着被挑到桌案上的虫，广东虫的牙板一片已经折断，它痛苦地用前腿拌着断牙。证人还在细看，老者已举起刘学栋的右手，众人才明白刘学栋胜。

主持人兴奋地大声喊起来："一口，就一口挑出了斗罐，广东虫被挑出一尺多高，'啪'地摔在台案上，牙板折断了，肚子摔出了屎！"

大多数押宝人懊丧地埋怨自己看走了眼，少数人欣喜若狂。

主持人在平台上手舞足蹈："赢大了，赢大了！有眼力，有眼力！眼毒的押一宝，黄金万两。干什么能顶得上押宝？不押宝干别的那是傻瓜，受一辈子穷！"

刘学栋兴高采烈地冲着主持人喊道："俺还有十几条好虫，跟谁打都行！"

主持人听后，转脸向众人大声道："听见了吗？山东刘先生，有的是蟋蟀，说跟谁打都行！"众人一片欢呼，刘学栋喜笑颜开。主持人喊起来："今天有看头了！眼神准的，挣个百八十块大洋，一两套住宅。大伙都是行家里手，看不走眼。押呀，看准了就押！"

押宝人兴奋地冲刘学栋招手。

这时，一直躲在人群中的刘七脸上露出难以捉摸的笑容，他摆摆手，旁边过来几个人，他耳语几句，几个人散开。

主持人在台上大声吆喝："看好了，山东刘先生下去找对了，不服的，捉对打一场，好叫各位尽个兴。不在输赢，图个好玩尽兴！"

刘学栋下台叫道："来个七厘的！七厘的有没有？七厘的斗八

厘的，敢不敢？"

众人围过来观看他罐中的蛐蛐，无不叫好。

刘七拨开众人来到刘学栋身边看了看蛐蛐，抬起头道："我俩赌一把。"说着掏出个上好蛐蛐罐打开。

刘学栋没看蛐蛐，只看了对方一眼便知道是刘七，他盯着对方鹰一般的眼睛。刘学栋透过他的眼睛知道他是个残忍的家伙。眼睛跟几年前常到店里吃饭的亡命宋三差不多。宋三跟其他街痞大不一样，他打仗从不咋呼，出手便能致残致命。宋三被人打死在街上，死时睁着眼睛，那眼睛跟刘七的极为相似。

刘七望着刘学栋咄咄逼人的眼神心想："这也是条汉子"。四目对视良久，二人微微一笑。刘学栋低头看了看刘七的蛐蛐说："好吧。"

二人并肩走进大厅。

主持人见他俩进来，异常地活跃，他冲院中的人大声道："今天各位要大开眼界了！知道吗？刘七爷，大名鼎鼎的刘七爷要跟山东的刘先生大战一番。欢迎刘七爷和刘先生跟大伙见个面！"

众押宝人一片欢呼鼓掌。

刘学栋表情严肃，刘七泰然自若。刘七来到大平台上，微笑着冲台下人挥了挥手，引来一片掌声。

主持人冲台下喊："山东刘先生有种，我们刘七爷更是好汉。刘先生说用七厘的斗八厘的，刘七爷非用六厘八斗他七厘的！"

台下一片喝彩声。

一押宝人小声道："抹过药，六厘的也能斗过八厘的。"

另一押宝人说："这不明摆着嘛。"

台上的主持人高声道："现在二人下台亮亮蟋蟀，大伙看好了押宝，山东刘先生在左边，我们刘七爷在右边。"

台下人起哄："不用亮了，斗吧，斗吧！"

主持人问："各位同意吗？"

台下起哄："同意！"

主持人点下头说："那就押宝吧，刘七爷用六厘八斗刘先生七厘的。押吧，押吧，山东虫厉害，刚才用六厘半的撅了广东七厘的，厉害。押吧，押呀，押准了顶半年工钱。干吗不押？出力干活那是臭苦力，我们是干吗的？凭心计眼准吃饭！押准宝，买房子置地娶媳妇，全有了，还用得着下苦力攒钱？押吧，快押！"

众押宝人纷纷拥向右边。

刘学栋表情越发严峻，他想起了王大厨的话："刘七用蘸吗啡的蛐蛐葫一逗弄蛐蛐，蛐蛐就成了疯子，不斗到死不停下来。"刘学栋心想："我今天倒要看看刘七是不是真耍花招。"

刘七看着押宝的人群，并不时地瞥刘学栋一眼。

主持人发话了："嘿，今天怪不，都奔刘七爷那儿！要我说大伙准看走眼，六厘八斗七厘的本来就处于劣势，还碰的是山东虫。山东呀，大伙谁人不知，山东大汉，水浒中一百单八将，除了河北大名府的卢俊义，一百零七个都是山东人。山东人威猛，威猛呀！武松、李逵、杨志、孙二娘，连女的都吃人肉。蟋蟀也一样，一方水土养一方人，也养得一方蟋蟀。我主持了七八年，还没见过斗败的山东虫。押呀，押呀，哎哎，都挤到七爷那边干吗？我看保准看走了眼，对刘七爷敬归敬，可这是斗蟋蟀，押错了宝，不怕得罪老婆，饿着孩子。哎呀，我看今儿这帮人保准看走了眼！"

刘学栋皱起眉头，刘七依然眯起眼睛看着乱哄哄的人群。刚才听刘七耳语的那几个人先后来到左边，将宝押在刘学栋上面。

人群渐渐平息，主持人叹了口气宣布："刘七爷对山东刘先生！两位请入座。"说着伸出手，刘学栋和刘七在斗桌旁坐下。

"咣"的一声锣响，墙上亮出刘七爷同刘学栋押宝的比是四百三十六比十七。押刘七的人大呼："没赚头，没赚头！"

刘学栋紧锁眉头盯着刘七，刘七悠闲地抿着油亮的头发。

老者上来宣布开斗，然后示意二位将蛐蛐放入斗罐。

刘学栋盯着刘七，刘七揭开盖取出蛐蛐葫打了蛐蛐牙板两下，然后看了一眼刘学栋，示意一块儿将蛐蛐放入斗罐。刘学栋慢慢揭开盖做出放入的样子，眼睛却死死地盯着刘七的蛐蛐。刘七将蛐蛐放入，刘学栋马上停下，仔细地观察着蛐蛐，半晌没有放进罐。

台下人起哄："干什么？一块儿入罐！不知道规矩呀，乡下土包子！"

刘学栋没发现刘七的蛐蛐有异常，抬眼望了下刘七。刘七安详地看着他，刘学栋心中越发没数，他又看了一下斗罐中的蛐蛐，才迟疑地将蛐蛐放入。

两蛐蛐对上了头，你一口我一嘴拼命地拱咬。刘七的蛐蛐虽然个头略小，却拼劲十足，加上是个低牙的优势，并不处于下风。宁津蛐蛐打斗狂野，但是个高牙，牙板只能顶在刘七蛐蛐的头上，夹不住它，而刘七的蛐蛐牙板贴着地皮往前拱，推得宁津蛐蛐前腿站立不稳。台下众人屏住气，台上人瞪大眼珠子看着。最终刘七的蛐蛐落败而逃，刘学栋的蛐蛐鸣叫着追击。

老者举起刘学栋的手宣布获胜，台下像炸了营。少数押宝人欣喜若狂，绝大多数押宝人垂头丧气。主持人向观众宣布："山东刘先生胜！"他拍拍刘学栋的肩膀："不得了，不得了，连胜两场。"他转脸对院中的人："我说吧，大伙准看走了眼，敬七爷也不能不顾老婆孩子。赔了吧，赔了吧？赌蟋蟀要看双方实力，光奔名气赔钱啊！"

刘学栋扬扬自得，刘七脸上露出不快。

刘学栋趾高气扬地出了刘公馆。他边走边想："王大厨把刘七吹得天花乱坠，他刘七有啥了不起？我赢了他，他也没敢怎么着我，别忘了我还打过两个斧头帮喽啰呢。"他心里高兴，就在南京路一家家商店逛了起来，逛到天黑才回到旅馆。

一进门，陈掌柜上来问："没斗吧？"

刘学栋一挺胸说："斗了。"

陈掌柜观察着他的表情问："赢了？"

"那还用说，赢了五十块大洋。"刘学栋拍着口袋。

"妈呀，这么多？够我干两年半的。"陈掌柜望着刘学栋鼓鼓的口袋惊叫起来。

刘学栋自豪地说："其中有刘七的三十。"

陈掌柜瞪大眼睛："真的？"

刘学栋往外一指："你去打听打听。"说着往里走。

陈掌柜跟上他："刘七有心计，又极要面子，你能赢他还活着回来，不是太阳打西边出吧？"

刘学栋进了房间坐下，眉飞色舞地讲起了过程。陈掌柜听得出了神儿。

半晌，陈掌柜说："不可思议，刘七怎能丢了面子，还让你拿走钱呢？不会是先放你一马，放长线钓大鱼吧？"说着摇头出了房间。

当晚，刘学栋躺在床上兴奋得睡不着，月淡星稀才进入梦乡。

清晨，刘学栋醒来，慵懒地伸了伸腰，望着窗外觉得时候还早，就又迷糊了一会儿。半个时辰后，才起来出去方便。方便完洗漱，洗完提着盛有蛐蛐罐儿的篮子出了门。刚出门，陈掌柜在后面叫住了他："刘先生，要我说不要去了。"

刘学栋不解地问："干吗不去？昨天赢了五十，今天还想赢一百呢。"

陈掌柜说："昨夜我想明白了，你赢是刘七放长线钓大鱼。你知道刘七是什么人物？上海滩黑道上的老四啊，什么世面没见过，能输给你个乡下人？你别用这眼神看我，上海人看其他地方的人都是乡下人。你毛头小子从刘七口袋掏钱，那是他的奇耻大辱，没有猫腻绝不可能，这叫螳螂捕蝉，黄雀在后。"刘学栋思索着朝前走，陈掌柜追上他："小伙子别去了，去了必死无疑。阿拉也是有儿子的人，儿子被人砍死了，心痛呀，做父母的心痛呀，别去了，别去了。"说着眼泪流下。

刘学栋望着他半晌点点头，转身前行。陈掌柜望着他的背影哭出了声。

刘学栋边走边琢磨，渐渐地也明白过来："是呀，刘七心狠手辣，又有那么多爪牙，凭啥让我拿走大洋？他是设陷阱让我跳，去了九死一生。"他有点犹豫了："不去也好。"可只片刻工夫，他便打消了念头："怕他是我做派吗？胆小怕事窝憋得慌，以后想起来能窝囊死。"他决心去会会刘七："就是死也要在上海扬名。"他眉头舒展开了。

刘学栋边走边向路人打听,来到一个土产店,买了把劈柴的砍刀,叫卖刀人开了刃,他把砍刀插在背后衣服里出了门。刘学栋提着盛有蛐蛐罐儿的篮子往刘公馆走。走着走着心虚了,步子也慢了下来。陈掌柜的话又在耳边响起,刘学栋记起王大厨跟自己说过,刘七心狠手辣,心想:"自己到了那儿很可能跟他来一场砍杀,自己功夫深,可别忘了刘七手下人多。他们善用斧子,能劈能砍还能扔,自己抵挡得住吗?"他的步子越来越慢,在路口停下。他长久地思索着,心里有点儿害怕。他知道猛虎难抵群狼,感到了孤立无援:"假如黑蛋、振鲁、福生来就好了,可现在就我一人……"想到这儿,他折回身往回走。走着走着,忽然感到自己成了个孬种:"我怎么了?咋还不如十六七岁的时候。那时,我打服了济南黑道上最狠毒的吴勤宝,现在体格比那时壮得多,还是摔跤高手,咋胆小如鼠?刘七人多又能怎么着?就不能学学人家秦琼?他手持双鞭冲入敌阵,打落了十几员隋将。莲花说我像秦琼,我背后还别着砍刀呢,怕啥?我从小就瞧不起胆小鬼,现在咋成了这样子?"他忽然为自己的胆怯感到羞耻:"假如别人知道了我临阵逃跑,肯定再也瞧不起我。我愿在鄙视的眼光下过日子?那不成了街上的癞皮狗,我还不如豪气地去死呢!俺不会白死,死前能砍死刘七,除掉这祸害,那俺就震惊上海滩了。上海人都知道了俺刘学栋的大名,我就像秦琼在济南,让上海人忘不了了。"想到这儿,他转身大步向刘公馆走去。

第 四 章

今天来斗蛐蛐的和来押宝的人更多，他们是听到了刘学栋和刘七斗蛐蛐的事情来的。刘学栋刚走进刘公馆大门，看见他的人便喊了起来："山东大汉来了！"众人回过头欢呼着拥来。

刘学栋挥手打着招呼，主持人看见他快步跑过来："福星高照！一日不见，如隔三秋，昨夜过得可好？没找几个姐儿陪陪？"

刘学栋道："俺不好那口。"

主持人凑近他说："人生在世转眼便是百年，一朝有酒一朝醉。有钱了便吃便玩，吃就吃山珍海味，玩就玩女人。玩女人是玩的最高境界，什么玩鸟、玩狗、玩鱼都是下等的玩。今天赢了，阿拉领你找几个姐儿玩玩。那个脸盘、腰身真迷人，一步三扭，能勾出你的魂。"说完半掩嘴笑了，锃亮的皮鞋映出他猥琐的样子。

刘学栋不搭理他，径直向前。

二人上了台阶，主持人几步蹿到大平台前端，冲院中人挥手喊道："大伙的财神爷到了——山东大汉刘学栋！昨天他给押宝的带来了大财运……"众人叫骂声打断他的话。主持人两手一摊："哎，哎，别骂我，骂我干吗？昨天我招呼大伙押刘先生的宝，大伙不是不听我的嘛。本人没啥本事，可当了七八年主持，打眼一看便八九不离十。我干这活不能说谁输谁赢，可昨天，阿拉打心眼里不愿看各位先生赔，再三暗示，最后干脆挑明，还不是大伙不相信本人。今天，我干脆不说，说多了，落个不公正的罪名。我只提醒一句，昨天连胜两场的山东刘先生带着宁津蟋蟀来了！"

众人一片欢呼，主持人引刘学栋上台，众人欢呼声更高，刘学栋挥手朝众人致意。

站在院中人群后的刘七望着刘学栋，脸上露出诡异的笑意。

主持人举手在空中做个暂停手势，大伙平静下来。主持人问："大伙听说过宁津蟋蟀吗？"

众人参差不齐地咋呼起来："听说过，听说过……"

主持人道："这就对了。宁津蟋蟀在《帝王史》和《蛐蛐谱》上有记载，《帝王史》上记载：隋炀帝好色好虫好宝马。色，指后宫粉黛三千，包括姑表姐姨表妹；宝马指西域千里马；虫便指宁津蛐蛐。唐高宗李隆基才子呀，能填词谱曲，拥有佳丽三千，犹爱儿媳杨玉环。"众人大笑起来，主持人接着调侃道："唐高祖爱玉环还不及爱山东宁津蛐蛐，杨国忠送个宁津八厘黑旋风便封了个宰相。还有雍正、乾隆、道光，无不喜好宁津虫……"

众押宝人在院中咋呼起来："别啰唆了！"

主持人制止着："别，别，传授些知识，好让大伙学着挣钱。我接着说，《蛐蛐谱》上记载宁津蛐蛐：头大、身宽、腿壮且长，为华夏之最，有天下蛐蛐数宁津之说。"众人鼓起掌来，他们仿佛看到宁津蛐蛐给他们带来了无数大洋。主持人继续道："本人只是介绍蛐蛐知识，不关押宝，大伙输赢不关我事。输了我也没钱相送，赢了，各位买了房也不会让我去住。不过要我说宁津蛐蛐好哇！"

刘学栋"扑哧"一下笑了，他由衷地佩服主持人的好口才。

众押宝人鼓起掌，远处的刘七眯着眼笑了，心想："这群傻瓜到底入了套。"

主持人大声喊道："现在山东刘先生带着宁津蛐蛐八厘半的大蟹青下台选对手了，有不服气的迎战，让大伙开开眼！"

刘学栋持罐下台找对手，所到之处，人们看了无不惊呼。刘学栋转了一圈，竟无人应对。

主持人叹气："唉，大伙一瞧宁津大蟹青，都吓住了。是呀，这蟋蟀身厚体壮，阿拉干了七八年主持，还没见过这么好的虫，无虫能敌。极品呀极品！要是刘先生早生几十年，就凭这大蟹青就能换个一二品大官。出有车马相载，进有美妾相拥。生不逢时呀！哎，大伙也该有个出头的，败就败，败了叫大伙看个热闹。蛐蛐不斗枉活一世，现在是白露，再能活也过不了立冬，趁年富力强斗一斗！"

可是不管他怎么咋呼，也没有人应战。主持人有点泄气了："看来今天大伙白到场了，没角儿唱戏！"

刘七听后在远处喊道："干脆，我来凑个热闹！"

众人欢呼着让开道，刘七持罐走上台。

主持人上前扶刘七："看见了吗？关键时候还是我们七爷撑门面，斗死也不能吓死，输了也显示汉子气！"他让刘七亮开蛐蛐。

刘学栋看了一眼蛐蛐，便盯着刘七想从他脸上找出谜底。

主持人大声说："七爷这蛐蛐虽好，可比刘先生的弱了不少，身板牙板都不是一个档次，斗起来可吃亏了。"

刘七面对台下道："没法子，谁让我没那么好的虫来着？放着也是放着，干脆斗一把，输了，也不过九牛一毛。我不能让山东汉子回去说上海无人！"

主持人带头鼓掌，台下一片掌声和叫好声，刘学栋却沉思起来。

主持人说："现在二人持罐下台亮亮蟋蟀，好叫大伙看准了押宝。"

人群中有人叫喊："不用亮了，斗吧！"

主持人说："那不行，今年蟋蟀王相争，得郑重其事。要不赛后别人问你什么样的蟋蟀相斗，你说不出个轮廓模样来，不让人笑掉大牙？我们这里不是赌博，是雅玩，关键是个玩字。玩第一，挣钱第二。好了，二位下台让大伙开开眼。"

二人走下台，刘七在前，刘学栋在后。众押宝人依次观赏，观赏后都说："山东虫必赢无疑。"

刘七、刘学栋再上台，主持人冲院中的人大声道："大伙看好了，掂量掂量，好押宝了。这回我想看不走眼了，优劣一目了然，不多说了，山东刘先生在左边，刘七爷在右边，押呀，押呀！"

押宝人潮水般拥向左边，刘学栋面无表情，他琢磨刘七到底在耍什么花招。他瞥了刘七一眼，刘七一脸虔诚嘴角露着笑意。

主持人挥挥手，人群渐渐平息。主持人道："山东刘学栋对上海刘七爷，蟋蟀争王之战现在开始！"台下一片掌声和叫好声。主持人大喊一声："欢迎二位登场！"说着带头鼓起掌。

刘七、刘学栋及证人、主斗人老者来到斗桌旁。

老者做出"请"的手势说："二位落座。"

刘学栋、刘七坐定。

锣声一响，老者示意刘学栋、刘七将蛐蛐放入斗罐。

刘学栋看了刘七一眼，刘七无所谓地摇摇头，随手取出蛐蛐葫逗弄蛐蛐两下，抬起头示意刘学栋一起将蛐蛐放入。

刘学栋揭开盖做出过入的样子又停住，刘七叹了口气无奈地将蛐蛐放入说："输就输。"

刘学栋盯着罐中的蛐蛐，刘七的蛐蛐兴奋异常，它东奔西撞摇头晃脑。刘学栋抬眼看着刘七，刘七表情平静，老者示意刘学栋放入，刘学栋收回蛐蛐罐。刘七微笑着伸出手客气地示意："请。"

刘学栋按住罐死死地盯着刘七，台下，众人屏住气望着刘学栋。主持人过来问："怎么了？放进去，斗呀。"

刘学栋从嘴唇蹦出一句："不咬了。"语调虽轻却似炸雷，引得院中人大哗。

主持人有点急了："这可不是小孩过家家，说斗就斗，说不斗就走。那么多人押宝，怎么交代？"他指着院中人，众押宝人起哄叫骂。主持人转脸向众人喊道："你看看，来斗蛐蛐的和押宝的同意吗？！"

众人大声回应："不同意！不同意！"

主持人说："别说大伙不同意，阿拉也不同意。这场子建起来不容易，坏了规矩，以后怎么经营。"

台下众人喊起来："对！对！对！斗呀，斗呀！"

刘学栋站起身说："不斗，说什么也不斗！"他语气倔强，没有商量的余地。

台下人大喊起来:"为什么不斗?闹着玩呀?!"

主持人说:"来,来。"他拉住刘学栋:"别胆怯,我帮你放,败了算什么?不就图个热闹吗,再说就你这个蛐蛐王,谁能敌得了。放进去吧,大伙等着开眼呢。"说着要把大蟹青过入斗罐。

刘学栋推开他说:"斗?行,得过半个钟头。"刘学栋听王大厨说过,饮过吗啡的蛐蛐发疯不过半个钟头,半个钟头过后自己衰竭而死。

众人大哗。一看客明白过来,低声说:"刘七的蛐蛐一定饮了吗啡。"

另一看客点头:"保准是这么回事儿。"

众人议论纷纷。

主持人急了:"这算什么?按规矩一块儿放,你已破了规矩,大伙等着呢,快放进去吧。"说着又要抓刘学栋手中的罐。

刘学栋推开他的手,反而沉住了气:"要么等半个钟头,要么我走!"他的口气不容商量。

刘七斜眼看着刘学栋。

台下,众人乱成一团,叫骂声、起哄声不断。

斗罐中的蛐蛐已撞得晕头涨脑,老者叹了口气,主持人急得抓耳挠腮。

刘七站起身对台下众人道:"山东刘先生不肯斗是嫌我蛐蛐小。可不,一放入罐中真比刘先生的小不少,不用战,胜败已分。刘先生给我面子,不肯放入,放入了一口就撅出来。我敬重刘先生,好了……"他回过身伸手抓住斗罐中的蛐蛐举在空中:"刘先生抬举我,我也不能让人小瞧了,这蛐蛐是花了三十块大洋买的,不能斗要它何用!"说完,猛地将蛐蛐摔在地上。众人"啊"地惊呆了,刘学栋愣愣地望着他。刘七对刘学栋说:"我爱虫如命,看到好蛐蛐,得不到吃不下,睡不着。你的蟹头青我一看到就迷上了,在下恳请刘先生转让给我,多少钱都行。"

刘学栋愣愣地望着对方半晌说:"俺不卖,俺是来斗着玩的。"

刘七说："我更喜欢玩，得不到的东西能急死我。"

主持人凑近刘学栋："你就权当救七爷一命。"

刘学栋犹豫不定，刘七双手一拱："刘七相求了。"

刘学栋摆了下手，他已知刘七在玩花招，不想再跟他玩了。

主持人急了："哎哟，谁见过七爷给人行礼呀，都是别人三跪九拜。"他推刘学栋："快，快给七爷行礼。"刘学栋瞪了他一眼。主持人没趣地嘟囔一句："不识抬举。"

刘七虔诚地对刘学栋说："一百大洋怎样？"

台下众人大哗。刘学栋不知如何是好。

主持人喊起来："一百，一百大洋啊，够买套别墅的啦！"

刘七转身呼道："拿钱来！"片刻，一个随从捧着一袋大洋上台递到刘七手上。刘七双手举起，冲刘学栋："刘七夺人所爱了！"

刘学栋不知该怎么办了，主持人替他接过，随即把蛐蛐罐从刘学栋手中拿下递给刘七。

刘学栋收下一百大洋，台下众人叫好声响成一片。

刘学栋乐滋滋地下了平台来到大门口。刘七喊住他："认了个朋友，高兴，不妨找个地方叙叙。"刘学栋推辞。刘七说："山东人豪爽，全国有名，到了上海滩，我刘七哪能让你受冷落。再说，兄弟今年蟋蟀大赛称王，哪有不庆祝的。"

刘学栋想想也是，就说："好吧，俺先到店家把钱放下。"

"好，那大哥我就在对面馆子里恭候了。"刘七说着抱拳。

刘学栋双手抱拳回礼："谢。"

刘学栋乐呵呵地从刘七公馆里出来往旅店走，一路上捧着沉甸甸的大洋看，心想："这不是在做梦吧？蟹头青再好，能值一百大洋？要知一百大洋在济南能买下四五个大院啊。"他甚至想到玉泉楼没必要再干了："二叔二婶年纪不小了，俺对经营酒店也没兴趣，还不如随便找个人代二叔管理。挣不挣钱无所谓，有这一百大洋，加上昨天赢的五十，俺和二叔二婶，包括俺以后娶媳妇也足够了。俺可以整日泡在跤场，高兴的时候去北平、天津、保定和人家比试比试，去不是踢人家场子，是展示跤技。我练了这么多年摔跤，不能光在济南出名，得让外地人也知道知道我刘学栋的大名。"

刘学栋不知不觉地回到了住的旅店，陈掌柜见他进来忙站起打招呼。刘学栋一抖手中的布袋："一百大洋！"陈掌柜目瞪口呆。刘学栋没等他问，便绘声绘色地讲起了斗蛐蛐的经过："这不，放下钱，俺还得去赴宴，刘七请俺。"说完昂首挺胸进了房间。

陈掌柜愣愣地琢磨了好一会儿，跌跌撞撞地跑进刘学栋的房间。正在梳理头发的刘学栋见状埋怨道："吓俺一跳，当是来抢钱的呢。"

陈掌柜说："我琢磨，宴，不能去。"

刘学栋梳理着头发："为啥？"

陈掌柜喊起来："鸿门宴，鸿门宴啊！"

刘学栋停住手："啥鸿门宴？"

陈掌柜说："刘七心狠手辣，怎么会轻易输给你一百大洋？"

刘学栋解释："那是俺卖蛐蛐挣的。"

陈掌柜说："不对，刘七是缓兵之计，当着众人的面为了不失面子，落下个好名声，那一百大洋只不过暂放在你手上，你赴宴必遭砍杀。"刘学栋不觉瞪大了眼睛。陈掌柜问："你回店前跟他说了啥？"

"俺说放下钱再去赴宴。"

陈掌柜走到窗前揭开窗帘一角向外观察，他叫过刘学栋朝窗外一指问："那两个人你认识吧？"

刘学栋朝外瞅瞅，见果真是刘七的两个随从，俩随从正注视着旅店门口。刘学栋才明白过来。

陈掌柜说："告诉你吧，你一出门，那俩人就进来问你住在哪间房，进门就翻箱倒柜找钱。你赴宴不是丢命，就是断胳膊断腿。"刘学栋皱起了眉头。陈掌柜急忙劝他："快收拾收拾从后门走吧。"

刘学栋生气地道："俺不怕，山东人怕这个？"

陈掌柜苦着脸道："你是好汉，阿拉一见到你，就知道你是好汉。猛虎难敌群狼，快走啊！"他有点急了。

刘学栋想了想说："俺走了，你咋办？"

"任打任杀，反正我儿子死了，阿拉过一天算一天，早死了更好。"

"不，让您老受连累不是山东人的做派。"刘学栋掏出笔写了起来，写完递给陈掌柜，"俺家的地址，这一百大洋给俺叔婶邮去。"

陈掌柜推辞道："别，孩子，听阿拉说一句，你死了，做爸妈的生不如死，你可别……"

刘学栋一挥手："别说了！"他从枕头下扯出昨天赢的装有五十块大洋的袋子放到桌上，对陈掌柜："这些归你。"

陈掌柜忙摆手："阿拉不要，不要。"

刘学栋推他出了门。

刘学栋关上门，开始活动胳膊腿脚，活动了片刻，将砍刀插进后背出了门。

陈掌柜拦住他，说什么也不让他出旅馆，刘学栋推开他走了出去。

刘学栋走出旅店不久，刘七的两个随从就进了旅店。他俩粗声大气地问陈掌柜刚才那个山东人住在哪个房间。

陈掌柜用手指指里边："他刚出去。两位找他？"

两个随从喝道："领我到他房间！"

陈掌柜赶忙拎着钥匙打开房门，两个随从进了门便翻箱倒柜床上床下地查找。没找到钱，回头问陈掌柜："真住这儿？"

陈掌柜说："错不了，褂子还挂在那儿呢。"他用手一指。

一随从一巴掌扇倒陈掌柜，两人气呼呼地出了门。

刘学栋来到与刘七约好的酒店，店主跟他打招呼："七爷请的贵客吧？请上楼。"

刘学栋随他上了楼。店主推开一房间门，刘学栋看见刘七和主持人早在里边等候了。二人见了刘学栋笑着站起迎上来，刘学栋微笑着进了门，他看到门后站着两个打手，下意识地摸了摸背后。

三人坐定，店主倒水递烟，刘七招呼他上菜，店主应声出去。

主持人对刘学栋说："七爷历来敬英雄，今天摆桌纯是想交山东朋友，英雄相惜呀。"

刘七笑着对刘学栋说："佩服，刘先生只身敢趟上海滩，使我想起当年来上海闯荡的日子，是条汉子。"

"过奖了，刘先生。"刘学栋笑着应付他。

跑堂的上了四个凉盘。

刘七端起酒："今天与刘先生相识，三生有幸。来，干了。"

刘学栋望了他一眼说了声："谢。"

二人碰杯，将酒干下。

两个随从进了酒店叫过店主耳语几句，店主上楼，接过跑堂的托盘进了单间。放下菜，对刘七说："七爷，外面有朋友想跟您老说句话。"

刘七对刘学栋说："我去去就回。"

刘七出门来到楼梯口，两个随从凑近对他讲了查而无获的事儿，刘七阴沉着脸思索半晌对他俩交代了几句。

刘七进了房门，对门后两个打手使了个眼色，两个打手会意，手伸到了背后。刘七坐下盯着刘学栋，刘学栋也望着刘七。主持人悄悄起身站到了一边。

门外一随从将跑堂拦住，换上他身上的衣服，托菜进了门。他放下菜，提起水壶给刘七斟水，斟完又给刘学栋斟，斟完放下茶壶，转到刘学栋身后猛地抱住他。刘学栋早有防备，一抖膀子，随从便飞了出去。两个打手抽出斧子逼过来，刘学栋站起身从背后摸出砍刀指着刘七说："俺早知道你摆的是鸿门宴！"

两个打手欲冲过来，刘七伸手喝住，门外一随从持斧冲进来也瞪着刘学栋，刘学栋甩下衣褂，踢翻椅子，持刀吼道："关上门，俺一对六，拼个你死我活！"刘七没说话，刘学栋瞪着他："想谋财害命？钱俺叫人寄走了，命咱克克看谁的硬！"

刘七望着刘学栋健壮的臂膀发达的胸肌吸了口冷气。

刘学栋指着刘七等人："告诉你们小子，老子早知道会拼个你死我活！旅店有后门，俺就是不走，走了，叫你们笑话山东人。告诉你小子……"他刀尖指着刘七的鼻子："你不是上海滩一霸吗？

老子是济南的汉子，今天看咱俩谁厉害！"

刘七打量着对方，刘学栋的砍刀还对着他："你这上海滩的祸害，俺今天就除了你！"

刘七并不动怒："从刚才兄弟的招式，看出兄弟练过摔跤。"

刘学栋自豪地说："俺师傅是马拧子！"

刘七微微一愣，他也喜欢摔跤，自然知道山东大名鼎鼎的马拧子："怪不得功夫好，还大胆儿呢！兄弟佩服，坐下喝酒。"说着端起酒杯。

刘学栋毫不领情："你少跟俺套近乎！"

主持人凑过来满脸堆笑："误会，误会，喝酒，喝酒。"分别给刘七和刘学栋倒酒。

刘学栋眯眼看着刘七。

刘七望着临危不惧的刘学栋，心里暗暗佩服真是条汉子，他想起了自己："我当年不也是他这个样吗？"忽然，他喜欢起了面前的年轻人："我真心交你这个朋友，兄弟信不过，我可起誓——"他"唰"地从小腿绷带里摸出把刀子，将刀刃放在左胳膊上一划，拉了一条口子，里面浸出血。

主持人感叹道："唉，七爷还没对谁盟过誓。"他转脸对刘学栋说："你还不信？七爷一言九鼎，七爷真心交你这个朋友！"

刘学栋轻蔑地一笑："俺不稀罕！"

刘七将刀子插在桌子上，刘学栋警惕地望着对方。

主持人说："英雄相见恨晚。"

刘七对刘学栋说："既然你知道是鸿门宴，为何还来送死？"

刘学栋说："死也不能让你小瞧了山东爷们儿。再说，谁死还不一定！"

刘七竖起大拇指："兄弟有骨气，我有事相求不知答应不？"

刘学栋瞪着他："讲！"

刘七说："济南虽是省城，在上海人眼里不过是个县城。如果兄弟肯跟我干，定叫兄弟吃香的喝辣的，比你在济南强得多。"

刘学栋问："让俺干吗？"

刘七说:"给我当帮手。我年龄大了,精力不足,需要个好帮手,你跟我干,就是斧头帮的二把手。"

刘学栋轻蔑地一笑:"叫俺杀人、放火、劫道没门儿!俺天生就见不得邪恶,马路见到你们行凶,也会对弱者拔刀相助,更别说跟你们同流合污了!"

刘七也不气恼:"说得好。我也不愿杀人、放火、劫道,可军阀混战,天下不太平,男人的出路不是当兵就是做匪,女人不是当妾就是当妓,我也不过是在乱世中混口饭吃。"

刘学栋反问道:"混饭吃?你们杀了多少人,就这样混饭吃?!"

"没办法,我不杀人家,人家杀我,走上这条路,只能走下去。"

刘学栋问:"你这条路有啥奔头?"

刘七唯恐他不明白:"可别这么说,黄金荣、杜月笙都混得有头有脸,兄弟跟我干,一定也有出头之日。"

刘学栋厉声道:"别费口舌了,说下天,俺也不会做伤天害理的事!"

刘七遗憾地说:"可惜呀,天不助我也。"

主持人见风使舵:"说不定哪天兄弟明白过事理,再追随七爷呢。"

刘七感叹道:"我就盼着那一天。"他真喜欢上了刘学栋,甚至恨相识得太晚。

刘学栋说:"别盼了,俺死也不会跟你。俺也劝你走正路,干什么不行,非杀人劫财。"

刘七说:"我这种人能干吗?除了打打杀杀什么也干不了,不打打杀杀吃什么?"

刘学栋说:"你不是赌蛐蛐吗?赌也比杀人好吧。你要信得过俺,俺就帮你倒腾蛐蛐,好歹你也不用杀人劫财了吧。"

刘七大喜:"真的?"

"俺从来不说假话。每年白露前,俺把蛐蛐给你捎来,反正俺叔不让俺赌这玩意儿,俺不过是打着贩枣、栗子、核桃的幌子来上海玩的。"

刘七举起杯说："那太谢谢兄弟了，我一定高价收购。"

刘学栋一仰脖子灌下酒："俺不要钱，逮蛐蛐是个乐趣，再说给了你，你不就不杀人劫财了。"

刘七看出刘学栋是个有情有义的汉子，忙给刘学栋斟满酒说："我帮你联系卖大枣、核桃、栗子，有我，没人敢给你杀价，更别说拖着不给钱了。"

刘学栋说："那就先谢了。"

有刘七手下的人帮着联系，山东土特产一天之内便订下了不少，刘学栋赶忙打电报让二叔给他发来。山货运到了上海，刘七让手下帮他把山货送到了各个干果店。刘学栋心里高兴，既赚了钱，还交了刘七这个朋友。

刘学栋把一百大洋退还给了刘七，刘七说什么也不要。刘学栋说："俺知道那时你就是想挡挡面儿，俺真落下了，成了啥人？再说，第一回你给了俺三十，就当是俺卖蛐蛐的钱。"

刘七只得收下，二人感情更深。

范老鸨被刘学栋和莲花气出了病。王掌柜见妻子病恹恹的，劝她："君子报仇，十年不晚。"

"我等不了那一天就去见阎王鬼儿了。"老鸨泄气地说。

王掌柜知道妻子是个争强好胜之人，琢磨了半天想出了个主意："咱不能对刘学栋下手，就在王大厨身上下功夫。只要他离开了玉泉楼，玉泉楼就没法跟咱齐鲁饭庄抗膀了，不等于也报复了刘小子？"

老鸨想想也是，让丈夫说说具体咋办。

王掌柜说："王大厨虽说和刘掌柜关系好，可他来济南的目的是挣钱，咱多给他钱就能把他挖过来。"

老鸨想了想说："你小看他了，听说王大厨讲义气，多给钱不见得行，不如我叫个姑娘勾搭他。王大厨在京城就好色，八成能勾搭上。"

第二天，老鸨强打着精神把艳翠楼所有的姑娘找来，对姑娘说：“我看中了玉泉楼的王大厨，想把他挖来。”说着把一袋银圆丢在桌上：“谁挖来，这十块大洋就归她了。”妓女们争先恐后地跃跃欲试。莲花斜眼望着老鸨，老鸨有意对姑娘说：“你们脸盘身段是不错，勾一般男人手到擒来，可王大厨是京城名厨，连京城名妓都尝过鲜，你们呀……”说着瞥了莲花一眼：“就别自找没趣了。”范老鸨已明白莲花跟刘学栋没啥关系，不担心她向着玉泉楼，心里想："干这一行的姑娘只认钱。"

妓女们不再吱声。莲花站起身一步三扭地来到老鸨面前，将烟徐徐吐在老鸨的脸上，然后伸手抓过钱袋往肩上一搭，扭着屁股出了门。

夜晚，莲花在河边溜达，她知道王大厨做完菜都来这里散步。果真不一会儿，王大厨走了过来。莲花望着流水装作若有所思的样子，王大厨见是莲花打了个招呼，莲花才装作回过神儿来，问王大厨去哪儿。

"溜达溜达，饭后百步走，活到九十九。"

莲花恭维道："王师傅活得赛神仙，不愧京城来的，光听人说皇城根好，没去过，真有那么好？"

"那假不了，皇上待的地方，哪儿能比？皇宫你能想出多大吗？比济南整个城都大。大明湖不小吧，可比颐和园就小没边了。那里长廊上画的三英战吕布、关羽战黄忠，一幅幅生动得很。还有紫禁城里面的珍宝，可值钱了，一颗珠子能买下一座城，叫价值连城。嘿，你没去过，跟你说，你也想象不出来。"

莲花装作感兴趣地说："真想听哥哥多说说，哥，听说在京城干我们这行的都特俊？"

王大厨一本正经地说："那是，北平是人才会聚的地方，甭管哪行，都出类拔萃。"

莲花娇滴滴地说："哥看我能到那里混吗？"

王大厨上下打量莲花："行，像你这身段、模样在京城也是好的。"

莲花撒娇地撞他一膀："哥哥真会说话。"

"我说的实话，算不上顶尖也差不多。"

"哥哥这么抬举莲花，莲花该怎样谢谢哥哥？"莲花说着依在王大厨怀里。

王大厨忙往后缩："使不得，我一个厨子，没钱。"

"没钱怕什么？人生难得一知己，知己就足够了。"说着身子贴得更紧。

王大厨心猿意马起来，不觉抓住了莲花的手，莲花丰满的胸脯贴在了他的身上。王大厨来济南后还没近过女色，蓄积在体内的火山爆发了，他一把抱过莲花狂吻，手也不老实起来。莲花身体瘫软了，王大厨把她放倒在草地上，欲解衣裤。

莲花望着他娇滴滴地说："王师傅，别在玉泉楼干了，到齐鲁饭庄来吧，咱俩天天能见面。"

王大厨不觉停止动作，看着身下妩媚的莲花，欲干不忍，欲罢不休。

莲花语气轻柔地说："那里有单间，你不愿去艳翠楼，在单间也行。"

王大厨努力控制住欲望："范老鸹让你来的？"

莲花颔首。

王大厨从莲花身上下来："我太当真了，以为你高看我一眼，我他妈是个傻瓜。"说着系衣服。

莲花说："范老鸹说每月多给你两块大洋。"

王大厨没好气地说："别说多两块，多给二十也不去！"他知道王掌柜和范老鸹啥德行，说完怏怏地往前走。

莲花追上他："我可不是他俩的说客，只想试试你。没想到王师傅重情义，你和刘学栋一样都是汉子。"

刘学栋在刘七的帮助下很快把核桃、栗子、大枣、花生卖了出去，钱也收了回来。临回济南前，他和刘七悠闲地逛着集市。刘学栋对刘七表示感谢，刘七说能结识他这样的兄弟三生有幸。

二人走到一个金鱼摊前停下，刘学栋痴迷地望着各色金鱼。刘七问:"兄弟喜欢?"

"不瞒大哥说,兄弟天性喜欢玩,玩鸽子玩鸟玩蝈子,也喜欢金鱼,俺那里没有这么好的品种。"

刘七让卖鱼的把上品端出来,卖鱼的见二人是大买主,便请他俩随他到家里去挑。二人随他前行。

刘七边走边说:"听说,济南风光不差。"

刘学栋自豪地说:"那是,比上海强多了。俺那里有千佛山、大明湖、趵突泉。美呀,千佛山树木青翠,太阳一照,绿得晃眼;大明湖,水蓝得吓人,水下的鱼看得清清楚楚;趵突泉水,不像黄浦江的水有马尿味,甜丝丝的。"

"真那么好?"刘七问。

"还诓你?没听说四面荷花三面柳,一城山色半城湖吗?这季节出了城往南,山连山青山不断;往北是北园,水塘绕城半圈,荷叶把城围得严严实实。"

刘七饶有兴趣地道:"那有空儿,我一定去趟济南。"

"你去了,保准不想回来。"

二人说笑着跟卖鱼的前行。

临回济南的前一天,刘七在高档的酒楼摆宴席给刘学栋送行。两人虽然相处时日不长,感情却颇深。即将分离,都恋恋不舍。两人一杯杯地喝着,刘学栋劝刘七别打打杀杀了,他越来越为刘七担心。刘七也说自己早晚暴尸街头。

"那干脆金盆洗手不干了。"刘学栋听陈掌柜说过黑道最好的结局就是金盆洗手。所谓金盆洗手就是把各路黑帮头子请来,说自己从此退出江湖,以表明和他们的恩怨从此了断,那些黑帮头子也就不再对他报复和追究。

刘七说:"说得容易,走上这条路,哪可能停下来。停下,别说被别的帮派劈死,手下的人也饶不了我,没法子。"

"大哥这么说,俺更担心了,要不你同俺去济南,那里总比上海滩太平。"

"多谢兄弟,我离了上海滩就像鱼离了水,这儿毕竟有一帮小兄弟。"刘七叹了口气，"闭着眼睛往前拱吧，拱到哪儿算哪儿，知道我当初为何留你吗？"

刘学栋摇头。

"给我收尸。"

刘学栋不明白地望着他。

刘七端起酒独自饮下："我死是死定了，走这条路的没有一个活过五十的，可我风光一场，不想落个暴尸街头无人收尸的下场。别看手下现在唯命是从，那是靠我吃饭。我死了，树倒猢狲散，没人管我，只有兄弟你这样品行的人，才会为我收尸。"

刘学栋心里很不是滋味，刘七示意刘学栋喝酒，二人饮下。

刘七凄楚地说："实话实说，兄弟不在上海，大哥只能暴尸街头了。"刘七给两人斟满酒感叹道："拼杀了十几年，不敢有老婆孩子，到头来还是个孤家寡人。"

刘学栋说："大哥真有那一天，我能给大哥在上海找一个料理后事的。我住的旅店陈掌柜是个好人，当初是他冒着危险劝俺从后门走的。"

刘七吃惊地说："还有这样的人？那赶快请他来，我拜见拜见。"

刘学栋说："不用了。"

"不，这样的人，就当是我父亲，我供养着他。"刘七从心里敬仰这样的人。

刘学栋说："他不图这个，图这个的到时不会给你收尸。"

刘七琢磨半晌点头："说得是，那我也得同他老人家见个面吧。"

刘学栋说："不见更好，我安排就是了。大哥只给手下的人吩咐，真有那一天，到旅店给陈掌柜送个信儿。"

刘七眼圈发红，端起碗一仰脖子饮下。

刘学栋离开济南不久，瞎子就死了。莲花听说后，忙赶到瞎子家，她害怕英子让人领走。谁知还是来晚了，地痞独眼龙洪二一见她便说，英子已经归我了。莲花见洪二曾来艳翠楼卖过拐来的女孩儿，以为英子真在他手上，就按他说的价码回去筹钱。钱不够，去当铺当珠宝首饰，店主告诉她不少东西是假的。

莲花心急火燎地赶回去，让独眼龙洪二留住英子，洪二却说得留下定金。莲花留下五十块大洋，回去借钱，才知英子已被范老鸹和王掌柜弄到了艳翠楼。

范老鸹和王掌柜早就盯上了瞎子的女儿。英子年纪虽小却已看出是美人坯子，瞎子一死，就火速出手，从洪二手里买下。

莲花知道无能为力了，想来想去，感到能救英子的只有刘学栋。

夜晚，税务局局长于明德搂着莲花，莲花心神不宁，她不时地看表。听王大厨说刘学栋今晚从上海回来。

于明德见莲花心不在焉，抓住她的手腕说："我知道你是嫌手表不好，过些日子，给你买块梅花表。"莲花推开他的手，走到门前思索。于明德过来拉她："乖乖，靠着我，肌肤相贴才舒服。"说着搂住莲花，手伸进她的衣服。

莲花挣脱他的怀抱说："我去方便一下。"

"今儿你事特多，嫌我没带大洋？"于明德不满地道。

莲花吻了他面颊一下："我去去就回。"说完跑了出去。

刘掌柜在玉泉楼大厅摆宴感谢马拧子，刘夫人、王大厨、刘学栋作陪。

刘学栋去上海，刘掌柜根本就没指望他办成事儿，当看到电报才信以为真。他慌忙找来王大厨商量如何采购山货。王大厨给他出主意说马拧子的徒弟各地都有，他打个招呼，土特产就不难办到。刘掌柜赶忙让王大厨去找马拧子。马拧子的徒弟果然几天内就把山货准备齐了。

刘掌柜从衣袋里取出一包银圆递给马拧子，马拧子说什么也不收。刘掌柜硬塞到他手上，马拧子将银圆放到桌子上说："给我银圆还不如犒劳我牛肉，以后我馋牛肉了，就让王师傅给我烧点。"

刘掌柜只好作罢。

马拧子问起刘学栋做买卖的事儿，刘学栋就把得到刘七帮助的事儿说了，众人都说刘七其实是个好人。马拧子说："等我得了空儿，一定到上海拜见他。"话刚说完，"咣咣"的砸门声传来。刘学栋走到门前打开门，莲花进来一把抓住他胳膊急促地说："快走！"

刘学栋愣住了。

刘夫人过来，没好气儿地冲莲花："晚上没人陪，随便找个什么男人，也别打我们学栋的主意！"莲花几次来找学栋，刘夫人厌恶透了她。

刘掌柜、马拧子也鄙视地望着莲花。

莲花着急地对刘学栋说："你妹妹在艳翠楼快饿死了。"

刘夫人气愤地说："说得哪门子话呀，学栋哪来的那地方的妹妹！"

刘学栋也傻了，他挠着头皮，想不起艳翠楼还有个妹子。

刘夫人推了一把莲花："别污人清白，学栋正儿八经的，哪有窑子里的姐呀妹的，我看你喝醉了，快走吧！"说着往外拥莲花。

莲花急忙对刘学栋说："就是书场瞎子的女儿英子，瞎子死了，范老鸨和王掌柜把她弄到了艳翠楼，英子死也不肯，已经四天不吃不喝了。"

刘学栋明白过来嚷道："你咋不早说！"说完同莲花跑了出去。

奄奄一息的英子躺在艳翠楼大厅里间的床上，范老鸨、王掌柜在旁边劝她。

老鸨说："只要你听干妈的，保你吃香的喝辣的，身穿真丝料子，出入车马迎送，多惬意。你看看门外的姐姐，哪天不跟过年似的，有人陪有人疼。她们长得都不如你，只要听话，干妈一调教，不出几年你就红遍齐鲁，外省的也来拜见你。看你身段多好，有腰有胯。瓜子脸，柳叶眉，眼睛水汪汪的怪有神。"说着抓住英子的手："十指尖，指肚圆，手一撩就能酥倒男人……"英子甩开她的手，老鸨火了："狗咬吕洞宾不识抬举！惹急了老娘，叫来二愣一顿胖揍，保准叫你服服帖帖。死妮子！"说着伸手在英子脸上拧了一把。

王掌柜轻推开妻子装作生气地说："怎么对咱孩子？"说完像是

心疼似的抚摸着英子的面颊。

要说王掌柜倒是个奇人，说他奇是说他对夫人的痴迷。当年，在河北乡下开棺材铺的父亲花钱在官府给他谋了个职，原指望他光宗耀祖。可儿子逛了一回春楼，就把父亲的宏伟愿望抛到了九霄云外。

儿子在妓院里认识了一个姑娘。为了赎出她，对父谎称结识了省府秘书长的孙女。他父亲自然欣喜万分，嘱咐儿子一定要挂牢这个姑娘。儿子说和那女孩交往花钱太多，不如拉倒。父亲说这不要紧，要多少钱爹给你多少钱，只要你和这小姐成了亲，她家的万贯家财就是咱家的。儿子拿着父亲给的钱从春楼赎出了那姑娘。

棺材铺店主早把儿子结识省城要员孙女的事儿告诉了乡邻，就连县长也知道了这事儿，他们都对棺材铺店主恭敬有加另眼看待。

县长还不时地派人来问他儿子何时成亲，他好随个大份子。其实想借此结识省城要员。

店铺主催儿子成亲，王掌柜心虚一拖再拖，最后，实在没办法了，才把那姑娘领回家。乡邻听说省城秘书长的孙女要来，早就把棺材铺围了个水泄不通，县长也早早在门口恭候了。

店主儿子和那姑娘一下车，众人便觉得不太对劲。尽管姑娘极力装优雅，可举止做派怎么看也不像是大家闺秀。县长一见更是瞠目结舌，面前这位姑娘跟他不知睡过多少回。

众人知道了这姑娘的身世，笑得前仰后合。

店铺主当时气得闭了气，醒来咋呼着要和儿子断绝关系。咋呼归咋呼，做父亲的哪能不心疼儿子，况且王掌柜又是他的独子。棺材铺主只得求儿子和那妓女了断，说拿出多少钱断都行。可是儿子却说让他断，还不如让他死。

那姑娘大为感动，搂着王掌柜声泪俱下地表态："我这辈子一定好好待你。"

店主儿子说："你怎么待我我不管，我就是喜欢你。"

王掌柜是这么说的，也是这么做的。以后他夫人从弄姑娘开暗门子，到经营名扬大江南北的艳翠楼，前前后后培养造就了几百个卖春的姑娘，面对如花似玉的美人儿，王掌柜从来都是坐怀不乱目不斜视。这点让时常跟嫖客来个颠鸾倒凤的老鸨大为感动。她常自豪地说："俺老头子裤裆里的玩意儿从不乱串门儿。"

刘学栋冲进灯火通明的艳翠楼，疾步往会客厅走。二愣和打手认出他，胆怯地退后。刘学栋一把推开门，把里屋的范老鸨、王掌柜吓得一激灵。刘学栋怒视他俩："英子呢？！"说着来到里屋门口。二人惊恐地后退。英子看见学栋，"哇"地哭出了声："哥——"刘学栋上前抱起英子，英子痛哭。刘学栋看着她憔悴的面容，眼圈红了，他抚摸英子的脸轻声道："别哭，没人敢欺负你。"说着抱着英子往门外走。

范老鸨回过神儿来道："哎哎，兄弟咋青天白日抢人？"

刘学栋吼道："滚！"

范老鸨胆怯地后退，她知道这浑小子啥事也做得出。

王掌柜上前说："咱们就是老少爷们儿也得讲理，英子是我们花钱买来的，你不能说抱走就抱走吧。"

刘学栋瞪着他："找挨摔啊！"

王掌柜不敢再说话了。

范老鸨上前挡住丈夫，对刘学栋道："大兄弟，你也不能欺人太甚，瞎子死了，是俺两口子花钱从洪二手里买来的，还按他说的花钱给英子父亲买了棺材寿衣和墓地，哪样不是白花花的大洋。"其实棺材、寿衣都没买，只不过花十个大子让人把瞎子拉到郊外荒坟岗子挖了个坑埋了。

王掌柜在她身后帮腔："这孩子来这里就是我们的孩子，你猛插一杠子，是不是不近情理？"

刘学栋眼睛一瞪："放屁，英子四天没吃没喝了！"

范老鸨眉毛一挑："那是我们家的事儿，买来的狗呀猫呀，说玩就玩，说扔就扔，你管不着。"她觉得自己在理儿，胆子也大了。

刘学栋为难起来，踹倒狗男女，叔知道了肯定生气，硬抢好像也说不过去，他沉思一下："说吧，多少钱？"

范老鸨说："多少钱俺也不卖。"她见刘学栋心疼英子，更不想让他得到。

刘学栋火了:"去你妈的!"说着抱着英子往外走。

王掌柜急拦住他:"好说,你要喜欢就卖给你,谁让咱和你叔是同行哩。"

刘学栋不耐烦地说:"多少钱?"

王掌柜掐着手指头算起来:"她爹死前欠了一屁股债,加上葬他,钱花大了,粗一算不下百八十。"

范老鸨接过话:"这妮子俊模俊样,一调理,定是个头牌,一年能给俺挣几百大洋。兄弟你知道俺也是干生意的,亏本的事不干,可咱们一个河东一个河西,哪能不给面子,就收一百吧。"

刘学栋一咬牙:"行!"说着抱着英子往外走。

范老鸨拦住他:"一手交钱,一手交货。"

"俺回家就拿钱来!"

"那不行,买卖有买卖的规矩。"范老鸨拒不让步。

王掌柜也帮腔:"大兄弟,你见过先拿走东西后给钱的吗?"

刘学栋思索一下:"好。"他放下英子,安慰道:"哥拿了钱就回来。"

英子哭着死死搂住他的脖子。

王掌柜和颜悦色地对英子说:"闺女,做买卖有做买卖的规矩,你哥不拿来钱,我们不会放你。"

范老鸨也说:"他把你带走了不回来,我们还不赔掉了腚。"

刘学栋凑近英子耳边说:"哥拿了钱就回,别怕。"

英子停住哭声,王掌柜欲拉过英子,英子"嗷"的一声。刘学栋一把推开王掌柜,把英子放到椅子上,向门外走。

范老鸨道:"告诉你,过了今夜十二点钟就不卖了!"

王掌柜还加上了一句:"给多少钱也不卖!"

刘学栋瞪了他俩一眼匆匆出了门。

莲花出门大半个时辰还没回来,把欲火攻心的于明德烧得浑身燥热难耐,他叼着烟走来走去,看看腕上的表勃然大怒:"他妈的,耍老子！"他拉开门冲楼下吼道："范老鸨，你他妈出来！"没听到老鸨的回声，他怒气冲冲地下楼踹开了会客厅的门。

范老鸨和王掌柜正隔桌喝酒庆祝狠赚了一笔，看到于明德这模样忙起身问："怎么了？于局长。"

"耍我，耍到我头上来了！"于明德愤怒地挥着手臂。

老鸨靠近于明德："谁敢耍局长大人，您这是发哪门子脾气？"

于明德一拍桌子："莲花逗弄老子，老子上了性，她跑出去不回来，你安排她接别的客？还是她自个儿出去偷汉子？！"

老鸨眨巴下眼睛："莲花不是在陪大人您吗？"

于明德眼睛一瞪："你少他妈装蒜，她跑出去半个钟头了！"

老鸨、王掌柜面面相觑。

此时，门被推开，莲花气喘吁吁地进来。于明德望着莲花骂道："玩完别人，又他妈来玩老子！"

莲花走近他说："肚子不舒服，你怜香惜玉的柔肠男子，咋不体贴人了？"说着挽起于明德的胳膊要往门外走。

于明德不动，莲花轻轻撞了他一膀，于明德才稍稍消了气，气哼哼地随她出了门。

老鸨和王掌柜来到门口望着二人上楼。忽然，王掌柜一拍脑门："刘学栋来抢英子，是莲花送的信儿！"

老鸨也明白过来恨恨地说："这个吃里爬外的玩意儿！"

王掌柜沉思半晌说："刘学栋不像是好色之徒，怎么对奶子屁股没发育出来的英子感兴趣？"

老鸨想了想："想养个童养媳呀。"

王掌柜思索着点头："有可能。"

老鸨恶狠狠地说："好你个刘小子，砸老娘的艳翠楼，老娘让你遭报应！"

于明德心火还没有消散，坐在椅子上喘着粗气。莲花倒满一杯水递到他面前，于明德一把打在地上。莲花惊得一跳，接着笑道："哎哟，还发脾气呀。"说着欲哄于明德，见他瞪着自己，莲花眼珠一转随即抓过壶倒满一杯水举到空中,手一松水杯"啪"地摔了个粉碎。于明德一愣,莲花斜眼望着他,于明德愣愣地望着莲花。莲花又倒满一杯水举起:"我知道局长大人想听响声,不烦你动手。"说着松手,水杯又摔了个粉碎。

于明德猛地站起:"你少他妈给我装蒜!"

莲花嬉笑着道:"什么装蒜装葱的。"

于明德瞪着她:"我问你,你是不是去会刘学栋那小子了?"

莲花一愣,随即装作不明白地问:"刘学栋是谁?"

"就是刘掌柜的侄子!你少他妈给我演道!"莲花和于明德从跤场回来,莲花就不停地说刘学栋跤技多高,多有男子汉气。于明德知道莲花喜欢上了他,心里一直不舒服。

莲花笑道:"我深更半夜找他干吗?"

于明德气呼呼地说:"干吗,还用我说出来吗?少他妈拿我当傻子!"

"您说的刘学栋不就是愣头愣脑半半青青会摔跤的傻小子吗,您是税务局大局长,又是留洋才子,气宇轩昂风度翩翩,别说济南,山东地面上也找不出您这般人物……"莲花一本正经地说,"您说我莲花再傻能撇下大人您,去会一个小跑堂的?"

于明德的气消了大半,表情也缓和下来。

莲花撞他一膀子:"你说是不是?"

于明德脸上露出笑容。

莲花用责怪的口吻道:"哎,明德,今儿我不叫你局长,你咋这么不自信?"于明德一把揽过莲花。莲花推开他:"你竟虚一个小跑堂的,到底咋回事?跟我说说,说呀。"她手指点划着于明德的脑门。

于明德的气儿彻底消了:"好好伺候老子,将功补过。伺候好了,给你买块梅花表,伺候不好,折腾死你。"

莲花假装生气说:"哎呀,可见识于大人生气了,莲花以后有屁有尿就憋着,省得局长大人发怒。姐妹们都说你是儒官雅客,今晚的做派还真看不出。"说着摇了下头。

于明德露出笑容："欲火烧身，烧身还有好脾气？"说着揽过莲花摁在床上，随即解衣。他和别的嫖客不一样，别的嫖客没有给妓女解衣宽带的，于明德则不然。他愿享受这个过程，说上来就干不成了配马配驴了。他把给妓女解衣叫作剥葱，说衣服解开露出女人的胴体，视觉得到享受，身体各部位才能得到刺激，交媾才完美。莲花丰满的胸脯露了出来，他很喜欢这对坚实饱满的奶子，每次都要抚摸亲吻好久，过后又长时间地趴在上面。他不止一次地想：李隆基说杨玉环的胸脯是温柔乡，莲花的也该是。他细细地抚摸亲吻，渐渐地体内冲动起来，正欲做下一步的动作，谁知门声一响，老鸨走了进来。欲火攻心的于明德一见火了："今晚邪了，你想搞二人转呀？二人转也该来个小你二十岁的！"

老鸨嬉笑着凑近于局长说："给你说个好事儿。"

于明德不耐烦地说："办完了事再说！"

"办完事你不就后悔了？"老鸨冲于明德眨了下眼，于明德不解地望着她。老鸨拉他下床来到门口，凑近他耳边悄声道："雏子。"

于明德顿时喜笑颜开，雏子不轻易碰见，他高兴地提上裤子出了门。

老鸨对莲花说："今晚你先歇着，这些日子怪累的，好好睡一宿。"

莲花愣愣地望着她，不知葫芦里卖的什么药。

老鸨出门后将门锁上，还努嘴让二愣看住了门。

第 五 章

卧房里的英子眼巴巴地瞅着门,盼着刘学栋赶快带她离开这里。门开了,英子惊喜地站起身,可进来的不是刘学栋,是范老鸨和于明德。英子脸上的笑容顿失,她望着不怀好意的二人,脸上现出一丝恐惧。

范老鸨走近英子,英子胆怯地望着她,范老鸨伸手抚摸了一下她的头发说:"英子,这是于局长,好人哩,听说你病了,特来瞧瞧你。"她指向于明德。

于明德微笑着走近英子,英子吓得往墙角倒退。于明德见英子受过惊吓,倒退几步坐在了椅子上。范老鸨冲于明德笑了笑,意思问我给你弄的货色不错吧?于明德笑着点了下头,范老鸨退出屋,并掩上门。

于明德看到桌上摆的饭菜说:"听说你好几顿没吃了,这怎么成?"他手贴了一下碗:"哎呀,饭都凉了,不吃饭伤身体啊。你爹我认识,知道你跟着他吃了不少苦,你爹死了,你的苦也熬到头了。这里是福地,来的男人哪个不怜香惜玉,你不吃东西,我看了就心疼。小孩家不要犟,小小年纪能有多大见识?我去东洋留过学还觉得见识不够呢。你要听话,大人让你干吗就干吗,才少受罪。"英子恐惧地望着他。于明德说:"你是从书场长大的,该知道不少爱情故事吧,李隆基杨玉环,张生莺莺的爱情多美好。人生在世,男女交合是最大的快事,尝尝才知那麻酥酥的滋味儿。不要怕,男女相爱早晚要干那事儿。"他望着英子楚楚动人可怜的样儿,已欲

…… 91

火攻心，他不想再启蒙美好的爱情了，站起身走向英子。

英子倒退着，退到墙角，于明德过来拉住她的手往床边拖，身体虚弱的英子被拖了过来。于明德欲把她推倒在床上，英子死死抓住床帮不放。于明德挣开英子的手，将她抱起摔在床上，然后撕开她的上衣亲吻她尚未发育的胸部。英子挣扎哭叫着，于明德边脱衣服边道："不顺从才更有玩头儿更刺激。"说着脱光衣服，狼一般地扑上去。

刘学栋急匆匆地冲进艳翠楼，撞开会客厅的门，将钱袋扔到范老鸨的怀里："数数！"

范老鸨、王掌柜大吃一惊，没想到刘学栋回来得这么快，原以为他不可能一下子拿出一百大洋。

和范老鸨、王掌柜推算得一样，刘掌柜一听侄子说一百大洋连连摇头说，"满打满算家里也拿不出五十"。刘学栋忽然想到二叔藏的宝物说："要不先把那几件宝贝押在当铺？"没等二叔点头，他就找出文物去了当铺。

英子的哭喊声传来，刘学栋冲向里屋推开门，见一个男人压在英子身上，冲过去一把抓住于明德的头发，将他甩了出去，于明德撞在墙上跌倒在地。刘学栋上前抡拳要打，被匆匆进门的老鸨和王掌柜拦住。刘学栋拨翻他俩，又举起了拳。于明德回过头来，刘学栋认出是税务局局长有点吃惊。于明德被摔得头脑发蒙，又看到凶神恶煞的刘学栋，吓得魂飞天外。刘学栋抑制住胸中的怒火，放下手，喘息着抱起英子狠狠瞪了于明德一眼出了门。

刘学栋抱着哭泣的英子走进玉泉楼，刘掌柜夫妇、王大厨、马拧子围了过来。刘夫人要接过英子，英子死搂着刘学栋的脖子不放。刘学栋劝她："到家了，别怕。"

英子才渐渐止住哭声。

刘掌柜让王师傅快去拿些吃的，王大厨跑去端了盘包子进来，英子扑向桌子，狼吞虎咽一扫而光。

刘夫人让王大厨再去拿，王大厨应声去了厨房。

刘夫人拉着英子的手打量着她："好俊的闺女。"英子虽虚弱，眼睛却依然晶亮有神。

英子倚靠在刘学栋怀里胆怯地望着刘夫人，刘掌柜抚摸着她的头发眼圈红了。

王大厨又端着半碗面条来到英子面前，英子接过大口吃了起来。刘学栋埋怨王大厨面条盛得太少，王大厨说饿了四天猛吃胃就撑坏了。

刘掌柜将夫人拉到一边说："我思量这孩子，小小年纪宁愿饿死也不受辱，挺讨人喜欢，你说是不是？"他想收留英子，先探探夫人的口气。

刘夫人点头说："我也喜欢这孩子，长得喜相。"自听到英子绝食四天也不受辱，她就觉得这孩子好，看到英子俊秀机灵更喜欢。

马拧子看到刘掌柜夫妇喜欢英子就说："喜欢就收下当闺女。这孩子命苦，七岁死了娘，上月又死了爹，无依无靠的。"

刘夫人抹了下眼泪问刘掌柜："收她当闺女咋样？"

刘掌柜笑着道："那听你的。"他和夫人无儿无女，有了学栋这个儿，他一直盼着有个闺女。

马拧子笑着："有了学栋，又来个闺女，儿女双全了。学栋将来能撑起家，闺女是爹娘贴身小棉袄，病了不舒服有人伺候，福气，老来的福气啊。"

刘掌柜、刘夫人乐得合不上嘴。

正在这时，刘学栋领着洗过脸的英子走了过来。刘夫人迎上去拉住英子说："以后这儿就是你家，他是你爸。"她指着刘掌柜，"我是你妈。他是你哥。来，喊爸妈。"英子望着刘掌柜、刘夫人，紧绷着嘴唇。刘夫人轻轻拍了拍英子的头："喊呀，爸、妈。"

英子看了他俩半晌，转过脸冲刘学栋喊："哥。"

刘掌柜、马拧子、刘学栋笑了。

刘夫人白了英子一眼说："看看，哪有先认哥不认爸妈的。"众人笑了起来。刘夫人拉着英子的手问："叫啥名字？"她已知女孩儿的名字，只不过想和她说说话。

······ 93

英子喃喃地说:"英子。"

刘夫人爱怜地说:"闺女,跟妈睡觉去吧。"英子摇摇头。刘夫人说:"别害怕,这是在家里,走。"说着拉英子。

英子躲到刘学栋身后。刘学栋看着英子说:"英子受了惊吓,今晚先在我房里吧。"

刘夫人道:"你睡觉像个死猪,英子蹬了被子你盖?"

"俺不会睡得灵醒着点儿。"

"你还灵醒,烧了房也不见得醒。"刘夫人说。

众人笑了。

夜里,英子抱着刘学栋的胳膊睡着了,刘学栋望着面带惊恐的英子,轻轻拍着她。他渐渐地也支持不住了,合上眼睛打起了呼噜。

第二天清晨,刘学栋轻轻掰开英子的手,给她盖好被子下了床。他来到院中活动了几下臂膀手腕,伸手抓起石锁练了起来。

英子从睡梦中惊醒,一看身边没有刘学栋大叫一声跑出门。刘学栋听见喊声,扔下石锁回过头,看到英子问:"怎么啦?"

英子跑到他身边抱住了他胳膊,刘学栋摸摸她的头说:"别害怕,在家里呢。"英子望着他。刘学栋说:"看哥练功夫。"说着抓起石锁耍了起来,英子脸上绽开了笑容。练了一会儿,刘学栋扔下石锁走近她伸出粗壮坚实的胳膊:"掐掐硬不?"

英子使劲摁了摁,抬起头:"摁不动。"

刘学栋自豪地说:"就哥这把力气,谁也不敢欺负你。"

英子笑了。

王大厨端了一碗面过来说:"早听你俩说话了。来,英子,吃荷包蛋。"

刘学栋穿上小褂说:"不啦,俺带英子出去吃豆汁、油果子。"

刘学栋领着英子走在大街上,他不时地向熟人介绍:"这是俺妹妹。"英子抬起头望着他。刘学栋低头对英子说:"叫他们知道你是俺妹,走到哪儿也没人敢欺负你。"

英子脸上露出笑容。

二人来到早点摊，刘学栋点了两碗豆汁和一大笸箩油条，和英子大吃了起来。刘学栋忽然发现了英子胳膊上的伤痕，撸开英子的衣袖问："怎么弄的？"

英子说："艳翠楼的胖子打的。"

刘学栋没心情吃饭了。

莲花从远处走来，自从昨夜老鸨、于明德离开她的房间，莲花就明白老鸨让于明德去欺负英子。她想去救英子，无奈门上了锁，门外还站着二愣，她为英子担惊受怕了一夜。看到英子和刘学栋在吃早点，忙跑过来抓住英子的手说："正要看你呢。"

英子亲热地叫着莲花姐，莲花抚摸着英子的面颊担忧地问："没受欺负吧？"

英子摇了摇头。

莲花如释重负地长长舒了一口气。

刘学栋问莲花："艳翠楼的胖子是谁？"

"二愣啊，你问他干吗？"

刘学栋一指英子胳膊上的伤痕，问："他什么时候出来？"

莲花转过脸望着河对面说："他天天早上在那个摊上吃油条甜沫。"

刘学栋站起身对英子说："你和莲花姐在这儿看着，哥给你出气去。"说着向前走去。

刘学栋绕过河来到艳翠楼旁边的小吃摊坐下，买了碗甜沫和几根油条慢慢地吃，边吃边瞧着艳翠楼大门。真如莲花所说，不一会儿二愣从艳翠楼里出来。他走到摊前买了几根油条又要了碗甜沫。

刘学栋冲他喊："二愣。"

二愣看到刘学栋，连忙堆起笑脸点头哈腰："二掌柜，你……你吃甜沫？"

刘学栋强忍住胸中的怒火："看你胖得跟猪似的，整天除了吃就是睡。"

"哪里，忙得掉不过腚来。"二愣觍着笑脸。

刘学栋说:"有什么可忙的?"

二愣一本正经地说:"姑娘不听话、客人赖账都得我出面。"

刘学栋眯着眼睛望着他:"对付姑娘你的拳脚没问题,对付爷们儿能行?"

二愣谦恭地笑着:"我正打谱跟您学点本事呢。"

"那是,没本事蒙过了初一混不过十五,我今天就教你。"刘学栋说着站起身。

二愣笑着站起:"行,行,我摆筵席拜师学艺。"

刘学栋双手抔腰:"别那么客气,知道那天我给你和那小子使的什么招儿吗?"

二愣摇头:"我会点儿武术,摔跤不懂。"

刘学栋笑着说:"抹脖呀!就是手往那小子脖后一抹……"说着一个抹脖将二愣摔了出去。

吃饭的人大惊,过路人驻足观望。河对面的英子跳着高拍掌大笑,莲花也"咯咯"地笑了。

二愣爬不起来了。刘学栋冲躺在地上的二愣道:"练摔跤不能怕挨摔,当年俺练跤挨的摔老鼻子了,起来!"他用脚猛一踢二愣。二愣龇牙咧嘴地爬起。刘学栋说:"揣俺练得最好,十五六岁摔十七八岁的独眼龙洪二呔呔的。现在俺揣使得更绝,揣讲究从头顶摔过对手,那天给你使的就是揣,是不是从俺头顶摔过去的?"刘学栋比画着问。

二愣胆怯地说:"不记得,不记得了。"

"那我让你长长记性。"刘学栋说着一把抓住二愣领口,将他提起猛地转体将他从头顶摔出,二愣落地被摔散了架。

行人笑着鼓掌,他们都知道二愣是干什么的。隔河观望的莲花笑得上气不接下气。英子大叫:"哥,再摔他!哥。"

刘学栋走上前俯视二愣说:"听说你一天不打人手就痒痒,这个毛病好治。"说着提起他又摔了一个脆的:"手痒痒了,到玉泉楼找俺!"说完狠踹了他一脚扬长而去。

刘学栋打完二愣,又去找独眼龙洪二。他听莲花说洪二卖英子耍了她。

独眼龙洪二正在家里掂着五十块大洋乐滋滋地喝酒,他不怕莲花来找,找也不承认,莲花拿他没办法。可看到刘学栋踹门进来,身后跟着莲花,洪二就胆怯了。他托起大洋,笑着对莲花说:"这不正打谱给你送去呢。"

刘学栋说:"怕是我不来,你就讹下这钱了?"

洪二忙觍着笑脸:"不敢,不敢,我不知道莲花跟你好。"

刘学栋一个背布袋将他摔在了地上,洪二疼得在地上翻滚。刘学栋恨恨地说:"再敢讹人,看我不摔死你!"说完又跺了他几脚,才和莲花拿着大洋出了门。

英子给玉泉楼带来了喜气。英子勤快嘴又甜,刘掌柜夫妇乐得整天合不拢嘴。

这天英子正在后院给金鱼换水,刘学栋进来,英子甜甜地叫了一声:"哥。"

刘学栋答应着来到她身边,举起手中的书朝英子头上轻拍了一下说:"进屋。"

"干什么呀?"英子跟在他后面来到东屋。

刘学栋坐在桌旁示意她坐下,英子坐下望着他笑,她太喜欢这个哥了。刘学栋板起脸说:"英子,你不小了,不能光干活,从今儿起哥教你识字。"

英子高兴地夺过书翻了起来:"这么多字?"

刘学栋说:"课本,识字用的,愿学吗?"

"哥让俺学俺就学。"

刘学栋虎起脸:"我问你愿学吗?"

英子白了他一眼:"俺不是说了吗,你让俺学俺就学。"

刘学栋一本正经地说:"识了字能看书,知道好多事儿。"

英子一翘下巴:"俺不识字也知道好多事儿,也知道书里的事儿。"

"你咋知道的?"

"俺爹不是说书的吗？书里的事儿俺都知道。《三国演义》是魏、蜀、吴。五虎上将是关、张、赵、马、黄。关羽使偃月刀，张飞耍长矛，赵云、马超使枪，老将黄忠使大刀。《水浒传》一百单八将的名儿俺都记得住，豹子头林冲、玉麒麟卢俊义、浪子燕青、行者武松、黑旋风李逵。哥，你比他们都厉害……"

刘学栋打断她的话："好了，好了，又不让你说书。英子，你识了字能帮爸记记账，他老人家也轻快轻快。"

英子点点头。

吃完中午饭，刘学栋领英子到苍松翠柏的千佛山捉蝈蝈。二人悄悄地蹲下等候蝈蝈叫。蝈蝈叫了，刘学栋示意英子不要弄出动静，自己轻手轻脚凑上前。一个大肚子蝈蝈正磨动着翅翼清脆地叫着，刘学栋一把逮住。英子高兴地跳了起来。千佛山的蝈蝈特多，不长时间刘学栋就捉了十几只。

英子提着蝈蝈笼跟刘学栋向山顶爬。刘学栋在一片酸枣叶上发现一只蝈蝈，逮住一看："母的。"

英子说："这么大肚子。"

刘学栋说："快下子儿了。"

路过玉米地，刘学栋偷掰了几个棒子。二人来到山腰，刘学栋说："歇会儿吧。"说着拾起柴火搂起茅草。

英子问："干什么？"

刘学栋边忙活边道："烧棒子吃。"

英子高兴地笑着拍手。

二人将茅草柴火堆放在一起，刘学栋摸出火柴点燃，将玉米扔进火堆，随后又伸手到笼子里抓蝈蝈。

英子一惊："干什么？"

刘学栋掏出母蝈蝈说："烧烧好吃，一包子儿。"

英子不依说："放了，快生小蝈蝈了。"她拍了刘学栋的手一下。刘学栋望着英子，英子瞪着他："你教俺'人之初，性本善'，你烧母蝈蝈善吗？"

刘学栋笑了。

焦黄的玉米散发着香气，二人贪婪地吸着。刘学栋拨拉出一个捡起扒去黑灰玉米皮递给英子，自己又拿起一个，二人香甜地吃着。

他俩吃得嘴上乌黑，英子指着刘学栋的嘴说："长了胡子。"说完笑得前仰后合流出了泪，她抹了一把脸，顿时变成了大花脸。刘学栋望着英子大笑。

吃完玉米，二人来到香烟缭绕神像威严的万佛洞。

刘学栋望着神像笑了笑悠闲地出了佛门，英子则虔诚地走到如来佛前跪拜，轻声念叨："爹，你放心吧，俺好好的，有哥疼俺，你放心和俺娘过日子吧。"说完磕了三个头。

二人走出庙宇，刘学栋拉着英子的手："唱个歌吧。"

"唱什么？"英子仰脸望着哥。

刘学栋说："俺也不知道，看你干活净哼哼，也不知唱的啥。"

英子嬉笑道："俺也是听旁的孩子唱学的，少一句多一句的，你别笑话。"说着亮开歌喉唱了起来："小呀么小二郎呀，背着那书包上学堂，不怕太阳晒，不怕风雨狂。就怕师傅骂我懒呀，没有学问，无脸见爹娘……"

莲花来到玉泉楼找英子，刘夫人笑着说："英子跟她哥到千佛山玩去了，屋里坐吧。"通过英子的事儿，刘夫人了解了莲花，更感激莲花给自己送了个闺女。

莲花向刘夫人告辞，出了玉泉楼。

她走了没多远，忽然听到喊声，莲花回过头，看见英子提着蝈蝈笼子从远处跑来，脸上还留着黑印。英子跑到莲花面前，甜甜地叫着莲花姐。莲花嗔怒地说："没个姑娘样儿。"说着掏出手帕给她擦脸。刘学栋走了过来，莲花说："英子跟你疯得成了假小子，看到时候怎么找婆家。"

英子着急地说："俺不找婆家，俺有爸妈，有哥。"

莲花、刘学栋笑了。

莲花对英子说："玩去吧。"英子应声跑了。莲花对刘学栋说：

"别太娇惯英子，太惯了没出息。"

"说得是。"

莲花问："英子识字有进步吗？"

刘学栋面露喜悦："进步可大哩。这孩子聪明，一教就会，比俺强多了，当年老师教十遍八遍也记不住。"

莲花笑着说："你爱武不爱文，学文受罪，就学不会。"

刘学栋笑着道："也是。"

"哥——哥——"英子从远处跑来，指着身后，"那边有好多小鱼，还有小螃蟹。"

刘学栋说："拿诓鱼的网去。"英子答应着跑向玉泉楼。刘学栋喊道："别忘了带肉和绳子。"

莲花笑着："我说玩疯了不是？"她环顾周围说："真是个好地方，房前房后是泉水，我要是英子这年龄，怕也是顽皮了。"

英子拿着网具气喘吁吁地跑来。刘学栋接过，将骨头拴在诓网上递给英子："去吧。"

英子接过跑向河边。

刘学栋则伸手折下几根柳条，将肉系在上面。

莲花问："干什么用？"

刘学栋说："钓螃蟹，一会儿一小盆。"

莲花将信将疑。

二人来到河边，刘学栋说："你先看我钓。"说着将柳条伸进石缝，上下轻轻动着，一会儿提出，柳条上果真有几个小蟹子。莲花惊叫起来。刘学栋将另一枝柳条递给她，莲花学着钓起来，一会儿也钓了两个小蟹，她笑得合不拢嘴。

三人各自忙活着，一会儿就是一小盆螃蟹，一小盆鱼。刘学栋看了看天说："不早了，咱们回去吧。"莲花、英子兴致不减，刘学栋喊了好几声，她俩才围过来高兴地看着收获。刘学栋说："小鱼养着，螃蟹炸着吃。"

英子高兴地跳起脚。

三人进了玉泉楼，刘学栋对莲花说："坐吧。"说着端着螃蟹进了厨房。

英子到后院中放下鱼盆，回到莲花身边。莲花问："和你哥在一块儿幸福吧？"

英子点头："嗯。"

莲花说："姐真羡慕。"

英子哀求道："那姐也过来住吧，西屋挺空的，夜里我一人也害怕。"

莲花苦苦地一笑："姐没有那一天了。"

"哥教的一本书俺都会了，俺写的字爸妈都说好，俺给你拿去。"英子说着跑进后院。一会儿，拿着本子呼呼地跑来，将本子递到莲花手上。

莲花翻开本子，本子上的字规整俊秀，莲花惊喜地说："比我写的好多了，真了不得。"

英子噘起嘴说："哥还老挑毛病。"

"是吗？"

英子一本正经地说："是呀，他说还不够横平竖直，俺用心写，还不满意。"

莲花笑了。

刘学栋端着一盘通红油亮的小蟹过来，往桌上一放说："趁热吃。"

英子伸手抓过就咬，烫得直吐舌头。刘学栋、莲花各取过一只嚼了起来。小蟹脆生鲜美，莲花说："真香，还没吃过这么好吃的东西。"

刘学栋和英子已顾不上搭话了。

三人将小蟹一扫而光。

刘学栋抹抹嘴巴对英子说："你和莲花姐玩吧，俺去跤场了。"英子缠着他说也要去。刘学栋训斥道："女孩子家去那里干吗。"

莲花说她也想去瞧瞧，刘学栋才同意英子跟着。

刘学栋带莲花、英子来到南门跤场。马拧子高兴地一把抱起英

...... 101

子抛向空中，英子吓得"哇哇"地大叫。马拧子对莲花说："俺马拧子没啥本事，打三五个人跟玩似的。往后，有人欺负你，你就说是马拧子的亲戚，他再不识相，我去把他头拧下来当球踢。"

莲花高兴地说："那我就认你当干爹了。"

黑蛋、振鲁、福生从前场下来。刘学栋介绍完师兄弟，又介绍莲花和英子。刘学栋拍着英子的头说："都是你哥，叫哥。"

英子甜甜地叫着："哥，哥，哥。"

黑蛋、振鲁、福生答应着。

刘学栋、马拧子、莲花笑了起来。

刘学栋笑着说："今儿高兴，黑蛋，下一场咱俩来两跤。"

"好嘞！"黑蛋笑着道。

莲花高兴地望着他俩，刘学栋脱去褂子，捡起跤衣转过身。莲花看见刘学栋胸口上的伤疤不觉"啊"的一声像被扎了一下。

刘学栋不好意思地说："上场都得光膀子，别见怪。"

莲花捂住嘴怔怔地望着刘学栋。

刘学栋边系腰绳边让福生带莲花、英子到前场找座位。莲花眼睛还是不离刘学栋，英子拉她，她才回过神儿来。她失神地跟在福生身后来到前场坐下。

刘学栋从后场出来，观众一见鼓掌叫好，刘学栋笑着绕场一周，莲花望着他想起了六年前救她的男孩。

那一天，莲花洗完澡，被范老鸨揽着进了天津高老板的房间。她对莲花说："你好好伺候高老板，伺候好了，你的福气就来了。"

范老鸨离开后，高老板抱起莲花扔在床上就解她衣服，莲花年小力弱，却拼命地挣扎反抗。高老板折腾了她一个时辰，也没得手。高老板摔门气冲冲地出了门，气急败坏地冲楼下坐在大厅里的范老鸨发脾气："你他妈调教的什么玩意儿！"

范老鸨笑着从楼下上来，来到门口："野点才有味儿呢，不野还叫雏子？"说着揽着高老板进了屋把门掩上。

高老板望着莲花恨恨地说："这妮子忒难驯！"

范老鸨不屑地说："高老板要驯服不了十三岁的莲花，今后就别再提玩雏子。"

高老板一咬牙:"老子就不信驯不服这头犟驴!"说完将莲花摔在地上扯她的裤子。

范老鸨在旁边指导着:"先掐住她脖子再扯,裤子不就开了。"

高老板掐住了莲花的脖子,莲花被掐得喘不过气来,高老板还死命地掐。

范老鸨见状,忙道:"行了,行了,别掐了,掐昏了,不就没了野滋味儿。"

高老板松开手缓了口气,站起身解衣。

范老鸨出了门。

莲花望着高老板大口地喘息。高老板脱下衣服,把莲花抱起扔在床上欲趴向她。莲花身上突然有了劲儿,一脚踹向高老板的心口,高老板竟被踹了出去,莲花爬起冲出了门。

范老鸨正在下楼,听到身后急促的脚步声,回身见是莲花,忙一把抱住她,莲花死命地挣扎。

范老鸨抱着她死死地不放,还冲楼上大声喊:"高老板,快来啊,快来啊你!"

莲花急了,猛地狠咬了老鸨的手一口,老鸨"哇"地大叫一声松开。高老板手提腰带冲了过来,对着莲花就是一皮带,莲花惨叫一声冲下楼。她刚欲冲出门,被二愣伸开双手拦住。莲花想躲开他,高老板过来一脚将她踹倒在地,举起皮带死命地狠抽,莲花抱头哭喊惨叫。

范老鸨在一边恨恨地喊着:"使劲打,打死她,打死她!"

高老板更狠地抽打莲花,莲花抓住了皮带猛地一带,竟把高老板拽倒在地。她爬起来冲出了大门,高老板追了出去。

莲花哭喊着往前跑,高老板追上将她摔倒,用力踢打。行人纷纷驻足观看。这时一个少年冲过来质问高老板:"你凭什么欺负人?!"

高老板回过脸,看到一个半大孩子更火了:"滚你妈的!"说着更凶狠地踢打莲花。

那少年把褂子一扒，冲到高老板跟前抓住他腰带就摔，无奈高老板体重太大，少年被压趴在地，二人厮打起来。

莲花呆呆地望着他俩。

突然，恼羞成怒的高老板顺手摸起旁边铺柜上的一瓶酒，往墙上一砸，酒洒在地上，瓶底露出玻璃碴子，他逼向那少年。少年毫不惧怕地瞪着他，高老板用力朝那少年胸前一捅，少年"哇"地惨叫一声摔倒在地。莲花吓得张大嘴巴，高老板举着半截瓶子来到少年面前面目狰狞地说："我插瞎你眼睛！"说着抬起胳膊。

莲花突然冲上来紧紧抱住高老板的胳膊喊："别，别！"

高老板猛一把推开她："滚你妈的！"说着又举起破碎的酒瓶。

莲花跪在地上用身子挡住少年向高老板哀求："你要扎就扎我吧。"莲花望着胸口鲜血直流的少年哀求高老板："求求你，别，别，我答应，什么都答应……"

高老板脸上渐渐消了气，扔下瓶子，又踢了那少年一脚，拉着莲花就走。

莲花边走边回头望着站立不稳的少年，突然，她转过身跑到他面前，望着他胸前的伤口大哭。高老板过来拽她，她挣脱他的手，从衣服上撕下一块布按在那少年的伤口上。

莲花被高老板拽着前行，还一步一回头地望着有气无力的少年。

多少年来，莲花无数次地惦记着那个少年，万没想到当年的少年竟是眼前的刘学栋，她眼睛湿润了。

摔完跤，刘学栋和莲花、英子来到狗不理包子铺。刘学栋要了几笼屉包子和几个小菜，三人围桌坐下。莲花眼睛直勾勾地望着刘学栋，刘学栋有点不好意思。不一会儿包子和菜上来了，刘学栋、英子吃了起来。莲花拿着包子没咬一口，刘学栋以为她不喜欢，就指指菜。莲花盯着刘学栋半晌问："你从小就爱打抱不平？"

刘学栋不好意思地说："爱惹事儿，可没少让俺叔婶操心，摔断同学胳膊挨了处分；见一个胖子欺负个女孩儿，和他打起来受了伤，血流得太多倒在教室里，被学校开除……这种事儿多了。"

莲花连忙问："一个胖子欺负个女孩？"

刘学栋说："那是俺十五岁的事儿。"

莲花动情地说："那女孩你还记得？"

刘学栋放下筷子说："人忘了，事儿记得。那是个好女孩儿，当时，那胖子想用玻璃碴子扎瞎俺眼睛，被那女孩儿拦住，那女孩儿哀求那胖子说要扎就扎她。你说这女孩儿多好，那女孩儿现在一定是个好女人。"

莲花眼中泪水喷涌而出，她慌忙站起身出了包子铺，来到水边掩嘴痛哭。少年刘学栋救她的情景一幕幕在脑海闪现，耳边又响起了刘学栋刚才说的话："那女孩儿现在一定是个好女人……"莲花眼前出现了艳翠楼迎来送往的情景，和嫖客、赌徒、酒鬼丑恶的嘴脸，莲花泪流满面痛苦地摇着头。

莲花哭了好久，才离开水边。她木然地走着，不知不觉地来到了艳翠楼。一卷铺盖打在身上，她才回过神儿来。

范老鸨叫骂着将年龄稍大的妓女曲姐从门里拥出。范老鸨平时装得挺和善，曲姐缠着她要钱把她缠烦了，本相就露了出来。曲姐哭喊着："别赶走我，别赶走我，我给你挣了多少钱，我没地方去呀。"老鸨用力将她推出，曲姐摔下台阶伤心地痛哭："走你也得给我钱吧，我在你这里干了十五年，你一个子儿也没给过我。"

莲花上前扶起她："曲姐。"

曲姐哭诉了起来："我十五岁进艳翠楼，整整十五年啊，给她挣了多少钱。现在没人要了，像打发要饭的赶了出来，还不如条狗，狗也该给口饭吃吧。"

莲花给她擦着泪。

曲姐道："莲花，你说她……她像话吗？她一个子儿也不给，还说我吃住欠她的。咱们吃住是不差，可比起咱们挣的钱来，才多大一点儿？她忒不像话！我可怎么活呀……"说完又哭。

莲花眼中流出了泪，她掏出所有的钱放入曲姐的衣袋，站起身怒气冲冲地进了艳翠楼。

老鸨正在大厅训斥那些妓女，曲姐跟着她要钱，范老鸨已顾不上形象了。

莲花进来怒视着范老鸨，知道姐妹们在为曲姐打抱不平。

范老鸨平日里和颜悦色哄着妓女给她卖身挣钱，一旦有病或姿色稍减，便像打发要饭的一样打发走。尽管她说给每个姑娘存着钱，走时却不给一文。

莲花双手叉在腋下倚着柱子，心里暗骂范老鸨是蛇蝎心肠的母狗！

范老鸨大言不惭地安抚着姑娘并狡辩着："你们知道曲晶娥从我这里提走了多少钱吗？干妈说出来，你们都不信。"

莲花和姐妹们冷眼望着范老鸨。

"她先后七次拿钱给她爹妈治病，还有一次给她弟妹上学用。她挣的钱哪够啊，还不是我从腰包掏钱救济她。"

莲花心里更气："没实话的母狗！"

范老鸨没注意到身后站着莲花，继续煞有介事地对妓女们道："别相信那曲晶娥，她真欠我的。你们对曲晶娥和对干妈的态度，叫干妈心寒啊。不是吗？女儿们来这儿，我就跟你们说，咱艳翠楼是个大家庭，女儿要听妈的，这才能和和睦睦，不听话，那艳翠楼还不大乱啊？哪个地方都讲君君臣臣父父子子。干妈理应为女儿着想，女儿也要体谅妈经营的不易。你们今天伤了妈的心，光同情曲晶娥了，我真给她七次钱，都是大数额的。女儿们不信，干妈这就把曲晶娥叫来，你们当面问她，要不跟我去看看账，有没有她签的字。"

莲花听到这儿，再也忍不住了，上前没好气儿地说："你说有曲晶娥的签字，我们都知道她不识字，怎么签？"

众妓女不觉讥笑起来。

老鸨望着莲花，脸上现出怒气："没签字，有她摁的手印不一样吗？"

莲花较起真儿来："那好，我叫来曲晶娥，我们跟你到局子里去对对，叫警察说你是不是真给了她七次钱！"

老鸨生气地说:"莲花,你想干吗?"

"不干吗,只想让你别在这儿巴瞎!"

老鸨火了:"有你这样说妈的吗?啊!"她气得喘息。

莲花不屑地说:"还妈?你倒好意思!"她指着门外:"你说曲晶娥从你这儿拿走了七次钱给她爹妈治病,谁不知道曲晶娥爹妈早不跟她来往了!"

老鸨无言以对。

众妓女私下议论:"就是,她爹妈早就不认她了。"

老鸨忙狡辩:"反正她从我这儿拿了钱,供她弟妹上学。"

莲花仰天笑了起来:"还供她弟妹上学?她弟弟五年前就被车撞死了,她妹妹也早嫁了人。"

妓女们不觉笑了起来。

范老鸨指着莲花:"你……想跟干妈作对,是吧你?"

莲花不屑地说:"我不想跟你作对,只想请你把钱还给人家。"

老鸨生气地说:"我和她的事儿你管不着,走,咱俩到屋里说去!"

"到屋里说干吗,就在这儿!"莲花瞪着她。

老鸨不敢再同莲花理论,进了旁边的会客厅。

莲花望向众姐妹,众姐妹冲莲花摆了摆手,示意她进去跟老鸨讲理。莲花进了会客厅。

范老鸨关上门,指着莲花:"你别心里没数,你的钱我可给了你!"

莲花反唇相讥:"那是刘学栋来闹了一场,你才给的!"

老鸨生气地说:"行啊,莲花,你长本事了,我知道你背后有人,可你不能扒你干妈的豁子,我经营艳翠楼很不易!"

"我没想毁你艳翠楼,只想让你把钱还给曲晶娥,她给你挣了不少钱,你不给她,她不饿死!"

老鸨望着对方半晌说:"行,那干妈就给你个面子,你把她叫进来。"

莲花转身出了门,老鸨恨得咬牙切齿。

莲花知道范老鸹不可能给曲姐多少钱，自己只能做到这一步了。

夜晚，莲花躺在床上翻来覆去睡不着，她知道曲晶娥今天的下场，就是她以后的，想到这儿，她不寒而栗。她很自然地想到了刘学栋，却很快又心灰意冷。她自言自语地说："我不是个好女人，不是……"说完痛苦地闭上了眼睛。

刘学栋的身影不时地在她脑海里闪现，莲花睁开眼睛想："也许我和他有缘分？要不为何六年前救了我，今天又出现在我面前呢？"她翻来覆去思索。思索到下半夜，她下床来到梳妆台前，细细地看着自己的面容。一根白发令她惊恐万分，她快速地揪下，又仔细地查找，没找着，愁云却布上了心头。她点燃一支烟，望着镜中的自己。半响，站起身懒懒地走向床，倒下望着屋顶，她脑海再次出现刘学栋的身影，脸上的愁云渐渐散去。

莲花起床后，经过精心打扮去了玉泉楼。她拐过弯远远地看到刘学栋正和英子在水边捞鱼钓螃蟹，就走了过去。英子看见莲花亲热地叫了声姐，莲花冲英子笑笑，来到刘学栋身旁问："陪我去一趟大佛头怎么样？"

"去干吗？"

"给我娘上坟。"

刘学栋想到一个女人去那儿确实危险，就说："行啊。"

英子也咋呼着要去。

莲花对英子说："上坟是纪念我娘，又不是去玩，你孩子家咋能跟着去。"

英子噘起嘴。

莲花对刘学栋说："咱走吧。"

二人上了路。

来到大佛头山下，二人向山上攀登。秋天的大佛头松柏苍翠，枫叶火红，齐腰高的金黄色茅草随风摇曳，惊出的鸟儿飞向蓝天，美极了。二人愉快地说着话前行，在一片酸枣树前，莲花停下来采摘。她吃了一颗说:"真好吃,酸甜酸甜的。"

刘学栋伸手去摘,莲花将一颗递到了他嘴边,刘学栋伸手接,莲花缩回手:"张开嘴。"刘学栋无奈地张开,莲花将酸枣放入他口中,刘学栋羞得满脸通红。

见莲花专心地摘起酸枣,刘学栋问:"不上坟了?"

莲花笑着转过脸:"告诉你吧,我娘的坟不在这儿,我约你出来玩的,全当咱俩散散心。"

刘学栋遗憾地说:"那该带英子来。"

莲花不满了:"英子,英子,你心里只有英子,没旁人了。"

"大家一块儿玩多好。"

"英子天天跟你在一起,玩的时候有的是,和我出来一会儿就烦了?"莲花愠怒地说。

"哪里,我是说……"

莲花打断他的话:"什么也别说,我在艳翠楼跟监狱差不多,生不如死,出来和你散散心,你还牵挂着这个那个的。"停顿一会儿,又道:"我知道你嫌我名声不好,可谁家有一点出路能干那个?我爹死得早,娘有病,养不活我,才把我卖到那里。我不恨我娘,她是没法子,她也心疼我,卖了我不到半年就死了,听说是心疼死的。"刘学栋理解地望着莲花。莲花眼圈红红地道:"我知道你看不起我……"

刘学栋忙道:"没,没有的事儿……"

"还没有的事儿,我心里清楚。别说你,哪个正派的人看得起我?围着我转的人不过把我当个玩物。"

刘学栋说:"那你不会离开艳翠楼?"

"离开了我去哪儿呀,哪个男人要我?"

"你心眼好,会有好男人喜欢你的。"

莲花破涕为笑:"你说的是真的吗?"

"说假话干吗?好人得好报。"

莲花有点失望地说:"现在好人不得好报。"

"别泄气,你以后不会差。走,摘柿子去。"

柿林在山坡上，远远望去，金色的大元宝挂满树枝，在阳光照耀下发出灿烂的光芒。来到柿林，莲花问刘学栋："偷人家柿子行吗？别让人逮住。"

刘学栋说："没事儿，山里的柿子、苹果在林子里吃，人家不管，不带走就行。"

莲花笑了："还挺在行，常来偷吃吗？"

刘学栋回答："和英子来过几回。"

莲花收起笑容，用嫉妒的口吻："英子，英子，这小妮子真有福气！"

二人摘了几个柿子，走出柿林边走边吃。

莲花感叹道："人说的幸福，我今天才体会到。"

刘学栋没听清楚，问："你说什么？"

"没什么，咱俩爬到山顶吧？"

"你行吗？"刘学栋反问她。

"行呵。"莲花说完向山顶跑去，她从来没有像今天这么高兴，真的一气儿跑到了山顶。

二人站在山峰环顾周围心旷神怡，莲花兴奋地感叹："真美呀。"她指着远处起伏的山脉："群山重重叠叠望不到边，听说连着泰山。"刘学栋望向远处的山脉，莲花转身指着远方："看那儿，大明湖像块镜子；看，看，再远处是黄河……"

刘学栋顺莲花手指方向望去，果然看到了黄河。看了半晌，他欣喜地望着四周："真挺好看，原先咋没注意哩。"

莲花拉他坐下，从衣袋掏出两只巴掌大的燕子风筝。

刘学栋抓过风筝仔细看着："你做的？"

"嗯，我妈扎风筝十里八村有名，我从小看就看会了。"

刘学栋问："你是潍坊的？"莲花点头。刘学栋说："俺也是。"

莲花惊喜地说："是吗？"

刘学栋问："你家在哪里？"

"潍河边，你呢？"

"城南。"

莲花高兴地一拍手："没想到这么近，真是老乡哩。"

刘学栋说："俺爸也会扎蝴蝶、燕子什么的，我喜欢粘粘头和八卦，样子不好看飞得高，来济南还带了一只。"

莲花说："我闷得慌了就扎，放的时候，放到高处扯断线。"

"为啥？"

莲花叹了口气："风筝飞走了，我心里舒坦点儿。"

刘学栋怔怔地望着莲花。莲花顺着山风放起了双飞燕风筝，两只燕子风筝在空中飞舞嬉戏，像真的一样。刘学栋、莲花欣喜地望着风筝，谈起了家乡的事儿。谈着谈着就到了黄昏。莲花望了一眼火红的夕阳，将风筝线扯断，双飞燕风筝向远处飘去，刘学栋遗憾地望着远去的风筝。

莲花指着山脚下一个农家小院说："你看，学栋。"

刘学栋顺她手指望去，看到男主人坐在院中石桌旁，儿子绕膝转，女人端上饭食，一家人香甜地吃着。

莲花羡慕地说："真是神仙过的日子。"

刘学栋不以为然地说："啥神仙过的日子，普通人家嘛。"

莲花伤感地说："你理解不了，男人疼女人、孩子，生活再苦心也甜，这比吃山珍海味没人疼没人爱强百倍。"

二人又玩了一会儿，才往山下走。莲花望着刘学栋想："这是最好的男人，最好的归宿，别错过机会。"她让刘学栋坐下歇一会儿，刘学栋以为她累了，就随她坐下。莲花靠近刘学栋问："你多大了？"

"二十一。"

莲花笑吟吟地说："比我大两岁，你这年龄，该成家有孩子了。"

刘学栋说："俺不急，趁年轻，干点事儿。"

"有志气，我找了你这样的男人，让我当牛做马也愿意。"莲花发自内心地说。

刘学栋笑了："别抬举俺，俺脾气不好，谁跟了准被气死。"

莲花望着他："气死也心甘，有志气的男人，都挺倔。"

刘学栋有点不好意思地说："别夸俺了，再夸，俺就不知自己姓啥了。"

莲花问："你就没想过找个女人成家吗？"

刘学栋摇了摇头说："没，跟兄弟们玩，练练摔跤蛮有意思，比跟老婆孩子在一块儿强多了。"

莲花说："好是好，可身边不能没女人，你有相好的吗？"

刘学栋的脸一下红了："俺不好那事儿。"

莲花笑道："你没接触过女人不知乐趣，说了你也不明白。"

刘学栋说："俺不愿不三不四的。做人图个名声，花钱欺负女人是啥东西，谁家母亲姐妹不是女的。"

莲花说："你挺懂事理，可有的女人对你倾心，心甘情愿给你身子，你不理她，不辜负了人家情意？"说着轻轻倚在刘学栋身上。刘学栋望着莲花羞得面红耳赤。莲花攥住了他的手："学栋，我就倾心你"。说着依在他怀里："学栋，我真心给你"。说着钩住刘学栋的脖子，身子紧贴着他。

刘学栋慌忙推开莲花站了起来，莲花回过神儿来，失望地闭上眼睛。刘学栋向前走了几步，回过头来对莲花："时候不早了，走吧。"

莲花黯然地站起身跟着他朝山下走，边走边想："你不是艳翠楼的头牌吗？咋挂不住一个不谙男女之事的男子。别错过了机会，机会只有这一次。"她望着走在前面的刘学栋，突然"哎哟"一声蹲在地上。

刘学栋回过头，见莲花坐在地上痛苦地呻吟，快步过来问，"怎么了"？

"崴了脚。"

刘学栋急忙蹲下："哪儿？"

莲花指着脚脖子："这儿，疼死我了。"刘学栋给她推拿，莲花将鞋子蹬掉"哎哟哎哟"地叫起来。

刘学栋推拿了一会儿问："好点了吗？"

莲花斜睨着眼看着他："好点了，扶我起来。"刘学栋扶起她。莲花脚一着地"哎哟"一声又蹲坐在地上。

刘学栋问："还疼是吧？"

"膝盖，转到膝盖上去了。"莲花说着提起裙子。刘学栋给她按摩膝盖，莲花将裙子拉到大腿根躺下。肉鼓鼓的白皙大腿在夕阳照射下发出诱人的光泽，刘学栋看着心跳加速，按摩膝盖的手渐渐地颤抖起来。莲花感觉到了他的变化，"哎哟"声也更诱人。刘学栋盯着莲花的大腿眼光直了，按摩的手也渐渐地上移，莲花轻轻摁住他的手拉到自己的大腿根，她舒展身子将裙子撩起盖住了脸，下身全都暴露在刘学栋面前。刘学栋脑门青筋暴突，死死盯着莲花诱人的身体。莲花呻吟着："来呀，来呀，快……"

刘学栋热血上涌，恨不能一下扑到她身上，然而他却拼命地忍住。他闭上眼睛心脏狂跳不止，半晌，顽强地站起。

莲花见没动静，揭开裙子看到刘学栋站在那儿紧闭着眼睛，她无奈地叹了口气，将裙子撩下。刘学栋睁开眼手伸向莲花，莲花只得伸出手，刘学栋拉她起来。莲花装作痛苦地站起，将手搭在他脖子上，身体贴在刘学栋的身上。丰满的胸脯一颤一颤摩擦着他的身体，刘学栋心跳得更加厉害。莲花感觉到了，斜眼瞧他，见他头上冒出了汗珠，将面颊贴在他胸上轻柔地说："学栋，我身子软了不是？"刘学栋不语。莲花抓住他的手按在自己胸脯上："给你吧，让你做回男人。"刘学栋闭上眼睛浑身颤抖起来。莲花动情地说："我要报答你，给你啦。"说着紧紧搂住刘学栋，吻着他的脖子，刘学栋喘着粗气任莲花亲吻。莲花解开衣扣，拉过刘学栋的手按在自己胸脯上。刘学栋猛然惊醒，突然转过身蹲下背起莲花向山下走去。莲花先是一惊，既而明白过来，用拳头捶打他的肩膀。刘学栋任她捶打，仍向前走，莲花心酸地"哇"的一声伏在他背上哭了。

到了山下，刘学栋放下莲花擦把汗。莲花扑到他怀里哭了起来："哪个男人也不把我当人，就是你呀……"

刘学栋安慰她："别哭了。"

莲花伤心地哭着："我知道得不到你了……得不到了，我没路了……没路了……"

113

刘学栋安慰道："比俺好的男人有的是，别哭了。"

莲花渐渐止住哭声，她走到刘学栋面前理着他的头发说："我敬重你，没别的意思，我有点冷，抱抱我吧。"

刘学栋伸开臂膀紧紧抱住莲花，莲花的眼泪湿了他胸前一片。

第 六 章

莲花懒懒地走进艳翠楼，刚上楼，范老鸨从会客厅出来告诉她于局长今晚又点了她的牌。莲花没搭话。老鸨说："那好，我看你太疲乏了，回他不接了。"她巴不得莲花不理于明德，才有理由挑起于明德的火。

上午莲花跟范老鸨说要去大佛头给她娘上坟，范老鸨就猜到她会约着刘学栋同去，那时就想借此事撮弄于明德整刘学栋和玉泉楼。

于明德按时进了艳翠楼。老鸨引他进了会客厅，告诉他："刘学栋那小子今天约莲花到大佛头疯了一天，才回来。莲花累得跟死猪似的，也不知咋累成了那样。"她有意把后面的话加重了语气，以引起于明德的联想。"我跟她说于局长今晚上来，她连话都不回，还'咣'地摔上了门！"她指着门外。

于明德愣愣地望着她。

范老鸨继续道："那刘学栋也忒没数，上次毁了您干英子的好事儿，现在又跟莲花黏糊，真是骑在你头上拉屎了！"

于明德气愤地将风衣摔在椅子上大怒："他妈的，敢欺负我于明德！"上回刘学栋惊了他，他怀恨在心，现在刘学栋又跟自己争莲花，他怒不可遏。

于明德十七岁留学日本，留学四年没学到多少真本事，却谙熟了男女之事。

给他上男女性学课的是女教师原子。那天下了课，几个日本同学把于明德打得鼻子出血，是原子把他叫到了家中。她给他兑好木桶中的水，帮他脱下衣服。原子比于明德大十岁，在于明德心里，她就像母亲。他赤裸着身体没有一丝羞怯感，就连原子打量他身下那刚长毛草的东西，也没感到不好意思。

原子把他扶进木桶，嘱咐他多泡一会儿。

于明德半躺在木桶中，仿佛回到了家中，紧张的神经松弛下来，他用手撩着水，就像在故乡的河里同伙伴们嬉戏。

原子在厨间给于明德洗好内衣，推开洗浴室门让于明德从木桶中出来，于明德像个听话的孩子从桶中爬出。

原子将他的手轻按到木桶沿上，给他打香皂，于明德既兴奋又稀奇。

原子放下香皂用手轻柔地在他身上搓揉，于明德静静地享受着。

揉搓完他的后背，原子用手扳过他的肩头，让他坐在椅子上。

原子从他脖子上开始往下搓，于明德笑望着原子，原子轻轻地抚弄下他的头发，发出清脆的笑声。

原子的手移到了他的肚腹，于明德燥热起来，心跳怦怦的，他感觉下身膨胀，意识到不雅却又难以控制。

原子的手停住，看了那羞处一眼又看于明德，于明德羞愧地低下头。原子却笑吟吟地伸手轻轻地拨弄他的羞处几下，坦然地撩起裙子跨在他的大腿上。于明德感到一股电流电击着全身，呼吸急促浑身燥热，他怔怔地望着充满欲望的老师，原子在他身上浮动几下，于明德体内一股热流便向原子轰去。

于明德忘记是怎样被原子引导到榻榻米上的，只记得原子在他身上上下起伏，他又酣畅淋漓地得到了宣泄。

从那，每隔一天他都造访原子老师，进了门第一件事就是迫不及待地脱光衣服，抱起原子按在榻榻米上。过后于明德也不明白自己如何敢对原子老师实施非礼，可回想原子的表情，于明德明白了：原子比他更渴望做这种事。

就这样折腾了两个多月，二人才进入了缓冲期。他们已不那么疯狂了,而是细细地体会其中的滋味。两人都得到了极大的欢愉,过后原子蜷缩在他怀里像只温顺的小猫。

两年后,于明德望着原子老师脸上少许的皱纹,渐渐地心生倦怠之意,他把眼光转向了女同学。他首先瞄准了对他颇有好感的娃娃脸幸子。有了老师的真传,他不费吹灰之力就把幸子弄到了手。

幸子是温顺的,服从于明德似乎是她的天性。幸子又是坚强的,她祖父是日本著名的武士,父亲是帝国的上层军人,她自行流产不到一个星期,又赤身裸体雄赳赳气昂昂地跨在了于明德的身上。

于明德性格原本懦弱,受武士道精神的影响,征服欲比原来强了许多,不到一年的工夫,竟擒获了五个日本名门之女。

于明德回国时间不长,就俘虏了市长的姨太太,姨太太在丈夫面前进言他如何有学识,自然得到了市长大人的青睐。有市长的关照,于明德自然仕途一帆风顺。

于明德尝到了甜头,想再交结几个官太太,助他更快地晋升,可当见到莲花,想法就改变了。

于明德当上税务局局长后,商人请他吃饭都提出过要莲花来作陪。于明德嗤之以鼻,他品尝过东洋名门之女的滋味儿,如何看得起一个中国妓女。一天,一商人真把莲花招了来。莲花款款地来到桌旁微微颔首,于明德愣住了,这哪像妓女,分明是大家闺秀。莲花端起酒敬他,于明德脑子一片空白。商人说的什么,一句也没听进,只是呆呆地望着莲花,莲花也含情脉脉地望着他。

于明德回去失眠了,他没想到红尘中还有这样的女子,他很想同她交往,可税务局局长的身份约束了他。他努力不去想她,可几天后还是情不自禁地进了艳翠楼。

他说想找莲花说说话,范老鸨陪他来到了莲花的闺阁。莲花正在梳妆,见于明德进来,有点儿吃惊。二人默默地对视,于明德觉得说话已多余,上前抱住了她。他把她放倒在床上,伸手解她胸前的盘扣,盘扣很难解,莲花助他才解开。她知道他是东洋留学生,从他眼神知道欣赏自己。盘扣一开,坚挺饱满的乳房破缝而出,于

...... 117

明德见了一阵眩晕。莲花解开旗袍,丰富耀眼的景象令于明德震撼战栗,往日徜徉在东洋女子平缓地带的他,没想到世间还有这般山峦起伏异峰突起的风景……他领略了莲花身体的美好和柔情,对其他女人便不再有兴趣。现在见莲花想甩了自己跟刘学栋好,不气炸了肺。

于明德第二天一上班就让税务员把玉泉楼的税码翻了一倍。单子送到玉泉楼,刘掌柜一看大惊失色,忙问怎么回事儿。税务员说局长让填的,刘掌柜慌忙去了税务局。

于明德正在办公室聚精会神地看着画报上的日本裸体女郎,听到敲门声,知道刘掌柜来了,他收起画报抓过报表一本正经地翻起来。

刘掌柜来到桌前,问于明德昨天为何没去玉泉楼。于明德头也不抬推说太忙。刘掌柜掏出税单递到他面前,于明德装模作样地看了一会儿说:"没错啊。"

刘掌柜忙说:"单子上的税码比上个月翻了一番。"

于明德说:"这还是我看在咱们关系的分儿上,给你减的。齐鲁饭庄税码比你还要多。"

刘掌柜见话谈到这份上,就直接把话挑明:"是不是玉泉楼哪里得罪了局长您?"

于明德打起了官腔:"你这话从何而来?我政府当差的,能因为有点什么事儿给你增加税码吗?"

刘掌柜哀求于局长:"您就别让我纳闷了,有什么事儿说开,哪里照顾不到,我改还不行吗?"

于明德看到刘掌柜这副样子,一拍桌子骂道:"你侄子把屎拉到我头上了!"

刘掌柜一听忙道:"就是打死学栋,他也不敢啊。"

于明德指着刘掌柜的鼻子:"他还不敢?啊!谁都知道莲花是我的人,他却横刀夺爱!"

刘掌柜惊慌失措地说:"怕是误会了吧?"

于明德气愤地说:"误会?他约莲花到大佛头还是误会?你说

你侄子该死不该死！"

刘掌柜知道莲花和学栋近来来往较密，听于明德这么说，真以为学栋和莲花有一腿，就连连点头说："该死，该死，我回去就教训那小子！"

于明德说："那小子不知眉眼高低，你想旁人知道了怎么看我？认为我无能，我没面子。要是刘小子是个市长，占了莲花就占了，谁让人家官比咱大哩。可他一个小跑堂占了莲花，我成了吗？还是个税务局局长吗！"

刘掌柜连忙道："局长大人别生气，这件事我回去保证办好。"

于明德缓和了口气："其实我也不是不讲道理，来个比莲花更俊的，或者过几年她人老珠黄了，我会主动退出。"

刘掌柜大包大揽地说："我这当叔的能把学栋揍过来！你看这税单的事……"

于明德说："这事不是我一人说了算。这样吧，中午摆几桌，我把局里的人带过去，一吃一玩不就过去了。"

刘掌柜无奈地答应着说回去就准备，说完冲于明德弓腰向门外走。

于明德叫住了他："听说百货大楼来了新款的女士梅花表，我太忙，抽不出空儿，你路过帮我买一块，中午见面我把钱捎给你。"

刘掌柜知道他是砸杠子，也只得认了："哪能呢，局长大人一直关照玉泉楼，孝敬您块小表还不是理所当然。"

于明德这才把刘掌柜客气地送到门口说："那，就谢谢你了。"

刘掌柜回到玉泉楼北屋，气急败坏地把和于局长打交道的事告诉了夫人，夫人气得上气不接下气。

正巧刘学栋进了门，看到二老这副样子问："出了什么事儿？"

刘掌柜训斥道："你干吗跟莲花好？！"

刘学栋忙辩解："没有的事儿。"

刘掌柜一拍桌子："还没有的事儿？那你俩干吗上大佛头？"刘学栋有口难辩。刘掌柜叹了口气说："学栋，你真要是嫖，也不能

……119

嫖莲花，莲花是于局长的相好。"

刘学栋刚要反驳，当看到二婶那双气愤的眼睛，话到嘴边又咽了回去。

这时，脸蛋嘴唇涂得红红的英子跑进来，拉拉刘学栋的手问："好看吗？俊不俊？"

刘夫人没好气儿地说："俊什么俊，画得跟小鬼似的。"

英子不服气地说："莲花姐就画得脸红红的。"

刘掌柜瞪大眼睛看着英子。

刘夫人一语双关地骂道："不学好的玩意儿！"

英子委屈地哭了起来，刘掌柜过来拉着她出了门，刘学栋气呼呼地跟出。

中午于明德带着二十几个人兴致勃勃地来到玉泉楼。刘掌柜忙迎了出来，于明德介绍这都是税务局的同仁，刘掌柜赔着笑脸说贵客临门。众人落座，刘掌柜拉拉于明德的袖口，于明德跟了出来。刘掌柜摸出坤表递给他，于明德看也没看装进衣袋进了屋，刘掌柜无奈地摇摇头。这场景被刘学栋看到，气得喘息，心想："卖三十桌饭菜也买不来一块梅花表，你还心安理得地收下，真不是个东西！"他恨不能踹开门把表夺回。

王大厨给于明德他们做菜的时候，于明德来到鱼缸前欣赏着金鱼。刘掌柜跟了过来，他指着鱼介绍说："这是学栋从上海带回来的。"说完便知说溜了嘴。

于明德用讽刺的口吻说："好兴致，真是见过世面呀。十里洋场，风花雪月，连鱼也挑上等货。"

刘掌柜连忙道："快别抬举他，一个愣头小子，要不能得罪您。"

于明德哈哈大笑，觉得算是出了口气。

夜晚，于明德来到艳翠楼，绘声绘色地给范老鸹和王掌柜讲了带同仁到玉泉楼白吃白喝的事儿，王掌柜连连叫好，老鸹笑得眼里流出了泪。老鸹说这下子把刘学栋和玉泉楼治闭了气。于明德大笑，笑着笑着像想起了什么，对范老鸨和王掌柜说："我先去莲花那儿。"说完转身出了屋。

莲花正坐在梳妆台前懒懒地梳理头发，她知道和刘学栋没有未来，很失落。于明德推门进来，蹑手蹑脚地来到她身后，镜中现出两个人的面孔。莲花勉强地露出笑容，于明德从后面抱住她说："姑奶奶，想死我了。"莲花逢场作戏地抚摸下他的手臂。于明德心花怒放，一把抱起她往床边走。莲花面无表情地望着他，于明德把莲花放倒在床上，迫不及待地脱衣解带："三天了，憋死我了。"

"别没情调，先说说话。"莲花说着坐起身。

于明德知道对莲花不能来硬的，只好道："噢，差点忘了。"说着从衣袋里掏出梅花坤表递给她："喜欢吗？"

莲花接过表高兴地看着。

于明德说："百货大楼来的新款，我刚买的。"莲花摆弄着表，于明德给她戴上："今后听不听我的话？"

莲花叹了口气："只能这么着了。"她说的是心里的话，既然和刘学栋没有未来，也只能委身于于明德了。

于明德大喜，把莲花摁在了床上……

第二天中午，于明德带着莲花进了玉泉楼大厅，刘掌柜赶忙迎上来："请楼上雅间坐。"

于明德客气地说："不了，两个人占雅间耽误了你生意。"说着和莲花在大厅小桌子旁坐下，他有意气气刘学栋，刘掌柜忙给他倒茶。

刘学栋从大门进来，看到于明德和莲花，瞪了他俩一眼进了厨房。

于明德也不气恼，拉莲花来到玻璃鱼缸前，指着里面的金鱼："看这龙睛，身子短、眼睛大、尾巴宽，漂亮不？再看那狮子头，头顶鼓得多高，颤乎着，这才是上品。边上那条叫望天，眼睛朝天上看，我在济南还没见过这么好的品种……"

刘掌柜忙道："局长您要是喜欢，我叫人给您送去？"

"好啊，那我就不客气了，你把你侄子叫来。"于明德说。

刘掌柜一愣："叫他干吗？"

"不是他的鱼吗？我问问他乐意不乐意。"于明德有意当着莲花羞辱羞辱刘学栋。

刘掌柜明白于明德的心思，忙道："不用问，这么小的事儿用不着。"

于明德沉下脸："你当家吗？又不是你的鱼。"

刘掌柜忙说："这点事我还能当家。"

于明德一挥手："甭价，叫你侄子来！"他语气逼人。

刘掌柜无奈地让伙计从厨房里叫来学栋。刘掌柜指着金鱼对侄子说："这鱼我送给于局长了。"说完冲学栋摆了摆手，示意他离开。

刘学栋没动，瞪着于明德。

于明德挑衅地打量一眼刘学栋："我这个人讲道理，不愿夺人所爱，真心给我我就收，不给就算了。"

莲花见二人僵在了那儿，赶忙过来打圆场："要鱼干吗，怪不好养的。"她对于明德说。

刘学栋看到了莲花手腕上的梅花牌坤表，知道是叔送给于明德的那块。

莲花见他看自己手腕上的表，忙把话岔开问学栋："好看吗？于局长送的。"

刘学栋眯起眼睛，气炸了肺。

刘掌柜见状，忙捅了学栋一下说："好看。"并转身对伙计吩咐："赶快把鱼送到于局长府上。"

于明德拦住伙计对刘掌柜说："真要给我，就让你侄子把鱼送到艳翠楼莲花房里去。"他讥笑地望着刘学栋。

莲花忙摆手："我不喜欢，腥味太大受不了。"她想息事宁人。

于明德倔强地道："受不了那是后话，我说送去就送去！"他挑衅地瞪着刘学栋，那神情像是说，我就是在莲花面前羞辱你！

刘学栋气得脖子青筋暴突，他一把推开于明德，猛地抱起鱼缸"啪"地摔在地上，玻璃片四处飞溅，鱼在地上翻跳几下张大嘴巴喘息。于明德、莲花惊恐地望着刘学栋，刘掌柜一时不知如何是好。来吃饭的客人看起了热闹。

刘学栋冲伙计喊道："叫王大厨去！"伙计转身跑向厨房。

片刻，王大厨跑了过来。

刘学栋冲他一指地上的金鱼："这些鱼于局长、莲花小姐喜欢，是红烧是清蒸问于局长，做完送到艳翠楼！"说完狠狠瞪了于明德一眼晃着膀子走了。

于明德气得声嘶力竭地叫骂，刘掌柜忙赔不是，莲花也连连劝于明德，可是再赔再劝，于明德的火气也压不下来，刘掌柜知道玉泉楼的祸又来了。

刘掌柜自然接到了罚单，一看上边的数字，吓得他冷汗顿时冒了出来，他赶忙去了税务局。

他进了于明德办公室，堆起笑脸向于明德赔罪，于明德理也不理。刘掌柜又鞠躬道："我把刘学栋叫来，给您当面赔礼，您直接扇他耳刮子。"

于明德说："说得轻巧，当面赔礼能挽回面子？我堂堂税务局局长能扇人耳光？我下九流啊？！"

刘掌柜掏出一个沉甸甸的钱袋放在他手上，于明德把钱袋往桌上一扔，叫道："这是干什么？"刘掌柜拉开抽屉将钱袋放了进去。于明德说："别给我来这套！你侄子当着顾客让我没脸儿，你让我面子往哪儿搁？！"

刘掌柜苦着脸道："没办法，你也看见了，我这当叔的话他也不听。"

于明德生气地说："那就把他从你身边赶走！反正又不是你儿子！"

刘掌柜为难地说："他爹死了，他不跟着我能去哪儿？"

于明德一摆手："那我不管，赶出济南！一是我眼不见心不烦，再就是让别人知道了，谁也不敢造次！"刘掌柜还想再说什么，于明德火了:"别蹬着鼻子上脸!我承认我受贿我玩女人,可我没勾结黑道杀人,要是他得罪了别的局长,你侄子早没命了!"

刘掌柜无奈地出了门。

晚上,刘掌柜对刘学栋说,让他到北平他三叔那里躲个一年半载。刘学栋说什么也不去,他恨不能摔烂于明德,心里正琢磨着如何报复他。刘学栋自打摔了独眼龙,打怕了吴勤宝,就不再受人气了。可于明德却接二连三地欺负二叔和自己,他如何受得了?他知道于明德下了班常去找莲花,就想在暗处等他,揍出他肚中的屎。

二叔看出了他的心思说:"你可别跟我胡来,真揍了于明德,玉泉楼非被封了门不可。"

刘学栋望着二叔。

二叔说:"你不想让叔婶沿街要饭,就别干傻事儿!"

刘学栋无奈地叹了口气,知道没法再报复于明德了。

刘掌柜看硬劝不行,就说:"你不光去躲,是帮你三叔个忙。你三叔近来也碰到了事儿,隔壁兴和药铺的掌柜想强买他的宅子,你去了,邻居起码有所收敛。"刘学栋思索着。刘掌柜说:"北平是皇城根,你在那儿待上段日子,保准长见识,再顺便看看有没有可做的生意。"刘学栋这才答应去北平。

去北平前,刘学栋邀黑蛋、振鲁、福生一块儿聚聚,他们亲如兄弟,学栋不愿离开他们。

刘学栋和黑蛋、振鲁、福生散了跤场,来到了千佛山脚下一个酒馆。

黑蛋、振鲁、福生一听学栋要去北平,当即不干了,说你躲于明德那王八蛋干吗,你不好出手,俺兄弟们报复他。

刘学栋说:"一报复,他准知道俺的主意,第二天就能封了玉泉楼和马师傅跤场,不因为这,俺今晚就摔出他的屎。"黑蛋说:"要不过些日子我收拾他。"刘学栋问:"你咋收拾?他多精明,能猜不出来我撮弄的?"黑蛋说:"俺一砖头拍到他后脑勺上,他傻瓜了,上哪儿猜去!"振鲁、福生也点头说是。刘学栋说:"那这事儿就闹大了，税务局局长成了傻瓜，警察局不会不调查，一调查，你我就没跑了。"

他们过去喜欢吃红烧肉，红烧肉端上来了，却都没心思吃。明日学栋就要离开，四人心里都很难受。

夜里刘学栋躺在床上生闷气，英子蹑手蹑脚地进了门，她爬上床拉过刘学栋的胳膊搂着躺下："俺不想让你走。"

"不走，姓于的不毁了咱玉泉楼。"刘学栋没好气儿地说。

英子撒娇地说："那我就好些日子见不到哥了。"

"过不了多少天我就回来，哥也想你。"

英子头倚在刘学栋胸前："俺不想让哥走。"她很舍不得学栋离开。

刘学栋说："不走不行，听爸妈的话，他二老可疼你了，比亲闺女还疼，别惹二老生气。"英子"嗯"了一声。刘学栋又说："从明天起，你领着伙计进货，爸没精神头儿了。"英子点头。刘学栋说："哥回来给你买件花褂子，像隔壁邻居家妮子穿的。"英子笑了。刘学栋摸摸她的头说："睡吧。"

英子说："哥，你说我能长得像莲花姐……那么好看吗？"

刘学栋没好气儿地说："别说了！"

"哥，我长大了谁也不理，光和你好。"英子一本正经地说。

刘学栋拍拍她："好了，睡吧。"

英子侧过身："真的，我说的是真的，哥。"

刘学栋捂住了英子的嘴。

刘学栋出了北平火车站口，边走边看着街道和房舍，觉得和济南差不多，可是当他来到前门大街，看到高高的门楼和金碧辉煌的紫禁城，才知道皇城根就是皇城根。在行人指点下他来到大栅栏，他好奇地环视周围的店铺。狗不理包子铺顾客盈门、同仁堂药店古色古香、瑞蚨祥铺子里挂满了各色丝绸，心想真比济南气派得多。

刘学栋又往前走了几百米，来到一个院门前，看了下地址，敲响院门。

门开了，一个年轻貌美的高个儿姑娘出现在门口。刘学栋一下愣住了，姑娘也愣愣地望着他。刘学栋以为走错了门，转身就走，姑娘将门关上。刘学栋低头看了看纸上的地址，转身看了下门牌号，又敲门。门里传来姑娘的声音："什么事？"

刘学栋问："这里是刘明智家吗？"姑娘出来打量着他，刘学栋说："俺是从济南来的。"

姑娘热情地请他进来，刘学栋进了院子随姑娘向北屋走。刘学栋问："你是俺叔的学生？"姑娘笑而不答。二人进了门，姑娘笑着对正在写字的先生道："你看谁来了？"

先生抬起头打量着刘学栋，刘学栋看到先生和二叔像一个模子里扣出来的，高兴地叫了声："三叔。"

刘明智望着眼前的彪形大汉明白过来，猛烈地咳嗽，刘学栋忙放下东西上前给他捶背。

刘明智拉过刘学栋仔细地端详说："学栋真像我大哥，比我大哥还高还壮。"

刘学栋笑了，姑娘也笑了。

刘明智在他那一辈上是老三，他兄弟三人性格各异。刘学栋的父亲生性鲁莽，好打抱不平，拳术、摔跤在老家潍坊无人不知；刘掌柜天生是块经商的料，上一辈家境败落，他扭转了乾坤，搞的玉泉酒楼驰名山东；刘明智才思敏捷，没费多大事儿就考上了燕京大学，毕业后在一所大学里教书。

刘明智拉着刘学栋感叹："刘家的独苗呀，我兄弟仨只有你这一个孩子，当年才这么高……"他比画着。刘明智又指着姑娘："你婶子徐静心。"

刘学栋愣住了，看着婶子如此年轻貌美叫不出口，半晌才叫了声"婶儿"。徐静心不好意思地笑了。

刘学栋打开包袱取出泰安煎饼、北厚记酱菜递给刘明智。刘明智看到家乡特产高兴地吃了起来。刘学栋又取出一包东西递给徐静心："俺婶给你裁的料子。"

徐静心打开，见是两块真丝面料，刘明智看着道："老气横秋的，当你婶四五老十呀。"徐静心不好意思地笑了。刘明智对徐静心说："静心，到外面买几个菜，捎瓶二锅头，我叔侄俩好好叙叙。"

徐静心微笑着出了门。

刘明智的院子不比玉泉楼后院小，方方正正的，由于常年无人清扫显得有些败落。刘学栋先把一些枯树干堆放在一个角落，又捡拾地上的砖头瓦块。徐静心则用耙子划拉着干草树枝。二人正忙活，说话声传来，刘学栋、徐静心回过头，看到隔壁兴和药铺的林掌柜和账房带着几个伙计抬着草药从断墙进了院子。

林掌柜微胖，秃顶，眉角下耷，眼大无神，这是泡女人留下的倦怠。他扁鼻嘴前突，他跟人解释说亲女人多压塌了鼻儿，嘴唇老往前使劲儿，就恢复不到原位了。

林掌柜和刘明智是邻居，为了扩大门头，他早觊觎刘明智的大院。几次提出要买，都被刘明智一口回绝。林掌柜想达到强买的目的，就扒开院墙把药材晾晒到刘明智的院里。刘明智气愤地同他理论，林掌柜大耍无赖，刘明智一点办法也没有。

林掌柜见徐静心收拾院子喜笑颜开："好兴致，不过这活儿哪是你干的。"他望着徐静心姣好的面容凹凸有致的形体，眼中放光。自从去年见到了徐静心，心里就平静不下来了，他多次跟账房说："北平的姑娘没有比她俊的，早年皇宫嫔妃也赶不上，见了她胸和屁股，我就想插她。"当他看到刘学栋愣了一下，随即对徐静心讥笑道："找了个解闷的？"他的话引来账房和伙计的笑声。

刘学栋压住怒火埋头收拾东西。

徐静心拄着耙子对林掌柜说："你药材晒好了，收拾收拾抬走吧。"

林掌柜笑着道："嘿，这不又抬来了？"他一指身后伙计抬的草药。他既想占刘明智的宅院，也想占有徐静心，过来晒药就是创造机会。

跟来的人笑了起来。

林掌柜凑到徐静心身边嬉笑着："给我做偏房，不比跟那老东

...... 127

西强。"说着一指北屋，然后盯着徐静心的眼睛和柳叶眉，片刻眼神又下滑到她胸上。

林掌柜喜欢女人是遗传。他爷爷嫖娼心脏病发作死在了妓女身上，他父亲中了梅毒又别他而去。林掌柜从小见了女人就拖不动腿，大了兴趣更浓。别管女人漂亮不漂亮，都想和人家睡上一觉，用他的话说，就是尝尝不同的滋味。他平日里不大在药铺里待，店里一切事都由账房打理，他主要精力是勾引和玩女人。京城所有妓院和暗门子的妓女他大多嫖过。除此之外，还勾引能勾到手的一切女人。看中的女人没能得手，他会坐卧不安食不甘味。

徐静心气愤地瞪了林掌柜一眼，往屋里走。

刘学栋走过来对她说："婶子，别生气。"

林掌柜、账房对视一眼，林掌柜嬉笑着："嘿，还婶子，哈哈……"

账房笑着冲林掌柜咂了下嘴。账房很瘦，操劳药铺累的。他既管账和店里的事，还管林掌柜的杂事，包括吃住行和嫖女人。嫖女人不顺，他出面撮合，给女人送多少钱和礼物，用哪个牌子的胭脂粉都得他操心。林掌柜嫖女人受到了威胁，也由他来处理，赔多少钱，都是他出面谈。赔偿，他也为林掌柜精打细算，这巨大的消耗使他长脸更瘦鼻梁更窄嘴唇更薄，厚厚的眼镜显得更沉。他脖子上的皮松弛得像火鸡脖，细胳膊细腿显得衣袖裤腿空空荡荡。他很节俭，抽烟抽到火烧到食指中指，两指前端和牙齿一样黄。

刘学栋走到梧桐树下回过身冲林掌柜："你晒药，看这树碍事不？"

"是是，碍事，你还真说着了，来，把它刨了。"林掌柜招呼伙计。

刘学栋说："不用他们忙，看我处理它。"说着用脚一踢，碗口粗的树干下端"咔嚓"一声断裂。刘学栋抓起树干在大腿上担了两三下，树干成了碎段，林掌柜等人惊得目瞪口呆，徐静心也愣住了。刘学栋冲着林掌柜问："还干点什么？"

林掌柜等人从刘学栋挑衅的眼神看出这小子不是个善茬，慌忙跳过断墙跑了。

刘学栋噼里啪啦地将林掌柜晒的药材打翻在地，用脚猛踩。

屋里传来咳嗽声，徐静心跑进去。刘明智憋得满脸通红咳嗽着，徐静心慌忙给他捶背。刘明智喘息着用手指指窗外："别……别惹事……"说着冲她摆手。

徐静心出了门，看到满地狼藉的药材也害怕了起来。

刘学栋见她这表情，安慰道："别怕，婶子，有俺。"说完继续踩药材和晒药用具。

北平南城是三教九流的汇聚地，有玩杂耍的、唱戏的、说相声的、说大鼓的、演皮影戏的和摔跤的……

跤场场主张大柱正在后场喝茶。他中上等个儿，宽肩厚胸粗胳膊粗腿。他屁股很大，盖过椅面还有富余，多年卖艺的生涯在他眼中留下了机警。林掌柜和账房走了进来，张大柱看到是老看客，站起身抱拳行礼。林掌柜和账房也按行武之人的规矩抱拳还礼。

三人坐下，张大柱问林掌柜有什么事。

林掌柜叹了口气说："兄弟让人欺负了，我家隔壁邻居家来了个山东大汉，看样子像练过摔跤。砸了我的药架子不说，还打伤了几个伙计。"

张大柱皱起了眉头。

账房伸长了脖子解释："想请张师傅前去说和说和，别让他欺人太甚。"说着把一袋大洋放在了桌上。

张大柱望了一眼大洋说："好吧，山东小子敢在京城撒野，不去岂不让他小瞧了京城爷们儿。"说着站起身招呼亮子等几个徒弟出了跤场。

张大柱年轻时是清王朝"善扑营"的跤师。"善扑营"从康熙就有。当年爱好习武的康熙，从八旗子弟中挑选了上百个膀大腰圆跤技过人的壮士组成了"善扑营"。"善扑营"一是给康熙当侍卫，二是在庆典时摔跤献艺。这样"善扑营"就传了下来。清王朝崩溃后，张大柱和"善扑营"的其他跤师流落到了民间。

张大柱带几个徒弟怒气冲冲地来到刘明智家大门外"咣咣"地砸门。徐静心吓得面如土灰，刘学栋知道来人报复了，扔下扫把活动着臂膀上前打开门，一伙人拥了进来。

林掌柜指着刘学栋说："就是这小子！"

刘学栋不动声色地望着他们。

张大柱上前打量着他："就你也敢在京城撒野？"

刘学栋笑笑。

账房对张大柱说："他小子踹倒树向林掌柜示威！"他回过脸指着张大柱冲刘学栋道："知道你面前的是谁吗？南城鼎鼎大名的跤王张大柱！"

刘学栋微微一笑。

张大柱见刘学栋没有半点惧怕，心想："这小子有个胆儿。"他转脸望了一眼断裂的树桩来了兴趣，他走过去围树桩看了一会儿，转身问刘学栋："摔跤的？"刘学栋不语，只是不动声色地活动手腕脚腕向对方示威。张大柱问："哪里的？"

刘学栋不客气地甩出一句："济南的。"

"可认识马拧子？"

"俺师傅。"

张大柱笑了："好脚力。"他打量着刘学栋："不知腰身有没有力气。"

刘学栋明白他的意思，他眼睛扫了下院子："几位别累着。"说着走到大槐树下石桌旁一手夹起一个大石凳走到他们面前扔在地上。

众人大惊，这两个石凳每个都有两百来斤，能夹起两个可谓神力。

张大柱感慨："不愧是马老兄的徒弟。你师傅可好？"刘学栋点了下头。张大柱回过头问林掌柜和账房："这是谁家的院子？"

林掌柜、账房语塞。

徐静心说："我家的。"

张大柱瞪着林掌柜："你怎么说人家到你院里惹是生非？"林掌

柜窘得说不出话来。张大柱气愤地将钱扔到他怀里："把我张大柱当地痞流氓啊，有眼无珠！"说完一招手带着徒弟出了门。

路上，大徒弟光头亮子不服气，说他想跟刘学栋来两跤。张大柱白了他一眼说："别不知道自己那两把刷子，你瞧见那棵断树了吗？你小子再练三五年也踢不断它。还有那两个石凳，你搬得起来？更别说他脚下的功夫了，光他一抖膀子，你就飞出去！"

林掌柜、账房见张大柱和他徒弟走了，慌张地要逃，被刘学栋喝住，他指着一地的药材让他们把垃圾打扫了。

林掌柜连连点头，账房忙招呼伙计收拾烂摊子。

刘学栋坐在石凳上说："婶儿，给我倒碗水来。"徐静心答应一声进了屋，片刻，提着一壶茶出来，来到石桌旁，将一只茶碗放下倒水。刘学栋说："少个碗。"徐静心一愣，明白过来笑了。她进屋又取出一只，来到桌旁坐下倒上水，同学栋喝着茶笑看着账房指使伙计打扫。

打扫完，账房弓腰请示刘学栋："老板，行吗？"

刘学栋煞有介事地在院里转一圈，有意说这儿不干净，那儿有药梗。账房又忙不迭地指使伙计打扫。打扫完，账房垂首低目地站在刘学栋面前。刘学栋嘲笑他："刚才威风哪儿去了？"

账房一脸无辜："吃人家饭，听人家差使。"

刘学栋说："回去告诉你掌柜，我一会儿就过去拜访。"

账房点头，带着伙计灰溜溜地跳过断墙。

徐静心笑出了声："这世道真是欺软怕硬。"她走到断墙边看看，回过头来对刘学栋说："我们和点泥把墙堵上吧？"

"谁扒的？"

"还能谁？他们呀。"她指着隔壁。

"俺叫他们堵去。"刘学栋说着跨过断墙。

伙计们正在药铺里照应着生意，账房则向林掌柜说着打扫院子的事儿。刘学栋从后堂闯了进来。林掌柜、账房看见他，先是一惊，回过神儿来忙不迭地点头哈腰让座倒茶，刘学栋理也不理。他在药铺转了一圈脱去褂子，一屁股坐在桌上，林掌柜和账房愣住了。刘学栋端起茶碗边喝边斜眼瞪着柜台前买药的人，买药的人看到浑身肌肉的彪形大汉这架势，面面相觑，赶紧溜出了门。

林掌柜胆怯地靠近刘学栋说："后房请，后房看茶。"刘学栋像没听见，只是怒视着进来的每一个人。进来的人一见他凶神恶煞的样子转身就走，林掌柜心惊胆战地说："多有得罪，请海涵，海涵。"

刘学栋白他一眼："兴你到俺院里去，就不兴俺过来？！"

林掌柜忙说："对，对，远亲不如近邻，越走越近。"

刘学栋笑着："那好啊，反正没有院墙，没事儿俺就过来看看。"说完跳下桌子往后院走。

林掌柜连忙跟上："走好，走好。"送走刘学栋，他慌忙招呼伙计们把墙垒上。

坐在院中的刘学栋、徐静心看着伙计忙着垒墙开心地笑了。刘明智透过窗户望着院中也笑得合不拢嘴，他咋呼道："你俩进来，进来！"刘学栋和徐静心进了屋。

刘明智说："静心，上酒，上酒，我要和侄子干一杯。"

每当高兴刘明智总要喝几杯。刘明智和刘学栋落座，徐静心端酒菜上来，叔侄俩对饮。刘明智说："好痛快，今儿真痛快！"他望着高大健壮的侄子说："家中有儿无人欺，这话一点不假。你三叔一辈子干过不少大事，也算是个才子，可惜膝下无子，年龄大了遭人欺呀。"说着哽咽了起来。

刘明智身材颀长举止文雅，在燕京大学上学时，是女生追求的对象。他爱上了导师的女儿，两人花前月下情投意合。没想到一九一九年"五四"闹学潮，恋人被军警打死在街上。从那，刘明智便对女人没了兴趣。

徐静心劝他："学栋不是你儿吗？"

刘明智破涕为笑："是是，是我儿。"刘学栋给叔端起酒杯，刘明智接过，二人将酒干下。刘明智对徐静心说："明天你带学栋到处转转，看看京城，长长见识。"

刘学栋高兴起来："俺是得好好逛逛。"他早听王大厨说过北平多么大，皇宫多雄伟，颐和园、北海、景山天下闻名。

徐静心带刘学栋逛了紫禁城、颐和园、北海，又去了长城。二人登上长城举目远眺，见长城像一条巨龙卧在群山山脊上绵延千里。刘学栋感慨万千，他很难想象两千多年前的人能建起如此宏大的工程。

逛遍京城，刘学栋的生活又恢复到了过去。清晨，他光着膀子在院中锻炼身体，他一次又一次地把石凳举起。徐静心边烧水做饭边望着他，心想他哪来的这神力。她出生在书香之家，父母交往的人都是些文文弱弱风度翩翩的学者，像刘学栋这样高大健壮粗狂的，还是第一次遇到。

吃早饭的时候，刘明智取出一幅画，让徐静心和学栋拿到荣宝斋去卖。徐静心打开一看是吴道子的《牧童归来图》，劝刘明智留下。刘明智被辞退后，和徐静心一直靠卖名人字画过活。吴道子的这幅画是刘明智的最爱。也是所藏书画中的最后一幅。刘明智说吃饭要紧，徐静心不情愿地将名画卷起。

荣宝斋室内装饰得古色古香，几十幅名人字画悬挂在墙上，下面十几个粗大的圆木画筒中插有不少画轴，旁边的檀木书架上摆着宣纸笔墨。伙计站在柜台旁正装裱着一幅画，见徐静心和刘学栋进来放下手中的活儿，客气地点头。徐静心将画递过去，伙计打开一看吃了一惊。现在卖名人字画的不少，可吴道子的还是难得一见。他仔细看了一番，确认是真品，进了里间叫出掌柜。掌柜看后心里虽喜，表面却装作无所谓地问徐静心想卖多少钱。

徐静心问："您看能值多少钱？"

掌柜说："这画的确是真品，只是现在世道乱，人们朝不保夕，光顾填肚子，没有几个收藏字画的。"他指着墙上悬挂的名人字画："你看这些字画价格都挺低，也没卖出去。"

徐静心看出墙上的字画，确实出于名家手笔，她不再奢望卖高价了："你说个价吧。"

"最多这个数。"掌柜伸出两个手指头。

徐静心说："好吧。"她是大家闺秀，买东西从来不打价，卖东

...... 133

西也是。

刘学栋虽不知吴道子的名气到底多大，却知道名画卖二十块大洋太便宜了，他伸手取过画说："不卖了。"

掌柜一惊忙又加钱，刘学栋理也不理卷起画往门外走。

徐静心跟上去悄声说："家里真的没多少钱了。"

刘学栋像没听见径直出了门。

二人回到家，刘明智见他俩带画回来问怎么回事儿。

刘学栋说："叔，你稀罕的东西不能卖，再说也卖不上价。"

"那也得吃饭吧。"刘明智说。

"俺这么大的个儿还能让你和婶饿着？"

次日，刘学栋走街串巷地考察，他进店铺走地摊，看了一天也不知道干什么好。晚上，他躺在床上望着屋顶琢磨："干什么好呢？干买卖没经验，再说也没有门头。"他忽然想到了黄包车，自己力气比那些车夫大得多，干那个说不定行。

清晨起来，刘学栋去了车行，车行老板一看他人高马大非常高兴，当即答应交上押金就租车给他。刘学栋高兴地出了门，他看到院中摆着十几辆待租的黄包车，就走过去试手。一试才知不行，他个子太高，黄包车把抓在手上，车上的人往后倾，他只得打消了拉车的念头。

他有点儿心灰意冷地在街上溜达，忽然，他看到了一家干果店，走过去看了起来。店里的干果不少，可是核桃、花生和大枣远不如山东的好，刘学栋这才知京城也缺这些东西。他兴冲冲地回家对刘明智和徐静心说了想卖山东特产的想法。

刘明智说："做生意我和你婶一点儿也不懂。再说我是个教书的，你婶是大家闺秀，卖东西不让人笑话。"

"叔，不是让你和婶儿卖，是我卖。"刘学栋解释。

"那也不行，谁都知道咱刘家大院住的是教授，卖土特产岂不有损于斯文。"刘明智的口气不容置疑。

徐静心白了他一眼说："别酸了，填不饱肚子，还什么斯文不斯文。"

刘明智板起脸说:"君子讲义,小人谋利。"他是传统的中国文人,从骨子里鄙视经商。

徐静心问:"卖了吴道子的画,你还卖什么?"

刘明智答不上来。

刘学栋说:"我在上海卖过山东核桃、栗子、大枣,当然是刘七爷帮我联系的买主。上海卖得好,北平也差不了。"

刘明智说:"那你跟卖干货的去联系,不就不让我丢脸了?"

刘学栋苦着脸:"让他们卖,利润七成让他们落下了,再说要账也不容易。有俺师傅马拧子给我供货,货差不了。叔,你就先信我一回,咱试试行不?"

刘明智不接话。

刘学栋就和徐静心商量起了具体做法,刘明智尽管心里不痛快,却也没理由阻拦了。

十天后,刘学栋就把十几个盛满大枣、花生、栗子、核桃的麻袋拉到了刘明智院中,这些都是刘明智的二哥从山东托运来的。

刘学栋、徐静心经过挑选,刘学栋把盛各种干果的麻袋搬到门外,并一一摆开,收拾停当,他从院里提出把椅子坐下卖了起来。他不吆喝干坐着,街道上人来人往,但没人光顾。

徐静心悄悄地躲在院门里听着动静,许久,不见门外有动静,她有点不安起来。她回到屋里倒了杯水要给学栋送去。

刘明智埋怨道:"我说不行吧,你和学栋还不信。北平什么东西没有,大老远从山东运来那东西谁吃?你俩从英格兰或法兰西运来钟表、机器,你看北平人争看争抢不。"

徐静心说:"我们不是试试嘛。"

刘明智生气地说:"试试,在家里试呀,到外面丢人现眼!"

徐静心说:"在家里怎么试?能把人家叫到家里来买呀,你更不乐意,学栋不也是为了这个家嘛。"

刘明智更生气:"为了这个家,就不该干生意!"他把面子看得比命还重。

徐静心不愿跟他争执走出了房门。

刘学栋在大门外依然干坐着,大半天了没卖出去一两。他心里嘀咕:"难道京城的人不喜欢这些东西?"

这时,一老者来到摊前,看了看货问:"让尝吧?"

"随便尝,您老尝多少都行。"

老者捏开一个花生嚼起来,花生个不大,却饱满有油性。老者吃完又尝了几颗说:"不错,来二斤。"刘学栋给他称得高高的。老者又尝泰山油栗,尝完满意地点了下头。他又拿起乐陵小枣吃了起来,乐陵小枣皮薄核小肉厚,咬开里面带着糖丝。老者尝后连连叫好:"各来一斤。"刘学栋称了起来。老者说:"你给我砸个核桃。"刘学栋用手一捏,核桃便开了裂,老者一尝说:"油性蛮大,来二斤。"刘学栋称起核桃。老者问刘学栋:"这东西哪里产的?"

刘学栋回答:"山东。"

老者说:"山东好呵,土特产全国有名,人也讲义气。"他看着刘学栋的摊子说:"看来你刚干生意,干生意得会吆喝,不会吆喝也得写个招牌。"

刘学栋连连点头说谢谢。

老者走后不久,过来几个人问:"是这儿吗?"

刘学栋望着他们问:"找什么?"

一老太问:"山东的吧?"

刘学栋点头:"是。"

另一中年男子说:"错不了,口音土得掉渣。"

几个人开始品尝,边尝边称赞东西好,随着各自挑选。刘学栋笨拙地称着。买东西的人还没走,又过来不少人,刘学栋忙得不亦乐乎。

傍晚,刘学栋将麻袋一一提进门,拍拍身上的尘土来到屋里,对刘明智说:"今天卖了不少。"

刘明智没好气地说:"别跟我说这个!"

徐静心不满地看他一眼,将毛巾递给刘学栋说:"歇会儿,太累了。"

"有点儿,干这玩意儿脑子手脚都转换不过来。"刘学栋说着将钱递给徐静心。徐静心数钱，数完取过笔算了一下："除去本钱、运费，总共挣了半块多大洋。"刘学栋笑了。徐静心高兴地对刘明智说："维持生计绰绰有余。"

第二天清晨，刘学栋将土特产收拾停当，进屋请刘明智给他写"山东特产"几个字。

刘明智气恼地说："我不写。丢人啊，我的字自成一体，写招牌丢人现眼！"

徐静心说："那我来写。"她问刘学栋："写多大的字？"

刘学栋说："贴在墙上让人看见就行，我又不会吆喝。"

徐静心取来纸笔写起来，写完交给刘学栋。

刘学栋走到大门口被刘明智喊过来："撕了，撕了，那字能拿出门吗？一看就知道没临过柳、魏。不临帖没功底，让外人看了还以为咱院没会写字的人呢！"他说着取过笔龙飞凤舞地写了"山东特产"几个大字。

刘学栋、徐静心看着会心地笑了。

刘学栋在门外墙上贴上"山东特产"，随即将东西搬出去。他还没坐稳，就有人过来买干果。不一会儿，买东西的人越来越多。刘学栋忙得满头大汗。徐静心透过院门缝看了着急。买东西的人直埋怨："怎么一个人？多耽误事儿！"

刘学栋边忙边解释："没人，家里没人呀……"

徐静心拉开门说："我来收钱！"

二人忙得团团转。

刘明智见徐静心没了人影，走到大门后一听，知道她卖起了土特产，他气得跺脚在门里小声喊："快回来，回来！你不怕叫人笑话你！"

徐静心边收钱边答话："我不怕。"

刘明智急了："哎，哎，叫熟人碰到传到学校，我怎么有脸见人！"

徐静心似没听见，照样收钱。刘明智气得在院中来回踱步，却不好意思出门把徐静心拉回来。

林掌柜、账房从门里隔玻璃望着刘学栋、徐静心忙得不亦乐乎。

账房说:"看不出那小子还会做生意,不用出门,不用费大事就能挣钱。"

林掌柜嫉妒地说:"不是会做生意,是院子风水好。院子方正,北屋地略高,东西南三面略低,中间有棵大槐树,聚财,干什么都发财,我早晚占下这院子。"

黄昏,刘学栋、徐静心将土特产收拾进西屋。二人兴高采烈地进了北屋,看到刘明智在生闷气,二人收起笑容。刘学栋倒了一杯水递给刘明智,刘明智没好气地将脸转向一边。

刘学栋将杯子递给徐静心,徐静心对刘明智说:"我们累了一天,就别数落我们了。"

刘明智说:"我不数落学栋,数落你!你大家闺秀,父母都是教授,你咋沦落到卖枣卖花生的地步?愧对不愧对九泉下的父母!"

徐静心说:"我爸可是贫病而死的,你想让我也学他?"

刘明智一时答不上话来。

刘学栋劝道:"今天生意好,该高兴。婶子你少说一句,先数数钱,看赚了多少。"

徐静心走到桌前数了起来,边数边算,一会儿她抬起头:"赚了两块二。"

刘学栋高兴起来:"这生意不难干。"

徐静心高兴地说:"这样下去还真行,干几天就顶你叔一月的薪水。"

刘明智感叹道:"世道不公呀,我学富五车才高八斗,一个堂堂大学教授不及小商贩,可悲哉。"

刘学栋说:"生意好,全是三叔的字引来的客。"他跑了一趟上海,长了见识,比过去会说话了。

徐静心望了刘学栋一眼,自然明白他的用意,笑着道:"对,要是我那字贴出去,怕连一半也卖不了。"

刘明智一本正经地说:"那是,你那字没体没形的,怎能留得住人。"

刘学栋、徐静心笑了起来。

刘明智吩咐徐静心:"买酒去,买酒去。"

第二天,土特产卖得更快。刘学栋称,徐静心收钱还忙不过来。吃晚饭的时候,刘学栋让徐静心去买两杆秤。刘明智以为刘学栋还想让他跟着卖土特产,当即火了。刘学栋笑着说买来秤是让顾客自己称,刘明智这才不说话。徐静心问:"你不怕顾客多称?"刘学栋回答:"不要紧,咱进的货便宜,多称它一两半两不碍事儿。"

次日,刘学栋和徐静心还在院里往外挑着干瘪的红枣、花生,门口就响起了敲门声。徐静心打开门,见几个买土特产的人已站在了门口。昨天买过东西的人回去一宣传,他们一大早就来到了这里。徐静心听他们一说,高兴地连忙和刘学栋将核桃、花生、大枣、栗子搬到门外。买东西的人越来越多,徐静心就让买主自己称,买主称了起来。称完徐静心和刘学栋算账收钱,果真比过去轻快了许多。

晚上,徐静心和刘学栋盘点,花生、大枣、核桃、栗子虽然每样折了十几斤,但销量比前一天大得多,这样算来还是让买主自己称收益更大。

自己称是个新鲜事,不几天就传遍附近的大街小巷。来购买的人太多,刘学栋只得让他们排队。

第一批特产几天内便卖光了,刘学栋只得发电报让二叔赶快给他托运来。刘明智见生意红火,山东特产大受欢迎,抵触情绪就不那么大了。

徐静心对刘学栋刮目相看了,外表粗粗拉拉的他,干事竟如此有数。在刘学栋来北平前,徐静心也想过干事儿来维持生计,可是一直没有找到适合她做的事儿,而刘学栋两天内就找到了。"别忘了他是外地人啊。生意忙不过来,让买主自己称,不但减少了麻烦,还增加了销量。"徐静心觉得刘学栋很聪明。

从济南托运来的特产已到了北平铁路货场，刘学栋和徐静心去提货。二人来到货场，徐静心递上提货单，营业员领着二人来到仓库。徐静心推过小车欲装货，刘学栋叫住了她。他两手各抓两个大麻袋，不费力地就提了起来。营业员看得瞠目结舌，徐静心也惊叹他的神力。刘学栋来回三四趟就把十几个麻袋装上了大车，他用绳子捆扎好拉起车子就走。徐静心伸手推车，刘学栋转过脸来说："你别搭手，俺正好练腿劲，要不还得走矮步。"

徐静心笑着问："啥叫矮步？"

刘学栋解释："就是骑马蹲裆走，这是摔跤的基本功。练好了，对手踢不倒俺，俺摔别人使上绊就倒人。"

"你常练？"

"那是，俺十六岁就走矮步上学。当时济南有个地痞叫洪二，是个独眼龙，偷鸡摸狗拍花子没人敢惹。他欺负俺，俺那时也就从马师傅那里偷学了一招——揣，再就是走矮步练的腿有劲儿。那天独眼龙又在路上截俺，俺一个揣就把他摔飞了出去。"

徐静心"咯咯"地笑了起来。

刘学栋继续道："过了几天，他拿胡椒粉扬了我一脸，我睁不开眼，呛得喘不过气来。他把我踹在地上和一帮孩子围着我又打又踢，我爬起来一个骑马蹲裆步，他们再打，俺就纹丝不动了，独眼龙又给我一脚，被我杠了个跟头。他又一脚，俺听到风声，一把抓住他脚把他从头顶摔了出去……"

徐静心笑着问："其他人呢？"

刘学栋说："那都是些乌合之众。小地痞见独眼龙从我身上飞出去，撒丫子就跑没影儿了。"

徐静心问："独眼龙服了？"

刘学栋说："服，不服让他从俺身上飞。"

徐静心笑着："你还真行，小小年纪就敢跟坏人斗。"

刘学栋憨厚地说："行啥，要是没有俺马师傅，俺还不定变成啥人呢。"

徐静心刚想让刘学栋讲讲怎么回事儿，盯了徐静心好久的小偷瘦猴快步走近徐静心，突然夺下她手中的包就跑。徐静心"啊"地叫了一声，刘学栋转过脸，见徐静心指着小偷："他，他……抢……"

刘学栋明白过来，停下车飞追而去。

第 七 章

瘦猴跑向车站广场，刘学栋紧追不舍，瘦猴虽然步子倒腾得快，无奈刘学栋一步顶他两步，瘦猴听到脚步声越来越近，回头一看刘学栋已到了身后，咬牙跑得更快。可没跑出多远，就被刘学栋一脚踹在地上，包也飞了出去。刘学栋过去捡包，瘦猴爬起来钻进了人群。

徐静心焦急地朝远处张望，见刘学栋提着包走来才松了口气。刘学栋把包交给徐静心，她看了看包里的钱和东西说："幸好没丢，吓死我了。"

刘学栋说："把包挂在车把上，我看着。"

徐静心笑起来："有你真壮胆。"

刘学栋拍了下胸脯说："多了不敢说，三五个，磕磕烟灰的工夫就摆在地上了。"说着拉起地板车就走，徐静心和他说笑着前行。

小偷瘦猴挨了打心里憋气，找到三个同行，把刚才挨打的事跟他们说了。三个同行听了义愤填膺摩拳擦掌，瘦猴带着他们向刘学栋走的方向追去。很快追上了刘学栋，他们跟着刘学栋和徐静心进了一个僻静的胡同。瘦猴和一小偷嘀咕几句，小偷快步来到车旁。他从一侧走过趁机用锥子扎了一下车带，扎完没事人似的走了。

刘学栋拉着车忽然觉得不对劲儿，停下来查看，见车带已经压瘪了，刘学栋对徐静心说："扎带了，没法儿，得补带。"说着往下卸麻袋。卸完，刘学栋对徐静心说："你看着点，我很快就回来。"说完拉着车向胡同口走去。

藏在拐角处的瘦猴等四人看到刘学栋走了高兴起来，瘦猴对高个说："弄辆大地板车来，快。"高个应声而去。

徐静心坐在麻袋上休息。

一会儿，高个小偷拉着辆大地板车飞奔而来，其他三人跟在后面，他们拉车冲到徐静心跟前停下，就往车上装东西。

徐静心一时没反应过来："干什么？这是干什么？"

瘦猴等人也不答话继续往车上装。徐静心认出瘦猴才明白怎么回事儿，她抓住麻袋和瘦猴争夺起来，瘦猴推了她个跟头。其他小偷快速地往车上扔麻袋，徐静心爬起来阻拦，又被一小偷推倒。麻袋装上了车，小偷推着车就跑。徐静心爬起来跌跌撞撞地追赶他们，小偷推车跑得飞快，徐静心上气不接下气地远远跟着。

瘦猴等人拉着车在一家干果店门前停下，瘦猴向卖干果的伙计说了几句，伙计打开包查看完东西进了后院，瘦猴招呼高个小偷跟了进去，另两个小偷在门口看车。徐静心气喘吁吁地躲在拐角望着他们，片刻，见瘦猴和高个小偷同店主走了出来。店主打开麻袋看了看一点头，瘦猴等人便开始卸麻袋。徐静心转身向前跑去。

刘学栋修完车回来，没见到徐静心和山货愣住了，他望着周围，又瞧瞧门牌疑惑地四顾。当看到地上散乱的花生，才猛然明白了什么。他焦急地高喊："婶儿，婶儿——"

刘学栋在胡同里急得团团转，徐静心气喘吁吁地跑过来，刘学栋慌忙迎上前。徐静心喘着粗气："快，快……"她指着胡同一端。

刘学栋明白过来，拉着车随她跑出胡同。

来到干果店门前，徐静心指着里面说："他们就在这店里……"

刘学栋松开车把，活动着手腕臂膀往里走。正巧瘦猴等人点了票子从里面出来。徐静心叫起来："就是他们！"

刘学栋拦住他们，瘦猴认出刘学栋，手一指："就是这小子刚才踹了我个跟头。"

高个和胖子叫起来："揍死他！"说着四人挥拳打刘学栋。刘学栋后退几步来到街上，见高个小偷冲到了面前，突然身子一侧随着一个抹脖将他摔个狗啃屎。胖子上来，刘学栋借劲一个黑虎钻裆把他从身上摔了过去。瘦猴和另一小偷一看不好，回身抓起果摊旁的木棍冲过来，刘学栋抓住躺在地上的高个小偷的手腕使劲一悠，把瘦猴和另一小偷扫倒在地。刘学栋上前提起瘦猴一个揣把他摔过头顶，摔完又抓起另一个小偷，一个撩勾子把他撩到了空中。

徐静心、店主和过路的人看得目瞪口呆。学栋看着躺在地上的小偷，问店主："有绳子吗？"

店主惊恐地往后退着说："没，没……"

刘学栋踢了踢门前的麻袋问："什么东西？"

店主声音颤抖地回答："栗子，没……没炒的栗子。"

刘学栋抓起一麻袋栗子扔到瘦猴旁边，接着又抓起另一袋扔到高个身边。徐静心疑惑地望着刘学栋。刘学栋扔完四袋栗子，走到瘦猴身边提起麻袋压在他身上，瘦猴被压得哇哇乱叫。刘学栋又走到高个旁边抓起一袋压在他身上。他把四个小偷身上各压上一麻袋栗子。

徐静心嚷起来："你这是干吗？"

刘学栋说："别跑了，先压住，压住。"

徐静心"扑哧"笑了。

刘学栋问店主："俺的花生、栗子、核桃呢？"

店主摇头："我……我不知道……"

刘学栋对徐静心道："你看着他们四个。"说着，拎着店主的领子，像提着小鸡似的将他提进了干果店。进了后院看到堆在地上的麻袋，刘学栋指着麻袋问："那是什么？上面写着'山东'二字，眼瞎啊！"

店主战栗地道："是他几个弄来的，不敢不收……"

"俺把你告到局子里去！"刘学栋说着拎他出了店门。

四个小偷趴在地上，被压得喘不过气来，周围的人看着发笑。刘学栋推了店主个趔趄，然后一屁股坐在一麻袋栗子上，边吃糖炒栗子边问店主和四个小偷："打算怎么办？"

徐静心冲刘学栋道："先把麻袋取下来，看把人压坏了！"说着就去掀一个小偷身上的麻袋。

刘学栋喝住她:"别动,他四个一块儿撒丫子,俺撵哪个是呀!"他指着地上的小偷向路人解释:"他几个是小偷!不是俺欺负他们。"路人大笑。刘学栋冲店主和四个小偷一本正经地说:"打小俺就盼着有人劫我的道,盼了这么多年都没盼着,你几个了了我心愿,真得谢谢。"

围观的人大笑,徐静心也掩嘴笑了。

小偷瘦猴被压得喘不过气来:"大哥,先掀下麻袋……"

店主也哀求道:"大哥,我丢不起人,你说什么我听着。"

刘学栋不急不躁地说:"先别慌,俺想问一下,劫我道就不搭上点什么?"

"兄弟看上什么拿什么。"店主指着店里和门前的山货。

刘学栋对店主说:"那我就不是抢劫了?"

店主连声道:"不是,不是,我愿奉送,奉送……"

"拿点儿什么呢?"刘学栋站起身看着柜台上的干果,他捏开一个核桃尝了尝:"还行。"

店主跟在他后边:"老树上的山核桃,没这么香的。"

刘学栋有点儿生气了:"它再山核桃,能赶得上俺泰山的好?!"

店主连忙道:"那你再看看别的。"

刘学栋又抓起板栗尝了起来。

店主忙介绍:"河北迁西的油栗,当年进贡老佛爷的。"

刘学栋不屑地说:"你别拿那个老巫婆来吓唬俺,她不就是个祸害国家的老娘们儿嘛。多少地方让她送了人,你还拿她在俺面前唬人,想挨摔啊?"

店主不敢再说话了。

刘学栋指着手中的油栗:"再说它也是光甜不面,比俺泰山产的栗子差远了。"

店主忙道:"那您看着店里什么好,就拿什么。"

刘学栋不耐烦地摆摆手:"算了,算了,啥东西也跟不上俺山东的,不过既然你和他几个同流合污……"他指着地上的小偷:"就搭给俺两袋栗子两袋核桃吧。"

店主忙道:"行行行。"

徐静心嚷起来:"干什么呀学栋,别开玩笑了,人快压坏了!"

刘学栋回过头来一本正经地说:"啥叫开玩笑,他们劫咱的道,咱不能让他们白劫了,搭上核桃栗子是教育他们,让他们学好!"围观的人大笑着叫好。刘学栋转向众小偷说:"祸是你几个惹的,不能光让店主一人吃亏。"

瘦猴哭丧着脸:"大哥,你说怎么办就怎么办,快把我身上的东西掀下来。"

店主哀求道:"大哥,我丢不起人。这事半天就传遍北平,我还怎么做买卖?"

"那好,得照顾照顾您。"刘学栋说着挨个掀下小偷身上的麻袋,四个小偷喘息着爬起。刘学栋对他们说:"别砸店主的生意,先把俺的货装上车。"四个小偷乖乖地进了干果店后院抬出麻袋往车上装,店主帮着刘学栋把店里的核桃、栗子往另一辆车上搬。

徐静心推推刘学栋:"你这是干什么?"

刘学栋似没听见,依然装着核桃、板栗,装完他握住店主的手:"俺就不客气了。"

店主谦恭地说:"不用客气,不用客气。"

刘学栋冲着小偷咋呼:"帮俺送回去!"

瘦猴、高个拉起刘学栋的车,胖子和另一小偷拉起另一辆车,店主恭敬地点头相送。围观的人大笑着望着他们。

刘学栋、徐静心跟在车后。徐静心生气地对刘学栋说:"你真成了劫匪了,我不让你拉回去!"

刘学栋说:"我也没想拉回去。"

"那你干吗拉人家东西?"

刘学栋说:"你看你,沉不住气了吧,过一会儿你就知道了。"

徐静心略有点儿着急地说:"你到底想干吗?说啊!"

"我说一会儿你就知道了,过一会儿行吗?"

徐静心不好再说什么,心里还是气鼓鼓的。

到了路口,刘学栋喝住胖子和另一小偷:"你俩转个圈,把栗子给店主送回去。"胖子二人不解地眨巴着眼睛。刘学栋瞪着他俩："你们俩拉到别处，就是往我身上栽赃，可别怪我不客气！"

胖子两人明白过来连忙说："不敢，不敢。"

徐静心这才笑了。

刘学栋对瘦猴和高个说："麻烦你俩把东西送到俺家，到了家喝口水。"

瘦猴和高个赔着笑脸："行行，听大哥的。"说着拉着车就走。

刘学栋、徐静心跟在后面，徐静心边走边掩嘴而笑，刘学栋则吃着花生。

到了刘明智的四合院，刘学栋指挥瘦猴和高个小偷往西屋卸麻袋，徐静心站在门口看着。

刘明智来到石桌旁边倒水边打量瘦猴和高个儿。卸完麻袋，刘明智端着两杯水上前递给瘦猴、高个。二人感激地接过喝了起来。

刘学栋趁这当儿装了一小袋花生、大枣、核桃，他来到院中将布袋递给瘦猴："你俩带回去吃吧。"瘦猴和高个连连摆手。刘学栋说："山东的，好吃。"瘦猴和高个才感激地接过连连致谢。刘学栋和徐静心把他们送到门口，刘学栋说："以后别干这种事了，找个正经活计。"

瘦猴和高个连连点头走了，刘学栋掩上门往北屋走。

刘明智问学栋："怎么还雇了两个劳力？"

刘学栋笑着道："人家自愿来帮忙。"

徐静心笑得喘不过气来，刘明智不解地望着她和学栋，学栋一本正经地说："真的。"

刘明智自言自语地说："这世道还有这事儿？"刘学栋和徐静心笑了起来，刘明智望着他俩，有点儿想不明白。

夜晚，徐静心躺在里屋的床上回想着白天的事，不觉笑出了声。在外屋另一端睡觉的刘明智知道她在想和学栋有意思的事就说："你和学栋出去要管住他，别让他任着性子来，要不非捅娄子。"徐静心笑了起来。刘明智有点生气了："我看你和他卖东西卖得也没书卷气了。"徐静心再也睡不着了,她想着和刘学栋相处的日子,忽然觉得他很可爱。

次日,吃完早饭,刘学栋放下碗对刘明智说想到南城市场看看。刘明智让徐静心跟他同去,徐静心收拾好碗筷,和刘学栋出了门。

路上徐静心老侧脸看刘学栋,学栋问:"怎么了?"

徐静心笑着:"你挺正。"

"啥意思?"

"就是挺正气的。"

刘学栋笑了起来:"现在俺是走正道了,可当年没马师傅拉俺一把,俺比那帮小偷可坏多了。说不定还能闹出人命,被抓进局子或被枪毙。"

徐静心愣住了。

"真的。"刘学栋一本正经地说,"你不知道六年前俺摔翻了独眼龙多狂。除了打他,还四处惹事儿,真是无法无天了。"刘学栋就把当年同地痞流氓打架的事儿,以及同北园农民斗殴的过程跟徐静心说了。

徐静心问:"你不怕被打坏啊?"

刘学栋道:"打俺摔翻了独眼龙洪二,就悟出了个道理——你服软,人家就欺负你。所以他们把俺打倒,俺也拼命反抗,爬起来抄起家伙就抡,抓起石头就砸,我就仗着这疯劲儿才活下来的。"

徐静心很吃惊。

刘学栋继续讲:"俺一个打遍了北园一个庄里的人,第二天就在济南传遍了,那些地痞流氓在大饭店摆席给俺庆贺。那一夜俺喝得烂醉,二叔来找,见我跟地痞流氓混在一块儿,气得差点儿吐血。"

徐静心有点儿像不认识刘学栋了,心想:"他过去怎么是这样呢?"

刘学栋说:"俺睡了一天一夜才醒,俺叔婶好心劝俺别跟那帮人瞎混,俺把他们的话当成了耳旁风。俺想到一个地痞说:'你自称跟马拧子练过跤，他咋说不知道你这个人呢？'我想不能让那小子笑话俺。就从吧台偷出几瓶酒，从厨房偷出两个大肘子去了跤场后场，求马拧子教我摔跤。马拧子早听说过俺不是个东西，望着我半晌道：'你小子还想跟我学摔跤？教了你，这个场子还有法挣钱吗？'我眨巴着眼睛不明白他啥意思。马拧子说：'你坏种的名声在济南无人不知，我收你当徒弟，不也成了地痞无赖下三烂了！'我望着他心想：'俺有这么坏吗？'马拧子用手指点划着我脑门：'你小子觉得自个儿英雄，英雄个狗屁！地痞流氓下三烂！'他指着门外说：'人家北园农民靠那点儿稻子吃饭，你小子倒好，扒坏了人家稻苗不说，还跟人家动手。'我说不是我先打的人家，是那个小子招呼来庄里人打的我！马拧子说：'打你不应该吗？人家靠种稻子过活。你知道稻苗长成稻子多不易？农民得见天伺候它，要不一家老小就得挨饿。你小子没尝过挨饿的滋味儿，在玉泉楼有吃有喝，你他妈还给我拿来酒和肘子。你说我能喝你的酒，吃你的肘子吗？吃了喝了，不也成了恶人了！你觉得抡铡刀砍人家英雄，英雄个狗屁！你就没想到一刀抡在人头上，你小子就被拉到千佛山后面崩脑瓜子？！'"

徐静心说："马师傅说的还真对，你真能惹出大祸。"

刘学栋点头："谁说不是呢，马拧子这番话当时真把我惊出一身冷汗，在千佛山后面枪毙人我见过，真是把犯人脑瓜打碎啊。"

徐静心望着刘学栋。

刘学栋继续说："马拧子还说：'前天那些地痞流氓给你庆贺，吹嘘你多了不起，是他们的好兄弟，可在外人看来你将来和他们一样浑，不是杀人放火，就是欺负女人！'我当时愣住了。马拧子拍着桌子说：'我说得没错，我马拧子走南闯北经历了多少人和事儿，说错了，我就白活了四十多年！'"

刘学栋还告诉徐静心："那天马拧子把我狠骂了一顿，过后说教我摔跤可以，但必须听他的，还不能让外人知道。就这么着，俺才成了马师傅的徒弟。"

徐静心长长舒了一口气："你还真是被你师傅调教出来的。"

"是，要不是马师傅，我真不一定能活到当今。"刘学栋发自内心地说。

北平南城市场非常热闹，各种说唱声不时地从门房里传出，玩杂耍的练功的见人就打招呼，卖小吃的吆喝声此起彼伏。刘学栋、徐静心悠闲地逛着。刘学栋看到一圈蓝布围成的大场子高兴起来，知道这是跤场。他早知京城跤师的跤技很高，就和徐静心走了进去。

跤场没有观众，只有张大柱在对徒弟发脾气，他的大徒弟光头亮子看见刘学栋，没好气儿地过来赶他走。刘学栋没想到在这里见到了张大柱他们，转身想出跤场。

张大柱认出刘学栋，问："你来干什么？"

刘学栋忙解释："俺想进来看跤，不知散了场。"说完与徐静心往外走。

张大柱喝住他："既然来了，就来两跤。"

刘学栋转过身解释："师傅别误会，俺不是来踢场子的，就是想看看摔跤。"

跤手之间忌讳去别人的跤场，去不是偷跤，就是踢跤场。

张大柱说："不用你说，我也看得出，那天见你身手不凡，又是马师傅的徒弟。来，跟我徒弟切磋切磋。"他一指亮子等人。

刘学栋忙摆手："不敢，那天亮亮力气是不想让邻居欺负我三叔，没有冒犯前辈的意思。"

张大柱说："我也不是跟你过不去，是真心希望你和我徒弟切磋切磋。"

刘学栋犹豫一下说："好吧。"他想既然张大柱非让自己跟他徒弟过招，就摔吧，反正我不会输给他们。

徐静心推他一下想制止，刘学栋已脱下了褂子。他好些日子没摔跤了，有这么个机会心已蠢蠢欲动。他来到场中穿上跤衣，对张大柱一抱拳："师傅，冒犯了。"

张大柱指挥徒弟大海上场，二人在场上走起了跤架。刘学栋跤架走得犹如踏云走雾，张大柱的徒弟看了面面相觑。走跤架不光是交手的前奏，还能显示功力。步子一走，身子一晃，柔韧性、协调性、脚下利索不利索全能表现出来。刘学栋身材高大，跤架走得却飘逸轻盈，足见功夫之深厚。张大柱暗暗叫好。二人交手，刘学栋轻舒猿臂一把抓住对方衣领，同时用力"啪"地就把对手摔了出去。大海爬起来瞪起眼还想上前，被张大柱喝住，他看出两人不是一个层次，就令身后的大徒弟光头亮子上。光头亮子斜眼看了看刘学栋拾起跤衣穿上，众师弟给他加油。

光头亮子跟张大柱练跤七八年了，在京城已大名鼎鼎。他为了让自己名气更大，就一年四季都剃光头，还刮得锃明瓦亮。光头亮子蔑视地瞧着刘学栋活动下手腕脚腕。那天在刘明智院子里见识了刘学栋的力气，亮子并不服气，跤场比的是跤技不光是力气。刘学栋见对方如此狂傲，心里有了数。当下二人走起了跤架，走完靠近抢把，几把下来壮汉亮子占了上风，师兄弟鼓起掌来。张大柱在"善扑营"时，为了练抢把，一人对两个跤师练，两只胳膊对四只胳膊可见难度之大。几年下来，张大柱的抢把已无人能及，对手抓他根本抓不住，他想抓对方手到擒来。亮子跟张大柱多年，自然练就了抢把的功夫。跤场有输跤不输把之说，输了把就危在旦夕了。亮子抢了好把，摔起来自然得心应手。可是刘学栋腿上功夫深厚，亮子使了几个绊儿，也没把他摔倒。亮子想变化姿势，刘学栋已将他抱起，亮子赶忙将腿插到刘学栋裆中，想盘住他的腿，可刘学栋臂力过人，身子往后猛地一倾，一个提拉便把亮子从腿上扔了出去。

张大柱的徒弟一片惊呼，徐静心悬着的心落了地。

刘学栋偷眼瞧了一眼张大柱，见他皱着眉头面露不快，刘学栋轻摇了下头。刘学栋和亮子再次交手，刘学栋只防守不进攻，相持良久，亮子用了一个绊儿，刘学栋顺势倒地。张大柱的徒弟鼓掌叫好，亮子也咧嘴笑了。刘学栋爬起来拍拍身上沙子，脱下跤衣欲走。

张大柱起身拦住他："小兄弟，瞧不起我？"

刘学栋拱手："岂敢，师傅。"

"那为何刚才让我徒弟一跤？"

刘学栋见被张大柱识破笑而不答。

亮子怒吼起来："什么？让的我？我还让他哩！"

张大柱诚恳地对刘学栋说："小兄弟看得起我张大柱，就实打实地再来两跤。"

刘学栋看了一眼徐静心说："好吧。"说着重新穿上跤衣来到场上。亮子往掌心"呸呸"吐了两口唾沫奔向刘学栋，他想证实刚才那一跤不是刘学栋让的，就想三下两下把对方撂翻。他虽然抢到了好把，却由于心浮气躁露出了破绽，刘学栋一把抓住亮子的跤衣袖，膀子一抖，便把他摔了个仰面朝天。亮子火了，冲上来使大别子，没想到没摔翻学栋，自己却被掀翻。亮子爬起大叫一声冲向对方，刘学栋猛一蹲身，一个黑虎钻裆将亮子扛在了肩上。众人大惊失色。刘学栋扛着亮子转了一圈，轻轻放下。

张大柱的徒弟敬佩地望着刘学栋，徐静心脸上绽开了笑容。

张大柱过来拍拍刘学栋的肩膀："小兄弟，功夫真不错。"

刘学栋谦虚地说："过奖了，师傅。"他边脱跤衣边说："师傅海量，别怪俺得罪。"

张大柱说："哪里，跤场凭跤技分高低，怪罪不成了嫉贤妒能了。"

刘学栋捡起褂子抱拳作揖："多谢了师傅，告辞了。"说完同徐静心转身要走。

张大柱喝住他："小兄弟，本人有事相求，不知肯帮忙吗？"

刘学栋回过身："俺外地人能帮张师傅啥忙？"前些日子，他已从别人嘴里知道了他叫张大柱。

"请到后场谈。"张大柱说着做出"请"的手势。

刘学栋、徐静心随张大柱来到后场，三人坐下。张大柱叹了口气，说起了面临的大难。原来上礼拜天津跤师徐三来南城踢跤场，他轻松地将光头亮子和张大柱的其他徒弟摔倒，指着张大柱口吐狂言："你徒弟纯是玩花架子，你也别在这里蒙人瞎混了，我带徒弟要来这里找饭吃,过几天这里就没你的地儿了。"说完大笑着扬长而去。

张大柱说:"本人不才,调教的徒弟没一个成器的。当然,也怨我,光图挣钱了,练的跤花哨好看,却不实用,这不碰到来踢场子的,就没了辙。"

刘学栋说:"我一个外地人刚来北平,不愿惹事。请张师傅另选高人。"说着站起身。

张大柱慌忙站起道:"小兄弟,别推辞,本人徒弟不行,可在京城也算好的。就本人所知,徐三的跤技北平无人能敌,小兄弟不救场,本人和徒弟就没吃饭的地儿了。"

刘学栋有点为难,虽然他争强好胜,却不愿介入场子之间的争斗。

张大柱恳求他:"看在我和你师傅马拧子是师兄弟的分上,就帮把手,让我和徒弟过去这道坎儿。"说着作揖。

刘学栋只好答应。

回家的路上,徐静心埋怨刘学栋多管闲事。

刘学栋说:"跤场的事你不懂,真叫人趟了场子就像砸了饭碗。再说他和俺师傅是师兄弟,我没法不管。"

徐静心不再说话。

徐静心回到家就把事情跟刘明智说了,说完,她着急地说:"我劝他,他不听,你赶快想办法吧,我真害怕学栋重蹈他爸的覆辙。"

刘明智思索半晌:"学栋的性格劝不住,他愿摔就摔去吧。"

徐静心吃惊地说:"你不怕他出事儿?"

刘明智说:"学栋他爸被摔死后,我多次问过跤场的人,在跤场摔跤出不了人命,学栋他爸的死是逞强好胜,让人家和他到场外青石板上摔,才丢的命。"

"多一事不如少一事,你还是劝他别参与的好。"

"堵不如疏,学栋秉性随我大哥,你让他上东,他偏上西,管不住。"别看他和学栋接触没多少日子,已把学栋摸透了。

第二天,张大柱就把练功的家什送到了刘家大院。刘学栋白天

...... 153

有空不是举石锁，就是练腿功，晚上到南城跤场和张大柱的徒弟练跤技。

此时，准备到北平夺跤场的天津跤师徐三也在调教徒弟，他边做式子边呵斥他们："就他妈这活计还想到北平踢场子？没门儿！北平好是好，可想夺过跤场，得有真本事。那跤场比咱这儿的好没边儿了，可不一定是咱爷们儿的地儿。我能摔趴几个人，猛虎难敌群狼。我也小四十了，不可能把张大柱的徒弟都摔趴吧？你们也下点儿功夫。南城，嘿，南城什么地儿？有本事的人待的地界，没本事甭想在那儿混。过去上自皇上大臣，下至平头百姓谁不愿到那里逛逛。别的不敢说，一天进个两三块大洋不在话下。"他"啪"地踢倒一个徒弟："甭玩花架子，玩花架子不当饭吃。张大柱吃亏就吃在玩花架子上，他教的徒弟没有一个脚下有根儿的。"他绕徒弟一周："想跟我去南城，就他妈使劲地练！"

众徒弟发疯似的练起来。

徐三出生在摔跤世家，爷爷、父亲都是天津有名的跤手。

父亲鼎盛时期，正是清王朝灭亡之时。善扑营的著名跤师梁宽流落到了天津，他来到跤场和徐三父亲摔了个天昏地暗，最后梁宽取胜。徐三父亲不服气，接连几次找梁宽交手，却都败在了梁宽手下。梁宽就在那里占了跤场。

徐三父亲知道自己无法战胜梁宽，就把希望都寄托在了儿子徐三身上。徐三身子灵活悟性极高，在父亲调教下，跤技大长。过了几年，徐三成了天津有名的跤手。父亲就带他到梁宽那里踢场子，虽然梁宽体力不如从前，但凭扎实的基本功和丰富的经验还是摔败了徐三。

父亲见没法夺回跤场，忧郁而死。徐三接替了父亲成了场主，他领着徒弟发奋苦练，指望有一天夺回父亲的跤场。

梁宽不敢有丝毫懈怠，练功劲头并不比徐三差。再说他在善扑营接受过专业训练，跤技自然比徐三高一筹。为了不失手，他还带徒弟到保定向当地跤手学习快跤。所谓的"快跤"，就是动作快捷和把绊子连环着使，对手能躲过一个两个绊儿，不可能躲过三个四个五个六个。

保定快跤风格的形成是有渊源的。保定是清代直隶总督府所在地，直隶总督在各总督中官职最重，一直被称为"疆臣之首"。做过直隶总督的有曾国藩、李鸿章、袁世凯等，都是清代重臣。直隶总督府有一帮跤手，职责教授士兵跤术。他们的体形、跤法与皇上身边的善扑营跤手不同。善扑营跤手个大、力强、基本功扎实。直隶总督府跤手个子不大，动作快捷。在摔跤中有"力大降十会"之说，意思是：力气大的能降住会十个绊子的跤手。所以，光快不行，还得把绊子连环着使。到了1912年，保定建立了军校，校中有摔跤的科目。教官根据总督府跤手的特点，强调实用。每当比赛，学员们摔得既快又猛。军校的跤法很快与民间快跤技法融为一体，民间跤手在此基础上又加以改进，就形成了保定跤特有的快、流畅、实用的摔法，全国闻名。保定快跤的代表人物是花蝴蝶常东升，他因擅长左右麻花绊而闻名。与人交手除了好使麻花绊，还把其他跤法连环着使，动作一气呵成，让人看得眼花缭乱，曾创下过百十场比赛连胜，自己不倒地的纪录。

梁宽带几个徒弟学了保定快跤，跤技比过去又高了一截，水平当然在徐三之上。徐三领着徒弟踢过几次跤场，都铩羽而归。最后徐三认识到在天津称霸是痴心妄想，才把目光转移到了北平。

徐三带徒弟又苦练了半个月，自觉心里有了底儿。这天练完，他把徒弟招呼到一起说："是时候了，明天我就带你们去北平。此去只能胜不能败，天津卫的人都知道咱爷们儿去北平抢地盘了，输了，别说得不到南城那块金场子，怕是咱们都没脸再回天津卫。"徐三环视一下众徒弟说："我计算着光张大柱那帮徒弟不用我出马，你们也能绊倒他们。要是他找个高手，咱就来个车轮大战，累挺他。小子们，自古胜者王侯，败者寇。咱此去北平当不了王侯，就是贼寇，从此散伙，各顾各吧！"

众徒弟叫嚷起来："趟平南城跤场，赶跑张大柱！赶跑张大柱！"

张大柱绝非等闲之辈，徐三一离开天津，张大柱便得了消息。像往常一样，张大柱差两个徒弟在前场表演，其他徒弟则在后场准备应战。张大柱说："估计徐三他们十点多钟到，那时候人多。他来踢场子就是想把名声传出去。"张大柱还把刘学栋叫到一边说："我的徒弟只是个陪衬，关键靠你。估计徐三手下没有你这样的高手，最后定输赢的肯定是你跟徐三。"

刘学栋问："张师傅觉得我和徐三谁有优势？"

张大柱说："不好说，各有千秋。你力气大，基本功扎实。他是个油子，跤技娴熟，谁战术对头谁赢。"刘学栋沉思。张大柱说："到时你该怎么摔，就怎么摔。一跤下来走场子，圈走得大点，到我跟前放慢脚步，我告诉你怎么对付他。"刘学栋点头。张大柱还告诉他："徐三也掌握了保定快跤，除了动作快，还油，油得让你抓不住，掌握不了他的规律。"张大柱刚说完，前场传来一阵嘈杂声。张大柱对刘学栋和众徒弟说："他来了。"

徐三在八九个徒弟簇拥下进了跤场，徐三拨开众人在前排坐下，众徒弟站在他身后和两侧。

张大柱指挥徒弟大海、大方出场。

大海、大方来到前场摔了起来。二人刚交手，徐三手下人就嚷嚷起来："花架子，糊弄小孩呀……"

大海不服气地白了他们一眼："谁花架子？"

徐三手下一徒弟嚷道："你呀，不服气我俩来两跤。"大海招手示意他上场。徐三的徒弟穿上跤衣来到场中："别走跤架了，挺累人的。"

大海上前抓把，还没靠近对手便被摔趴。徐三其他徒弟大声叫好，大海不甘心，冲上来，又被摔了出去。

自从刘学栋答应帮张大柱，徐静心就一直忐忑不安。这几天她看到刘学栋早晨起来就去跤场，知道徐三快来了。她也不做生意了，一天到晚往跤场跑。今天，徐静心走进跤场，看到场中角力的跤手是新面孔，有点诧异。望向观众，当看到徐三和他周围横眉怒目朳着腰的徒弟，她知道踢场子的来了，心也悬了起来。

张大柱示意光头亮子上场，亮子从后场出来，打量一下对手说："伙计，哪儿来的？"

徐三的徒弟撇着天津腔回答："哪儿来的，你清楚，你们白占了块宝地，别在这儿丢人现眼了，拔腚走人吧。"

徐三的徒弟大笑了起来。

观众也明白是来抢场子的，交头接耳地议论起来。

亮子说："想让我拔腚行啊，那你先得把我撂倒。"说着走起了跤架。

徐三的徒弟斜眼瞧他："别走跤架了，净玩花架子怪丢人的，直接掐把吧。"

亮子上前，二人角逐好一会儿，亮子瞅准空当将对手摔倒。观众一片叫好，他们是张大柱的老观众，自然向着张大柱。

徐三的大徒弟大眼来到场上。所谓大徒弟就是徒弟的头，跤技在其他徒弟之上，平时带着徒弟在场上摔，出去踢场子冲锋陷阵。他和亮子周旋了半天，最终将亮子摔倒。亮子不服，起来再摔，又被大眼摔在地上。

这时徐三站起身冲观众大声道："我是天津的跤师徐三，听说张师傅功夫不错，特从天津赶来讨教几招。这几个徒弟输了，是不是张师傅也该出场了？"他指着后场。

徐三的徒弟们大喊起来："出来，有种的出来，别当缩头王八，张大柱！"

刘学栋欲出，被张大柱拦住："听我的。"张大柱从后场出来，见到徐三抱拳："徐师傅。"

徐三讥笑着拱手："张师傅，可请出你了。"

张大柱说："徐师傅从天津来传授跤技，有失远迎。"

"甭客气，咱这行当以武会友。刚才那个是你的大徒弟吧？你大徒弟被摔趴了，你跟我这徒弟来两跤，"徐三指着大眼，"也好叫我和小的们开开眼。"他口气满是挑衅。

张大柱打量一下大眼："好膀身，我徒弟不才，当好好学习。

157

要说亮子算不上我大徒弟，他还不及学栋跟我日子长呢。"说着冲后场叫道："学栋，出来见见天津的徐师傅！"

刘学栋出来走到场中向徐三行礼。

徐三打量他："没见过。"

张大柱说："刚从老家回来，正赶上请教徐师傅。"

"好呀，想跟我学先把他撂倒。"徐三一指场上的徒弟大眼。

刘学栋笑着点了下头，他脱去小褂露出发达的胸肌和粗壮的手臂，徐三和大眼对视一眼，心想这家伙有力气。

二人走起了跤架。

徐静心紧张地望着刘学栋，害怕他有闪失。

大眼逼近刘学栋伸手抢把，刘学栋拍开他的手，一把抓住他的领口，大眼想挣开，却露出了空当，刘学栋趁机抓住他的跤衣袖，两膀一抖就将大眼摔了个仰面朝天。

观众鼓掌叫好，徐静心舒了口气，徐三和徒弟们却皱起了眉头，心想："这家伙太厉害了，没用跤技就能摔倒大眼，确实有力气。"

大眼爬起来打量着刘学栋，他没想到对方的力气这么大，抖膀竟能把自己摔倒。他思量着："和他抓起来肯定不占便宜，不如用散手摔他。"第二跤，他不抢把了，而是和刘学栋周旋。刘学栋伸手抓他，他躲闪，刘学栋抓不着有点着急，大跨一步伸手去抓，大眼身子一闪，同时上步侧踢，脚准确地踢在刘学栋的腿上，可刘学栋身子只是晃了晃，并未跌倒。大眼心虚了，他这招使上对手十有八九倒地，可刘学栋连个趔趄都没有，他暗暗惊叹刘学栋的腿功。刘学栋第一跤赢得太容易，自然看轻了大眼，没想到被大眼使了个踢儿，虽没绊倒，但大眼的狡猾和速度却给他提了个醒，他谨慎起来。向前逼近大眼，大眼还是躲闪着寻找时机，可是刘学栋防守严密，大眼无计可施。躲着躲着就被刘学栋逼到了场边，刘学栋一把抓住他的手腕来了个架梁踢，将他摔出场外。

徐三见大眼对付不了刘学栋，就让另一徒弟上场。这个徒弟实力虽不及大眼，但大别子使得绝。他上场和刘学栋周旋，突然一个大别子绊了刘学栋一个趔趄，刘学栋知道这是个有特点的跤手，就提防起了他的大别子。当对手又给他使这招时，刘学栋腿一顶，就把对手撞倒在地。徐三又遣上一个徒弟，也不是刘学栋的对手。

张大柱看到徐三黔驴技穷了，走到场中央对徐三讥笑道："徐师傅，就您徒弟这水平也敢来南城踢场子啊？别让他们上了，怪丢人的。您老上吧，免得白来一趟北平。"

张大柱的徒弟和观众嬉笑着起哄。

徐三慢慢地站起，他来到场中边脱衣服边打量刘学栋，刘学栋也瞧着他。徐三穿好跤衣懒懒地活动一下身体，二人对视片刻，走起了跤架。刘学栋跤架走得刚劲有力，徐三轻盈飘逸。走完跤架，二人抢把，几把下来，谁也没抓住对方。徐三自知力气差对方一截，就开始后退。刘学栋步步进逼。徐三左躲右闪似条泥鳅，刘学栋怎么也抓不住他，有点急了，大跨步去抓对方，没想到徐三趁机使了个手别子，把刘学栋别翻。

徐三的徒弟鼓掌叫好，徐静心刚放下的心又悬了起来。张大柱的徒弟也为刘学栋捏了把冷汗。

刘学栋看到徐三轻蔑地冲他笑，心里有点急了，自己这么大的块头，又年轻力壮，却被一个半截老头子摔个滚儿，太丢份儿了。他想逼近徐三狠摔他，张大柱急忙对他使眼色，刘学栋才极力控制住。

二人又绕场一周，刘学栋走到张大柱身边，张大柱悄声说："没关系，才一跤。别跟他跤步走，抓住他用力气摔他。"

刘学栋冷静下来。

二人走完跤架又照面抓把，徐三迈动步子引逗刘学栋。徐三是个跤场油子，知道对付年轻跤手最好的办法就是激他，激他上了火，步子就乱了方寸。刘学栋已输了一跤，心里窝火，只要再逗弄逗弄他，对手没有不急的。他就在场上一会儿向东，一会儿向西，一会儿向前，一会儿向后，做动作还不时地扮个鬼脸，引得观众和徒弟们大笑。刘学栋恨不能一把抓住他将他摔出场子，可是刚才的教训和张大柱的提醒使他控制住了情绪，他耐着性子同徐三抓把。

徐三跳来跳去消耗了不少力气，动作也不那么轻盈了。刘学栋将徐三逼到场边终于抓住了他，徐三挣了几下没挣脱，只得抓了个下把手。刘学栋想起三叔教给他的三十六计，以己之长击人之短，就撑开胳膊似铁架将徐三架得靠不近身。

在这之前，刘明智知道刘学栋要和什么人比跤了，就说教他计谋。刘学栋不以为然。刘明智硬把他按在石凳上给他讲："三十六计归结到底就是变化。何为变化？根据敌我双方的条件变化，要针对对方弱点下手，对手再强也有弱点，弱点要抓住不放。使蛮力不能成长势，要攻其不备。你攻敌时要做出退的架势，守时做出攻的架势，对方装作悠闲，要防备他突然袭击。对方拼命，正是他虚弱之时……"

刘学栋见徐三拼命使绊，还是连环绊儿，知道对方已经心虚，就做出要拧翻徐三的架势。徐三见对方两脚叉大了距离，浑身正在运劲，忙将腿叉大想用力挺住。刘学栋见对方上了钩，突然往怀里一带，徐三猝不及防踉跄上前，刘学栋突然将腿伸进他的裆里，一个大得合，将徐三摔了个仰面朝天。

观众兴奋地鼓掌叫好，张大柱和他的徒弟们也大笑了起来。张大柱对徒弟们说："下两跤，学栋摔徐三就像摔布袋。"

刘学栋和徐三又走起了跤架，刘学栋的跤步刚健稳当，徐三的跤步却不那么轻盈飘逸了。二人照面，刘学栋镇静自若，徐三有点心虚，知道被对手抓住肯定玩完，就用散手摔跟对手较量。散手摔是徐三的长项，他腿脚灵便，柔韧性好，在散手摔中能使出各种动作。他先是向左迈步，刘学栋以为他向左躲闪，就取提前量伸手抓他，谁知徐三突然向右上步，用脚一撩，把刘学栋的左腿撩了起来，徐三上前一把欲搂住，可是刘学栋的腿劲太大，徐三没有搂住腿，还被带了个趔趄。刘学栋见徐三颇有心机，就更加谨慎起来。徐三见一计不成，又使了一计。他突然一蹲身子，刘学栋以为他要抱腿忙弓腰，谁知徐三猛地直起身，顺手给刘学栋使了个抹脖。刘学栋踉跄几步，差点被抹倒。观众鼓掌叫好。他们不向着徐三，却也佩服徐三的高超跤技。刘学栋晃着被拍疼的脖梗惊叹徐三太鬼了，自己身材高大，自学跤以来从未吃过对方的抹脖，抹脖都是高个儿对低个儿使，低个儿对高个儿使不合理，也不可能奏效。可是徐三却对自己使出了这个动作，惊叹之余，刘学栋提醒自己万万不可掉以轻心。

张大柱看到徐三对刘学栋使出了抹脖，也提起心来，原以为后两跤不费事的想法也动摇了。

徐三见撩勾子和抹脖没摔倒刘学栋，心想单绊不管用就用连环绊。想到这儿，他跟刘学栋周旋着寻找着时机，刘学栋知道散手摔自己不占优势，只有抓住对方才会取胜，就把精力放在抓把上。谁知徐三身子滑得像泥鳅，过去十拿九稳的抓把都被徐三闪过，有几次他的手已抓住了徐三，却又被挣开。徐三知道上步就有破绽，就琢磨着刘学栋的步子。刘学栋虽然步步为营，但转身步子还是稍大。徐三就有意露出跤衣袖诱刘学栋来抓，刘学栋伸手抓他，徐三身子一闪，刘学栋抓了个空。徐三瞅准时机，上步一个大得合，刘学栋身子后仰趔趄一步。徐三趁机想抱刘学栋的腿，刘学栋反应过来猛地抓住徐三的跤衣领往后一拽，徐三脱手，然而他紧跟着又是一个大别子，刘学栋踉跄几步才没被摔倒。

观众和徐三的徒弟鼓掌叫好，刘学栋心里感叹对手的跤法太多变了。

掌声和叫好声并没有使徐三兴奋，几跤下来他腿脚已经疲软，他再和刘学栋周旋，动作已没那么快捷和洒脱了。刘学栋终于抓住了他，徐三无奈只得抓下把，刘学栋还是将双臂撑开，徐三使绊够不着干着急。刘学栋待他劲使得差不多了，用力一带将徐三带到怀中，伸左腿钩住徐三的腿，然后左脚向前，身子向右后猛地一拽，同时右脚侧踢，就将徐三摔倒在地。

徐静心同观众鼓掌叫好，张大柱更是乐得咧开了嘴。

徐三懒懒地从地上爬起，已筋疲力尽。刘学栋兴头正起。二人再走跤架，刘学栋跤架粗犷豪放，徐三已疲惫不堪了。二人抓把，刘学栋没费事就抢到了好把，徐三无奈地摇摇头。刘学栋见徐三立足未稳，一个弓步揣将徐三摔过了头顶。

张大柱和徒弟及观众鼓掌叫好,徐静心也高兴得流出了泪。

徐三被摔得太重爬不起来了,刘学栋赶紧过去扶他。徐三挣扎着站起,拍拍刘学栋的肩膀:"好小子,徐三服了。"

刘学栋扶他坐下,张大柱端来一碗水说:"徐师傅,请。"

徐三摇摇头叹口气,推开水拍拍张大柱的肩头走出了跤场。张大柱的徒弟把刘学栋抬起来抛到了空中。

张大柱硬拉刘学栋去"全聚德"庆祝,刘学栋说什么也不去。他挣脱张大柱和亮子他们,同徐静心往回走。

二人兴奋地谈论着,不知不觉到了家门。进了家,徐静心忙着炒菜做饭,刘学栋和刘明智隔桌饮酒。刘明智说:"今天摔跤的时候该叫上叔。"他看到侄子和静心这么兴奋,知道学栋获胜了。

刘学栋笑着说:"我当是叔不喜欢呢。"

"错,大错,你叔喜欢体育,更喜欢摔跤。"

刘学栋吃惊地问:"是吗?"

刘明智自豪地说:"叔说的真的,当年我还跟我大哥学过两手呢。"

刘学栋和徐静心笑了起来。

刘明智说:"摔跤说起来是个大体育项目,欧美国家常有个田径、篮球、足球比赛,我们国家没有,国人喜欢的竞技就是摔跤。"

徐静心端菜过来:"我以为是下里巴人的行当呢。"

刘明智不依了:"怎么是下里巴人的,这是个宫廷项目。满人进京后,宫内一直有跤手,宴会上常让跤手角力表演。"他讲起了"善扑营"的历史。

刘学栋听完说:"叔懂得真多。"

刘明智不谦虚地说:"当然,别看今天我没去南城跤场,早知道你能赢。"

徐静心给刘明智斟上酒,好奇地问:"你怎么知道?"

刘明智望着刘学栋说:"气势。"

刘学栋不好意思地说:"啥气势?俺没觉出来,我不就是个儿大嘛。"

"不光个儿大，还威风，威风乃气势也。虎啸山林王者之气，你身上有跤王的气质。"

刘学栋连连摆手："快别笑话俺了，叔，俺啥跤王，学跤不过五六年，比俺师傅当年的水平差远了。"

"叔笑话你干吗？你身上有股霸气。霸气就是唯我独尊，傲视群雄，像当年的项羽，面对诸侯群起纷争，就觉得自己是天下老大，你就有这股气。"

刘学栋不好意思地说："叔说得俺坐不住了，人家项羽是名扬天下的英雄，俺是啥？也就在跤场有点儿小名气。"

"我不是比较你俩的成就，是说气质，就是天不怕地不怕的那股劲儿。天不怕地不怕是与生俱来的，不是靠练出来的，不是经历的事儿多了，胆儿就大了。就拿我和你爸比较，你爸天生胆儿就大，听你奶奶说，他四岁就爬上老高老高的树上掏喜鹊窝，我到了二十，上房还心跳眼晕呢。我跟你爸没法比，再练胆儿也跟不上你爸，也就是说没有他那胆魄。"

徐静心听到这儿，不觉望向刘学栋，心里也产生了崇拜。

刘学栋不想让三叔再说下去了，就端起酒杯，冲刘明智示意："叔，别夸俺了，再夸俺就晕堂子了，来，喝酒。"

刘明智喝下杯中酒说："哪天我也上跤场看你摔跤。"

刘学栋高兴地说："好啊，叔。"

刘明智略带醉意地说："我能想象得出，你穿上跤衣的样子和我大哥一模一样。我大哥武术、摔跤无一不精，我和我二哥从小懦弱，都是我大哥护着我们。"

刘学栋说："我好像听人说，我爸还是个摔跤高手？"

刘明智自豪地说："那当然了，跤技过人啊，在潍坊提起我大哥，无人不知。"

刘学栋说："我多次问过二叔二婶，他们总是躲躲闪闪。三叔，你给我说说我爸摔跤的事儿。"

徐静心猛地推了刘明智一下。

刘明智意识到失语，急忙掩饰："你大哥，不……你爸哪会什么摔跤。"

刘学栋愣住了："三叔，你刚说我爸摔跤厉害呢，我还听说我爸是被人害死的？"刘学栋望着三叔，急切地想知道实情。

刘明智、徐静心对视一眼，刘明智瞪着刘学栋："胡说什么啊，谁说被人害死的，啊？"

"三叔，你告诉我，我爸到底是怎么死的？"刘学栋穷追不舍。

刘明智说："叫车撞死的。"

刘学栋瞪起眼："不对吧？小时候我不止听一个人说过，被人害死的，你咋说撞死的？"

刘明智一本正经地说："真是撞死的，你爸过马路不小心叫车撞死了，怎么你还想去找司机报仇？"

刘学栋沉下脸来说："我真想我爸……只记得小时候，我爸常带着我四处玩，到河里摸鱼，到湾里教我浮水，还带我走了好远好远去看火车，没想到我那么小，我爸就没了……"说着眼圈红了。

刘明智、徐静心沉默了，刘学栋端起酒杯一饮而尽。

刘明智不愿这气氛继续下去，就道："学栋，你出去再买瓶酒。"

刘学栋站起身走了出去。

徐静心埋怨刘明智："看你喝多了不是。"

刘明智摆摆手说："静心，快把柜子底下的报纸拿去烧了。"

徐静心快步走到柜子前打开锁，把里面的衣服抱出放到一边，从箱底取出一沓带画面的报纸翻看着，这是报道学栋父亲被摔死的经过的报纸。她一篇篇地看着，为学栋感到难过。她情不自禁地想到了自己，母亲早逝，父亲病死后，不也遍尝了世间炎凉，若不是刘明智收留，自己还不知道怎么着呢，况且学栋那么小就失去了父亲……想到这儿，她眼圈红了。

刘明智催促道："快烧了，快去烧啊。"

徐静心回过神儿来，卷起报纸出了门。来到院墙边，划着火柴点燃报纸。

刘学栋提着一瓶酒从院门进来，看到徐静心烧纸走了过来问："干什么呢？婶儿。"

徐静心慌忙将报纸扔在地上说:"给……给我爸爸烧纸。"她手忙脚乱地寻找着木棍。

刘学栋看着燃烧的报纸,不解地道:"祭奠老人是烧冥币和草纸,草纸烧的时候,得在上边砸上钱印,你咋烧报纸?"突然,他看到了报纸上的画面,画面上有一个身穿跤衣的彪形大汉,旁边还有黑体大字,刘学栋蹲下身想看写的什么。

徐静心见状心惊肉跳,拿着小棍快步过来拨拉燃烧的报纸。

刘学栋急忙道:"别,别,我看这跤手是谁。"说着伸手去抓。徐静心急忙挑动几下,报纸瞬间被火苗吞噬。刘学栋不满地说:"你看你……"

徐静心望着纸灰,手捂心口长长释了口气。

第八章

徐静心越发高看刘学栋了，觉得他真有点儿像楚汉争霸时的项羽。徐静心最崇拜的人是项羽，她出生在书香门第，可对那些著名诗人、作家的崇拜都不及项羽。项羽虽是武夫，感情却十分细腻。被困在垓下，他想到的不是如何逃命，而是如何带虞姬突围。他来到乌江边完全可以逃回江东，却选择了自尽，临死前还把邀赏的头颅送给了同乡。徐静心每当读《项羽传》，都会泪水涟涟，她视项羽为心目中的第一英雄，希望未来的丈夫也像他，而现在她忽然觉得刘学栋就很像项羽。

徐静心在青春懵懂时期爱慕的是许仙和张生。她读了《白蛇传》，觉得自己很像柔情似水的白素贞，企盼有个许仙来爱自己。后来读了《西厢记》，又觉得自己像崔莺莺，也盼着有个张生翻过墙头来与自己夜夜相会。她情不自禁地在同学中寻觅这样的人物，可他们都令徐静心失望。不是长得不够英俊，就是才疏学浅，够英俊有点儿才学的却又不多情，这令徐静心心灰意冷。

1931年九一八事变，日军占领了东北三省，国人受辱，东北人遭难。徐静心才幡然猛醒，意识到许仙、张生在乱世中保护不了自己。她跟同学参加了几次游行，不少男生被军警打伤或逮捕，他们的英雄气概震撼了徐静心。徐静心佩服他们，由此爱慕的人也就从许仙、张生变成了项羽。

刘明智越来越喜欢侄子，学栋天不怕地不怕的气概颇像当年的大哥，大哥给他留下的印象太深，时时护着他帮助他，对自己有求必应。没有大哥，他不可能考上燕京大学，班里的霸王已把他欺负得更懦弱了。正因为喜欢学栋，刘明智也就担心学栋有一天被二哥叫回济南。

夜晚，躺在外屋床上的刘明智对躺在里屋的徐静心说："实话跟你说，我有个小心眼儿，不想让学栋回济南了。"

徐静心一听高兴起来："对，回济南干吗，济南哪跟得上北平。"这正是徐静心所想，刘明智说出，她特别高兴。

"学栋跟二哥是跟，跟我也是跟。再说北平比济南发展的机会多，我又有才学，学栋跟我比跟二哥有出息。"

徐静心感兴趣地用胳膊支起身子："就是，不让学栋回去了。"她已爱上了刘学栋，自然担心他别自己而去。

"可我怕二哥跟我翻脸，毕竟他和我二嫂拉扯了学栋五六年，我夺人所爱于情于理都讲不过去。"

"翻脸怎么着，还能来北平把学栋抓回去？"可能是爱的缘故，徐静心说话的语调也和过去不太一样了。

刘明智说："关键在学栋。我想啊，得拴住他。"他为能留住学栋想了好些日子。

"对，让他乐不思蜀。"徐静心高兴地应和。

"我想给他找个姑娘。"

徐静心惊叫起来："怎么了你，学栋才多大？！"

"二十一了，不小了，按说该结婚生子了。"

徐静心生气地说："别出瞎主意好不好！"她心里特别不舒服。

刘明智说："不找个人拴住他的心，我二哥一封信，学栋就回济南了。"

"你不会用别的办法？让他吃好玩好，再教教他文化。"

"他对这些都不感兴趣，还是给他说个姑娘好。"

徐静心急了："哪有那么合适的？你就别多事儿了！"她很生气。

"怎么叫多事儿？我是他叔，不该管？"刘明智略微停顿一下说，"我看上一个姑娘还不错。"

徐静心一惊忙问:"谁?哪儿的?我认识吗?"

"王教授的女儿。"

"王教授不是那个黑胖子吗?"徐静心第一次贬低人。

"对。"

徐静心心烦地说:"快别瞎添乱了,看他那个样就知道女儿俊不了哪儿去,准矮墩墩的,还黑。"

"不矮,挺苗条,可白净了,随她妈。"

徐静心急了:"什么呀,女儿都随父亲,现在苗条,过不了几年也准成个胖子,你看着白净,那是搽雪花膏搽的,洗完脸准黑乎乎的。"

刘明智忽然像明白了什么:"静心,不是你对学栋有意吧?"

徐静心窘得满脸通红:"我?我……我对他能有什么意?"她极力辩解:"他小地方人,又没有多少文化,你……你怎么能想到我呢,真是的。"

刘明智说:"既然如此,你就别管了。"

徐静心口气坚决地说:"我就要管!我……我看你少管闲事!"由于生气的缘故,她说话也不注意分寸了。

刘明智说:"静心呀,你的事我想着呢,咱俩是名义上的夫妻,你有机会找个门当户对的,到时候我把咱俩的事儿说开,有文化的人会理解的。"

徐静心有点火了:"我的事你少管,学栋的事你也少管!你要闲得难受,就帮我和学栋到门外卖东西去!"说完生气地倒在床上转过身,不再理刘明智。

次日傍晚,徐静心正在水池边洗碗,刘明智、刘学栋从北屋出来。刘明智对徐静心说:"我和学栋出去一下。"说完忽然像想起什么,又进了北屋。

徐静心问刘学栋:"干什么去?"刘学栋笑而不答。刘明智手里拿着个小包走出北屋。徐静心问:"你们什么时候回来?"

刘明智说:"拉起家常没早没晚。"说着和学栋走出大门。

徐静心望着二人若有所思,她端碗进了北屋,然后收拾屋子。

想着刘学栋笑而不答的样子，徐静心停住了手。她忽然想到刘明智昨夜说起过王教授的女儿，莫非……徐静心木然地立在了那儿。渐渐地她不安起来，她越想越觉得他们可能去了王教授家。她心烦意乱起来，炉子上的壶盖跳动着，徐静心的心跳得比壶盖更乱更快。

徐静心走到大门口拉开门欲去王教授家，可是踏出门，又止住了步子。心想人家去相亲，你去干吗？到了那里又能说什么？关上院门，她回到北屋，猛一拉电灯绳，灯灭了，灯绳掉落在地上。徐静心走到床边躺下，满心的委屈和愤怒。

很晚了，刘明智和刘学栋才进了院子。刘学栋插上大门进了东屋，刘明智往北屋走，上了台阶看到炉子上的壶盖在不停地跳动，赶忙把壶提下，他冲东屋喊："学栋，把壶提过去。"说着进了北屋。他伸手抓电灯绳，抓了几下没抓着。他想问徐静心，可想到太晚了，就蹑手蹑脚来到桌旁，摸索到茶杯出了门。

刘明智进了东屋坐下对刘学栋说："给我倒上水，我接着跟你讲……"刘学栋给刘明智倒水。刘明智打开了话匣子："人是动物，最高级的动物。人的力气不如老虎、狮子、豹子和大象，可人为什么能统治世界？关键是脑子。别看大象脑瓜大，其实是脑壳厚，脑量轻，其智商还不如个三岁的孩子。人智商的差距也非常明显，西楚霸王项羽力能举鼎，亲身大战八十余次无一败绩，却被手无缚鸡之力的韩信困在垓下，最终拔剑断喉……"

刘学栋睁大眼睛听着。

徐静心躺在床上倾听外面的动静，院子里没有响声，她知道刘明智和刘学栋在东屋说话，就坐起身下床走出房门。来到院中，她望了东屋窗户一会儿，情不自禁地走向窗户。她从不偷听别人谈话，这会儿却控制不住自己。

屋里传来刘明智的声音："学校里我最佩服两个人，一个是徐静心的父亲，一个是王教授。徐教授才思敏捷，文章写得行云流水。王教授更令我钦佩，此人知识渊博，天文地理无所不知，对古诗词的研究更是独树一帜，颇有见地。别看他黑乎乎的，写出的诗词却俊美空灵……"

徐静心伫立在窗前，神情不安地听着。

刘明智说："我和王教授是至交，无话不谈，大到世界格局，政治、经济、文化，小到家庭琐事，连他女儿小时候的事儿，我都知道得清清楚楚……"

徐静心的心像被扎了一下，她确信他们去了王教授家，后面的话再也听不下去了，猛地转身进了北屋，来到床边躺下，望着屋顶眼泪顺眼角流下。

清晨，刘明智起床，见徐静心还没起来便喊："静心……"徐静心不答。刘明智以为她病了，推开里屋的门，来到徐静心的床前，用手拭了下她的额头，徐静心一把将他的手打开。刘明智愣了一下，随即笑了起来："在一块儿说得高兴，回来晚了，你不做饭了？"

徐静心不理他，刘明智无奈地摇下头，拉开门走了出去。

刘学栋正在院中练石锁。

刘明智说："学栋，一会儿你到外边买点豆汁、油条，你三婶不太舒服。"

刘学栋扔下石锁，拿了个盆走出院门。

徐静心忽然想到自己不该这么被动，该去争一争，说不定还有一线希望，就起床穿上衣服来到水池边洗漱。

坐在石桌旁看报的刘明智看着徐静心说："昨晚你怎么了？水壶快烧干了，灯绳也拉坏了。"

徐静心自顾洗漱没有搭腔，洗漱完，进了屋对着镜子精心梳理。

刘学栋从大门外端着豆汁、油条进来。刘明智招呼他："在院里吃吧。"

刘学栋把豆汁、油条放在石桌上。

刘明智嗅了嗅油条的香味，冲屋里喊："静心，吃饭了。"

徐静心又精心梳理几下，然后托着几只碗来到院中。她走到石桌旁把碗放下，用勺子舀了一碗递给刘明智，刘明智接过，她又舀起一碗递给刘学栋,当看到新理过发的刘学栋,愣住了。学栋容光焕发精神十足,他接过碗,拿起一根油条香甜地吃了起来,徐静心心情复杂地望着他。

刘明智见徐静心望着侄子,笑着说:"学栋一打扮像个美男子。"说完笑了。刘学栋不好意思地也笑了。徐静心心里像打翻了五味瓶,转身走向北屋。

刘明智看着徐静心的背影说:"怎么不吃饭了?"

徐静心理也不理。

徐静心来到北屋里间坐下想:"看来去王教授家无疑了。"她的心仿佛被无数个小虫噬咬着,她恨恨地望着院中边吃饭边说笑的刘学栋和刘明智。

不一会儿,刘明智端着碗拿着油条进来,走到徐静心面前说:"知道单独留你在家不好,可是又没法带你去。"说着把油条豆汁递给徐静心。

徐静心一下把油条、豆汁打翻在地,刘明智愣愣地望着她。半晌,刘明智摇着头出了门。

刘明智从屋里出来走向石桌,刘学栋放下油条豆汁站起问:"怎么了?"

刘明智坐下说:"昨晚上光高兴了,想得确实不周。咱俩出去,把你婶搁在家里,隔壁林掌柜又是那么个玩意儿,难怪你三婶生气。"

刘学栋说:"我去劝劝她。"

刘明智摆摆手说:"你三婶的脾气我了解,越劝越耍孩子脾气,过一会儿就好了。"

徐静心透过窗户怨恨地望着刘学栋,刘学栋收拾起碗筷来到水池洗涮。涮完端碗向北屋走来,徐静心赶忙起身。刘学栋进来,见徐静心望着他,放下碗冲徐静心一笑出了门。徐静心思索半晌又一次拿起梳子梳理头发,望着镜中的自己,又想了想放下梳子自信地出了门。

刘学栋在东屋叠着被子,徐静心推门进来,刘学栋直起身望着

...... 171

徐静心，徐静心嘴唇动了几下欲言又止。

刘学栋问："有事儿？"

徐静心盯着他的眼睛："昨晚挺开心？"刘学栋憨厚地笑了。徐静心问："挺漂亮是吧？"刘学栋不好意思地笑着。徐静心又问："挺精神？"

刘学栋笑着说："理了头、刮了脸是显精神。"

"理了头？刮了脸？"徐静心不明白地眨巴着眼睛。

"北平理发师傅手艺是比俺济南的好。"

"我问的是她。"

"他，三叔吗？三叔光洗了个澡。"

"我问王教授的女儿。"

刘学栋眨巴下眼睛："他女儿是干什么的？"

徐静心疑惑地望着刘学栋："昨晚上你没去王教授家？"

刘学栋说："我和三叔去了澡堂子，洗了个澡理了个头。"徐静心怔怔地望着他。刘学栋恍然大悟："噢，我听三叔说过王教授挺有学问，诗词写得挺那个……"徐静心释然地长长出了一口气。刘学栋说："推头和不推头就是不一样，俺照照镜子也觉得自个儿精神了。"

徐静心"咯咯"地笑了起来，刘学栋有点不好意思，徐静心笑着出了门。

刘明智正在石桌旁看着报纸，见徐静心笑着从屋里出来，疑惑地望着她。

徐静心兴奋地跑到北屋，来到镜前舒心地笑着。

刘明智透过窗户看到徐静心这副模样更是不解，徐静心转脸看到他有点不好意思。她提着暖瓶出来给刘明智倒上水，笑吟吟地说："喝，快喝。"

刘明智接过喝了一口烫得吐出水，并把杯子放下。徐静心微笑着快步走进北屋，片刻拿了一个杯子出来，来到石桌旁端起刘明智的杯子边来回倒着水边不停地用嘴吹着。刘明智望着她。徐静心尝了一口："不热了。"说着把杯子递给刘明智。刘明智接过杯子喝起来，徐静心转到他身后，轻轻地给他捶起背。刘明智杯中的水洒在报纸上，他转脸望着徐静心，恍然明白过来。

夜晚，东屋窗户亮着灯光，徐静心望着东屋若有所思。刘明智已知道了她的心思，就说："到东屋跟学栋聊聊去吧。"他认为徐静心能看上学栋是侄子的造化。

徐静心的脸"唰"地红了。刘明智说："静心呀，你常说我饿死也放不下书生的架子，你呀，是不是也该放下大家闺秀架子了？"

徐静心不好意思地笑了。

刘明智说："咱俩本来就是名义上的夫妻，又没什么事儿，你和学栋交流交流没啥可忌讳的。"

徐静心望着对方。

刘明智说："我一直希望你将来过得好，还想过把哪个学生介绍给你，可想来想去，不是因为地域，就是别的缘故，总之不太合适。既然你对学栋有好感，那就和他聊聊试试。"他见徐静心听着，就继续道："当然，你俩的差距确实很大，你书香门第有文化，感情细腻。学栋随我大哥像武夫，文化水就不值得说了。你和他聊不投机也无所谓，和现在一样不就得了，你说是吧？"

徐静心想了半天，提起暖瓶出了门。她来到东屋门口，想推门又有点儿不好意思，她不觉转脸望向北屋，见刘明智站在屋中正望着自己，才鼓起勇气推开了门。

刘学栋光着膀子仰躺在床上回想着和徐三摔跤的经过，见徐静心提着壶进来，慌忙起身："婶，有水。"

徐静心将暖瓶放到桌上："皱着眉头挺深沉的，想什么呢？"她努力平复着心境。

"我琢磨头一跤怎么输给徐三的。"

徐静心恢复了常态，笑着："我当是研究学问呢。"

刘学栋一本正经地说："这就是学问。摔跤大绊三百六，小绊如牛毛，绊子怎么用，手法怎么使，道道可多了。"

徐静心微笑着："是吗？"她很喜欢听刘学栋说话。

"真的，就说徐三吧，他真是个高手，高就高在绊子不同于一般使法。他比我矮一头竟给我使了个抹脖，你说他的跤法是不是太超常规了？还有他的跤步，看着向东了，却向了西，身子滑溜得像泥鳅。我抓了好几把都没抓住，抓住了还被他使了个手别子。"徐静心饶有兴趣地听着。刘学栋继续说："他经验比我多，一照面，我瞧他四十多岁的小老头，打心里没把他放在眼里。输了一跤，心里冒火，要不是张大柱提醒我，二跤三跤也输了。"

徐静心望着刘学栋胸脯上的月牙伤疤问："你练功常受伤吗？"

"伤胳膊伤腿是常事，碰破头擦破脸也不稀罕。"

"你胸前怎么那么大块疤，摔跤伤的？"

"不，打抱不平打的。"

徐静心笑着问："该不是你惹是生非吧？"

刘学栋说："不是，这事儿还真不是。那年我在路上看到一个五大三粗的大男人欺负一个十三四岁的小姑娘，我质问那男的凭啥欺负人，他还想揍我。我上去给他使了个揣，那时候我小腰腿不壮，那家伙重得像头牛，没摔过去，自个还被压趴了。俺俩打起来，那家伙爬起来摔碎个酒瓶，冲我胸口捅了一下子，血流个不停，落了这块疤。"

徐静心问："那女孩是干什么的？是那男的什么人？"

刘学栋摇了摇头："不知道，反正不是那男的孩子，自家孩子哪有抓住头发往死里打的。那女孩儿是个好女孩儿，见那男的拿着露着茬口的瓶子想捅瞎我眼睛，就跪在地上求他，说让她干什么都答应。"

"以后没再见过？"

"没有，怕是见到也不认识了。不过，我一直想着她。"

徐静心笑着："找到了娶她做媳妇？"

刘学栋认真地说："人家不见得看上咱。"

徐静心有点吃醋了："你不蛮好的，玉泉楼的二掌柜，又高高大大。"

"这算啥，咱文化水浅，又是牛脾气。"

徐静心看到他一本正经的样子醋意更浓，她站起身白了刘学栋一眼出了门。

刘学栋望着徐静心的背影，突然像意识到什么，坐在床沿上思索了起来。

第二天，刘学栋往大门口搬麻袋，徐静心在门外摆着货摊。刘学栋将麻袋里的枣往笸箩里倒，徐静心插手帮忙，手一下碰到刘学栋的手，二人同时缩回手，麻袋摔在地上，枣撒了一地。二人尴尬地对视一眼，蹲下身默默地拾着。几个买主围了上来吵嚷着要买东西，刘学栋让买主自己称。

买主称起了大枣、栗子、核桃，一买主边称边问："三斤核桃多少钱？"

刘学栋回头冲徐静心："婶……"二人目光一对，刘学栋接着改口："不，你，你算一下。"

徐静心脸微微一红随口说："一毛。"

买主自言自语："这么便宜，再来十斤。"说着自己称了起来，称完把钱交给徐静心。

另一买主问徐静心："你这核桃降价了？"

徐静心回答："没有。"

买主不解地望着她。

另一买主边挑枣边问："枣多少钱一斤？"

徐静心说："一毛。"

两买主议论着："怎么大枣跟核桃一个价？"

徐静心一愣忙说："我把核桃当大枣卖了。"

买主望着他俩："你俩今儿这是怎么了？"

徐静心十分尴尬。

刘学栋忙给徐静心解围："自个儿称自个儿算，算好了把钱给俺俩就行。"

买主说："小两口八成昨天晚上吵嘴了。"

徐静心羞得满脸通红，刘学栋十分尴尬，徐静心知道再待下去更难受，就转身进了院门。

傍晚，刘明智、刘学栋、徐静心围桌吃饭。刘学栋、徐静心低

175

头默默地吃着，刘明智不时地瞥他二人一眼，三人没有说话。刘明智想打破僵局，却不知说什么好。三人默默地吃完，各人忙各人的。

夜晚，徐静心怔怔地望着屋顶，回想白天自己的失态，有点脸红。她时时提醒自己注意分寸，可和刘学栋在一起还是控制不住心跳。

刘学栋第一次失眠了，回想着徐静心这几天奇怪的举动，令他不安起来。虽然他很喜欢和徐静心在一块儿，可她毕竟是自己的婶子……

清晨，徐静心从北屋端着盆出来，见刘学栋从东屋出来走向水池，就停止了脚步，刘学栋看到她，也不觉止步，二人不自觉地回转过身，各自回了屋。半晌，刘学栋见院里没动静，出屋来到墙根，脱去褂子活动身体。徐静心端着盆从屋里出来淘米，刘学栋望了她一眼，把褂子穿上练起了石锁。

刘明智出来看到刘学栋汗水湿透了衣背说："你小子大冬天练功都光着膀子，怎么今天文绉绉起来了？"刘学栋一走神，石锁脱手"啪"地掉在地上。

徐静心抬起头惊恐地望着刘学栋。

刘明智吓出一身冷汗："学栋，别练了，心不在焉砸了腿脚可不是闹着玩的。"

徐静心脸一红端起盆急匆匆地进了屋，她把盆往桌上一放，用手捂胸口，陶瓷盆掉落在地上摔得粉碎。

刘明智听到屋里传来"啪"的一声，回身往屋里一瞧："怎么了？静心。"

徐静心边仓促地拾掇边道："盆滑地上了。"她和刘学栋更尴尬了。

徐静心决定把话跟刘学栋说开。

夜晚，她提起暖瓶往外走。刘明智说："学栋那里有水，你提走了我喝什么？"

徐静心回过头说:"回来我再给你烧。"去刘学栋屋里得有个借口。

刘学栋半躺在床上回想着近几天发生的事儿,心里越发不安。

敲门声传来,刘学栋还没回过神儿来,徐静心已进了门。经过精心打扮的徐静心仪态万方,刘学栋忙爬起身望着她,心情复杂得很,他既愿和她在一块儿,却又怕,矛盾极了。

徐静心放下暖瓶说:"琢磨跤法呢,还是在想那个女孩儿?"刘学栋不知如何回答。徐静心说:"听听你的事儿挺好玩的,今儿再跟我说说。"

"有什么好玩的。"刘学栋躲避开她的眼睛。

徐静心知道他识破了自己的心思,不好再说什么,二人都有点不大自在。

半晌,刘学栋说:"俺叔见你来这儿好吗?"这几天他一直在想这事:"静心再好也是婶儿,和她接触多了,真的很不好。"

"有什么不好?你叔让我来的。"徐静心大胆地望着他的眼睛。

刘学栋吃惊地问:"我叔?"

徐静心点头:"不信,你去问你叔。"刘学栋疑惑地望着她。徐静心低下头,半晌抬起头说:"我和你叔不是真夫妻……"说完头又低下。

刘学栋吃惊地瞪大了眼睛:"不是真夫妻?"

徐静心轻声说出:"名义上的。"

刘学栋追问:"啥叫名义上的?"

徐静心抬起头:"你叔以后会告诉你……"

二人再也没有说话。就这样坐着,好久徐静心才出门。

这一夜,徐静心和刘学栋都没有入睡。近些日子,徐静心越来越强烈地想对刘学栋说些什么,可话到嘴边又很难说出。她知道向刘学栋解释自己跟刘明智的关系,无疑是向刘学栋示爱。从小她看过无数个男女爱情故事,无一不是男子向女人求爱,甚至跪地表白。自己主动向心爱的人表明心境,有点难堪了。可有些话不向刘学栋解释,她又憋得很难受,她左右为难心烦意乱。

刘学栋回想着徐静心的话，再明白不过了，但是刘学栋还是转不过弯来。尽管他和徐静心年龄相仿，但他一直把她当婶子，而且她和三叔的关系也确实是自己的婶儿。不错，他羡慕过三叔找了个好媳妇，但那只是羡慕。徐静心解释她跟三叔的关系，是向自己暗示，暗示他俩可以发展关系，这令刘学栋有点恐慌。他仔细回想三叔和徐静心的言谈举止，发现他们真不像夫妻，刘学栋如坠雾中。

徐静心向刘学栋说出了很难说的话后如释重负，她感觉和刘学栋的关系近了一步，她推想着刘学栋的反应，向自己靠近，还是反感？她想来想去，觉得学栋不会反感自己，可想到他是山东人，受封建传统礼教影响深，又担起心来："他能和我更近一步吗？"她推想不出。正因为这，她心里忐忑不安："假如反感我，我可就难堪了，同他如何相处？还能在一个屋檐下生活吗？更别说卖山东特产和去跤场看他摔跤了。"徐静心心里七上八下，一夜没合眼。

第二天，徐静心起来出门买菜去了，她感到没法见学栋。与他见面很难堪，心想："假如他反感我，那我不颜面尽失？"甚至她想到："真那样的话，我就搬出去住。"

刘明智清楚徐静心一夜辗转反侧没睡着，是向学栋表明了心境。见徐静心这么早出去买菜，明白她是为了避免与学栋见面的尴尬，为了解开侄子的心结，他来到学栋的屋里，把徐静心的事告诉了他。

徐静心的父亲和刘明智同在大学里教书，徐教授得了重病住进医院。徐静心卖了房子和所有的家当给父亲治病，钱花没了，父亲的病却越来越重。望着病魔缠身的父亲，徐静心泪如雨下。还是高中生的她向亲戚借钱，得到的却是杯水车薪。她绞尽脑汁也想不出再从哪儿弄到钱，就来到父亲的大学贴出告示：谁出钱为她父亲治病，就嫁给谁。

告示一出一片大哗，人们感叹徐静心的孝道，也为她的命运担忧。同事想救济她，可他们生活也捉襟见肘无能为力。有的想拿出少量的钱来帮她，却怕他人说三道四。徐静心心灰意冷了。这时刘明智变卖了一处房产给徐教授交了手术费，尽管钱花了出去，最终还是没有留住她父亲。徐静心埋葬父亲后，来到刘明智家，进了门，她像家庭主妇一样清扫房屋做饭。晚上洗漱完脱去衣服躺在了刘明智的床上。刘明智大惊，让徐静心赶快穿上衣服。徐静心说："从小我爸教导我言必信，行必果，既然我贴出了告示，我就要履行诺言。"

刘明智又羞又急地说："我给你父亲治病是出于同事之情，绝不是另有他图，你这样做是陷我于不仁不义。"

徐静心说："我不履行诺言，我爸在九泉之下也会生我的气。"

刘明智慌忙卷起被褥去了东屋。夜晚，刘明智翻来覆去睡不着，他想到隔壁林掌柜是个好色之徒，就下了床来到北屋让徐静心插上门。

徐静心说："门，我永远给你留着。"

刘明智急得无可奈何，只得在门口守了一夜。夜间风凉，刘明智犯了哮喘，清晨剧烈的咳嗽声把徐静心惊醒。她拉开门，见刘明智坐在台阶上憋得满脸通红喘不过气来，慌忙扶他进屋。刘明智一病就是几个月，等他病愈再去学校，校长告诉他，他已被除名。

刘明智回到家中，徐静心难过地说都是她和父亲害的他。刘明智则风趣地道："虽然我丢了公职，却得到了怀抱佳人的美名。"原来他没上班，同事都以为他和年轻的妻子缠绵而影响了授课。刘明智心里明白，同事和校长出于嫉妒，他们的妻子比徐静心年长许多，相貌更无法相比。校长开除自己，是吐了一口恶气，而同事对这结果也很舒心。望着过去同自己交情甚好的同事，刘明智很心寒。他不相信人能变化这么快，可从同事脸上的窃喜，他明白了，这就是人性。几千年的封建社会，已改变了人的纯真本性。嫉妒磨灭了人的善良，见谁过得比自己好，心里就不痛快不舒服。毁掉比自己过得好的人和才能高于自己的人，才能得到心理上的平衡。刘明智想着，心里一阵战栗。

刘明智又到其他大学找工作，可那些大学管事的早听说了他的"风流韵事"——"用很少的钱就得到了同事的女儿，还得到了美名。其实他早就觊觎人家的女儿，得到后便不再教课，天天抱着少妻销魂。颠鸾倒凤三四个月后才来学校，学校老师和同学厌恶他的虚伪丑行，联名上书不允许伪君子在校祸害人。校长顺应了师生的意愿将他除名。"所以各个大学都拒绝了刘明智。

刘明智望着徐静心说："从此咱俩名义上以夫妻相称，等你看上了如意郎君，我自然会把事情跟他说开。"

刘明智语重心长地对刘学栋说："静心是个好姑娘，你小子配不上人家，既然她看上了你，你就好好地待她。我已经对不起徐教授了，你对她有丁点不好，我到了九泉之下也没脸见静心她爸。"

刘学栋害羞地低下了头。

徐静心到了卖山东特产的时候才回来，她和刘学栋没说一句话，就往门外抬东西，抬出来了开始卖。

刘学栋给一顾客称东西，不觉看了一眼徐静心，徐静心也正好看他，刘学栋手一抖，秤砣掉在了地上，刘学栋和徐静心同时弯腰捡秤砣。徐静心悄声道："你砸了脚，有人伺候。"

刘学栋看了她一眼，脸红了。徐静心见状，知道他不拒绝自己，心一下子敞亮了。二人站起身，没有说话，继续卖东西，却已不尴尬和紧张了。

卖完特产，徐静心在北屋门口台阶上梳理头发，她爱干净，每次出门回来都洗，今天她心里高兴，边梳边哼着歌曲。刘明智正在石桌旁给刘学栋讲解李白的《蜀道难》，听到她唱歌，说："静心，你也过来听听。"他常给徐静心讲诗词。

徐静心梳着头发走了过来。

刘明智说："我讲完李白的《蜀道难》，比较一下李白、杜甫的诗作风格，你听听有好处。"

徐静心往后甩了一下头发："我提壶水过来。"

刘明智望着徐静心黑瀑般的头发，笑着道："头发真美，可以入诗。"

徐静心听后，笑着："光头发吗？"说完对刘学栋莞尔一笑，弄得刘学栋很不好意思。

除夕夜，徐静心炒了一桌子的菜，刘明智、徐静心和刘学栋围桌吃菜喝酒，三人心里都很高兴。刘明智这两年生病、被学校开除和受隔壁林掌柜的气，心里很压抑。刘学栋来了，他心情好了，生活还有了很大的改变，别提多顺心了。徐静心自从父亲去世后，心情一直不好，刘明智收留了她，但两人这种关系，徐静心心里还是落寞的。刘学栋来了，让她看到了希望。她对刘学栋很中意，觉得有这个顶天立地的男人，她以后的生活不会再有波折。

刘学栋也高兴，他没想到来三叔这儿能遇见徐静心，而且还有可能成为自己的妻子。过去他对选什么样的女人做老婆也想过，觉得正经长得不错就行，可徐静心不是光正经长得不错了，是各方面都太好太好了！他甚至不相信这样出类拔萃的女人对自己有好感，得到了证实，他心里像灌满了蜜。有时，他不相信这是真的，以为是幻觉，是做梦，当看到徐静心脉脉含情的眸子和羞怯的神情，才知道自己是世上最幸福的人。

他们边吃边喝说着高兴的事儿，笑声没有中断过。喝到午夜，徐静心来到另一张桌旁包饺子。鞭炮声从远处传来，他们看到座钟的时针指到了十二点上，有些醉意的刘明智端起酒杯："这是我最痛快的一个除夕。"说着仰脸干下。

刘学栋也笑着干下杯中酒。

刘明智对徐静心说："快，快下饺子。"

徐静心笑着道："光说话了，这不才包，你先喝着。"

刘学栋给叔倒酒。

刘明智醉眼迷离地冲徐静心："先把包出来的给我下出来，饺子酒，饺子酒，就着饺子喝酒是除夕最快意的事儿！"说着站起身抒情起来："君不见高堂明镜悲白发，朝如青丝暮成雪！人生得意须尽欢，莫使金樽空对月……烹羊宰牛且为乐，会须一饮三百杯……"他端杯仰脸干下，将杯子往桌上一蹾，冲学栋豪气地道："斟上酒！"刘学栋有点犹豫。刘明智把杯子往前一推："将进酒，杯莫停！"

刘学栋、徐静心会心地笑了，刘学栋端起酒壶又给三叔斟满酒。

刘明智喝完杯中酒便没有了精神，他倦怠地仰躺在椅子上。刘学栋和徐静心把他扶到床上，徐静心给他脱下鞋，抻开被子盖上，刘明智便打起了呼噜。

徐静心又继续包饺子，刘学栋来到桌旁也包了起来。

徐静心问他："你在想谁？"

刘学栋回答："二叔二婶、英子，还有马师傅、黑蛋、振鲁、福生。"

"跤场的兄弟也这么亲？"徐静心笑着问。

"当然了，就像亲兄弟。"刘学栋认真地回答。他见徐静心有点不解，解释道："俺们是经过争斗才有感情的。"他就把同黑蛋、振鲁、福生的争斗过程说了。

刘学栋跟马拧子学跤半年，跤技已有不小长进，这让跟马拧子练了几年跤的黑蛋、振鲁、福生颇为嫉妒。

刘学栋多少回向他们请教跤技，他们都爱搭不理。刘学栋为了缓和关系，拿来肘子、猪肝、猪肚给他们吃。他们吃归吃，吃完丁点儿跤技也不教，往往还是嘴一抹，像不认识学栋。

马拧子看在眼里，几次背着学栋数落振鲁、福生和黑蛋："你仨没良心啊？人家学栋跟你们没仇吧，啊？"他指着振鲁问："学栋骂过你家人吗？"

振鲁摇头。

马拧子又问福生："学栋调戏过你姐？"

福生笑了："我没姐。"

"我问真要有呢，他会不会？"

福生不得不摇头。

马拧子指着黑蛋说："我没说错的话，你爸是病死的，不是刘学栋掐死的，对不？"

黑蛋低下了头。

马拧子生气地道："人家拿来卤煮巴结你仨，你仨吃归吃，过后还不搭理人家，你说你仨跟得上狗吗？！"

振鲁三人耷拉下脑袋。

马拧子说："拿东西给疯狗野狗吃，它还知道摇尾巴呢，你仨真不如狗！"

尽管马拧子训斥了他仨，他仨过后仍不搭理刘学栋。

马拧子也明白，阶层不同啊。虽说刘学栋失去了父母，可在二叔刘掌柜家里仍像亲儿，而振鲁、福生、黑蛋是贫穷人家的孩子，他们间的阶层鸿沟无法逾越。马拧子还看出，刘学栋比振鲁、福生、黑蛋脑瓜灵活。马拧子教他仨没少费力气，尤其振鲁，就是个傻大憨，一个绊子教百回，也使不好。马拧子要不是看他有力气，早把他打发回家了。福生虽说灵透点儿，但好偷懒磨滑。马拧子在，他练功装作卖力，马拧子外出或一回头，就偷懒。黑蛋呢，没振鲁那么笨，也没福生那么灵，中不溜的。黑蛋父亲早死，他从小跟一帮街上的孩子瞎混，身上有点儿邪气，马拧子对他一直不放心。

尽管振鲁、福生和黑蛋对刘学栋爱搭不理，刘学栋却并不在意，他知道自己的身份与他们不同，加上学跤长进比他们快，所以依然给他们带。

马拧子看在眼里，认为刘学栋不光品行好，还宽宏大度，觉得跤场正需要这么个大徒弟。马拧子没成过亲，没孩子，他爱徒弟就像爱儿子。他走南闯北识人的功夫很深，通过对刘学栋半年多的观察，认定刘学栋才适合做自己的大徒弟。他也相信今后自己不摔了，跤场交给刘学栋，场子照样能撑下来。学栋会守信地见月给自己钱花，给自己养老送终。当然，他也知道刘学栋的身份不可能成为自己的大徒弟，甚至不能公开是自己徒弟的身份，这是他心里的一大矛盾。尽管马拧子觉得学栋不可能接替自己，却依然盼望着。正因为这样，他教学栋更尽心。这让振鲁他仨非常嫉妒，他仨一商量，得想法赶走刘学栋，要不他真成了师傅的大徒弟，他仨就抬不起头来了。所以刘学栋再向他们请教绊子，他仨便开始使坏。振鲁伤了刘学栋的腿，福生伤了刘学栋的腰，黑蛋伤了刘学栋的手腕子。

刘学栋接连受伤，不能再来跤场了，这令马拧子非常恼火。那天散了跤场，马拧子把振鲁、福生、黑蛋叫到后场又打又骂。

刘学栋对徐静心说："他指着他仨骂：'你仨是个吗玩意儿，狗日的屄东西，怎么，嫌师傅说话不中听？你说你仨跟得上根屌吗？男人有了那玩意儿，才像个男子汉！人家本事比我强，跟人家学啊，我超人家。可你仨呢？不学，更别说超了。给人家使坏，我马拧子看你仨就像三个狗×，不是吗？啊！哪点儿不像？知道什么叫狗×吗？公狗日母狗光进不出啊，你仨不就是这么个玩意儿吗！人家带来猪肘子、猪心、猪肝、猪肚孝敬你仨，你仨掖进了你三个×嘴里，吧唧完了，给人家学啥了？啥也没有啊！人家只不过向你仨讨点儿跤技，你仨他妈的可倒好，光进不出啊，是不是狗×！'"刘学栋喝多了，口也没了遮拦。

徐静心听着笑了起来："别说话这么难听好不好？"

面带醉意的刘学栋一本正经地解释："这不是我说的，俺师傅的原话。俺师傅还说，振鲁，别看你小子憨得跟不上头猪，使坏可比猪有心眼多了！"

徐静心笑了起来。

刘学栋继续讲："俺师傅骂完了振鲁，'啪'的一个绊子踢倒了福生，说你小子不大长进是因为偷懒磨滑，你怨得着人家学栋吗？你看人家身板、脑瓜，还有那个认真的劲儿，你倒好，这点儿个头还偷懒磨滑，咋赶上人家！"

徐静心笑望着刘学栋。

刘学栋继续道："俺师傅来到黑蛋旁边，一个抹脖把他抹到地上说：'俺早看出你小子好给人家使坏，你他妈厉害啊！你小子摔跤好跟人家使反关节，你干脆别在这儿摔了，教人家歪门邪道去吧。行武人都讲究个武德，你小子好使下三烂的招数，你他娘的也太行了！黑蛋，我不是咒你，你这样下去，早晚得死。你给人家使坏，人家能不给你使吗？啊！人家学栋使不出来，不见得别人使不出。你娘就你这一个独子，你死了，叫你娘哭天喊地跳井去啊？！'

说完又狠狠踢了黑蛋一脚。"

徐静心笑着说:"你师傅对徒弟管教还真严。"

"不严不行,俺要是没碰见马师傅,俺这辈子准瞎了。"

徐静心笑了起来。她笑声有点儿大,不觉回头望了一眼在床上酣睡的刘明智。

刘学栋说:"不要紧,俺叔一喝酒就睡到天亮,声音再大点儿也吵不醒他。"

徐静心笑了。

刘学栋问:"你还想听俺说吗?俺知道说话有点儿粗了。"

徐静心笑着:"挺有意思,我喜欢听。"

"那俺就继续跟你说。"刘学栋想了想说,"这些事儿,俺是后来听福生他几个说的。俺师傅真是个好人,跟俺爹一样。"

徐静心望着刘学栋。

刘学栋道:"真的,没有俺师傅,俺真比地痞流氓还坏,能跟上当年的振鲁、福生、黑蛋,就已经很不错了。俺师傅训斥振鲁、福生、黑蛋的话,俺是终生记住了,那就是不能嫉妒,嫉妒真能毁人,让人变坏啊。"

徐静心不觉点了下头。

刘学栋见她愿意听,就继续道:"好多人都好嫉妒,嫉妒比自己强的,比自己富的,比自己各方面好的。俺师傅说的话,俺永远忘不了。"他想了想说:"当时俺师傅真火了,他指着振鲁、福生和黑蛋说,我知道人家学栋为啥拿着卤煮喂不熟你们三条狗货了。你仨嫉妒,嫉妒人家学栋比你们家里有钱,嫉妒他身量大、脑子活。你们再嫉妒也白搭,再说这能怨得着人家学栋吗?啊!"

徐静心不觉道:"你师傅对你还真好。"

刘学栋说:"别打岔,听我把下面的话说完,你也会受益。"

徐静心望着刘学栋。

刘学栋讲道:"俺师傅说嫉妒是个恶魔,能毁了兄弟情、朋友情和家人情。说完这话,他举例告诉振鲁他仨。'我走南闯北经历的事儿多了,俗话说一人不进庙,二人不看井,三人不抬树,这都

......185

是有道理的。不进庙，我不说了，跟嫉妒没关系。可两人不看井，知道为啥吗？'俺师傅说，'我是亲身经历的。俺庄有两个和我一般大的人，他俩从小关系就好。长大后，一个娶了个漂亮媳妇，一个娶的丑一点儿。结果娶丑的就嫉妒娶漂亮的。那天，他俩在高粱地里除草，娶丑的把娶俊的叫到井边说，你看井里有吗？娶俊的往井里探头一看，娶丑媳妇的猛一摁他的头，就把他拥到了井里。这是俺亲身经历的事儿。'"

徐静心不觉瞪大了眼睛。

"俺师傅还举了一个例子说：'当年俺在东北伐木头，一个体格棒的挣钱比他两个同乡多，那两个同乡一合计，抬木头的时候就突然塌下了身，五六百斤重的圆木一下子就压在了那个挣钱多的人身上，这下体格棒的被扭伤了腰，砸断了腿，成了个废人。别忘了他仨是一个庄的，相互照应着才来到了东北，可因为嫉妒，竟害人。'我师傅还说，他还有一个从小长起来的学跤兄弟，关系别提多亲多铁了。后来跤场师傅把场子传给了俺师傅，俺师傅那兄弟就跟他翻脸了。他的跤技比不过俺师傅，就跑到外地找来跤手踢俺师傅的场子。他把俺师傅的跤法特点告诉了人家，还针对着俺师傅的特点练习。来踢场子的人没有摔过俺师傅，最后他上场了，他给俺师傅使黑绊儿砸伤了俺师傅的腿。过后俺师傅心痛啊，心痛得要死。别忘了俺师傅曾跟他说过，我是场主，但我和你平半分钱，对外也可以说这跤场是咱俩的。因为嫉妒，那人竟干出那事儿。俺师傅想起他，就心痛得睡不着。你说嫉妒是不是真能毁了兄弟情？"

徐静心是大家闺秀，这些事儿过去她听都没听说过。

刘学栋说："俺师傅指着振鲁他仨说，'照你仨现在这做法，用不了多久也会相互算计，到头来受害的是你们！我不想看你仨变成坏人，才要求你仨别他妈的嫉妒，谁嫉妒，就给我滚出场子'！俺马拧子经过了这么多事儿才知道，嫉妒能把好人变成坏人，坏人变成恶人，恶人变成鬼！"

徐静心琢磨着。

刘学栋说："你觉得俺师傅说的好吗？"

徐静心回过神儿来说："好，非常好，太深刻了。"

"俺觉得也是，俺听后想了很多事，社会上很多人见不得别人比他好，哪怕好一点儿也嫉妒。光嫉妒还算好的，不少人还给人家使坏，像齐鲁饭庄的王掌柜和艳翠楼的范老鸨就是。俺玉泉楼没招惹过那对狗男女，可他俩竟变着法地给玉泉楼使坏，不就是嫉妒俺生意比他齐鲁饭庄的好嘛。"

徐静心望着刘学栋思索着。

刘学栋说："俺从俺师傅的话里悟出了个道理：就是人不能嫉妒。俺师傅的话教育了振鲁、福生、黑蛋，也教育了俺。从那，俺兄弟四个再也没有了隔阂，比亲兄弟还亲。"

徐静心笑了。

刘学栋说："现在俺不是那么好，可这辈子也不可能太坏了，你说是不是？"

徐静心点头，她越来越喜欢面前的男人，她长久地望着他，看得刘学栋有点儿不好意思。

刘学栋说："我回去了。"说完站起身往门外走。徐静心忙道："你不吃饺子了？"刘学栋道："不饿，菜吃多了。"说完出了门。

徐静心收拾好碗筷，透过窗户望着东屋的灯光，忽然感到了孤独寂寞。近来，每当学栋不在身边，她都有这种感觉。他刚刚还说了这么多有意思的事儿，她更离不开他了。她走到镜前梳理下头发，抱起被子出了门。

刘学栋正在炉边烤火，见徐静心推门进来。刘学栋站起身："俺不冷。"

徐静心走到床前给他抻好被子，又把拿来的被子盖在上面。刘学栋在旁边望着她，徐静心回过身，二人眼光一碰，都有点不好意思。徐静心走到门口拉开门腿刚迈出又停住，她抽回腿，取过凳子坐在炉边，两人围着炉子面对面坐着。他们有很多话要说，却又不知从何说起，只是默默地坐着。

正月十五晚上，刘学栋、徐静心上街看花灯。各店铺门前都悬挂着各式各样的花灯，花灯上画着各种图案，有嫦娥奔月、哪吒闹

...... 187

海、孙悟空盗寿桃、八仙过海等。还有的花灯上写有谜语，引得行人驻足。破了谜语，店主都赏东西。刘学栋、徐静心高兴地看着。他俩不知不觉来到了剧场，买票走了进去。

舞台上，正演着京剧《霸王别姬》，虞姬宽袖舞剑，霸王饮酒欣赏。刘学栋、徐静心看着看着很快入了戏。台上，虞姬舞着舞着，突然剑往脖子一横，霸王大叫一声冲过来。虞姬缓缓地跌倒在他的怀中。徐静心泪流满面，刘学栋见状说："别伤心，又不是真的。"说着站起身，他不想让静心再伤感下去。

二人从剧场出来往前走，来到一个面馆旁，刘学栋说："咱进去吃碗面？"他想让徐静心平复下情绪。

二人进了面馆坐下。伙计快步过来问："炸酱面、肉丝面，还是鸡蛋面？"

刘学栋说："肉丝面吧，来两碗。"说着翻衣袋，翻来翻去也只掏出一角钱来。他问徐静心："带钱了没？"

徐静心摸完衣袋摇了摇头。

刘学栋把钱递给伙计："来一碗。"

伙计接钱冲里边高喊："肉丝面一碗！"

刘学栋、徐静心笑了。

刘学栋见徐静心不难过了，心里高兴，就评论起了刚才两位演员的演技。说那个演霸王的比演虞姬的好得多，他理解霸王这个人物，演虞姬的不理解虞姬，光亮嗓和舞扎，没有入戏。刘学栋看京戏不多，但常听说书，能辨别出演员的水平，这令徐静心刮目相看。

片刻，伙计端来肉丝面放在桌上。刘学栋说："再拿个碗来，我分开。"

伙计答应着："好哩。"转身便走。

徐静心叫住他："不用了。"

刘学栋望着徐静心问："为啥？"

徐静心说："我不喜欢分开那个词。"

刘学栋眨巴下眼睛笑了。徐静心从竹筒取出两双筷子，递给刘学栋一双。二人边吃边深情地望着对方的眸子，望着望着，刘学栋低下了头，徐静心依然笑望着他，刘学栋的心跳加快了。

　　刘学栋一刻也不愿离开静心了。夜里睡觉盼着天亮，当然，也没睡熟过，大多时候他望着屋顶，想着徐静心言谈举止和白天发生的事情。次日，见到徐静心心慌局促，他真的没法细看她，看就心跳加速。静心姣好的面容令他神魂颠倒，含情脉脉的眸子更是夺人心魄。高挺的胸脯晃得他眩晕，看背影可避开那摄魂的眼神，但丰圆的翘臀又令他产生不可名状的冲动。他甚至都不敢听静心说话，话语都会令他身体发酥。他太喜欢静心了，恨不能与她融为一体。

第 九 章

　　北平的春天经过一个月的风沙天气，渐渐地平稳下来。天上飘起了风筝，先是几只，渐渐地多了起来。刘学栋卖着土特产不时地仰头望向天空，他想到故乡潍坊这季节该是满天风筝了。这天没等到卖完，就收摊回到了院子。他找来旧竹帘抽下竹条忙活起来，徐静心见他扎风筝很高兴，她没想到刘学栋还有这雅兴。刘学栋很快扎好了八卦风筝架子，然后糊上报纸绑好穗子。

　　二人匆匆吃完饭去了郊外。郊外春意比城里浓，迎春花已布满了河边沟沿，麦苗也绿得晃眼。刘学栋和徐静心来到一块空地，刘学栋让徐静心握住线拐，自己托起风筝，然后冲她点头，徐静心跑了起来。刘学栋边随她跑边让她放线，徐静心按他说的做着，风筝很快升到了空中。刘学栋把带来的线全都接上，风筝越飞越高，渐渐地成了个小黑点。二人牵着风筝在树旁坐下，徐静心夸刘学栋风筝扎得好。刘学栋说："这在我们那儿是最简单的。"接着他把潍坊的风情和小时候的事儿跟她说了，徐静心饶有兴趣地听着。刘学栋讲得眉飞色舞，徐静心望着他，心渐渐慌乱起来，眼神恍惚了，牵风筝的手也垂了下来。刘学栋见徐静心这神情，心怦怦跳起来，呼吸也急促了，他渴望搂住她，或抓住她的手，可手臂像被风筝线缠住，无法动一动。

　　徐静心见刘学栋这个样子，心跳渐渐地平稳下来，说："听你三叔说，你是腊月二十三生的？"刘学栋没有回答。徐静心说："我是二十二夜里生的，比你大一天，大一天也是大，你该叫我姐。"

刘学栋望着对方，脸红了。徐静心笑着："以后我说话你得听。"刘学栋没吭声。徐静心羞怯地说："我说的听见了没？"刘学栋仍不吭声。徐静心轻轻推了下他的胳膊："以后听我的。"刘学栋脸涨得更红。徐静心很想抚摸他的脸，更想倚靠在他身上，或躺在他怀中，却又觉得不该再主动。见刘学栋没有动静，她只抓住了他的手。学栋热血涌上了头，却不知该干啥。徐静心也不好再有更亲热的表示，就把手掌压在了他宽大的手面上，就这样二人坐了好久好久。

刘学栋过后很后悔，夜里辗转反侧睡不着，觉得自己太尿："静心抓我手了，我为啥不抓她的？该抓，搂她亲她，抱住她，可我啥都没做，傻乎乎地低着头，太不像男人了。"他有点儿看不起自己，心想："再有机会，我就抱她亲她。"他兴奋了起来，情不自禁地做了个拥抱的动作，抱的是空气，却觉得抱的是静心，还抬头努嘴亲了一口。天亮的时候，他又清醒过来："我能那么做吗？三叔和静心虽不是夫妻，在外人看来却是，我一个晚辈怎能搂抱三婶？"想到这儿，他的心沉了下来，他第一次感受到了人生的痛苦，想了很久很久，也不知道如何办才好，到了吃饭的点钟还在想，是徐静心在门外敲门叫他起来去吃饭的。

正当刘学栋在跤场红得发紫的时候，厄运正向他逼近。制造厄运的是山西人王良，此时他还不知张大柱跤场有了无敌跤手刘学栋，王良只想出张大柱的丑。这想法在他心里压了多年，闲暇时光他都在练跤，这次想摔翻张大柱，在京城扬名。这次盐贩子王良出来带上了他的侄子王玉信，二人坐在一辆老汉赶的马车上，马车在黄土高原上向南行进。王良兴高采烈地唱着陕北小调："妹妹想哥泪花流，一年难牵几回回手，过年刚说了几句话，哥哥又要走西口……"王玉信笑望着叔，王良一曲唱罢，王玉信笑着说："叔快成了陕西人了。"

王良哈哈大笑："山陕本不分家，况且陕西是你叔的发家之地。"他发自内心地喜欢陕西，表情声调都能表现出来。

王玉信说："怪不得叔仨月不踏秦地心里就发毛呢。"

...... 191

王良说："是，叔离不开陕西。"

王良中上等个儿，不壮，脸上也没有跤手好斗的神情，和蔼冷静，带有一丝狡黠。他是山西人，住在山西太原一个棚户区，棚户区的人一天到晚为生计忙碌，他却啥事也不做，还常去跤场摔个跤玩。他一年只出去两三回，出去做什么周围的邻居都不知。

王良笑着说："你叔早年贩牛贩马贩骆驼，贩了十多年也没挣着大钱，自打到陕西贩私盐，你叔才算找到了发财的门路。不错，贩私盐逮住了重则杀头，轻则蹲牢狱十年二十年，可人呀，受苦受累一辈子，不如痛痛快快地活个二三十年。玉信，别怕，出了事有你叔顶着。"

王玉信问："这趟上北平啥时候回来？"他比他叔高半头，也粗上一圈，说话透出愣头愣脑的劲儿。

王良说："男子汉大丈夫四海为家，恋家干不成大事。再说咱跑两趟买卖就回太原歇上大半年，有吃有喝，高兴了到跤场来它几跤，你说这是不是神仙过的日子？"

王玉信笑着说："我想家也就是想跤场那帮兄弟。"

王良不屑地说："你小子学跤三四年了没大长进，叔都小四十了，你连叔都摔不过，还有甚说的。"

王玉信只得道："叔功夫深嘛。"

王良的跤技一点不比跤场师傅差，他脑筋比跤场师傅还活，对方有什么短处，几跤下来他心里一清二楚。他的跤法别人却很难摸到规律，假如他失了一跤，别人再想用同样的跤法赢他，已没有了可能。他抱腿比其他山西跤手使得更绝。他要使，对手根本防不住。

王良开导侄子："你是山西人，就在山西跤上下功夫。山西跤最大的长处就是抱腿摔。当年蒙古跤王巴特尔两百多斤力大如牛，摔遍内地无对手，路过太原叫一个体重百十来斤的跤手连使了三个抱腿摔。蒙古跤王爬起来抱拳行礼说了一句：'小兄弟，我服了。'"

王玉信出神地听着。王良继续说："你腿长胳膊长，抱腿最得劲儿，可你小子使得不溜，到北平把盐装上火车，叔就教你。高兴了还带你到南城踢场子。"

王玉信吃惊地说:"踢场子?"

王良神秘地眨了下眼睛。

货到了北平,王良、王玉信指挥着货场七八个装卸工往车厢里装麻袋,装完,王良给每个装卸工手里塞上半块银圆,装卸工感激地点头走了。

王玉信转脸问王良:"叔,干吗给装卸工每人半块大洋?"

王良教训他:"走江湖,讲的是义气,有好处大伙一块儿沾。咱货单上填的是大米,扛大个的一搭手就知道是私盐,人家不卖咱,咱就该感激人家。"

回到旅馆,王良、王玉信隔桌饮着酒。王良说:"咱这一趟赚大了,两年不出来照样有吃有喝。"

王玉信举起酒杯:"托叔的福。"

王良干下杯中酒:"客气甚,侄子就是儿子,明天我领你到南城跤场趟场子。"

王玉信兴奋地说:"这些日子憋得难受,真想显显身手……"

王良打断他的话:"你不能上场。"

"为甚?"

王良说:"你输了给我丢人。"

"叔咋知道我准输?"

王良说:"京津之地跤手的师爷大多是清朝善扑营的高手,跤技精湛,就算张大柱教的徒弟华而不实,也是瘦死的骆驼比马大。"王玉信不服气地望着叔。王良说:"我恨不能咱叔侄俩上场踢,那样更扬眉吐气。可你知道哪个跤场师傅手下没有个跤技过人的大徒弟?我就是有力气摔倒张大柱大徒弟,还有劲对付张大柱吗?贩了这趟盐你回去好好下功夫,下回叔不但带你趟北平的跤场,还要趟天津、保定、济南的。"

王玉信不解地问:"叔,你不想占人家跤场,干吗去踢?"

王良感叹道:"小子问得好,你叔是个人物,了不起的人物。你叔文能读能写,拿起笔来写状子记账也不在话下。《三国演义》

《水浒传》看过无数遍，人名情节倒背如流。你叔武能摔能打，摔，能摔翻跤场高手；打，手段不在武林高手之下。你叔还会经商，挣的钱比不了晋商大户，却能买下好田百十亩和几处大宅子。可是呀，你叔到现在还穿着破衣烂裤，住的是贫民趴趴屋，为啥？叔不敢露富，咱干的不是正经行当。一露富，人家嫉妒把叔告到官府，叔就得在大狱里待一辈子。"王良灌下一盅酒："韩信为甚争当淮阴侯？韩信说得好啊：当了官不回家乡就像穿着金衣玉缎在黑夜里走路，乡邻看不见自己的风采。可是你叔不敢在乡人面前张扬露富，你叔憋得慌，不风光风光，能憋死。"

王玉信点头："明白了，叔。"

王良冲王玉信一指酒盅："小子，倒上酒。"

王玉信给王良和自己斟满酒。

王良举起杯："干了。"二人干杯。王良站起身："小子，和叔到院里来上几跤。"王玉信笑着扶起王良，二人来到院中真的摔了起来。

第二天，王良、王玉信来到南城。王玉信问："叔，你觉得能赢他们吗？"

王良自信地说："叔从没干过没腔眼子的事儿，哎，你说话别光山西腔，到了各地先要学当地话，咱贩私盐、踢场子最忌讳本地话。贩私盐，官府知道咱是山西人，顺藤摸瓜就能找到咱们。踢场子，人家一听咱山西话，就知道咱好使抱腿。"

"明白了，叔。"

进了张大柱的跤场，王良、王玉信挤进人群，见场上张大柱的徒弟道河、显明正在角力。

二人看了片刻，王玉信侧过脸说："他们摔不过我。"

王良盯着显明、道河二人片刻道："一会儿看看张大柱的大徒弟亮子的功夫，他和他俩不相上下，咱俩就把他场子踢了。"

王玉信高兴地活动起了腿脚。

亮子、大海在后场练完基本功，被刘学栋赶到前场："趁热打铁才能练出功夫。"刘学栋现在好替张大柱发号施令。张大柱的徒弟佩服他，自然听，刘学栋也情不自禁地喧宾夺主了。

亮子、大海来到场上走起了跤架，二人刚才出了大力，跤步有点儿绵软。王良、王玉信好奇地望着他俩。亮子、大海抢把，动作迟缓无力，王良、王玉信脸上露出笑容，王良情不自禁地活动起手腕脚腕。王玉信见叔开始活动，干脆退出人群，也活动起了腰身。

徐静心来到跤场，看到王玉信活动腰身先是好奇，接着明白过来："这是来踢场子的。"她见过天津的徐三来踢场子，也就推测出了王玉信。

大方在后场练习摔跤基本功二十四式中的左右合肘，刘学栋见他动作不正规，走过去对着他屁股就是一脚。大方停下，刘学栋说："你转脸没有看到脚后跟，摔起来咋能摔倒人！"说着做动作。

大方看着犍牛似的刘学栋自言自语："看不到脚后跟，也能把人摔倒。"

张大柱走过来扇了大方肩膀一巴掌："胡说，动作不正规，咋能把人绊倒？"

大方解释："我是说学栋哥力气这么大，没有摔不倒的。"

张大柱望着刘学栋说："那是，只有学栋，你小子不行，别的跤手哪个也不行。"

刘学栋笑了："张师傅，你知道我现在最盼的是什么？"张大柱笑着摇头。刘学栋说："比赛，你说这些年咋就没有个全国比赛呢？"

张大柱说："时局紧，日本鬼子占了东三省，蒋委员长光忙活那事了，有比赛，你准能进前三名。"

刘学栋不高兴了："弄个二三名不丢人嘛。"

张大柱忙道："我说的是最低，按你的力气头和跤技得第一应该八九不离十。"

刘学栋咧嘴笑了。

王良拨开人群来到场中，对亮子道："请出你师傅来！"

亮子打量着他问："干什么？"他从对方的架势和口气，已知对方是来找事儿的。

王良高声道:"我想请张大柱师傅赐教!"他的话是说给观众和在后场的张大柱听的。

张大柱和刘学栋听见这话一愣。张大柱对刘学栋说:"来踢场子的。"

刘学栋高兴了:"有我在,磕磕烟灰的工夫就把他摆平了。"

张大柱说:"走吧,到前场看看。"说着从后场出来,身后跟着刘学栋。

王良一见张大柱双手一拱说:"张师傅,我想让您老赐教几招,可有工夫?"话语里带有明显的挑衅。

张大柱打量着王良问:"哪儿的,师傅?"

王良嬉笑道:"吃百家饭,穿百家衣——要饭的。"

张大柱微微一笑:"既然师傅不报家门,在下也不便再问,我工夫倒有,不过你先和我大徒弟过过手,赢了我徒弟再和我交手,这是规矩。"

王良轻蔑地瞥了亮子一眼:"就他?和他摔,我是不是有点欺负人?"

亮子大怒,上前瞪着王良:"来,我看看咱俩谁欺负谁!"

张大柱拦住他说:"亮子刚摔了几跤,力气头不支,你和我这个徒弟来两跤怎么样?"说着闪开身,指着刘学栋。刘学栋笑望着王良。

王良望着人高马大的刘学栋有点吃惊。观众知道来好戏了,兴奋地鼓起掌来。人群中的王玉信也有点发愣,心想这么大块头。

徐静心斜睨着王玉信,嘴角现出轻蔑的笑意。

场中的王良转动眼珠子思索着,他知道张大柱是老江湖,敢让大个儿跟自己较量,说明这小子实力不凡,自己是来踢场子扬名的,别坏了名声。

观众见他犹豫,一块儿起哄:"来呀,来几跤!""敢来这里踢场子,不知天高地厚!""刘大个儿抓住他不一下就扔到房顶上去了。"

众人大笑。

张大柱转脸向大海道："大海，把你跤衣脱下来，帮这位师傅穿上。"

大海脱下跤衣，走到王良跟前。王良无奈地脱下褂子穿上跤衣。人群中的王玉信忐忑不安地望着叔叔。

张大柱拍了下刘学栋的肩膀："活动活动腿脚。"

刘学栋轻蔑地道："用得着吗？"摔倒徐三后，他天天晚上来张大柱跤场练跤，张大柱把抢把绝招教给了他。刘学栋本来力气超人，跤法精湛，又掌握了抢把技术，更觉得天下无敌了。

张大柱等人退到场边，刘学栋像塔似的立在场中。王良耷拉着脑袋来到场上，刘学栋俯视着他，众人见状大笑了起来。

王良仰视着刘学栋，讨好似的双手握住刘学栋的手："兄弟，多有得罪，我还以为和那兄弟来两跤呢，没想到张师傅逼我跟兄弟您交手，兄弟手下留情，留情啊兄弟。"说着又抱拳行礼。

刘学栋活动下臂膀望向对方，王良脸上露出谦恭的笑容，刘学栋迈动步子上前，王良边谦恭地笑着边后退。众人见状笑了起来，刘学栋也咧嘴笑了，他觉得摔面前的对手有点欺负人了，可是这个念头刚刚在脑子里闪过，王良突然一个弓腰抱腿便将他掀翻。

众人"噢"地大惊，王玉信兴奋地使劲鼓起掌来。张大柱、亮子等人望着躺在地上的刘学栋半晌回不过神儿来，人群中的徐静心也目瞪口呆。

刘学栋倒地后才意识到自己吃了抱腿摔，虽然他瞧不起王良，但也不是没有一点防备，他知道跤场的规矩是"上场不让步，出手不留情"。可是对手出手之快还是令他防不胜防。

王良指着仰躺在地上发呆的刘学栋对观众大声嬉笑道："傻大个儿，中看不中用！"人群中的王玉信哈哈大笑。刘学栋忽地爬起凶猛地扑向王良，倒地后虽然他心烦气躁，却还能控制住情绪，受到王良的羞辱，他失去了理智，这下正犯了兵家大忌。王良弓腰又一个抱腿，将刘学栋摔了个仰面朝天。众人大惊，王玉信大笑着鼓掌。王良向众人大声道："我说得对吧，就是中看不中用！"

刘学栋又气又恼翻身起来扑向王良，王良趁机抓住刘学栋的跤衣领，一个揣将刘学栋摔过头顶。众人"噢"地大叫起来，在他们心中刘学栋就是跤王，可是不起眼的王良竟连摔了跤王两个屁股蹲儿，最后一跤还摔过了头顶，他们望着神采飞扬的王良和被摔蒙的刘学栋百思不得其解。刘学栋爬起来冲向王良，王良身子一闪，刘学栋差点又摔倒。王玉信鼓掌大笑，王良冲刘学栋摆摆手："比跤技，三局两胜或五局三胜，哪有摔起来没完的！"说着解跤衣绳。

刘学栋冲王良怒吼着："有本事再来，来，来！"

王玉信跳入场中，冲着刘学栋："咱俩比！"

刘学栋火了："我让你俩一块儿上！"

王良推了王玉信一把："轮不到你。"说着脱下跤衣丢在地上。

张大柱拦住王良说："兄弟，你想和我比跤技，咱俩没比你怎么要走呢？"

王良说："我摔了他三跤使没了力气，你再摔倒我也显不出你威风。"

张大柱大声说："要不你先歇一会儿，我和你徒弟摔几跤。我摔倒他，再连着战你怎么样？"张大柱久经沙场，是个跤场油子，对王良耍心眼哪会不明白。

众人大声叫好。

王良冲张大柱摆手："不比了，不比了。"说着推搡着王玉信出了跤场。

王玉信不服气地冲叔叔道："咋不让我跟那小子比？"

王良拍了他背后一掌："那傻大个儿有些功夫，你摔不了他。"王玉信不服气地"哼"了一声。王良说："叔不是跟你胡扯，我摔倒他是用了激将法，平心静气地摔，叔不一定是他的对手。"

王玉信说："咱逃出了场子，不丢了人！"

王良说："丢人的是他们。咱一走，让他们打空锤，既丢人现眼又没处撒气。"王玉信明白过来笑了。王良自豪地说："小子，见识了吧，你叔能文能武还会经商，你说你叔是不是个人物？不显山露水的大人物？"

王玉信佩服地连声说："是是是，叔。"

王良高兴地揽着王玉信喝酒去了。

跤场的观众议论纷纷，有的说没想到刘学栋能被连摔了三个滚儿，有的说来踢场子的就是比刘学栋厉害。这些话让刘学栋听见，气炸了肺。他想冲出跤场追王良，被张大柱拦住。刘学栋推他，张大柱忙让亮子、大海、大方拥着刘学栋进了后场。

张大柱绕场一周举手示意大伙安静，观众停止议论平静下来。张大柱说："刚才那师傅摔倒学栋，不是凭真本事，是靠激将法。他先麻痹学栋，猛地使个冷绊，后来又连连激他，学栋心急火燎乱了方寸才倒地三回。我敢说他俩再来十跤，学栋准摔他个十比零。"观众明白过来，点头称是。张大柱接着说："那小子今天给我徒弟个没脸，哪天再来，我徒弟准能摔他个跤跤不开壶。"观众笑着点头。张大柱继续道："这笔账我张大柱给他记住。俗话说欠账还钱，他再来这跤场，大伙就等着瞧好吧。"众人鼓掌。张大柱向徒弟道河、显明招手，"下边我徒弟继续给老少爷们儿献艺"。

道河、显明上场角力。

张大柱进了后场，见刘学栋气得不能自已来回走动，说："学栋，胜败乃兵家常事。"

刘学栋气恼地说："我可是丢了大人！让比我矮半头瘦一圈的跤手摔了个三比零，我哪还有脸见人！"

张大柱劝道："谁都看得出来，你实力比他强，只不过中了他的激将法。"

刘学栋打断他的话："说什么也白搭了，反正我丢了人！"

"这有什么，输跤是常有的事。"他安慰学栋。

刘学栋愤怒地说："我恨不能一头撞死！"

张大柱劝他："学栋，你静下心听我说……"

刘学栋不客气地打断他的话："你借我两件褡裢，我找那小子比试去！"他指着场外。

张大柱拍拍刘学栋的肩膀说："学栋，冷静点，那小子过不了多久准会还来，到时候你摔他跤跤不开壶，不就把面子找回来了。"

刘学栋气恼地说："我等不了了，不把他摔趴我能憋死！"他走

199

到亮子跟前扒下他身上的跤衣，提着就往外走。

张大柱急忙喊："学栋，学栋！"

刘学栋头也不回出了跤场。

刘学栋提着跤衣晃着膀子，在街上边走边寻找山西客，行人好奇地望着他。

刘学栋进了附近的旅馆向掌柜的打听，掌柜摇头说没见到过那个人，刘学栋非常沮丧。

徐静心从跤场回来不安地望向院门，盼着学栋快点儿回来。坐在石桌旁看报纸的刘明智见她这个样子，问怎么了。徐静心没有回答，她不时地打开院门向远处张望。刘明智问："是不是学栋在外面惹了事儿？"徐静心摇了摇头说没有，她不愿让刘明智操心。刘明智说："学栋中午没回来吃饭，你准有事瞒着我。"

徐静心叹了口气说："你就别管了。"

"咣咣"的拍门声传来，徐静心快步来到院门前打开，刘学栋阴沉着脸走了进来。徐静心伸手想从他手中接过跤衣，刘学栋一下闪开，心烦意乱地走进东屋，徐静心跟了进去。刘学栋把跤衣扔在地上，走到床边躺下。

徐静心轻声道："洗洗吃饭吧。"

刘学栋没好气儿地说："我不饿！"

徐静心轻柔地说："你不吃，谁也吃不下。"

"别逼我行不行！"刘学栋吼起来。

徐静心微微一笑："输了怕什么，有赢就有输。"

刘学栋明白徐静心去过跤场，看见了自己被摔了三个滚儿，心里更窝火："我不能输，别人能，我不能！"

"为什么？"

"我是，我是……"刘学栋把"跤王"二字咽了下去。

"跤王是吗？"

刘学栋没好气地说："我没说！"

"可你打心眼里就这么认为。"

刘学栋不耐烦地说："反正我不能输，唉，你走吧！"说着摆手。
"好，我走。"徐静心白了刘学栋一眼出了门。

张大柱监督着徒弟练习摔跤的基本功——二十四式，练完，张大柱拍手示意徒弟围过来。张大柱环视一眼众徒弟说："徐三和山西客来踢跤场，你们都看见了，你们该从中得到经验教训。要想取胜：一是要练好基本功，二是要心气平和，这两样一码也不能少。你们看学栋基本功多好，可让山西客先麻痹他赢下一跤，学栋一急就乱了方寸，连连失跤。你们务必记住这教训，啥时候也不能急躁。"

众徒弟点头。

刘学栋走了进来问："张师傅，你说那俩人是哪里来的？"

张大柱说："别看他南腔北调，看他摔法跑不了是山西跤手。"

刘学栋板着脸问："你能肯定？"

"错不了，山西跤手我见过不少，都是这套路。"张大柱自信地说。他见的跤手多，各地跤手上场一搭把一使绊，就能判断出来自哪里。

刘学栋沉思着往场外走，张大柱等人疑惑地望着他。

刘学栋回到四合院东屋，整理着衣物。徐静心敲门进来，见刘学栋整理衣物，吃惊地问："你干什么去？"

刘学栋头也不回："你别管了。"说着把衣服放进包袱。

徐静心抓住包袱："你不说清楚，我不让你走！"她从心里认定学栋是自己的，说话不觉有了点儿强硬。

"我到山西找那俩人去！"刘学栋推开她的手，又往包袱里放衣物。

徐静心有点儿火了："你怎么这么输不起？！"

刘学栋头也不抬地说："我就是输不起！"

徐静心瞪着他说："你走火入魔了！"

刘学栋火了："我就是走火入魔了！"

徐静心见他不可理喻，生气地走了出去。

第二天一早，刘学栋没吃饭就出了门，徐静心知道他在准备出行的东西，就走进东屋想看看刘学栋的行李，这时院门外响起了敲门声，徐静心只得转身出了屋。来到院门前把门打开，见是张大柱，忙笑着："张师傅。"

刘明智从屋里听见出来，快步走下台阶叫着："张师傅。"

二人亲热地握手，刘明智说："我盼着咱俩来一出《捉放曹》，你却不登门了。"

大年初一那天，张大柱来给刘明智拜年，刘明智拉京胡，张大柱唱，二人合作得天衣无缝，从那刘明智就盼着张大柱再来。

张大柱说："我早想来，害怕打搅您，才没过来。"

刘明智说："我整天闷得慌，你来我还巴不得呢。"说着拉张大柱往北屋走。

二人笑着进了屋，徐静心给张大柱倒茶，刘明智问张大柱："是不是学栋在跤场出了什么事儿？"

张大柱说："我今儿来贵府正是为了学栋的事儿。"他把学栋输给山西跤手的事儿说了。

刘明智看了徐静心一眼，用埋怨的口吻："怪不得我觉得学栋不大对劲儿呢，你还不跟我说，忘了我是他叔了。"

徐静心解释："你身体不好，我不想让你堵心睡不着再犯病。"

张大柱说："跤场输赢是常有的事儿，可学栋输了跤，心里疙瘩就解不开了，我担心学栋到山西惹出乱子。"刘明智吃惊地看着他。张大柱说："学栋太顺了，学跤以来一帆风顺，摔倒徐三后以为天下无敌了，猛地叫山西客摆了几个跟头，心里窝火就过不了这道坎儿了。我劝不了学栋了，才来向您求援。"

刘明智忙摆手道："哪儿的话，我侄子给你添麻烦了，你不嫌弃还反过来为学栋排遣烦恼，我这当叔的该好好谢谢您。"

张大柱摆手："不用，不用，只要学栋能过去这道坎比什么都好。"

刘明智对徐静心说："看来学栋还不招人烦，要不张师傅不会这么尽心。"

徐静心笑着点头。

张大柱笑着道："别说烦他，我喜欢还喜欢不过来呢。没他帮我摆平徐三，我早没地儿吃饭了。"

三人笑了起来。

到了中午吃饭的时候，刘学栋才回来，他坐在桌旁对刘明智说："叔，我出趟远门。"

刘明智说："找人比试去？"刘学栋不满地望了徐静心一眼，意思嫌她多嘴。刘明智说："不是静心跟我说的，我猜出来的。"刘学栋"哼"了一声。徐静心一脸无辜。刘明智说："别冤枉静心，我不但知道你找那个跤手比试，还知道你去了准输。"刘学栋不服气地望着刘明智。刘明智说："要是我推测错了，叔这几十年的书就算白读了。"

刘学栋生气地问："为什么？"

刘明智问他："那跤手实力在你之下是吧？"刘学栋点头。刘明智问："那为何还能摔倒你？"

刘学栋想了想说："他先麻痹我，后来又激我。"

刘明智说："对，他用了计，你心绪就乱了。心绪乱，跤法自然乱。此去找那跤手，你心绪不更乱，交手何尝不输？"刘学栋思索着。刘明智说："不信你去试试。我说学栋啊，你气量太小了。自古雄才多磨难，从来纨绔少伟男。历史上成大器者没有一个不是从失败挫折中走出来的，你败了一回就输不起，如何能成为一代跤王？失败了找出原因是多好的事儿，你该感激人家，起码不该耿耿于怀。"

徐静心佩服地连连点头，刘明智一针见血言简意赅，她没想到他这么会劝人，她转脸对学栋："听听，你叔说得多好。"

刘明智对学栋说："那个山西客能摔倒你，说明你还有不足，还不炉火纯青。再说，人也不该狂妄。我听张师傅说，南城桥头过去有个耍幡的，两丈多高百十来斤的幡耍得轻松自如，每当耍完

...... 203

都自称是天下第一幡手。可那天有个贩骆驼的从桥头过，听他这么说，就从骆驼上下来抓过大幡让伙伴爬上去。伙伴爬到幡顶，骆驼客竟舞得身前身后上下翻飞，幡顶上的人也稳稳当当的。他要完把幡抛给耍幡手扬长而去，耍幡手羞愧难当，当即折断幡，离开了南城。学栋，你要知道山外青山楼外楼的道理，人家有长处你该虚心学，学会了就是自己的。"

刘学栋心情平和下来，觉得三叔说得有道理。

刘明智问："学栋，你知道你最缺的是什么？"学栋摇了摇头。刘明智语重心长地说："文化。"学栋不好意思地笑了，徐静心也笑了。刘明智说："别笑，别笑，你说上次叔给你讲的三十六计，在你和徐三交手时管用不管用？"

刘学栋点头："管用。"

刘明智笑着道："这不就对了，你有三叔文化水的百分之一，摔跤就少走不少弯路。输给山西跤手，我倒觉得上苍好像有意在成全你。"刘学栋不解地眨巴着眼睛。刘明智说："历经挫折才能终成跤王。"刘学栋琢磨着笑了。

刘学栋决心全面提高跤技，每天很早就来跤场向张大柱请教，尤其学习如何防抱腿。他苦练了个把月，防抱腿的功夫大长。张大柱见他练得差不多了说："往后不用一早就来，还是去干你的生意，下午傍黑人多的时候再过来，就给我捧场了。"

刘学栋说："我喜欢跤场。"

张大柱说："你再喜欢，也不能整天待在这儿，再这样，我和你三叔的关系就没法处了。"张大柱是闯荡社会的人，知道刘学栋来跤场提高了他跤场的收益，却让学栋的生意受损。再说徐静心一个人是忙活不过来的。

刘学栋想了想说："那我中午吃完饭过来。"

张大柱忙摆手："不用，来得太早还不如你在家练练基本功，等到天傍黑再过来，那才让咱跤场人气大涨呢。"张大柱说的是实话，闲人看跤扔不下多少钱，上班的人来看才是真捧场。

刘学栋想想也是，从此他天天和徐静心在院门外卖山东特产。上个月刘学栋没卖货，真把徐静心累得够呛，或者说忙坏了。她依然采用让顾客自己称货的办法，可有些顾客欺负她是女的，一斤多称个二三两是常有的事，有的还多称半斤。徐静心看到有人说是一斤，其实一斤半还多，让人家倒下来。人家非说一斤，扔下钱拿了东西就走，徐静心干着急也没办法。刘学栋回来了，那些欺负徐静心的顾客就收敛了。有一次，一个天天来的老顾客，说是称一斤栗子，结果称了一斤半还多。刘学栋说："大哥，秤你看走眼了。"那个顾客硬不承认。刘学栋说："不信我给你称称。"说着抓过秤称了起来，一斤六两。那顾客很尴尬。刘学栋说："各位大哥、大爷、婶子，你们多称一两半两俺不在乎，俺进货便宜，可要多称半斤六两，俺就没法干了。"众人大笑了起来。那个多称的顾客说："以后我就不替街坊邻居和七大姑八大姨代买了。"刘学栋听了纳闷。旁边的人告诉他，他帮人代买，从中受益，给人代买的是一斤，多出来的半斤六两自己落下。刘学栋听了有点儿生气说："大哥，俺不让你把过去占的便宜退回来，今后别欺负俺了行不行？"那个顾客说："兄弟，我绝对不敢欺负你。"顾客大笑。买货的人没有不知道刘学栋是南城跤王，刘学栋回来卖货，他们自然不敢太过分。徐静心光收钱，比过去轻快多了。

刘学栋下午去跤场前，先练个把小时石锁石担和跤法基本功，他身子骨比过去更彪壮，绊子力道更足。去的时候徐静心常跟着，有时刘明智也去。刘明智来，刘学栋摔得不但花哨好看，还实用，他知道叔懂跤术。

晚上，刘学栋跟三叔和徐静心到戏院看戏。看戏是徐静心出的主意，她见刘学栋看不进书，就对刘明智说："不妨让他看戏长见识。"刘明智说这个主意好。从那吃完晚饭，三人几乎天天去看戏。

北平戏园很多，来唱戏的都是各地有名的剧团班子。刘学栋看了几十出戏，对京剧入了迷。在济南，他跟二叔看过几回《花果山》《大闹天宫》《蟠桃会》什么的，觉得热闹好玩儿，却未上瘾。现在看了《霸王别姬》《白蛇传》《定军山》《贵妃醉酒》《借东风》

《金玉奴》《穆桂英大破天门阵》《玉堂春》……真迷住了，戏中的故事好看，人物个性鲜明，有寓意。还有那唱腔，太好听了，时而铿锵有力，时而婉转悠扬……看梅兰芳的《霸王别姬》，他完全忘了梅兰芳是男子，觉得他比女人还女人，那唱腔表演令他流过不少泪。

  刘学栋除了喜欢梅兰芳，还喜欢尚小云、程砚秋、荀慧生和马连良，他最喜欢看的是金少山的花脸。金少山身材高大，扮相威武，嗓门儿像能冲破屋顶，刘学栋太喜欢听了。他从小五音不全，跟老师学唱"长亭外，古道边……"，开口就把全班带跑了调。老师让他压低嗓音，刘学栋就是压不下来，最后老师干脆不让他唱了。刘学栋在学校不能唱，就在来回上学的路上唱。别人说他唱得不入调，他就学卖潍坊萝卜的叫卖声，自觉嗓门挺亮。现在听了金少山的唱腔，激起了他唱戏的欲望。练完跤，让张大柱教他唱花脸。张大柱是戏迷中的戏迷，自然高兴地教他。别说，张大柱教唱戏还真有一套，教了十几回，刘学栋竟唱得不跑调了。他三叔听到侄子哼京戏，吃了一惊，问跟谁学的，刘学栋说张大柱。刘明智当即取过京胡给侄子伴奏，刘学栋竟唱得有模有样，这令站在旁边的徐静心很诧异。刘学栋唱完了《草桥关》《铫期》，又唱《锁五龙》《白良关》《铡美案》，竟比舞台上的专业演员还有气势。徐静心觉得刘学栋登台唱折子戏，定会赢来一片掌声。

  刘学栋和徐静心生意干得好，刘明智酒的档次也越来越高。那天徐静心说给他买瓶茅台，刘明智说什么也不依："太奢侈了。"

  徐静心就从茅台酒店买了瓶上好的茅台，进门前把商标撕了。

  刘明智看到酒罐，问她买的啥牌子。徐静心说一家贵州酒店卖的酒没有名。刘明智打开一闻，说这酒好。徐静心说那个卖酒的说，距茅台酒厂不远，用的是一样的水，一样的配方，也存了十年。刘明智一喝，连声称好，喝去大半瓶。过后对徐静心说："你以后就买这家的，我喝了大半辈子酒，只在一个学生家长请客时喝过的茅台是这个味儿，除此，还没喝过这么好的酒。"从那，徐静心隔几天就给他买一瓶。

一天，刘明智突然来了兴致，想见识见识茅台酒比徐静心买的强多少，就到了茅台酒店买酒。看到架子上的酒瓶跟徐静心买的一模一样，问老板："京城还有卖你这样瓶装的贵州酒吗？"老板笑着说："没有，这酒瓶是我们茅台酒的专利，没人敢仿造。"刘明智不信说："不对，我买的酒跟你这酒瓶一样，也是这个味儿。"老板吃惊地望着刘明智半晌问："从哪儿买的？"刘明智说："我不知道，我问过家人后再告诉您。"老板说："大哥，你问完马上告诉我，我送您一瓶茅台酒。"

刘明智回家问徐静心，徐静心说："你管哪儿买的干吗，喝就行。"刘明智说："仿造不行，那是人家的专利，人家专门让我打听从哪儿买的仿造茅台。"徐静心说："你怎么这么多事儿，别再追问了。"刘明智说："仿造是侵权，我不能不问。"徐静心不再理他。

刘明智夜里睡不着觉，思索着茅台店老板的话和徐静心的表现，像意识到了什么。

第二天，他来到茅台酒店问老板："是不是有个二十来岁的姑娘隔三岔五来你这里买茅台？"老板点头："是，挺漂亮挺文雅的，说话也好听，她是你什么人？"刘明智转身出了门。老板上前拉住他问："大哥，你还没告诉我怎么回事儿呢？"刘明智摆摆手："我知道了，知道了。"说完推开人家的手快步走了。

刘明智本想回来训徐静心，想到训了她，就喝不上这么好的酒了，就不再提这事儿。徐静心再给他买来没有商标的茅台，刘明智照喝，只是比过去喝得少多了。徐静心从茅台酒店掌柜嘴里知道了事情的经过，也不点破，还问刘明智为啥喝得少了。刘明智说："喝得太多不利于养生。"徐静心心里暗笑，却一本正经地说："好酒多喝点儿伤不了身，再说我们的生意也能供上你喝。"刘明智的酒量才放大了一点儿。

刘明智见侄子和静心整日忙活，觉得自己也该干点事儿，就思考着干点儿什么。思来想去，觉得自己的字还不错，就对徐静心说他写出字，让她拿到荣宝斋去卖。徐静心说："现在名家的都不好卖，你就别想卖字的事了，权当练练书法吧。"刘明智觉得光练产生不了效益，就想把字拿到潘家园古玩市场让摆地摊的来卖。刘明智通过学栋、静心卖山东特产，觉得自己也不该怕掉价，自己天天喝茅台，不挣点儿钱说不过去。

他在那里认识了晚清遗老汪中轩，汪中轩问刘明智想不想买紫檀桌椅。刘明智一听来了兴趣，跟他去了家中。

刘明智回来跟静心和学栋说想买把椅子，刘学栋说想买就买，用不着说。刘明智摇头说："这把椅子很贵。"刘学栋说能有多贵，总不会比这张桌子值钱吧？刘明智说："那把椅子能买下这百十张桌子。"接着他把在汪中轩家看中的檀木官帽椅说了，说："那椅子能值二十块大洋，我只用了十块就定下来了。"

徐静心觉得有点奢侈，但见他这么喜欢，就让学栋跟他去汪中轩家拉官帽椅。

汪中轩原想卖七八块大洋，见刘明智出口问十块大洋行不行，心里高兴。在刘学栋扛走椅子后，他指着其他檀木和黄花梨木家具对刘明智说："这些家具我都想卖，你想买的话，我贱价卖给你。"刘明智自知囊中羞涩买不起，却还是饶有兴趣地看起了明代架子床和博古架等家具。

汪中轩说这些家具虽好，却远不如清代的雍正耕织橱名贵。他告诉刘明智，这是慈禧老佛爷送给他的。

刘明智看着雍正耕织橱，知道门脸上的画面是雍正登基前令宫廷画工精心绘制的。画图有农民春天的插秧、夏季的劳作和秋日的收获。还有表现养蚕、织布和印染的。画图中的主要人物是雍正自己，用意表明他对农耕的重视。画工画完图，根据雍正意见又做了修改，雍正才令宫廷工匠打造了几套硕大的紫檀和黄花梨木料立橱，雕刻出来的构图比平面画显得更生动。刘明智面前的雍正耕织橱是紫檀木料的，紫檀的比黄花梨更名贵。紫檀树百年才长粗一寸，且十檀九空，能长成打造雍正耕织橱的木料都是上千年的古树。刘明智欣喜地看着，心里感叹绝世精品。

汪中轩怕刘明智不相信是宫廷之物，解释说："你在清宫馈赠史上查不到是老佛爷赏赐我的，这组紫檀雍正耕织橱就白送给你了。"

汪中轩说的是实话。汪中轩年轻时长得非常标致,高个白净眉清目秀。他曾在法国留过学,举止风度见识在清廷大臣中鹤立鸡群。慈禧特别欣赏他,让他当了商务衙门的高官,还把祖传的紫檀雍正耕织橱赐予了他。

辛亥革命推翻了清王朝,也救了汪中轩。汪中轩当商务高官十多年,敛了无数不义之财。那些想挤进中国的洋货,持货人只要给汪中轩送上金银器皿,汪中轩就不会难为他们。国内的事儿更好说了,商家想把东西运到国外,给他献上钱财美女,便一路畅通。

汪中轩受贿是清廷中的公开秘密,不少官员嫉妒他,只因慈禧宠汪中轩,才不敢惹他。慈禧死了,那些官员正欲弹劾他,没想到清廷被推翻,汪中轩才保住了脑袋、家产和六个小妾。

汪中轩没有了生活来源,只能靠变卖家当过活。家中东西都是珍品,但在兵荒马乱年月卖不上大钱,卖出一件得的大洋,分到六个姨太太手中,也显得小家子气。姨太太已不像温顺的小猫,而似母老虎了。她们对他已不争风吃醋,而是逼他分家。汪中轩知道一分,自己便成了孤家寡人和穷光蛋,就靠变卖家当来维持现状。

刘明智说:"我没有那么多钱,只能定下你的八仙桌和另一把官帽椅。"说着掏出一块大洋做定金,并和汪中轩签了字。

这事儿本来不该再有波折,可马六掺和进来,就让事情变得复杂了。

马六是北平一个地痞头,他听说汪中轩卖家藏,就赶到他家一看,结果被震住了。他当即用很低的价逼汪中轩卖价值连城的雍正耕织橱,汪中轩不卖。当天夜里,外边飞来的石头把门窗玻璃砸得粉碎。汪中轩知道是马六干的,叫人找来马六,问他为何欺负人。马六大言不惭地说:"爷看中的东西就要得到它,得不到心里难受。"

马六中等身材,眼睛鼻子耳朵普普通通,只有嘴巴给人印象深。大而厚,还外翻着,牙齿里龇外拐的。他过去是潘家园一个倒腾小物件的地痞,曾花半块大洋买了个小物件,转手卖给一个官太太赚了十块。从那,他专挑官员和官太太喜欢的物件买了再卖给他们。不到两年的工夫，竟在京城有了点儿名气。他买下了一个较大的门头，让过去跟他一块儿混的地痞打听哪个遗老遗少卖物件，包括家具和房屋。那些地痞整日在社会上游荡，耳朵比德国牧羊犬还灵，往往能听到确切的消息。

汪中轩托人找到了分管治安的警察局副局长惩罚马六。副局长除了觊觎汪中轩的家具，还觊觎他的几个小妾，汪中轩才明白引狼入室了。为了阻止马六强买雍正耕织橱，说雍正耕织橱和其他家具已被刘明智定下。还拿出了二人签订的协议给马六看，当然雍正耕织橱和其他家具是汪中轩后来私自加上去的。汪中轩见刘明智身高力壮的侄子来搬官帽椅，问他侄子是干什么的。刘明智告诉他练摔跤，还说京城没人能摔了他。汪中轩灵机一动，想利用刘学栋这摔跤高手来制止马六。

马六一听别人和自己争生意，当即指着协议大骂："刘明智算他妈什么东西！"说完令手下搬雍正耕织橱。

汪中轩忙拦住他说："你硬搬就让我落下了不讲信用的名声，不如你去找刘明智要回那把官帽椅配成对，这样你再把雍正耕织橱和其他家具一块儿买下，我也省事了。"他想引起马六同刘学栋的争斗。

马六当即带人去了刘明智家。

刘明智正喜爱地反复欣赏抚摸官帽椅，告诉徐静心过些日子，还想买来汪中轩的檀木桌和另一把椅子。徐静心见他这么喜欢，就说："干脆别过些日子了，学栋回来，就把桌椅拉回来。"话音刚落，门外响起砸门声。

徐静心急急来到院门前打开门，见马六和几个手下撞进来，一惊，她知道马六是北平有名的地痞，却不知他来干什么。

马六问："刘明智呢？"徐静心不知如何回答。马六径直进了北屋，见刘明智正在欣赏官帽椅，就说："这把椅子归我了。"刘明智一听愣住了，他不明白马六为何闯到了家中，还说出了这话。马六一摆手，一个喽啰扛起椅子就走。刘明智还没回过神儿来，马六把一块大洋丢在了地上。

刘明智追上他问:"你干吗抢我东西!"

马六说:"我看上的东西就是我的,给你一块大洋已抬举你了。"说完晃着膀子出了院门。刘明智和徐静心没敢吭气儿,马六走了好一会儿,刘明智越想越气,徐静心也气得浑身发颤。

刘学栋摔跤回来,见他俩这个样子,问怎么回事儿。刘明智害怕侄子惹出事端不说,还冲徐静心摆了下手。

刘学栋拽徐静心出了院门,问家里发生了什么,徐静心才告诉他官帽椅被抢的事,说完还劝刘学栋别去惹马六。

刘学栋早认识马六,跟叔去华洋戏园看戏,常见戏园要等他来了才开戏。刘学栋就想:"在济南,我早揍他了。"没想到马六找上门来欺负叔,刘学栋气得喘不过气来,心想:"你他妈也太没数了!气坏了我叔和静心,骑到我头上拉屎了!"他恨不能立马找到马六狠揍他一顿,再把他揪来给三叔和静心赔礼。

刘学栋觉得今天黄梅戏戏班在华洋首演,马六很可能会来,就去了华洋。过了开演二十多分钟,马六才带着五个打手进来。他晚来是为了摆谱,想提高自己在这一带的地位。他不敢到大剧场摆,那里尽是高官名流,在这里他是土皇帝。

刘学栋站起身指着他骂:"马六,你这个王八蛋,你不会早点儿来吗!"

马六愣住了,他望着刘学栋有点儿犯迷糊:"这一带没人不知道我厉害,你竟敢指着我骂,何许人也啊?"他一个手下认出是刘学栋,悄声告诉他:"他在张大柱跤场摔跤,没人摔得了他。"

马六指着刘学栋骂起来:"你一个狗屁摔跤的,敢来这儿逞狗屁威风!"他得当众找回面子,要不名声就完了。几个手下奔向刘学栋,刘学栋快步来到台上,他想打给观众看。一个打手上来挥拳打他,刘学栋一脚把他踹到了台下。周围的观众不觉惊呼,其他打手上来围住刘学栋打,刘学栋又打又摔,眨眼工夫就把五个打手打翻在台上地下。观众愣愣地望着刘学栋,马六也呆住了。刘学栋跳下台,一把揪住马六的衣领:"好小子,你敢欺负俺叔!"说着猛地将他扔到台上。观众回过神儿来,鼓掌笑了起来。马六名声太恶,好多人恨他。刘学栋跳上台，抓起马六："你马上把椅子还给俺叔，再对俺叔不敬，摔死你！"说着一个揣把马六摔到了台下桌子上。

第二天，这事儿就在京城传开了，京城没人不知道马六被刘学栋打了，报纸还登出了较为详细的报道。徐静心看到，慌忙进屋把报纸递给刘明智。刘明智看完，生气地数落学栋："你想让马六来杀了你？！不知道他是啥人吗？檀木椅抢走了，大不了赔上九块大洋，你的命比檀木椅值钱吧！"

刘学栋不想听三叔数落，把饭碗一蹾就出了门。刚出院门，徐静心追上他："想和马六再打？"她知道刘学栋不会算完。

"是！"刘学栋没好气儿地回她。

徐静心着急地说："你要找死啊，我都听说过马六打断过人的腿和腰，你跟他再斗，不要命了！"

"那你说怎么办？我揍了他，他能和解？"

"你赶快回济南啊！"徐静心着急地说。

刘学栋有点儿生气了："你觉得我能被吓跑吗？"听了徐静心的话，他像受了侮辱，他十六岁就敢砸吴勤宝，现在哪会把马六放在眼里。

徐静心急了："你出了事，你三叔还能活吗！我这就和你去火车站。"

刘学栋倔强地说："我不走！"

"不走也得走！"徐静心一把抓住刘学栋的胳膊就往前拽。

刘学栋平静下来："我找张大柱问问这事咋办行吧？说不定他能讲和呢。"

徐静心审视着学栋的眼睛，探寻他说的是不是真话。

刘学栋推开徐静心的手，快步向前走去，徐静心也不知道该怎么办了。

第 十 章

马六在北平臭了名，恨死了刘学栋，他叫一个会武术的手下对刘学栋下手。这事张大柱听说了，对刘学栋说："你不用害怕，他戳你一指头，我带徒弟找马六算账！"

刘学栋说："我一人做事一人当，别让马六来你跤场找麻烦。"

张大柱说："你帮我保住了场子，还替我挣了不少钱，也算是我徒弟，你碰到事儿我不管，我在京城还有法混啊。"他告诉学栋马六心狠手辣，打不过人家好从背后下手，他让刘学栋在腰上绑上钢管，以防他偷袭。

第二天，刘学栋去跤场路上，果真被马六差使的人用铁棍抡在了腰上，要不是后腰捆着四根钢管，刘学栋的腰就被抡断了。刘学栋回过神儿来打马六的手下，马六手下转身就跑。刘学栋追上他挥拳狠揍，埋伏在旁边的其他打手吓得不敢再上前。

刘学栋来到跤场，把遭马六手下暗算的事告诉了张大柱。张大柱当即要带徒弟去找马六，刘学栋说自己解决。张大柱说："遇事和为贵，能和解，最好不要大动干戈。"刘学栋听了他的话。

张大柱带人来到马六别墅，马六听到手下人被刘学栋打了，正思索着如何下手弄残刘学栋，见张大柱带人撞进门愣住了。张大柱笑着对马六抱拳行礼："马爷，我张大柱来给您赔礼了。我知道徒弟得罪了你，可你到人家家里抢椅子也不在理儿。要我说，这事儿就别闹下去了，你和你手下受了伤花多少钱，我张大柱给你，这事儿就算翻篇了，怎么样？"

马六没有说话。

张大柱见状又说:"我徒弟让你在戏园丢了面儿,我想法给你补回来,话说冤仇宜解不宜结,马爷宽宏大量,别再跟我徒弟一般见识。你真想报复他,我张大柱也没法不管。我徒弟就像我儿,你打了我儿,做父亲的不会袖手旁观。"

马六知道张大柱不好惹,可面子找不回来,没法在京城混,就说:"既然张师傅来了,我就给你面子,这事儿就权当过去了。"

张大柱见对方没提条件,就应付了两句带徒弟出了马六的别墅。

一路上,他越琢磨越觉得不对劲儿,回到跤场对刘学栋说:"马六不会算完,为了你安全,我让徒弟天天跟着你。"他安排亮子和另外几个徒弟夜里和刘学栋在一个屋里睡。

刘学栋嘴上答应,借口出去上茅房,来到街上买了把砍刀去了马六的别墅,心想:"你马六不是没完吗,那我就和你杠一杠。"他知道到了马六家,很可能同他们打起来,刘学栋不怕,这种场面他经历过几次,已没有了畏惧。

马六已召集来了三四十个地痞,让他们带着铁棍去砸张大柱的跤场。他早打听好了,傍晚时分,刘学栋表演跤技,借此打残他。为此他还让徒弟把钢管由过去的尺把长换成三尺长,还具体做了分工。哪几个围攻刘学栋,哪几个围攻张大柱,其他人如何围打他的徒弟。他正在布置,门被撞开,刘学栋赤手空拳来到大厅。马六和地痞一下惊呆了。刘学栋望着马六和他手下握着一米多长的钢管心里明白了,笑着问马六:"想去张师傅跤场闹事儿和找俺?"

马六冷冷地瞪着刘学栋,手下的地痞也握着举着钢管向刘学栋逼来,刘学栋向马六走了几步,马六忙绕到桌后,地痞围得更近。

刘学栋从背后抽出砍刀指着众地痞道:"谁敢往前走半步,这个王八蛋脑袋就掉下来了!"他一指马六。

马六面露惊恐,其他地痞也不敢再上前。

刘学栋指着马六:"看来我来对了,不来的话,我师父和跤场的兄弟就会受伤。"

马六望着对方,说不出话来。

刘学栋指着他:"说起来我也不愿再闹下去,可你小子没完没了,我不先下手劈死你,我师傅和兄弟们都会受害。"说着逼向马六。

马六吓得毛骨悚然。

刘学栋指着周围的地痞:"你们要聪明,就别为这王八蛋搭上性命!我功夫你们也该听说过,谁跟我打,谁死!"

周围的地痞望着刘学栋,没有一个敢上前。

刘学栋用砍刀指着马六:"你以为这些人能吓住我?告诉你小子,上海斧头帮的刘七我都不怕,还怕你小子?"

马六愣愣地望着刘学栋半晌:"你认识上海的刘七爷?"

"还认识?那是我大哥!"刘学栋左手大拇指一指自己。

马六怔怔地望着刘学栋。

刘学栋说:"他想讹我八厘大的蛐蛐儿,我去他府上玩命儿,和他成了朋友。"

马六忙道:"刘七爷也是我大哥。"

刘学栋先是一愣,接着轻蔑地说:"就你?刘七是条汉子,靠拼命打出来的天下,你小子靠坑蒙拐骗,刘七能跟你这个王八蛋交朋友?!"

马六急切地表白:"兄弟,我说的全是真话,我和七爷真是至交。"

刘学栋笑了:"他和你成了至交,不坏了他名声!"

马六忙道:"真的,真的,不信我立马打电话,你听听。"他指着电话。

刘学栋望着对方。

"我打个电话叫七爷跟你说,你就信了。"说着摸起桌上的电话拨了起来。电话传来接通的声音,马六对着电话:"邮局吗?快给我接通上海,号码是……"他说了起来。不一会儿,电话传来接通的声音,马六对着电话:"七爷,是您吗?"

电话传来:"谁呀?"

马六忙道："我是北平的马六啊。"

电话传来刘七的声音："噢，马六啊，什么事儿？说！"

马六对着电话："是这么回事儿，一个叫刘学栋的，说和您是朋友，您认识吗？"

电话传来刘七的声音："当然认识，他是我兄弟，你怎么认识他？"

马六忙对着电话解释："大水冲了龙王庙，真是的。"

电话传来刘七的声音："怎么了，马六，你他妈怎么着我兄弟了？"

刘学栋听到这儿，将砍刀往桌上一劈，从马六手中一把抄过电话："七哥，是我，学栋。"

电话传来刘七的声音："哎，学栋，你怎么去了北平，还和马六在一块儿呢？"

刘学栋对着电话："是这么回事儿……"他说了起来，马六在旁边听着。

电话传来刘七的声音："把电话给马六。"

刘学栋冲马六："来，接电话！"

马六忙上前接过电话："哎，七爷，您说。"

电话传来刘七的声音："我说马六，你他妈欺负谁不好，非欺负我兄弟他叔，你他妈想找死啊你小子！"

马六忙辩解："我不知道学栋是您兄弟，知道哪能无礼？"

电话传来刘七的声音："好了，好了，你别他妈说了，告诉你马六，别看你在北平有点儿势力，你敢戳我兄弟一指头，我立马让人到北平劈了你！"

马六对着电话忙道："大哥，不会，不会，我知道他是您兄弟，哪能对他下手。"

电话传来刘七的声音："你让学栋接电话。"

马六对刘学栋："来来，兄弟，七爷让你接电话。"

刘学栋接过电话。

电话传来刘七的声音："我说学栋，他马六不敢惹你，不过你让他在戏园丢了大面儿，他在京城也没法混，你就在戏园当众意思一下，这可以吧？"

刘学栋对着电话不快地说："大哥，你这不是为难我吗？"

电话里传来刘七的声音："你不了解我们这帮人，在社会上丢了面子，就没法过活了。还有他那帮兄弟。就这么着吧，只意思意思，权当赏他口饭吃，行不行？"

刘学栋想了半晌，叹了口气。

电话传来刘七的声音："兄弟，我知道委屈你了，这事儿咱先不提了，等下了蛐蛐儿，你带着蛐蛐儿过来，在大哥这儿住一阵子，我跟你说说道儿上的事。"

刘学栋对着电话说："行啊，大哥，我听你的，这事儿就这么着吧，白露前我带着蛐蛐儿去你那儿。"说完将电话扔给马六。

马六接过电话，线已经断了。他对刘学栋客气地说："咱俩真是误会。"

刘学栋望着他。

马六说："七爷说的事儿，你就权当照顾一下我马六。"说着冲刘学栋抱拳。

刘学栋望着对方半晌："我想想吧。"说完拔下砍刀出了门。

刘学栋回到跤场，把过程跟张大柱说了。

张大柱一拍桌子："这个结果最好不过了！"

刘学栋生气地说："还最好不过？我给他赔了礼，不栽了面子？今后还有脸上场摔跤吗！我也给您丢人，还丢我师傅马拧子的人。我师博要是知道了，我就没法回济南了！"

张大柱说："别这么想，到时候你不过演出戏，表面给马六赔礼，其实看戏的人都知道马六在这事儿上栽了跟头。"

刘学栋思索着他的话。

亮子揽住刘学栋的肩膀说："师傅说得对，你就听师傅的。"

刘学栋这才不情愿地叹了口气。

几天后，刘学栋、张大柱和马六及他的手下来到了华洋戏园，开戏前几分钟，张大柱上了场，他冲台下观众抱拳行礼道："前些日子，我徒弟，"他指着站在台下的刘学栋，"得罪了咱北平大名鼎鼎的马六爷。"说着一指台下坐在桌旁的马六。

马六笑望着他。

来看戏的人望着他仨。

张大柱大声道："我徒弟刘学栋年轻气盛，不懂世面上的事儿，回去我狠狠教训了他小子。"他指着刘学栋。

刘学栋咧嘴嬉笑着。

众人望着他笑了起来。

张大柱对观众大声道："我徒弟也知做错了事，这不前日到了马六爷府上赔了罪。"

刘学栋笑了起来，张大柱说的正是前日他提砍刀会马六的事。

马六咧着嘴尴尬地笑着，周围的地痞也有点儿不大自在。

张大柱对马六道："马六爷大人不计小人过，我徒弟今天在这儿再给您赔个礼，赔完，我回去照样踢他摔他，非把他小子的性子扭过来，行不行？"

马六笑着点头道："就这么着吧，这么着吧。"

周围的人笑望着他。

张大柱大声道："好，大伙都看到了，马六爷大人大量，原谅了我徒弟。"他指着刘学栋："来，学栋，当众给马六爷赔个礼道个歉！"

刘学栋嬉笑着冲马六道："六爷，给您赔礼道歉了。"说着抱拳晃了一下。

马六尴尬地笑着摆摆手。

张大柱对周围的人："大伙都看到了，今儿我张大柱的徒弟给六爷赔礼了，这事儿就算翻篇儿了。我在这儿谢谢各位，耽误看戏了。"说完抱拳行礼。

看戏的人鼓起掌来，他们心知肚明，嬉笑着交头接耳。

张大柱冲幕后的人喊道："开戏吧，开戏吧。"说着下了台，和马六坐在一块儿谈笑。

刘学栋来到了刘明智和徐静心身旁坐下。刘明智和徐静心一直为学栋担心，见这个结果很高兴。

幕开了，两演员来到场上又唱又舞……

徐静心看着刘学栋，觉得他就是戏中的霸王项羽，自己是虞姬。

第二天，马六把檀木官帽椅送到了刘明智家。

刘明智高兴地看着椅子说："我今天就坐这把椅子写长篇小说《赛金花》。"

刘明智昨夜从华洋戏园回来，高兴得一夜没睡着觉，突然来了灵感，决定写赛金花。他告诉学栋，赛金花是晚清最有名的妓女，曾救过不少北平人，刘学栋甚吃惊。

刘明智讲起了赛金花的身世。说她出生不久，家道败落，十三四岁到花船上做接客女。在船上她遇到了清末状元洪钧，洪钧见她长得美丽动人纳她为妾。后来，洪钧被清廷任命为四国公使，赛金花陪他出使英、法、德、意四国。在德国，她结识了当时还是上校军官的瓦德西，两人成为知己。后来瓦德西率八国联军侵入中国。赛金花见八国联军在京城烧杀淫掠，找到瓦德西说："德国素来是'文明之邦'，你怎能野蛮地在北平杀人？"瓦德西当即下令停止滥杀。一时间，不少北平人把赛金花当成了救世主。可没过多久，人们便淡忘了她，甚至有人说靠一个妓女制止屠杀，是中国人的耻辱。

刘明智说："我不是因为赛金花的故事吸引人才写她，是不想让人们忘记她。"

徐静心说："这题材非常好，我从心里也曾为赛金花鸣不平，我特别看不起那些假道学发文章侮辱她。"她还表示，愿帮刘明智收集资料。

好在他们居住地距赛金花的别墅不远。刘明智列好采访计划，便同徐静心去了赛金花的别墅。

赛金花住在陕西巷，这是一个很有故事的巷子。巷子在大栅栏西边三百多米处，五六米宽，三四百米长。两百年前徽班进京就住在这里，以后来北平演出的各类戏班也大多住在这儿。巷子有几处春楼，不少名妓都住在巷子里和周围。

赛金花的别墅坐落在巷子正中一个小胡同里，是个二层小楼。一楼会客，二楼居住。这时的赛金花已不住在这儿，在上海，听说已病入膏肓。

刘明智之所以带徐静心来，是觉得采访妓女，没女人陪同不行。在徐静心的帮助下，刘明智收集到了不少赛金花当年的生动资料。经过几个月的采访，刘明智觉得史料收集得差不多了，开始构思写作。

徐静心闲下来，觉得也该干点事，思来想去，觉得还是重拾画笔画画吧。徐静心小时候已能把人物画得有模有样，现在画画不是为了打发时光，是想成为潘玉良那样的女画家。

潘玉良少年当过妓女，后嫁给了芜湖海关监督潘赞化，五年后开始学画。在潘赞化的赞助下，1921年去了法国学美术，之后成为著名女画家。徐静心想："自己起步比她早，经过努力也有可能取得她那样的成就。"所以，她认真研究起了潘玉良的人物画。潘玉良去法国后，画风有了很大改变，画技有了很大提高，这得益于她在法国刻苦地练习素描。徐静心决定从练素描开始。

她先临摹家里的东西，后来又画刘明智写作时的状态和刘学栋练功。有时她也去跤场画刘学栋和那帮跤手摔跤的场面，摔跤不符合临摹的静态要求，徐静心决定画自己。

她买来五十公分宽一米多高的大镜子，然后关上门，脱去衣服对着镜子画自己的裸体。徐静心第一次长久地注视着镜中的自己，有点儿不相信眼睛，裸体竟是这样地美。她看过不少潘玉良的裸体画像，也看过不少欧洲女人的裸体画，感觉都没有自己的形体和神态美。徐静心不是自恋，她的形体和五官确实极具美感。形体不像欧洲女人肥硕，富有弹性而紧致。腰比欧洲女人纤细得多，腹部没有赘肉，鼓鼓的胸脯、滚圆的翘臀美极了。颀长的脖子，俊秀的五官，极具中国古典美女的特征，还带有欧洲女性的精致和立体。徐静心望着自己的裸体好几日也没动一下笔。她除了欣赏陶醉，还拿潘玉良的裸体画和其他欧洲女子的裸体画来跟自己比较，觉得自己的美确实在她们之上。她想：假如把自己的裸体画出来，拿到法国画廊展览，很可能引来不少人围观。她决定练好技法，将自己的美画出来，勇敢地展示给世人。一个星期后，徐静心便照着素描要领开始临摹形体了。

刘学栋对徐静心关门画画很是不解，问刘明智她关门鼓捣啥。刘明智告诉他练习素描。刘学栋说："那也用不着关门吧。"刘明智不得不解释："她在画自己的身体。"刘学栋才不好意思地笑了。他俩的对话被徐静心听到，徐静心不好意思再见学栋，一见就脸红。两人的话也比过去少了许多，就连卖山东特产也没有过去默契。买货的人发现了他俩的异样，问是不是吵架了，这让徐静心和刘学栋很尴尬。

徐静心悟性极高，半年已把素描画得很不错了。裸体凹凸有致很具立体感，比刚练习时的水平高出了许多。徐静心想："过些日子，我就把裸体素描拿给学栋看，他一定会面红耳赤，甚至闭上眼睛，那时我扒开他的眼睛，让他细看引起他的冲动。"徐静心觉得刘学栋太缺少激情："我明确表达了爱意，他却没拉我的手一下，更别说拥抱亲吻了。我不可能投怀送抱，只能用这种方式来点燃他的激情。"她希望画功快速地提高，让那一天尽早地到来。

在徐静心练习绘画和刘明智写作《赛金花》的日子，刘学栋的跤技又有了提高。他的摔法比过去力度更大更快捷，保定快跤的技法已娴熟，一个绊紧跟着一个，快如疾风暴雨。假如同天津徐三比跤时有这跤技，摔败他就不会费那么多事儿了。

每天傍晚，刘学栋都在跤场亮相，观众和跤迷都喜欢看他高大健壮的形体和快捷精湛的跤技。在他们心里，刘学栋就是当今的跤王，刘学栋也觉得无人能摔过自己。

就在刘学栋觉得自己是跤王的时候，一个蒙古牧人正琢磨着如何把他拉下跤王神坛，他就是曾经获得过蒙古那达慕"搏克跤跤王"的巴图。

那达慕大会是蒙古人的节日。在那达慕举行的日子里，成千上

······ 221

万的蒙古人集聚在草原一地。会上主要进行三个项目的比赛：骑马、射箭和摔跤。摔跤是蒙古人最喜欢的项目，蒙古人摔跤和中原人不同，它是由几百个乃至上千个身穿牛皮搏克跤衣的跤手上场比试。倒地的下场，赢的继续一对一地较量。就这样一轮轮地淘汰，最后剩下的两个人争夺跤王桂冠。

那年，巴图在那达慕大会上摔败了所有的跤手，赢得了五头牦牛和一辆上好的马车。他的名字在几天内传遍了蒙古草原。喜欢游玩的他在以后的半年中没有顾及过家里的牛羊马匹，他骑着马几乎走遍了整个蒙古草原，接受着人们的崇拜和赞扬。人们见了他，把他抱起欢呼，招来朋友喝几天酒，吃大块的牛羊肉，从夜间喝到唱到黎明。

白天，那些蒙古人不再放牧，向他学习跤技，这正是巴图所喜欢的。他教授他们，那些人称他为师，这令巴图兴奋。教了几个月，他徒弟已不下上千人。不少牧民不远千里来拜他为师，巴图跤技确实有特点。他早年去内地贩皮货，常去保定、北平和天津跤场。有时看得兴起，上场跟人家摔两跤。他吃牛羊肉长大，力气足，虽然他在蒙古人中身材不算高大，但和汉人比显得挺魁梧。他仗着力气往往能把对手摔倒，或按在地上，这正是摔跤中所说的"力大降十会"。当然，碰到跤技精湛的，是巴图败北。败也给巴图提供了学习的机会。那几年，他把卖皮货的钱都用在了学跤上，最终的收获是那达慕的"搏克跤跤王"。

蒙古搏克跤和中原传统的摔跤有很大的不同，搏克跤手往往凭着身高力大来取胜。摔跤时，跤手们身着由钢锭砸起来的牛皮跤衣。跤衣除了袖口和衣领，其他地方抓不住，往往身高力大的跤手占优，而巴图却是凭着精湛的跤技，赢下那年跤王的。

他的名字像蒙古歌声一样，在蒙古草原上空回响。巴图除了接受牧民和跤手们的崇拜和赞美，还博得了众多牧羊姑娘的爱慕。她们赶着成百上千的羊群在青草茂密的草原上游走，巴图骑着马见到她们就问，听说过那达慕跤王巴图吗？姑娘们点头，她们历来崇拜英雄，自然也崇拜那达慕搏克跤王。巴图说："我就是巴图。"姑娘们吃惊和崇拜地望着他。以往跤王她们很难见到,现在见到如同天神来到了人间。巴图这时就会下马把一个最美的姑娘搂在怀中,亲吻她的面颊、脖子和胸脯,姑娘陶醉了,巴图便把她放倒在草地上,在羊群的包围中宣泄着天性。

巴图游走了大半年,享受了不少牧羊姑娘的爱情,也有了几千个徒弟。他疲倦地回到了蒙古包,发现牛羊比过去瘦了许多,还有几匹汗血宝马已不知道了去向。尽管这样,巴图还是很高兴,他不看重这些。他获得了赞美,得到了享受,这是其他人无法获得的。他休息了几天后,换下了那几个不称职的牧牛羊和牧马人,便开始了练习跤技。半年后,他体力恢复了,技法比过去更精湛,自以为能在那达慕会上续写英雄的诗篇,没想到在第三轮角逐中,竟被自己教授过的弟子哈多摔翻。这次搏克跤比赛是一跤定胜负,巴图以为大意失荆州,过后又同弟子哈多较量,没想到被身材高大跤技不亚于自己的弟子连摔了几个滚儿。巴图才知道光凭跤技战胜不了既有力气又有精湛跤技的跤手。从那,他把精力放在了培养儿子身上。

他儿子生出来壮得像个牛犊,一般婴儿不过六七斤重,这巨婴重达十二斤。正因为体形太大,生出他后,母亲便因难产而死。

巴图埋葬了妻子,像母亲一样抚养着幼小的儿子。给他喝最好的羊奶、牛奶,煮牛骨和羊骨汤喂他,儿子长得比同龄孩子大而结实。巴图望着儿子红润的面庞和肉鼓鼓的身子,颇为高兴。为了让儿子能在那达慕跤场称雄,他给儿子起了个蒙古人崇尚的名字——力达,意思是体魄强壮意志坚强的人。他希望儿子将来能像成吉思汗扬名中外。巴图是成吉思汗的后裔,从小就崇拜祖先成吉思汗。

成吉思汗曾带着十几万蒙古大军和数千条高大凶猛如狮虎般的蒙古獒征战四方。蒙古军团所向披靡,若不是成吉思汗暴病身亡,蒙古军团会席卷整个欧洲。

力达十二岁那年,巴图就不让儿子再骑马了,让他跑着放马。儿子开始不干,他喜欢骑马,且马术高超,能站在飞驰如闪电般的马上唱歌,还能在马奔驰中跳换马匹和做各种难度很大的动作。巴图对儿子说，你想成为蒙古人崇拜的英雄，就得放弃舒服多吃苦。儿子对父亲的话懵懵懂懂，却知父亲曾获得过那达慕搏克跤王，也听说了不少蒙古人崇拜父亲像崇拜远古的英雄。他听了父亲的话，每天放马来回奔波不下六七十里，有时还像骏马一样在草原上飞奔。他经常累得摔倒，可为了不失去马群或马匹，都爬起来拼命去追。三四年下来，他的腿部力量和肺活量已无人能及。

力达十六岁那年，巴图让他抱一个小牛犊，规定：每天围着蒙古包转五圈。开始几个月力达很轻松，半年后觉得吃力了，牛犊长到了三百多斤。一年后，力达已无力再抱起。五百多斤的牛抱起来牛蹄就着地，父亲让他重来。转到第二年，牛长到了六百来斤，力达怎么也抱不动了，可是父亲仍逼着他抱着硕大的牛围着蒙古包转，当然，已不要求牛蹄不能着地儿了。力达每走几步，就停下喘息，但总能坚持转上五圈。儿子十八岁时，巴图让儿子参加了那达慕搏克跤赛。这时的力达已是草原上有名的巨人，两米多高，三百多斤。与蒙古跤手较量，他不使绊儿，就能将对方扔翻个个儿。他的名字早在草原传响了，不少人慕名而来找他比试，都被力达轻易地摔翻。

在那达慕会上，力达可谓一战成名。与十几个彪壮的跤手过招儿，都轻松地摔翻了他们。最后他同身材与他相近的上一届那达慕跤王完颜汗相遇。完颜汗的父亲就是把巴图推下跤王交椅的哈多，完颜汗的跤技也像他父亲那样出色，可他同力达交手却显得力不从心。力达不光力大无穷，跤技也十分精湛，他得到了父亲的真传，且耐力惊人。他接连使绊，一点儿也不喘粗气，这得益于他六年的徒步放马。二人僵持了一会儿，力达便把完颜汗摔翻。成千上万的蒙古人冲力达欢呼，巴图激动得流下了泪。

力达为了给父亲雪耻，请求哈多的几个儿子一块儿上场跟自己较量。力达和父亲巴图早知道哈多培养的四个儿子都有在草原上称雄的实力，所以今天力达就挑战他们。他的话犹如炸雷，先是令围观的牧人吃惊，接着兴奋地鼓掌和叫好。哈多注视着对方半晌摆了摆手，他心里清楚四个儿子都不是力达的对手。可是他的四个儿子不干了，当即同父亲争执。成千上万的观跤人大声起哄："比跤，比跤！"哈多无奈，只得听任儿子们的。四个儿子上场分别同力达较量，结果和哈多预测的一样，都被力达摔翻。力达不但给父亲雪了耻，还为自己获得了巨大的荣耀。

获胜后的力达不需要像父亲当年那样，骑着马在草原上游走炫耀了。无数人来到他的蒙古包拜他为师跟他学跤，还有很多蒙古牧民向他提亲，那些草原的姑娘都盼望着做他的妻子。力达在众多姑娘中，看中了一个美丽超群的，想当天和姑娘成亲。巴图说，你想让她更崇拜你，就去获得更大的荣耀。

力达反问父亲："难道还有比'那达慕跤王'更荣耀的吗？"

巴图没有说话。

力达说："父亲没必要为儿子担心，我成了亲也会天天练跤。儿子不敢说永远称王，坚信十年内没人能摔败你儿子。"

巴图说："你的理想有点儿渺小了，你摔败了北平跤王刘学栋，你的荣耀才会在天下传响。"巴图近两年来，常听皮货商说起北平的跤手刘学栋，说他身材高大，跤技出众，在内地称王已无非议，巴图那时就想有朝一日让儿子去摔翻他。儿子获得了那达慕跤王，他便向儿子提出了这个目标。

此时的力达超常自信，甚至有点儿狂妄。他自感凭着硕大的身躯和精湛的跤技，能摔败天下任何跤手。他向往像祖先成吉思汗那样，令全世界记住自己的名字，他当即答应了父亲。他对心爱的姑娘说："等我从北平摔败了那小子，就回来娶你。"他的话几天内便传遍了整个草原。

力达为了尽快实现父亲的夙愿，收拾好行李，次日便跟皮货商踏上了去北平的路。一路上，他听到了不少关于刘学栋的传说。说刘学栋不但摔败了北平所有的跤手，还把天津来北平夺跤场的徐三摔了几个跟头。还有人传他摔败了从蒙古来的搏克跤王，说那蒙古人身材多高大，劲头多足，最终还是被刘学栋摔翻。力达觉得这是对族人的侮辱，他估计，那所谓的搏克跤王充其量不过是个喜欢摔跤的蒙古皮货商。他不相信那跤手参加过那达慕搏克跤大赛，敢登

...... 225

上那达慕跤场的跤手都有相当的实力。力达发恨把刘学栋摔个半死，来挽回搏克跤王被摔败的名声。

力达来到北平当天，就去了张大柱的跤场。跤场足足有三四百人围观，虽然远不如那达慕跤场上万人观跤壮观，却也令力达吃惊。他这才相信刘学栋确实有相当大的吸引力。他抓开层层人群往圈中走，被他拨开的人不满地说："干吗？干吗？"欲同他理论，当看到身高两米多的巨人，就不敢再吭气儿了。力达来到前排，望着张大柱的徒弟光头亮子同刘学栋周旋。力达一眼就认出了刘学栋，知道他就是人们传说中的跤王。确实，刘学栋比旁的跤手高大健壮，眼神也异常自信。

力达也听说过张大柱有个大徒弟叫光头亮子，看见没有头发的跤手，力达便知他就是。力达听说过光头亮子的跤技也很高，就注视着他俩。

亮子确实很聪明，知道力气不如对方，就围着对方转悠，想用散手摔取胜。他见刘学栋稍稍走神，突然上步猛地使了个撩勾子，刘学栋身子趔趄一下，亮子接连使绊，快捷的连环绊令观众和力达目不暇接。刘学栋破解了连环绊，转入进攻。说起来他抓住对方，就能将对方摔翻，可他想练练散手摔技法，就同对方周旋。二人频频展示跤技和手法，刘学栋毕竟身材高于对方，胳膊也长出不少，所以当亮子上步时，刘学栋抓住了对手，先是一个搓窝，紧跟着侧踢，随即又是撩勾子，再加一个抹脖，便将亮子拍倒在地。

观众热烈地鼓掌。

力达不觉感叹，刘学栋确实名不虚传，那么大的个子，身子灵活协调得超过了比他矮大半头的亮子。他两脚落地轻盈，上腿撤步快捷如风，出手像闪电，这都令力达吃惊，他从来没见过跤技这么高的人。

亮子被摔翻后，爬起来又同刘学栋摔。刘学栋已不想同他散手摔了，上步一把抓住亮子，一个背揣将对方摔过了头顶。

力达惊叹刘学栋的力气，竟能把壮硕的亮子像摔孩子一样从身上扔出去。

观众掌声和叫好声响成一片。

刘学栋笑着绕场行走，向观众招手，也接受着观众的敬意。

刘学栋从力达眼前走过，力达见他如此张扬，有点儿受不了了。"尽管你跤技出色，力气过人，但不是我的对手。"想到这儿，他来到了场中。他忘记了父亲的叮嘱："先观察刘学栋几天，再上场和他比试。"

力达站在场中没有说话，观众望着他先是发愣，既而明白过来是踢场子的，不觉鼓起掌来。

刘学栋怔怔地望着力达，他从没见过这么高大的人。山东人素有"山东大汉"的美称，可在刘学栋记忆里，还没见过这么高大的，这时他才相信世上真有巨人。刘学栋望着对方，也没有说话。张大柱和他徒弟望着力达不觉心里一沉，虽然刘学栋无敌，但他对付这巨人也会很吃力，况且敢来这跤场挑战的也一定是摔跤高手。

力达伸手冲刘学栋比画着道："我俩来两跤？"

刘学栋望着对方半晌笑了："可以啊，兄弟。"

力达脱下蒙古袍，来到场边取搏克跤衣。那宽阔的背脊和牛腿般的胳膊把周围的人震呆了："这哪是人啊，是天神。"不少人心里嘀咕。力达穿上牛皮跤衣来到场中，观众惊呼起来："巨人，真是巨人！"力达比刘学栋高出大半个头，粗上一大圈，刘学栋在他面前瞬间缩成了个小人儿。观众不免为刘学栋担起心来。

力达冲刘学栋招了下手，示意过来。刘学栋没有贸然向前，思索着如何对付这庞然大物。力达见对方没有动，迈动巨人的脚步逼向前。他体重太大，脚落在沙土地上压出了深深的脚印。刘学栋见对方逼来，立马想到，同他抓起来摔肯定吃亏，就想用散手摔。散手摔最常用的技法是抓住对方的手腕使绊儿，可刘学栋见对方手腕粗如碗口，心里一冷，"抓不住啊。"刘学栋想打对方跤衣袖和跤衣领的主意，可对方用手臂挡着，刘学栋心想："若被那蒲扇般的大手抓住，就很难挣脱了。"所以他不敢贸然向前。刘学栋逗弄着对方，想让对方露出破绽，再上步使绊。力达一把没抓住刘学栋，心想："他太灵活了。"力达徒步放马，为了抓住马鬃，胳膊手练得异

...... 227

常灵活。力达见出手没有抓住对方,心里一惊:"他反应太快了。"他知道再抓还会落空,就想来个守株待兔。这是他从汉人的狼狗同蒙古人的蒙古獒咬斗中受到的启发。

那年,他见一个汉人牵着一条号称"中原第一狼犬"的狗来蒙古草原斗狗。说起来汉人的狗远不如蒙古人的蒙獒体形大,力量也差得很远。汉人的狗是吃粮食长大的,而蒙獒从断了奶,就吃牛羊肉啃骨头,这两种狗没法在一块儿厮咬。往往汉人的狗见了蒙古獒,就夹着尾巴而逃,逃得慢了被蒙獒扑倒,几口就被咬死。有人说蒙獒其实不是狗,是兽,只不过它会看护蒙古包守护牛羊,才被当成了狗。所以力达看到汉人介绍他的狗是狼和狗杂交出来的时,心里暗暗发笑:"就算它是狼,也无法跟蒙獒厮咬,蒙獒敢同六七百斤重的棕熊咬斗,咬败汉人的狗还不轻而易举。"棕熊来自苏联境内的森林,来蒙古大草原是专门吃蒙古牛的。蒙古牛肉香,尝过蒙古牛的棕熊不会再对其他动物感兴趣。蒙古牛形体高大,没一点儿肥肉,它犄角又弯又长,非常锋利,一群草原狼也对付不了一头蒙古牛,大棕熊却能轻易地吃掉它。棕熊会爬树浮水,来草原的棕熊经过了长途奔波身子异常灵活性情更凶猛,与蒙古牛交战,一掌便可扇碎牛头。从侧面攻击更可怕,迅疾地冲来向前猛地一扑,锋利的爪子如匕首便插进了蒙古牛的肋条,借着冲力和落地的重量,就撕下了大半张牛皮,顺便带下了牛的五脏六腑。蒙古獒敢同棕熊咬斗,足见它的野性和本领。

那汉人夸下海口说:"我的狼犬能咬败蒙古人的所有狗。"他的狗确实非常厉害,咬斗中,不但进攻快捷勇猛,还懂得伺机迂回。更不可思议的是好往对手身下钻,钻进去便猛撕对方的睾丸。狗的睾丸隐藏在阴囊中并不明显,它却能准确地撕咬下。这一手太厉害了,几个牧民的蒙獒刚开始占了上风,可很快被它撕下了睾丸,蒙古獒疼得在地上打滚儿。这时像狼的狗猛地扑上去咬住蒙獒的脖子,只晃动了几下,硕大的蒙獒便断了气儿。这汉人在蒙古人的驻地着实猖狂了些日子,他的狗也很争气,为主人赢下了不少钱和毛皮。不少凶猛的蒙獒都败给了这条狼狗。这条狼狗经过同几十条蒙獒激战，已熟悉了蒙獒的咬斗方式。狼狗变得更加刁钻，后面的咬斗已不像先前那么激烈了。

草原的人都非常爱自家的狗，也以它为豪，他们觉得世上没有什么狗能战胜蒙獒。当年，成吉思汗就是带着几千条蒙獒巨兽征战各地的，蒙獒比狮虎更凶猛，可现在这条狼狗却令蒙獒给主人蒙羞。

狼狗同蒙獒的每场咬斗，力达几乎都看了。他之所以看，是想从中悟出摔跤的道理。正当他以为蒙獒不可能战胜那条狼狗了，一个牧民却说他的蒙獒就能。他牵来的是一条硕大的狮子头蒙獒，这獒像头公狮，硕大的头颅披散着黑红的鬃毛，遮住了大半张脸，隐约才能看到它的眼睛。它四肢粗大，胸肌出奇地发达。蒙獒主人说，它曾经咬败过两头大棕熊，还把公熊的肚子撕开扯出了肝脏，这是几个蒙古人亲眼见到的。来观斗的众多蒙古人都希望这条威猛壮硕的蒙獒为他们挽回面子。可是力达却不看好它，这条蒙獒虽然很高大威猛，但力达觉得它抵挡不住那条狼狗的进攻。因为蒙獒体形过于庞大，动作就不那么灵活。而那条狼狗有丰富的咬斗经验，咬斗的技法花样繁多，且炉火纯青。这时的狼狗想钻入对方身下，会选择各种角度。尽管蒙獒不少是经过专门调教的，知道护着身下，但都防不胜防，雄性十足的睾丸照样被撕掉。有的蒙古人明白靠公獒不可能获胜，就牵来母獒与它撕咬。母獒虽不如公獒体形大力量强，却比这条狼狗也大出不少。那个汉人见是母獒，对爱犬悄声说了几句，狼狗像明白了主人的意思。咬斗中照样钻入对方身下，见没有睾丸，便翘头撕咬对方的肚皮，一下子就能撕开母獒的肚腹。围观的蒙古人还没回过神儿来，那条狼狗已拖着肝脏肠子钻了出来，母獒下水散落一地，惨不忍睹。

力达不对这头硕大的蒙獒抱任何希望，想着它会被轻易地撕掉睾丸，疼得在地上打滚儿。不少围观的蒙古人也说着丧气的话，或摇头叹息。

蒙獒同狼狗咬斗开始了，狼狗冲上去围着蒙獒狂吠挑衅，其实在寻找对手的破绽。号称咬败过两头大棕熊的蒙獒却动也不动，只是平和地望着对方跳跃狂吠，没表现出咬斗的兴趣，更不用说狂吠和扑上去撕咬了。它只是立在那儿静静地望着狼狗，像大人看着小孩儿哭闹使性子。蒙獒的表现是力达和所有其他蒙古牧民没有见到过的。蒙獒喜欢狂吠，狂吠声非常有震撼力，往往在十几里外就能听到。狂吠声不像狗叫清脆刺耳，而是低沉带有轰鸣声的。像崖壁坍塌时发出的声响，或大海发怒时传出的沉闷低吼。这条不叫的蒙獒静静地望着狼狗，狼狗主人心里嘀咕起来，不知这条硕大的蒙古獒是啥咬斗风格，只感到今天爱犬碰到了真正的对手。狼狗见对方岿然不动，渐渐地停止了跳跃和狂吠，在距蒙獒三四米的地方停下歇息喘气和不经意地走动，蒙古獒的眼神也变得疲倦和懈怠了。力达见状，感到很吃惊，他还从来没见过即将咬斗的狗会这般慵懒。正当他纳闷时，只见狼狗突然猛地一头向蒙獒身下蹿去，速度之快犹如闪电。令人没有想到的是，刚才还带有疲倦懈怠的蒙獒突然张嘴往下一叼，便掐住了狼狗的脖子。众人还没回过神儿来，只听"咔嚓"一声，狼狗便瘫倒在地上。蒙古獒松开口，低头瞧着狼狗，人们也望着，只见狼狗趴在地上已没有了气息。这时蒙古獒来到主人面前摇起了尾巴，众人才回过神儿来。力达快步来到狼狗旁，蹲下身用手抓了抓狼狗的脖子，里面发出了碎骨的声响，狼狗的脖子已被咬碎了。

  力达通过这条蒙獒同狼狗的咬斗，琢磨出了在摔跤中应采用的风格，就是凭借硕大的身躯自上而下的，用无人能及的力气，对劲敌来个突然一击。他此时神态更加冷静，尽管刘学栋逗弄他，力达就是不上当，他冷静地观察着对方，这让刘学栋无计可施。力达把刘学栋逼到了场边，刘学栋只得上步来个侧踢，脚踢在了力达左腿上，力达纹丝不动。刘学栋感到不是踢在了人腿上，而是踢到了粗树干上。刘学栋平时练习使绊，很注意绊子的力度，为了增强力度，常到天坛踢三百多年的松树树干，为此踢坏了无数双内联升鞋。

  内联升鞋全国有名。鞋面面料是礼服呢的，鞋底用粗麻线纳就，非常结实。刘学栋买的内联升鞋，鞋底下还纳有半指厚的轮胎底。可这样的鞋也经不住刘学栋的练功，往往十几天就踢坏一双。以至于刘明智对徐静心说："别给他买内联升的了，买庄户人家的吧。"庄户人家纳的布鞋鞋底也很结实，比内联升便宜很多。徐静心买来后，又让修鞋师傅砸上了厚轮胎底。即便这样，也经不住刘学栋踢树，往往八九天踢坏一双。可见，刘学栋使绊力度何等惊人。他对张大柱的徒弟使绊，使上便能将对方的脚踢离了地，可给力达使，竟没有踢动，刘学栋不觉心虚了起来。

刘学栋的绊子给力达提了个醒，他身子虽然没有晃动，脚踝却被踢得生疼，他知道了刘学栋确实厉害。原想不费太大力气就能摔翻他的念头已在脑中消失了。他上前抓对方，也不像刚才那么大胆狂放了。

刘学栋面对力达更加小心，知道单绊进攻无法奏效，就想使连环绊。他见对方手臂长，思索着用什么样的连环绊摔翻他。就在刘学栋思索时，力达心里只有一个念头——擒住他，像那头蒙古獒王，一下子掐住狼狗的脖子置它于死地。

力达步步为营逼向刘学栋，刘学栋又被逼到了场边，他不得不进行最后的攻击。他上步来了个勾子，脚刚钩住对方的腿，力达一把抓住他的跤衣领。刘学栋欲挣脱，接连使绊，作用却不大。力达的两条腿像两棵粗壮的树，根深深地扎在地下一动不动，他把刘学栋拖到了场中。

众人望着他俩，人群中有徐静心和刘明智，他俩是采风路过跤场进来的。从力达来到场上，徐静心和刘明智就知道他是来向学栋宣战的，他俩望着这巨人，也为学栋提起心来。

刘学栋欲挣脱对方，却挣不脱，对方手臂太有力，刘学栋知道对方就要使绊了，不甘于被动，就用快跤接连使绊儿。力达身子晃动几下，但重心没有失去。在刘学栋想使最后的狠绊儿时，力达把刘学栋往怀里一带，然后腿伸到他裆里挂住一条腿向后一推，便把刘学栋砸在了地上。刘学栋曾有被跤手砸倒在地的经历，他们的重量无法跟这座大山比。刘学栋被砸得五脏六腑生疼，压得喘不过气来。力达知道自身的重量压在他身上多一会儿，就会耗掉对手不少力气，就有意趴在刘学栋身上笑望着他。刘学栋用力才把他推开。

观众望着刘学栋，不愿意见到这情景，可刘学栋确实躺在地上。力达爬起身，脸上现出笑意。众人望着他，觉得刘学栋已不可能再摔败这巨人了，包括徐静心和刘明智。

刘学栋艰难地爬起，觉得身上已没有了力气。对方笑望着他，意思还比吗？他觉得对手不会再比了，对手已感受到了自己的神力和震慑力。没想到的是，刘学栋望着他半响，竟点了下头。

力达有点意外，心里却高兴，他已经胜了一跤，知道再摔不会费这么大的力气了。他还想把这个跤王摔得爬不起来，或摔断胳膊摔断腿，也好回去宣扬自己是国内无敌的跤王。虽然自己不能像祖先成吉思汗被世人皆知，却也让一部分国人知道自己了不起！

刘学栋活动着肩膀腿脚，恢复着力气，想着用什么办法摔倒对方。在旁边的张大柱却不想让他再摔了，张大柱为刘学栋惋惜，也知再摔，学栋很可能受伤。他冲刘学栋摆了下手。刘学栋眼睛移向观众，想看一下观众的反应。

观众眼神流露出失望和怜悯，他也看到了徐静心，她眼中流露出担心和心痛。他也看到了刘明智，刘明智摇了下头，意思也是别摔了。刘学栋忽然身上来了劲，"你们越觉得我不行，我越要摔下去！"他也定出了战术："不再和对手用散手技法周旋了，散手摔没有胜算，早晚被他抓住。"他觉得主动抓把可能效果好一点，在刚才两人的纠缠中，刘学栋几脚还是把对方踢得有点儿晃动。"要是继续使绊儿，有可能摔翻他。"想到这儿，他冲对方招了下手。

力达见刘学栋冲自己招手，有点儿发愣。尽管力达希望再摔，可见刘学栋表现出主动，就有点儿不可理解了。"难道他宁愿受伤，也要挽回面子？"他思索着。他从对方眼神看出，刘学栋对获胜充满了渴望。力达的士气受到了一点儿打击，面对拼命的人，任何高手也会心有忌惮。他活动一下脖子逼向对方，想把刘学栋逼到场边，抓住他再把他压倒在地。没想到刘学栋直接朝他奔来，一靠近，便快捷凶猛地抢把。

徐静心被刘学栋的气势惊呆了，她知道刚才刘学栋被力达重重压在身下消耗了很大的力气，没想到他竟像猛虎一样冲向对方。

刘学栋抓住力达的搏克跤衣袖和前胸襟，侧身使大别子，没能撼动对方，随之来了个撩勾子，撩起对手的腿后，又钩住了另一条腿，力达向后趔趄一步。刘学栋见他重心后移，凭借身体的冲力来了个剪腿，把对方砸倒在地。力达像座大楼坍塌了，身子重重砸在地上，把场周围的人都震了起来。观众回过神儿来，兴奋地鼓掌叫好跳脚。

一向稳重的张大柱也连连跳脚："好好，太好了！太好了！"

他的徒弟也高兴得像发了疯跳脚鼓掌拥抱翻跟头。

徐静心激动地流下了泪，手捂住嘴望着学栋哭出了声。

刘明智拍手兴奋地感叹："聪明，聪明，太聪明！"他眼圈有点发红。

力达这一倒地震得他五脏生疼，消耗了他巨大的体能，自信心也受到了很大的冲击。在他的记忆中，还没有这么重的被摔倒过。他望着刘学栋想马上爬起来，四肢却不听使唤，脑子还有点儿发蒙。两年来，他很少被人绊倒，更别说重重摔在地了。

刘学栋摔翻了力达，站起身向观众挥手致意。

观众大声地呼喊鼓掌："跤王！跤王！跤王！"

刘学栋看见了徐静心，见她激动地捂着嘴流泪，想冲进人群把她抱起。

刘学栋围着场子转了一圈，见力达还没有爬起来，来到他身边伸出了手。力达不想被对手拉起，却没有爬起的力气，只得向刘学栋伸出手。刘学栋两手抓住他的巨掌吃力地把他拉起，力达望着对方，觉得很可能摔不过他了。力达此时离开最明智，虽未摔败跤王，摔成平手回草原也有吹嘘的资本。可力达没有这么做，他喘息片刻，冲刘学栋点了下头。

刘学栋笑着快步向前，他已从对方眼神中看出对方失去了自信，想借机摔翻他。力达见刘学栋冲来，连忙做出防守的姿势。刘学栋同他抢起了把，刘学栋不等对方反应过来，用头遮住他的视线，接连使绊。力达已不是巍然不动的泰山了，在刘学栋快跤攻击

...... 233

下，不停地趔趄。刘学栋一个麻花绊盘住了对方的腿，见扳不倒对方，借力打力来了个大别子，将力达重重摔在了地上。这下子摔得比刚才还重，力达像座矗立的山崖倾倒了。

周围的观众兴奋地鼓掌跳脚欢呼，"跤王！跤王！"欢呼声犹如山呼海啸。

徐静心激动地哭了，刘明智也开心地大笑。张大柱简直发了疯，他和徒弟围着场子来回乱窜"哇哇"地大叫。

力达躺在地上望着周围，想爬起来赶紧逃离，却没有了力气。

刘学栋把力达拉起，给他拍掉了身上的沙土，观众和徐静心、刘明智、张大柱等人热烈地鼓掌。刘学栋揽着力达的腰，力达搂着刘学栋的肩膀出了跤场。

二人进了旁边的酒店单间，刘学栋点了一桌子菜，要了几坛子好酒，两人边吃边喝惺惺相惜。力达夸刘学栋跤技高，刘学栋说力达是天神。力达哈哈大笑，他把小时候父亲教他练跤的事儿说了。刘学栋也把过去的经历说给了力达，力达听着眼圈红了，说你能活到今天真不容易。刘学栋说回想过去也有点儿后怕，可我的性格就这样，再碰到那些事还会那样做。

力达端起碗说："兄弟，我现在才真佩服你，我先敬你。"

刘学栋忙摆手："别别别，说起来我该敬你。"

二人笑着碰碗，将酒干下。那一夜，二人不知说了多少话，喝了多少酒，喝到黎明，刘学栋眼皮已睁不开了。

徐静心一直在酒店大厅等候刘学栋。力达扶着刘学栋出来，问徐静心是不是学栋的媳妇。徐静心点头。力达对刘学栋说："我未婚妻也像你媳妇一样漂亮。"刘学栋迷迷糊糊地点头傻笑。力达背起他，跟徐静心回到了刘明智家。

下午，力达带着二十张上好的羊羔皮来到刘明智家，说给刘明智做一床羊羔皮褥子，给刘学栋和徐静心各做一件羊羔皮背心。刘学栋把他拉到西屋说，送给他两麻袋花生米、两麻袋山核桃、两麻袋大枣。力达不要，刘学栋当即装上车送到了力达的住处。力达说过些日子，我带你、你媳妇和你叔去看我们蒙古人的那达慕。

刘学栋说："我一定去，我很想去看看，到了那儿骑骑马，射射箭，再和草原的兄弟摔上几跤。"力达高兴地把刘学栋抱起转了几圈说："还有牛羊肉呢。"二人开心地大笑。

刘学栋回到家，把力达邀请他们去蒙古草原看那达慕会的事儿说了。徐静心很高兴，说："我一直向往天苍苍，野茫茫，风吹草低见牛羊的大草原，我们去。"

刘学栋说："当然去，我还要和蒙古兄弟摔跤喝酒吃牛羊肉呢。力达说他卖完皮货就装车回包头。"

刘明智说："我也很想去，只怕是去不了了。"刘学栋和徐静心问为什么。刘明智说："我觉得日本鬼子近期可能往关内打。"刘学栋和徐静心很吃惊。刘明智说："你们没听说日本军方和日本商人在东北、北平和关内抢购粮食、药品和生活用品？"刘学栋没有注意到这些。徐静心说她见过也听说过。刘明智说："这是日本人进攻关内的先兆。"刘学栋和徐静心的心提了起来。刘明智说："日本人一直想占有全中国。甲午战争打败了中国，割去了台湾，占领了东北，夺去了很多资源。又轻易地把张学良几十万大军打到了关内，野心就膨胀起来，肯定会全面侵华。"刘学栋、徐静心听他一说，去蒙古大草原的兴致也没有了。

徐静心没心思画画了，刘学栋对上跤场展示跤技也没了兴趣。

第十一章

1937年7月7日，日本对中国发动了全面的侵略战争。

早在几百年前，日本就流传他们将统治世界的说法。到了1868年明治维新，日本基本消除了幕府割据，大力学习现代科技，发展教育，很快强大了起来，这说法就更盛行。

此时的中国却在目光短浅心胸狭窄的慈禧统治下，国力日渐衰败。慈禧从1861年垂帘听政，到1908年死去，统治了中国近半个世纪。中国被日本拉开了差距。

慈禧当权只干了两件事：一是在朝廷钩心斗角。她先后扶植了三个傀儡皇帝，即同治、光绪和宣统。二是极尽奢华地享受人生。慈禧为了享受，让人提前给她编织了死后穿的御衣，御衣上镶嵌着五百六十颗硕大的珍珠和无数宝石，价值千万两白银。她每顿吃一百二十道菜，有一道她喜欢吃的菜，值上百两银子。上百两银子是当时近百个普通中国人的一年收入。

慈禧的私房钱有两万万两白银，足够增建二十支北洋舰队，可慈禧却不肯拿出一文，只用来享受。慈禧一天生活费为白银四万两，宫廷半月的花费就可购买吉野巡洋舰一艘。她为了过六十大寿，不惜动用北洋海军军费来修缮颐和园。而此时日本天皇的妻子，却拿出了所有首饰给日本海军当军费。日本海军就是用这些钱购买了英国的巡洋舰，命名为"吉野号"。吉野在甲午战争中，击沉了北洋水师的主力战舰。北洋水师作战不是不英勇，只是军舰落后，无法跟日本先进的军舰相比。北洋水师的不少炮弹是从英国黑市买来的，里面根本没有火药，全是沙子，日本战胜中国也就不难理解了。

甲午战败给中国人带来了丧权辱国的《马关条约》，条约规定：割台湾给日本，将物产最丰富的东北三省令日本享用百年。

日本将东北的矿石、物产夜以继日地运往日本，使日本东京一年的产值翻了六倍。日本人恨不能全面占有中国，只因势力弱于英、法、美、俄，才没敢做大动作。随着日后英、法、美、俄在中国的势力削弱，日本吞并中国的野心又膨胀起来。日本上层普遍认为只有占领了全中国，日本才会成为世界最强大的国家。当然也有反对声，少数人认为，中国军队虽然战斗力不强，但人多地广，日本还不具备全面占领中国的实力。但这声音在1931年九一八事变后便销声匿迹。日军四千人偷袭北大营，轻而易举地就把张学良的几十万东北军打到了山海关以内。日本上层普遍认为，占领中国不会费太大的事儿。并预计：三个月占领华北，六个月占领全中国。

日军很快打到了北平，把这个五朝古都变成了人间地狱。日寇疯狂地烧杀抢掠，街道上遍布尸体。

刘学栋早恨日本人。很小时听父亲说，日本人从德国手中抢过了胶济铁路，大量地往日本运中国物产。铁路沿线百姓非常气愤，就自发地破坏铁路，结果被日军杀死了无数人。

刘学栋父亲和奶奶死后，他来到了济南，二叔又跟他说起了1928年5月的济南五三惨案：当时北伐军在山东地界比较活跃，日军借口保护驻山东的日本侨民，从青岛登陆了五千日军，他们从东往西一路烧杀抢掠。冲进济南，把俘获的几百名北伐军人杀死。还把当地政府的蔡公时等官员捆绑起来毒打。蔡公时痛斥日军，被割去了耳朵鼻子和眼睛。日军接下来开始了惨无人道的大屠杀，几天内杀死了六千多军民，轮奸了无数妇女。刘学栋想起来，就恨得牙根痒痒。

这天，刘学栋和徐静心正在收拾院子，忽然听到大门外的喊叫声，二人快步来到院门前，从门缝向外窥视。看见几个日本兵正野蛮地令几个青年给他们鞠躬，一个青年不肯，日本兵一刀将他刺死。日本兵每天在北平刺杀上百个中国人，此事发生在眼前，差点儿把徐静心吓死，刘学栋恨不能冲出门捧死日本兵。

中国历史上出过不少抗击外来侵略的英雄，像岳飞、戚继光、瓦氏夫人。但不可否认中国也出了大批汉奸，汉奸屈于强虏，心甘情愿地当奴才祸害国人。兴和药铺林掌柜和账房就是这类人，他俩一见日军进城，像奴才一样挥动日本旗子欢迎。鬼子军官冲他们打了个招呼，二人竟受宠若惊。

刘学栋透过门缝看见，气愤地骂道："狗，就是他妈的狗！"

刘明智从他身后看了，呸了一口："瞎披了张人皮！"他转脸对刘学栋和徐静心说："这狗快要咬人了，这种人欺弱怕强，找到了日本主子肯定咬人，他觊觎这院子好久了，不会不来找事儿。"

刘学栋轻蔑地说："有我还怕他？"

"他一人不怕，可他身后有日本人。"刘明智说。

果真像刘明智所说，几天后，林掌柜就敲响了刘明智的院门。徐静心厌恶地问他："有什么事？"

林掌柜进了院笑着走向刘明智："好些日子没过来瞧瞧刘先生了，贵体可好？"

刘明智鄙视地望了他一眼："谢，我挺好，不劳你操心。"

刘学栋也冷冷地望着林掌柜。

林掌柜来到刘明智面前装模作样地端详了一会儿："面色红润，眼光有神。比过去强多了，还是我那药管用了，那是宫廷秘方，配有蜈蚣、蝎子、蛤蚧粉、川贝，名贵药吃了就管用，你觉得管用了不是？"

刘明智厌恶地说："劳你操心了，钱不是早付给你了？"吃林掌柜的药是多少年前的事儿了。

林掌柜笑着："嘿，弄得我不好意思，我们是什么关系，远亲不如近邻。整天低头不见抬头见，你这儿打个喷嚏我都听得到，给我钱疏远了，疏远了。"

刘明智不耐烦地说："你没事儿，我回屋休息了。"说着站起身。

林掌柜拦住他:"坐下聊聊。"

刘明智冷笑一下:"我和你有什么可聊的,你成天忙着给日本人进药治病,我不耽误你工夫。"

林掌柜说:"我再忙也不能不过来看看老哥。挣钱算什么,人生没几个亲朋好友,钱再多有啥意思。不过话说回来,钱放在那儿不捡是个傻瓜。你别呲我给日本人干事,我是生意人,只要挣钱,给谁干也是干。"

刘明智讽刺道:"给日本人治好伤,好让他们拿着枪拿着刀杀中国人?!"

林掌柜板下脸:"你破坏大东亚共荣圈,亏了我们是邻居,叫旁人听了,告你一状,你不掉脑袋才怪。"他之所以说出这话,是觉得背后有日本人撑腰,通过给日本鬼子供药和治病,他和日本军方已混得很熟。

刘学栋听他这么说,恨不能把他扔过院墙,但想到三叔的话,才强将怒火压下。

刘明智气愤地冲林掌柜:"说你是中国人,我都替你害臊!"

林掌柜笑着说:"面子当吃当喝?别人爱说吗说吗,我不在乎。"他确实不在乎,周围的邻居和认识他的人见他整日给日本军方忙活,都在背地里骂他,他觉得无所谓。至于日本人杀多少中国军人和老百姓,他更不在意,还盼着仗打得越厉害越好,挣大钱。

刘明智生气地一挥手:"学栋,把林掌柜请出去!"

刘学栋沉着脸过来。

林掌柜忙说:"慢慢,刘先生,今儿我来想跟你商量个事儿。"

"我跟你有什么可商量的,笑话。"刘明智不屑地道。

"我打谱高价租你西屋。"

刘明智瞪大眼睛:"什么,租我家房子?"

林掌柜说:"给日本人进的药材太多,我那里盛不下。"他指着隔壁:"原先我也不打算租你的,可日本人货要得急,误了事,那可不是闹着玩的,再说你不也弄点钱花。"

刘明智气愤地说:"你给日本人当狗,还拉着我给你垫背。别说给钱，给金子也不要。我刘明智堂堂学者，不会为五斗米钱折腰。走，快走！"他气得咳嗽起来。

林掌柜还想说什么，刘学栋上来一把推了他个跟头，林掌柜看着面色铁青的刘学栋，吓得连滚带爬地跑了出去。

林掌柜走后，刘明智对刘学栋和徐静心说："这狗汉奸不出三日就会带人来抢占咱的房子。"

刘学栋眼一瞪："他敢？"

刘明智冲他摆摆手说："我说话的意思是先给你打个招呼，别遇见事控制不住性子，引来杀身之祸。"

"士可杀不可辱。"刘学栋从小就恨日本人，现在见日本鬼子杀了这么多北平百姓，恨死了他们。

"你出了事，我和你二叔怎么办？我们膝下无子，刘家就你一棵独苗，你出了事我们还活不？"刘明智说的实话，他最担心的是学栋，学栋出了事儿，刘家就断子绝孙了。

刘学栋不再说什么了，可恨压在心里，烧得心肺生疼。他从十五六岁便同恶人争斗，日本鬼子比恶人恶千倍万倍，刘学栋恨不能杀死他们。这一夜，他气得没有睡着觉。

次日，刘学栋在门口卖东西，突然一队鬼子兵在翻译的带领下推开刘学栋闯进院里，翻译冲屋里喊："谁是房主？"正在门口给刘明智煎药的徐静心惊恐地望着他们。

刘明智咳嗽着从屋里走出来问："什么事儿？"

翻译向前几步说："军事需要，先租你这间屋。"说着用手一指西屋。

鬼子兵冲进去将土特产扔出门外，跟进院的刘学栋看见，气得眼珠快要瞪了出来，徐静心忙过来拉他进了北屋。

刘明智问翻译："为么非租这屋子？"

翻译说："给兴和药铺当仓库。"翻译对手下做个手势让他去请林掌柜。片刻，林掌柜颠颠地跑过来。翻译对他说："今后你就用这间屋子，谁不服从格杀勿论！"说完带人出了院子。

林掌柜笑着来到刘明智面前说："刘先生，这事不怨我。上回你不租，我到别处租，可太君不同意，说路途远耽误事儿，强令我租用这房子。没法，军令不可违，这是皇军的事儿，我做不了主。你要是不愿意，找皇军理论去。"刘明智、徐静心气愤地瞪着他，刘学栋恨不能上前摔死他。林掌柜环顾院子指指墙壁："还是把墙扒开，省得你开门关门不方便。"说完腆着肚子走了。

墙被推倒了，账房指挥着伙计往西屋搬药材，刘学栋看了愤懑难耐。刘明智劝学栋有点大将风范："先让他一步又何妨，留得青山在，不怕没柴烧。我就不相信小鬼子能在中国待个十年八年。"徐静心悄声对刘学栋说："你三叔说得对。"说着拉刘学栋进了北屋。

伙计运完药材，账房陪林掌柜过来查看。看完，林掌柜同账房坐在石凳上闲聊，就像在自己院中。刘学栋隔窗望着他们气炸了肺。

第二天早上，刘学栋将麻袋搬到门口准备摆摊，对面水果摊小贩问他："你怎么还干这个？不是和林老板给日本人加工药材吗？"

"谁说的？"刘学栋瞪着眼问。

"药铺林掌柜。"

刘学栋大怒："他放屁！"说着将东西扔回院子。

刘学栋进了院看到林掌柜正指挥着伙计晾晒药材，气得冲过去踢倒晒药的台案。林掌柜和伙计吓得跳到一边。刘学栋又踢又踏，还不停地指着林掌柜叫骂。徐静心赶紧跑来拉住他，刘明智也推他进屋，刘学栋一甩手走出了大门。

刘学栋怒气冲冲地在街上往前走，觉得自己受了天大的侮辱。他来到天坛古柏下猛力踢着树干，树皮一块块掉下，他依旧踢着。踢累了，疲倦地躺下怅望着天空，水果小贩的话在他耳边响起："你怎么还干这个，不是和林老板给日本人加工药材吗？"刘学栋气得差点咳出血，他知道水果小贩的意思，自己也成了汉奸。他猛地翻身起来快步出了天坛。

他走过几条马路，来到"美孚汽油店"，买了一小桶汽油。

他拎着汽油来到了茶馆，伙计见他进来忙招呼让座，刘学栋示意上壶茶，伙计应声而去。刘学栋坐下半晌，心才慢慢地平静下来。

一会儿，伙计拎来一壶茶。卖花生米的进来，刘学栋买了一包，边吃喝边琢磨着。天渐渐暗了下来，他躺在条凳上呼呼睡了过去。睡到深夜，他醒来看到茶馆空无一人，就提着油桶出了门。

街上黑漆漆的没有一个人影，刘学栋大踏步地往前走，拐过几个胡同来到院门前，打开门走了进去。

刘明智、徐静心一直为刘学栋担心没有睡。徐静心听到院中的动静问："学栋回来了？"

刘明智也隔窗喊："回来了，学栋？"

刘学栋答应一声进了东屋，他将汽油放在桌上，透过窗户望向西屋。过了半个时辰，他约莫着叔和徐静心都已睡了，就拿着扳手拎着汽油来到西屋门前。他掰断门锁进了屋，见屋里堆了几十个盛药材的麻袋，架子上摆着一些药盒子。刘学栋笑了。他将汽油泼在上面，随手掏出火柴将汽油点燃，药材越燃越旺，刘学栋笑着退出门。

突然，北屋传来刘明智的惊呼声："静心，院里着火了！快去喊学栋，快去！"

刘学栋快步来到北屋窗前低声道："叔，别喊，火是我放的。"说完走到东屋门口观望。

火势越来越大，药材烧得"噼里啪啦"作响。大火烧着了门窗房顶，火苗从屋里冒出，将院子映得通红。刘学栋笑着欣赏着自己的杰作。刘明智站在北屋门口急得连连跺脚，徐静心却平静地站在他身后。

外面有人喊："失火了，失火了！"

林掌柜、账房、伙计乱哄哄地从断墙过来，看到熊熊大火，林掌柜、账房声嘶力竭地令伙计提水救火。刘学栋笑望着他们，就像看马戏。

徐静心望着刘学栋，像意识到了什么，心里七上八下的。

天刚亮，林掌柜带着日本军官、翻译和一队宪兵闯了进来。

林掌柜指着一片废墟气急败坏地说："我给太君准备的药材全烧光了，全烧光了！"

日军官阴沉着脸对翻译咕噜了几句。翻译问："谁烧的？"

林掌柜用手一指刘学栋、刘明智、徐静心："是他们！"

日本军官一摆手，鬼子兵凶神恶煞地冲了过来。

刘学栋喝道："慢，我叔有病，我婶一个女人，有什么事找我。"

翻译看了他一眼点了下头，鬼子兵上来架他，刘学栋一抖膀子："用不着！"两日本兵被甩了个趔趄，刘学栋从麻袋抓了把花生米吃着出了门。

刘明智吓坏了，害怕侄子受重刑丢命，急得连连咳嗽。静心忙过来给他捶背，刘明智令她快点儿拿出钱来，徐静心忙把盛钱的盒子搬到了桌上。刘明智思索着找何人打点关系救出侄儿。他很为难，过去他不好交结人，和官场的人更没来往，现在为了救学栋，急得抓耳挠腮。他想来想去还是找校长吧，校长毕竟是个官，听说跟日本人还有来往。自己同他关系不好，可为了救学栋，不得不去找他。他拿了三十块大洋去了校长家。

校长听了他侄子为何被抓皱起了眉头，他跟日本军方没联系，有联系的是分管教育的日本官员。他本想推辞，看到桌上的大洋，就不想放弃了。他对刘明智说："我尽量想办法吧。"刘明智催他快点儿，说晚了侄子有危险。校长答应着和他出了门。

校长见到日本官员轻描淡写地说了这事的经过，他觉得三十块大洋已经到手了，无非应付一下，说的时候还不忘显示自己重情义："我之所以帮那教授，是他在我校教书多年。"

分管教育的日本官员恨反抗日本人的中国人，当即说："你插手此事没好处！"

校长来到刘明智家说，自己找了分管教育的日本高官，高官答应马上同军方疏通，尽力救出你侄儿。还叮嘱刘明智，你侄子回来，要嘱咐他识时务，现在是日本人的天下，当顺民才能保住命。

刘明智千恩万谢地送他出了门，和徐静心焦急地等待学栋回来。

刘学栋被带进了一个摆有各种刑具的刑讯室，一个日本兵牵着条狼狗立在旁边，狼狗吐着舌头目露凶光。两个日本兵捆住刘学栋的手腕，把他吊到了半空中。刘学栋忽然想起了铁铉，铁铉是明代山东参政。燕王朱棣反叛，欲攻下济南后再攻都城南京。铁铉死守济南，令朱棣猛攻三个月都未攻下。朱棣亲至城下劝降，铁铉不降还攻击他。朱棣只得绕过济南去攻南京，攻下后回来攻下了济南。他令手下用酷刑折磨铁铉，铁铉宁死不屈。朱棣下令割下他鼻子耳朵塞入他口中，问啥滋味儿。铁铉边嚼边大声道："良将身上皆好肉，滋味儿好得很！"说着咽下。朱棣气疯了，将他剥骨剔肉。铁铉忍着剧痛大骂朱棣，朱棣只得割断他的喉咙。刘学栋每次去大明湖北岸的铁铉祠，看他的事迹都感动得泪水涟涟。现在刘学栋想："我今天就当回铁铉了！"

几个日本兵将鞭子蘸水后上前抽打刘学栋，刘学栋咬着牙瞪着他们，心想："打吧，看你们能打得多狠，我受刑能比过铁铉吗？"日本兵见他瞪眼怒视，抽打得更凶。抽打累了解开狼狗，狼狗扑到刘学栋身上发疯似的撕咬，刘学栋顿时变得血肉模糊。他忍着痛想："这点疼算吗，比铁铉轻多了，我鼻子耳朵不还在吗，也没被剥骨剔肉。"日本兵见他不求饶还怒视，就抡起鞭子木棍更狠地抽打他，狼狗撕咬得也更疯，刘学栋渐渐地神志不清了。

日本军官指使林掌柜上前质问刘学栋，林掌柜胆怯地来到刘学栋面前，壮大着胆子瞪眼问："你为什么烧皇军药材？"刘学栋耷拉着头。林掌柜见状，胆大了起来："你他妈装聋作哑！怎么不神气了？你跟老子作对，就是跟皇军作对！不管你承认不承认，我今天都让你死！"他巴不得刘学栋这会儿死，死了，就能得到觊觎已久的刘家宅院。

刘学栋抬起头看了他一眼，一口血水喷到他脸上，林掌柜"嗷"的一声跳出老远。日本军官用手一指，狼狗又狂叫着扑了上去连撕带咬，瞬间刘学栋成了血人。

翻译不忍看这惨状转过脸去。

日军官上来厉声问刘学栋："是不是你？！"

刘学栋瞧他一眼闭上眼睛，日军官恼怒地拔出战刀欲捅刘学栋。翻译上前拦住，日军官侧过脸瞪着翻译，翻译说："我看不是他，中国人把土地、宅院当成命根，烧自己宅院没听说过。再说皇军刚占领北平，杀错人不利于长治久安。"他佩服刘学栋这样的汉子。

日军官思索片刻点了下头。

林掌柜看到了日军官的表情变化上来说："就是他！"他指着刘学栋："错不了，是他烧了皇军的药材。"日军官摇头。林掌柜说："错不了，太君叫人'咔嚓'了他……"他做了个用刀劈杀的动作。日军官摆了下手，林掌柜心有不甘地："弄死他算了！"

翻译上来推他一把让他走，林掌柜一步三回头地冲日军官喊："太君，不能放虎归山啊，不能……"

翻译厌恶地将他推出了门。

刘学栋被抬回四合院东屋，已奄奄一息。刘明智抱着刘学栋痛不欲生，哭喊着："不是人呀，不是人……把我孩子折磨成什么样呵……"徐静心边哭边用水擦拭刘学栋的身体。

突然，刘学栋身体一抖一口血水喷出，随即身子瘫软了。刘明智惊叫一声晃动着侄子，刘学栋一动不动，徐静心慌得不知所措。

刘明智喊："快去请大夫！快去，快去呀！"徐静心回过神儿来，急忙跑出门。刘明智紧紧抱住学栋声音颤抖地哭叫着："孩子，你别死，别死……你婶去找大夫了，一会儿就回来，一会儿回来呀……"他的脸贴着刘学栋的面颊，用力摇晃着。

不一会儿，大夫提着药箱同徐静心闯进来，他紧张地号脉、听心跳，又扒开刘学栋的双眼。徐静心和刘明智提心吊胆地看着，大夫叹了口气摇摇头往门外走。

刘明智恍然明白了什么，哭喊着："大夫，大夫……"

大夫还是出了门。

徐静心跑出去拦住大夫"扑通"跪在他面前哀求："大夫，大夫您再看看……"

大夫说："准备后事吧。"

徐静心抱住大夫的腿不放："求求您,救救他,救救他……我求您了,求您了……"大夫挣脱开她走出院门,徐静心趴在地上号啕大哭。

刘明智抱着学栋悲痛地哭喊着："日本兵不是人,不是人啊,是魔鬼,魔鬼,打死了我侄儿,老天为何不惩罚他们？老天早该灭绝他们！"他想起日本鬼子之所以打学栋,是隔壁林掌柜引来的,更恨他："他太坏了！不知廉耻的汉奸,狗汉奸！你也不死,祸害人！"突然,一阵剧烈的咳嗽使他喘不过气来。徐静心忙跑过来扶住他,刘明智口中咳出了血。徐静心扶他进了北屋,刘明智老泪纵横不停地咳嗽,徐静心扶他躺下,然后跑到东屋,扑在刘学栋身上大哭。她觉得已挽不回学栋的生命了,伤心地号啕,哭昏了过去。

徐静心醒来已是夜间,她坐起身把刘学栋抱在怀里,轻轻抚摸他的面颊。她痴情地望着学栋苍白的脸,眼泪似散落的珍珠打在他脸上。徐静心知道学栋已经死了,她不明白这样健壮无比的人怎么会死。可是他确实死了,他的身体已没有了体温。她感到一阵战栗。她太爱学栋了,爱他的一切,相貌举止勇气和真诚。学栋做的一切都令她佩服,她不止一次地想："若和学栋成了亲,自己就是世上最幸福的人。可学栋死了,做夫妻的愿望也随之破灭……"想到这儿,她哭了起来。她抚摸亲吻着学栋,悲泣地哭着："你怎么会死呢？你这样的男人不会死,谁也敌不过你,你不会死,我多想再和你一块儿卖大枣、花生。你知道路过的人说我们什么？说那两口子,人家说我们是两口子……"她低头吻着刘学栋的额头："两口子一个死了,另一个还活着干吗,我也随你去……"哭得泪如雨下。

突然,她感到刘学栋的身体动了一下,她惊骇地望着他。学栋没有动静,她拍拍他的面颊,刘学栋的眼皮动了一动,她惊骇地冲窗户大喊起来："快来呀,快来呀……"她低头死死地盯着刘学栋,生怕眨眼他跑了。

只见刘学栋长长地舒了一口气，微微睁开眼睛。徐静心破涕为笑，狂喜地搂住他，脸紧紧地贴在他的脸上，笑出了声。

刘明智跌跌撞撞地跑进来，看着侄子有了气息悲喜交加老泪纵横："学栋，你可醒了，真把我吓死了……"

刘学栋无神地看看刘明智，又看看徐静心。当他意识到躺在徐静心怀里想挣扎着移开，徐静心让他别动。徐静心让刘明智倒杯水来，刘明智端来水，徐静心一勺一勺地喂他，刘学栋渐渐有了一点儿精神。

刘明智凑近刘学栋的脸说："孩子，你真是在鬼门关上走了一遭啊。是你婶，不，是静心把你拉了回来。"刘学栋看着徐静心有点不好意思。徐静心也恢复了常态将他放倒在床上。刘明智悲喜交加地说："大难不死，必有后福。我儿不死，全家人有福啊……"

刘学栋有气无力地说："叔，俺烧了你房子，你心疼不？"

刘明智激动地说："烧得好，烧得好，你烧出了咱刘家人的骨气。街坊邻居知道了谁不敬咱，别人都像咱，成不了亡国奴！"

徐静心望着刘学栋，更佩服爱他。前些日子，刘明智的一个学生从南方来，告诉老师：日本军人在南京屠杀了十多万中国军人。令人不可思议的是，竟没有一个军人反抗。一天一百多个日本军人押着几万国民党军俘虏去屠杀，竟没有一个俘虏逃跑。有一个外国记者在他们死后说，若中国军人反抗或逃跑，就不会有那么多人被杀。可这些军人却像待宰的羔羊，乖乖地顺从地走到了屠杀场接受日本军人的子弹。徐静心情不自禁地想："假如刘学栋是那几万军人中的一员，绝不会任人屠杀，肯定反抗。一反抗，其他军人也会反抗或逃跑，那有多少人可以死里逃生？"望着刘学栋，她激动得难以自抑，心想："学栋没受伤，我会毫不犹豫地扑到他怀里。"

林掌柜听账房说刘学栋活了过来，先是吃惊，明白过来吓坏了，他没想到那个被打烂咬烂的人还能活过来，他吓得从椅子上滑落到地上。想起刘学栋圆睁双目怒视日本兵，迎接皮鞭抽狼狗撕咬的情景，他不寒而栗，心想："这哪是人啊，人被扎一下都疼得哎哟，刘学栋竟没有吭一声。"听说他活了，林掌柜吓破了胆，慌忙逃出了门。

　　林掌柜找了个偏远的旅馆住下，好几日没敢下楼。三天后，他才给账房打电话，让他赶快帮他买个离店远的宅院。

　　宅院很快买下了，林掌柜住进后嘱咐账房，千万别告诉任何人现在的住处，说店里的事一切由账房打理。

　　刘学栋的伤好得较快，精神头一天比一天足。这天，徐静心端着一碗荷包蛋进来放到桌上，她给刘学栋垫了一下枕头，然后坐在床沿上端起碗用勺子调了调舀起一勺，吹吹凑到刘学栋嘴边。刘学栋有点不好意思，说自己来。

　　徐静心嗔怒道："胳膊抬不起来，能自己吃？"

　　"怎么不能？"刘学栋说着，艰难地想坐起，坐了几次没坐起来。

　　徐静心有点儿生气了："男女授受不亲是不是？当我稀罕伺候你。来，自己吃！"说完把碗蹾在床沿上，出了门。

　　在北屋吃饭的刘明智见徐静心进来问吃完了？徐静心没有接话。刘明智站起身要去东屋，徐静心叫住了他："甭管他，有能耐自己吃，今儿我非让他说个软和话，要不就饿着。"

　　刘明智说和他置什么气，说着往外走。徐静心说："你别去，今儿我倒要看看到底谁拗过谁。"她爱学栋，已把他当成了丈夫。

　　刘明智无奈地摇摇头回到座位吃饭。

　　刘学栋咬着牙几次想坐起都未能如愿，看着饭碗，他想了想，翻过身来想前移，腹部一着床板，疼得咧开嘴，他马上又翻过身去。他望着屋顶疼得喘息一会儿，憋足力气猛地翻过身，又是一阵钻心的疼痛，他咬牙忍住艰难地向床边挪动，每挪一下都生疼。挪到碗边已大汗淋漓。他嘴凑向碗，刚一张嘴，碗"啪"地摔落在地，他失望地闭上眼睛伏在床上喘息。

　　徐静心、刘明智听到东屋有响声，二人一惊。徐静心放下碗站起来："你吃吧，我去看看。"说着快步往门外走。

　　徐静心来到东屋，见趴在床上喘息的刘学栋一惊，又看到地上破碎的碗，她快步来到床边翻过刘学栋，解开他褂子，看到血水正从纱布渗出，鼻子一酸，眼泪"哗"地涌出，她坐在床沿上紧咬嘴唇哭了。

刘学栋安慰她："没事儿，头回这么吃不习惯，嘿嘿。"徐静心随手给了他温柔一掌，又轻声抽泣。刘学栋屈服了，垂下眼皮。徐静心去北屋端来自己的饭，用勺子舀起凑到刘学栋嘴边，刘学栋顺从地张开嘴。

夜晚，徐静心给刘学栋熬完鸡汤，又给刘明智煎药。她将药倒入碗中，端到刘明智床前。刘明智放下报纸，用埋怨的口吻："不是说不买药了吗？"

徐静心说："不吃药你的病怎么好？"

刘明智摆着手说："不碍事，不碍事，肺病夏天轻。存的钱不多了，把药钱省下来给学栋买只老母鸡补补身子。"

徐静心说："你不是不知道学栋的脾气，你不吃药，买来鸡他也不吃。"

"这小子秉性随我大哥，天生是个拗种。"

"当你脾气好啊。"她也很爱刘明智，从心里敬重他。刘明智的坦诚善良令徐静心钦佩。学栋未来前，她真想做他的妻子，尽管两人年龄悬殊，她却不在意，觉得丈夫大点儿，会更疼自己。她过去一直享受着浓浓的父爱，父亲去世后，她想在刘明智身上得到父爱的延续。除了父爱，刘明智还具有年轻人的活力，思想活跃，忧国忧民，他的学生和他就像兄弟。

"我脾气比我大哥好多了，我大哥和学栋一个样儿。"刘明智的一句话把徐静心的思绪拉了回来。

徐静心说："你文弱书生，却不屈从日本鬼子和汉奸，在我眼里你也挺拗。"经历了一些事情，徐静心对他更刮目相看。

刘明智受到徐静心的赞扬，发自内心地高兴："知我者，静心也，我喝，我喝。"

徐静心看着刘明智喝药，舒心高兴。她想世上有几个女人能像自己身边有这样两个出色的男人，一个像父亲关爱着自己，另一个是伟岸的丈夫，尽管现在还不是，但那不过是早晚的事儿。在两个优秀男人的疼爱中，徐静心觉得自己是世上最幸福的人。

刘学栋已能下床了。这天，他实在憋不住了非要到院子走走，徐静心扶着他一步一挪地到了石凳边坐下。

徐静心望着刘学栋，目光有点儿离不开了。学栋昏迷和睡觉时，她都疼爱地注视着他。伤见轻，徐静心更愿注视他的眼睛。学栋的眼睛不像过去明亮，眼神却更坚毅，那眼中流露出的愤懑，让她觉得他更像个男人。她爱他，发自内心地爱。刘学栋伤重不能起床，她好装作有意无意地将手放到他手上和胳膊上。现在有机会扶他行走，徐静心把学栋的胳膊搭在自己肩上，想好好地享受这个男人。是的，学栋伤没好，她不得不控制住感情，想等他好点儿，再放纵："那时我把他的手拉到我胸上……"

徐静心扶起刘学栋在院里走了几圈，有点儿抑制不住感情了，她恨不能倚靠在学栋怀中，享受他的温存。她害怕失态，扶学栋坐下后，忙进屋去给他倒水，借此平定情绪。她在屋里喘息片刻，才端水出来放到石桌上。她又收拾院子来平复怦怦的心跳，可她收拾了几下就再也收拾不下去了，她脸红红地对学栋说："你叔醒来问我，就说我出去买报纸了。"说完掩上门逃离。

刘学栋四下看看，目光落在练腿功的滑轮石锁上。他艰难地站起，一步一挪地来到石锁前，伸手摸摸，脸上露出笑容。他一只脚伸到拉环中，试着用腿拉动石锁，却拉不动。他慢慢地活动活动又用力拉，还是没拉起，却摔倒在地。

徐静心从门外进来，见学栋躺在地上，大叫一声跑过来，她扶起学栋说："干什么也得循序渐进，这会儿你拉不动，不如先绕着院子走走。今天三圈，明天五圈，后天十圈，绕一个月，练什么也没事了。"

刘学栋说，"那就先走走。"说着扶着墙艰难地行走，徐静心上前搀扶他，刘学栋推开她，一步步往前挪动。

刘学栋望着隔壁林掌柜的庭院，脸上现出怒气。"灾难是那个王八蛋带来的，没他给日本人当狗占三叔西屋，俺哪会烧他的药材。房子烧了，俺差点儿被日本鬼子打死，这都是姓林的造的孽，俺翻过墙去摔死他！"望着林家庭院，他眼中喷出怒火。徐静心见他这眼神，知道他想起了林掌柜那恶人，刚想劝学栋别生气，突然，门外响起嘈杂声，徐静心、刘学栋望向院门，嘈杂声更响。

　　徐静心劝刘学栋："别管外边的事，走你的。"刘学栋指指大门，示意徐静心去瞧瞧怎么回事儿。徐静心来到门口，透过门缝向外一瞧，见几个日本鬼子兵正对水果贩连踢带打，水果贩抱着头趴在地上，鬼子兵还不住手……徐静心不敢再看了，忙离开了院门。刘学栋问怎么回事儿，徐静心不敢告诉他。

　　一会儿，门口响起了敲门声，徐静心大着胆子上前打开门，一个血人立在门口，徐静心吓得"哇"的一声后退了几步。刘学栋吃惊地望着浑身是血的水果贩。

　　水果贩说："我想洗把脸。"

　　徐静心慌忙扶他在石凳坐下，然后给他端来一盆水。

　　刘学栋扶着墙过来问："怎么回事？"

　　水果贩说："鬼子抢我的水果，我不满地看了一眼，就打我。"

　　刘学栋气得喘息，他想起了鬼子在刑讯室里毒打自己的情景，突然抓住石桌沿猛地用力，把石桌掀翻在地。

　　两个半月后，刘学栋已能练石担石锁和腿功了。他练得满身大汗，徐静心劝他循序渐进，刘学栋似没听见。这时响起敲门声，徐静心打开院门。邮递员把一封信递给她，看着信封她进屋递给了刘明智。

　　刘明智拆开看完信说："玉泉楼生意被日寇汉奸搅得做不下去，二哥想让学栋到上海贩趟土特产。"

　　徐静心听了心里很不舒服，她不愿让学栋离开，哪怕一天。她想让刘明智回绝他二哥，说这里也离不开学栋。当想到他二哥不到万般无奈不会来这封信，就把到了嘴边的话又咽了回去。

刘学栋练完功进了北屋，刘明智把信递给他，刘学栋看完高兴地说："好，我拾掇拾掇就走。"说完出了北屋，来到东屋收拾东西。徐静心跟了进来说："你恨不能这会儿就走，是吗？"

刘学栋头也不回地说："那是，两年多没见二叔、二婶了，还有英子、王大厨、马师傅、黑蛋、振鲁、福生……"

徐静心伤心地倚门道："那里是你的家，这儿不是……"

刘学栋才听出话不对劲儿，回过头来，看到徐静心满脸伤感，不再兴奋，他停住手坐在床沿上，二人谁也没说话。许久，还是徐静心打破了沉默："好吧，你回去我得给你叔婶和英子准备点东西。"

刘学栋说："不用，济南什么都有。"

徐静心说："有，我也不能让你叔婶说我们这里不想着他们。"

刘学栋说："我回去解释，有这心就好。"

徐静心略有点儿生气地说："急什么急，晚回去几天，玉泉楼还能没了！"

刘学栋回过味儿来："说得对，准备准备，给家里带点稀罕的东西。"

徐静心才渐渐消了气。

"给英子找人做件褂子吧，要大花的。"刘学栋说。

徐静心问："英子多高？"

刘学栋比画着："这么高，挺瘦。"

徐静心说："我裁布给她做。"

刘学栋疑惑地说："你会？"

"会一点儿，不过慢点。"

"多慢？"

"两三天吧。"

"那就光买块布吧。"

徐静心说："布带回去也得做，不如做好让英子穿上高兴。再说我做的活儿也比济南裁缝细。"

"那你快去买吧，两天能行？"

徐静心略有点儿生气地说:"两天不行三天,三天不行四天。"刘学栋想说什么,一看徐静心这表情,话到嘴边没说出口。

刘学栋和徐静心来到丝绸店。徐静心看了一圈,最后选中几块料子,她问刘学栋:"二婶平时穿什么颜色的衣服?"

刘学栋说:"白的、蓝的、黑的。"

徐静心说:"那几种颜色太老气,带点花的应该更好,就怕买回去,你二婶嫌花穿不出门,还是买白的、蓝的、黑的吧。"说着让伙计各裁了几尺。

徐静心问:"你妹呢?"

刘学栋说:"她一个孩子家,穿什么真丝,棉布就行。"

徐静心说:"虽然是孩子,可进了玉泉楼,也该像大户人家的,我看买块红丝绸吧。"

刘学栋说:"别,孩子穿得洋里洋活的我看不惯,她也穿不出门,还是到棉布店里买。"徐静心不听他的,叫伙计扯了几尺。

徐静心开始给他婶和英子做褂子。本来她就不善针线,又不愿意学栋离开,活计做得自然很慢。刘学栋看到已过了五天还不见完活,就劝她别再做了,徐静心一脸的不高兴。

傍晚,刘明智、徐静心、刘学栋围石桌闲聊。刘明智对刘学栋说:"此次回济南你不要出头露面,过去的仇人税务局局长已成了济南保安处副处长,咱更得罪不起,虽说过去两年多了,可他肯定还记仇,再说人大了,本性已定,很难改变。俗话说三岁看大,七岁看老,他本性难移就像狗改不了吃屎。"

徐静心问:"那税务局局长姓什么来着?"

"于,于明德。"刘学栋回答。

刘明智说:"去上海更要小心,上海滩历来艰险。斧头帮、青红帮各种势力争夺地盘,你杀我砍。日本鬼子费九牛二虎之力占领了上海拼命报复,上海街道血流成河,情况比南京大屠杀死了三十万人好不了多少。你此次去,万万小心。"

徐静心说:"要我说,你济南得罪了人,上海又那样,还是不去为好。"她从心里着实不愿让学栋离开。

刘学栋看了她一眼说:"那不行,玉泉楼生意做不下去,不去上海卖点土特产无法维持生计。再说俺在上海交了个朋友,本该去年给他送蛐蛐,上海战乱没去成,今年说么也要去。"

刘明智说:"别劝了,学栋随我大哥,定下的事,九头牛也拉不回。"说着进了屋。

徐静心仍旧精心地做着裤子,刘学栋问她:"什么时候能做成?到现在还没缝一半。"

徐静心头也不抬:"看我闲着了吗?"

刘学栋说:"这点儿活,我二婶一宿就缝完了,哪像你几天才缝条袖子。"

"我精心细做。"

刘学栋指着衣服:"精心倒是,可做工不细,手也慢,半天扎不了一针,你啥时候扎完?"

徐静心说:"我也急呀,谁叫手不灵巧来着,早年要是常做针线,早就缝完了。"

刘学栋问:"还得几天?"

徐静心缝着衣服头也不抬:"缝了快一半了,你自己算吧。"

刘学栋着急起来:"我的妈呀,干脆就这么着吧,剩下的我带回去叫二婶缝。"

徐静心抬起头问他:"那你不是亮我的丑?"

刘学栋有点急了:"我得抓紧回去,我算过了,现在离白露也就十天,上海白露前后斗蛐蛐,我怎么也要提前送去,不讲信誉像话吗?"

"一个蛐蛐值得大惊小怪,我抓紧缝行了吧。"

"什么时候?"

徐静心说:"我夜里不睡了,加紧缝,真要缝不出来,你还能把我吃了?"

刘学栋真没办法了。

刘学栋着急回济南,莲花和英子更盼着他回来。

这天，莲花早早地坐在集市口等候英子了，她不时地望着来往行人。见英子同伙计出现，老远就喊："英子，英子。"英子看见莲花快步过来。莲花问："你哥回来了没有？"

英子丧气地说："没有，按说早该回来了，你想我爸让我上礼拜一发的信，就算信在路上走三四天也该到了，我哥性子急，当天不动身，第二天准往回走。按说上礼拜就该回来，可今天都礼拜三了还没见着人影。"

莲花问："不会信没收到吧？"

英子说："不会，送信的说地址对了丢不了。"

莲花沉思半晌自言自语地说："不会被狐狸精绊住吧？"

"啥？狐狸精？我哥不是那种人。"英子有点生气。

莲花望着她："英子，有些事你不懂，能把一个男人留在异地他乡的只有女人。"英子竖耳听着。"你想想吧，这里是你哥的家，有他叔婶还有你。他乐不思蜀，除了女人还有啥？"莲花解释。

英子闷闷不乐地走了。她快十七岁了，有了女孩儿都有的情愫。路上看见青年男女挨得近，或拉着手，她心里都会憧憬，也希望和哥像他们一样……听了莲花的话，她很伤心，尽管不完全相信，却也感到了不安。

夜里，英子反复回想莲花的话，觉得她说得不对："哥是正派人，不会有乱七八糟的事儿。"她有点儿反感莲花了，觉得她侮辱学栋哥，甚至不想再搭理她。可过了一会儿，她又觉得莲花说的不是没有一点儿道理："哥接到信十天了不回，定有原因。啥原因？难道真有狐狸精？莲花了解男人，她的推测也许有道理。"这让英子生气和担心。她有点儿后悔没早去北平："见到哥，或许那个狐狸精就不会出现了。"她恨自己为何没坚持去："去了大不了玉泉楼生意受损，可不至于失去哥吧。"

徐静心总算把活儿做完了，刘学栋的心也累坏了。

徐静心把刘学栋送到火车站，二人面对面站着没有说话。他们有许多话要说，却又说不出口。当广播里传出"去济南的旅客现在

……255

开始检票了",徐静心才轻轻握住了刘学栋的手,刘学栋看着徐静心伤感依依不舍的样子,很想把她揽入怀中,但他还是控制住了,只是攥住了她的手。旅客陆陆续续进了站口,徐静心轻声道:"走吧。"刘学栋才提起行李同她向检票口走。徐静心挎住了他的胳膊,刘学栋放慢了脚步,二人慢慢地走着,可还是到了检票口。刘学栋轻声道:"回去吧。"徐静心没有说话。刘学栋说:"我走了。"说完将票递给检票员,然后回头望着徐静心。检票员将票递还给刘学栋,见刘学栋恋恋不舍地望着恋人,将票塞入他的衣袋:"别挡住后边旅客。"刘学栋只得进了站口,他倒退着往站台走。徐静心眼泪涌出,刘学栋的眼圈也红了。

第 十 二 章

这时的济南正腥风血雨。

1938年1月，山东省主席、战区司令韩复榘接到蒋介石的命令："凭借黄河天险阻击从北部进攻的日军，用以配合副总司令李宗仁的徐州战役。"韩复榘为了保存实力，没有抵抗，放弃了济南和整个山东，令李宗仁腹背受敌，徐州战役计划只得破产。这下激怒了蒋介石，蒋介石为了杀一儆百扭转战局，枪毙了韩复榘。这是自抗战以来，处死国民党级别最高的军队长官。

日本兵进入济南，惨无人道地烧杀抢掠，把济南变成了腥风血雨之地。

刘学栋坐火车到了济南已深夜两点多钟，他随着人流走出站口。早在站口等候的小厨子进财看到他热情地打招呼，他接过刘学栋手中的东西说："你叔让咱们在候车室凑合一宿，天亮再回去。"

刘学栋不解地问："为什么？"

进财说："夜里鬼子见人就抓，要不开枪打，前几天还在咱店门口打死过两个人。"

刘学栋大怒："他妈的，北平这样，回家了还他妈受气，这帮狗日的！"说完就往前走。进财拦他，刘学栋抓过他手中的东西说："你不走我走！"说着迈开步子向前。

进财急得连连跺脚，只好硬着头皮跟上。

街道黑漆漆的，路口才有一盏昏暗的灯。二人走着，突然一阵喝声，前面出现了一队鬼子兵。

日本兵端枪逼近刘学栋和进财，将他俩围住。一个鬼子用刺刀抵住刘学栋的胸口，鬼子小队长用手电筒照在刘学栋脸上，刘学栋眯起眼睛。鬼子小队长打量他二人一番，猛地夺下他们手中的东西倒在地上，东西散落了一地。一个鬼子兵拾起荷叶包的烤鸭嗅了嗅，眼睛亮起来，小队长抓过看了看啃了一口，其他鬼子捡起另两只烤鸭撕啃了起来。一个鬼子兵看到了地上的酒瓶，捡起打开盖往嘴里灌了一口，别的鬼子上来也抢着往嘴里倒。

　　刘学栋气得胸脯一起一伏，进财拾起包袱拉他就走，刘学栋边走边回头望着丑态毕露的鬼子，恨不能摔死他们。

　　夜深了，刘掌柜还是睡不着，他侧过脸对夫人说："我有点不放心，学栋那脾气，进财劝不住他，去了也是白去。"说着坐起身穿上衣服，刘夫人也穿起了衣服。

　　刘掌柜出了屋，英子在西屋里听到了动静问："爸，怎么还不睡？"学栋哥今天回来，她兴奋得怎么也睡不着。

　　刘掌柜说："你哥一会儿就回来了。"

　　英子一听高兴地从床上爬起，来到镜前梳妆打扮。

　　王大厨知道进财劝不住学栋也没睡，听到刘掌柜、刘夫人去了大厅，就从南屋出来往大厅走。

　　三人在大厅坐下，刚说了一会儿话，大门就传来"啪啪"的拍门声。三人大喜，王大厨跑过去打开门，刘学栋和进财进来，王大厨兴奋地对着刘学栋胸脯就是一拳，刘学栋弓腰把王大厨扛在了肩上。王大厨大叫着拍刘学栋的后腰，刘学栋才把他放下。刘学栋来到叔婶面前叫着："叔、婶。"刘掌柜、刘夫人高兴得合不拢嘴。

　　王大厨问："在路上没碰到鬼子？"

　　刘学栋气不打一处来："碰到了，看，只剩下了这包袱里的料子了。烤鸭，正宗的全聚德烤鸭全被他们逮了，还有二锅头。"

　　王大厨骂了一句："权当喂了狗。"

　　刘掌柜笑着说："喂得好呵，要不是烤鸭、二锅头，你俩说不定得搭上命。"

　　英子在房间里听见哥的说话声，拉开房门跑了出去，来到大厅看到朝思暮想的哥，跑过来抓住他的手高兴得又蹦又跳。刘学栋眨巴着眼打量着面前高挑丰满的姑娘，没认出是谁，英子甜甜地叫着："哥。"

刘学栋才恍然大悟："英子……大姑娘了。"

刘夫人道："一天到晚哥长哥短的，把我耳朵都磨起了茧。"

英子害羞地笑了。

刘学栋猛然想起："哎，静心，不，三婶给你缝了件褂子，真丝的。"说着取出一件红丝绸褂递给英子。英子一比量，似个小兜兜，众人大笑。

刘掌柜问："你三叔好吗？"

刘学栋说："还行，夏天好点儿，有时候咳嗽，太瘦。"

刘掌柜说："多年的痨病能靠到现在也不赖了。"

刘夫人问："你婶好吧？"刘学栋点头。刘夫人说："原想让他们来济南玩玩，可现在倒好，日本鬼子来了，三五年来不了了。"

刘学栋取出料子递给刘掌柜和刘夫人。

刘掌柜说："老三病病怏怏的还有这心思，累不累。"

刘夫人仔细欣赏料子成衣："还是你婶有眼光，选的东西件件耐看。"说着穿上一件。

刘学栋把一块料子递给王大厨："王师傅，俺不懂料子，和俺叔的一样，相中不？"

王大厨接过来高兴地说："相中，相中。"

众人相互欣赏着。

英子说："我哥还没吃饭呢。"众人恍然大悟。

王大厨说："我去，我去。"说着乐呵呵地进了厨房。

英子拉过刘学栋："哥，北平好吗？"

"好，有紫禁城、天坛、颐和园、雍和宫。紫禁城是皇上办公住的地处，好大，城墙老高老宽，能并排着走十来个人。颐和园比大明湖大多了，一眼看不到边。"英子递给他一杯水。刘学栋接过继续说："香山，秋天树叶都变成红的。"他喝了口水："这么甜，比北平的水好喝多了。"他又喝了几口："真甜呀，天天喝趵突泉水有福。"

英子问："哥，你说，香山比咱千佛山怎么样？"

刘学栋说："各有长处，千佛山有千座佛像，香山没有，你一说起千佛山，我还真想去。"

英子高兴地说："那明天我们去。"

莲花早早到了集市，一个星期前，她就听英子说她哥要回来，莲花天天在这里等候。见英子喜笑颜开地和拉着板车的进财出现在菜市口，莲花就知道学栋回来了。英子告诉莲花她哥今天带她去千佛山玩，问她去不去。莲花高兴地说当然去，二人兴奋地拉钩说不见不散。

莲花在千佛山下见到了朝思暮想的刘学栋，她恨不能一下扑倒在他怀里。她问了学栋很多事，学栋一一答着。英子等不及了催促二人爬山，三人兴高采烈向山上攀登。英子边走边唱，一曲唱毕，学栋、莲花鼓掌叫好。英子欢快地大笑，她拉着刘学栋的手撒娇，莲花看了心里有点嫉妒。

三人进了庙宇，英子、莲花肃然起敬。英子虔诚地上了一炷香，双手合十默默念叨。莲花斜眼看着英子，明白她为学栋和她祈祷。

刘学栋走出庙宇，英子追上来拉他的手前行，莲花更觉得孤独。

三人爬到山半腰，坐在草地上休息。刘学栋随手脱去褂子露出满身疤痕，英子、莲花看了大吃一惊。

英子心疼地问："哥，怎么伤的？"

刘学栋轻描淡写地说："叫鬼子打的和狼狗咬的。"接着说起了烧兴和药铺林掌柜药材和被鬼子打的事儿。英子轻抚着伤痕心疼地哭起来，莲花也默默地掉下了泪。刘学栋安慰二人："都好了，哭什么？"英子哭得更凶。刘学栋拍拍她的头说："有疤才光彩呢，别人一看就知道咱这样的人成不了亡国奴。"

莲花钦佩地点头。

英子咬牙道："我恨不能咬死鬼子！"

刘学栋拍拍她的头："好样的，俺妹也成不了亡国奴。"

英子破涕为笑，她依偎在刘学栋怀里，就像当年一样。莲花心里很不舒服。

刘学栋起身去方便，英子对莲花说："俺和哥在一块儿什么都不怕。"

莲花意味深长地说："英子叫哥叫得真甜，记住，他是你哥就是你哥，不能想别的。"

英子有点不解地问："啥叫他是你哥就是你哥，不能想别的？"

莲花说："你自己琢磨吧。"

英子品味莲花意味深长的话，脸"唰"地红了。

刘学栋过来招呼她俩继续上山，莲花高兴地同刘学栋并肩前行，英子却默不作声地跟在了后面。来到山顶，放眼望去，三人被秀丽的风光所陶醉。莲花偷瞧了英子一眼，有意靠近刘学栋轻柔地说："学栋，还记得大前年咱俩给我娘上坟吗？"刘学栋点头。莲花指着大佛头山间一条小路说："你从那里背着我下的山。"刘学栋尴尬万分。莲花又指着山下："看见了吗？那一棵树，就是那棵，你在树下抱的我……"

刘学栋臊得满脸通红，偷眼瞧了下英子，见英子也正在吃惊地看自己，刘学栋羞得无地自容。

英子气恼地狠狠瞪他一眼转身往山下走。刘学栋叫她，她理也不理。刘学栋慌忙跟着往下走，他追上英子抓住她胳膊，英子用力甩开往山下跑去。刘学栋站在那儿望着远去的英子。

莲花走上来，明知故问："英子怎么了？"

刘学栋气恼地说："你胡说些什么！"

莲花靠近他说："不是胡说，是触景生情，我知道你不喜欢我，可我真爱你这样的男人。"她痴情地望着刘学栋。

夜晚，刘学栋在玉泉楼大厅请马拧子喝酒，刘掌柜、王大厨作陪。马拧子问起了刘学栋在北平跤场摔跤的事。

刘学栋说："师傅，你别生气，我在外面给你丢人了，我叫一个山西客摔了个三比零。"

马拧子吃惊地说:"什么?摔你个三比零?"刘学栋点头。马拧子皱起了眉头:"还有这样的高手?"

刘学栋说:"开始我大意输了一跤,后来乱了方寸……"

马拧子松了一口气:"我说呢,给师傅说说怎么回事。"

刘学栋就把山西客抱腿摔他的经过说了,说完补上一句:"师傅,你别生气,这个面子我早晚能找回来。"

马拧子哈哈大笑:"师傅不生气。你输了跤知道了自己的不足,还能告诉师傅说明你诚实,不像有的徒弟光谈过五关斩六将,不谈败走麦城。师傅不生气,来,师傅这就教你破抱腿。"说着站起身。刘学栋也站起。刘掌柜、王大厨笑呵呵地望着他俩。马拧子边说边比画:"山西人早先把摔跤叫挠羊,就是在田间地头摔,以后比赛也不穿跤衣,就形成了好抱腿的摔法。抱腿分散手摔和抓把摔,你输的那两跤恰恰就是山西人最擅长的散手抱腿摔。"他边说边弓腰做动作,他一把抱住刘学栋的腿,将他掀翻在地。刘掌柜、王大厨哈哈大笑。马拧子拉起刘学栋:"抽空我教你。"

刘学栋扶马拧子入座。

马拧子问刘学栋:"听说你和一个蒙古搏克跤手摔了个二比一?"

刘学栋笑着:"是,我赢了,赢得很吃力。我还从没碰到过力气这么大个头这么高的跤手。"接着他把同力达比跤的过程跟马拧子说了。

马拧子愣愣地听着,不光听,还衡量自己能不能摔翻那个跤手。刘学栋说完,马拧子感叹:"你真行,师傅年轻的时候碰到他,也十有八九输。"他从刘学栋的话里已分析出,自己没能力战胜巨人力达。他问刘学栋那个搏克跤手躺在地上咋样了。

刘学栋说:"我把他拉起来后,俺俩去了旁边酒店。一夜喝了好几坛子酒,谈起了小时候的事儿。喝到天亮,我眼睛睁不开了,力达背我回的家。过后力达还送给我二十张羊羔皮,我送给了他两麻袋花生米、两麻袋核桃和两麻袋大枣。"

马拧子拍着刘学栋的肩膀说:"好,好,你没白去北平,能交结顶尖搏克跤手,还能见世面,天底下没有比这更有意思的事儿了。"他的话刚说完,刘夫人从后院走过来问学栋:"你怎么惹你妹了?看,从千佛山回来就躺在床上不吃不喝。学栋,你比英子大五六岁,咋就不知让着她。"

刘学栋尴尬地说:"好,以后让。"

王大厨说:"女儿比儿子还近。"

刘夫人说:"那是,女儿是妈的贴身小棉袄,当然女儿近。"她指着学栋:"再惹你妹,我可不依。"

众人大笑。

"一会儿,给你妹赔不是去。"刘夫人说着进了后院。

刘掌柜问:"学栋你和刘七爷交往了一个多月,你说他不会和日本鬼子穿一条裤子吧?"

刘学栋想了想说:"我看不会,他挺耿直,我还担心他和日本鬼子干架出事呢。"

刘掌柜说:"学栋你也要改改脾气,遇事别动火。"

"这几年学栋走南闯北见识不少,掌柜的你就放心吧。"王大厨安慰刘掌柜。

马拧子说:"要不要我和学栋一块儿去?"

刘学栋忙道:"师傅,不用,俺会自个儿照顾自个儿。"

刘掌柜说:"要说一块儿去最好,可上海联系好了,这边就要进货,进货还得靠马师傅。"

王大厨说:"我说天也不早了,让学栋睡吧,明早他还要去上海。"

"对,掌柜的你也得帮学栋准备准备,我先告辞了。"马拧子说着站起身。

三人送马拧子出门后各自散去。

刘学栋来到英子西屋门前敲门,里面没动静,他推了推,里面插着。他叹了口气,回到了东屋。

英子从千佛山回来就哭,她万没想到哥和莲花还有这事,她既恨哥又恨莲花，觉得哥欺骗了自己。过去在她心里，哥很完美，不赌不抽很正很善良。见自己在书场受欺负，就教训那几个公子哥。见自己瘦弱，还把钱和花生都放到了笸箩里。要是没有哥，自己早死了。她庆幸哥花大钱买下自己，并带到了玉泉楼。刘掌柜夫妇像疼爱女儿样地疼爱自己，这都是哥带来的。从那时起，她就觉得哥是自己的，随着年龄一天天增长，这种感觉更强烈。在她看来，她和学栋定会是夫妻。她不是没根据，她是学栋哥花钱买下的，那自己就该是童养媳，当然他不是出于这目的，是为了救自己，但英子更愿自己是名副其实的童养媳。童养媳等若干年后，和家里的男孩结为夫妻。英子盼望她和学栋哥是这结果，所以她心里容不下哥和哪个女人有丁点儿乱七八糟的事儿，莲花也不行。尽管没有她，自己不可能被哥救出。但感恩归感恩，她不能染指自己未来的丈夫。她觉得哥之所以和莲花有那事儿，定是受了莲花的勾引。莲花不勾引他，哥肯定不会背她抱她。她恨莲花："你勾搭谁不行，非勾搭我哥，难道你不知道我俩将来是啥关系？"她甚至觉得莲花一下子变得丑恶放荡和不知廉耻了。想到哥上了当，英子嫉妒也伤心，流了不少泪，嗓子也哭哑了。妈几次叫她去吃饭，也没叫开门，听到哥敲门，她心里更气。

清晨，刘学栋提着盛蛐蛐罐的篮子从玉泉楼出来，大步往前走。走着走着他感到后面有人跟着，回头一看是英子，他停下来等她。英子却停下了脚步。他走向英子，英子往回走。刘学栋喊："别送了，你进货去吧。"说完转身就走。英子又快步跟紧，刘学栋有意放慢脚步，英子也慢下来。刘学栋无奈地喊："要不就一块儿走。"英子也不答话。刘学栋喊道："不和你藏猫玩了，俺得赶火车，要不晚点了。"说完加快脚步。

来到了火车站，刘学栋一回头不见了英子，就进了候车室。进站口已排起了长队，他走过去。忽然，他的背被重重打了一下，他一回头看到英子正怨恨地瞪着他。刘学栋笑着说："吓我一跳，还那么调皮。"话没说完愣住了，英子脸上已挂满了泪珠。

上海和北平、济南一样,大街上不时有鬼子兵巡逻,警车也鸣叫着飞驰而过,过往的行人惊慌地躲避。刘学栋生气地想:"中国真叫鬼子全占了。"两个日本浪人气焰嚣张边走边打量过往行人,行人唯恐躲避不及,刘学栋恨不能捧死他俩。

刘学栋来到刘七的别墅,别墅院门前有两个日本兵站岗。刘学栋有点发蒙,往里一瞅,看到里面停着几辆挂日本旗子的汽车,他正纳闷,站岗的日本鬼子呵斥他离开。

刘学栋疑惑地来到昔日住过的小旅馆,刚一进门,陈掌柜便认出了他。陈掌柜见刘学栋提着的篮子里发出蝈蝈的叫声,抓住刘学栋的手说:"孩子,你怎么这时候来斗蝈蝈?刘七爷死了。"

刘学栋大吃一惊:"什么?怎么死的?"

陈掌柜说:"年前,日本鬼子攻打上海……"说着声音哽咽了。刘学栋催他快说,陈掌柜牵着刘学栋的手说:"来,到房间里说。"刘学栋跟他来到一个单间。陈掌柜说:"真叫你说着了,是我给他收的尸。"

原来,日军攻打上海遭到了二十九路军的顽强抵抗。仗打得异常惨烈,二十九路军的官兵大多阵亡,日军死伤也很多。日军攻占了上海拼命地报复,见男人就杀,见女人就奸。刘七和几个随从在路上看到七八个鬼子兵在轮奸一个女学生,刘七红了眼,拔出斧子和随从对鬼子一阵猛砍。当场砍死五六个,另两个鬼子举枪对刘七他们射击,一枪打在刘七胸膛上。刘七身子晃了几晃,挺住身子猛地把斧子掷了出去,斧子剁在一鬼子的面门上。刘七哈哈大笑,笑完才仰面摔在地上……

陈掌柜讲完已泪流满面:"七爷他英雄呀"。

刘学栋流下了泪。半响问:"七爷他葬在哪里?"

陈掌柜擦了把泪说:"郊外的林子里。"

这是一片林木包掩着的墓地,墓地阴暗寂静,一个个坟头倍显凄凉。刘七的坟在墓地中间,比其他坟大不少,坟前立了块大石碑,上面刻着:刘七爷之墓。刘学栋一见墓碑情不自禁地大哭,他伏在坟上哭得撕心裂肺。同刘七分别后，刘学栋时常想他，去年还和他通过电话。两人趣味相投，要不是去了北平，刘学栋早就三趟两趟地去上海和他相见了。没想到现在已是人鬼两分，刘学栋伤心欲绝。陈掌柜被感动得也暗暗落泪。半晌，刘学栋爬起来对着石碑说："七爷，俺不哭，你别笑话俺，俺今天见到你高兴。两年没见你了，俺想你。今天给你带蛐蛐来了，六只，全是上好的蛐蛐，宁津的上好蛐蛐。"说着从篮子里取出蛐蛐罐一一摆好："七爷，你看看相中不？这是马头，红头红翅多漂亮。"他一手握罐，一手伸进罐中轻轻地将蛐蛐拨到刘七的碑座上。拨完一只，他又取过一个罐打开："这是宽翅，瞧这家伙翅子多宽，顶得上一个半蛐蛐，还是个低牙，一逗它牙板推着地皮走。"宽翅似乎明白刘学栋的话，从罐中爬出，就停在了碑下一动不动。刘学栋又拿过一只罐打开，罐中的蛐蛐大得像个小蝈蝈，刘学栋望着蛐蛐说："七爷，这是黑将军，瞧它又黑又亮多威风……"他随手掐了根草打成草葫逗弄黑将军，黑将军张开宽厚的板牙往前冲，冲到罐边鸣叫着示威。刘学栋对着墓碑说："七爷，这蛐蛐足够九厘。王大厨说了，这将军你带它打遍天下无敌手。"说着将蛐蛐拨出，黑头金刚像是认识主人似的爬到碑上，亮开翅子"嘟嘟嘟"地鸣叫起来，声音之洪亮，令刘学栋和陈掌柜瞠目。刘学栋放完所有的蛐蛐站起身："七爷，上海滩谁不知道七爷您死得英雄，俺佩服您，俺也盼着像您死得这么光彩。"

刘学栋走后，刘明智和徐静心度日如年，他们都感到灾难离他们越来越近。这天夜里，刘明智、徐静心各自躺在里外屋的床上想着心事。

刘明智说："静心呀，学栋是个好孩子，你跟了他我就放心了。"徐静心默不作声。刘明智继续说："我要有个三长两短，你和学栋卖了这处宅子就远走高飞。可切记不能回济南，回了你就真成了学栋的婶子。"

徐静心望着虚弱的刘明智。

刘明智解释："山东人受封建礼教影响很深，很保守，你和学栋的事那里人接受不了，别管是不是真婶侄。"

徐静心心酸了。

"即便知道不是，也会听风是雨，闻风起浪，光流言蜚语唾沫星子也能淹死你俩。"说完激烈地咳嗽起来。

徐静心忙下床过去给他抒心口。

刘明智问："记住我的话了？"

徐静心点头。

这天晚上，林掌柜和账房聊着聊着聊到了女人。林掌柜自从在日本会馆见到了日本歌伎，就对中国女人有点看不上眼了。日本歌伎能歌善舞，还柔情似水，他想花大钱睡个日本歌伎。可他不会日语，无法接近。他就把想法给翻译说了，翻译告诉他，花多少钱，日本女人也不可能跟他睡。林掌柜听后遗憾得很，翻译告诉他美国和欧洲女人比日本女人更开放性感，林掌柜的心便飞向了美国和欧洲。

林掌柜说："仗消停下来，我去趟美国。那里是花花世界，听说男女光腚在一个澡堂子里洗澡；我还要去趟法兰西，那里的娘们儿特浪漫，每人手里掐根烟，个个会吐烟圈儿。"

账房说："那几个国家都离得太远，你不如玩现的。"说着用手指了指隔壁。

林掌柜面露恐惧："算了吧，刘小子多厉害，狼狗快把他撕烂了，他还笑呢。"每当他想起刘学栋受刑的情景，他都不寒而栗。

账房说："您还不知道？那小子早回济南了。"

"真的？"

账房点头。

林掌柜笑了起来。

第二天一早，刘明智正坐在石凳上看报纸，徐静心在炉前煎药。突然，门"咣"地被踹开，一队鬼子兵闯了进来，随后进来了翻译。翻译指着东屋对刘明智说："这房子被皇军征用了。"他一挥手，鬼子兵冲进去把屋里的东西往外扔。刘明智上前讲理。翻译说："林掌柜说要用此房加工药材，我是例行公事。"

鬼子们扔完东西贴上封条，扬长而去。

刘明智恨恨地怒骂："鬼子、汉奸，没一个好东西！"

林掌柜和账房从院门外进来，林掌柜问："你骂谁呢？"

刘明智气不打一处来说："骂你！"

林掌柜嬉皮笑脸地说："骂我不要紧，就是骂我祖宗八辈，我也不在乎。只是千万别骂皇军，骂皇军可要掉脑袋。"

刘明智指着林掌柜气愤地说："你助纣为虐，帮日本人欺负中国人……"他气得猛烈咳嗽起来。

徐静心忙扶住他。

林掌柜说："我不和你啰唆，不过告诉你，我要是把你刚才说的话报告给太君，你准掉脑袋！"

刘明智指着他气得说不出话，突然，他猛地喷出一口血，身子也颤抖了起来，徐静心慌忙扶他进了北屋。

次日，徐静心正在北屋门前煎药。林掌柜从断墙过来，他查看了东屋的药材又瞧了瞧伙计干的活，然后走向徐静心。

徐静心见他过来故意捅炉子，烟灰呛得林掌柜捂住鼻，他靠近徐静心觍着脸问："煎药啊？"徐静心没理他。林掌柜看着她的手遗憾地摇了下头说："你干活叫人看了心疼，手指嫩得像葱管，哪能干这活计。"徐静心瞪了他一眼进了北屋。林掌柜跟了进去，见到刘明智躺在床上睡着了，悄声对徐静心说："你跟这么个糟老头子活得真没劲，瞧你俊鼻子俊眼儿，有腰有胯的，伴着他瞎可了了。"徐静心看了看刘明智，怕惊醒他就出了门。林掌柜跟出来："我说的是实话，像你这么俊的，大栅栏没几个。销魂阁有那么两个姑娘，脸面腰身都不错，可举手投足就差远了，她们是干什么的？卖那个的……"

刘明智听到林掌柜的说话声，艰难地爬起，一步步挪向门口。

林掌柜瞧着徐静心说："我觉得你像日本女人。"林掌柜昨天夜里思来想去认为在他所见到的女人中，只有徐静心能跟日本女人媲美。他盯着徐静心的胸部:"你这俩馍馍比日本娘儿们的还大,馋煞人了。"说着伸手要摸徐静心的乳房。徐静心刚要扇他,刘明智的拐杖"啪"地已打在了林掌柜头上。林掌柜捂着脑袋回头一瞧,见刘明智正举起拐棍要打下来,赶忙抱头鼠窜。

　　林掌柜怎能咽下这口气,他想让伙计打刘明智一顿,可想到:要想美人院子兼得,必须借助皇军,就叫来一辆车坐上去了日军司令部。

　　林掌柜满脸委屈地对日本军官说:"我替皇军加工药材,隔壁姓刘的骂我汉奸狗腿子,还用拐棍打我。"他指着脑袋。

　　日本军官勃然大怒,叫来日军小队长令他把刘明智抓来。

　　日军小队长带着一队鬼子兵闯进刘明智家,架起他往门外拖。徐静心上前护住刘明智,被一鬼子兵踹倒,两个鬼子兵把刘明智拖出门扔上警车,警车呼啸而去。

　　徐静心心急如焚,四处托人打听,可没打听到刘明智的一点消息。她心灰意冷地从街上回来,疲倦地躺在床上思索着怎么办。

　　林掌柜越过断墙悄悄来到北屋窗下,透过窗户看见徐静心躺在床上,轻轻推开门。徐静心听见门响,转脸看到林掌柜慌忙从床上跳下,林掌柜嬉皮笑脸地走向她。徐静心抓起东西砸向林掌柜,林掌柜赶忙躲闪,徐静心恨恨地瞪着他让他滚!

　　林掌柜一本正经地说:"好,好,我滚,最后倒霉的是你。刘先生快要死了,你就不心疼?"他往前凑了凑:"刑讯室多厉害,多壮的汉子也能折腾死。你侄子壮吧,像铁打的,可出来怎么样?跟死的差不多。你先生一介文弱书生,会什么样?你该想出来吧。"徐静心恐惧地瞪大眼睛,她很为刘明智担心。林掌柜见她这表情道:"我们是邻居,我不忍心看刘先生死在那里,今儿,我来就是跟你商量商量怎么办的。"他瞥了一眼徐静心说:"要说我救出刘先生不是难事,太君那里我熟得很,太君很给面子,就看你配合不配合了。刘先生干扰公务、煽动反日情绪,理应枪毙,要想出来,除非下大功夫,这事我可以替你上下活动打点,就看你给我什么好处……"说着凑近徐静心:"钱嘛,我替你出,关系我替你跑,你就不可怜可怜我？"说着他捏了一下徐静心的面颊。徐静心像被马蜂蜇了一下一步跳开。林掌柜说："这有什么？男欢女爱，谁不想乐乐。"说着动手动脚。徐静心一把推了他个趔趄。林掌柜叹了口气："我不明白，你俩夫妻一场怎么就没有个情意？刘先生快被打死了，你却毫不动心，不可思议。"他装模作样地摇着头。徐静心愤恨地瞪着他。林掌柜说："别用这眼光看我，我是为你好。刘先生死了，你成了寡妇，日子多难。我真没见过你这样的，丈夫在大牢里快死了，做妻子的却见死不救。唉，打开天窗说亮话，我是个商人，无利不起早五更，你要想救你丈夫，就和我做回夫妻。当然，我不强人所难。"他观察徐静心的表情："这也没什么，做了就我俩知道，你我不说旁人不知。再说，你还救了刘先生。"见徐静心不语，林掌柜说："刘先生危在旦夕，你快拿主意吧，迟了，就是个死人啊。"

徐静心木然地说："先放出来再说。"

林掌柜说："哎，你怎么不讲理呀，这跟买东西一样，你不给人家钱，人家能给你东西？"见徐静心不语，林掌柜继续道："发发善心吧，刘先生可拖不起呀。你要顺着我，我保证刘先生今天就出来。"徐静心思索着。林掌柜见状壮起了胆，上前抱住徐静心。徐静心猛然惊醒挣扎。林掌柜无奈地叹了口气："要不这么着，我答应你，刘先生回来，咱俩再行夫妻之事，怎么样？不过你先表个态度。"徐静心不语。林掌柜说："这就得看你有没有诚意了，有诚意就先让我摸摸奶子，摸完我马上去救刘先生。不让摸，我不求你。"说完望着徐静心。徐静心不语。林掌柜将手伸进徐静心的衣服里肆无忌惮地摸了起来，徐静心痛苦地闭上眼睛。林掌柜得寸进尺将嘴凑近她的乳房，徐静心一巴掌重重扇在他脸上。林掌柜捂着脸强作笑脸："打得好。打是疼，骂是爱，我这就去救刘先生。"说完乐滋滋地出了门。

晚上，一个黄包车夫背着血肉模糊的刘明智进了院子，徐静心慌忙迎上去，二人将刘明智放在床上。徐静心看着遍体鳞伤的刘明智心疼地哭了，她边哭边解开刘明智的衣服，用药棉轻轻擦拭他的伤，灯光下刘明智面色苍白跟死人一样。

徐静心给刘明智上完药，守在他身边。刘明智微弱地喘息着，徐静心提心吊胆地望着他。徐静心觉得他很像自己的父亲，不但长相像，脾气性格也像，都善良正直。父亲死了，刘明智也奄奄一息了。徐静心鼻子一酸，眼泪扑簌簌掉下，她情不自禁地攥住刘明智的手，刘明智的手冰冷冰冷的。

夜深了，徐静心疲倦地倚在床边睡着了。窗外公鸡打鸣声隐约传来，刘明智慢慢睁开眼睛。他看到和衣倚在床头上的徐静心眼泪流下，他剧烈地咳嗽起来。徐静心惊醒，她慌忙轻拍刘明智后背助他止咳，刘明智的咳声渐渐平息。

刘明智抓住徐静心的手艰难地说："我过不去今夜了，我死后马上葬了我，再打电报叫学栋来。别告诉他我是被姓林的害死的，他知道会找他拼命带来杀身之祸。"说着又咳嗽起来，半晌，他喘息道："你跟学栋走吧，他是个好孩子。我枕下有封信写给学栋的，你有了依靠我就放心了。"说完又猛烈地咳嗽。

徐静心慌忙抚着他的心口说："我给你倒杯水。"说着站起身来到桌旁，倒了一碗水用勺子舀了舀，舀起一勺用嘴吹了吹凑近他嘴边。

刘明智无神地望着徐静心慢慢地张开嘴，徐静心将水倒入他的口中，刘明智咽下水慢慢地合上了眼睛。徐静心手一哆嗦，碗"啪"地掉在了地上。她慌忙俯下身脸颊贴在他鼻前，已感觉不到了气息，她急忙抓住刘明智用力晃动。刘明智软软的不再动弹，她"哇"的一声扑到他身上号啕大哭。

埋葬了刘明智后，徐静心疲倦地回到北屋，坐在灯前看着刘明智写给学栋的信。看着看着泪流满面，她盼望学栋早日归来，可已经四天了，还没有见到学栋的影子，她伏在桌上轻轻地抽泣。半晌，她收起信走到床前和衣躺下。身子刚一着床，又猛地坐起，她走到门前再次查看门闩，又将剪子放在枕下才和衣躺在床上。

黑暗中的徐静心望着屋顶，感到无比孤独和恐惧，她知道林掌

...... 271

柜肯定会来骚扰,吓得她心怦怦地直跳。她盼望学栋马上来到身边,却又不知他现在何处,她伤心地潸然泪下。

突然,门口传来响声,徐静心警惕地瞧着门,门传来被人推动的声响。

徐静心厉声问:"谁?"

"我。"门口传来林掌柜的声音。林掌柜自从摸了徐静心的乳房,就像饮了吗啡,他兴奋得有点失常了。他恨不能马上干了这美人,可是刘明智苟延残喘和丧事耽误了几日,这令林掌柜度日如年。他憋得实在没法了,就到春楼打了一炮。打完后悔了,为了积攒储存,他吃了几根驴鞭,饮下了两勺鹿茸粉。

徐静心忽地坐起拉开灯,惊恐地喊:"滚!"

"滚?往哪儿滚?做买卖要讲信誉。你答应过我放回刘先生和我行夫妻之事,你说话不能不算数。"林掌柜推着门。

徐静心惊恐地喊:"我喊人了!"

"喊吧,东邻是我,西邻死光了,你喊谁听得见?快开门,不开,我撞了!"

徐静心握着剪子吓得瑟瑟发抖。

林掌柜用足力气"咣"地将门撞开,徐静心看到他,吓得面无人色。

林掌柜淫荡地笑着走近,徐静心紧握剪子对着他。林掌柜一看心虚地吸了口冷气:"别,徐小姐,我是你家救命恩人,是我把刘先生救回来的,你说是不?当然,刘先生死了,那是他身体虚弱,要不你侄子怎么没死呢?"徐静心恨得咬牙切齿。林掌柜说:"话说回来了,反正人已经死了,你今后总得过日子吧。不错,你长得俊,浑身上下都耐瞧,可怎么说也是个寡妇。俗话说千金小姐,小姐值千金,寡妇不值钱,就是送上门男人都不愿贴身,为什么?晦气。可我不嫌弃,打我一见到你就喜欢上了,你愿意给我当三房、姘头都行。"徐静心眼里冒火。林掌柜继续说:"你跟了我,穿金戴银,要说姓刘的死了,也是你福分。话不多说了,把剪子放下,来,过来呀……"他张开手臂。见徐静心握剪子的手颤抖,林掌柜边向前凑边道:"徐小姐,我发誓,成好事后你就是我贤妻,就是店主,家中的钱财都归你掌管。"说着靠上前。

徐静心咬着牙说:"你再上前一步,我捅死你!"

林掌柜吓得后退一步说:"这是干什么?一家人怎么亮这玩意儿,怪吓人的。"说着又试着往前:"花好月圆,成百年之好,这是美事。人不是说洞房花烛夜、金榜题名时吗?今儿就是花烛夜,我比刘老头年轻力壮,你试试就知道滋味儿了。来,把剪子给我。"徐静心惊慌地一步步后退,林掌柜步步紧逼。徐静心退到墙角,手颤抖得握不住剪子。林掌柜趁机上前一下夺下剪子扔在地上。他双手搂住徐静心,徐静心拼命挣扎,林掌柜用力抱起她摁在床上,随即扑了上去。他用力撕开徐静心的上衣,丰满白皙的胸脯露了出来……

两天前,刘学栋去几个干果摊同老板商谈进货,老板都摇头说日本人来了生意不好做,并劝他别进货了。刘学栋联系了一天才和两家干果摊老板订了少量的供货合同。

刘学栋回到旅馆一进门,陈掌柜就把一份电报递给了他。刘学栋一看上面写着:"速回北平处理三叔后事。"心里一惊,他离开北平时,三叔还对他千叮咛万嘱咐,怎么突然之间成了永别,他不相信这是真的,又看了一遍电报,才相信三叔已不在人世,他眼泪"唰"地流下,回到房间抱头大哭。

哭完,他收拾起东西向陈掌柜告辞。

坐在火车上,刘学栋既为三叔去世伤心,又替静心担心。来北平两年多,三叔待自己像待亲儿,教自己文化、做人,还撮合自己跟静心好。从静心的经历,刘学栋知道三叔卖宅子救她父亲没一点儿非分之想。静心处理完父亲的丧事想跟三叔,三叔断然拒绝,可见三叔是个实实在在的好人。他想起三叔还那么有骨气,面对邪恶的日本鬼子和汉奸林掌柜毫不屈服,更令人佩服。想到这儿,他控制不住哭出了声。几个旅客好奇地看他,刘学栋躲到了车厢连接处去哭。哭完三叔,又为静心担心。三叔死了,静心一个孤独柔弱女子怎能处理好三叔的丧事,而且林掌柜还是个淫棍。学栋伤好后,想报复姓林的，没见到他人影，就让亮子向林家药铺伙计打听。伙计说掌柜的好些日子没来店里了，问他住在哪儿，伙计说不知。刘学栋知道姓林的躲避自己。想到自己来到了外地，姓林的有可能欺负静心。刘学栋嫌火车跑得太慢，恨不能插翅飞到北平。

刘学栋出了北平火车站，大步流星地往三叔家奔。他拐过弯来到大门前推门，没推开，想喊静心开门，可想到深更半夜不便喊叫，就翻过墙头。刚跳进院中便听到北屋传来厮打声，刘学栋一惊，快跑几步冲进北屋。

床上，林掌柜像头野兽疯狂地吻向徐静心的胸脯，徐静心抓着他的头发拼命反抗。刘学栋一见，冲上去抓住林掌柜的衣领用力一拉，将他摔飞出去。林掌柜躺在地上呻吟着爬不起来。刘学栋拉起徐静心，徐静心"哇"的一声扑到他怀里。

林掌柜见是刘学栋吓得魂飞天外，挣扎着爬起来跌跌撞撞往门外跑。

刘学栋推开徐静心上前抓住他，一个背布袋将他摔散了架。

林掌柜躺在地上痛苦地哀求："放了我，我没做伤天害理的事。你叔是太君打死的，我只不过告了个状……"

刘学栋一听眼睛里冒火："你杀了我叔？！"说着用脚踩住林掌柜的胸脯。

林掌柜有气无力地辩解："不是，不是，是太君，我……"刘学栋"哇"地大叫一声，抬脚用力跺向他的心口，一口鲜血从林掌柜嘴里喷出，眼珠也瞪了出来。刘学栋恨恨地猛跺猛踢，林掌柜挣扎几下，便不再动弹。

徐静心胆怯地走过来看着死去的林掌柜，吓得浑身发抖。刘学栋喘了口气说："收拾一下，马上走。"

徐静心慌忙胡乱地收拾起东西和刘学栋出了刘家大院。

二人直接去了火车站。刘学栋买了火车票，二人随人群上了车。徐静心才平静下来，问刘学栋："我们这是去哪儿？"

刘学栋说："济南。"

徐静心吃惊地说："济南？"

刘学栋说:"外边太乱,二叔年纪大了,店里维持不下去了,我不回去,玉泉楼能倒闭。"

徐静心这才想起刘明智的信,她从衣袋中掏出递给刘学栋:"你叔给你的。"

刘学栋打开信看了起来:"学栋,静心是个好姑娘,你俩走得远远的,到没人认识你们的地方过日子。千万别回济南,回去,静心就真成了你婶子……"刘学栋望着信久久不语。

徐静心默默地望着他,刘学栋猛地站起身,抓住徐静心的胳膊就走。

徐静心站住说:"不回去,你能安心?"

"那我怎么办?"

徐静心思索片刻,轻叹一声:"先回济南吧。"

徐静心遇事总先为别人着想养成了习惯,尽管她心里极不情愿,也相信刘明智说的,可善良的她不忍心让学栋为难。

刘学栋望着徐静心的眼睛问:"你不怕吗?"

徐静心眼圈一红:"我怕……怕到了济南,就真成了你婶儿……"

刘学栋思索片刻,还是揽她坐下。

刘学栋坐火车一夜想了很多事,三叔在信中点明千万不能回济南,他才意识到此事的严重。在北平,他一直向往家乡,向往家乡的风土人情。济南有亲如父母的二叔二婶,有马师傅和师兄弟黑蛋、振鲁、福生,还有英子。还有许许多多熟悉的人。他也曾想过,带静心回去会赢得人们的羡慕,静心出众的相貌、文雅的举止会使她成为济南最亮眼的女人。他能想到羡慕的人先是吃惊,继而夸赞嫉妒,自己会成为济南最幸福的人。看了三叔的信,他才幡然猛醒:回去他和静心的关系会受到很多阻碍,比如二叔二婶、马师傅和跤场那些兄弟。济南人的观念接受不了婶侄变成恋人,再解释也无用,甚至令他们鄙视。火车"咔嚓咔嚓"地向前行驶,刘学栋的心也乱糟糟的。他望着伏在怀里的静心,没有一点儿激情。他的思绪飞离了身体,想着回去,如何向人介绍静心?以后两人又如何相处？他越想越感到可怕。列车几次停靠站时他想拉静心下车，可想到二叔二婶，没有站起身。二叔二婶老了，尤其二叔，背都驼了，听二婶讲是来了鬼子闹的。鬼子进济南前，二叔还挺精神。鬼子进来没多久，头发就全白了。刘学栋见二叔脸色煞白，尽显疲惫老态，知道不回去，怕用不了多久二叔就会累死，自己只能回去。

　　火车快到济南的时候，刘学栋对徐静心说："我俩先在济南落落脚，等我帮二叔撑过一阵子，就带你走。"见徐静心没有说话，刘学栋继续说："为了不给咱俩带来麻烦，我不向玉泉楼以外的人介绍你。"这是他经过思考做出的决定。

第 十 三 章

　　夜晚，刘掌柜、刘夫人预感学栋和他三婶今天要到了，没睡觉等他们。

　　刘学栋和徐静心进了玉泉楼，刘掌柜、刘夫人迎了上来。

　　刘学栋介绍："这是我叔我婶，这是徐静心。"刘掌柜夫妇赶忙让座。他夫妇见徐静心这么年轻漂亮着实吃惊。刘夫人拉着徐静心的手坐下，喊叫英子来倒水。王大厨跑了过来，刘学栋又介绍："这是王师傅，过去是北平的高厨。"

　　徐静心起身微笑着点头。

　　英子端上茶来，徐静心起身去接。英子看到年轻俊美的三婶愣住了。

　　刘学栋向徐静心介绍："英子，没想到吧，两年都成了大姑娘，你做的褂子成了小兜兜。"

　　徐静心笑了。

　　英子有点不好意思，她望着身材凹凸有致举止优雅的徐静心有种别样的感觉。

　　刘学栋让英子跟他到后院来，英子跟了出去。来到英子屋里，刘学栋说："我们出来急火火的，什么都没来得及带，你找两件衣服给你三婶，还有内衣。"

　　英子先是一愣，接着语气酸酸地说："哥想得挺细呀。"

　　"别啰唆，换下来的衣服别洗了，扔了。"

　　英子心里说不上啥滋味，她斜眼望着他。刘学栋说："看么看，快找衣服。"说完去了前厅。

英子心情不畅地摇了下头。

刘夫人正陪着徐静心掉眼泪,刘掌柜一边叹气一边恨恨地说:"有日本鬼子汉奸横行,老百姓没法活。三弟比我还小三岁就走了,我活着还有啥意思。"说着眼圈红了。

刘学栋劝道:"叔,别说了,再说静心……不,三婶更伤心。"

刘夫人气愤地说:"姓林的杀了你三叔,你就没找他算账?学栋,你练这个练那个,我看练个狗屁,不替你三叔报仇,还有脸回来!"

刘掌柜对刘夫人说:"现在鬼子汉奸当道,你想让学栋也出事儿?"

刘夫人哭着道:"都怕出事儿,女人才受欺负成了寡妇……"她拉起徐静心往后院走:"我看天下就没有一个爷们儿。"

望着她二人进了后院,刘掌柜问学栋:"你把那姓林的怎么样了?"他知道侄子绝不会受这气。

刘学栋笑了笑,没有说话,刘掌柜心里明白了。

清晨,徐静心来到北屋。

刘夫人问她:"昨夜和英子一个屋睡得惯吗?"

"挺好。"

刘夫人说:"那就好,昨夜里我还想,你大家闺秀到我们这小地方肯定不习惯。你要是睡不惯,干脆叫英子跟我住,老头子和学栋一个屋,你单住西屋。"

徐静心说:"不用,我和英子在一块儿真挺好,这已给嫂子添麻烦了。"

刘夫人说:"看你说到哪里去了,一家人可别说两家话。"说着从箱子里取出几块衣料说:"这料子是你托学栋从北平捎来的,我觉得太鲜亮没做,正好你拿去做了。"

这时,英子拐过影壁墙往北屋走,看到刘学栋在练腿功,过来悄声说:"三婶真漂亮。"英子是街坊邻居公认的俊姑娘,她觉得三婶长得并不比自己差。

刘学栋头也不回:"不知道。"

英子很想听到哥的评价,转到他面前问:"不知道?你还不知好孬啊。"刘学栋不搭茬。英子有意问:"比我俊是吧?"她想听到哥说她更漂亮,自己十七岁了,正是女人最好看的时候。

刘学栋早认定徐静心最美,听英子这么说笑了:"那当然,你俩没法比。"他好喜形于色,无法掩饰内心所想。英子见哥这副神情,心火一下被点燃,她气得端起水池旁的一盆水猛地泼到他脸上。刘学栋一激灵,挂滑轮的石锁差点儿把他带个跟头,他回过神儿来生气地骂:"死妮子!"英子噔噔噔地进了玉泉楼。

英子过去不是这脾气,很乖巧,她从小跟瞎子父亲在书场受气,养成了乖巧性格。进了玉泉楼,受到了刘掌柜夫妇的疼爱,英子心理悄然发生了变化,觉得成了大户人家的小姐,就不那么乖巧了。代替刘掌柜进货,碰到了很多坑骗她的事儿,她和人家争执,那些卖货人见她年小,不够秤硬说够。英子看上的好货,拿到手里却差了许多,她没法不跟人家争吵,慢慢地脾气也就大了,变得争强好胜。她早认定学栋是自己的,也就是未来的丈夫,哥竟觉得自己不如三婶,真把英子气坏了。

徐静心出门看到刘学栋一头水问:"怎么这时候洗头?刚出了汗,会感冒的。"说着进屋取出毛巾,递给他。

刘学栋擦了把脸说和她去看看趵突泉,徐静心高兴地说好。

二人走出大门,沿着河边前行,一会儿便来到了趵突泉边。碧波荡漾的池水中有三股粗大的泉水发怒似的向上喷涌,在阳光照射下发出粼粼波光。

徐静心惊喜地望着感叹:"这么大的泉子。"

"天下第一泉嘛,没见过吧?你看古人都夸趵突泉。"刘学栋说着一指墙上的刻字。

徐静心凑近一看,不觉惊道:"噢,赵孟頫的。"便看了起来。

刘学栋问她:"挺有名吗?"

"那是,宋末元初大书画家,诗写得也好。"她琢磨着其中两句,不觉吟出了声:"云雾润蒸华不注,波涛声震大明湖。"

"啥意思?"刘学栋问。

徐静心思索片刻,解释:"就是说腾起的水汽笼罩着喷泉,泉水声之大能震撼到大明湖,大明湖远吗?"

"不远,一里地,他写得实诚,雾天我来过,老远也能看到锃明瓦亮的三股水,在大明湖也能听到趵突泉的喷水声。"

徐静心望着喷涌的三股水,想象着赵孟頫诗的意境。

"你喝一口尝尝多甜。"刘学栋的话把她从意境中拽出。

徐静心用手捧起泉水饮下,顿觉清心爽肺甘甜无比。

刘学栋自豪地说:"哪里的水也赶不上趵突泉的水好喝。北平的不行,上海的更不用提。黄浦江的水,上游涮马桶下游的人也喝,怪味儿。"

徐静心感叹道:"怪不得英子水灵,喝泉水喝的。"

刘学栋说:"有可能,她家就在泉子后边的胡同里,来到玉泉楼更是灌趵突泉水,水气滋润着她。"

徐静心笑了。

刘学栋继续吹济南:"济南有七十二名泉,其实一百都多,大街小巷到处是泉。泉水在地面上流,过街得脱鞋袜,你到了剪子巷就知道我不是吹了。知道济南为啥泉水这么多吗?"

徐静心摇头。

"泰山山脉挤压过来的。"

徐静心眨巴着眼睛望着对方。

"山脉下面是岩层,岩层渗水,泰山高济南低,水就挤到了这里,你看水多旺。"刘学栋指着周围的几处喷涌的泉眼。

徐静心看着不觉道:"真美,怪不得李清照择泉而居呢。"

"墙上到处都是她写的诗文,那不是……"刘学栋用手一指周围墙上的刻字。

徐静心顺他手指方向望去,果真看到了墙上雕刻的词句。徐静心走近,怀着敬仰之心边看边读。

徐静心特别喜欢李清照的词,清照词有情,每次读,都沉浸在意境之中。刘明智说过："李清照号称'词宗'不过分，过分的是性格太傲。她写的《词论》是这样评价那些著名词人的：'柳永的词，虽时有妙语，但句子支离破碎算不了名家；欧阳修和苏轼的词不遵词牌规矩，配上曲也无法吟唱，只不过是有长有短的诗句而已；至于王安石，写文章堪称一绝，但作词却不入流，没法读。'她把同时代著名词家通通贬低了一番，让人不舒服。"

徐静心不认为李清照狂傲，《词论》她看过，确实有见地。她对那些著名词家评论也很准，他们词中的不足确实存在。李清照不但对词家做了评论，还简明扼要地把词与诗的不同写了出来，这是前无古人，后无来者的。

徐静心特别理解李清照，她出生在高官大户，语言自然直来直去。说她狂妄，评价不客观，况且她的词更细腻柔情，这点是其他词家无法比拟的。徐静心还特别佩服李清照的勇气。金人入侵中原，她竟一人押着丈夫心爱的十五车金石古玩从山东青州往杭州运。要知战乱奔波几千里多难，没过人的胆魄，连想都不敢想。当她得知丈夫赵明诚在叛军包围江宁时弃城而逃，愤怒地指责丈夫不配做太守！过后还写下了"生当作人杰，死亦为鬼雄。至今思项羽，不肯过江东"的诗句。还有李清照晚年，为生活所迫嫁给了小吏张汝舟，当明白张和她成亲是觊觎赵明诚留下的金石古玩，毅然提出了离婚。要知道按宋代律法，女人提离婚，要坐三年大牢啊。

徐静心读着："寻寻觅觅，冷冷清清，凄凄惨惨戚戚。乍暖还寒时候，最难将息。三杯两盏淡酒，怎敌他，晚来风急。雁过也，正伤心，却是旧时相识……这次第，怎一个愁字了得。"读完最后一句，倚墙怅望天空。

刘学栋看到她失落的样子："触景生情了？"

徐静心凄婉地说："李清照身处战乱，生活多波折，身边还有赵明诚啊……"

刘学栋眨巴着眼睛问："赵明诚是谁？"

徐静心望着他说："她丈夫。"

刘学栋这才明白徐静心的意思，她无人依靠。他想说，我就是你的依靠，可话到嘴边，又咽了回去。他知道他俩在济南的处境，不能公开恋人关系，也就是说自己不能在她需要的时候光明正大地呵护她，他心虚了。

旗袍做好了，英子取来给徐静心。徐静心穿上尽显婀娜多姿。

刘夫人望着徐静心直咂嘴："瞧瞧，这身材咋长的，要腰有腰，要胯有胯，比脸蛋还俊。"

英子有点嫉妒："还不是裁缝做得合适。"

刘夫人白了她一眼说："裁缝手艺再好，身材不好能显出好来？"

英子颇不服气，自己的身材也蛮好，穿上肯定也亮眼，就算压不过徐静心，也不比她差。

刘夫人让徐静心在屋里走走，徐静心走了起来。

刘夫人欣赏着："太中看了，越看越喜欢，济南出不了你这样的美人儿。"

徐静心羞怯地笑着："二嫂过奖了。"

刘夫人一本正经道："我说的实话，济南姑娘就算长得好，举止做派也没法跟皇城根的比。"她看着徐静心行走的姿态，简直在享受。

英子嫉妒地望着徐静心，心想："忘了不给她拿回旗袍了，她这身架叫俺哥看见，不更移不开眼神啊。"英子近来很注意哥和徐静心在一块儿的表情，见哥老喜欢看她，心里很不舒服。见徐静心旗袍两侧开衩能现出大腿，就指着说："这开得也太大了。"她不愿让哥看见徐静心白皙性感的大腿。

徐静心低头看着。

刘夫人说："不大，人家裁缝是按尺寸来的。"

"还不大？女人露大腿像吗，不遭人嘀咕吗？"英子说。

徐静心想想说："要不就叫裁缝再往下缝半寸。"

"半寸管啥用，叫我说缝三寸四寸都不多。"英子道。

徐静心吃惊地望着英子。

英子道："不露腿才显得本分。"

刘夫人略有点儿生气地说："那你三婶还迈得开步啊？"

"迈不开，也不能叫人家说是从艳翠楼里出来的吧。"

刘夫人生气地冲英子道："不会说话就闭死嘴！再胡说八道看我不撕你嘴！"

英子噘着嘴出了门。

中午，玉泉楼楼上楼下坐满了客人，莲花在单间陪于明德和山田处长饮酒。山田放浪形骸，莲花不愿看他丑态，借故出来。来到大厅北端朝窗外望去，看见个亭亭玉立的女人正在院中浇花。莲花望着举手投足都带有美感的徐静心，不觉脱口："天人。"

徐静心浇完花又给金鱼换水，这时刘学栋走到她身边，接过脸盆帮她换，换完水把脸盆递给她，徐静心莞尔一笑。莲花看到这一幕长叹一声，颓然地倚在墙上。过了一会儿，才直起身捋了捋头发下了楼。

莲花来到后院，见徐静心回过头，更惊叹她的美丽，她问徐静心："你是刘学栋什么人？"

徐静心支吾半晌才说出："他婶儿……"

莲花转身离去，心里酸酸的，她忽然感到自己朝思暮想的男人永远不可能得到了。

莲花在大厅碰到了英子，故意问："你家后院穿旗袍的女人是谁？"

英子回答："我三婶，北平来的，挺洋气是吗？"

莲花说："记得我给你说过，你哥迟迟不回来准是叫狐狸精绊住的话吗？"英子点头。莲花说："她就是绊住你哥的女人。"英子先是一愣，接着气恼地出了玉泉楼。莲花望着她的背影轻轻叹了口气。

英子来到河边生闷气，莲花跟了过来倚在一棵树上说："刚才的话，我可不是骂人，婶侄关系可不是闹着玩的。我问你一句，你三叔多大了？"

"五十多岁。"

莲花说:"你婶呢?也就二十二三吧,他们不可能有感情。你哥呢,青春年少美男子,是女人心中的靠山。说白了我也喜欢你哥,你婶爱你哥一点也不奇怪,再说又是寡妇。"

英子心里不知道啥滋味:"这……叫人知道了多难堪。"

莲花说:"就是,这是乱伦呀。你得阻止你哥,但不能说白了,你哥的脾气你知道,你让他向东,他偏向西。另外,我觉得你和你哥挺合适。"尽管学栋在千佛山拒绝了她,但莲花心里依然有梦,可看到了徐静心就清醒了,自己跟学栋没有了一点可能,她伤心嫉妒愤怒。尽管这样,她还较冷静,心想:"与其让徐静心得到,不如让英子,毕竟她是自己妹。"

英子脸"唰"地红了,低声说:"他是俺哥……"

莲花白了她一眼:"别跟我装了,我什么事没见过,就你那点心眼儿,还跟我玩?"英子脸红到脖子。莲花叹了口气说:"我是追不到你哥了,你能不能我也不知道,反正你和你婶子比你处于劣势。"英子不服气地噘起嘴。莲花见状道:"别不服气,你说你长得比她怎么样?不错,你挺好看,可有点野,也太土气。你看人家多秀气文静,你整天挽着袖子跟杀猪似的,张嘴就咋咋呼呼,八里外都能听见你吆喝。我不说她别的好,光那口好听的北平话,你比得了吗?"英子低下了头。莲花说:"你要是有心眼,就别跟你哥使性子,要改变自己,把你婶比下去,好歹你比你婶小四五岁。唉,我是不行了……"说完凄然离去。

英子反复回想莲花的话,觉得很有道理。她不明白为什么学栋哥还把自己当孩子。从他看自己和看徐静心的眼神,她知道自己在哥心里的分量没法跟徐静心相比。她生哥的气,更嫉妒徐静心。英子无数次地打量她,想从她脸上身上找出缺陷,但都失望了,徐静心竟是那样完美。

英子决心学点诗文,学诗文显得文静,这样气质就会靠近徐静心。她对徐静心说:"三婶,从今儿你教教我古诗文行吗?"她盼望自己变得更好，讨哥喜欢。

徐静心高兴地说："行啊，你怎么想起学古诗文来了？"来玉泉楼她无事可做，听英子这么说，自然十分高兴。

英子说："我文化水浅，过去认字是为了记账。三婶你有文化，一举一动都挺文气，俺也想学，难吗？"

"不难，我教你，古诗文挺有意思。"

英子说："每天教我咋样？"她希望尽快改变，也觉出自己举止做派不大讨人喜欢。

"可以，反正我闲着没事儿。"

"那三婶说，我学多少日子，举止做派才能像你这么内秀？"

徐静心笑起来："我内秀吗？没觉出来。学学古诗文挺好的，时间长了会有书卷气。"

英子想了想说："是不是跟教书先生、女学生一个样？"

徐静心笑着说："就算是吧。"

英子高兴了："那我得好好学，出门胳肢窝里也夹一本书。"徐静心"扑哧"笑了。英子催促道："那咱开始吧？"

徐静心说："好，我们学什么呢？"她托腮思索，英子也学着托起腮。徐静心说："学女词人李清照的词吧。"

英子点头："对，女人诗词有女人味儿，男人写的俺要背给人听，迷不住人。"

徐静心笑了笑讲了起来："李清照又名易安居士，她父亲李格非是当时有名的学者、文学家，母亲是宰相的女儿，李清照五岁就会作诗。长大后嫁给了才子赵明诚，二人恩恩爱爱，或吟诗作画，或弹琴填词，这时的词大多清新秀丽情意缠绵，后逢战乱，离开济南远走他乡……"

英子睁大眼睛："噢，她是济南的？"

徐静心点头："是，这时期的词，风格变得凄婉，词中时时表现出哀怨。《醉花阴》是她前期的作品，我很喜欢。你听一下，就知道写得多好了。"说着背了起来："薄雾浓云愁永昼，瑞脑销金兽。佳节又重阳，玉枕纱厨，半夜凉初透。东篱把酒黄昏后，有暗香盈袖。莫道不销魂，帘卷西风，人比黄花瘦。"

英子打断她的话："我觉得不太合适，人能说胖瘦，花怎么能说胖瘦？叫人听了不笑话。"

徐静心解释："这是比喻，形象地表明心境。"

"比喻俺懂，一个人的腰粗，比喻像地瓜炉子；说人矮，像武大郎都挺合适，可说花胖瘦不太对路。"

徐静心说："你慢慢就会理解。"

英子说："能不能来快点的？哎，三婶，你说的北平话挺好听，有洋味儿，济南话太土，俺也想学北平话，能教俺吗？"

"当然能，不过这不用单独教，我平时说话，你注意点儿，长了就学会了。"

英子点头。

晚上，刘掌柜夫妇、刘学栋、徐静心、英子围桌吃饭。英子几口将饭扒进嘴里。刘夫人训她："吃饭像猪抢食，今后怎么找婆家，看你三婶吃相多雅。"

英子羞得满脸通红，她又盛了一碗，侧脸看了看徐静心，一小口一小口地往嘴里抿。

刘夫人说："他三婶，天凉了，夜里多盖点被子。"

英子用北平腔道："可不，夜来后晌，俺冻得和撒和撒的。"

刘学栋一口喷出饭。

刘掌柜也埋怨英子："闺女说话南腔北调，俺都听不懂了。"

刘夫人说英子："你京腔不是京腔，济南调不是济南调，哪天出去怕买不回菜来了。"

英子不服气地噘起嘴，她瞥了一眼徐静心，见徐静心像是忍着笑吃饭，心里有点儿生气："俺说想跟你学北平话，你不教俺，说让俺注意听就能学会，俺学成了这个样，你可够坏的你。"

马拧子和刘学栋坐在跤场后场桌旁拉着家常，黑蛋、振鲁、福生围在刘学栋旁边。马拧子说："学栋，外出这两年师傅没见过你的跤技，回来了，让师傅见识见识。"

刘学栋说："好啊，师傅，那俺就来两跤叫师傅指教指教。"说着站起身笑望着黑蛋、振鲁、福生。他拍了黑蛋肩膀一巴掌："没和你摔跤还真想得慌。"

黑蛋等人笑了起来。

刘学栋当即脱下上衣换跤衣，马拧子一见他身上的伤疤愣住了："你身上的伤咋弄的？"

黑蛋、振鲁、福生等人也吃惊地望着刘学栋身上的伤疤。

刘学栋就把北平药铺林掌柜想强占三叔西屋当药材仓库，和自己烧了他药材被日本宪兵毒打的事儿说了。马拧子等人听后，久久不语。

好一会儿，马拧子才对振鲁、福生、黑蛋等众徒弟道："师傅不想让你们学学栋惹鬼子被打和丢命，只要求别给日本人做事和当汉奸，谁违背了，我就摔死他！"

振鲁、福生、黑蛋点头。马拧子才对刘学栋等人摆摆手示意去前场。刘学栋等人往前场走。马拧子望着刘学栋的背影心里感叹："国人都像学栋有骨气，打跑日本小矬子还费事吗？"

刘学栋、黑蛋、马拧子、振鲁、福生等人来到前场，场中两个小徒弟正向观众展示跤技，观众见了刘学栋鼓起掌来，刘学栋笑着举手致意。马拧子冲观众大声道："老少爷们儿还记得学栋吗？"观众纷纷道："记得，记得，当然记得，不是玉泉楼刘掌柜侄子嘛。"马拧子道："这说明这小子还给老少爷们儿留下了念想。我问他，到外地这几年练没练功，他说天天练。到底练没练，老少爷们儿瞧瞧就知道了。"说着冲刘学栋和黑蛋一摆手，刘学栋和黑蛋走起了跤架。刘学栋臂长似大鹏展翅，众人一见大声叫好。二人抢把，刘学栋抢把凶狠有力，黑蛋防不胜防。刘学栋抓住黑蛋跤衣偏门往后一拉，突然转体一个牵别便将黑蛋摔倒。观众兴奋得鼓掌叫好，马拧子不觉点了下头。

二人走完跤架又抓到了一起，刘学栋一个变脸动作将黑蛋摔翻。马拧子示意振鲁上场，振鲁来到场中跟刘学栋抢把。振鲁看起来比刘学栋粗壮，但力气却抵不过他，几把下来刘学栋占了上风。

他抓住振鲁一个跳步随着一个崴壮便将他摔了个跟头。马拧子自言自语："还真长进了。"

二人再交手，刘学栋没费多大事儿，又将振鲁摔翻。马拧子又让福生上场。福生更不是刘学栋的对手，除了刘学栋大意被带了个趔趄外，福生没有占到一点便宜。

马拧子招呼刘学栋等人来到后场。马拧子对学栋道："长进真不小。"

刘学栋谦虚地摇摇头："别呲儿我了，师傅。"

马拧子对黑蛋、振鲁、福生道："看看你仨摔的吗跤？摔不过学栋，师傅不怨你们，可连把都抓不住，就给师傅丢人了！"黑蛋、振鲁、福生低下头。马拧子对刘学栋说："你抓把大有长进，又快又狠，今儿就教教黑蛋他几个。"刘学栋道："没说的。"说着教了起来。他告诉黑蛋、振鲁、福生要想练好抢把，最好一个人对两个人练。黑蛋等人觉得好奇，刘学栋就把张大柱怎样练成抓把的绝技说了。

这时，王大厨托着个荷叶包进来。马拧子看见笑着问他："你今儿怎么有空？"王大厨把荷叶包递给马拧子。马拧子笑着："打你一出玉泉楼，俺就闻到牛肉香味儿。"

王大厨说："我光知道你眼神好，蚊子四十里地外分公母，没想到鼻子比眼神还灵。"

众人笑了起来。

王大厨看了刘学栋等人一眼，转过脸问马拧子："马师傅，今天可有空教我几个绊儿？"

马拧子咬了一口牛肉，口齿不清地说："没说的。"说着把牛肉放在桌上。

王大厨边脱褂子边问马拧子："你看我这膘还行吧？"说着拍着肥胖的肚皮。

马拧子打量着王大厨的身材，一本正经地说："好身板。"刘学栋等人偷着笑。他们知道马拧子有意恭维他。马拧子对王大厨说："跤手身材分四种：重、天、贯、日，重就是你这种身材粗大壮实。

天字号身材指的是学栋这样，宽肩窄腰长胳膊长腿的。贯字号身材就是不胖不瘦，日字号身材就是王矮虎。"

王大厨问："我这重字号身材不好？"

马拧子一本正经地说："好，摔跤讲究个力大降十会，就是力气大的能降住会很多绊儿的。"

王大厨咧开嘴笑了，他望着学栋说："咱俩来两跤？"刘学栋等人笑了，他们觉得王大厨太没数了。王大厨捡起地上的跤衣穿上系上跤绳对刘学栋招手："来呀，学栋。"

刘学栋望着王大厨："你真想和我摔啊？"

王大厨往手里啐了两口唾沫："怎么就不能和你摔呢？"他很想跟学栋较量，试试他到底有多强。刘学栋回来跟他说摔倒了这个，摔倒了那个，还摔倒了蒙古搏克跤王力达，他就想试试刘学栋到底有多厉害。

黑蛋、振鲁、福生哈哈大笑，马拧子也笑了。

刘学栋说："我这不成了欺负你。"

王大厨颇不服气："我重字形身材，力大降十会，咱俩还不定谁欺负谁呢。"他是干厨子的，每天不知尝多少好菜，尝着尝着就尝得膘肥体壮，还自觉力气过人。

黑蛋等人笑得前仰后合。

刘学栋无奈地摇了下头说："我一只手你就拨弄不动。"

王大厨生气刘学栋蔑视自己，就晃着膀子逼近他，刘学栋左手抓住王大厨的跤衣领用力一撑，王大厨竟使劲也无法靠近，黑蛋等人大笑。

马拧子说："学栋，你得让王师傅靠近你。"说着拍了刘学栋屁股一巴掌："你可得抻量着点儿，别摔坏了王师傅。"

王大厨抱住刘学栋用力胡乱摔，刘学栋纹丝不动，王大厨累得满头大汗喘着粗气，已没有了劲儿。

刘学栋对王大厨道："王师傅，我让你坐地歇一会儿？"说着使了个搓窝，王大厨"扑哧"一屁股坐在了地上。

马拧子赶忙过来扶他，王大厨推开马拧子的手，气喘吁吁地说:"让我歇一会儿。"黑蛋等人又笑。王大厨抬起头一本正经地问马拧子:"你说我力大降十会,怎么降不住他?"他指着刘学栋。

马拧子说:"学栋的劲比你大多了,怎能降住他?"

王大厨站起身对马拧子说:"那你教我几个好学的绊儿吧。"

马拧子说:"三年的把式当年的跤。就是说武术练三年才能入门,练摔跤一年就能学会,不过你腿脚慢没练过基本功,教你绊子也使不上。"

王大厨问:"有没有不使绊子摔人的招?"

马拧子说:"手是两扇门,全凭腿赢人,抬腿使绊,横腿赢人,不用绊子怎么摔人。"

王大厨说:"我就不信没有不使绊子摔人的招数。"

马拧子思索片刻道:"还真让你说着了,'擒'呀,就是不使绊子照样摔人。"王大厨高兴地咧开了嘴:"那你就教我这招儿。"马拧子抓住王大厨跤衣偏门和跤衣袖:"擒正适合你,力大又不会使绊,你抓住对手往前往下猛拉,再斜着一扯就能摔倒他。"说着一扯王大厨,王大厨便翻倒在地。

马拧子扶起王大厨,王大厨喜笑颜开:"我就练这招儿!"

马拧子教了起来。教完,招呼福生:"你陪王师傅练练。"王大厨抓着福生练了起来。马拧子一边看一边指导,王大厨把福生摔倒。马拧子说:"对,没走样,你还真聪明。"

王大厨咧开嘴笑着:"别说,这招还真管用。"他连摔了福生几个倒儿,又走到刘学栋面前,突然抓住他的跤衣就使"擒"。刘学栋纹丝不动,王大厨又拉了几下,刘学栋还是不动。王大厨服气了:"我拉不动这小子。"众人哈哈大笑。王大厨对马拧子说:"别人在背后抱住我的腰怎么破他?"

马拧子叫王大厨抱住他的腰,问:"好了吗?"王大厨"嗯"了一声。马拧子两手攥住王大厨的双手猛一转体,王大厨便摔倒在地。马拧子拉起王大厨:"还有一招儿。"说着又让王大厨抱住后腰。马拧子突然弓腰从裆中搂住王大厨的腿一拉,王大厨摔了个仰面朝天。马拧子说:"这招叫黄鼬拖鸡。"

王大厨笑呵呵地站起来："马师傅，借我两件用不着的跤衣，我回去练练。"马拧子笑着让福生给他拿两件。

王大厨从跤场回来，就琢磨着怎么在徒弟面前显摆。他对徒弟说："吃完饭跟我到河边，我教你们摔跤。"

进财等人吃惊地望着王大厨，他们还没听说过师傅会摔跤。进财问："师傅，你也会摔？"

王大厨一翘下巴说："不但会，摔得好着呢。"进财等人疑惑地对视一眼，又望向师傅。王大厨扒完碗中的饭站起身说："快点，快点，进财，你到我房里抱来褡裢。"

王大厨带徒弟来到河边，王大厨扒下褂子边穿跤衣边示意进财也穿上："艺多不压身，师傅教你们摔跤一是强身健体，二是防身，跟我学上一年两年，打三五个人跟玩儿似的。"

进财问王大厨："师傅，你啥时候学会的摔跤？"

王大厨边系跤衣绳边胡吹："多少年前的事儿了。当年，北平天桥跤场的跤师到我店里吃饭，见我菜炒得好，就问我咋炒得这么好吃。我说可以教你，不过你得教我两招，就那时候他教的我。"

进财感叹道："师傅还真厉害，啥都会。"

王大厨大言不惭地说："不啥都会，还能在北平叫响啊？师傅不光菜好，跤技也高，天桥摔跤师傅常到我店来吃菜，吃完就教我，日久天长师傅就会了百八十招。"

进财说："师傅从不显摆，真是真人不露相，露相不真人。"

王大厨一本正经地道："人得谦虚，会个一招半式就张扬，不是师傅的做派。这就像做菜，达不到顶尖干脆别吹。"进财等人点头，他们从心里佩服师傅。王大厨继续道："那回和天桥跤场场主的大徒弟交手，我俩一照面'啪啪啪'就像俩蛐蛐掰起了死个儿……"他两手手指拧在了一起。进财等人出神地听着。王大厨眉飞色舞地比画着："他使大别子，我使扫堂腿；他使抹脖，我用大得合；他用跪腿，我用背布袋。我俩掰了个天昏地暗，最后一跤'啪'地我俩都掰出了罐儿，不，场子。"进财等人听得目瞪口呆。王大厨说："我教你们，得先让你们服气，这就像炒菜，腰花在勺里'啪啪'掂两下,甩出来油光锃亮色香味俱全,你们才能心服口服跟师傅学手艺。摔跤一个样,不先摔你们几个,你们打心眼里不会服师傅。摔跤讲究个手是两扇门,全凭腿赢人,抬腿使绊,横腿赢人。就是说摔倒人必须要使绊子,可是师傅跤技高超,不用绊子照样能赢人。"

进财等人疑惑地望着王大厨问:"不使绊子咋能摔倒人?"

王大厨一本正经地:"这就是个本事。"说着抓住进财,对其他徒弟说:"你几个瞧着,师傅是怎么不用绊子摔人的。"说着猛地一拉一个"擒"便将进财扯倒在地,众徒弟瞠目结舌。进财爬起来怔怔地望着王大厨,没想到师傅还真厉害。王大厨问他:"我用绊子了没有?"进财摇摇头。王大厨大拇指一挑:"这就是真本事。"说着抓住进财的跤衣偏门和衣袖:"你使劲挺住,看我能摔倒你不?"进财用劲。王大厨问:"挺住了吗?"进财"嗯"了一声。王大厨对旁边的徒弟道:"睁大眼睛瞧着。"说着一个"擒"又将进财扯了个跟头。众徒弟心服地连连点头。

进财爬起身来心悦诚服地对王大厨说:"师傅,我服你,太服你了,师傅。"

王大厨说:"好好跟师傅学吧,小子们。"

众徒弟答应着。

进财问王大厨:"师傅,你能摔过二掌柜吗?"

王大厨愣了一下,不知如何回答。

一徒弟说:"听说二掌柜摔遍北平、天津、济南、保定四大跤城无敌手。"

进财追问道:"师傅觉得行吗?"

王大厨用手点着他的脑门:"你不该问这话。"

"为啥?"

王大厨一本正经地说:"你想学栋是二掌柜,我是个厨子头,师傅就是能摔倒他,能那样做吗?"

进财不明白地问:"那怕啥?"

王大厨拍了下他脑瓜:"你小子笨死了!你想,师傅教你们三年五年，你们跤技超过了师傅，交起手来，好意思摔师傅腚瓜？"进财等人连连摇头。王大厨说："这不就是这个理儿嘛，跟学栋比跤的事儿今后别再提，还是听师傅教你们摔跤。"进财等人点头。王大厨像煞有介事地说："不用绊子摔人，没三五年的功夫学不了，这就像武术高手不用剑照样斩人。"进财等人被蒙住了。王大厨来了精神："今儿我还教你们黄鼬拖鸡，就是别人从背后抱住你腰照样摔他！"说着教起了进财等人。他边教边胡吹海旁，把进财等人蒙得五体投地。

于明德带着山田处长和伪军军官三天两头来玉泉楼白吃白喝，玉泉楼被吃得无钱买菜了。

刘掌柜望着手中厚厚一沓未付款的签单，对刘学栋说："再这么下去，玉泉楼就被吃垮了。"

刘学栋恨不能杀了于明德那帮汉奸和日本鬼子，可现在是鬼子的天下。于明德是保安处副处长，得罪不起，他也没忘旧仇，那天见了刘学栋，还恶狠狠地瞪了他一眼。那些伪军官也不好惹，得罪他们，能封了玉泉楼。可让他们白吃白喝，玉泉楼真能被吃垮。刘学栋想了两天两夜，对二叔说："要不咱先停业几天？"

刘掌柜说："停了业等于关了门，这事儿在济南一传，人家就认为咱倒闭了，你觉得好吗？"

"没啥不好，不这样的话，赔个没头儿。"刘学栋接着解释，"满济南就咱的菜最有滋味，停了业于明德肯定受不了，那时候不用催账，就可能把账给咱结了。"

刘掌柜想了想说："那就试试吧。"

就这样，玉泉楼停业了。

停业后王大厨回了老家，其他人闲着没事。

这天，英子进了玉泉楼没见到学栋和徐静心，心里一紧。她赶忙来到北屋问刘夫人，刘夫人说去大明湖了。英子慌忙出了门，她不愿意哥和徐静心单独在一块儿，在一块儿，她心里就发毛。

英子快步前行，在王府池子找到了刘学栋和徐静心才松了口气。

刘学栋打发英子走，英子赖皮缠磨。徐静心说："让英子一块儿去吧。"刘学栋才同意。他们买了莲子、荷叶粽子边走边吃。不一会儿来到了大明湖岸边。大明湖水面宽阔，湖水湛蓝，湖中长着白色和粉红色荷花，岸上垂柳随风摇曳，真像清代才子刘凤诰诗中所写的济南"四面荷花三面柳，一城山色半城湖"。

徐静心望着湖水，惊叹："这么清。"刘学栋告诉她，湖水是从趵突泉流过来的。因为水好，大明湖的藕非常出名，脆甜无渣，消暑清肺，说回去就做给她吃。

英子听了不舒服，想驳斥哥，又不好张嘴，只得怏怏地跟着。三人沿着湖边走，走到大明湖北岸，刘学栋指着北边的水乡对徐静心道："你看。"徐静心顺他手指方向望去，见金黄色稻田无边无际，碧绿的荷叶延伸到天边，不觉感叹："江南水乡啊。"刘学栋说："我去过上海，知道江南水乡啥样子，差不多。"他告诉徐静心，稻田和荷花塘北接黄河，东达一百多里外的章丘，西至五十里外的吴家堡。徐静心久久地望着美景，连声赞叹。

他们租了条船，刘学栋划船来到湖心的历下亭，三人上了岸。徐静心看罢乾隆的题诗，刚想对刘学栋说什么，忽然看见湖面上的山影愣住了。她指着问学栋这是哪儿来的，学栋解释是千佛山的倒影。

徐静心望向千佛山，见山较远，看着山影道："不可思议，这么远怎会有倒影？"

刘学栋说："这是济南一奇，天蓝、水清，千佛山就映了过来。北平常起风沙，天灰蒙蒙的，西山距颐和园不远，也没见过有倒影。"

徐静心望着水中千佛山的倒影感叹："真乃人间仙境。"

刘学栋悄声道："你觉得这儿好，等鬼子滚回老家，咱就在湖边买个小院，你没事就出来看佛山倒影。"徐静心笑了。英子一直竖着耳朵听，听了这话气得胸脯一起一伏。刘学栋对徐静心说："咱脚下这地方叫历下亭，当年乾隆南巡时住了一晚。湖里的蛤蟆叫声连天，影得他一夜没睡着，早晨起来下了一道圣旨，要把大明湖的蛤蟆全煮着吃了。蛤蟆一听怕了，从那大明湖的蛤蟆就不叫了。"

徐静心问："真有这事？"

刘学栋回答："我也不信，可大明湖的蛤蟆从来不叫一点不假。这里的蛤蟆带到别处就叫，别处的蛤蟆来到这里也不叫了，这可是真的。"

徐静心感叹："那真是奇了。"

英子见他俩谈得这么投机很嫉妒："我哥瞎编。"

刘学栋白了她一眼："你小孩家不懂。"

英子生气地说："谁是小孩？哎哎，谁是小孩！谁是啊？"她特烦刘学栋还把她当小孩儿，自己已是大姑娘了。

刘学栋拨弄了一下她的辫子："扎扎歪歪的，真当自己是大姑娘了？"英子气得喘息，生气哥哥太傻。

三人在历下亭游玩一会儿，刘学栋说："咱们到北极庙吧。"他指着北边高高的庙宇。

"好看吗？"徐静心问。

英子见徐静心和哥哥玩得这么开心，心中更气："鬼呀神呀的，龇着牙咧着嘴吐着舌头，还有个恶鬼用爪子掐巴着个孩子，怪吓人的。"

徐静心说："那我们就别去了，省得晚上睡不着觉。"徐静心知道那是一个有名的道观，很想去，可见英子这情绪，不好再去了。

刘学栋说："咱划船玩吧。"

三人上了船。

徐静心说："我来划。"说着抓住桨划起来，划船看似简单，可她划，船不往前走只在水中打转。

看到徐静心出了丑，英子哈哈大笑。刘学栋抓住船桨手把手地教静心，船平稳地划向湖心。英子嫉妒地望着他俩。渐渐地徐静心会划了，她望着天上的白云、飞鸟，水中的游鱼、荷叶、荷花，笑得像天真烂漫的少女。刘学栋出神地望着她，觉得徐静心就是荷花，比荷花还美。

英子见他俩这个样子，心里烦透了，她侧脸不想看他们，却又忍不住。英子有意破坏他俩的兴致："三婶，我哥在北平惹事不？"

徐静心晃晃脑袋回过神儿来："不惹事儿。"

"我哥脾气不好，爸妈管不了，他在济南惹恼了于明德待不下去，才去的北平。"

徐静心说："在北平挺好的。"

英子一本正经地说："那是你管得好，我哥在济南可坏了。他和莲花上千佛山后边的大佛头，从山顶背着人家到山下，还在大树下搂着人家不放。"

徐静心脸色瞬间变得苍白，她疑惑地望着刘学栋。

刘学栋气得骂英子："胡说八道，看我不扇你！"

英子在船头，中间有徐静心隔着自然不怕，她眉飞色舞地说："你还不承认，莲花姐亲口说的。"

刘学栋气得干瞪眼。

徐静心没心情再玩下去了，刘学栋见她这个样，也没了情绪，抓过船桨往岸边划。徐静心、刘学栋不再说一句话，英子心里乐开了花。船一靠岸，徐静心便下了船往回走，刘学栋默默地跟在她身后。英子望着他俩垂头丧气的样子，差点儿笑出声。

徐静心一路伤心，没想到刘学栋竟是这样的人，心想："背莲花下山，还搂着她不放，他怎么能做出这事儿呢？"在她心里，刘学栋是个很本分的人，在北平他三叔撮合他跟自己好，他都没表现出激情。自己曾做出过暗示，还在放风筝时，把手按在了他手上，那已不是暗示，是明示了，他也没摸一下自己的手，更别说搂抱亲吻了。可他竟能背着莲花从大佛头山上下来，还抱着不放。"他到底是啥人啊？在我面前演戏吗？演戏演到那份儿上也该有激情吧？却没有，你演技未免也太高了吧。看来有这事儿，要不英子说出来，他为何不反驳只发脾气，这不说明他确实做过嘛。"徐静心想着眼泪打落在地上和脚面上，后背也悸动起来。刘学栋一直跟在她身后，知道她在哭，却不敢上前解释。他很生英子的气，转脸寻她，却看不到她的影儿。

英子并没有离去，只是远远地在后面跟着，见刘学栋回身寻自己，忙躲到一棵树后，见他俩垂头丧气的样子，高兴极了。

徐静心回到玉泉楼，进了西屋里间伏在床上哭了，她从没这么伤心过，她爱学栋，学栋的行为把她心伤透了，她想离开他，至于去哪儿无所谓，只要不见到他。

刘学栋知道静心在屋里哭，几次想进门向她解释，想到她正在气头上，才没进门。到了吃饭的点儿，徐静心还没来北屋，刘学栋来到西屋窗外向里窥视，见徐静心躺在床上面朝里，知道她在伤心，琢磨着进屋解释，还是不进。

二婶从玉泉楼出来往北屋走，看见学栋透过窗户向西屋窥视，有点儿生气："干吗呢，学栋？往你婶儿屋里趴头露猫像咋回事儿。"学栋忙解释："我想叫静心，不……三婶吃饭。"二婶没好气儿地说："叫，你喊一声，要不敲门，哪有透过玻璃往里瞧的。"刘学栋只得敲敲窗户，喊了一声："吃饭了！"喊完转身往北屋走。二婶悄声数落他："不用对你三婶这么上心，吃饭叫英子去叫，要不我来，轮不到你。"刘学栋尴尬地进了北屋。

英子见哥这个样儿，心里高兴，却装模作样地板着脸吃饭。二婶冲英子："喊你三婶来吃饭。"英子嚼着嘴里的饭："她累了不想吃，硬叫也不好不是？"二婶说："你们不是在大明湖划船吗？划船又不累。再说大明湖也不远，还能累得不愿吃饭？"说着站起身欲去叫静心。刘学栋忙道："二婶，你不用去了，她愿啥时候吃随她。"他过去一直把二婶称作婶儿，静心来了，才改叫二婶，徐静心来了玉泉楼，就成了他的三婶，他想起来就别扭。

连着几天徐静心不搭理刘学栋，刘学栋很不舒服，他想向她解释，可一直没有机会。徐静心也知刘学栋想向自己解释，心想："也许英子说的不准，我看出英子对我和学栋有点儿嫉妒，才有意说的。可话不会无中生有，到底怎么回事儿？"她觉得刘学栋不是放荡的人，她也不相信他过去是在自己面前演戏，可这和背莲花并抱她有点儿反差太大。想到莲花是艳翠楼的姑娘，徐静心觉得很可能是她勾引了学栋。这让她心里得到了些许安慰，但学栋做的事是不可原谅的："即便莲花勾引你，作为正派的男人也不该那样。"她想听刘学栋的解释。

刘学栋认为这事儿一定要跟徐静心说清，就等英子一出门买菜，便进了西屋。见徐静心正坐在里屋桌旁愣神儿，小心翼翼地凑近道："别听英子胡说八道，她整天疯疯癫癫的，自个姓么都不知道。"徐静心面无表情地望着他。刘学栋说："你别听她胡说……"他觉得不说清，徐静心会认为自己不正经。

徐静心打断他的话说："我只问你有没有这事儿？"

刘学栋想了想说："有，你听我解释……"

徐静心忽地站起身："我不听！"

刘学栋乞求道："听我说完不行吗？"

徐静心生气地说："就不听！"说完转过身去。

刘学栋没法张嘴了，只得出了西屋，他在玉泉楼大厅碰到英子，狠狠地戳着她脑门："再胡说八道，看我不扇你！"

徐静心得到了证实更伤心："刘学栋确实做过这事，我真不清楚他到底是什么人，还要不要同他继续下去。"她思来想去，觉得："尽管他做过那事，但本质还不坏，再说他也年少，当然远不如他三叔。刘明智感情很专一，初恋情人死了，便对其他女人没了兴趣。他很可敬，可世上有几个这样的男人？真的没有，凡夫俗子中没有，文人中更稀罕。文人把爱情写得美好，那是展示文采。也许当时真爱得死去活来，可新鲜过后爱情也就消散了。从古到今落下多少被抛弃的重情女子。"徐静心企盼得到刘明智那样专情男人的爱："可刘明智这样的男人世上太少，自己很难碰到。尽管刘学栋不如他，也还算过得去。"想到这儿，心里虽气，却不那么耿耿于怀了。

刘学栋觉得再向徐静心解释不能开门见山，就想到要迂回着来，先扯点儿别的，平复了她的情绪再说明，他见英子出去买菜就进了西屋。

徐静心正坐在桌旁思索着接下来如何跟刘学栋相处。"不搭理他，还是也接他的话？接话表明宽恕了他的行为，"她心有不甘，

"可再同他拗下去，会令二婶二叔不舒服。二婶偷问过自己，学栋说话伤你了？再别扭下去，她就该问你俩到底怎么了？那时不更尴尬？"见刘学栋进来，徐静心目光回落在书上。刘学栋小心翼翼地问："看什么呢？"徐静心头也不抬。刘学栋凑近说："下午咱俩去大明湖？"

徐静心扭脸躲开："你愿跟谁去跟谁去。"虽然她不想再拗下去，可也生刘学栋的气。

刘学栋赔着笑脸："你说我能跟谁去？"

徐静心醋意地说："你心里还不清楚啊？"说完低头装作看书。

"哎哎，你看你把我想成了啥人？"刘学栋想解释，想到效果不佳，就改嘴道："你知道我为啥在鬼子刑讯室英雄吗？有榜样，没榜样真扛不住，榜样就在大明湖。"他指着远处。

徐静心有点儿发愣。

刘学栋一本正经地说："真的，你跟我去趟大明湖就知道我说的是真的了。"见徐静心望着自己，刘学栋继续道："我不骗你，我带你去那儿的铁公祠，铁公祠里供着我的榜样铁铉。"

"我不去，你跟我说说怎么回事儿？"

"不去还真跟你解释不清，到了那里你看了铜像和碑文才能明白。"

徐静心思索着："跟他去还是不去？去，等于原谅了他。"

"看完铁公祠，俺再带你去北极庙，那里有口钟特神，许个愿，敲三下钟，事事如意，特别是男女缘分的事儿。"他知道徐静心生气归生气，不会没完没了，她爱自己。

徐静心听到这话，忽然不反感刘学栋了，嘴里说出的却与心境相反："我才不去呢。"

"你不去也行，不过铁公祠该去，我们见天见日本鬼子打人杀人，该学铁铉的骨气，这我没说错吧？"

徐静心没有答话，表情却平和了。

刘学栋见状，心里高兴："去了铁公祠，就离北极庙不远了，那口钟真的很准，不骗你，骗你是王八。"徐静心脸上隐约现出一丝笑意。这一丝笑意被刘学栋捕捉到："那两点俺在大明湖边等你。"说完转身出了门。

徐静心思索着，脸上现出笑意："别以为原谅了你，我会找你算账的。"她心里想。

第十四章

　　刘学栋早早来到了大明湖，翘首向远处张望，见徐静心从远处走来，高兴地迎上前。徐静心似没看见他昂首往前走，刘学栋跟在她身后。走出不远，见有卖莲蓬的，买了几个。他回头找徐静心，见徐静心已走远，快步追上她。他把莲蓬递到她面前，徐静心理也不理，刘学栋只好自己吃："这口钟太准了，听老辈说许过愿的男女没不成的。"徐静心望着湖面好像没听见。刘学栋从一侧跳到另一侧："哎，我听说，就是历经九九八十一难也终成眷属。要说咱俩处境不好，可也不会历经八十一难是不是？最多也就是三难两难就成了两口子。"徐静心白他一眼。刘学栋继续道："你不是喜欢看佛山倒影吗，等日本小矬子滚了……"他指着湖对面："我就在那里给你建个宅子。"

　　徐静心心里舒坦多了，却板着脸道："我是来跟你看铁公祠的。"

　　"是是是，这不快到了，"刘学栋朝前一指，"那就是。"

　　铁公祠坐落在大明湖北岸，是个不小的祠堂，占地有六七千平方米。有凉亭、回廊和荷花池，是后人敬仰铁铉建造的。刘学栋和徐静心进了祠堂院，刘学栋说："咱先看看铁公。"说着引静心来到祠堂。祠堂中立着铁公铜像，铁公身材魁梧表情刚毅，徐静心默默地注视着铜像。刘学栋指着旁边的碑文说："你看碑文，铁公多男人。"

　　徐静心看了起来，刘学栋介绍道："铁铉是明代兵部尚书，当时镇守济南。燕王朱棣造反，攻济南三个月也没攻下，后来攻下南京，才回头攻破了济南城。他把被俘的铁铉按在铁板上烙，用烧红的铁块子戳瞎了他的眼睛，铁铉仍不屈服，最后朱棣令人割下他耳朵鼻子塞进他嘴里，问他好吃不好吃。铁铉咽下大声道：'良将身上皆好肉，滋味儿好得很！'"

徐静心听了，眼圈红了。

"你说他多汉子气，俺就是学他，才支撑着不向鬼子求饶的。鬼子用皮鞭抽俺，用棍子打俺，还放狼狗咬，俺心里想：人家铁铉受的刑比俺重得多，俺讨饶就不是个男人！"徐静心眼泪流了下来，刘学栋给她抹了一把："我不敢自称多了不起，可有汉子气，这不是自夸吧？你说国人都学铁铉，学俺，小鬼子能占了中国？鬼才信！"徐静心倚靠在刘学栋身上哭了，她心疼学栋，也敬佩他。

刘学栋不愿见徐静心伤心，揽她出了铁公祠，为了缓和她的心境，指着水面让她看千佛山倒影，徐静心没心情，刘学栋又给她讲起了荷花仙子护佑济南人的故事……徐静心才渐渐地缓过劲儿来。刘学栋才同她往北极庙走。

北极庙是一座元代建造的庙宇，高于地面二十多米，用石头砌成。刘学栋、徐静心登上青石台阶，进了紫红色院门。院内长着几棵古柏、两棵银杏。古柏树干弯曲遒劲，似蛟龙盘旋升腾。银杏枝叶繁茂，树干有水桶般粗。院子三面是庙宇，正北面的庙宇高出两边一截，大门上方悬挂着"位极天枢"金字牌匾，里面供奉着玄武真人的神像。据传说天地由青龙、白虎、朱雀、玄武四神掌管，各保一方平安。玄武真人司职北方，是受人尊敬的天神。玄武真人两侧分别站着几个凶神恶煞的天兵天将。二人见天兵天将面目狰狞，没在庙中多待便出了庙门。庙东南角是一座高大的钟楼，钟楼粗大的木梁上悬挂着一口八九米高六七个人才能搂抱过来的明代青铜巨钟，钟旁悬着一根粗大的撞钟木。二人走向钟楼。一个道士从西侧庙门走出，对二人施了个礼。刘学栋说："许个愿。"

道士说："写下心愿，呈到真人面前，敲三下钟，包你事事如意。"

刘学栋掏出钱给道士，道士取过纸笔放到桌案上。刘学栋伏案书写，写完递给徐静心。

徐静心念道："刘学栋、徐静心成两口子。"她嗔怒地白了刘学栋一眼："俗不俗？"说着取过笔郑重其事地写下：刘学栋、徐静心结姻缘。

刘学栋望着感叹："雅，真雅，雅死了。"说着把纸递给道士。道士把纸呈到玄武真人面前，示意刘学栋撞钟。刘学栋兴奋地大喊："刘学栋、徐静心结姻缘——"喊罢用力撞钟，"咣咣咣"的钟声冲破庙宇，在湖面荡起层层涟漪。徐静心掩耳兴奋地望着他。刘学栋又喊又撞，喊了三四回，喊声伴随着钟声传得很远很远。

撞完钟，刘学栋过来对徐静心说："这钟声满城都听得见，人们都祝福咱。"

徐静心羞涩地笑了。

二人出了北极庙，下台阶。徐静心望着台阶中光滑如镜的倾斜石面说："我小时候可喜欢打滑梯了。"

"你现在打啊，这是济南最好的滑梯。"他指着如镜的倾斜石面道，"你看上面那两条浅沟，是孩子打滑梯屁股磨出来的痕。"

徐静心笑了起来。她想打，又有点儿害怕，太高了，距下面的地面二三十米啊，她犹豫不定。

刘学栋见她面露胆怯，一把揽住她的腰，夹起坐到了滑梯上。

徐静心慌忙道："干什么呀，远处有人没看见吗！"

刘学栋没有说话，抱着坐在腿上的徐静心向下飞快地滑去，徐静心惊叫起来，刘学栋抱着她笑得哈哈的。

冲到底，刘学栋还不松手，徐静心捂着心口喘息，她受了惊吓。回过神儿来，不觉望向周围，见几个人正望着他俩，她不好意思地推刘学栋的胳膊，刘学栋才迟缓地松开手，徐静心忙站起身，嗔怒道："你也不怕丢人。"说完往湖边走。

刘学栋笑着："丢吗人，都结姻缘了。"说着紧走两步揽住徐静心的腰向湖边跑去。

来到湖边，刘学栋租了条小船，扶徐静心上了船，向湖心划去。小船荡开碧水，很快驰进了荷叶丛中，徐静心转脸问："来这里干吗？"她头发在刘学栋眼前拂过，刘学栋的目光被吸引住了，他捧着头发欣赏。

徐静心不好意思起来。

刘学栋说："真好看，跟缎子似的。"

徐静心羞得满脸绯红。

刘学栋抬起头出神地看着她。

徐静心被绽放的荷花包围着，显得更妩媚。

刘学栋情不自禁地脱口："你脸粉得像荷花。"

徐静心羞涩地垂下眼皮，片刻，抬起头眼睛放出光彩，刘学栋忘情地移过身去，揽住她狂吻……

于明德真给玉泉楼结了账，他离开了玉泉楼的菜一天也活不下去，再说结账又不用他掏钱，他说一句话，那些业主和老板就得乖乖地把账结了。

玉泉楼为开业做着准备，刘掌柜、刘夫人、刘学栋、徐静心来到大厅环顾周围，都觉得少点什么。

刘掌柜说要不在门口摆个关公木雕，刘学栋说太俗，说摆关公木雕还不如挂个关公脸谱风筝。他的话得到了二叔的赞同，他和二叔都是从潍坊来的，潍坊的风筝天下闻名。摆上个风筝是对家乡的怀念，也能显出地方风情。刘夫人和徐静心也说这个主意好。

刘学栋准备好工具拿着竹条坐在桌旁扎起了风筝架子，徐静心则站在桌旁边看他边在宣纸上勾勒，勾勒完她退后一步比较着。

刘学栋看到桌上的画像站起身："哎，画我干吗，我又不是关公。"徐静心笑着没有说话。刘学栋伸手要撕，徐静心挡住他，她用毛笔蘸着油彩抹画起来。片刻，活似刘学栋的关公像跃然纸上，刘学栋看着笑了起来。

刘学栋把硕大的脸谱风筝挂在玉泉楼大厅对着门的墙壁上，刘掌柜夫妇、英子、徐静心围着脸谱风筝欣赏。

刘掌柜高兴地说："人家供铜关公，咱供关公脸谱风筝，别具一格，光凭这就吸引人。"

刘学栋和徐静心会心地笑了。

刘夫人端详半天说："跟戏台上的关公一模一样。"

刘学栋笑着冲徐静心赞赏地点了下头。

英子则愣愣地望着脸谱风筝出神，半晌，她转过脸边看画像边看刘学栋的面庞，而后又瞥了徐静心一眼，清了下嗓子话中有话地说："我觉得这个关公也就会个拳脚，不见得会耍大刀。"

刘学栋、徐静心不觉对视一眼。

刘掌柜不解其中意回道："关公过五关斩六将，温酒斩华雄，就是大刀耍得好。"

英子盯着脸谱风筝说："我看不见得。"

徐静心有点心虚了。

刘夫人说："谁不知道关公骑赤兔马，舞偃月刀。"

英子凑近徐静心，用嘴朝脸谱画像一努："三婶，他会耍大刀吗？"徐静心尴尬地不知如何回答。英子步步紧逼："你说这个关公是不是光会个拳脚？"徐静心面红耳赤说不出话来。

英子眯着眼睛望着她，徐静心更窘迫。刘学栋忙打圆场："叔，我看咱楼梯扶手也该打打蜡。"说着走向楼梯，徐静心忙跟了过去。

英子望着他俩的背影，气得闷闷的。

这天，刘夫人、徐静心、英子和刘学栋在北屋里拉家常。刘学栋被徐静心黑瀑般的长发所吸引，他出神地望着她的头发。英子顺他眼光望去，心里生气。

徐静心注意到刘学栋失态，慌忙把头发甩到另一边说："学栋，时候不早了，还不去厨房啊。"

刘学栋回过神儿来，站起身走出房门。

英子追出来冲他没好气儿地说："头发有什么好看的，像八辈子没吃饭的饿汉见了个扒肘子！"刘学栋停住脚望着英子。英子口气缓和了点："女人不见风不见雨的，头发都光滑顺溜，要是像俺风里来雨里去，她头发也跟羊毛猪鬃似的。"说完噘着嘴从刘学栋面前走过。

英子见哥那么喜欢徐静心的头发，也想让自己的头发变得又黑又亮，其实她头发也蛮好，只是不如静心而已。她听人说用淘米水洗能变黑，就让进财见天给她留下淘米水。进财问她干什么，英子说："不该问的别问。"

英子天天在屋里用淘米水洗头。这天洗完，端盆到池边倒水，刘学栋从她身边路过，见盆中白花花的水停住脚问："你头皮屑咋这么多？"

英子挽起头发生气地说："你眼瞎呀，这是淘米水！"

刘学栋吃惊地说："用淘米水洗头？"

英子说："俺婶头发八成是用这个洗黑洗亮的，俺洗不了几个月，头发一样光滑顺溜。"

英子特别喜欢和哥一起出去，徐静心来后就没有了这机会，她相信只要自己和哥多在一起，哥肯定会喜欢自己："俺比徐静心小六岁，比她鲜亮，人都说十七八的姑娘一枝花，可她已经二十三了，残花败柳。穿得鲜亮来遮丑，你穿俺的衣衫还不一定跟上集上卖菜的农妇呢。"英子也看不上徐静心的做派："站着坐着干吗绷着身子，累不累？还有伸手拿东西抓过来不就得了，干吗用兰花指？二婶说她从小看京剧养成的。"英子想："既然你想唱戏，就该去当戏子，干吗读书？"徐静心的眼睛也令英子不舒服："看着她没有说话，眼睛却像说了很多勾引哥的话。"英子心想："你有嘴巴，为啥还那样看人？你看书咋就累不坏你眼睛呢？还有，你来济南干吗？俺三叔去世了，你在北平找个人家不就得了。"

这天，英子在大厅打扫卫生，见学栋进来，摇晃着他胳膊央求和她去听说书。

刘学栋推说有事。

英子说："婶子的事你有求必应，我的事你从没应过。"她赌气地转过身去。

刘学栋说："你别胡说。"

英子转过身来："我爹死后我就再也没进过书场，最近老想去看看。"她眼神带有乞求。

刘学栋动了恻隐之心答应了她。

刘学栋好长时间不来书场了，来到书场门口觉得新鲜。他环顾周围，见有卖瓜子、花生和各种小吃的，问英子想吃吗。英子高兴地说："哥给我买啥，我吃啥。"刘学栋买了袋瓜子递给英子，自己买了包花生，二人进了书场，找了个僻静处坐下。

台上的说书人声情并茂地说着，英子眼睛渐渐模糊了。说书人仿佛变成了她父亲，英子不觉哭出了声。刘学栋明白英子想起了往事，悄声安慰她。英子抱着他的胳膊哭了，刘学栋忙揽着她出了书场。

夜晚，英子躺在外屋的床上，徐静心躺在里屋各自想着心事。英子知道徐静心在玉泉楼，哥就永远把自己当成妹。徐静心则为和学栋一时离不开济南而犯愁。英子侧耳听听，座钟时针"嘀嗒嘀嗒"地走着，英子几次想张嘴却又忍住。实在忍不住了，咬了一下嘴唇开口了："婶子，还没睡？"徐静心"嗯"了一声。英子说："我也睡不着。"徐静心问："有事吗？"英子说："今天我和我哥到书场听说书了，你知道吗？从小我跟爹在那里混饭吃。我爹是瞎子，我十来岁就拿着笸箩收钱，谁都能欺负我。我爹死后，艳翠楼老鸨把我弄去让我当妓，我死也不肯。这么着，我四天没吃东西，是我哥救了我，从那儿我就认定我哥了。"徐静心不知英子想说什么，听着琢磨着。英子说："谁要是抢走我哥，我只有去死。"

徐静心这才明白过来，不禁心里一颤。

徐静心一夜未眠，知道英子的话是真的，她忽然觉得她和刘学栋中间矗立起一座不可逾越的高墙。

好容易熬到了天亮，徐静心听到刘学栋在院中练功，就穿上衣服出了门，她走到刘学栋身边悄声道："我在趵突泉等你。"说完出了玉泉楼。

徐静心来到泉边，望着喷涌的泉眼心里乱得很。刘学栋走到她身边揽住了她的腰。他太想抱她了，在大明湖船上吻了她，就上了瘾，一看见她就想抱就想亲，现在可有了机会。徐静心推开他的

...... 307

手。刘学栋说:"怕啥?"说着又伸手要抱,徐静心拍开他的手说:"你挺有兴致呀。"

刘学栋不明白地问:"啥兴致?"

"莲花陪你去大佛头,英子陪你去书场……"

刘学栋忙解释:"英子说我背莲花的事儿,那是莲花说给她娘上坟,下山崴了脚……英子,嗨,她是我妹子……"

徐静心打断他的话:"莲花暂且不说,可英子爱你。"

刘学栋一下蒙了:"什么,什么?你说我妹爱我?你别瞎想。"

"昨夜里英子跟我说了,她认定你了。"

刘学栋笑了:"认定我是她哥,没别的,看你又多心了。"他觉得静心想多了。

徐静心认真地说:"英子说,谁抢走你,她就去死。"

刘学栋不以为然地说:"别听她瞎说。我知道英子喜欢我,那是妹对哥的感情,你不懂。"

"我不懂?女人的感觉比男人准,我还知道,我们真有结缘的那一天,英子会去死。"徐静心加重了语气。

刘学栋笑了起来:"我说你想多了吧,还不承认,读李清照读的,进了诗里就出不来了,下次咱不来这儿了。"他一指墙上的刻字:"她的诗把你弄迷糊了。"

徐静心凄婉地说:"但愿如此。"她不想再向学栋解释,学栋心太粗感情太麻木,把话说得如此明白,他还意识不到英子深恋着他。

尽管静心对学栋很放心,可对英子无所顾忌的做事风格还是不安的。她很想和学栋早点离开玉泉楼:"去哪儿都行,哪怕沿街乞讨。"她不愿白天来临,希望天永远黑着,那她就可以静心地回忆从北平来济南的列车上躺在学栋怀中的幸福了。"那一夜,学栋抱着我没有松手,我也没有动过,就那样静静地待了一夜,列车到了济南,我才不得不离开他的怀抱。"她还愿回想跟学栋到北极庙的许愿,许愿后在船上的甜蜜。"学栋疯狂地吻我,吻醉了我的心和身体,我渴望着他再疯狂下去,可不谙男女之事的他却没有……"这是她的遗憾。

清晨，刘学栋在院子里练功，徐静心从西屋一直望着他。她太喜欢他了，高大健壮的身体，自信的神情，一切都令她陶醉。"他是未来的丈夫，我和他将共度一生。"她静静地望着学栋，见他练得浑身是汗喘着粗气，很自然地抓起毛巾出门递给他。自从她和刘学栋有了大明湖船上的甜蜜，徐静心就觉得和刘学栋彼此是对方的了，所以递毛巾已没有了胆怯，而在这之前是不敢的。刘学栋痴迷地望着徐静心，这个让他体验到甜蜜和幸福的女人。他无数次地回想吻她的情景："俺吻了她的脸脖子和嘴唇，嘴唇让俺像过了电，不停地吻啊吻，总觉得吻不够。不记得吻了多久，只记得船主人的喊声把俺惊醒，才知天黑了。"他望着静心，很想揽过她继续狂吻。

徐静心出门的时候，英子就醒了，她透过窗户向外望去，见徐静心和刘学栋这表情，心中霎时燃起了妒火。她恨恨地望着他俩，见刘学栋想揽徐静心，情不自禁地咳嗽了一声，徐静心以为英子起床了，对刘学栋莞尔一笑来到池塘旁给缸里的鱼换水，刘学栋还出神地望着她，英子真气坏了。

英子知道再这样下去，学栋哥就不是自己的了，失去了他，她憧憬的幸福就没了。她不甘心让徐静心夺走哥，就想着尽快把心里话跟徐静心说明。

夜里，徐静心躺在床上回想着白天和学栋经历的事，哪怕一个眼神也想，在玉泉楼二人单独相处的机会很少，回想令她幸福。

英子一直注视着徐静心，知道她心里想什么。英子生她的气，"本来哥是俺的，你凭什么来抢"！想到这儿，她叫道："三婶——"徐静心回过神儿来答应着。英子说："我有话告诉你。"

徐静心从她语气知道她想说什么，就说："明天再说吧，天不早了。"

英子倔强地说："不行，不说出来俺睡不着。"

徐静心只得听她说。

英子说："这几天，妈打谱给俺寻婆家，俺心烦得要命……"

徐静心听着，见英子不再继续往下说，就道："男大当婚，女大当嫁，有什么可烦的。"她微微松了口气。

"俺在家叫爸妈惯坏了，到什么人家也过不惯，俺不想嫁人。"

"行，我跟你妈说晚两年也行，你还不到十八，没必要急着出嫁。"

英子说："俺担心妈不乐意，再说晚一两年也得出去。"

徐静心翻身趴在床上，笑着问："那你叫我跟你妈说什么？"

英子说："俺舍不得离开爸妈，舍不得离开这个家。三婶，你干脆跟俺妈说，让我嫁给我哥得了。"

徐静心惊得半晌合不拢嘴，她怔怔地望着英子，英子也望着她，二人对视，两人心里想的什么彼此再清楚不过。徐静心胆怯地躺下拉死了灯，英子还在注视着她。徐静心知道英子还在望着自己，想起身掩上门，却怕碰到她的眼光，只得闭着眼睛忍受着煎熬。好一会儿，英子才拉死灯躺下。这一夜，二人都没有入睡。

第二天，徐静心心里烦躁想和学栋说说英子的事儿，可是学栋一直在玉泉楼二楼忙着监督装修。徐静心不好上楼找他，只得在黄昏的时候，来到了玉泉楼门外的河边。她知道学栋会看到自己，果真学栋从楼上下来走向她。徐静心向前走去，她不想被玉泉楼的人看见她和学栋在一块儿。学栋不远不近地跟着，二人来到大明湖畔才停住脚说话。

英子眼光没有离开过学栋，见他从楼上下来往外走，知道他去见徐静心，她透过窗户向外望去，果真看到了她。英子望着学栋跟在徐静心身后朝大明湖方向走，嫉妒得要命。英子来到后院对正在做活的刘夫人道："妈，你看我哥和我三婶又一块儿出去了，天马上黑了，黑灯瞎火的叫人看见像怎么回事儿。"

刘夫人停下手中活思量着英子的话。

自从静心来到玉泉楼，刘夫人就发现她和学栋的眼神不对劲儿："婶侄儿哪有那眼神看对方和那样说话的。"她把这事儿跟丈夫说了，丈夫说："你多心了。徐静心是学栋他婶儿，学栋能跟她乱来？我了解学栋，正儿八经的孩子，我也看出徐静心是本分人。咱老三很有眼光，找了这么一个年轻漂亮的学生做老婆。老三没福离开了她，徐静心肯定对他有感情。老三卖房救她父亲，他俩还一起过了三年。徐静心该崇拜感激有学问的老三。老三年龄是大点儿，可相貌讨女孩子喜欢。退一万步讲，就算徐静心跟老三没感情，也会感他的恩，再说老三尸骨未寒，她能跟学栋眉来眼去？"

刘夫人说："你不信，注意着他俩点儿，就知道我不是无中生有。"

刘掌柜说："我不信，也没那个闲心，光店里的事儿我还操心不过来呢！"

刘夫人知道丈夫不是没发现苗头，只是不愿承认和往深处想，因为学栋和静心真有那种关系，会令他刘家蒙羞。

刘夫人听了英子的话心里不痛快，却训斥起了她："你干你的事儿，别学街上的娘们儿闻风是雨，张家长李家短七个猫八个眼的！"她也明白英子的心思，喜欢学栋，自从学栋救了英子，英子就把学栋当成了哥。两三年下来，英子已长成了个大姑娘，喜欢学栋很自然。可刘夫人不想让他俩结亲，她和丈夫是济南的大户，不少富户人家来给学栋提过亲。刘夫人想通过学栋的婚姻和达官贵人结成亲戚。徐静心来到玉泉楼，学栋、静心、英子的关系搅得刘夫人不安。她想过："就算英子和学栋出点事儿，也就认了，大不了学栋没法和达官贵人联姻。若学栋和静心出点事儿，那我和丈夫的脸面就丢尽了。嫂子和小叔子关系不正都饱受人诟病，要是婶侄出点事，那就为人所不齿了。"她几次提醒静心别和学栋一块儿出去，以免招来闲话，她还不让学栋去静心和英子住的西屋。那天见学栋又要往西屋走，叫住他说："上西屋干吗？你三婶在屋里住，不知道避讳啊。"

学栋当时没进西屋，过后却照常去，还是英子不在屋里的时候，这让刘夫人提心吊胆。她害怕他俩出点事儿，想进去，却怕碰到难堪，想在外边敲敲门，也觉得不妥。现在英子说出这话，令刘夫人更闹心。

月亮被云彩遮住了光亮，大地蒙上一层灰影，徐静心静静地望着湖水，她和学栋在一块儿就没有了烦恼。刘学栋靠近她说："你放心，除了你，我谁也不娶。"说完把徐静心搂在了怀中，徐静心闭上眼睛享受着。

得到刘学栋的爱抚，徐静心的心平静了许多，她能静静地看下书去了。这天，她正在看《醒世姻缘》，刘学栋进来对她说："昨天晚上我做了个梦，梦见菩萨说：要想保姻缘，光去北极庙不行，得去千佛山，今天咱俩就上千佛山拜佛。"他很想找个理由和徐静心在一块儿，抱她吻她。在城里没机会，还是去山上，那里没人打扰。刘学栋说："千佛山是济南名胜，山上有一千多个菩萨，无论你求什么准能应验。"他害怕静心拒绝，忙说出了这话。他知道静心近来对佛有了点儿兴趣。

"那么远，我得去问你二婶，看她让不让我去。"徐静心当然希望前往，却又担心刘掌柜、刘夫人有看法。近来刘夫人常提醒她别和学栋走得太近，刘掌柜也叫学栋注意和静心接触的分寸。

"你只要说到千佛山拜佛，她准让我陪你去。"刘学栋知道二婶是虔诚的佛教徒，说这话会打动她的。

徐静心思考着，刘学栋见状问："你还怕啥？"

徐静心道："你二叔会不会有看法？"

刘学栋说："俺二婶同意了，二叔不会说啥。"说着抚摸了一下徐静心的面颊，徐静心笑着站起身。刘学栋想抱她，徐静心忙推开他，刘学栋笑着出了门。

徐静心整理一下头发，来到北屋，见刘夫人正在绣牡丹，夸赞绣得好。

刘夫人高兴地说："上学的时候，我哪想过今后会做针线，跟了你二哥来到玉泉楼，闲着没事儿才学会的。"

二人笑了起来，徐静心趁机说想去千佛山拜拜佛。她有点儿心虚，她本不信佛，企盼和刘学栋结成姻缘才寻求的精神寄托。

刘夫人说："该去，来济南这么久了，不去千佛山没道理，咱不说是济南三大名胜，拜拜菩萨是该早做的事。"

徐静心说："那我这就去。"

刘夫人走到门口对在练功的刘学栋喊："整天扑扑棱棱也不嫌

使得慌,快别练了,有这劲儿陪你三婶去趟千佛山。"

刘学栋继续练功,有意道:"千佛山又不远,她……自己去。"

刘夫人有点儿生气了:"山高林密罕见个人,哪有女人单独去的!"

刘学栋装作不情愿地扔下器械,披上褂子,冲徐静心道:"走吧。"

二人出了玉泉楼。

刘学栋和徐静心刚走,英子买菜回来,没见到他俩,满处找。只要学栋不在玉泉楼,英子一定要知道徐静心的去处,找不到,来到北屋问刘夫人:"俺三婶去了哪儿?"

"和你哥上千佛山拜佛去了。"

英子急了:"妈,你怎么这么糊涂,他二人能一块儿去荒山野岭啊?那里又没人,婶子侄儿的像咋回事!"

刘夫人抬起头:"你从哪儿学来的乱七八糟的?"

"咋叫乱七八糟的,妈,荒山野岭的,你不怕……"

"正因为怕,才让学栋跟着。"

徐静心和刘学栋走后,刘夫人已经后悔了,她担心学栋和静心在山上把持不住,出事儿。现在英子这么一说,刘夫人更后悔,可依然训斥英子。

英子着急地说:"妈,你就不怕别的……"

刘夫人知道她想说什么,瞪她一眼:"再胡说八道,看不扇你耳刮子!"

英子一跺脚出了门。

千佛山在济南城南,距城中心三四里,山上有几处庙宇,庙宇周围的石壁上凿有一千多个形态各异的石佛,千佛山是名扬江北的佛教圣地。山上树木茂密,三五百年的参天大树比比皆是。山下是一大片果园,种有桃树、梨树、苹果树、柿子树、山楂树、石榴树和桂花树。每年春天,粉红的桃花、雪白的梨花和苹果花开成一片，这时城里的人便来山上挖苦菜。千佛山的苦菜与其他地方的不同，除了有点苦味儿，还带一丝甜，蘸酱吃赛过美味。秋天，千佛山更美。苹果、柿子、山楂挂满了枝头，桂花香气飘入城中，人们醉了。苦难的人暂时忘记了悲苦，心烦的人表情也平和清爽了许多。护林人说，这是金桂的功劳。金桂是桂花树的一种，别处的桂花树大多是四季桂，香味寡淡，金桂香气浓郁，一棵金桂开的花能飘香十里，别忘了千佛山有几十棵碗口粗的金桂啊。

徐静心、刘学栋来到山下顺着台阶向上攀登，刘学栋上前揽住了她的腰，徐静心忙推开他说："来千佛山拜佛保我俩缘分，你心不诚举止不当不会如愿的。"刘学栋不信这些，又要揽她，徐静心忙拍开他的手："让人看见算怎么回事儿！"在台阶上走易被人看见，刘学栋只得收敛起来。二人往山上爬，刘学栋望着徐静心滚圆的臀部，忍不住摸了一下。徐静心惊叫起来："干吗呀你！"说着瞪着刘学栋。刘学栋笑了起来，徐静心不觉心虚地环视一下周围。刘学栋说："没人，走吧你。"徐静心望了他半晌道："你走前边。"刘学栋笑着道："走前边就没法帮你了，你走不动也好托你一下。"徐静心嗔怒地说："用不着！"刘学栋只得在前边走。徐静心不常锻炼，爬到山半腰已累得上气不接下气。

刘学栋说："我带你走近路。"说着指着旁边的林中小路。徐静心望着茂密的树林，摇了下头。刘学栋说："走台阶还早着呢，还是跟我来吧。"说着向前走去，徐静心不得不跟着他。山路比台阶难走，走出没多远，徐静心说："不行了，歇一会儿。"

刘学栋盼着她累，好抱她，但想到抱，她肯定不依，就说："我背你。"说着蹲下身。

徐静心望着蹲在地上的刘学栋，用揶揄的口吻道："和背莲花一样？"

刘学栋转过脸："唉，真没法给你解释了。"

徐静心走到他身后说："别解释，留在心里回忆。"

刘学栋有点生气了，站起身。

徐静心轻轻推了他一下："背还是不背？"

刘学栋蹲下身背起徐静心说:"你把我当什么人了?"

徐静心凑近他耳边:"你当你是好人啊。"

刘学栋不愿再给她解释,背着她往山上走。徐静心望着刘学栋浓密的头发,嗅着他身上散发出的雄性气息,渐渐地眼神迷离心跳加速了。刘学栋感觉到了,停下脚步蹲下身,徐静心已瘫倒在茅草上,刘学栋脑门充血一下子趴到她身上。徐静心闭着眼睛似睡过去一般,刘学栋狂吻起了她的面颊脖子,心急火燎地解开旗袍的上衣扣,丰满白皙的乳房露了出来。刘学栋伏下脸贪婪地吸吮抚摸,徐静心发出轻轻的呻吟声。刘学栋体内的冲动更强,他迫不及待地解着旗袍衣扣。衣扣总算解完了,刘学栋一把撩开,徐静心雪白的身体完全暴露在面前。他伸手欲扯下她的短裤,徐静心猛然醒来,惊骇地望着他。刘学栋野蛮地撕扯着,徐静心抓住了他的手,刘学栋一把甩开,又去撕扯。徐静心用力抓住,刘学栋心烦意乱地瞪着徐静心。徐静心哀求道:"别,别。"刘学栋已被冲昏了头脑,猛地一扯徐静心的短裤,短裤被撕烂,他正要扑到徐静心身上,徐静心战栗地说:"别,别!"刘学栋不得不停下。

徐静心声音颤抖地说:"我害怕。"她的心境已和去大明湖时不一样了,那时她遗憾学栋在船上没再疯狂下去,现在却有点害怕他疯狂了。刘夫人多次提醒她注意婶侄相处的分寸,就是用传统礼教束缚她。礼教的作用极大,把徐静心束缚得已不敢做疯狂的事儿了。

刘学栋恼怒地望着她,徐静心痛苦地摇着头。

刘学栋气急败坏地从她身上下来。

徐静心爬起扑到他肩头说:"带我走吧,带我走吧……在济南我就是你婶……"她痛苦地闭上眼睛。刘学栋颓然地仰躺在地上。徐静心伏在他身上:"别恨我,别恨,我真的害怕……"说着哭了。

好半晌,刘学栋平静下来,叹了口气揽过徐静心。徐静心温顺地躺在他怀里,眼泪湿了他胸前一片。

晚上,徐静心躺在床上回想着和学栋在千佛山密林深处的那一幕，暗暗庆幸理智阻止了事情的发生，可想到学栋那烦躁的神情，她又于心不忍。"我为何在他身上瘫软，不的话，不就引不起他的冲动了？可当嗅到他身上的雄性气息，我确实陶醉，这怨不着我啊……"她想到学栋此时肯定在东屋生自己的气，觉得对不起他。"还有机会补偿吗？"她思索着，"即便有，也不可能让他如愿。我和学栋一时半会儿离不开济南，发生了那事儿，有可能怀孕，怀了孕我和学栋就成了济南人的笑柄。那玉泉楼就没法经营了。不但如此，他叔婶也没脸在济南待。"徐静心来济南日子虽短，却知刘掌柜夫妇传统观念很深，且极要面子。

英子透过黑暗看到了面朝墙壁的徐静心，虽看不到她的脸，却清楚她在回想她和学栋上山游玩的事儿。英子妒火中烧，想问你和我哥在山上干了吗？她预感他俩会干出出格的事儿。平日里眉来眼去，有了机会哪能不放纵。她恨徐静心，觉得上千佛山是她的主意。尽管妈说是自己提出让学栋陪她去的，英子不信，认为是徐静心耍了心眼儿。她急切地想知道他二人到底发生了什么。想到徐静心会搪塞，问不出实情，就道："三婶，你和我哥爬山走的哪条路？"徐静心心里没有准备，就把先走的西路，后走的小路告诉了她。英子听到走小路，心里更气，小路林深树密，根本见不到个人，她更相信她和哥干了见不得人的事儿。徐静心说过之后，后悔了，她辩解说那小路不好走。英子"哼"了一声："不好走你们还走！"徐静心想到自己和学栋做的事尴尬万分。

英子再也睡不着了："哥本来是我的，你凭什么夺？！"她恨透了这个女人。

酒店里的账过去是英子一个人对，她担心徐静心再和哥出去，就让她跟自己一块儿对。虽然她厌恶徐静心，可为了拴住她只能这么做。

刘学栋来到西屋，想叫徐静心出去游玩，看到二人对账，不好张嘴了。英子明白他的意思，心里生气，就故意把算盘拨拉得"啪啪"作响。徐静心想脱身，却没有理由。刘学栋就坐在旁边等她，英子见刘学栋等徐静心，有意对得更加仔细。刘学栋心急火燎，徐静心坐立不安，英子却解气。

莲花来了，进门寒暄几句，看到英子、静心都在忙，就让刘学栋陪她去听说书。

刘学栋不想去，他望了徐静心一眼对莲花搪塞道："我不喜好听那玩意儿。"

莲花不愿意了："还说不喜好，早先咱俩可没少听。"她有意把"咱俩"二字说得字斟句酌，想刺激徐静心。莲花知道刘学栋身边有了徐静心，想得到他就难上加难了，但她不气馁。刘学栋离开济南后，她没有一天不想他，几次问刘掌柜学栋住在北平啥地方，刘掌柜都没告诉。她曾几次欲去北平找学栋，想到北平那么大，不可能找到，才打消了念头。好不容易盼着学栋回来了，他身边又冒出了个貌美如花的女人，莲花嫉妒死了。

刘学栋不知如何回答。

英子"哼"了一声："就是，装起斯文来了，早先见天打架，跟野小子似的，打北平回来变得人五人六了。"

刘学栋尴尬地笑着，想数落英子，想到自己十六七岁时确实是这个样子，就没有理由训她了。

莲花拉他一把："走吧。"

刘学栋又情不自禁地望向徐静心。

英子见他这个样，心里更气，旁敲侧击地说："想去就去，不用看谁的脸色。"说着瞥了徐静心一眼。

徐静心脸一红赶忙打圆场："人家莲花请你，再不去，就不像话了。"

刘学栋无奈地站起身。

莲花调笑他："你还是听静心的。"她语句酸溜溜的，醋意十足。

英子用揶揄的口气道："那是，侄子敢不听婶儿的。"她有意把"婶儿"这个词说得很重。

刘学栋、徐静心尴尬万分。

刘学栋跟莲花走后，徐静心的心更不在账上，她知道莲花的身份，也知学栋在千佛山背她下的山，还在山下抱过她。这事儿学栋到现在也没跟自己说清，他俩一块儿出去，静心心里很别扭，也有点儿提心吊胆。

英子见她这神态，幸灾乐祸地问："三婶，你咋沉不住气了？"她盯着徐静心的眼睛。徐静心与她的眼光一碰，羞得恨不能钻入地缝。英子见她这狼狈相，十分得意："我说三婶，你呀别管得太细，太细，备不住让人说闲话。"

徐静心一惊："啥闲话？"她忽然想到了她和学栋在千佛山上的那一幕。

英子拨拉着算盘，装作漫不经心地说："我是不信，可备不住别人不捕风捉影。三婶，咱济南比不了你北平，你得入乡随俗。有些事在北平兴许人家不背后指指戳戳，可在济南就臭名声啊。山东人本分，咱也不能做得太过了不是？"徐静心不知如何是好。英子继续道："学栋跟婶隔着辈分，婶和他出去，会让那些多嘴的婆娘胡掰扯。"徐静心羞得满脸通红。英子收拾起账单，话中有话地说："三婶儿，你要是对俺哥不放心，那我就替你去瞧瞧他。"说完白了徐静心一眼出了门。

路上，英子心里暗骂徐静心："狐狸精，你啥身份？你是俺哥的婶子，和他不三不四，太下作了吧你！"她气呼呼地走着。忽然，又觉得也许哥没跟她做过分的事儿，这念头一出，心境平和了点儿，恨劲儿也不那么强了。这是英子在寻求心理的安慰。虽然得到了安慰，却依旧反感徐静心："你不就会个诗词吗，又不当饭吃。身架好怎么了，俺身架差吗？除了比你腰粗点儿，胸比你还肥呢。再说，你比俺大五六岁，还能光鲜几天，哼！"

刘学栋和莲花在书场听说书人绘声绘色地说《李香君》，刘学栋听得入了迷。莲花痴情地望着他，从他专注的神情，莲花知道此时勾引他没有任何希望，她心酸失望："白白迷恋了他多年，还朝思暮想。"虽然她知道这个男人不会和她有任何瓜葛，眼光却始终离不开他。

英子进了书场，寻找着刘学栋和莲花。看到二人，向他们走去，走着走着，她忽然感到莲花的神情不对劲儿，英子立住脚望着莲花。听说书的人看到她遮挡了视线，示意她离开，英子来到旁边，依然望着莲花。莲花看刘学栋的眼睛从来没有离开过，英子从她眼神明白，她还依恋着学栋，心里很不舒服。

天黑的时候，书场散了，听书人拥出门。刘学栋和莲花出了书场顺着街道往前走，英子情不自禁地跟在他俩身后。

莲花和刘学栋走进一个僻静的巷子，莲花停住脚感慨地说："自古女人多情，你看李香君多有情有义，可男人有几个好的。"

刘学栋用揶揄的口气说："你知道得这么清楚，干吗还和于明德在一起？"

莲花叹了口气："爱和生存是两码事。你心里清楚我喜欢你，你却看不上我。看上的人，人家又不能名正言顺地和你结成夫妻，所以我说干脆认命。"刘学栋知道她说的静心和自己，就不接话了。莲花说："学栋，你知道多少人欺负过我，我害怕，我多少回想死，可一想到你，死的念头才打消。"说着她忘情地拉住刘学栋的手："我愿和你在一块儿，真的。"她痴情地望着刘学栋。刘学栋望着莲花想着自己的处境，轻轻叹了口气。

英子躲在一个拐角愣愣地望着他俩。

莲花说："我不敢奢望得到你，只盼望能多和你在一起，盼你能再抱我一下。"说着头倚靠在刘学栋胸上。刘学栋想推开莲花，胳膊却被莲花紧紧抱住。莲花闭上眼睛流着泪说："求你让我靠一会儿吧，学栋，你不知道你去北平两年，我想了你两年，我太想你了……"说着全身贴靠在刘学栋身上。

英子有点不相信自己的眼睛，她眨巴下眼睛望着二人，见莲花紧紧伏在刘学栋身上。英子嫉妒得不能自已，半晌才转过身快步离开。

英子去找刘学栋了，徐静心的心依然不能平静。她知道学栋和莲花在一块儿不可能做出过分的事儿，可是他们在一起，心里总不大舒服。英子走了进来，徐静心张嘴想问，可看到英子板着脸又止

319

住。英子跌坐在床上转身躺下面朝里，徐静心预感发生了什么，忍不住上前小心翼翼地问："找到你哥了？"英子不答话，徐静心坐在床沿脸上现出一丝不安："学栋还不回来吃饭"？

英子拉过来被子恨恨地说："饿死活该！"说完蒙住头哭了。

徐静心先是一惊，接着更加心烦意乱。

刘学栋回到玉泉楼北屋，见桌上摆满了菜，只有刘夫人坐在桌旁，问其他人呢，刘夫人说，英子和她三婶在西屋，让他去叫她们。

刘学栋来到西屋："二婶叫你俩过去吃饭。"徐静心冷冷地望着他，英子背朝里躺着也不起身。刘学栋感到有点儿不大对劲儿："去吃饭啊。"他用催促来掩饰心虚。英子动也不动，徐静心还是冷冷地望着他。刘学栋像意识到了什么，心虚地赶紧出了门。

夜里，徐静心、英子躺在床上各自想着心事。英子眼中的泪水流个不停，徐静心心烦意乱地来回翻身。她知道学栋和莲花准出了什么事儿，要不英子不会这表现。"能出什么事儿呢？难道他和莲花有过分亲密的举动？不可能吧，书场那么多人，莲花又是那身份。可没有的话，英子为何反常？"她辗转反侧反复思索。

刘学栋也没有睡着，他从徐静心的眼神意识到莲花贴在他胸前的事可能被她知道了。他觉得在她眼里自己成了个放荡的人，所以得向她解释。

第二天清晨，徐静心来到院中洗漱，刘学栋透过玻璃看到她赶忙出来。徐静心像避瘟疫似的躲开他进了西屋。刘学栋跟了进去，他一进门就说："昨晚上不怨我，也不怨莲花，唉，怎么说呢……"他感到徐静心一定看见了他和莲花。

徐静心听刘学栋这么说，怀疑的事得到了证实，厌恶地说："出去，出去！"从英子回来的表现，徐静心推测学栋和莲花可能出了什么事儿。这之前，她无数次地告诫自己要相信学栋，可事实证实她错了。她恨学栋，恨他不珍惜他们之间的感情："前一天，你和我在千佛山还有那事呢，回来你却和莲花那个样，太薄情放荡了！"她也恨莲花："你明知我和学栋的关系，为何背着我做那事？你远不如英子坦荡，你还冠冕堂皇地在我面前把学栋骗出，你欺人太甚！"当然，最令人恨的是学栋："尽管男人很难抵挡住莲花的诱惑，可你抵御不了，也是不可原谅的！"

刘学栋口气坚决地说："不，我非得跟你说清楚……"

英子一个骨碌从床上坐起来嚷道："都不嫌害臊！"

听到英子咋呼，二人才意识到英子的存在。徐静心羞得无地自容。刘学栋也很尴尬："哎，英子，你还没去买菜？"

英子像受了愚弄，气愤地嚷起来："你少装蒜！哼，都不是个正经东西！"

刘学栋本来心里有气，听英子这么说，心火一下拱了上来："什么？死妮子，再说一句，看我不把你扔到院里！"

英子望着瞪着牛眼的刘学栋，委屈地"哇"的一声哭了。刘学栋不知如何是好。

徐静心急忙推他："快走吧你。"

刘学栋出了门。

刘夫人听到英子的哭声，赶忙来到西屋，看到英子大哭，又见侄子急急地出了门，知道英子是他惹哭的，冲学栋喊："你给我站住！"刘学栋不得不站住脚，刘夫人生气地训斥着他："你欺负你妹欺负到屋里来了，你说你怎么欺负英子了？"

徐静心急忙出来说："他骂了英子两句。"她想把这事平息下去。

刘夫人冲学栋发火了："骂你妹有我和你叔，轮不到你！"刘夫人对徐静心说："他三婶，学栋欺负他妹，你对他别客气，怎么说你也是长辈。"

徐静心尴尬万分。

英子听到这话哭得更伤心。

过后刘夫人告诉学栋，不能再去西屋，更不能欺负英子。刘夫人说："你也是个大小伙子了，和你妹说话，特别是跟你三婶，得注意分寸。别看英子是你妹，也是大姑娘了，你老冲她号，不应该啊。"

刘学栋不知说什么好。

刘夫人又说："还有，你也少跟你三婶聊天，你三婶怎么说也是你长辈，你动不动就喜欢跟她拉呱，有那么多事儿可拉吗？你二叔和我看了不舒服。虽说你三叔死了，静心还是你婶子，你俩隔着辈分，说多了，叫你三叔在地下也不敞快不是？"

刘学栋没法给二婶解释跟静心的关系，解释她接受不了，还会大发脾气，甚至气出病来。

刘夫人还专门跟静心聊过一回："别看学栋不小了，说话做事还是不着调，你看他还号英子，像个当哥的样儿吗？他以后上你屋里找你说话，你就把他撵走。他不懂得婶侄礼数，你得训他，不训，他不知道规矩。叫人从楼上看见和听说了，笑话咱，会招来风言风语，那咱们就丢人丢大了。"

徐静心尴尬得恨不能逃出门。

第 十 五 章

英子心情越来越不好，脾气也越来越大。一大早刚到菜市场，就和一个卖菜的吵了起来。

卖菜人说："看差了秤，也犯不着你骂人吧。"

英子得理不饶人："骂你是轻的，还想骂死你呢！"说着把菜扔了回去。

进财劝英子说："别吵吵了，快回去吧，要不中午就做不出菜来了。"

英子眼一瞪："做不出来就做不出来，用不着你多嘴！"吓得进财不敢再吱声。

英子买菜迟迟不归，急坏了刘掌柜。在玉泉楼大厅里和莲花说话的他，眼睛不停地往门口瞅。莲花见刘掌柜心不在焉，借口上茅房去了玉泉楼后院。

徐静心正对着镜子梳理头发，莲花进来看到说："不用打扮，也是济南第一美人。"

徐静心见到莲花心里不舒服，站起身不冷不热地应付："坐吧。"

莲花抚摸着她的头发："真好看，跟上了漆似的。"

"过奖了。"徐静心说着躲开她。

莲花坐下："静心，你别光闷在家里，去听听说书，蛮有意思的。"

徐静心抽搐了一下说："我不喜欢。"她想起了莲花和学栋听说书的事儿，虽然不知道他俩干了啥，却知没干好事儿。

莲花凑近她说："比书上写的有意思。"说着轻轻推了下徐静心的手臂，徐静心抽回胳膊。莲花没意识到她的态度，继续说："书听多了，心更凉。女人对男人真情实意，可有几个换来真情的？古代少有，现在更稀罕，你说这男女怎么差别这么大？"徐静心没有接话。莲花感慨地说："要我说李隆基是个好男人，后宫佳丽三千，他只爱杨玉环，杨玉环死了还对她念念不忘，别忘了他是个皇帝呀。"说完叹了口气："我认识的男人不少，可没几个好东西，要说好人也就是刘学栋、王大厨……"

徐静心话中有话："王师傅是好人，刘学栋算是好人吗？"

莲花愣住了，回过神儿来沉下脸："哎，你咋这么说学栋？谁说他个不字我可不依。"徐静心轻蔑地一笑。莲花说："静心，你怎么这样看他，他对你可是真心实意。"她既伤感又有点儿生气。

徐静心话中有话地说："他对哪个女人不都真心实意？"

莲花一时语塞，徐静心说完不再理她。莲花马上明白她知道了自己和学栋的事儿，觉得再聊也是自讨没趣，就离开西屋来到玉泉楼大厅。

英子和进财正推着菜进来，刘掌柜松了口气："哎哟，可回来了。"

莲花起身叫了声英子，英子看到莲花，冷冷地白了她一眼，和进财进了厨房。莲花一愣。

刘掌柜赶忙打圆场："别理她，她又犯了牛脾气。"

莲花说："不要紧，等会儿，看我不熊死她。"

王大厨看到英子和进财往厨房搬菜，用勺子敲着锅沿埋怨英子："你是让我做中午饭，还是晚饭？"

英子没好气儿地说："你愿意做什么饭就做什么饭！"

王大厨吃惊地瞪着她问："你想晾我场不是？"

英子蛮横地反唇相讥："我就晾了，怎么着！"

王大厨大怒，一摔勺子："我他妈不干了！"说着气呼呼地来到大厅："掌柜的，结账。此处不留爷，自有留爷处，我今儿就走人！"

刘掌柜一惊忙问他怎么回事儿。

王大厨指着厨房愤愤地说:"她一个毛丫头,敢对我吹胡子瞪眼,还想砸我的牌子,我不干了!"

刘掌柜明白过来,忙劝他:"英子我训她,你等着。"说完欲进厨房。

莲花走过来拉住刘掌柜:"掌柜的,别骂英子,一会儿我熊她几句。"她转脸望了一眼王大厨对刘掌柜说:"王师傅什么人?京城的名厨啊,名震北平、济南,达官贵人谈起来都竖大拇指,英子一个毛丫头敢顶撞王师傅,真是不知天高地厚!王师傅是玉泉楼的顶梁柱,王师傅一走,你玉泉楼准塌。"

刘掌柜点头:"那是,那是。"

莲花说:"刘掌柜,多少回了,王掌柜那边让我挖走王师傅,说王师傅到了那里月钱翻上一番。王师傅要受气,我这就带走他。"

王大厨气儿顺了:"干活不在钱多少,图个痛快。"

刘掌柜说:"就是,就是……"

莲花说:"厨房里不是忙不过来吗?我到厨房择菜去。"说着往厨房走。

王大厨忙拉住她:"不用,不用。"

莲花有意道:"别做不出菜来。"

王大厨眉毛一挑:"哎,满了不才十来张桌子嘛,当年在京城三四十张桌子呼呼地甩出去,菜个个油光锃亮,人人叫好。行了,不多说了。"说着进了厨房。

刘掌柜转过脸笑着:"莲花小姐还真有本事。"

莲花对一个伙计道:"去把英子喊来。"

英子正在西屋躺在床上生气。

伙计在门外喊:"英子,莲花让你过去。"

英子忽地站起身冲着门大声道:"告诉她我没工夫!"

伙计一愣,不知如何是好,英子指着他,用威胁的口气:"就这么说,你要给我改一个字,我饶不了你!"

伙计来到大厅对莲花说了,莲花听完一拍桌子气冲冲地走向后院。进了西屋门，来到床边冲着英子生气地道："英子，你跟别人耍脾气行，跟我耍不着。怎么叫没工夫？怕我吃你喝你是吧？我来玉泉楼哪回不结账，干什么受你的气！"她凑近英子用讽刺的口吻："你了不起了，英子现在是大人物了，成了玉泉楼买菜的总管了，多厉害，比起当年那个小要饭的强多了。噢，我还忘了，你还是玉泉楼掌柜的干闺女，多风光，比当年扶着你爹卖唱，不知风光到哪儿去了。可是呀，我没说错的话，当年没有我，你不是饿死就是冻死，要不就成了艳翠楼挂牌的……"说到这儿，她咬着牙一字一句地说："窑姐了！"英子不敢吭一声。

莲花不依不饶："你起来！我呀，今天非让你陪我喝两盅，不喝我就骂死你！"

英子"哇"地哭了。

徐静心忙劝英子，回过头来对莲花说："你坐吧，英子心情不好，惹你生气了。"

莲花说："这年头哪个心情好！你好吗？我好吗？犯不上谁跟谁犯浑！"英子用被子捂住嘴哭着，徐静心赶紧掩上房门。

莲花一手抂腰一手指着英子："家里人对你多好，你爸你妈拿你当亲闺女，你哥你婶多疼你，你不但不领情，还动不动耍牛脾气，不怕伤人啊你？！"英子哭得更惨。莲花说："英子你想想你对得起谁？"

英子忽地坐起来："都不是，是你，你干吗那样对我？"

莲花愣了："我？我怎么了？"

英子说："你和我哥……"说着扑到床上又哭。

莲花霎时明白过来，沉思良久道："英子，你是看到昨天晚上我贴在你哥身上了不是？"徐静心脸色大变，心里不知啥滋味。

英子边哭边道："你知道我喜欢我哥，干吗还那样，你不知道我哥救出我，我就把我哥当成自己的了么？"说完扑到床上大哭。

莲花望着她，片刻，坐下身说："英子，这我知道。可你知道吗？学栋也救过我，比你还早六年，早六年啊。"英子一下止住哭，徐静心也吃惊地望着莲花。莲花沉思半晌说："你知道你哥胸前有块疤吗？那是救我受的伤……"徐静心、英子惊呆了。莲花讲起了自己十三岁那年的遭遇和刘学栋救她的事。

　　莲花讲完，含着眼泪说："从那我就惦念那个救我的少年，没有这惦念，我早就自杀了。多少回我盼望能再见他一面，可是当我认出你哥，你哥却认不出我了，你哥说当年的那个女孩现在一定是个好女人，可……可我不是。我配不上你哥，我又太倾心他了，为了他，我能去死。"她喘息一会儿望着英子："我知道英子你也能。"她转向徐静心："静心，你也能。可谁让咱们都碰到同一个好男人呢。"英子、徐静心低下了头。莲花站起身："英子，别告诉你哥我就是当年的那个女孩儿。他知道了，我在他心中就真死了。"说着流泪出了门。

　　这天夜里，英子、徐静心躺在自己的床上，脸朝里各自想着心事。

　　第二天上午，徐静心约刘学栋来到珍珠泉，二人望着水中的游鱼。徐静心说："我想离开玉泉楼。"刘学栋吃惊地望着她。徐静心说："我在这儿，英子太痛苦。"

　　刘学栋说："她一个毛头丫头，懂什么，三天两早晨就把过去事儿忘了。"

　　徐静心说："你不了解女人……"她把英子的表现告诉了他。

　　刘学栋觉得不找英子认真谈谈不行了。

　　这天早晨，他看到英子和进财从车上往厨房卸菜，就走到英子身边说："卸完菜和哥去千佛山吧？"

　　英子吃惊地望着刘学栋，学栋单独约她上山，令她有点不相信耳朵，她自然而然地想到了徐静心："还有谁？"

　　"就咱俩。"

　　英子高兴了起来，她冲进财道："你自己卸吧。"说完跑到屋里梳妆打扮。

　　英子有意刺激刺激徐静心，特意来到刘夫人面前："妈，俺婶回来你告诉她，俺哥和俺去千佛山了。"

刘学栋和英子来到山脚下顺着山路向上走。英子欢快地笑着跑着，她好些日子没这么高兴了。

来到半山坡，英子说："哥，咱歇一会儿吧。"二人坐下。英子望着密密的树林说："哥，你和俺三婶来过这里吧？"这里是千佛山树木最茂密的地方，过去她时常和学栋来这里藏猫玩。她盯着刘学栋问。

刘学栋望着她问："谁说的？"

英子"哼"了一声说："猜也猜得出来。"刘学栋不再说什么。英子说："俺婶到底是北平人，蛮新潮的，叫我呀想也不敢想。"刘学栋望着远处不吱声。英子说："俺婶人挺好，你和她辈分不对，别和她到处去了，叫爸妈说也不是不说也不是。"

刘学栋板起脸来："我的事你少管。"

英子辩解道："我不是为你好吗？她以后回北平了啥话也听不见，你在济南不怕别人背后指点你？"

刘学栋生气地说："谁指点，我摔翻他！"

"人家是不敢惹你，可我做妹的不愿丢这个人。"

刘学栋说："啥丢人？英子，我今儿告诉你，徐静心不是你三婶，不是！"

英子愣愣地问："啥不是？啥叫不是我三婶？"

刘学栋不得不说，可又解释不清，只得道："这里面的事太复杂，有些话说了你也不懂。我只告诉你，我和徐静心的事儿你别添乱了。你是我妹，我一直拿你当亲妹妹。想想咱们以前那样多好，我还会一直对你像亲妹妹一样，你要是真为我好，就别再给我和静心添乱！"英子不知所措，她没想到刘学栋把一切都向她挑明了。刘学栋看到英子没有回答，就问："听明白没有？"

英子心里像打翻了五味瓶，不知如何回答。

刘学栋又问了一句。

英子才低声答道："明白了，哥。"

刘学栋脸上露出笑容，站起身把手伸给英子。英子回过神儿来伸出手，刘学栋把她拉起。

刘学栋哄着英子在山顶上玩了一会儿。下山时，英子非让刘学栋和她一块儿唱《小二郎》，刘学栋没办法就和她唱了起来。唱着唱着英子向山下飞奔而去，刘学栋怕她摔着也追了上去。

来到山下，英子停下脚步："哥，你先回去，我到菜市看看行情。"说完向旁边走去。

拐过山脚，英子满脸悲戚地跑起来。她知道了刘学栋约她到山上来的目的，也知道自己的憧憬已化成了泡影，她脑子里一片空白，飞跑着，跑到父亲的坟上哭得撕心裂肺……

清晨，英子躺在床上面朝里闭着眼睛。自从昨天刘学栋把一切向她挑明，她已没心思干任何事。徐静心看到英子这点钟了还不起来买菜，想叫她，又想到她不是贪睡误了起床，就端盆来到院中水池边洗头发。刘学栋从东屋看到她，出来走向她，徐静心冲他莞尔一笑。

刘学栋走到她身边问："起得这么早？"

徐静心悄声道："睡不着。"

英子听到悄声说话声，翻身坐起，透过窗户望着刘学栋和徐静心。

刘学栋瞅了下周围，回过身伸手捧起徐静心的头发抚摸，自从在大明湖船上喜欢上了她的头发，他心里常有抚摸的冲动。

徐静心慌忙环顾四周低声道："快放手，叫人看见。"

刘学栋似没听见，依旧抚摸。

徐静心有点儿急了："干什么呀你！"说着惊慌失措起来。"二叔二婶看见多难堪，毕竟在他们心里我是学栋的三婶啊。"她心想。

刘学栋恋恋不舍地松开手。他比在北平时胆大多了，那时尽管三叔希望他和静心好，可在三叔身边，刘学栋还是情不自禁地束缚住了感情。回到济南没有了束缚，玉泉楼是自己的家，静心是未婚妻，对未婚妻亲热有啥，他有点儿不在乎二叔二婶和其他人了。

英子看到这一幕，怒火一下子顶到了脑门，她真真切切地知道了学栋和徐静心啥关系。"不能再欺骗自己了，徐静心抢走了哥，也就是自己未来的丈夫。她太可恶了，不要脸！明明是婶儿，却不知廉耻地勾引侄儿。你浪，回你北平浪去，别来济南打我哥的主意！"她想出门骂她，却没敢出门，门外有学栋。她气喘吁吁地瞪着他俩，见他俩分开，英子才压抑住心中的怒火，胡乱地穿上衣服怒气冲冲地出了门。

英子来到河边，望着河水，眼中喷射着火焰，她不能容忍徐静心把她哥从身边抢走。她嫉妒徐静心的风度和学识，现在她才相信莲花的话："你和徐静心比处于劣势。"可英子不甘于失败，更不敢想象哥和徐静心结为夫妻，真有那一天，她会伤心地一头撞死。

英子来到"生发堂"门前，略一犹豫走了进去。屋里柜台后坐着位年近五十岁的大夫，他看到英子浓密的头发知道不是给本人买药就问："病人掉头发多长时间了？"英子久久不语。大夫说："我这是祖传秘方，掉头发包管治好。"他唯恐跑了面前这个主顾。

英子问："有没有让人掉头发的药？"大夫愣住了，疑惑地望着她半晌，不明白她的意思。英子说："我家病人的头发太多，想去一去。"

大夫吃惊地看着她，英子表情冷冷的。

大夫明白了英子来的目的，小心翼翼地问："想去掉多少？"

英子恶狠狠地说："去光了！"

大夫好半晌才说："这可是伤天害理的事……"

英子从布袋里掏出几块大洋拍到桌上。大夫看着钱思量半晌，收起大洋，从里屋取出一个小药包递给英子，英子接过转身往门口走。

大夫叫住了她："咱可说好了，一年之内，你再来找我取生发的药。"英子头也不回地出了门。

英子回到玉泉楼后院，见徐静心正和二婶在北屋说话，进了西屋。她隔窗又向北屋张望，看到徐静心和二婶谈兴正浓，回过身走到桌旁，从衣袋掏出药包，把药面倒入徐静心的杯中。她晃了下杯子，急匆匆地走出了屋。她来到河边，倚在柳树上心惊肉跳地喘息。

夜晚，英子面朝里睁着眼睛听着里屋徐静心的动静，徐静心静静地睡着了，英子更忐忑不安。天黑的时候，她回到卧房进门便望向徐静心的杯子，见杯子已经空了，徐静心坐在桌前安静地看书，英子胆战心惊地望着她那一头浓密的黑发。徐静心抬起头冲英子笑笑，英子神经质地咧了咧嘴，徐静心又低头看书。英子不敢在屋里再待下去，转身出了门。等到徐静心睡下，她才回到屋中。这一夜，英子没睡着，黎明才迷糊。

清晨，徐静心慵懒地坐起身，下床来到梳妆台前望着镜中，忽然她吃惊地睁大眼睛，她头发稀疏地挂在头上，头皮一块块裸露着，她伸手擦了下镜子，镜中的她像个怪物。她惊骇地伸手抚摸了下头发，头发散落在手中。她望着手中的头发"啊"地惊叫一声，浑身颤抖起来。

英子听到惊叫坐起身，她担惊受怕了一夜，刚刚才闭上眼睛。

徐静心惊恐地望着镜子，抚摸着光光的头皮惊喊着："头发，头发……"

英子看到徐静心光秃秃的脑袋，惊得合不上嘴。徐静心拾起地上和枕头上的头发，凑到面前看着，浑身颤抖。她望着镜中光亮的头皮，面颊抽动几下，双手捂住脸，跌坐在椅子上痛哭。

徐静心的哭声把东屋的刘学栋惊醒，他听了一下是静心的哭声，猛地翻身起床，来到西屋门口，"啪啪"地拍着房门："静心，怎么了静心？"

徐静心惊恐地望着房门，猛地扑到床上，抓起被子捂住头。

英子惊慌失措地穿上衣服下床打开门。

刘学栋问："怎么了？"英子不敢答话。刘学栋两步来到徐静心床前焦急地问："怎么了？静心。"裹在被中的徐静心浑身抽动着。

刘学栋回过身问英子："你怎么你婶了？"

英子恐惧地往后倒退着说："没，没……"

刘夫人从门外进来叫着："他三婶，他三婶！"徐静心"哇哇"地大哭了起来。刘学栋伸手去揭被子，刘夫人一把打开他的手："出去，女人的事，你来干吗！"

…… 331

刘学栋愣了一下，只好走了出去。

刘夫人拉开被子一看，吓坏了，她抓起散落的头发惊骇地说："鬼剃头，鬼剃头！"

徐静心掩面哭泣，英子惊骇地望着她。

刘学栋急得在门口来回踱步，不一会儿，刘夫人拉开房门走了出来。刘学栋慌忙问："什么鬼剃头？"

刘夫人叹了口气："你三婶的头发一夜间全掉光了。"

刘学栋惊得瞪大眼睛，他欲冲进房门，被刘夫人拉住："做侄子的别没规矩，赶快叫王大厨做饭，叫你婶和英子吃了去看大夫！"

饭端上来了，徐静心哪能吃得下，她捧着头发不停地伤心抽泣。英子心虚地低着头。

刘夫人无奈地说："别吃了，先去医院吧。"

徐静心和英子站起身略微收拾一下，徐静心用毛巾裹着头和英子出了门。烦躁不安的刘学栋看到徐静心忙迎上去，二人眼光一对，徐静心胆怯地低下头和英子朝院外走。

刘学栋跟上去。刘夫人喊道："学栋，回来。你去干什么？人家看了像怎么回事。"

刘学栋说："英子一个人忙不过来。"说着跑了出去。

来到医院门诊，徐静心说什么也不让刘学栋进去，刘学栋只得等在门外。徐静心和英子进了屋，大夫望着徐静心光光的头皮，问她近几天吃过什么特别的东西。徐静心摇头，大夫说这就怪了，没吃过特别的东西，怎能一夜之间掉得头发不剩？站在徐静心身后的英子听了差点瘫倒在地。

大夫询问着徐静心病情，英子望着徐静心光秃秃的头和她焦急的神情，耳边忽然想起了人们常说的"伤天害理"。望着刘学栋在走廊焦急地来回踱步，英子越发觉得自己恶毒，但她不后悔："只要能得到学栋哥，我什么事情也能做出。"

回到玉泉楼，刘学栋来到炉边煎药。王大厨过来说："侄子给婶儿煎药不稀罕，可你这副心急火燎的模样，让人想三想四。"

刘学栋没好气儿地说："谁愿想让他想去！"

王大厨说："我没说错的话，你跟徐静心可不是一般关系。"刘学栋抬起头望了他一眼。王大厨说："我要说错了，你把我头揪下来。"

刘学栋沉思半晌说："你说得对，徐静心其实不是我婶……"他把他和徐静心的事儿说了。

王大厨听了说："你就是个傻小子，干吗不听你三叔的？听了不就没这事儿了！"他也有点急了。

刘学栋说自己没办法，不回来，二叔撑不下去。王大厨说："可你带徐静心回来，注定要遭难啊！"

刘学栋熬完药送到西屋，他把药用两只碗倒了倒，用嘴尝了一口，递给徐静心："不热了，就是有点苦。"

徐静心不好意思地望了躺在床上的英子一眼，对刘学栋道："你走吧。"

刘学栋说："你喝了我再走。"徐静心一饮而尽。刘学栋将一个西红柿递到她手上。

徐静心接过说："你走吧，我们休息了。"

刘学栋才出了门。

徐静心看着英子，给自己打圆场："早先没发现，你哥还挺婆婆妈妈的。"英子没吱声。徐静心心虚地拉死灯上床躺下。

第二天上午，徐静心来到北屋，刘夫人让徐静心坐下。刘夫人说："我琢磨，你一夜掉光了头发，八成是看书累的。"

徐静心说："我原先天天看书，也很少掉头发。"

刘夫人说："女人过了二十三，精神头就不如从前了，八成是累的。"

莲花穿过后院来到北屋，跟刘夫人打了个招呼，望着徐静心用毛巾包裹的头，心疼地问："静心，你掉头发了？"

徐静心站起身："你怎么知道的？"

莲花说："我在路上碰见学栋，见他拿了把铲子，问他干什么，他说上山给你挖山姜。"说着走近徐静心，伸手欲揭她头上的毛巾，被徐静心捂住："怪难看的。"莲花停下手。

刘夫人说:"我说是看书累的,你说对吧?莲花。"

莲花说:"累,累不掉头发,主要是心里有事儿。"

刘夫人说:"也许,三弟走了无依无靠。"说着声音有点儿变调。

莲花转脸对刘夫人道:"我和静心到那屋说两句话。"

莲花和徐静心来到西屋,莲花看到英子侧身躺在床上问:"英子,不舒服?"英子翻身下床强打笑容。莲花说:"你妈说你整天精神得要死,一个人能干两个人的活计,见你躺在床上还真稀罕。"英子尴尬地笑笑。

莲花和徐静心在里屋床沿坐下,莲花说:"我说得对吧?心里有事,不操心掉不了头发。其实呀,都该想开,啥都是命中注定的,是你的别人争不了去,不是你的你也争不来。"徐静心不好意思地笑了。

莲花瞥了英子一眼:"你说是不是?英子。"英子尴尬地笑笑,没有回答。

莲花走后,英子躺在床上,想着哥那副心急火燎的样子,还给徐静心上山挖山姜,心里更嫉妒她。徐静心不时地走到门前向院中张望,盼着学栋回来。英子躺在床上一动不动,徐静心察觉出了她对自己的嫉妒,对英子说:"你哥这个人对谁都热心。"她为自己圆场。

英子冷冷地说:"对别人不是。"徐静心很尴尬。

刘学栋在山上寻找着山姜,他听说山姜治掉头发管用,就满山遍野地找。可是山上的山姜并不多,他找了一整天才找到几块。他拿着山姜往山下飞跑,他以为静心掉头发是着急离不开济南,觉得很对不起她。"静心不愿来,还把三叔的信拿给俺看,俺却带她还是来了,现在她掉光了头发,俺才知道她心里的苦。"刘学栋想着心疼地掉下了泪,他跑到玉泉楼才停住脚步。他擦了一把眼泪,穿过玉泉楼来到厨房洗山姜,洗完才提着滴水的山姜进了西屋。

徐静心正躺在床上伤心,刘学栋来到床边:"这是山姜,我刚洗干净,你抹上准管用。"徐静心坐起身望着他,刘学栋转脸对躺在外屋床上的英子道:"你快用刀子切开给你婶儿抹上。"

英子翻身下了床。

徐静心对刘学栋道:"你快去给你叔婶说一声吧,他们正惦记着你呢。"

刘学栋道:"这是偏方,我觉得行。"徐静心冲他摆摆手,刘学栋才不情愿地出了屋。

徐静心插上门,揭开了头上的毛巾,让英子给她擦山姜。英子望着徐静心光秃秃的头皮,手颤抖地把姜片切到了地上。

徐静心悲凄地说:"我挺可怕是吗?"英子又抓过一块山姜切着,切下一片闭着眼睛往徐静心头上擦。徐静心望着镜中闭着眼睛的英子:"你都害怕,别人看见一定认为我是个怪物。"说着眼泪扑簌簌地掉下。

英子的眼泪也流了下来,她忽然觉得自己太坏了:"哪个人也干不出这事儿,我真成了坏人,干吗要害徐静心?就算她勾引我哥,也不该害她掉头发吧?伤天害理啊!"然而她马上又想到:"假如徐静心不掉头发,我就没有机会。"她瞬间不那么内疚了。可只过了几分钟,她又想到:"现在呢?学栋漫山遍野地给她挖山姜,没因为掉了头发,不喜欢她。"英子的心沉了下来:"我白干了一件恶毒的事儿。"过了一会儿,她又觉得:"假如学栋哥看见了徐静心光滑的头皮,可能就不那么喜欢她了……"想到这儿,她心境又平和下来。

次日清晨,英子早早地起来,同进财来到菜市场买菜,莲花早在市场门口等她了,见面就指着她道:"英子,准是你,错不了,不是你,你婶掉不了头发!"英子吓得差点儿跌在地上。莲花瞪着眼睛问:"是不是?"英子恐惧地望着她。莲花说:"你怎么这么狠?咱们都是女人啊!"英子浑身颤抖起来。莲花说:"你看你婶儿那个样儿,于心何忍!"英子的心快跳出来了。莲花道:"你不能再惹你婶儿生气了,再生气还不定出什么事儿呢。"英子抬起头望着莲花。莲花说:"看我干吗?你不惹你婶儿生气,你婶儿能掉头发!"英子的心跳才渐渐地平缓。

刘学栋每天早晨起来去山上挖山姜，很晚才回来，回来也是心急火燎坐立不安。刘夫人心里不舒服就说："哪有侄子对婶这个样的。"刘学栋竟不客气地回嘴道："我愿意！"气得刘夫人几天没吃下饭去。

这天英子又用姜片给徐静心涂抹头皮，镜中映出徐静心悲伤的面容和表情呆滞的英子。敲门声传来，徐静心知道是刘学栋来了，赶忙用围巾裹住头，刘学栋已经踏进了门。他问效果怎么样，徐静心说："抹上，感觉头皮热乎乎的，英子说好像在长小茸茸。"刘学栋说："让我看看。"说着欲摘围巾。徐静心慌忙挡住他的手："摘了我跟怪物似的。"

刘学栋说："让我看怕啥？"

徐静心望了英子一眼没有说话，英子知趣地出了屋。刚出房门就听到刘学栋说："别说你掉了头发，就是掉了胳膊掉了腿，我也喜欢你。"徐静心掩嘴哭了起来，英子快步跑出后院也哭了。

英子沿着河边走边哭，心想："我白干了，别人不敢干的恶事我干了，到头来却是这个结果。"她来到僻静处，蹲在地上伤心地大哭。

英子不到睡觉的时候不敢再回卧房，她在厨房干活也心不在焉。这天，她进了厨房抓起一把刀心烦意乱地切菜。她想用干活来排遣心虚和懊悔，可是徐静心捧着头发伤心欲绝的情景不停地在她眼前闪现，英子更加恐惧。突然觉得手疼，尖叫一声，菜刀掉在地上，低头一看，手被切下一块肉。

刘学栋正好进来，过来一把抓起英子的手，看到满是鲜血心疼地说："你咋整天莽莽撞撞的，走，快去医院！"

英子挣脱他跑了出去。

徐静心正对着镜子用山姜抹头皮，英子捂着手急匆匆地跑了进来，随手抓起一张纸包住手。徐静心一看英子滴血的手忙说："不行，用纱布。"说着急忙裹住头站起身翻找纱布药棉。

刘学栋跑了进来拉住英子说："走，去医院。"

徐静心说:"我先给她包上。"

"我去叫车。"刘学栋说着跑出了门。徐静心心疼地蹙着眉头给英子缠纱布。英子望着徐静心内疚地闭上眼睛,觉得她比自己善良得多,很对不起她。

不一会儿,刘学栋跑进来拉着英子出了门。英子上了车,车夫拉着英子向前奔跑,刘学栋在旁边不时地催促快点。刘学栋见英子的手流血不止,喝住车夫,一把抓住车把说:"我来。"说着拉起车向前飞跑。

自从抹了山姜,徐静心头皮上长出一层毛茸茸的头发,刘学栋心里高兴。这天早晨起来,他来到练功的地方玩起了石锁,石锁扔得比往常高。石锁把上落了一层露水,他一把没有接住,石锁打在地上,他惊恐地"啊"地大叫一声。正在屋里对着镜子抹山姜的徐静心听见喊声,透过窗户望见刘学栋受惊的样子匆忙跑出门,来到刘学栋身边,着急地问:"怎么了?伤在哪儿?"她抚摸着刘学栋的腿脚,刘学栋摇了摇头,徐静心捂着胸口舒了一口气。刘学栋的眼光直了,盯着徐静心的头皮惊讶地睁大眼睛,徐静心看到他的眼光,恍然明白过来,慌忙捂住头逃回屋里。进了里屋,拉过被子捂住头伤心地哭了。过去学栋那么喜欢自己浓密的头发,现在光光的头皮上却一根不剩,她觉得刘学栋一定把她视为了怪物。

徐静心两天没有吃饭,刘夫人端来饭,她也不吃,刘夫人和刘掌柜担起心来。刘学栋说他去劝劝三婶,虽然刘掌柜、刘夫人心里不舒服,可为了能让静心吃饭也不拦他。

刘学栋进来屋,徐静心慌忙用被子捂住头,刘学栋走到床边说:"我知道你为啥不吃饭,是我看到了你的头,对不?"徐静心不吱声。刘学栋说:"静心,看见了你的头,我才更喜欢你。"

徐静心悲伤地说:"你在笑话我。"

刘学栋真诚地说:"不,我说的真话。你当是我受了伤,啥也不顾就跑了出来,可见我在你心里的分量。静心,我没选错人。"

徐静心慢慢拉开被子。

刘学栋说:"静心,你的心眼儿和你的模样一样好,我刘学栋真有福气。"徐静心坐起身。刘学栋端起桌上的饭碗来到床边,轻声道:"我喂你。"

徐静心愣了一下,转脸望了一眼窗外,回过头对刘学栋道:"就一口"。刘学栋舀起一勺米饭凑到她嘴边。徐静心望着他张开嘴,刘学栋喂进了她的嘴,徐静心嚼着笑了,刘学栋也笑了。他伸手抚摸一下她的面颊,徐静心抓住了他的手,二人含情脉脉地对视着。半晌,刘学栋抽回手又喂她,徐静心顺从地张开嘴,刘学栋一直把碗中的饭喂完。

刘学栋、徐静心相约来到河边,徐静心说:"我还是走吧。"

刘学栋说:"你怎么又说胡话,现在到处都是鬼子汉奸,你一个女人家能上哪儿去?"徐静心无语。刘学栋说:"我干脆把三叔的信拿给二叔看,让二叔二婶知道你不是我婶子。"刘学栋思索再三决定把一切跟叔婶说开。

徐静心说:"他们知道了也不会同意,他们转不过弯来,再说街坊邻居都知道我是你婶儿,他们怎么向人解释?"

刘学栋的心沉了下来。

过后,刘学栋问王大厨如何才能解决他和静心的问题,王大厨没有回答。刘学栋说:"我想把三叔如何撮合我和静心的事儿告诉叔婶,还有三叔写给我的信,你觉得怎么样?"

王大厨说:"给他们看也白搭,他俩不同意不说,还给他俩添堵。济南不比北平,别管你三叔和徐静心是不是真夫妻,也别管你三叔多撮合你跟徐静心,你叔婶都接受不了。"

刘学栋问:"那我咋办?"

"我也不知道,我只劝你,千万别给你叔婶说,说了能气死他们。"

刘学栋才知道静心说得对,他来到西屋对她说:"我带你走,咱俩远走高飞。"

徐静心眼中放出了异彩,脸上露出笑容:"真的?"

刘学栋点了下头,他不愿让徐静心在玉泉楼再度日如年。

刘学栋来到河边思索着带徐静心去哪儿，很自然地想到了上海。"俺跟陈掌柜熟，他是个好人，碰到困难会帮俺。俺还同那里的几家果铺掌柜做过生意，刘七爷死了，他们不会不理俺，他们对山东特产有兴趣。到了上海，先在陈掌柜旅店住下，然后就去跟那几家果铺掌柜谈生意，定好价格斤两就发电报给马师傅……除了倒腾山东特产，每年八九月，俺还到山东宁津逮蛐蛐买蛐蛐，然后带到上海去卖去斗，也能挣钱。"想到这儿，他心里有了底儿。

刘学栋站起身往回走，远远地看见玉泉楼，心又沉了下来："我走了，二叔就很难撑下来了，光迎来送往就够他受的，别说处理外边的事和要账了。我能要回欠账，他很难。账要不回来，就没钱周转，他着急上火，说不定身体很快垮了。"刘学栋想再待些日子帮二叔支撑支撑，可想到徐静心的处境，就决定不再多管了，马上带她走。

过去英子买完菜就离开厨房，现在手受了伤也在这里忙活。王大厨不时地瞟她一眼。他检查完进财等人的配料，来到英子身旁坐下问："英子，你有没有觉得你婶头发掉得有点儿蹊跷？"英子埋头择菜没答话。王大厨说："头发愣是掉得一根不剩，你觉得是鬼剃头，还是人剃头？"英子手中的菜掉在地上。王大厨话里有话地说："你和你三婶住在一个屋里，准能看见或知道点什么吧？"王大厨见多识广，早看出英子嫉妒徐静心，从英子近来反常的表现推测徐静心掉头发八成跟她有关。

英子的手颤抖起来，王大厨斜眼睨着她。英子如坐针毡，突然站起来跑出厨房。

英子跑到北屋里间扑倒在床上痛哭，在外屋桌旁做针线的刘夫人慌忙放下手中的活过来问怎么回事。英子哭着没有回答。刘夫人着急地问："谁欺负你了？快告诉妈，妈给你做主。"

英子爬起来，"扑通"跪在地上哭着说："我婶儿的头发……"她哭着说不下去了。

刘夫人琢磨着英子说的话，猛然明白过来，她生气地用手指头

...... 339

狠戳英子的头："你呀，你呀，真是伤天害理呀……"她气得瘫坐在床沿上。

英子抱住刘夫人的腿痛哭。

王大厨觉得有些话不能不跟刘掌柜说开了，就从厨房来到大厅，对正在翻看账单的刘掌柜说了他的推测。刘掌柜一听，扔下账本快步走向后院北屋。

刘夫人正在训斥英子，听到脚步声慌忙从里屋出来，并随手带上了门。刘掌柜进来，把刘夫人拉到桌旁，把王大厨的话给她说了，刘夫人一听就说："王大厨胡说八道！"

刘掌柜说："我也不相信是英子干的，可这几天英子颠三倒四的，我觉得也不对劲儿。"

刘夫人说："别乱说，这可不是一般的事，要是让英子知道伤了心离家出走，你可少了个闺女。"她知道丈夫特疼英子，才说出这话来吓他。

刘掌柜一听泄了气，他对英子太疼爱了，觉得她就是亲闺女。

刘掌柜一出门，刘夫人就拉起英子急匆匆地出了玉泉楼。二人来到生发堂门口，刘夫人气急败坏地一脚踢倒"生发堂"的牌子，拉着英子进了门。大夫见满面怒容的刘夫人和英子进来，马上明白了什么，他堆着笑脸迎上前点着头，刘夫人指着他的鼻子把他骂了个狗血喷头。

徐静心神态怡然地往皮箱里放衣服，就要和学栋离开玉泉楼了，她兴奋得几天没睡着觉。刘学栋兴高采烈地进来从身后揽住她的腰。

徐静心慌忙推他的手："你疯了？"

刘学栋松开手问："都收拾好了？"徐静心点了下头。刘学栋笑道："你还没问咱们去哪儿呢。"

徐静心笑着："只要离开玉泉楼，去哪儿都行。"说着往皮箱里装衣服。

刘学栋笑着逗她："把你领到阎王殿呢？"

徐静心坦然地说："那怕啥，只要我俩在一起。"刘学栋哈哈笑了起来。徐静心把手指放到他嘴边"嘘"了一下，指指外面说："别肆无忌惮，还没出玉泉楼呢。"

刘学栋冷静下来："我去南门跤场看看马师傅，再和黑蛋、振鲁、福生摔上几跤。"他从心里舍不得离开他们。

徐静心笑着："去吧，可别说溜了嘴。"

刘学栋扳住徐静心的脸吧唧吧唧亲了几口，徐静心慌忙推开他，刘学栋才恋恋不舍地出了门。

刘学栋出了玉泉楼，兴高采烈地往南门跤场走。他想放声地大笑，自己和静心马上就要摆脱束缚了。望着天空，他觉得自己已飞了起来，天这么广阔，飞吧，没有了束缚真轻松自由啊，他觉得和静心已像鸟儿无拘无束地飞翔了。

黑蛋正同振鲁在跤场上较量，二人你来我往不分胜负，振鲁力量大，却摔不翻黑蛋，黑蛋脑瓜灵跤法精湛，还差点儿把振鲁绊倒，观众不断地鼓掌叫好。在后场，马拧子指导着其他徒弟练习摔跤基本功二十四式，徒弟们在他的口令下抖着跤衣绳一招一式地练着。马拧子不像其他跤场师傅，捧着茶壶坐在椅子上边喝茶边指导，而是手把手地教。

刘学栋进来冲马拧子喊："师傅。"

马拧子对徒弟道："先练着。"说完拉刘学栋坐下说话。

刘学栋从包里取出牛肉递给马拧子，马拧子接过啃了起来，刘学栋望着师傅有点依依不舍。马拧子待他就像亲儿，想到一别不知何时才能相见，刘学栋心里很不是滋味。

马拧子问学栋为何几日不来跤场，刘学栋不敢说静心掉了头发。静心来玉泉楼他都没跟马师傅提过，更不敢说给静心漫山遍野地挖山姜了。

马拧子说："功不能一天不练，不练不光手脚不灵活，力气也下降，就像我每天开场耍一通石锁，不练功石锁就玩不了那么溜，脚面也接不稳。说起来咱摔跤跟唱戏差不多,人家有句行话叫:一天不练功,自己知道;两天不练,同行知道;三天不练,观众知道。这话也像是对咱们说的。"刘学栋点头说是,张嘴想说没事儿我就过来,想到和静心就要远走高飞了,话到嘴边又咽了回去。

马拧子见他有话没说出来,问:"出了什么事儿吗?"

刘学栋不知如何回答。马拧子说:"你玉泉楼有事儿就跟我说,师傅能帮把手不会不帮。"话音刚落,突然前场传来一阵骚乱声,紧跟着叽里呱啦的日语声传来。马拧子站起身道:"日本鬼子来了。"说完抹把嘴走了出去。

刘学栋和其他徒弟也跟了出去。

观众已被吓跑了,五六个鬼子兵脱去上衣示意黑蛋等人和他们摔跤。黑蛋等人冷眼望着他们。

马拧子上前赔着笑脸:"太君来玩玩?"

一个鬼子推他一把,上前抓住黑蛋就摔。黑蛋一动不动,鬼子接连使了几个柔道动作也没摔倒他,反被黑蛋摔倒在地。其他鬼子气得嗷嗷乱叫。

倒地的鬼子恼羞成怒,爬起来抓住黑蛋用皮靴猛踢,黑蛋腿似树干长在地上,任鬼子踢也踢不倒他。

旁边的鬼子疯狂地叫喊:"踢死他,踢死他!"

鬼子踢得更凶,黑蛋咬牙坚持着不倒地。

马拧子看了,对鬼子作揖:"太君,你们自个儿摔着玩吧。"他上前拉摔黑蛋的鬼子兵,一个鬼子一巴掌扇向他的脸,马拧子用手挡住。另一个鬼子猛地一脚踢在马拧子裆部,马拧子痛苦地倒在地上。

众徒弟欲动手同鬼子拼命,一个鬼子抓过枪对准了他们,振鲁、福生和师兄弟想同鬼子开打,刘学栋拦住了他们。他望了持枪的鬼子兵一眼,走到场中间示意鬼子放了黑蛋跟自己交手。鬼子果真放了黑蛋向他逼来,刘学栋不动声色脱去外衣丢在地上,鬼子兵见他浑身肌肉,不觉停下脚步,刘学栋轻蔑地看着他。鬼子兵心虚地围着他转了几圈,突然喊叫着冲上来,刘学栋待鬼子冲到跟前,身子一闪随着用手在他脑后一拍，鬼子便被摔出了场外来了个嘴啃泥。

众鬼子一看齐冲上来打刘学栋。刘学栋同鬼子们厮打了起来。五短身材的鬼子哪是刘学栋的对手，刘学栋连打带摔，瞬间把他们摆平在地上。鬼子爬起来抄起凳子要砸刘学栋，黑蛋上前抓住了凳子，鬼子踹他，振鲁、福生等众师兄弟欲同鬼子动手。持枪的鬼子朝天放了一枪，众师兄弟才停下了手。刘学栋继续同其他鬼子厮打，持枪的鬼子冲到他身后一枪托砸在他腰间，刘学栋惨叫一声倒地。其他鬼子上来一阵猛踢，刘学栋疼得在地上翻滚，鬼子兵上来摁住他捆起架出了跤场。

山田处长听说有人打了日本军人，严厉地训斥副处长于明德。于明德分管济南治安，日本军人被打是他失职，他笔挺地立在屋中不停地"嘿"着。他自从当了保安处副处长，也学起了日本鬼子的军人风范。山田发完火令他亲自处理，他一直奉行中国人治中国人的政策，而且收到了奇效。

于明德来到刑讯室，透过窗口望着绑在柱子上的刘学栋恨得牙根痒痒。"我当税务局局长那会儿，你小子就敢顶撞我，弄得我下不来台，现在又闹了这一出，我马上让宪兵队枪毙了你！"可想到枪毙了解不了日本人的气，就想把他折磨死。他向后招了下手，特务头目过来。于明德吩咐："叫来那几个被摔的太君。"

片刻，特务头目同在跤场闹事的五个鬼子兵来到刑讯室门外，于明德对他们说："太君再和他摔。"他指着室内的刘学栋。日本兵透过窗户望着刘学栋，脸上现出胆怯，刘学栋太厉害了，他们五个也没有打过他，还被他摔得打得受了伤。于明德见他们心虚，对特务头目吩咐："你安排几个人拿鞭子在旁边看着，他敢摔倒太君就给他一顿鞭子。"

日本兵听他这么说狂笑了起来。

日本兵和其他特务进了刑讯室，四五个特务持鞭围成一圈，日本兵脱下上衣来到了屋中央。一个特务上前给刘学栋解开绳子，特务头目对刘学栋说："你不是想和太君摔跤吗？今天让你小子摔个够。"

日本兵又是一阵狂笑。

刘学栋望着比自己矮一头的小鬼子，又看了看手持鞭子的特务，知道摔倒小鬼子就挨鞭子，心想："鞭子是厉害，我已尝过了那滋味儿，可大不了一死，就是死也让你们知道老子是条汉子。"他开始活动腿脚。日本兵见他要应战，都沉默了下来，刚才的狂劲儿瞬间没了影儿。刚刚被他摔得那么惨，心有余悸，这水泥地不是跤场的沙地。再说摔倒了不光身体受伤，还大失面子。没人敢上前。好一会儿，塌鼻子伍长才不得不逼向刘学栋。刘学栋不动声色地活动着脚腕手腕，塌鼻子猛地扑来，刘学栋一个背布袋将他摔过头顶，塌鼻子重重地摔在地上，疼得来回翻滚。其他日本兵气得哇哇乱叫，却不敢上前。

特务头目一挥手，众特务抡起鞭子抽打刘学栋。刘学栋用胳膊遮挡，可是遮东挡不了西，不一会儿，便被打得遍体鳞伤摔倒在地。日本兵狂笑不止。

特务头目走到刘学栋身边说："只能皇军摔你，你摔皇军就挨鞭子！"刘学栋喘息着。特务头目踢他一脚说："听见了没有？！"刘学栋点头。特务头目走到几个日本兵跟前说："这小子服了，太君们摔着玩吧。"

日本兵又摩拳擦掌，刀疤脸晃着膀子走向刘学栋，刘学栋挣扎着直起身子。刀疤脸示意和刘学栋交手，刘学栋斜眼望着他，刀疤脸抓住刘学栋的手腕，想使背布袋，刘学栋突然抓住他的后腰带，一个变脸看脚后跟动作就把他扔了出去。

刀疤脸被摔得鼻子嘴里都是血，其他日本兵发疯似的号叫。特务头目惊慌失措，跑到众日本兵面前连连鞠躬，随即冲特务喊道："打，狠狠打，照死里打！"

众特务抡起鞭子死命抽打刘学栋，刘学栋瘫倒在地。众日本兵围过来又踢又打。刘学栋吃力地爬起，刚一站起又摔倒在地。他扶着立柱顽强地站起伸手示意日本兵过来，日本兵惊愕地望着他。日本兵大头小心翼翼地逼近刘学栋。刘学栋望着他那副模样轻蔑地笑了，大头恼羞成怒冲了上来，刘学栋一个立倒勾，将他摔了个仰面朝天。大头后脑勺撞到地上昏了过去。其他日本兵冲上来把刘学栋拥倒在地连打带踹，刘学栋昏死了过去。

一直在刑讯室外面观望的于明德连连摇头，他没想到刘学栋胆大包天敢摔日本人，要是让处长山田知道了，不扇自己耳光。他进了刑讯室，对特务头目命令道："醒过来，给我狠狠打，打服气！"他歇斯底里。

特务头目连连点头答应着。

于明德走到刘学栋身边，刘学栋已不省人事，可是刚才的情景，还是令于明德不寒而栗。他望着地上的彪形大汉，突然看到了刘学栋身上遗留下的疤痕，他蹲下身凑近仔细看着，疤痕是鞭伤和狗咬的痕迹。于明德叫过特务头目指给他看，特务头目细看后点头。

刘学栋刚醒来，特务头目就追问他身上的旧伤是哪儿来的。刘学栋说和人家打架落下的。特务头目知道他说假话，就令手下狠打他，刘学栋不吐一个字，又被打昏了过去。

刘学栋被抓玉泉楼大乱，刘夫人、徐静心光着急不知如何是好，英子也只是一个劲儿地哭。

王大厨给刘掌柜出主意，让他去找于明德。刘掌柜忙提起钱袋去了日军司令部。

于明德和两个日本军官从大门出来正准备上轿车，刘掌柜慌忙跑到他面前，哀求他高抬贵手放了侄子。于明德不耐烦地推开他，拉开车门上车。刘掌柜急了，慌忙掏出钱袋塞到他手里。于明德眼睛一瞪把钱袋扔在地上，轿车扬长而去。

刘掌柜心灰意冷地回到玉泉楼，把经过跟王大厨说了。王大厨说："你也不看看什么时候，他守着鬼子敢收吗？"

刘掌柜明白过来，连拍脑门说："唉，我昏了头了。"近来玉泉楼连连出事，已折腾得他疲惫不堪，脑子反应迟钝了。

刘掌柜来到艳翠楼门口等候于明德，莲花出来看到他吃惊地问来干什么。刘掌柜就把学栋被抓的事说了。莲花大惊。刘掌柜问于明德啥时候来，莲花说他隔天来一次，今天晚上在家。刘掌柜向莲花告辞，径直去了于明德家。

于明德知道刘掌柜会来家里送钱，就推了一场酒局，专门在家里等他。敲门声传来，于明德上前打开门，刘掌柜走了进来。

于明德说："你是无事不登三宝殿，为侄子的事吧？"

刘掌柜连连作揖："对对，还仰仗处长高抬贵手。"说着从怀中掏出钱袋放在桌上。刘掌柜知道于明德的秉性，不见钱他都懒得跟你说话。

二人坐下。于明德说："你侄子犯了死罪，你不想想什么人敢打皇军？"

"所以来求处长您啊。"

"求我也白搭，川井司令亲自过问的事，我一个副处长能做主吗？"

刘掌柜忙道："于处长，您说什么也得帮这个忙。这是两百大洋，不够我再去淘换，只要学栋能出来。"

"出来没门，这点钱只够上下打点先不枪毙的。实话告诉你，你侄子一抓进来我就认出了他，别看两年多没见。我不计前嫌再三嘱咐刑讯室的小兄弟手下留情，要不他早被打死了。"刘掌柜连声道谢，于明德说，"这么着吧，我尽量办，谁让咱们是老朋友呢。可话说回来，事办成什么样我没把握。"

刘掌柜说："全靠于处长您了，我倾家荡产都行，只要我孩子能出来。"

第 十 六 章

　　刘掌柜回到玉泉楼，跟刘夫人、徐静心、英子和王大厨一说学栋在刑讯室摔鬼子，把刘夫人、徐静心、英子吓坏了。刘夫人哭着道："他咋这么傻呢？鬼子不更往死里打你吗！"刘掌柜流着泪说："于明德也说他不服气才挨了不少打。"他不知道这一切都是于明德指使手下人干的。

　　徐静心跑进西屋，伏在桌上伤心地哭。她已见识过学栋上次受的伤，被打烂咬烂了，想到这次学栋会伤得更重，心像针扎般疼痛。心想："学栋，你也太犟了，干吗这时候还摔鬼子？不摔不少受点儿伤吗？鬼子又不是人，能折磨死你！学栋，你太傻，太傻，太傻了。"她忽然想到，学栋是为了保护黑蛋他们才同日本鬼子动的手，又恨起了黑蛋等人。"你们那么多人，干吗不一起上？学栋保护你们，你们为何不顾及他？眼睁睁地看他被打，于心何忍！学栋把你们当亲兄弟，你们对学栋呢？都上手的话，挨打的就不光是学栋一个人了。你们太没有骨气！"

　　范老鸹和王掌柜听说刘学栋被日本宪兵队抓起来很兴奋。老鸹说："刘学栋完了，他过去跟于明德就有仇，好记仇的于明德肯定会折磨死他。"王掌柜兴奋过后，静下心来想了片刻说："我倒觉得于明德可能把他放出来。于明德好财，刘掌柜花大钱求他，于明德不可能不放他。"老鸹一琢磨，觉得丈夫说得有理，也着急起来："刘小子不死，咱挽不回面子，玉泉楼也垮不了，是得想法弄死他！"二人商量了起来，范老鸹说："要不花钱买通看守药死刘小

...... 347

子，有钱能使鬼推磨，我拿钱去。"说着出了齐鲁饭庄。

范老鸨从艳翠楼拿来钱丢给丈夫，王掌柜摇头说："我觉得使钱办不成这事儿。"老鸨嘴一撇："娘娘还没听说过花上钱办不成事儿的。"王掌柜说："看守是日本兵，递不上钱。"老鸨想了想道："你不是跟冯营长他们熟吗？钱给他们，他们就能想出办法。"王掌柜摇头："他们不敢在日本兵看护下药死刘小子。于明德要调查死因，跟日本上司汇报，查出咱断了他的财源，会祸害咱们。要我说不如来个曲线救国。"老鸨没好气儿地说："你当咱是汪精卫啊？人家是蒋委员长的副手，咱算个吗？春楼老鸨、饭庄掌柜，能跟他比吗？"王掌柜说："夫人莫着急，听我把话说完……"他就把如何弄死刘学栋的主意说了。老鸨听后抚摸一下丈夫的面颊笑了："你还真长进了。"说完去了艳翠楼。

老鸨来到艳翠楼，在大厅等于明德。于明德一进门，老鸨便笑着迎上前拉他进了会客厅。她掩上门说："您可别轻饶了刘小子，当年弄得您下不来台，赶他去了北平，也没全找回面子。"

于明德想起当年的事心里就气，恨恨地说："轻饶他？我没那善心，我还想把他弄残呢。"

老鸨说："用刑只能伤他皮肉，伤不到他的心。"

"啥意思？把话说透了。"

老鸨说："刘学栋当年把英子从你身下抢走，弄回玉泉楼当童养媳，将来和他成亲，你干了英子，不就伤了刘小子的心？伤他身不如伤他心，伤心能夺人性命，特别对脾气暴躁的汉子。"她认为丈夫说得对。撮弄于明德祸害了英子就能气死刘学栋，刘学栋气不死，找于明德算账也会被于明德弄死。

于明德思索着。

老鸨说："您干了英子，还能疗好你的心伤。"她相信丈夫的话，于明德祸害了英子，玉泉楼就会垮，英子主管玉泉楼进货，别人替代不了她。

于明德不解地说："我心里有啥伤？"

老鸨说："啥伤，你咋到现在还不知道呢？你忘了当年你正想干英子，英子被刘学栋拉走，你琼就要射出了，被吓了回去，这伤得多厉害。不但伤身，还缩短寿命。只有再干那个女人，才能疗好心伤，干我们这行的都知道这个理儿。"

于明德思索着。

老鸨继续道："你逼刘掌柜让英子来求你，你不正好借此疗伤？"

于明德摇头："既然刘掌柜把她当闺女，咋可能让英子来求我。"

老鸨咂了一下嘴说："你太高估他了，他把英子再当闺女，也不是亲闺女，别忘了刘学栋可是他亲侄啊。"

于明德思索着老鸨的话有点动心。他对英子蛮有兴趣，每次去玉泉楼吃饭，都喜欢看她两眼，英子性感，他不止一次地想干她准挺刺激。

老鸨继续道："你干了英子才能疗好心伤，不干就等着后悔吧。"

于明德觉得老鸨说得有道理，决定逼刘掌柜让英子来求自己。

莲花也为救刘学栋急得上火挠头，于明德一进莲花卧房，莲花就求他放出刘学栋。

于明德摇头说："我没这权力，他揍了日本兵，哪能说放就放。"刚刚他还琢磨着如何干英子，当然不肯答应。

莲花轻蔑地哼了一声："你平日里吹得天花乱坠，说在山东地界没有办不成的事儿，咋碰到事儿就没本事了。"

于明德说："那小子揍了日本人是犯了王法。"上楼的时候，他还想着如何逼迫刘掌柜让英子来求自己。

莲花轻蔑地说："什么王法？呸！日本鬼子来咱中国就犯了王法。他们杀了多少中国人不犯王法，学栋揍了他两下就犯王法了？你别给中国人丢人！"

于明德慌忙捂住她的嘴说："姑奶奶，我看你是不想活了！叫日本人听见，你肯定被枪毙，我这官也当不成了。"

莲花不屑地说："你整日就想着当官，也不怕人家骂你祖宗。

我问你，到底管不管？！"她瞪着于明德。

于明德望着莲花，忽然想起就是她给刘学栋送信救出的英子，想到自己再干英子，莲花会跟自己拼命，他心虚了。

莲花见于明德思考，以为他在想救刘学栋，就不再说话。

于明德忽然意识到："就算不顾及莲花，干英子也没那么容易，三年前她还是个孩子都不顺从，十七八了能让我顺心？再说逼刘掌柜，刘掌柜也不一定让她来。"想到这儿，干英子的想法就不那么强烈了。

黑蛋把振鲁、福生招到家里关起门来商量着如何救学栋。学栋被鬼子抓走，他们急坏了。

福生说："要是托人救不出学栋，咱几个就到宪兵队里把他劫出来。"

振鲁拍他肩头一巴掌说："我也打过这谱，咱这就去宪兵队周围看看地形。"说着站起身。

黑蛋说："要我说别打那个谱。"

福生、振鲁望着他。

黑蛋解释："你俩想，宪兵队院墙高四米，又有铁丝网，就算进去怎么把学栋弄出来？"见他俩还不明白，说："学栋受了刑，站都站不住，那么大块儿头，能背他翻过高墙吗？"

振鲁问："那你说怎么办？"

黑蛋说："还是花钱找人。"他考虑问题比振鲁、福生周全。

福生说："不管用呢？"

振鲁说："是呀，不管用咋办，能看着学栋被折腾死？"

黑蛋思索片刻："这事我倒想过，实在不行就劫法场。"

振鲁、福生先是一愣，接着问："劫法场不比从宪兵队弄出人还难吗？"

黑蛋说："看着难，其实不一定。我琢磨枪毙学栋八成在南门集市，咱来个乱中取胜，用手榴弹炸鬼子，趁乱救走学栋。"

振鲁问："上哪儿弄手榴弹去？那玩意儿又没卖的。"

黑蛋不屑地说："没卖的不会偷啊。"
　　振鲁问："上哪儿偷？"
　　黑蛋说："不是商量嘛，商量就能想出办法。"
　　他们真的商量起来。尽管他们知道劫法场很可能搭上性命，可为了救学栋，已不管这些了。

　　在刑讯室里，几个打手轮番抽打刘学栋。刘学栋尽管皮开肉绽，仍然讥笑着望着他们，心想："我在北平已做过一回铁铉了，倒要看看你们的本事。"打手见刘学栋这表情，更狠命地抽打他，刘学栋一次次被打昏。于明德进来看看遍体鳞伤的刘学栋对打手说："别打死他，打人要有个度，打得他求生不得求死不成，这是个学问。今儿你们就研究研究这学问。俗话说三百六十行，行行出状元，你们这一行，也该出个高手。"打手们点头。于明德走出门心里暗想："打死了，我找谁弄钱去。"
　　于明德回到家里，在写字台前欣赏着名人字画，这些字画是他多年搜刮来的。他认为有了这些东西，不管谁掌管天下，都能过得舒舒服服。敲门声传来，于明德知道刘掌柜来了，上前打开门。刘掌柜进来，于明德说："别催得太急，放人不是件容易的事。"
　　刘掌柜说："我知道，知道，我来是想请您看样东西。"说着打开包袱从盒子里取出一个玉壶。于明德一见眼睛直了，他对文物鉴赏颇有研究，对玉器更是稔熟。这玉壶温润细腻雕工精美，一看就知是珍品。他弓下身神情专注地看着。刘掌柜解释："这是乾隆用过的玉壶。"于明德打了个激灵，他抚摸着玉壶细瞧。刘掌柜说："当年乾隆下江南路过济南，听说俺老爷爷府上一个厨子菜做得好，就留下了玉壶带走了厨子。这壶价值连城，咱知道处长大人喜欢文物，才让您瞧瞧。喜欢不？"
　　于明德喜形于色："当然，当然。"说着把玩着玉壶仔细欣赏，玉壶薄如纸明如冰，他边看边啧啧赞叹。
　　刘掌柜说："放进点茶叶能数出数来，我试给您看。"说着从茶叶盒取出茶叶放进去浇上水放在桌上，然后拉于明德后退一步说：

"瞅瞅是不是壶里的茶叶能数出数来。"

于明德望着壶里飘动的茶叶连连赞叹:"真是好玩意儿!"

刘掌柜不失时机地说:"如果处长大人喜欢就拿去。"于明德欣喜万分。刘掌柜说:"不过我先带回去放在元亨当铺,学栋出来了,您就去取。想换一千块大洋也行,不过可赔大了。"

于明德连连摆手:"不换,不换。"刘掌柜包起玉壶向外走。于明德馋涎欲滴地望着他手中的宝物嘱咐:"慢慢走,千万别摔了。"

于明德原想整死刘学栋,可看到乾隆的玉壶便改变了想法,他让人放了刘学栋。

刘学栋被黑蛋、振鲁、福生抬回玉泉楼。刘掌柜、刘夫人、徐静心、英子、王大厨围上来一见刘学栋血肉模糊,刘夫人、徐静心、英子大哭起来。刘掌柜老泪纵横:"不是人呵,不是人,日本鬼子是畜生,连畜生都不如!"王大厨忙冲黑蛋等人招手,黑蛋、振鲁、福生把刘学栋抬进了东屋放到床上。英子号啕大哭。王大厨劝她:"你快去找大夫。"英子哭着跑出了门。徐静心拨开众人流着泪给刘学栋解衣服。衣服揭开浑身已烂成一片,刘夫人"哇"的一声晕了过去,刘掌柜心疼地捶胸顿足。徐静心叫王大厨端来清水,她轻轻地擦拭着刘学栋身上的血迹,眼泪顺面颊流下,嘴唇咬得也渗出了血。

大夫赶来一看连连摆手:"送医院吧,老夫无能为力。"说完匆匆离去。刘掌柜吩咐道:"黑蛋你几个赶快抬学栋上医院。"黑蛋等人应声要抬学栋。

徐静心趴在学栋的胸口听听,对刘掌柜说:"别送了,医院还不如在家照顾得精细,快去抓来治外伤的药,我护理就行。"徐静心比过去冷静多了,她知道伤心痛哭和埋怨黑蛋他们无益于救学栋。

刘掌柜疑惑地说:"你学过医?"

徐静心摇头:"没有,不过我护理过一次,心里有数。"

刘掌柜喊道:"英子快去让刚才的大夫开药方。"英子答应着往外跑。

　　王大厨喊住她："不用了，用我哥的药就行，我去煎药。"

　　刘掌柜问："你哥是痨病，那药哪能治外伤。"

　　王大厨说："你别管了，保证管用。"

　　刘掌柜问："你哥也有外伤？"

　　王大厨说："比这还厉害，你就别问了。"

　　刘掌柜不解地摇摇头。

　　药拿来了，徐静心轻轻给学栋涂在伤口上，学栋面色苍白像死人一般，玉泉楼的人和振鲁、福生、黑蛋都提心吊胆。徐静心让他们回去，说自己护理。众人离开了，徐静心关上门抱着学栋掩嘴哭了，看着学栋身上的伤，她的心如刀扎似的疼痛。刚才在众人面前强忍泪水，现在泪水像断了线的珍珠。学栋的呼吸像游丝，徐静心轻轻地抚摸着他的面颊，像是给他补充着气息。渐渐地，刘学栋的呼吸正常了。

　　月淡星稀，刘学栋额头浸出汗珠，徐静心看着，脸上现出一丝笑意，她用毛巾轻轻拭去，抚摸他的脸就像母亲护理婴儿。英子悄悄地进了门，站在门口看到这一幕，眼泪夺眶而出。

　　经过徐静心几天几夜的护理，学栋的面色有了好转。刘掌柜夫妇看了，脸上的愁云渐渐散去。

　　刘夫人对徐静心说："多亏了你，他三婶儿。"看到静心苍白的脸道："快去睡一会儿吧，看你脸色苍白，累坏了。"

　　刘掌柜说："三天三夜没合眼，能不累坏了。"

　　徐静心摇头。

　　刘夫人说："别担心，这里有我和英子。"

　　徐静心道："学栋还没醒，我不能离开，你们忙别的去吧，店里生意还要照顾。"

　　刘掌柜说："那不要紧，开不开门顾不上了，关键是学栋。"

　　徐静心说："你们在这里也起不了作用，再说还是静一点儿好。"

　　刘掌柜只得和夫人、英子出了门。

　　莲花进了玉泉楼来看学栋。刘掌柜看见她迎上去，感激地说：

"谢谢莲花姑娘，学栋能回来是你出了力，快坐吧。"

"人回来了就好，学栋没事吧？"

"咋没事，快打死了。"刘掌柜说话的声音哽咽了。

莲花吃惊地瞪起眼："他在哪里？"

刘掌柜说："东屋，你去吧。"

莲花匆匆地进了后院，来到东屋见徐静心正给刘学栋擦拭身子，莲花快步走到床边，看着伤痕累累的学栋，"哇"的一声哭了起来。徐静心示意她轻点声。莲花用手掩住嘴，细细地察看着伤口，眼泪哗哗地流下，她头晕得站立不稳，徐静心忙扶住她，莲花伏在她怀里呜咽起来。好久，莲花才平静下来，问徐静心："能醒过来吗？"

徐静心自信地说："能。"

莲花急切地问："你怎么知道？"

徐静心说："上次他就死过一回，也醒了，这次一定也能。"

莲花问："那次也是你在他身边？"徐静心点头，莲花舒了口气。徐静心倒了杯水给她，莲花接杯的当儿注意到了徐静心的脸色："你几天没睡觉了？"

"三天，没事儿。"

"这样下去撑不住。"

徐静心说："等学栋醒了，我就去睡。"

"要是再有几天不醒呢？"

"那我就守着。"

莲花望着徐静心刚毅的神情低下了头，半晌才说："你才是学栋的红颜知己。"徐静心的脸"唰"地红了。莲花说："你比我强多了。"徐静心不知道如何接话。

莲花说："学栋碰到你是他的福气。"她叹了口气站起来："好好照顾他吧。"说着往外走，走到门口停住脚回过头来对徐静心说："但愿有情人终成眷属。"说完走了出去，徐静心琢磨着她的话。

王大厨端药进来，徐静心回过神儿来接过药："王师傅，这是什么药？这么管用。"

王大厨说："祖传秘方。"

"怪不得呢，比我在北平抓的药还管用。"

王大厨说："秘方就是秘方。"

徐静心问："你屋里那些药都是这个方子的吗？"王大厨支吾半晌，不知如何回答。徐静心又问："你抓这么多药干吗？"

王大厨忙摆手："别提了，这事以后别提。"

徐静心不解地问："为什么？"

王大厨说："我说了，往后对外不要提抓药的事儿。"说完转身出了门。

马拧子的徒弟站在跤场上耷拉着头，马拧子边围着他们转边骂："你们白跟了我这么多年，碰到事都成了孙子！日本鬼子算个尿？不就有几杆破枪吗？你们都上手，早把那些王八羔子摔没气了，学栋也脱了这一劫！我看哪，你们他妈的都是些胆小怕事的玩意儿，不配做我的徒弟！我马拧子怎么带出你们这帮狼崽子！"他转到黑蛋身边一脚踹倒他，"你小子有种也算不上一条硬汉，是硬汉后来一哄而上呀"！他走到别的徒弟面前吼着，"你们还不如他！当初我真瞎了眼怎么收了你们这帮徒弟。告诉你们：今后少在别人面前说我是你们师傅，我马拧子只有一个徒弟——刘学栋！"

他骂完了坐在椅子上喘息。

众徒弟羞愧万分。

半晌，马拧子抬起头看着徒弟们低声道："这事也不能全怪你们，是师傅说过了头，要是你们都上手，咱们都死了。不过你们记住，骨子里要学学栋，听见了没有？！"

徒弟们应声道："听见了！"

夜里，徐静心渐渐地有点支持不住了，她眼皮慢慢地合上，她梦见刘学栋被人抬进了棺木，并一锹锹埋在了地下。徐静心猛然惊醒，惊恐地爬上床把刘学栋的头紧紧抱在怀中。

忽然，刘学栋动了一下，徐静心一惊，忙捋他的心口。刘学栋猛地一阵咳嗽，吐出一口痰，睁开了眼睛。徐静心惊喜地望着他，眼泪喷涌而出。刘学栋看到满脸疲惫挂着泪花的徐静心笑了，徐静心抱着他轻轻哭出了声。

英子一直未入睡，听到东屋徐静心的哭声，慌忙下床跑进屋，看到徐静心正抱着刘学栋哭，惊恐地问："怎么了？"

徐静心抬起挂满泪水的脸说："醒了。"说着又哭。

英子惊喜地跑过去叫着："哥——哥——"

刘掌柜、刘夫人闻声也急匆匆地过来，看到学栋醒了，长长舒了一口气。刘掌柜让英子赶快去弄点吃的，英子跑出门。

刘夫人破涕为笑对徐静心说："快，快让学栋躺下。"

徐静心才意识到还抱着学栋，她脸一红忙将学栋放下。

英子端来饭，徐静心接过来用勺子舀起一勺尝尝送到刘学栋嘴边，刘学栋顺从地张开嘴。

刘掌柜对徐静心说："他三婶，你已经四天没合眼了，快去睡一会儿吧。"他看到徐静心和侄子这么亲近，心里不舒服。

徐静心说："我给学栋吃完再休息。"

刘夫人说："你熬坏了，快去歇歇吧，这里有我和英子。"她和丈夫的感觉是一样的。

徐静心喂完饭，才感觉出自己做得不对劲儿，她不敢再瞧刘掌柜夫妇，只看了一眼学栋便出了门。

英子见徐静心走了松了口气，对刘夫人说："妈，用不了两个人，你去睡吧。"

刘夫人说："你能行？自个儿还睡不够呢，还是我在这里吧。"

英子嗔怒道："妈，人家还小啊。"她希望刘夫人快点儿离开，自己好服侍学栋。徐静心在学栋身边待了那么久，英子已有点儿迫不及待了。

刘夫人说："好，好，听闺女的，要是不会弄就喊妈去。"英子答应着，刘夫人和丈夫走了出去。

夜里，英子坐在刘学栋身边久久地注视着他，刘学栋咳嗽一声，英子就心疼地抓一把自己的心口，她真替学栋感到心疼。夜深了，刘学栋睡得平稳了，英子悄悄地抓住他的手。刘学栋猛然惊醒："谁？"

英子答道："哥，我英子。"

刘学栋抽回手问："静心呢？"

英子说："我婶她回去歇息了。"刘学栋喘了口气。英子问："有什么事，我办。"刘学栋摇摇头说："你去睡觉吧。"

"妈嘱咐了，不能离开，你睡吧。"英子不愿离开他。

刘学栋说："不用，去吧。"英子不再言语。刘学栋睁着眼望着房顶，英子只好退到门口注视着他。

大夫被请来了，他给刘学栋号完脉，又查看了伤口说："外伤好多了，内伤得慢慢养。"说完开出药方递给英子："内伤引起发烧就用药酒调着药给他喝下去，这样烧就降下来了。"英子点头。

大夫走后，徐静心用手拭拭刘学栋的额头说："睡吧，我在这儿呢。"刘学栋闭上眼睛便响起了酣睡声，徐静心目不转睛地望着他。英子注视着徐静心和刘学栋，心里说不上啥滋味儿。徐静心意识到了什么，转脸望向英子，见英子正看着她就说："你回去歇歇吧。"

英子摇了摇头说："还是婶儿回去吧，你五天睡了不过几个钟头，再不睡就受不了了。"徐静心站起身，忽然一阵眩晕，忙用手捂住了头。英子忙上前扶住她，徐静心说："我头晕。"英子道："婶儿，你快回屋睡一觉。"说着扶她回西屋里间躺下。

徐静心叮嘱英子："夜里，你哥还可能发烧，多留点心，有事喊我。"说着指指自己的外套让英子穿上，然后疲倦地闭上了眼睛。

英子披着徐静心的外套回到东屋在床边坐下，她注视着满身伤痕的学栋心里又疼又爱。

月过中天，英子疲倦地打起哈欠，开始还坚持，后来就睡着了。

忽然一阵窸窸窣窣的声音将英子惊醒，她睁开眼睛看到刘学栋烦躁不安地翻着身，忙伸手一拭他的额头，滚烫，她抓过毛巾蘸着冷水给他降温。刘学栋的头依然很热，英子忽然记起了大夫说的话，慌忙跑到大厅从柜子里取出一瓶"三鞭酒"，来到东屋将药倒入酒中，晃了晃，扶起学栋把药酒灌入了他口中。刘学栋渐渐地平静下来，英子放平他才松了口气，她坐在椅子上片刻又迷糊了起来。

不一会儿，刘学栋又烦躁不安地翻动身子，并迷迷糊糊地喊着："静心，静心……"

英子被惊醒，站起身抓过毛巾蘸蘸冷水贴在他的额头上。刘学栋迷迷糊糊地看见徐静心在眼前晃动，一把抓住了她的手一拉，英子被拉到床上。刘学栋翻身压在她身上，英子惊骇地睁大眼睛。刘学栋迷乱地解着她的衣服，英子先是吃惊羞怯，回过神儿来，一把扯过徐静心的外套盖住了自己的脸……

终于，刘学栋疲倦地翻身下来睡去，英子才恢复平静。她爬起来借着微弱的灯光看到床上一片鲜红的血迹。英子下了床坐在椅子上呆呆地望着酣睡的刘学栋。

清晨，徐静心醒来，赶忙下了床进了东屋。来到床边用手摸摸刘学栋的额头，不热了，还有点汗，徐静心松了口气。她回头满意地冲英子点了下头，发现英子神色不对，以为她累了，就让她回去休息。英子表情呆滞地站起身往外走。徐静心忽然发现了床上的血迹，惊叫起来："英子，床上怎么这么多血？"英子停住了脚。

徐静心慌忙检查学栋的伤口，没发现伤口流血自言自语："哪儿来的？"说着又察看他的伤口。

英子面无表情地说："别找了，是我的。"

徐静心不解地问："你的？"

英子快步出了屋，徐静心思索片刻，霎时明白了，一阵眩晕……

刘掌柜、刘夫人刚起床，英子推门进了屋。刘夫人问她，学栋夜里怎么样，英子没有回答。刘掌柜问她怎么不说话，英子跪在了地上。刘夫人和刘掌柜吃了一惊，忙问英子学栋到底怎么了。英子哭着说了昨天晚上的事。刘掌柜、刘夫人半晌回不过神儿来，好一会儿，刘掌柜生气地在屋里来回踱步："这算怎么回事，怎么回事儿啊！"他急得拍桌子拍脑袋。

刘夫人瞪着英子："我就不信你不依，你哥能占了你身子！"英子哭声小了。刘掌柜指着她生气地说："这事叫人知道了，我和你妈怎么做人！"

刘夫人生气地说："你甭跟我来这一套，你心里想的吗，妈心里清楚！"英子耷拉着脑袋不哭了。刘夫人喘息地道："还你哥拉你上的床，你巴不得和你哥出事儿呢！"

刘掌柜生气地对夫人道："这时候了还追问这个干吗，快想想怎么办吧。"

刘夫人白了他一眼："还能怎么办，只能嫁给学栋了！"

刘掌柜烦躁地说："这怎么行，一个儿一个闺女，不让人说闲话！"

刘夫人说："两个孩子都不是亲生的，有什么不可以？只不过英子嫁给学栋，我觉得亏。"她没有说心里话，原先她想通过学栋的婚事和大户人家联姻。

刘掌柜思索着。

刘夫人对英子道："原来妈想给你说个更好的人家，起码有文化，你只认你哥，也太性急，好像天下就没有比学栋更好的男人了。"她也想过给英子说一户好人家，最好男孩儿上过大学。

刘掌柜不依了："我侄子就这么不受你待见？我看满济南还没有跟上他好的呢！"

刘夫人知道自己说的话不贴切就道："行了行了，我不跟你犟。闺女，起来吧。"

英子跪在地上不动。

"妈让你起来就起来。"刘夫人不愿看她装模作样。

英子小心翼翼地起来，来到刘夫人身边。

刘夫人道："从今天起，你就在学栋屋里日夜伺候，等学栋伤好了，爸妈就张罗你俩成亲。"

英子脸上飞起红晕。

刘夫人对英子说:"你守着学栋去吧。"

英子低着头掩饰住喜悦出了门。

刘掌柜烦躁地说:"你说这是怎么一档子事儿啊。"他坐下生气地喘息。

刘夫人叹了口气:"这样也好,英子是闺女又是儿媳,再说……"刘掌柜没好气儿地说:"你想说吗?"刘夫人道:"我也担心静心和学栋出点儿事,你看这些日子静心照顾学栋哪像婶子照顾侄儿……"刘掌柜思索着,也觉出静心与侄儿的关系太亲密了。"让别人看见,跑不了会传出闲话。"他心里想。

徐静心不知道怎样回到的西屋,趴在床上捂嘴痛哭,她怕哭声惊动了北屋刘掌柜夫妇,抓过被子死死地捂住嘴。五脏六腑在燃烧,大脑也是,她太悲伤了,和学栋深深地相爱,却是这个结果……她哭啊哭,哭不出声来,心肺像要爆炸。她想冲出门,跑到千佛山上号出来,却没有起来的力气。她觉得自己完了,什么都完了,心爱的人不属于自己了,和他的夫妻梦成了泡影。"活在世上还有啥意思。"她第一次想到了死……

刘学栋醒来,没见到徐静心就喊了起来。英子急匆匆进来,她面色潮红不敢正视他的眼睛。

刘学栋问:"静心呢?"

英子不言语。刘学栋又问了一句,英子转过身倒了杯水递到他面前,刘学栋又问:"你婶呢?"

英子支吾道:"她累了,回去歇着了。"

刘学栋转脸往西屋瞧,英子端着水不知如何是好。

过了一会儿,刘学栋见英子还在站着就说:"你去忙吧。"

英子怯声说:"妈让我在这儿伺候。"

"店里那么多事等着你,让你婶来就行。"刘学栋又一次提到了静心,他想尽快见到她,把刚才做的梦告诉她。

英子放下杯子紧咬嘴唇跑了出去。

英子跑进西屋趴到外屋的床上痛哭,徐静心知道学栋醒了,不觉望向东屋,眼泪"哗哗"地流下。她不愿再见他,却又想去质问:"你为何做出这事?!"想到昏迷中的他做事不受大脑支配,心想:"能怨得着他吗?"徐静心恢复了理智,她知道自己没有了未来,却不能表现得太过悲伤,"那会令刘掌柜夫妇难堪,引起客人邻居讥笑和议论。刘掌柜夫妇是好人,不能伤害到他们"。

英子哭了一会儿,对徐静心说:"婶,你过去吧,我哥叫你。"说完又捂嘴哭。

徐静心默默地站起身走向东屋。她一进门,就听到刘学栋说:"一听脚步就知道你没睡好,要不走起来不会没劲儿,是不是病了?"

徐静心站在屋中望着他,觉得他那么陌生,和过去的他完全不同。刘学栋说:"静心你过来。"徐静心不动。刘学栋又道,"过来呀静心"。徐静心依然不动。刘学栋吃力地撑起身子:"我做了个梦,和你上了千佛山,在山上……"徐静心猛地用手捂住嘴不让自己哭出声。刘学栋说:"你别伤心,等我好了伤就带你走。"徐静心的泪水喷涌而出。刘学栋继续道:"俺早想好了,和你去上海,咱先在陈掌柜的旅馆住下,然后俺就去那几个果品铺推销大枣、栗子、核桃、花生。"徐静心控制不住了,急忙紧捂嘴快步出了房门,来到西屋里屋扑到床上抓过被子掩嘴痛哭。

刘学栋对徐静心的突然离开有点迷茫不解,琢磨着:"静心这是怎么了?准是生我的气了,要是我不去跤场,不和鬼子打起来,就不会让她伤心受累了,可俺见黑蛋受鬼子欺负,哪能不管?"他想等徐静心再过来时向她解释。

刘夫人拉英子进来,刘夫人来到床边摸摸刘学栋的头。

刘学栋说:"没事了,身上感觉好多了。"

刘夫人说:"学栋啊,以后就让英子在这里伺候你。铺,你也别全占了,给英子倒出个空儿,英子也好睡觉。"

刘学栋有点不解地说:"英子住在这儿?"

刘夫人说:"不住这儿住哪儿?英子都是你的人了。"

刘学栋不解地问:"什么我的人?"

刘夫人叹了口气一指床上的血迹说:"你看床上是英子身上的

血,你昨夜烧迷糊了,做的什么事都不知道,可英子是你的人了。"刘学栋诧异地望着英子,英子躲到了刘夫人身后。刘夫人拉过她,把她推到刘学栋面前说:"学栋,英子就是你媳妇,等你伤好了,就给你俩办喜事。"

刘学栋恍然明白过来,眼前一阵发黑,好久才清醒过来。他悔恨地死命拍着脑袋,后脑勺使劲儿地撞着床板,心想:"我咋做出这事!"他痛苦得心碎了。他不能原谅自己,知道静心也不会原谅他。"她把心掏给了俺,盼望和俺做夫妻,俺却做出了这事!"他恍然感觉同徐静心之间竖起了一道高墙,再也无法在一起。刘学栋哭了,伤心地哭了,他从没这样伤心过,泪水湿透了枕巾枕头。他渴望得到静心的原谅,愿为弥补这过错搭上一切,甚至生命……

夜里,刘学栋望着屋顶懊悔愤懑,英子端水送到他面前,刘学栋看也不看她厉声道:"出去!"英子吓得后退几步。她向外走,走到门边停下。刘学栋吼道:"出去!出去!"他反感厌恶英子,恨不能永远不见她!

英子并没有出门,她得照顾学栋。望着学栋厌恶的神情,她感到浑身发冷,她流泪倚靠在门边,不敢吭一声。

在西屋的徐静心听到刘学栋"出去!出去!"的吼声,透过窗户望向东屋,见英子倚在门框流泪,心里不知是啥滋味儿。

早晨,刘夫人出来看到倚门而睡的英子,心疼地叫醒女儿。拉她进屋来到刘学栋床前,有点儿生气地说:"你咋这样待英子?"

刘学栋猛地坐起喊道:"我不用她伺候!出去,都出去!"喊完剧烈地咳嗽起来。刘夫人慌忙上前扶他。刘学栋声嘶力竭地喊道:"出去,都出去!"

刘夫人和英子不知如何是好,这时徐静心走了进来,刘学栋一见她瞬间泄了气,长叹一声仰倒在床上。

刘夫人对侄子和徐静心的感情已心知肚明,见学栋这么反感英子,不敢让她再去东屋了。

徐静心给学栋端来水端来饭出了门。刘学栋哭了起来,徐静心在西屋听到也哭了，但她没有再过去："过去能跟他说什么？说啥也没有意义了。"两人就这样哭呀哭。

夜里，徐静心和英子各自躺在里外间的床上面朝里默默地流泪。忽然，英子擦干泪水回过头说："婶，我现在知道了，我哥多喜欢你……我后悔，我不贪心多好，我哥还是我哥，还那么疼我，也不折磨自己，我太后悔了……"

徐静心哭着："别说了，什么也别说了……"

刘学栋已经能下床了，他吃力地扶着墙来到院中。英子想过去扶他，可看到他愤怒的眼神，胆怯地不敢上前。刘掌柜、刘夫人想让店里的伙计扶他行走，被刘学栋的吼叫声吓了回去。他慢慢地扶着墙在院中走着，徐静心透过窗户望见他，心痛地掩嘴痛哭。

这天，刘学栋出了玉泉楼，沿着护城河吃力地往前挪着。他苍老了许多，眼中流露出悲愤，走了好长时间才来到大明湖。他吃力地爬上北极庙台阶来到大钟前，怒视着大钟。

道士过来说："写个心愿，呈到真人面前，敲三下钟，事事如意。"

刘学栋凄惨地一笑："事事如意？"道士点头。刘学栋悲愤地说："事事如意，事事如意！"说完悲凄地大笑，道士见他这副模样赶紧离开了。刘学栋掏出一把钱往空中一抛悲凄地大笑，笑完悲愤地大喊："刘学栋、徐静心结姻缘——"他抓过撞钟木死命地撞钟，"咣咣咣"的钟声在泉城上空轰鸣。

刘夫人正坐在玉泉楼北屋埋怨英子没看好学栋，让他溜了出去。徐静心劝刘夫人别着急，说学栋一会儿就会回来。这些日子，她感情已麻木，觉得再伤心也无济于事，就浑浑噩噩地过一天算一天。钟声传来，三人倾听，这钟声太响了，过去从来没有听到过。刘夫人说："来济南几十年就没听到过这么响的钟声，这得多壮的汉子啊。"徐静心恍然明白过来不禁浑身颤抖一下，她知道这是学栋在撞钟，她的心被刺得生疼，捂住了耳朵。"咣——咣——咣——"的钟声震得屋顶上的粉尘散落下来。刘夫人仰头看了一眼

…… 363

房顶说:"这哪是许愿呀,是咒什么吧?这汉子八成碰到了捅心窝子的事了。"徐静心扭过头去已泪流满面,英子看到顿时明白过来,痛苦地闭上了眼睛。

徐静心再也控制不住感情,站起身快步出了北屋,她来到西屋里屋,关上门闭着眼睛悲痛欲绝地往后撞着头。她被撞得头晕目眩,依旧不停地撞着。

刘学栋撞完钟悲痛地抱头大哭,哭声震得树林中的鸟儿四散,震得湖面上的野鸭、白鹭腾空而起。

刘学栋哭完,已无力从高高的北极庙上下来了,望着几十级台阶,他猛然想到了几个月前:"自己还抱着静心从光滑如镜的石面上滑下,静心的惊叫令自己兴奋。那不光是刺激,是和静心结了姻缘啊。那仍在轰鸣的钟声就是我俩结缘的见证,满济南的人都会听到,也会祝福我们。可现在姻缘已成了泡影,静心会怨恨自己,自己也悔恨痛心。最爱的静心已不属于自己,姻缘没了,仿佛那轰鸣的钟声是在嘲笑自己。"他看到了湖中碧绿的荷叶,想到和静心从北极庙上滑下后,自己揽着她来到湖边上船划进了荷花丛中:"俺吻了她,那吻太甜蜜了,多少个日日夜夜想起来,都甜得笑出声。"可现在想来,他心如针扎。他忽然觉得再活下去已没有了意义,想到这儿,他眼睛一闭一头向下栽去……刘学栋顺着五六十级台阶向下跌跌撞撞地翻滚,滚下来摔昏了过去。

刘学栋被人送到了玉泉楼。刘掌柜和夫人在他身边守了一天一夜,学栋才苏醒。老两口不知怎么劝学栋,让王大厨来劝他。王大厨没结过婚,对感情的事理解却很深。他从心里怨恨英子,也埋怨刘掌柜夫妇:"干吗把静心和学栋盯得那么紧,人家相爱怎么了?他三叔都撮合他俩,你老两口干吗棒打鸳鸯?"当然他也理解济南人守旧,别说刘掌柜夫妇,其他人也接受不了这关系。学栋是王大厨最知心的朋友,他不愿见学栋受折磨,认为只有徐静心才配得上他这兄弟。他一口回绝刘掌柜夫妇说:"我只管做菜,没闲心管那事儿!"

刘掌柜只得让小厨子进财去伺候学栋。

徐静心知道学栋从高高的北极庙上跌下来是在寻死，心想："既然你这样，我为何还活下去？"

深夜，徐静心打开灯，对着镜子梳妆，梳完出了门。她看到东屋还亮着灯，走近，透过窗户向里望去，见满脸伤痕的刘学栋在沉睡，她长久地注视着他，真想进去抱住他痛哭。可她没有进门，她出了玉泉楼顺着护城河往大明湖走。路上她脑子一片空白，只觉得生活没了希望，不如去死。她像梦游的人，来到大明湖岸边，望着宽阔黝黑的水面，觉得学栋在里面等自己。想到这儿，她情不自禁地往水中走，走出不远，忽然听到身后有人呼喊："婶儿——"

徐静心转过身，见英子冲过来死死地抓住她胳膊往岸上拽。英子早就注意到了她的反常，见徐静心关门在里屋化妆，英子就有种不祥的感觉。她跟着徐静心来到了这儿。她把徐静心拽上了岸，跪地伤心地大哭。徐静心望着英子，也哭了。夜深人静没人打搅，她们哭了很久很久……

英子受良心的谴责来到生发堂，让大夫开了生发的药。夜晚，她在炉边细细地煎着，想着婶子一头乌发被她害得全部掉光，她内疚得要死。多少回她对着佛像忏悔，又有多少回想向徐静心和哥哥坦白自己的罪恶，但都没有勇气。

药煎好了，她端着来到徐静心面前。徐静心接过药道了声谢，英子心虚地赶紧离开了。

英子的肚子越来越大，看到纸包不住火了，刘夫人拉着英子来到了刘学栋房间说："学栋，我打谱挑个日子，让你和英子成亲。"

刘学栋瞪起眼睛："不，我不！"

刘夫人说："嚷嚷什么呀，又不是什么光彩的事儿，你把英子弄成这个样了，英子心里苦不苦？英子腆着肚子进来出去的，我和你叔丢不丢人？"

刘学栋火更大："我就是不！"说完冲出门。

刘夫人来到西屋对徐静心说："他三婶，我知道学栋最听你的，你劝劝他，要不英子没脸做人，咱玉泉楼也丢人呀。"她知道这事

…… 365

只有徐静心才能劝动学栋。

徐静心心里苦得要命,可事情到了这一步,也只得按刘夫人说的去做。

在黑虎泉边,徐静心找到了满脸悲愤的刘学栋。她走到他身边。刘学栋猛然看到她,眼中放光忽地站起,紧紧攥住她的手。徐静心侧过脸眼泪流下。刘学栋心虚了,手无力地松开。

好久,徐静心轻声道:"别内疚了,那事儿不怨你。"刘学栋一听,眼泪扑簌簌地掉下,他蹲在地上呜呜地哭了。徐静心用手轻轻抚摸着他的头发说:"不来济南多好。"刘学栋止住哭。徐静心自言自语地说:"你三叔说得对,我们该到一个没人认识我们的地方……"

刘学栋站起身抓住徐静心的胳膊:"咱们走!"徐静心没有说话。刘学栋晃动着她:"静心,这就走,咱去上海!"

徐静心痛苦地说:"晚了,英子已那个样了……"

"我不管,我就要带你走!"刘学栋号了起来,这话压在他心底太久了,他恨不能这就带静心上火车。

徐静心说:"我们走了,英子怎么办?她挺着肚子能在玉泉楼待吗?再说生下孩子来,你叔婶怎么向人解释?你就不记挂孩子?"

刘学栋思索着。

徐静心道:"我真和你走了,你叔你婶不恨死我?还有英子。你叔婶对我这么好,我哪能那样做。"说着嗓音变了调。

刘学栋从梦中醒来,怔怔地望着静心半晌:"咱们就完了?"徐静心木然地点头。刘学栋惨叫一声:"不——"他松开徐静心的手蹲在地上大哭。

徐静心准备离开济南了,既然刘掌柜夫妇、英子、莲花和玉泉楼的人都感觉出了自己同学栋的关系不一般,再待下去太尴尬。"去哪儿呢?北平不能回,往南走吧,去杭州或上海。到那儿干什么呢?"她想到了绘画特长,"我的画能卖出去吗?"她长久地思索,认为可能性不大。"世道乱,名家画都很难卖出,看来我只能在街头给人画像了。"为了熟练画技，徐静心买来画笔画纸和画夹，每天练习。

　　为了身临其境，她给刘夫人画像，画得不满意，又怀疑起了自己的特长。"我行吗？画不了，又能干什么？"她反复地思考。想到大户人家有的有家庭教师，认为自己可以一试。她又想到女教师可能被男主人欺负，就想："那怎么办呢？换个人家，可换也不易……"她反复地思索，觉得："别想那么多了，到时候再说吧，反正玉泉楼不能待了。"她又想到了上海，如何推销自己："先在报纸上登出广告，可我只是高中肄业，没有优势。"想到自己出生在书香门第，又跟刘明智生活过多年，有了自信："我文化底蕴还可以，教孩子大学以下的课程和绘画应该称职。"她有了底气。

　　徐静心每天不是作画，就是读书，似乎把刘学栋忘了。这让刘夫人有点儿纳闷，她一直认为徐静心是个很重感情的人，现在有点儿不理解了。

　　徐静心尽量不想学栋，可就要离开了，哪能不想："我俩从北平到济南经历了多少磨难，还在大明湖敲钟许过愿，今后不再相见……"一想到这，她不觉流泪或哭出声，画画和读书效率自然打了折扣。

第 十 七 章

　　刘学栋和英子成亲这天，玉泉楼张灯结彩，大厅正中墙上挂着斗大的"囍"字，庆贺的人络绎不绝。黑蛋、振鲁、福生等人抬着花轿中的英子，在门前河边一步三颠地不停地转悠，英子浓妆艳抹神态娇羞，在前面开道的是唢呐手和笙手，表情呆滞的刘学栋则站在玉泉楼门口应酬着客人。

　　宾客到齐了，司仪马拧子宣布："一拜天地——"刘学栋、英子行礼。宾客笑望着他俩。马拧子高叫："二拜高堂——"二人向刘掌柜、刘夫人跪拜。二老乐得合不上嘴。马拧子又喊："夫妻对拜——"刘学栋板着脸似没听见，红盖头遮脸的英子挺着肚子跪下对刘学栋磕了个头。马拧子有点看不下去，扇了刘学栋后背一巴掌，刘学栋还是无动于衷。马拧子知道刘学栋的脾气，再激他说不定拔腿就走，所以后面该让刘学栋表演的节目就全部省去。举行完仪式，马拧子请各位宾客入席，众人笑着入座。

　　徐静心木然地坐在西屋梳妆台前，虽然她知道这一天早晚会来，可真来了，还是受不了。她悲愤地想放声大哭，想到周围的宾客，只得紧咬嘴唇把眼泪强咽进肚中。

　　东屋装饰成了新房，正对门的墙上贴着个大红"囍"字，英子静坐在床边，不时地揭开盖头听听外边的动静。酒宴进行了一天，学栋还和跤场的那帮兄弟喝酒。划拳声、敬酒声从大厅传来，英子心里暗暗着急。刘夫人来屋里看她，英子让她劝劝学栋别喝了。刘夫人原来不想扫那帮跤手的兴，可看到学栋已喝得失态，就让马拧子制止住了他。两个徒弟架着学栋来到东屋，学栋一躺下便打起了呼噜，英子望着丈夫，心里说不出啥滋味。

清晨，刘学栋醒来，看见大红囍字像被针扎了一样从床上跳下。英子端水递到他面前，过去可爱天真的她，此时却令刘学栋异常地厌恶，他狠狠地瞪她一眼出了门。

跤场还没来观众，黑蛋、振鲁、福生和其他师弟在晨练。他们边做着准备活动，边说着学栋和英子。新婚之夜兴听房，他们昨天晚上都喝醉了，错过了机会，这会儿他们推测着他二人昨夜的房事。刘学栋一步跨进跤场，黑蛋等人看到他笑了起来。

福生笑着说："你和英子亲还亲不够，还有工夫来这儿……"刘学栋一个抹脖将他抹到地上。福生躺在地上有点摸不着头脑。刘学栋板着脸捡起两件跤衣，一件扔给黑蛋。

黑蛋边穿跤衣边笑着道："你这不是找挨摔吗，刚才我还跟他们说你来了也打软腿。"说着系上跤衣绳。

福生抹去嘴边的沙子笑道："黑蛋，你别欺负老弱病残。"

黑蛋嬉笑道："不用你提醒，俺不会让大哥受伤，受了伤英子晚上就没法滋儿了。"说着冲刘学栋眨了下眼皮。

师兄弟们大笑。

刘学栋板着脸逼了过来，黑蛋漫不经心地迎上去。刘学栋一把抓住黑蛋的跤衣袖猛地一个揣将他摔向空中，黑蛋重重砸在地上。师兄弟们大惊。黑蛋咧着嘴挣扎着爬起来，不解地望着刘学栋。刘学栋上前抓住黑蛋又一个揣将他摔过头顶，众人面面相觑。黑蛋爬不起来了。刘学栋来到他面前，三下两下扒下他身上的跤衣扔到振鲁身上。振鲁愣愣地望着刘学栋。

刘学栋怒吼道："穿上！"

振鲁望着对方不解地说："怎么了这是？"

刘学栋用命令的口气："穿上！"

福生望了刘学栋一眼对振鲁道："让你穿你就穿上。"

振鲁刚穿好跤衣，刘学栋就凶狠地一把抓住了他，振鲁还没反应过来，就被刘学栋一个大别子摔在地上。振鲁有点急了，从地上爬起来冲向刘学栋。二人抢把，刘学栋凶狠地使着连环绊，振鲁防不胜防。刘学栋瞅准时机又一个揣将振鲁摔到空中，振鲁重重砸在地上再也爬不起来了。

师兄弟们吃惊地望着刘学栋，刘学栋解下跤衣狠狠摔在地上，抓起褂子出了跤场。

从结婚那天起，学栋就再也不愿回东屋，更不愿见到英子。他恨自己更恨英子，假如那天夜里英子稍有反抗，就不可能铸成大错，她的顺从和徐静心那件外套把他和静心的姻缘斩断了，刘学栋想起来懊悔得要命，也恨透了英子。

白天，他在店里忙活，或到跤场摔跤，夜晚，和王大厨对饮。

这天，两人又喝下不少酒，刘学栋问王大厨给他用的什么药这么管用。王大厨嘴上把不住门，就把他哥是八路，自己也参加八路的事告诉了他。说起来王大厨从未提防过学栋，认为他早该是打鬼子队伍中的一员，听说了他在刑讯室里摔鬼子，更认定学栋不参加抗日队伍瞎可了了。

中日双方激战三年，国民党军队伤亡惨重，共产党领导的抗日队伍在敌后战场也付出了很大的代价。共产党队伍少有战地医院，药品稀缺，王大厨和他哥哥的任务就是给共产党的队伍供药。

刘学栋说："听说八路个个勇敢，不知是不是真事？"

王大厨不容置疑地说："这还有假，我是亲眼见了，告诉你吧，鬼子在济南耀武扬威，在俺老家鬼子见了八路就像老鼠见了猫。八路军有个司令叫许世友，厉害，太厉害了。五大三粗，功夫了不得，别说你刘学栋，就是加上马拧子也不是他对手。人家是干什么的？少林寺出来的，十八般武艺样样精通。打起仗来，拿大刀片砍鬼子脑袋就像砍西瓜。"

刘学栋问："你见着许司令了？"

王大厨摇头："许司令没见着，可我见到八路军官兵了。一个十五六岁的孩子，瘦巴巴的，站起来还没枪杆子高，你猜怎么着？打死过三个鬼子。开始我不信，一问，人家说这还有假。你想，才十五六岁还没有枪高就打死过仁鬼子，我都三十八了，壮壮实实，还没揍过鬼子呢，你说丢人不？"刘学栋也自叹不如。王大厨感叹："八路的伤号都是些汉子，骨头断了用木匠锯锯下来，肉里进了子弹用刺刀剜出来，都不兴带一声哼哼的。"

刘学栋问："我看你屋里老有一些稀奇古怪的药放着，是不是给八路弄的？"

王大厨自豪地说："那还用说。"

刘学栋问："你看我参加八路行吗？"

王大厨头脑清醒了："这事我做不了主，我哥来取药，我让他请示一下张团长再说。"刘学栋大喜。

刘学栋高兴得一夜没睡着觉，天刚亮便来到院中练起了石锁，他把石锁玩得上下翻飞，直练得浑身汗淋淋的。昨夜王大厨一席话给他带来了无限希望，他向往打鬼子的队伍，认定到了那里才活得痛快扬眉吐气。英子透过窗户望着他，越发心酸。他们成了亲，可自己在丈夫心里没有位置。徐静心透过窗户看着刘学栋在起劲地练功，心里轻松了，她知道学栋已燃起了生活的激情。

刘学栋练完功光着膀子来到厨房，见王大厨正指挥徒弟干活，就拍了王大厨一掌。王大厨回过头来见他这个样："吃错药了？"

刘学栋咧嘴笑了："我有点等不及了，这么着吧，我先跟你一块儿给八路军买药吧。"

王大厨做了个"嘘"的手势，拉他进了卧房，一进门，拍了刘学栋脑门一巴掌："真看不出你到过北平、上海，咋咋呼呼不怕暴露身份啊！忘了昨晚不告诉你了。"

刘学栋哀求道："你马上告诉张团长，俺要去参加打鬼子的队伍。"他有点儿迫不及待了。

王大厨有点儿生气地说："我哥没来，咋告诉？"

"不会你去吗？"刘学栋瞪着对方。

王大厨摊开手："我哪能说去就去，还有纪律没有！"

"我真有劲没处使。"刘学栋有点儿沮丧。

王大厨推他往门口走："你先回房歇歇，昨夜咱俩谈了一宿，你该睡会儿了。"

刘学栋不情愿地出了房门，他进了卧房哪能睡得着，想起了前些日子王大厨讲国军在台儿庄重创了日本鬼子，他就兴奋。这事发生在学栋在北平的时候。学栋也曾听刘明智说过：李宗仁、白崇禧、孙连仲调动了二十多万部队，包围了日寇五万多人。日寇忙调集台儿庄周边的部队来增援，包围圈中的鬼子也垂死挣扎想突围。李宗仁等抗日将领铁了心要吃掉他们，战斗异常惨烈，终于歼灭了日寇一万多人。刘学栋听后很振奋，觉得日本鬼子很快被打败，可看到北平仍是日军压城，心就冷了下来。来到济南，听王大厨再次说起台儿庄战役，学栋心中又燃起了希望。王大厨还讲了胶东八路军和微山湖游击队打击鬼子的事。刘学栋明白了：日本鬼子被打出中国是早晚的事儿。他从床上下来，推开门迈开大步向南门市场走去。

跤场上，观众里三层外三层正看黑蛋同振鲁较量。黑蛋几次将振鲁摔倒。黑蛋身材虽然不如振鲁高大，跤技却比他精湛，除了刘学栋，其他兄弟没人摔得了他。

观众见刘学栋进来，起哄让他跟黑蛋来几跤。马拧子看到观众气氛热烈，就绕场边走边大声道："老少爷们儿，来得早不如来得巧，咱大徒弟半年多没进场，今儿一来大伙瞧见了，瞧见了就来一跤。"观众兴奋地鼓掌叫好。马拧子说："老少爷们儿，他俩先活动着，我呢先介绍介绍。学栋是俺大徒弟，大伙知道这小子身高力大基本功扎实，前年去了北平，趟了京城不说，还把前来踢场子的天津跤师徐三摔了几个滚儿。把蒙古搏克跤王力达掀翻了两回。说起来他趟遍江北无敌手，可是呀……"他卖个关子："这小子刚娶了媳妇……"观众哈哈大笑。马拧子说："下边的话俺就不说了。"他来到黑蛋身边"啪"地反掌拍了下他胸脯："这小子是个筋骨人，别看身架不如学栋，劲头儿可不小，腿脚特利索。刚才大伙看到了，振鲁那么大块头硬是摔不了他。"马拧子绕场一周："要说他俩有什么特点，说白了，都是拧子、揣使得好，要不干吗是我马拧子的徒弟。当然，咱盼着青出于蓝胜于蓝，他俩出名了，当师傅的也光彩！"

观众咋呼着："快开始吧！"

马拧子说："好，听老少爷们儿的，下面二位高徒就上场献艺！"刘学栋、黑蛋来到场中。马拧子上前说："二位徒弟听好了，今儿把本事抖出来，别藏着掖着，叫大伙开开眼，也好给咱壮壮场子！"

刘学栋和黑蛋大声回应道："好嘞，师傅！"

当下二人走起了跤架，跤架异常狂放漂亮，观众一片叫好声。刘学栋和黑蛋抢把摔了起来。刘学栋心里高兴，上来两膀一抖便把黑蛋拧翻了个个儿。黑蛋爬起来又同他掐把，刘学栋虽说力气还没有全恢复，对付黑蛋却绰绰有余，况且他绊子使得比对方溜，几招过后又把黑蛋摔了个脆的。马拧子一看这样摔下去不利于场子红火，就上前对学栋悄声道："你悠着点儿，这样摔下去，就没人来看跤了。"摔跤和其他竞技运动一样，势均力敌才能吸引观众，一方太强往往提不起观众的情绪，可是刘学栋兴奋得已听不进马拧子的话了，又"咣咣咣"地连摔了黑蛋几个滚儿。

散了场子，刘学栋买了些熟食，约振鲁、福生一起到黑蛋家吃饭。四人到了黑蛋家，黑蛋妈见了他们非常高兴。她又炒了两个菜，兄弟四人和黑蛋妈围桌喝起了酒。黑蛋妈对黑蛋、振鲁、福生说："你兄弟几个好好跟学栋学，学栋是个好孩子。俗话说三岁看大七岁看老，打小我就看出学栋好。你几个想学好就跟学栋在一块儿。老话不是说吗，跟么人学么人，跟着神仙学下神。"

黑蛋嫌妈说话啰唆："妈，俺知道了，不用你叨叨。"

黑蛋妈不高兴儿子打断她的话："你知道啥，还不兴我老婆子说了不是。"她转过脸对刘学栋说："黑蛋他爸死得早，我拉扯他这么大不容易，你给我好好管管他，让他也成个人物。"

黑蛋走到母亲跟前架起她："好了，妈，你先歇着去吧，俺们商量点儿事。"

黑蛋妈不情愿地离开桌子："嫌我多嘴了，人老讨人嫌。"黑蛋扶她到了外面。

刘学栋、黑蛋、振鲁、福生是拜把子的兄弟，其中刘学栋和黑蛋关系最铁。说起他俩怎么铁的，还有段故事。

早年黑蛋、振鲁、福生跟马拧子学摔跤，黑蛋是师傅最得意的徒弟。后来刘学栋来了，黑蛋就不那么受宠了。刘学栋脑子比黑蛋灵，个头力气也比黑蛋大。马拧子教他们使绊，黑蛋、振鲁、福生还没有掌握，刘学栋已学会了。黑蛋三人嫉妒他，再加上刘学栋是大户人家的子弟，贫穷人家出身的黑蛋他仨更敌视他。他们变着法地折腾刘学栋。先是不跟他摔，后来又用坏招伤他。

那天马拧子让他们到千佛山下走矮步，照往常规定：第一个到达的吃满满一笼"狗不理"包子，最后一个到的做一百个铁牛耕地，就是近似俯卧撑的动作。黑蛋等人知道比试肯定是刘学栋获胜，黑蛋就想出坏招买来泻药，提前一天同福生哄着学栋喝了。当天夜里，学栋上吐下泻去过无数次茅厕，第二天比试当然是黑蛋获胜。

黑蛋得了一笼狗不理包子的奖赏。没想到包子馅变了质，黑蛋当天晚上又吐又泻进了医院。黑蛋家穷得一贫如洗，哪有钱住院。刘学栋听说了，从家里拿了钱去了医院，给黑蛋交了住院费，还给黑蛋留下钱买好吃的补身子。

黑蛋出院后，四人结成了把兄弟，刘学栋和黑蛋也成了最好的朋友。

刘学栋端起酒说："来，弟兄们干。"众人一干而尽。刘学栋说："知道今天为吗俺招你仨一块儿坐坐吗？"三人摇头。刘学栋说："我给兄弟说个事。"他神秘地压低声音说："我交了个朋友……"

黑蛋问："啥朋友？"

刘学栋说："这你不用问，我这朋友是从八路军占领区回来的。给我说了说那里的事，咱也给你们说说……"他就把王大厨告诉他的事跟黑蛋他们说了，黑蛋三人听后感叹万分。刘学栋更是如此："一个十五六岁的孩子都能打死仨鬼子，咱们二十好几了还没揍过鬼子，真他妈太丢人了！"

黑蛋说："我看到鬼子杀人打人，就恨不能摔死他们。"

福生说："别说你，都一样。有挑头的，咱也想杀几个。"

振鲁对学栋说："上次你和鬼子在跤场打，咱没上手，被师傅骂了个狗血喷头。俺早憋不住了，有机会杀几个鬼子也好出出气。"

刘学栋说："小鬼子早晚被打回东洋，只是到那时候，人家见面问咱们：你们行武之人杀过几个鬼子呀？咱怎么回答？不丢死人！"

黑蛋三人也说："是，真能羞死。"

刘学栋说："我想啊，咱们也得杀几个鬼子，鬼子杀了那么多济南人，咱不杀他几个也太厌了。"

黑蛋等人应和道："是，该杀几个。"

福生说："学栋哥，你走南闯北的见过大世面，你说怎么杀吧。"

刘学栋说："我一人想的，肯定不如兄弟们商量出的办法好。来，咱一块儿商量商量。"

振鲁略一思索道："要不到郊外找单个的鬼子下手？"

刘学栋摇头："鬼子一般不一两个外出，再说在郊外咱一靠近，他就警惕了，不好动手。"

福生点头："是这个理儿。"

黑蛋突然像想起了什么："北洋大剧院夜里散了场好出来鬼子，咱打打他们的主意咋样？"

刘学栋感兴趣地说："说说看。"

黑蛋说："夜里十来点钟，散场后总有单个或俩仨鬼子从这一带的胡同里走。我想这周围胡同连胡同，又没有路灯，杀了他们就撒丫子，鬼子上哪儿找咱们去。"

刘学栋兴奋地说："好，就在这里杀鬼子。黑蛋你从明天开始观察鬼子几晚上，三天后咱们再在这里聚头。"

黑蛋等人听后点头："就这么定了！"

四人高兴地说起了话，已跃跃欲试摩拳擦掌了。

三天后，黑蛋把鬼子的情况摸透了。刘学栋、福生、振鲁又来到黑蛋家。黑蛋介绍完情况，刘学栋思索片刻道："要我说今天晚上咱就动手，我前天让黑蛋已准备好了杀牛宰羊的刀子，黑蛋准备好了吗？"黑蛋点头。刘学栋说："好，那就这么定了，咱找两个或三个鬼子下手。两个的我和振鲁从背后卡住鬼子脖子，黑蛋你和福生往胸口递刀子。"黑蛋、振鲁、福生点头。刘学栋说："要是三个鬼子，我自个儿对付一个，你俩对付俩。记住，动作要麻利。从背后下手，一靠近鬼子就捅刀子，捅倒了再捅别的，别捅了自家人。"三人点头。刘学栋说："记住，捅完鬼子各自回家，衣裳有血别扔回家洗。也别拿鬼子的枪，拿回家是祸根，早晚出事儿。"

黑蛋、振鲁、福生道："记住了。"

刘学栋让黑蛋拿出刀子，四人一人一把别在腰间，他们习惯性地活动活动身体，然后出了门。

他们来到北洋大剧院不远处，刘学栋等人分别藏在暗处观察着大剧院门口。过了不一会儿，剧院散场，观众拥出，三三两两的鬼子先后走进胡同。刘学栋边朝胡同走，边示意黑蛋他俩跟上。他们盯上了两个鬼子，鬼子在前面走，他们在后面悄悄地跟着。来到胡同中间，刘学栋看看胡同两头没人，就对黑蛋等人做了个手势。黑蛋、福生快步前行，从鬼子身边走过，刘学栋、振鲁悄悄走近鬼子。来到拐角处刘学栋冲振鲁一摆手，自己先上前一把勒住一个鬼子的脖子，随手一刀捅进鬼子侧肋，振鲁已抱住了另一个鬼子，鬼子刚号叫一声，黑蛋上来一刀捅进鬼子心口，几人又一阵乱捅，鬼子早没了气儿。刘学栋一摆手，四人瞬间消失在黑夜里。

日本兵被杀，日军城防司令川井大怒，这件事打击了驻济南日军的士气。他叫来治安处长山田和副处长于明德，川井猛抽山田耳光，他这是杀鸡给于明德这个猴看。山田身体笔直连声"嘿"着。于明德吓得面如土色，额角连滴冷汗。

川井发完火，命令山田全城大搜查。

于明德壮着胆子说："刺杀是有备而来，搜查很可能没有收获。"

川井瞪着他问："那怎么办？"

于明德说："下属仔细查看了被杀皇军的尸体和现场，从情况看不像是城外抵抗皇军的队伍干的，像是城里恨皇军的人下的手。"

川井盯着于明德的眼睛。于明德说:"这些人好对付,他们得手后不可能不干下一次,只要我们抛出鱼饵,他们就很可能上钩。"

鬼子被杀的事在济南被传得人人皆知,居民也猜测杀鬼子的不是城外的八路军,很可能是城里的人干的。鬼子在济南作孽太多,很多济南人想杀鬼子,众百姓兴奋地议论。

吃晚饭的时候,刘掌柜一家也在议论凤凰街两个鬼子被杀的事。徐静心望着刘学栋神采飞扬的样子,恐惧袭上了心头,她推测杀鬼子的事一定跟学栋有关。她太了解学栋了,从他两次进鬼子刑讯室被打,她就想到了学栋攒足了劲要报复他们,要不那就不是他刘学栋了。她暗暗地为学栋担起心来:"学栋聪明,但城府不深,喜怒哀乐好显现在脸上。杀鬼子的事闹大了,鬼子不会善罢甘休。"她的心提到了嗓子眼上。

夜晚,王大厨和刘学栋又凑在一块儿喝酒。徐静心焦急地在西屋来回踱步,并不时地透过窗户望向南屋王大厨的房门,盼着刘学栋出来,好问问他。可刘学栋一直没出门,徐静心急坏了。

王大厨在问刘学栋,这两天背着他干了什么。刘学栋没有回答,反而问他你哥啥时候来。

王大厨掐指算了一下:"今天十六……再过三天。"

刘学栋说:"来了你告诉他,我不但打过鬼子,还杀过鬼子。"

王大厨吃惊地说:"凤凰街的鬼子是你杀的?"

刘学栋说:"不光我自己。"

王大厨生气地说:"今天一听鬼子被杀,我就琢磨着跟你小子有关,果真是你,不要命了!"他用手点划着刘学栋。

刘学栋笑着道:"这怕啥?人家十五六岁的孩子能杀仨鬼子,我兄弟四个才杀了俩,够丢人的了。"

王大厨轻轻地拍着桌子,气愤地说:"环境不一样,济南是鬼子占领区,你小子傻啊!"

刘学栋大大咧咧地说:"你熊不着俺,俺是为济南人解恨,鬼子五三惨案杀了济南六千多人,这几年杀得更多,俺不杀他俩,不把济南人憋鼓死?让你哥告诉首长,俺刘学栋有胆儿,他许司令能冲进鬼子堆里乱砍一气儿,我刘学栋有枪敢冲进鬼子司令部打一排子枪,不信捎枪来让俺试试!"

王大厨气愤地指着刘学栋:"你小子真昏了头!我都不知道说你啥好了。你闯荡过上海、北平,怎么还不如个十来岁的孩子,遇事就沉不住气,一提鬼子就眼红,我哪敢让你帮我干事儿!"

刘学栋说:"说实话,买药这事我干不来,我从小练跤,一提摔打就来精神,跟鬼子面对面地干才来劲儿。他鬼子不号称武士道吗?我刘学栋比他还亡命,想起鬼子烧杀奸淫妇女,俺就恨得牙根痒痒,他狗日的打我死过两回,说实话,我太憋气了,不能在济南待了,我得参加八路!"

王大厨气愤地说:"八路军稀要你这货,成事不足败事有余!你杀了俩鬼子就闹得满城风雨,还让我有法给八路供药,杀成千上万的鬼子吗?!"

徐静心再也等不下去了,就出门来到王大厨门前,轻轻敲响房门。王大厨打开门,徐静心让他把学栋叫出来。

刘学栋从屋里出来,徐静心拉他走到僻静处问:"那事是你干的?"刘学栋先是一愣,接着点了下头。徐静心虽早料到,还是惊得合不上嘴。刘学栋伸手想握她的手,又缩了回去。徐静心却抓住了他的手急切地问:"不会出事吧?"

刘学栋攥着她的手说:"你放心,没事儿。"徐静心的手冰凉冰凉的。刘学栋双手攥住说:"别为我担心,我死不了。"徐静心望着刘学栋,说不出话来。刘学栋道:"你回去睡觉吧。"他搓了搓徐静心的手推她转过身去,自己进了王大厨的屋。徐静心久久没有离开,心想:"不能离开玉泉楼了,学栋正危险,我留下会起作用。他逃过此劫也不会就此住手,我得想法劝住他。学栋杀鬼子,是受王大厨影响。王大厨肯定参加了八路,要不买那么多药干吗?他定期给八路军供药,我劝学栋别跟他接近……可有用吗?学栋恨鬼子,劝是劝不住的。"可她又害怕学栋出事:"既然劝不了学栋,那就劝王大厨,别拉学栋入伙。"可这念头刚刚在头脑闪现,她马上意识到:"这是什么行为,难道我要当亡国奴?"

英子从窗户看见这一幕,痛苦地闭上眼睛,她不敢再看立在王大厨门前的徐静心。来到床上躺下,她不恨徐静心,恨自己。"我太蠢,当初干吗走火入魔地干出那事儿,学栋和徐静心才是天造地设的一对。我得到了学栋,却没有得到他的心。我、学栋、徐静心都痛苦。"

王大厨的哥哥王立财来济南取药,王大厨把刘学栋杀鬼子和想参加八路的事告诉了他,王立财答应回去汇报给张团长。王大厨回到玉泉楼跟学栋说了,刘学栋高兴得差点跳起来。

当天晚上,刘学栋又把黑蛋、福生和振鲁召集到一块儿喝酒。他们兴奋地谈论那天杀鬼子的事。说得高兴,黑蛋说:"要不今天晚上再杀俩?"

福生、振鲁连声叫好。黑蛋从床下取出刀子,振鲁、福生站起身摩拳擦掌。

刘学栋沉吟半晌说:"我有点拿不准。上次杀了鬼子,怎么就不见鬼子有动静呢?是不是搞啥名堂?"

振鲁大大咧咧地说:"啥名堂不名堂的,咱在暗处,他在明处,一看有诈,咱不会不动手。"

黑蛋也表示赞同:"动了手一看不好,撒丫子也来得及,胡同连胡同,七里八拐的咱熟悉,小鬼子摸不着。"

振鲁、福生、黑蛋之所以想再杀鬼子,除了受刘学栋的激励,还想学济南大英雄梁飞杀鬼子扬名。梁飞是济南武功高人梁家桐的孙子,他去法国留学前,振鲁、福生、黑蛋就认识他。在他们眼里,梁飞不过是个普通学生。鬼子占领了济南,两个精通日本刀术的军官小野、本田在济南武术高手高大祥引领下来到梁府,杀了梁家桐一家十几口。

梁飞从法国回来,为爷爷和家人报仇。他报仇的方式很特别,先在市中心最繁华的地处贴出告示说,三天内杀了武林败类高大祥和日军军官小野、本田。济南人像传笑话一样传这事儿,没想到当天在有众多徒弟保护下的高大祥,就被梁飞割下了脑袋。川井司令大为震惊，当即命令保卫处长保护小野和本田，还令小野、本田不许出军营。谁知次日梁飞竟身着日本军服闯进了军营，摔翻了小野，若不是保卫处长及时赶到，小野已丧命。川井这才意识到，梁飞确实有本事，忙令保卫处长加强警戒。没想到夜里梁飞用引蛇出洞之计杀了小野。川井知道，本田不能在中国待了，待下去肯定会被梁飞杀死，日军士气会更受挫。他令保卫处长率二十多人保护本田乘火车赶到青岛坐船回日本。保卫处长为了万无一失，令船只远离码头，准备天亮启程。没想到夜里本田的脑袋竟被梁飞取走。这几件事不但轰动了济南、山东，还轰动了整个华北。振鲁、福生、黑蛋早想学梁飞扬名，当想到梁飞在法国留学过多年，聪明和本事远在他们之上，才没敢学他。现在有刘学栋领头，他们已迫不及待地想大显身手了。

　　刘学栋见振鲁、福生、黑蛋摩拳擦掌跃跃欲试，也有点儿控制不住情绪了。尽管他闯荡北平、上海见过一定世面，也知鬼子不会没有防范，却也冷静不下来。

　　福生见刘学栋还有点犹豫，就说："要不咱们去剧院门口查看查看，行，就动手，不行，咱回来继续喝酒。"

　　刘学栋只得点头。

　　四人刚走出屋门，黑蛋妈出来拦住了他们："说什么今晚上你们也不能出去，当我不知道，上次那事就是你们干的。"四人惊得睁大眼睛。黑蛋妈说："我不是不让你们杀鬼子，杀光他们才好。可杀鬼子能要了你们的命，做妈的吓也吓死了。"

　　黑蛋说："妈，我们不是去杀鬼子，是出去玩，你放心吧。"

　　黑蛋妈瞪他一眼："别蒙我，说啥也不让你们出去！"她伸开胳膊拦着。

　　黑蛋着急地说："我们真是出去玩，是去马师傅家帮忙干点活，不信你问学栋。"他指着刘学栋。

　　黑蛋妈走到学栋面前："是吗，学栋？"学栋不知所措地点点头。黑蛋妈笑了说："这我就放心了，学栋不会撒谎。学栋，黑蛋我就交给你了，去吧，你让黑蛋早点回来，这孩子玩起来没早没晚。"

黑蛋扶住妈说:"知道了,我早点回。"

四人走出院门。

北洋大剧院灯火辉煌,刘学栋等四人分别躲在暗处盯着剧院大门。不远处,也有几双眼睛盯上了他们,其中一个便衣向另外几个嘀咕几句离开了,其他人死死盯着刘学栋等人。

北洋大剧院散场,人们拥出。有两个鬼子朝凤凰街方向走,刘学栋等人跟了上去。

胡同越来越暗,刘学栋等人距鬼子越来越近,拐弯的时候,刘学栋做个手势几人冲上去。就在即将扑倒鬼子时,突然一个鬼子猛地回过身"呼"的一枪,将冲在最前面的黑蛋打倒,随即传来"逮住他们!逮住他们!"的喊声,四处也响起了警笛和喊叫声。刘学栋等人马上明白中了埋伏,刘学栋向一黑影掷出刀子,同时上前跃步一拳打倒一个鬼子,大喊一声:"快跑!"

振鲁、福生拔腿就跑。刘学栋抱起黑蛋,黑蛋身子已经瘫软。刘学栋想抱他走,突然,一只手臂勒住了他的脖子,刘学栋放下黑蛋,猛一个背布袋将鬼子摔了出去,他上前对着鬼子心口就是一脚,鬼子"哇"地叫了一声,鲜血从口中喷到了他身上。刘学栋还想抱走黑蛋,见周围的手电筒乱晃,咋呼声越来越近,只得又望了一眼黑蛋,撒腿跑进黑暗处。

打死了黑蛋,日军司令川井高兴地拍着于明德的肩头夸奖他足智多谋。

于明德受宠若惊连声道:"愿为皇军效力,愿为皇军效力。"

川井问:"其他几个人跑了,你看怎么抓?"他已开始相信于明德。

于明德思索片刻说:"我看把死者绑在车上游街,并贴出告示,谁举报赏大洋三百,就可能得到线索。另外,谁来认尸,马上把人抓起来,那几个人就会被抓到。"

川井高兴地夸奖他。

第二天，马拧子的小徒弟都在场上练功，黑蛋、振鲁、福生和学栋却一个也没来，马拧子有点纳闷。

徒弟墩子说："听说凤凰街昨夜又出事了，师哥几个怕是去看热闹了。"

马拧子开始没在意，可过了不一会儿，一种不祥之兆袭上心头，这些日子学栋他几个常在一块儿嘀嘀咕咕，莫非……突然他意识到凤凰街杀鬼子的事可能跟他们有关，不觉脱口："坏了。"他匆忙跑出跤场，推起破自行车骑上猛蹬。

黑蛋被捆在一辆马车的十字架上，耷拉着脑袋面色乌黑，嘴里流着长长的血块子。马车拉着黑蛋在凤凰街周围游街，马拧子气喘吁吁地赶来一见差点从自行车上摔下。他下了车，望着爱徒，眼泪一下涌出。

跟车的伪军高喊："认尸喽！认尸喽！谁家的孩子，抬回去——"

马拧子知道这会儿黑蛋妈肯定哭得死去活来，就骑上车拐进胡同飞快地骑到黑蛋家。还没进院门，就听到了黑蛋妈的悲惨哭声。马拧子扔下自行车敲门。院门开了，福生站在门里，马拧子一把推开他冲了进去。黑蛋妈趴在地上哭得死去活来。刘学栋、振鲁跪在旁边边哭边劝她。马拧子跑过来蹲下身，连声叫着："老嫂子，老嫂子。"

黑蛋妈见到马拧子一下抓住他胸前的衣服撕心裂肺地说："黑蛋不该死啊，不该，他才二十二……黑蛋他爹死得早，我一把屎一把尿拉扯他，刚成人就死了，死了……我的儿呀……"马拧子眼泪滚落下来。黑蛋妈哭喊着："我还怎么过呀，让我死吧……让我死吧……"她痛苦地在地上撞着头。

远处传来"认尸喽！认尸喽"的喊声，马拧子、刘学栋等人抬起头面面相觑。喊声更近了："认尸喽！认尸喽！谁家的孩子，抬回去——"

黑蛋妈像发疯一样冲向院门，刚拉开门被刘学栋一把抱住，黑蛋妈号啕大哭挣开往外奔。福生、振鲁过去拦，也拦不住，马拧子束手无策。

喊声越来越近："认尸喽！认尸喽！谁家的孩子，抬回去吧！"黑蛋妈用头乱撞用嘴乱咬号啕痛哭。马拧子冲过去拨开徒弟，猛地一巴掌扇在黑蛋妈的太阳穴上，黑蛋妈晕了过去。

马拧子让振鲁、福生把她抬进屋。福生、振鲁抬起黑蛋妈往屋里走。刘学栋想跟上去，马拧子叫住了他，刘学栋刚转过身，马拧子突然抓住他的胸口一个揣将他狠狠地摔在地上。刘学栋疼得龇牙咧嘴，马拧子瞪着血红的眼睛喝道："起来！"刘学栋挣扎着站起，马拧子一个背布袋将他摔翻。刘学栋刚站起，又被马拧子重重摔倒在地上。刘学栋站不起来了，马拧子才恨恨地进了屋。

徐静心听刘学栋说鬼子还押着死去的黑蛋游街，劝他赶快离开："黑蛋过去天天在跤场摔跤，多少济南人认识他，不会没人告密。"刘学栋说："俺知道。"徐静心焦急地说："那你赶紧逃啊！"刘学栋说："俺逃了，俺叔俺婶逃得了吗？还有振鲁、福生。"他见徐静心还不明白，解释："俺一离开济南，于明德不立马猜出是俺和黑蛋杀的鬼子？他肯定把俺叔、马拧子、振鲁、福生抓进刑讯室，毒打不说，振鲁、福生死定了，还会封了玉泉楼和跤场。那俺婶、英子不饿死？马师傅就算放出来，也没法在济南待了。"徐静心说："你不逃，不把你抓起来？"刘学栋说："抓就抓吧，反正俺不会吐露出振鲁和福生，俺已经进过两回鬼子刑讯室了，再进去也大不了一死，死了我一个保住了那么多人，挺合算的。"徐静心再也说不出话来。

马拧子害怕黑蛋妈控制不住情绪引火烧身，就让学栋、振鲁、福生把她送到了自己郊外的宅子。

黑蛋妈清醒过来，不吃不喝像呆了一样。刘学栋跪下向她发誓，他就是黑蛋妈的儿子，给她养老送终。黑蛋妈渐渐想明白了，自己去认尸，殃及的不是她一个人，还有学栋、振鲁和福生。她忍着巨大的悲痛，在这里住了下来。听说黑蛋的尸体被鬼子埋了，她才回到老宅子。一回来，黑蛋的身影就不时地出现，她努力控制着不去想儿子，可黑蛋的影子总在她面前晃来晃去。

这天傍晚，黑蛋妈不敢在宅子里待，就顺着街道往前走。一个行人从黑蛋妈身边走过，渐渐地行人变成了黑蛋，她欣喜地跟上去。见黑蛋越走越快，黑蛋妈边追边伸出双手嘶哑地喊着："黑蛋，黑蛋……"行人拐过墙角不见了，黑蛋妈心一急，一脚踏在人行道沿儿上摔倒。

黑蛋妈被摔坏的事传到了跤场，马拧子和学栋、振鲁、福生匆匆赶到黑蛋家。刘学栋背起黑蛋妈去了医院，经大夫检查，黑蛋妈的大髋关节摔折了。

马拧子紧张起来问大夫怎么办。

大夫说："住院。这腿要接上，得用专门的支架。"

黑蛋妈一听哭着说："不住，不住，说么我也不住。我都这把年纪了，黑蛋死了我也不想活了，早死了还能早见到黑蛋……"说着就要下床，她脚刚一落地疼得大叫一声瘫倒在地。

刘学栋和振鲁忙把她抬到床上，刘学栋含着泪："妈，黑蛋走了，我们兄弟仨就是你亲儿子。"

黑蛋妈哭了起来："黑蛋，你死得好惨啊……"刘学栋、马拧子、振鲁、福生难过地低下头。黑蛋妈越哭越伤心："小鬼子，我恨死你了……你杀死我儿，还绑我儿在车上游街，小鬼子……"

刘学栋、马拧子一听大惊，忙劝黑蛋妈，并警觉地观察大夫。大夫一下明白过来，低下头不作声。

黑蛋妈悲伤地哭着。大夫抬起头眼圈红红的，他走到黑蛋妈面前说："大娘，别哭了，咱都是中国人，我敬佩大娘的儿子，您这腿我治定了。"他转脸对刘学栋、马拧子说："牵引架在隔壁仓库里，你们弄回家去，我到大娘家给她治腿。"

刘学栋安排好黑蛋妈，疲倦地进了玉泉楼后院东屋，他往床上一躺刚拉过被子盖上，英子就问他："你天天晚上到哪儿去了？"刘学栋不理她，英子掀开被子："我问你到哪儿去了？"刘学栋拉过被子翻过身去。英子生气地说："你躲着我不要紧，我只想知道你上哪儿了！"说着又掀开被子。

刘学栋火了："我赌去了！"

英子来了气儿："赌也没见你拿钱回来！"

刘学栋气愤地说："我嫖去了，嫖去了！"英子哭了起来。刘学栋甩开被子，翻身下床冲出了门。

徐静心听到英子哭声进来劝她，英子甩开她的手："出去，出去，不用你装好人！"她嫉妒徐静心，自己快生了，她还跟自己丈夫来往。

徐静心伤心地往外走，她知道英子误解了她，但她无法解释，英子不会知道学栋在干什么，自然也不会为他担心。走到门口，她停住脚回过头说："你真不了解自己丈夫。"说完含泪走了出去。

徐静心知道学栋跟鬼子斗不会收手，也知最后的结果一定是学栋死，心想："自己再怎么劝也白搭，干脆别劝了，有他这样的人，国人做不了亡国奴。他死了，我也死。生不能在一块儿，死能在一起也是个不错的结果。"她想着怎么死。"我肯定不能死在玉泉楼，那死在哪儿呢？当然最好死在刘学栋的坟上，事先买好砒霜，喝了就抱住学栋的坟。"可她又想到："那不毁了学栋的名声？他是有妇之夫，我又是他婶儿，那怎么办呢？"她思来想去，觉得死在千佛山那片和学栋亲热过的林子里也蛮好。她无数次地回想在那片树林里的甜蜜："就死在那儿吧。"但她很快又推翻了这想法："假如被山里人就地埋了，被野狗吃了不就达不到同学栋埋在一起的目的了？"她还想到不管死在哪儿，刘掌柜夫妇都不会同意把自己和学栋埋在一起。"那就让人偷着埋在一块儿。可这事儿由谁来办呢？"她想到了王大厨："王大厨了解我和学栋的关系，学栋死了，我就把想法告诉他。"可她又想到王大厨很可能劝自己别寻短见。她心里烦躁起来："生不能和学栋在一块儿，死了埋在一起怎么还这么难呢？"徐静心真的犯起愁来。

这天，刘掌柜在柜台算账。王大厨领王立财进来，介绍道："这是我们刘掌柜，这是我老乡，给我哥捎药的。"

刘掌柜放下算盘："坐，快坐。"他要给王立财倒水。王大厨摆手："不用，您忙着，他今晚回不去了，在我那里住一宿。"

刘掌柜说:"别说一宿,住多少日子都行,你可招待好了。"王大厨点头,王立财作揖。

夜晚,刘学栋在王大厨卧房见到了王立财,王立财说:"学栋,你的情况我已汇报给部队首长和张团长了,他们很高兴,同意你协助王立柱同志工作。"

刘学栋一听有点急:"你给他们说了吧我会摔跤有力气,杀过两个鬼子?"

王立财点头:"说了,他们称赞你有骨气。"

刘学栋着急地问:"那为什么不让俺当八路?"

王立财微笑着说:"买药不也是抗日吗?"

刘学栋有点急了:"那不一样,俺喜欢面对面地杀鬼子,再说人也得看菜下锅吧,张飞当不了军师,诸葛亮使不了长矛。让俺买药,俺使不出力气。"

王立财说:"你没到过前线不知道情况,每次打完仗,咱队伍要死伤很多人。有的不该死的死了,为啥?没药。不该截肢的截了,也是没药。"他转过脸问王大厨:"你还记得那个十五六岁的孩子吧?"

王大厨点头:"记得,他不是打死过三个鬼子吗?"

王立财点头:"对,就是他,被截了腿。"

王大厨、刘学栋大惊,刘学栋回过神儿来问:"为什么?"

王立财说:"没药啊,剜出子弹,感染化了脓,腿肿得比腰粗,黑到了大腿根,没法就截去了整条腿。"王大厨、刘学栋鼻子一酸,眼圈红了。

王立财说:"每次我带药回去,官兵别提多高兴了。我每次来首长和张团长都嘱咐我,问王立柱同志好,叫他保重。"

王大厨说:"你告诉首长和张团长,我王立柱愿为抗日死。"

王立财说:"学栋啊,我领你去不是不行,明天就能带你走,可是张团长分析后说,你是玉泉楼掌柜的侄子,知道你的人不少,你离开了,王立柱同志就没法工作了,你协助王立柱同志工作,作用更大。"

刘学栋苦着脸道:"可我性格不适合做慢活!"

王立财语重心长地说:"抗日可不能随个人的性子,想干吗就干吗那不行。队伍上还有号兵、炊事员、卫生员呢,再说你参加八路,首先要想到大局,不是先想自己。"刘学栋无话可说了。尽管他心里不高兴,却也觉得王立财说得在理儿。

刘学栋为部队买药,把能省出来的钱都省出来了。他还从买菜的钱里抠,弄得玉泉楼没有大利润了。王大厨让他别做得太过,要体谅他叔的难处。刘学栋说,这当口就别想那么多了。

王大厨说:"那不行,你叔是精明人,你三天两头弄钱,他心明肚亮清楚得很,只是不说而已。"

刘学栋说:"知道了,我就说攒点私房钱。"

王大厨笑了:"英子呢?你瞒得了英子?"

刘学栋叹了口气:"我不管那么多,想想前线战士拼死拼活,咱付出再多也算不了啥。她要不愿意,离婚!"

王大厨说:"英子可是个好姑娘,打你把她领回家,她就认定你了。不信?你上了北平,她天天念叨你,来封信,看个十遍二十遍,我知道你爱的不是她,可她除了你不会再中意其他男人,这是命。"刘学栋不知说什么好。门声响起,刘学栋示意王大厨开门。

王大厨开开门,徐静心走了进来。刘学栋吃惊地望着她:"这么晚了,还没睡?"

徐静心看了他半晌说:"你一个多月没回屋了,英子也一个多月没睡安稳,你不想着别人,也得想想英子肚子里的孩子。"她是受英子之托。

白天,英子来到西屋,流着泪对徐静心说:"别生我的气,婶。"她为说话伤了徐静心而后悔,也想让徐静心劝学栋回东屋睡。这些日子学栋一直睡在王大厨屋里。英子知道学栋谁的话都不听,只听徐静心的。徐静心扶她坐下,给她拭泪:"哪里的话,你能出出气反倒好,伤不了肚子里的孩子。"英子问:"婶,学栋不会是烦我才学坏吧?"徐静心安慰她:"你真不了解自己的男人,学栋是那种人吗?"英子说:"我知道他没学坏,可他夜里从不回来……"徐静心知道她想让自己劝刘学栋回卧房,就说:"有些事我不知道,我只知道学栋是好男人,我可以帮你劝劝他。"

刘学栋躲开徐静心的眼睛。

王大厨想溜出去,徐静心叫住他:"王师傅,我知道你和学栋在干正事,可要小心。"王大厨、刘学栋吃惊地对视一眼,徐静心出了房门。

王大厨感慨地说:"学栋,现在我才知道你为什么倾心徐静心,知己呀。"

刘学栋闭上眼睛长叹一声:"别说了。"

学栋和英子的孩子亮亮百日的时候,刘掌柜在玉泉楼大厅里摆了四五桌酒席。马拧子等人向刘掌柜、刘夫人道喜,二老高兴得合不上嘴。

王大厨端酒发话了:"各位来宾,亮亮百日大家一定要尽兴,我王大厨今儿亮亮手艺,哪位点么菜,我立马掂出来,让大伙品一品,大伙说好,我喝一杯酒,说不好,我喝白开水。"众人大笑着叫好。王大厨冲伙计喊道:"准备好水和酒,放在大厅桌上,让大伙瞧瞧,我王大厨是喝酒的料,还是喝水的玩意儿!"

众人大笑着鼓掌。

有人喊道:"糖醋鲤鱼。"

王大厨叫道:"懂行!糖醋鲤鱼是鱼中最难做的一道菜,讲究个外酥里嫩。今儿我不但做得色香味俱全,还要让这鲤鱼上来眨巴眼睛!"

众人叫好,王大厨乐颠颠地跑进厨房。

刘夫人忽然觉得大腿发热,低头一瞧裤子上湿了一片,抬起头笑着说:"你看,你看,亮亮尿了我一身。"

马拧子笑着道:"亮亮这么向着你,刘夫人准长命百岁。"

众人哈哈大笑。

徐静心从不去热闹场合,坐在梳妆台前想着未来。自从学栋和英子发生了那事,她没有一天不想离开。她知道了学栋杀鬼子,就不敢离开了。现在杀鬼子的事已平息，徐静心觉得没必要再待下去。

刘夫人在百日宴上没见到徐静心，抽空来到西屋。见徐静心正在愣神儿，问想什么呢。徐静心忙站起身，笑着道："没想啥。"刘夫人让她去前面坐坐，徐静心推说头发没长好不愿见人，再说也不喜欢热闹。刘夫人就坐下和她说话。

马拧子喝过酒浑身燥热，来到后院凉快。见鱼缸里的金鱼品种不错，就饶有兴趣地观赏。徐静心不经意地瞥了一眼窗外，看到马拧子一愣。觉得这个人怎么这么眼熟，却想不起来，她思索着。刘夫人顺徐静心的目光朝外望去看到马拧子说："噢，他是学栋的师傅马拧子。"徐静心惊得目瞪口呆。刘夫人没有注意她的表情，站起身说："宴席上离不开人，我先到前面照应去了。"说完出了门。

马拧子听到脚步响转过身，同刘夫人打招呼，二人说起了话。说了一会儿，走向大厅。

徐静心透过窗户望着马拧子毛骨悚然。

酒席散后，刘掌柜、刘夫人拐过影壁墙刚来到院中，徐静心就从西屋冲到他们面前神情紧张地说："是他，就是马拧子杀了学栋的父亲！"刘掌柜夫妇吃惊地望着她。徐静心惊恐地解释："错不了，就是他！我在报纸上看过他的照片很多次。"

刘掌柜、刘夫人对视一眼。刘掌柜声音颤抖地问："真是他？"

徐静心语气肯定地说："错不了，就是他杀了学栋的父亲！"

刘学栋和英子来到后院，刘学栋听到徐静心的话一愣，快步走向徐静心："谁杀了我父亲？"

徐静心冲刘学栋道："就是你师傅！"

刘夫人赶紧拉了一下徐静心说："他三婶，看不准可别乱说。"

徐静心语气急促地道："怎么看得不准，错不了，就是他当年在青岛摔死了学栋的父亲，报纸上是这么写的。"

刘掌柜忙打马虎眼："他三婶看错人了。"

刘夫人推了一下徐静心："长得相像的人有的是。"

徐静心没理她，问刘学栋："他为什么是你师傅？他是不是害了你父亲又想害你？"刘学栋惊愕地张大嘴巴，英子也惊呆了。徐静心又道："学栋，记得在北平，有一回我在院里烧一卷报纸吗？报纸上的照片就是你师傅马拧子。当时我和你三叔害怕你知道了会报仇惹来杀身之祸，才没敢告诉你，可……可是马拧子为什么会是你师傅，他到底想干吗？"

英子结结巴巴地说："三……三婶，你不会弄错吧？"

徐静心说："这是天大的事，我没有十分把握敢说吗？"

刘掌柜已控制不住情绪："大哥……"叫完，忙掩住嘴。

刘学栋眼里充血，大叫一声："爸——"喊着向门口冲去。

刘学栋跑到河边扶着柳树喘息，他压抑不住内心的悲愤，发疯似的踢着树干冲天号叫。

当天晚上，刘掌柜一家聚在北屋，商量着怎么处理这件事。徐静心知道自己惹了大祸懊悔不迭，想把这件事遮掩过去："也许我真看错了，照片上的人不是马师傅……"

刘学栋已明白了事实真相，瞪着她："你胡说！"

刘夫人训斥他："怎么跟你三婶说话！"

刘学栋反唇相讥："那是我爸，不是她爸！"

徐静心低下头。

刘掌柜有气无力地说："咱们商量商量怎么办吧。"

英子忽地站起身："怎么办，借债还钱杀人偿命！"

刘掌柜说："在跤场上比跤摔死人官府都不管。"

"那好啊，就让学栋摔死马拧子！"英子指着门外。

徐静心说："冤冤相报何时了。"

英子白了她一眼说："那可是我公公。"徐静心面红耳赤。英子走到丈夫面前："学栋，你不是说自己天下无敌吗？你真要是天下无敌，就和马拧子摔一场，摔死他给你爸报了仇，他摔死你我给你收尸！"

刘夫人生气地瞪她一眼："胡说八道什么，英子！"

英子得理不让人："那是我公公，是杀父之仇，他杀了我男人的父亲，我死也咽不下这口气！"

刘学栋忽地站起身咬着牙喘着粗气。

徐静心慌忙站起身说："你要报仇的人是对你亲如父亲的师傅，你怎么下得了手。"

刘学栋痛苦地撕扯着头发，片刻，他大叫一声冲出屋门，抓起皮假人"啪啪"地摔了起来，边摔边喊叫着，他太痛苦了，心想："咋是马师傅摔死了我爸？我能找他报仇吗？不报我还是爸的儿子吗？我爸在我妈死后，像妈。那年腊月我得了重病，是爸背我冒雪走了四十多里山路去看郎中。没有爸，我就死了，可我爸冻掉了两个脚指头。我该给他报仇，杀父之仇哪能不报，可仇人是待我如生父的马拧子。他教我做人、摔跤，没有他，我早成了地痞无赖，说不定还被人打死打残了，这仇怎么报？下得去手吗？"

第 十 八 章

　　清晨，王大厨正在准备调料，英子提着一捆菜进来，王大厨转过脸问："学栋怎么了，和疯了一样？"他感觉出玉泉楼的气氛不对。

　　英子扔下菜说："他知道了杀父仇人。"

　　王大厨慌忙过来问："什么，什么？"英子已出了厨房。

　　英子来到东屋抱起孩子坐在床边生闷气，徐静心推门进来，她想劝劝英子。英子望了她一眼，知道她的目的，转过头不去理她，徐静心来到桌旁坐下。二人沉默半晌，徐静心说："英子，我觉得你别再激学栋了。"

　　英子转过脸瞪着眼睛："那不是你公公！"

　　徐静心语塞，停了一会儿说："我们该想想后果。"

　　英子不耐烦地说："什么后果？我公公被马拧子杀了，他不报仇算什么儿子，以后还有脸在济南大街上走！"

　　徐静心没法接话了。

　　刘夫人进来看到英子还在煽火就训斥她："瞎咋呼什么！你还嫌事出得少？英子，你知道马拧子对学栋像亲儿，你挑着学栋报复他，不是逼着学栋……"

　　英子不客气地打断她的话："马拧子对他再好也不是生身之父，他杀了学栋的父亲，学栋就该替父报仇！"

　　刘夫人火了："生身之父？你现在的爸也不是你生身之父，我也不是你生身之母，怎么着，碰到个什么事，你还想把俺老两口杀了？"

英子也火了："这根本就不是一码事。妈，你别胡搅蛮缠！"

刘夫人上去一巴掌扇在英子脸上："喂不熟的白眼狼，我看你吃豹子胆了！"

英子惊呆了，她怔怔地望着刘夫人，妈从来没动过她一指头。

徐静心慌忙劝刘夫人："二嫂……"

英子站起身把孩子往床上一扔，孩子"哇"的一声哭了起来，英子夺门而出。刘夫人心疼地抱起孩子，冲门口大骂："你敢摔我孙子？你还了不得了，你这该死的玩意儿！"

振鲁、福生在河边找到了面色铁青的刘学栋。马拧子听人说这两天学栋心情不好，就让振鲁、福生过来劝他。

福生拉住刘学栋的胳膊："走，咱出去玩玩。"刘学栋甩开他的手。

振鲁双手将刘学栋拉起："走吧，上千佛山，那里解闷。"

刘学栋无奈地和他俩向前走。

三人来到千佛山下的小酒馆后院，福生点了几个菜要了一瓶酒，不一会儿酒和凉菜上来了。福生给刘学栋倒酒，刘学栋一仰脖子喝干杯中酒，福生和振鲁对视一眼。福生说："学栋，还记得六年前刚学跤那会儿，黑蛋咱四个从山下走矮步吗？"

振鲁笑着："当然记得，你和黑蛋害怕学栋得第一，偷着给学栋下了泻药，学栋差点拉死。"

福生哈哈大笑："过后师傅听说了，师傅摔得我半天爬不起来。"

振鲁对刘学栋："学栋，马师傅最向着你。"刘学栋眯眼瞧着振鲁。

福生指着不远处的一个场地说："记得那年山会，北园的胖子和筋骨人在山下卖艺，咱们给他踢了场子？"

振鲁说："拉倒吧你，提起那事来我就腻歪得慌，胖子偷着往咱跤场里甩土坷垃，砸得场子里仨月没人。咱四个好不容易逮住胖子，学栋还不让揍他，还向人家赔礼道歉。那个胖子也真他妈不要脸，说他在庄里丢了面子，非让咱几个到他庄里把他面子找回来，你说咱们干的什么事儿。"

福生边给学栋倒酒边说："我觉得学栋做得对，不那个样，胖子再偷着往场子里扔土坷垃，咱师傅就得喝西北风。"

刘学栋喘着粗气。

振鲁说："学栋，马师傅立你为大徒弟，当时俺几个还不服气，现在想想服了，你不但跤技比俺几个高，做事也比俺几个有数。"

福生端起酒："要我说，学栋，师傅对你是有点偏爱，你没有了父亲，他没有儿子，偏爱在情理之中。"说完冲振鲁和刘学栋示意喝酒，振鲁将酒干下，刘学栋眉头却拧起个大疙瘩。

福生望着刘学栋这副表情，不解地问："我说得不对？学栋。"

振鲁放下酒碗说："谁都知道马师傅和学栋亲如父子。"

刘学栋猛地将桌上的酒瓶、碗和菜划拉到地上，振鲁、福生吃惊地望着他。

刘学栋咬牙切齿地说："我摔死他！"

振鲁、福生忙问："摔死谁？"

刘学栋恶狠狠地说："杀父仇人！"

"谁是你杀父仇人？"福生眨巴着眼睛问。

振鲁说："告诉俺俩，你不好下手，俺俩给你报仇。"

福生说："你父亲就是我父亲，杀父之仇不报，就他妈不算个人。"

振鲁追问道："告诉我，谁？我这就去把他摔死！"

刘学栋冷笑一声："你俩还猜不出是谁？"振鲁、福生对视一眼摇了下头。

刘学栋恨恨地说："当年就是他把我父亲摔死的！"

振鲁、福生恍然明白过来，倒吸了一口冷气。刘学栋咬着牙眯起眼睛，猛地起身将石桌掀翻在地。

马拧子正领着五六个徒弟在跤场练揣的基本功——下把前进。

马拧子边指导徒弟边讲解:"摔跤是大绊三百六,小绊如牛毛,可啥绊也离不开基本功,基本功不扎实,啥绊也白搭。二十四式师傅练了一辈子也不敢说练到家了。你们几个练了不到半年,就铁匠停风箱——不炼(练)了,下把前进,你们谁能一气做三百?"徒弟墩子偷瞟了马拧子一眼。马拧子冲他道:"你小子昨天做的三百五十个算个吗?步弓不起来,身子塌不下去,练的绊子当屁用!你别不服气,来,摔摔师傅。"说着让墩子抓住他的跤衣领,"使呀"。墩子一个拉揣想把马拧子摔出去,不料却被马拧子用肚子顶了个跟头。马拧子问:"知道为什么吗?"墩子爬起来望着师傅。马拧子教训他:"你身子塌不下去,屁股顶在我腰带上,能把我摔出去吗?"马拧子抓住墩子:"弓腰,屁股顶在肚子以下,一个倒望天河。"他做了个弓腰从裆中望月的动作,把墩子摔倒在地。马拧子说:"丑功夫俊绊子,功夫都得要躬腿塌腰,这样才能练出真活儿,才能把对手摔得漂亮。你们要像学栋那样下功夫就成器了。"徒弟们点头。马拧子说:"二十四式做得标准不标准关键看你十三太保练得是不是下了功夫。师傅让你们天天在千佛山下走两趟矮步,你们说走了。别蒙师傅,天天走,至少做三百五。好,明天早晨六点,师傅在山底下看你们走矮步。先到的放开肚子啃又白又亮的大馒头,末了再走两趟矮步,外加一百个铁牛耕地。"

众徒弟面面相觑。

正这时,王大厨走了进来,马拧子看见他招手:"王师傅。"马拧子拉着王大厨边向后场走边回过头冲徒弟喊:"抓紧练下把前进、上把前进、左右合肘!"

徒弟们应声练了起来。

马拧子、王大厨来到后场桌旁坐下,马拧子抓起茶壶给王大厨倒茶,王大厨连忙摆手:"不用,不用。"

马拧子说:"你怎么大上午有空到这儿来了?"他知道上午厨师要忙着准备一天的饭菜。

王大厨说:"有急事。"

马拧子问:"是学栋的事吧?"他知道学栋近来少不了有麻烦,

虽说黑蛋的事平息了，可学栋不会停止跟鬼子斗。王大厨点头。马拧子说："我听来看跤的人说学栋这两天心里不大痛快。"

王大厨苦着脸说："他痛快得了吗？他知道了杀父仇人是谁。听说他父亲是在青岛被人摔死的。"马拧子惊骇地望着王大厨。王大厨说："真的，玉泉楼乱成了一团，刘掌柜一下背驼了，一天到晚地咳嗽，刘夫人也老了十来岁。英子催学栋去报仇，刘夫人害怕出事拦着，刘夫人和英子还怄了气。我觉得英子说得有道理，借债还钱杀人偿命，学栋就该摔死杀死他父亲的仇人。"马拧子恐惑得不能自已。王大厨说："你说怪不？学栋那么暴的脾气那么好的功夫竟不敢去报仇。他疯了似的，不是在河边死命踢树，就是在院里'啪啪'地摔皮假人。"马拧子面色苍白冷汗从额头滚落。王大厨说："我一直当学栋是条汉子，可现在却瞧不起他，杀父之仇都不敢报，枉为人呀！"马拧子表情呆滞地喘息着。王大厨说："我百思不得其解，这个仇人是谁？就算是省长市长，他刘学栋也早瞅时机下手了，可他现在这个样……真猜不透，我不敢问学栋。马师傅，你觉得学栋的仇人能是谁？"

马拧子从牙缝里挤出一个字："我。"

王大厨不解地望着马拧子："你说什么？"

马拧子说："我是他的杀父仇人。"

王大厨惊得跳了起来："什么，什么……"马拧子点了下头。王大厨急切地问："我不明白，这是咋回事？"他愣愣地望着对方，马拧子闭上眼睛。王大厨催促道："快说，你说啊！"

马拧子睁开眼睛，脸上露出痛苦的表情说了起来："十五年了……"

原来，马拧子也是"善扑营"的跤师，他和北平的张大柱，天津的梁宽，保定的巴图、谢长飞，济南的刘长力、胡大朋一起在皇宫里练过摔跤。只不过马拧子年龄小，没给慈禧献过艺。

清王朝坍塌，"善扑营"解散，那些大师兄分别在北平、天津、保定、济南建起了跤场。马拧子身为小师弟，不好意思跟师兄们争地盘，就来到了海边青岛。可年轻气盛的他自认为跤技并不比那些师兄差。

那天,他又像往常一样在跤场上拍着胸脯咋呼:"咱在场上玩的是功夫,不是花架子,我马拧子敢说就我这功夫摔遍天下无敌手,更别说北平、天津、保定、济南四大跤场的跤手了。"刘学栋的父亲站在人群中冷冷地望着他,马拧子口无遮拦:"我在青岛不出去踢跤场说明我马拧子本分,不愿砸人家的饭碗,可我马拧子敢说我就是跤王,天下无敌!"观众鼓掌叫好。刘学栋的父亲眯起眼睛望着马拧子,情不自禁地活动起脚腕手腕。马拧子唾沫飞溅:"我敢称跤王,就是想把这话传给天下跤手,不服气的来青岛找我马拧子比试,到时候老少爷们儿在家门口就能看到我怎么摔那些高手像摔半大孩子!"

刘学栋的父亲拨开众人进入场中,活动着胳膊腿说:"我想陪你来两跤,赏面儿吧?"

马拧子打量着刘父:"哪个跤场的师傅?"

刘学栋的父亲活动下脖梗肩膀说:"小地方的无名之辈。"

一个观众喊起来:"小地方的人也敢来跟跤王比跤?"

众人大笑。

刘学栋的父亲微微一笑:"拿褡裢来。"

马拧子哈哈大笑:"我早知道有人来跟我比个高低,也就早准备好了跤衣。"说完回过头对徒弟说,"拿褡裢去"。徒弟跑进后场。片刻,徒弟拿来一件雪白的跤衣走到刘学栋的父亲面前,刘学栋的父亲扒下褂子露出发达的胸肌和粗壮的手臂。观众鼓掌叫好,马拧子轻蔑地一笑穿上大红跤衣,大红跤衣只有跤王才有资格穿,马拧子蓄谋已久。

刘学栋的父亲穿上跤衣,望向对手,马拧子冲观众喊道:"刚说了让老少爷们儿在家门口享受,今儿正好碰见个来踢场子的。我让大伙开开眼,看看我马拧子怎么摔他像摔半大孩子!"

观众鼓掌叫好,刘学栋的父亲微笑着冲马拧子示意开始。当下二人走起跤架,刘学栋父亲跤架走得刚劲有力,马拧子跤架走得像蝴蝶飞舞。观众鼓掌叫好。二人逼向对方"啪啪"地抢把,马拧子抓住刘父的跤衣领口和跤衣袖心里有了底，摔跤讲究输跤不输把，抢了好把就离摔倒对方不远了。马拧子转脸对观众喊："大伙看个漂亮的！"说着就要使绊，可是绊还没使出，刘父突然上步一个跪腿将马拧子压倒在地，观众大惊。

马拧子仰躺在地上望着刘父半晌没缓过神儿来。刘父微微一笑："你不配称跤王，只不过是打场子卖艺混碗饭吃的。"

观众报以嘘声和倒彩声。

马拧子咬着牙从地上爬起来打量着刘父。刚才那一跤，刘父使的跪腿太绝了，马拧子抓到了好把，对方使其他绊已无可能，只有跪腿，马拧子虽有防备，却还被对方使上了。跪腿看着摔得不脆，但往对方身上一砸，受到的撞击力还是很强的。马拧子心火顶上了脑门。

刘学栋的父亲嘲笑他："你的跤技还不如个孩子。"

观众大笑，马拧子臊得满脸通红。自己刚刚吹下牛皮，就被对方捅破了，他羞得无地自容。

二人又走跤架，刘父动作狂放起来，马拧子却比刚才收敛了许多，他边走跤架边寻找着对方的破绽。二人走完跤架抢把，刘父刚才一跤胜了对手，有点看轻了马拧子，就大胆地抢把频频使绊，马拧子似乎只有招架之功无还手之力。刘父见状想摔他个脆的，就松开一只手，用一只手同马拧子周旋。马拧子想破解对方的手法，就双手抓住刘父的手想挣开，刘父见对方上了当，突然，往怀里猛地一拉，想把对方从肩上摔过去。不想马拧子一步跳开，同时一个手别子将刘父别翻。

刘学栋的父亲站起来打量着马拧子，心想真看轻了这愣头青，对方确实是个高手，自己十拿九稳的扛摔，不但被他闪过，还让他趁势使了个手别子。他琢磨着下一跤用什么跤法。马拧子看出了对方的心思，不给他思索的时间，就向刘父逼来，刘父只得迎战。马拧子一改前两次抢把摔的手法，用散手摔来对付刘父。马拧子先用了个撩腿，刘父闪过，马拧子紧跟着用了个抹脖转摔，刘父虽没倒地，却趔趄了几步。他步子刚刚站稳，马拧子已上步，劈胸抓住他跤衣领猛地一带，一个弹拧子将刘父弹了个仰面朝天。

刘父被摔得五脏六腑像翻江倒海，肚腹里的东西像要喷出，他想站起却没有力气。

马拧子指着倒地的刘父讥笑着问："谁的跤技不如个孩子？"

观众大笑着鼓掌，刘父涨红了脸，他挣扎着站起身逼向马拧子。马拧子已明白了对方的套路，对方又挨了重摔，如何能与他抗衡，马拧子一个揣将刘父摔过头顶，刘父半晌爬不起来。马拧子大笑着对众人说："大伙瞧瞧就他这跤技，也敢找跤王比试！"他嘲弄地问刘父："我摔你是不是像摔个孩子？"说着仰天大笑。

刘父脸涨得通红，挣扎着爬起，指着马拧子："有胆咱俩到大街上摔！"他性格本来要强，又受了马拧子的羞辱，如何能咽下这口气。

马拧子哈哈大笑："你不怕伤筋动骨？"

刘父瞪着眼睛："就是死，老子也认了！"

马拧子伸手做了个请的动作，刘父气呼呼地推开众人向场外走，马拧子跟了出去。

二人来到青石板铺成的大街正中，心里都明白：在这儿摔非死即伤。众人"哗"地围成一圈，刘父、马拧子怒视着对方。他们已经不走跤架了，而是谨慎地逼向对手，心里清楚：这是生死较量，没有把握不能轻易出手。二人凑近，抓不到好把就跳开。马拧子刚才连赢了两跤，心里有了底气。而刘父失了跤，又受了辱，耐心自然差了一些。二人周旋了一会儿，刘父就沉不住气了，他拼命地抢把连连使绊，马拧子一一破解。刘父越摔越急躁，破绽也多了起来，他上步想再给对方使个跪腿，没想到马拧子闪开，同时把腿伸入了他的裆中，刘父意识到不好，想抽回腿立稳脚跟，可是马拧子脚一钩两臂猛地往后一推，刘父身子腾空向后摔去。这是绝命的跤技"立倒勾"，这个动作在沙土地上都能把对方摔得头昏脑涨。刘父后脑勺重重砸在青石板上，是何结果可想而知。众人大叫一声，惊骇地望着刘父，刘父后脑已淌出了血浆。他眼睛暴突，鲜血渗透了雪白的跤衣……

王大厨惊恐地望着马拧子，马拧子痛苦地闭上眼睛，半晌睁开对王大厨说："我早想到过那兄弟的后人会来报仇，万没想到竟是学栋。"

王大厨惊慌失措地说："这……这……你说这……"他站起身来回转圈也不知如何是好。

马拧子说："虽然说我和学栋亲如父子，但事情到了这一步，我为了保命也不会坐以待毙，出手定是你死我活。"

王大厨赶忙道："马师傅，你沉住点气，我给你和学栋说和说和。"

马拧子悲凄地一笑："杀父之仇能说和得了吗。"王大厨望着对方，心想："你还想和学栋真摔个你死我活啊？"马拧子思索片刻对王大厨道："不瞒你说，我害怕有人来找我报仇，早藏了一招，你回去告诉刘学栋，如果他是个明白人就别来找我马拧子报仇，来了必死无疑。"

王大厨惊恐地说："马师傅，你……你……"

马拧子一摆手："别说了，王师傅，你为学栋好就把我的话捎给他，要不他真来找我马拧子，那时候你和刘掌柜一家后悔就来不及了。"

王大厨连连点头。

刘掌柜和夫人再三商量后觉得还是平息此事好，下午，他把学栋、英子、徐静心招到了北屋。

刘掌柜说："学栋，你三婶把报纸上的事跟我说了，当年你父亲踢人家跤场，还说人家是打场子卖艺混饭吃的，马拧子失手出了事，责任不在人家。"

刘学栋紧皱眉头不语，心里非常矛盾："原谅马拧子，就是不给爸报仇，那对得起我爸吗？可是报，能杀待我像父亲的马师傅？"

刘夫人说："学栋啊，这事就过去吧，我知道你心里难受，我和你二叔心里也犯堵。"

刘掌柜眼睛一红差点掉下泪来。

这时，王大厨从外面气喘吁吁地跑进来："学栋啊，千万别找马拧子报仇。他让我传话给你，他早知道你要报仇，就留了一手，你去了必死无疑。"刘学栋忽地站了起来怒视着王大厨。王大厨解释道："马师傅是为了你好，他是害怕你找他报仇才让我劝你的。马师傅说得对，他不会干等着被你摔死，他是怕你丢了性命才让我劝阻你……"

刘学栋一个抹脖将王大厨抹到了桌子底下，怒气冲冲地出了门。徐静心、刘掌柜、刘夫人惊恐地站起身喊他，刘学栋已出了院子。

刘学栋怒气冲冲地往前走，他气坏了，心想："俺原想原谅你马拧子，你却非逼俺报仇，那咱俩就较量较量吧！"

刘学栋闯进跤场后场，振鲁、福生看到他迎了上来，刘学栋没见到马拧子，快步走到前场，振鲁、福生也跟了过去。

前场也没有马拧子，刘学栋转身又回到后场，冲师兄弟吼道："马拧子呢？"

师弟墩子说："师傅让我告诉你，你真要找他，就到郊外他宅院里去，他在那儿等你。"

刘学栋咬牙往场外走："马拧子，你等着，我这就去杀你！"

振鲁见刘学栋这表情，知道大事不好，生气地抓住墩子的跤衣领往后一带将他摔了个跟头。墩子躺在地上连忙辩解："师傅让我跟学栋这么说的。"振鲁更气，又狠狠踢了他一脚。

马拧子的老宅在济南南边十多里处的深山里。这会儿，马拧子面朝墙坐在床上闭目沉思，他面前摆着一件大红跤衣和一件沾满黑褐色血迹的白色跤衣。他知道刘学栋肯定会来找他报仇，正琢磨着用什么招式对付他。

刘学栋来到马拧子宅院门前，一脚踹开大门，看到院中没人，就冲进屋里，见马拧子闭目坐着，刘学栋恨得咬牙切齿。

马拧子睁开眼转过脸："来了，学栋。"刘学栋恨恨地瞪着他。马拧子说："我知道你会来报仇，有种，是我马拧子的徒弟。可你不知道师傅藏了一手，你替父亲报仇无疑是来送死。"刘学栋活动着手腕没有说话。马拧子微微一笑："真想送死就来吧。"说着从床上下来抓起带血色的跤衣扔向刘学栋，跤衣打在学栋身上掉落在地，马拧子指着跤衣说："这件血衣就是你父亲的，当年你父亲就是穿着它被我摔死的。"刘学栋望着带血的跤衣浑身颤抖起来，他慢慢地蹲下身子捧起跤衣，惊骇地望着上面的血迹。

马拧子脱去上衣扔在床上，随手抓过大红跤衣披上："你父亲当年向我这跤王挑战，被我摔死在青石板上，脑浆流了出来……我劝你带着你父亲的血衣走吧，你要跟我较量定会在跤衣上再染上你的血。"刘学栋咬着牙瞪着马拧子气得浑身颤抖。马拧子说："我是为你好，你父亲已被我失手摔死，你这么年轻再随他而去，我马拧子于心不忍。"刘学栋抓住身上的衣服猛地一扯，褂子扯成了两片，他甩掉褂子穿上带血迹的跤衣。

马拧子边系跤绳边对刘学栋道："当年我就是穿着这件大红褡裢把你父亲摔死的，没想到十五年后他儿又来送死。"说完仰天大笑。

刘学栋瞪着充血的眼睛望着对方。马拧子微微一笑，冲门做了个请的手势。刘学栋转身来到院中，马拧子紧跟着从屋里出来。二人对视片刻，刘学栋大叫一声冲向马拧子，马拧子也迎了上去，二人一搭把，马拧子一个"立倒勾"便将刘学栋摔在地上，刘学栋后脑瓜撞在地上眼冒金星。

马拧子大笑着指着刘学栋说："这是我的绝招'立倒勾'，当年你父亲就是被这个绊摔得脑浆四溅而死的。"

刘学栋从地上爬起来，抓住马拧子一个揣将他摔过头顶，马拧子被摔得五脏六腑生疼，想爬起又摔倒在地。

刘学栋冲到他面前歇斯底里地喊："起来，起来！我摔死你！"马拧子从地上爬起，刘学栋抓住他便摔，马拧子按住刘学栋的手腕一个变脸将刘学栋摔了个趔趄。刘学栋大叫一声，握着受伤的手腕道："你使阴招！"说着冲了过来。马拧子伸手抓把，刘学栋抓住他的手腕，一个背布袋把马拧子重重地摔在地上，马拧子痛苦地来回翻滚。

刘学栋冲马拧子吼道："起来，我要摔死你！"他指着对方。马拧子艰难地爬起望着对方。刘学栋愤怒地喊："我要给我爸报仇！"接着冲到马拧子身边抓住他就摔。马拧子伸手抓住刘学栋裆里的家伙一攥，刘学栋疼得大叫一声松开手，马拧子仰天大笑。刘学栋捂着裆部疼得龇牙咧嘴："你下毒手！"说着冲到他面前，马拧子还没反应过来，刘学栋一个揣将他从头顶上摔了出去，马拧子昏死了过去。

刘学栋呆呆地望着一动不动的马拧子，恍然像明白了什么，扑到马拧子身上大哭。

这时，徐静心、刘掌柜、振鲁、福生冲进大门，望着这场面大惊。

刘学栋抱起马拧子出了院子，把马拧子抱在车上揽着，车夫拉着他俩前行，刘学栋泪水滴在马拧子身上。

进了城来到马拧子家，刘学栋抱起马拧子来到屋里放在床上，振鲁、福生、徐静心和刘掌柜跟了进来。

刘掌柜望着浑身伤痕的马拧子说："马师傅，我们都知道当年学栋他爸到你跤场逞强，你才失手摔了学栋他爸，责任不全在你。"眼泪从马拧子眼缝中流出。刘掌柜说："那时候你们都年轻气盛才酿成这结果。"马拧子身子颤抖，双手捂住脸失声哭了起来。

刘学栋流着泪说："师傅，我知道今天交手你是有意激我，好让我摔死你，了却两家冤仇。"徐静心、刘掌柜、振鲁、福生吃惊地望着刘学栋。刘学栋又道："师傅，你给我使了几个暗招，哪个也能让我致残毙命，可师傅只用了三分力。师傅，你跤技那么高，我给你使不上揣，你却直着身子不防我。我知道，你目的是想让我摔死你，你好得到解脱。"

众人吃惊地望着马拧子。

马拧子撕心裂肺地大哭："我还活着干什么，还不如去死。学栋，你就像我亲儿，我却摔死了你父亲！我活着还不如去死……"说着头死命地撞着床板。

众人都落下泪来。

夜晚，马拧子手捧大红跤衣表情呆滞地出了屋门，来到院中，掏出火柴将跤衣点燃。

马拧子望着燃烧的跤衣，大叫一声："悔呀！"喊完将跤衣往空中一抛，跤衣在空中旋转燃烧映红了院子。马拧子"扑通"跪在地上凄惨地叫着："兄弟……"他前额"咚咚"地撞地，燃烧着的跤衣落在他的背上，马拧子纹丝不动，跤衣上的火苗烧灼着他的后背发出"嗞嗞"的声音，马拧子悲泣地哭喊着："兄弟，兄弟……"

刘学栋来看马拧子，见他后背被烧伤，很心疼。忙找来大夫给他看，并买来药给他涂上。

刘学栋从马拧子家里出来，天已经黑了，他来到郊外父亲坟前，跪在地上抱着带血的跤衣哭喊："爸，你能原谅我吗？能原谅我吗？爸……"他将跤衣贴在面颊上泪水横流："马师傅他是好人，他待我像亲儿，你俩和解行吗？"他的喊声在山间回荡。"就这样吧，爸，你和马师傅和解吧，儿子求你了！"说着连连叩头，头叩出了血，他依然叩着，并放声大哭。半晌，他掏出火柴将跤衣点燃，火光映红了他的面庞。

刘学栋回到玉泉楼，刘掌柜、刘夫人、徐静心、英子正在北屋等他。刘学栋一进门，刘掌柜就说："我大哥的事，咱们都忘掉吧。"

刘学栋无力地坐在椅子上，众人默不作声。

刘夫人说："冤冤相报何时了，再说，这事不全怨马拧子。"

刘学栋长长地叹了一口气。

敲门声传来，徐静心站起身拉开门，马拧子一步跨了进来。刘掌柜、刘夫人、刘学栋望着他吃惊地站起身，马拧子来到刘掌柜面前，"扑通"跪地放声大哭："我对不起你们，对不起你一家……"刘掌柜慌忙扶他，马拧子大哭不起。

刘夫人赶忙招呼学栋："快扶起你师傅。"

刘学栋赶忙上前扶起马拧子，刘学栋、英子把马拧子扶到桌旁坐下。

刘掌柜劝马拧子："我都跟学栋、英子说了,过去的事咱都不提了。"
　　马拧子伏案号啕大哭,刘学栋、英子也流下了泪。

　　刘学栋同英子在一个床上睡,学栋却从来不碰她,英子不知流了多少泪。
　　莲花见英子忧郁,问怎么回事。英子才说后悔拆散了哥和徐静心。莲花说："事到如今你后悔也晚了,有了孩子只能将错就错。"
　　英子说："将错就错不了,就是徐静心死了,我哥也不会正眼看我。"
　　这句话惹怒了莲花："那能怨得着你哥吗?全怨你!"
　　英子有点吃惊地望着对方。
　　"甭用这眼神看我,就是这么回事儿,你小时候端着个笸箩收钱低声下气,不敢正眼看人,现在比大户人家的千金还狂。"莲花指着英子道。
　　英子愣愣地望着莲花。
　　"你说你不高兴就横眉怒目发脾气,你哥咋喜欢你?我是个男人也不喜欢,男人哪有喜欢孙二娘那野货的。"
　　英子脸上现出疑惑,心想："我像她?"
　　莲花没好气儿地道："你该知道孙二娘是干吗的,说是开酒馆,其实卖人肉包子!你以为她男人菜园子张青真跟她一个床上睡?敢吗!不顺手把她丈夫也宰了?还怨你哥不正眼瞧你,哪个男人能?"
　　英子低下了头。
　　"你不改变性子,准守一辈子活寡。你看徐静心举止文雅说话动听,还善解人意,能不把你哥迷住?你比人家差了十万八千里,你跟她学三辈子也赶不上。你还想让你哥喜欢,不脱胎换骨,门儿也没有!"
　　英子回到玉泉楼不再扎扎歪歪的了,在学栋面前也温柔了许多。她尽量想让自己变成个温柔的女人,她不在大盆里呼呼啦啦地洗菜了,也不一手提起一大桶水往缸里倒。刘掌柜问她是不是不舒服，英子说别管我的事儿。

刘学栋感觉出了英子的变化，看她的眼神也变了，这点英子当然感觉得到。这天，莲花来玉泉楼吃饭，问英子："是不是你哥对你好点儿了？"英子不好意思地说："哥正眼看我了。"莲花笑着说："这就对了。"随后教英子怎么做。

英子按莲花说的将采来的桂花揉在水里，睡前细细地洗了个澡，然后早早地躺在了床上。

学栋进门后闻到了香气，嗅到床边才知是从英子身上散发的。他望着英子半晌褪去罩衣上了床。英子偷眼见学栋背对着她，想按莲花说的"把胳膊和腿搭在你哥身上"，可没有勇气。她一遍又一遍地给自己鼓劲，手臂和腿仍抬不起来。"我咋胆小懦弱了，不是想得到哥吗，为啥怕这怕那？他是我丈夫，就算把俺胳膊腿推下来也不丢人。"想到这儿，她抬起胳膊，可看到刘学栋宽阔的背脊，又没了勇气。她手臂在空中悬了半晌，又落回到自己身上，眼睛也失望地闭上。"完了，我完了，胆小怕事儿的玩意儿……"她暗暗骂自己。

刘学栋被香水味熏得睡不着，转身想推醒英子下去洗洗，见英子闭着眼睛，不忍心叫醒她，只得挨着。英子心里嘀咕："不敢试就等着后悔吧。"想到这儿又想抬起手臂，可手臂重似千斤，怎么也抬不起。她闭着眼睛埋怨自己："太不争气了，碰到事儿才知真不行。现在没任何事儿比得上讨哥喜欢重要，得不到，活着还有啥意思。"她突然来了勇气，把胳膊和腿搭在了学栋身上。学栋一愣，推下她的胳膊和腿。英子记起了莲花的话："你脯子满当，靠它就能征服你哥。"她身子向前一靠，胸脯抵在了学栋的胳膊上，学栋推她没推开，英子紧紧揽住他，胸脯贴得更紧。刘学栋不再推了，他身体过了电流，已无法抗拒。英子从他急促的呼吸中感到了他心跳在加速，腿又搭在他腿上，整个身体都贴得紧紧的。刘学栋有点受不了了，侧脸瞧着英子的面颊和乳房，渐渐地浑身燥热，手也情不自禁地伸进了她的衣服里……

刘学栋过后很后悔："我咋能和英子做这事儿？俺喜欢的是静

心，静心啊。太对不起静心了。"他很疲倦，却怎么也睡不着，像是犯了罪，也鄙视自己："那回和英子是迷迷糊糊发生的，这回呢？这回可清醒啊。"他侧脸看英子，英子睡得很熟，在微弱的月光照耀下，脸上漾着满足的笑意。刘学栋心想："静心知道了会咋看我？"他不觉坐起身望向西屋："知道了，她肯定很伤心。"他想去向她忏悔，想到她听了会很痛苦，便躺下。可更心烦意乱，他只得穿上衣服出了门。

他出了玉泉楼往河边走，夜色还没有褪尽，光线还较暗，只有河水在微弱的月光照耀下泛出一点光亮，刘学栋望着缓缓流淌的河水，心里乱糟糟的，很内疚。

莲花早在集上等候英子了，见她面带喜悦，笑着问："得到了？"英子羞涩地笑了。莲花说："别以为有了一回，就万事大吉了。"

英子好像听人说过，男女只要有过性事，就难再控制住。听莲花说出这话，心又提了起来。

"你哥啥人你该清楚，他重情意，你和他有了这事儿，说不定他正后悔呢。"

英子有点儿吃惊。

"你想想，为何他过去不理你？心里恋着徐静心呗。说实话，我也喜欢这样的男人……"莲花说到这儿，说不下去了。过了好一会儿，莲花才平定下情绪道："你缓几天吧，等他后悔劲儿过去了，再黏糊他。"莲花见英子思索略有点儿生气地说："还没听懂啊！"

英子才点了下头。

"半个月后，我再教你俘获你哥的办法。"莲花说完转身离开了。

英子的眼光一直送她拐过街口，才静下心来思索她的话。

半个月后的夜里，英子按莲花说的没用桂花水洗澡，用泉水洗完就躺下了。学栋很晚才回来，他看也没看英子就郎当着脸上了床，表情不快，只是没有了前些日子的怒气。英子心里惊叹莲花对她哥太了解了，她望着背朝外的学栋思索着如何按莲花教的来做，想了几遍后，对学栋说："哥，跟你说件事。"

刘学栋闭着眼睛，口气冷冷地说："明天说吧。"他不愿跟英子说话。

英子执着地说："今天就得告诉你。"声音软软的，说着轻轻扳过他身子，她胳膊支起身子，胸脯靠近了他的脸。刘学栋转过脸去。英子笑着："孩子的事还烦啊。"说着扳过他的脸。

刘学栋见她半露着乳房，没好气儿地说："把衣服扣死。"语气有点儿不耐烦。

英子撒娇地说："扣子叫你弄掉了，咋扣？你看。"她指着胸襟。刘学栋眼光一瞥，便迅速地移到了房顶。英子继续道："亮亮又拉肚子了。"学栋一听，眼光被扯了回来，孩子在他心里分量极重，有点儿症候他就坐立不安："咋又拉了？"

"我琢磨跟我奶水有关。"她指着乳房。

刘学栋眼光情不自禁地搭在了她乳房上，意识到不好，闭上了眼睛。英子心里有数了："男人都禁不住诱惑，莲花姐太了解男人了。"她继续道："兴许是爸喂的，我奶胀得孩子都吃不下，他还喂饭，把孩子撑坏了肚子，还憋回了我奶水，你看都胀成啥样了。"她又指着乳房。刘学栋不想睁眼，却还是睁开了。英子乳房圆鼓鼓的，泛着诱人的光泽，他眼光离不开了。"明天我跟叔说，别给孩子喂饭了。"刘学栋说完，努力闭上了眼睛。

"我现在胀得难受，帮我挤挤吧？"

"别胡说。"刘学栋闭着眼睛道。

英子一本正经地说："咋胡说了，奶不挤出来，一夜就坏了，孩子吃了又得拉。"

"你找别人挤。"

英子愠怒地说："找谁挤？别说话半半吊吊的，这事儿能找别人吗？来。"说着推了刘学栋一下。

刘学栋仍闭着眼睛："我不会。"

"不会挤，还不会用嘴裹两口吗？"

刘学栋有点生气地睁开眼睛，"胡说什么呀"！

英子一本正经地说："谁胡说了？老法子不都这样嘛，胀得难受就裹出来，要不孩子还得拉肚子，你不心疼啊？"刘学栋望着英子。英子装作不耐烦地催促道:"快裹两口。"说着解开衣服,乳头贴在了刘学栋的嘴边。刘学栋转过脸去。英子装作有点儿生气地:"就两口,快点儿,胀坏我了,孩子爹,你不能不顾孩子!"说着往前一探身,将乳头挤进了他的嘴里。刘学栋不得不吸了起来,只吸了几口,就再也控制不住了……

刘学栋过后觉得太龌龊:"俺咋就抵不住诱惑呢?"他想和英子分床睡,可想到再搭张床,二叔二婶肯定会说他:"可一张床上睡,还是抵不住诱惑啊。"他现在才知道自己意志并不坚强。

徐静心从英子脸上的笑容和爽朗的笑声意识到了她和学栋做了啥。为了证实,她有意注意刘学栋的表情,见学栋躲避自己,明白了一切。

徐静心暗自流下了泪,夜里伤心地哭,白天也不愿出门。尽管她知道这一天会到来,心里也有准备,可真来临了,还是接受不了。她心里怨恨学栋:"你太不珍惜我们感情了,换作我死也不会同别的男人做那事儿。"

刘学栋躲避徐静心,更躲避她的目光。不同她目光交集,感受不到她的怨恨,或者说他是自欺欺人。夜里,只要英子黏糊他,他就不再抗拒,只不过做爱的时候,心里想的是徐静心。有时还很忘情,像跟徐静心圆了梦。做完了爱,也不像过去后悔内疚了,倒头就睡。

英子得到了身心愉悦,自然心满意足,每日里脸上荡漾着幸福的笑意。白天快乐地干活,稍有点儿闲暇,就回想和学栋进行过的甜蜜性事,更盼着夜晚尽早来临。

这天夜里,她和学栋又进入了甜蜜的状态,学栋情不自禁地呻吟:"静心,静心。"声音虽轻,却刺痛了英子。她睁眼望着学栋,见他闭着眼睛享受着,英子没想到他把自己当徐静心了。她不敢再看他,痛苦地闭上了眼睛。学栋还在享受,英子全然失去了兴趣,想大哭,却极力忍住。学栋从她身上下来打起了呼噜,英子才捂住嘴哭了。

英子不再理学栋了,心想:"你太坏了,太伤俺!"她不愿到厨房帮厨了，更不愿到北屋和妈拉呱。妈问她怎么了，英子只摇头，妈问她："是不是又怀上了？"英子竟心烦地嚷起来："没有，没有，没有！"弄得妈好生纳闷："是不是学栋欺负了你？"英子流下了泪。妈生气地说去训他，英子才推说不是。

刘学栋见英子不理自己，记起了那天夜里自己忘情地喊出了静心的名字。他知道伤害了英子，却不想向她道歉："俺心里喜欢的就是静心，你不高兴，别来找俺！俺心里不想静心，没法和你干那事儿。"所以他对英子也一样冰冷，晚上睡觉背对着她，一夜都不兴翻个身。

英子见刘学栋这个样，心里更恨徐静心："你真是个狐狸精，连俺和俺哥干那事儿，他都把俺当成了你，你伤人伤得也忒狠了吧！"英子憋得心里难受，就来到了莲花常散步的河边，想对她倾诉心中的怨恨。

莲花见到英子，问她怎么了，英子哭诉了学栋伤害她的事儿，说完伤心地哭。莲花望着英子半晌说："甭哭，你想全占有你哥没门儿，我还想在他心里有地处呢。他心里想着徐静心，没啥不对，你硬拗也别不过他的劲儿来。再说你是从徐静心的手里抢来你哥的，该知足。"

英子止住哭，望着莲花。

莲花继续说："你哥那么执拗的人，能说不喜欢徐静心就不喜欢了？他要是轻易被你改变了，我都瞧不起他。"

英子心里想："难道俺要忍受一个不喜欢俺，又和俺干那事儿的男人？"

莲花从她的表情知道了英子心里想的吗，说："你能和你哥干那事儿就行了，别太贪，你激怒了他，到头来啥也落不下。"

莲花走后，英子坐在河边长久地思索，觉得莲花说得有道理。"自己是从徐静心手里抢来的学栋，咋能要求他只忠于自己呢？"她还想到莲花刚才说过的："徐静心心里更苦，你俩一个东屋一个西屋，你和学栋夜里做的事儿，她白天从你俩表情就能感觉出。她心里比你苦十倍百倍，你再不知足，就太过分了。"

英子心里得到了满足，心想："徐静心，你不是喜欢俺哥吗，那俺就和俺哥三天两头做这事儿，让你眼馋，让你更苦。"她只想着报复她，不怨恨学栋了。

英子夜里对学栋出奇地温柔，揽住他的肩，学栋动也不动，她拉他，学栋也没回过身来。英子趴在他胳膊上，轻柔地道："生我的气吗？哥，那天夜里俺梦见俺爹在阴曹地府受人欺负，心里难受才不愿跟人说话。"刘学栋知道她在狡辩，心里仍隐隐作痛，觉得也对不起英子。英子扳过他的肩膀，说："哥，原谅妹吧。"刘学栋睁开眼睛望着她。英子动情地说："俺第一次在书场见你把钱都给了俺，还要打欺负俺的少爷，就想你是俺哥多好。俺啥时候也不该冷落你。"说着趴到了他的身上。刘学栋动了恻隐之心，抱住了她。英子亲吻着丈夫，学栋却没有激情，英子直起身子解他的衣服，学栋握住衣扣不松手，英子执拗地拽开他的手，解开了他的上衣，又褪他的裤子。刘学栋紧抓着不放，英子还是褪下了……

英子又恢复了往日的欢乐，这令徐静心心里很难受，既嫉妒又伤心。她承受着折磨，受不了了，就去了济南火车站，想离开这儿，永远不再见到他俩。

路上，她边走边默默地流泪，努力不想学栋和英子的事儿，却控制不住。她几次使劲晃脑袋想把他俩的影子从脑海中甩掉，却越晃越清晰。徐静心痛苦得崩溃了，拐进一个胡同哭了起来。哭了好久，才朝火车站走。

路过筐市街，徐静心被一个编箩筐的失手用竹坯割了一下腿，她低头一瞧，见脚脖被拉开了一道细长的口子，血流了出来。编箩筐的紧张地道歉："对不住，对不住，小姐。"徐静心掏出手帕摁住，血渗出。编箩筐的着急地道："俺送你去医院。"徐静心摇了下头。伤口的疼抵消了心里的痛，感觉轻松了许多。她向前走去，见街道两旁都是卖竹筐竹笸箩竹椅竹床的，就进去一家家看了起来，她想转移注意力。

她走出筐市街已费去了不少时间，来到火车站，她已不想伤心的事儿了。进了候车大厅，她注视着墙上的列车时刻表，这才想到去哪儿。她看着思索。

"徐小姐——"的喊声传来，徐静心转过身，见莲花正向自己走来。

莲花走近问："出远门吗？"徐静心木然地点了下头。"去哪儿？"徐静心答不上来，只得撒谎："听说德国人建的火车站挺好，就过来瞧瞧。"

莲花说："确实好，远东最大的火车站嘛。"说着指着宽阔的大厅和弧顶："也不知老毛子咋琢磨的，好看还实用。"徐静心看着。莲花说："要说耀眼，还是火车站的门脸。"说着拉着徐静心出了候车室。莲花指着建筑群道："震人吧？"徐静心望着日耳曼式的售票房、候车室和高耸的钟楼，已忘了去外地的事。

莲花同她往回走，说自己刚从泰安给姑姑上坟回来，说小时候姑姑待她特别好，姑姑年龄不大就嫁到泰安，前年死了……说到这儿，莲花眼睛湿润了："你说咱女人命咋都这么苦……"徐静心听了，心酸起来。

莲花回到艳翠楼，一天后想起了在火车站碰到徐静心的事儿，忽然意识到徐静心不是去看火车站建筑的，是想离开济南。前些日子，自己教授英子俘获了学栋，肯定刺痛了她。想到这儿，莲花不安了起来："徐静心离开了，学栋能疯掉。"

莲花来到玉泉楼，叫出英子，问她知不知道徐静心要离开济南。英子摇头说不知，还问莲花从哪儿听来的。莲花就把在火车站见到徐静心看列车时刻表的事儿说了。英子听后脸上现出笑意，她早盼着徐静心离开。莲花见她这模样，沉下脸问："你高兴了？"

英子意识到失态，忙辩解："我是那样的人吗？"

莲花轻蔑地一笑："别在我面前演了。"

英子不好意思地低下了头。

莲花望着英子半晌道："我后悔给你出主意俘获了你哥。"

英子抬起头吃惊地望着莲花。

莲花说："徐静心离开了，你哥会六神无主四处瞎撞，会生病。我知道人想人的滋味儿，你哥去了北平，我心里就这滋味儿……"

说到这儿再也说不下去了。

莲花走后，英子心里高兴："徐静心走了，我才能过得舒心。就算我哥想她，日子长了，也会把她忘了，人不都这样嘛。"

莲花回到艳翠楼心乱如麻："学栋见徐静心掉头发都急成那样，再也见不着她，不出事才怪。"想到这儿，她拉开门去找徐静心，"我得把话跟她说开，别让她害了学栋。"她心里想。

徐静心正在西屋往皮箱里放衣服，准备次日离开。门开了，莲花进来，看到她身后的皮箱，证实了推断，说："你到火车站不是看德国人建筑，是想离开济南。"徐静心先是一愣，接着搪塞："我离开济南干吗？"莲花一指皮箱。徐静心解释："衣服发潮了，我打开晾晾。"

莲花没有说话，在床沿儿坐下。徐静心忙盖上皮箱，抓过旁边的杯子给莲花冲茶。莲花望着她，见她把茶水放到了桌上才问："你去哪儿？"

徐静心坐下依然辩解："我说了，哪儿也不去。"

莲花盯着她的眼睛："你蒙不了我。你想过吗，你走了，学栋会发疯。"

徐静心思索片刻，轻蔑地一笑。

莲花有点儿生气地说："你不相信我说的？"

徐静心脸转向了一边。

"我知道你为啥生气，知道了学栋和英子做那事儿。"

徐静心脸一红，现出一丝怒气，站起身欲出门。

莲花站起一把拉住她的胳膊："我不想刺激你，听我把话说完。"

徐静心不看她。

莲花说："闺房的事儿别人说不出口，我不觉得难为情。我要告诉你的是，学栋对英子没兴趣，是我教英子俘获的他。"

徐静心转过身，吃惊地望着对方。

莲花点头："我为何教英子，她不也痛苦吗？向我哭诉，我才给她支了招儿。说实话，我心里也不乐意她跟学栋……"

徐静心心里不知是啥滋味儿。

莲花继续说:"知道吗,学栋在英子身上做那事想的也是你,喊的是你的名字。"

徐静心吃惊地瞪大了眼睛。

莲花点头:"真的,英子哭着跟我说的。"

徐静心怔怔地望着莲花。

莲花说:"现在你该知道学栋多爱你了吧,你离开了,他能不发疯?你掉头发,他都不管不顾了,再也见不着你,不痛苦死!"

徐静心再也控制不住情绪,眼泪喷涌而出,她害怕哭出声,双手紧紧掩住嘴。

徐静心想开了:"学栋爱着我,我就满足了。哪个男人能抵住女人的诱惑,再说人家是夫妻。"渐渐地,她对这事儿就释然了。

这天,英子正给亮亮换尿布,莲花拉着徐静心走了进来。她抱过亮亮瞅了一会儿:"英子,人家都说儿子随母亲,可亮亮像从学栋模子里扣出来的,你是伺候俩学栋。"

英子笑了起来,徐静心心里酸酸的。

莲花望着英子羡慕地说:"你真有福气。"

英子笑笑,从莲花手中接过孩子:"莲花姐,你有啥打算?"她视莲花为亲姐,巴不得她早日跳出火坑。

莲花掏出烟点燃说:"我打算嫁人。"

英子、徐静心忙问:"嫁给谁?"

莲花语气轻飘飘地说:"于明德。"

英子、徐静心瞠目结舌。

英子回过神来急切地说:"他人面兽心,你怎么能嫁给他?"英子想起四年前于明德欺负她就毛骨悚然。

徐静心问她:"你是赌气,还是说着玩?"

"赌气干吗,我知道于明德不好,可我是女人,只要他喜欢我,别的什么我都不管。再说,过几年我年老色衰,怕是连于明德都看不上了。"

英子心急火燎地说:"莲花姐,你是在往火坑里跳。"

莲花叹了口气:"我现在就在火坑里,再跳一回又何妨?"说完凄楚地一笑,逗弄一下亮亮走了。

早晨,英子穿着衣服望着熟睡的丈夫,丈夫睡姿和儿子一样顽皮四仰八叉的,英子笑了,轻轻推推学栋:"太阳八丈高了,还不去买菜。"刘学栋侧过脸来望着她。英子点了下他的鼻子:"再不去,鲜亮菜就没了。"刘学栋懒懒地起来,英子把褂子给他披上。

"哥,莲花说要嫁人了。"

刘学栋刷着牙口齿不清地问:"嫁给谁?"

"于明德。"

牙刷掉在地上,刘学栋转脸吃惊地望着英子:"什么?"

"真的,我和三婶劝她,她也不听。"

刘学栋心烦意乱起来,他匆匆洗刷完走了出去。

刘学栋来到书场门口向里张望,他知道白天莲花大多在这里消磨时光,果真在僻静处看到了嗑瓜子的莲花,就进了书场。

莲花看到刘学栋有点吃惊:"你咋这时候有空?"刘学栋坐下没有答话。莲花笑道,"我妹惹你生气了"?刘学栋不语。莲花说:"今天说《桃花扇》,蛮好听的……"

刘学栋板着脸问:"听说你想嫁给于明德?"

莲花吐出瓜子皮笑着:"不行?"

刘学栋生气地说:"你怎么能嫁给他?他算人吗?跟不上个猪狗!"

莲花沉下脸:"那你说我该怎么办,谁能看上我?我总不能在艳翠楼待一辈子吧。"

刘学栋有点控制不住情绪了:"那也不能跟他,他是济南最坏的王八蛋!英子说得对,你是往火坑里跳!"他挥着手臂。

莲花无奈地说:"我知道,可你想想我都二十三了,人老色衰,再过两年别说于明德不要我,艳翠楼也会把我扫地出门,那时候我去哪儿？能去哪儿？"莲花眼圈红了。

　　刘学栋没法再劝莲花了。他知道干她那营生的人下场大多不好，多少名妓到头来不是孤苦一人，就是跟了下苦力的，嫁得好的极少。

第 十 九 章

这段时间，莲花经常在于明德家，今天她半躺在沙发上吐着烟圈："有家真好。"她太盼望有个家了。于明德表情沮丧地坐在另一个沙发上似没听见。莲花侧脸望向于明德问："是不是又受了山田的气？"

于明德愤慨地说："那小子嫉妒我，自打我破了凤凰街的案子，他就吃醋，翻着花样地折腾我。今天让我带人搜查，明天让我带人夜间巡逻，还都让我打头，他这是想害死我啊！你不知道现在抗日队伍多厉害，城外整连整营的被他们吃掉。他们要是进城闹点事儿，遭黑枪的第一个是我……"

莲花打断他的话："你那里的狗事猫事我不管，只问你咱俩啥时候成亲？"

于明德不耐烦地说："还成亲，什么时候了？我一成亲，川井司令就以为我光顾自己的事，不顾皇军的事儿了，我一失宠，山田那小子立马能让人暗杀了我。"

莲花盯着他问："那你说怎么办？"

于明德说："我琢磨半天还是跟山田和解为好。其实他大可不必嫉妒我，都是为皇军做事，为天皇效忠。"

莲花鄙视地说："别恶心，你一个中国人为日本鬼子效什么忠，不怕别人骂你祖宗。"

于明德说："骂不骂无所谓，现在是日本人的天下，不跟日本人跟谁？只要有吃有喝有女人玩就行。"

莲花凄然一笑："我知道你一直在玩我。"

于明德意识到失语，忙辩解："我是真心疼你。"为了圆场，他过来抚摸着她的头发："你得帮我个忙。"

莲花推开他的手。

于明德说："山田不但嫉妒我的才干，还嫉妒我身边有你。嫉妒我的才干好说，可以掩其锋芒，至于你嘛……"

莲花警觉地说："我干吗？"

于明德低下头："我想让你陪陪他。"

莲花猛地站起身瞪着对方："于明德，你跟我说白了，让我陪他干什么？！"

"聊聊天散散心。"

莲花啐了他一口："你还是不是个人？让你相好陪你上司，你也说得出口！"

于明德忙辩解："我不过让你陪他聊聊天，又没让你干别的……"

"呸！别让我恶心！"莲花说完拎起包摔门而出。

于明德虽然在莲花面前碰了钉子，却依然想靠莲花来缓和他跟山田的关系，就坐包车去了艳翠楼。

莲花正坐在梳妆台前生气，从镜中见于明德进来，厌恶地闭上眼睛。于明德掏出一串金项链挂在了她脖子上，莲花一把扯下摔给他："有事求我，说！但愿不是陪山田睡觉。"

于明德尴尬地笑笑："把我看成了啥人？"莲花没理他，于明德清清嗓子："你凭良心说，我对你好不好？艳翠楼多少姑娘，我打过哪个的主意？"

莲花不耐烦地说："行了，行了，有话直说。"她从心里烦他。

"你先别急，等我把话说完……"

"别跟我绕弯！"莲花不愿听他啰唆。

于明德摇摇头说："那我就直说，我想让你陪山田吃顿饭。"

莲花转过身去："我不去！"

于明德说："又不让你干别的，只是吃顿饭。近来川井司令对我态度明显变孬，一定是山田进了谗言。你知道山田一直在算计我，我失去了川井的信任，危险就来临了，你不能不帮我。"说着转过莲花身子。

"早知如此，何必当初，你早不该跟日本人搅在一起。"

"谁有前后眼呢，说实话我也后悔，可没法再脱出来了。你应酬应酬那老小子，权当哄条狗。"

莲花轻蔑地说："你让一个女人来缓和你跟日本上司的关系，是不是太下作？"

于明德觍着脸说："我不是实在没有别的办法嘛。"

莲花转过身去："我不去！"

于明德扳住她的肩膀："唉，莲花，咱俩也五六年了，不能说没感情吧？你的事，我是有求必应，就拿刘学栋来说吧，他打了太君是死罪，可我不还是冒着风险让人放了他。我为了吗，不是为了你吗？谁都有走背字的时候，你不会对我见死不救吧？再说我死了，你跟谁成亲？"

莲花不再说话了，她想到于明德是她唯一的依靠，思索着去，还是不去。

于明德见状，知道莲花心动了，在她脸上吻了一下。莲花推开他："别忘了，山田是野兽，什么事都能干出来。"于明德有点清醒了，山田确实是野兽，他比莲花更清楚，山田杀人没有理由，就是嗜好，觉得刺激。莲花望着他半晌说："但愿他别对我做出过分的事。"

于明德意识到真有这种可能说："算了，不去了。去他妈的，王八蛋！"

莲花问："你不怕他给你下黑手？"

于明德无可奈何地说："下就下吧，我他妈自作自受。"

莲花动情了："你死了，我就无依无靠了。"

于明德恨恨地说："我也没想到给日本人忙活了几年，到头来是这处境。他妈的，这帮人太坏了！"

山田正和一身材健壮的日本兵光着膀子在宪兵队后院角力,周围站着十几个日本兵观看,于明德从楼上下来看了起来。日本兵连使柔道动作,山田一一化解。日本兵抱住山田的腰欲将他摔翻,山田挣脱,一个"背斧头"动作将对方摔得背着地。这在柔道中叫一本,就是一跤完胜。周围的日本兵和于明德鼓掌叫好,山田很自豪。

山田在日本军人中属于高个儿,肩宽胸厚很威猛,这得力于他父亲从小的喂养。他父亲也是柔道高手,知道力量在摔跤中尤为重要,就在山田小时候用鱼骨粉喂他。山田不但长得比同龄人高大,力道也大得多。可能吃鱼骨粉太多,相貌有点儿变形,下腭比额头宽出不少,眼睛鼻子嘴巴横着长,凶巴巴的。

于明德上前恭维道:"山田处长英武,哪天我陪您到济南几家跤场显显威风。"

山田傲慢地说:"我是北海道第一柔道手,同耍花架子卖艺的东亚病夫交手太掉价,叫柔道手知道了会耻笑我。"

于明德连连点头,他凑近山田:"我们到玉泉楼品尝一下名菜二龙戏珠?那菜太棒了,就是用温火炖两条黑鱼和鹁鸽蛋,黑鱼汤炖得奶白清香,滋阴补肾。"

山田冷冷地说:"改天吧。"他知道于明德想缓和关系,却不想给他面子。于明德几次献计博得了川井司令信任,令山田受到了冷落,他从心里恨于明德。

于明德说:"我和莲花都订好桌了。"

山田略有点儿吃惊。

于明德见状,忙道:"莲花小姐很想结识勇武的山田处长,望处长给她个面子。"

山田脸上现出笑意,他早就觊觎于明德身边这个娇艳女子。

中午,山田高兴地跟于明德和莲花来到了玉泉楼,身后跟着两个持枪的鬼子兵。刘掌柜一见迎过来,陪于明德等人上楼。众人进了单间,两鬼子立在门口。刘掌柜给山田、于明德、莲花倒完水问:"吃点啥菜?"

于明德说:"除了二龙戏珠,别的你看着上吧。"刘掌柜应声而去。于明德对莲花说:"山田处长是帝国军校高才生,父亲是北海道著名武士,两个弟弟也都是帝国军人。山田处长对我一直很关照,像大哥关照小弟。"莲花应酬性地笑笑。于明德又对山田说:"莲花出身名门,父亲是南方富商,父母离世后,家境败落,她无依无靠才落入风尘。我和莲花小姐相识六年,她一直是我的红颜知己。"山田望着莲花,莲花强堆笑脸。于明德说:"一个是我大哥,一个是我红颜知己,坐在一块儿难得,什么礼节都抛开,快快活活喝一场,好好享受享受人生。"

山田笑了,他打莲花的主意好长时间了,只因她是于明德的相好,不好明抢明夺。见于明德主动送上门来,心里自然高兴。

酒菜上来,于明德端起酒杯:"先来三杯。"

莲花想推辞,于明德对她眨了一下眼,莲花只得端起酒。三人一连喝下三杯。于明德对莲花说:"山田处长私下对我说,你是济南最漂亮的女人,连日本的名媛都比不上你。就凭这,莲花,你得敬山田处长三杯。"

莲花为难地说:"我,我不胜酒力……"

于明德不依了:"山田处长是军人,讲究爽快,你扭扭捏捏,处长大人可不高兴。来,莲花你先干了。"莲花无奈地喝下三杯。山田接着也干下。于明德对山田谄媚地笑笑:"处长,我虚荣心强,遇事爱出个风头,我喧宾夺主得罪了处长大人,您谅解小弟……"山田摆摆手,示意别再说了。于明德倒满三杯酒,端起一杯:"好了,不说了。这一杯,我感激处长的栽培。"说着一饮而尽,又端起一杯,"这一杯,如果我无意冒犯了处长,在这儿我给您赔个不是,望处长大人不计小人的过。"说着把酒饮下。他拭了下嘴角又端起一杯,接着又把山田的酒杯端起递给山田:"这一杯,为了我们的友谊干杯。"二人干下。山田拿起酒壶欲斟酒,于明德慌忙抢过,山田指指三个酒杯,于明德倒上酒,山田一一灌下。他又让于明德斟满,然后对莲花做出请的手势,莲花无可奈何地闭着眼睛喝干。于明德见莲花已醉眼迷离,知道她喝多了。

421

山田望着莲花这副样子对于明德说:"你到隔壁同冯营长喝几杯,我和莲花小姐单独来两杯。"

于明德愣住了,他没想到山田来这手。他知道山田什么事儿也能干出,正想婉拒,当看到山田凶狠的眼光心虚了。他端起酒望了莲花一眼,无奈地出了门。

莲花见于明德出了门紧张起来,正想找理由出去,没想到山田拉过椅子靠近她,手也放在了她大腿上。莲花装作不在意地端起酒杯:"来,再喝。"

山田的手在莲花大腿上抚摸,莲花忍受着。山田的手肆无忌惮起来,莲花推开他的手站起身。山田一把揽过莲花,在她脸上胸前狂吻。莲花推开山田急忙走向门口,山田从后边抱住她又摸又抠,莲花拼命挣扎。山田得寸进尺,扯她衣服。情急中,莲花咬了山田手一口。山田松开手,气恼地扇了莲花脸一巴掌。他还不解恨,端起一杯热茶泼到莲花脸上,莲花疼得捂住脸。山田猛地掀掉桌布,菜盘酒杯摔到地上,他抽出战刀扔到桌上:"我今天就要制服你,制服不了你一个妓女,怎么统治中国!"说完冲门喊叫一声,门外站岗的两个鬼子兵进来立正。山田道:"脱掉衣服!"

两鬼子兵一愣,山田命令道:"快脱!"两个鬼子兵明白过来,淫荡地笑着脱衣。一个伙计进来送菜,看到这场面转身欲逃,山田喝住了他:"站在这儿,我让你看看日本军人怎么干你们的女人!"他抓起战刀看了看刀锋,猛地举起一挥,桌子被砍掉一角。他阴鸷地盯着莲花,慢慢地把刀放在桌子上:"你要么陪我们玩一玩,要么用这把刀自尽。我不光要占有你的肉体,还要占有你的精神,让你知道什么是日本军人。你不想死,就乖乖地脱去衣服躺在桌上!"山田转过脸对伙计厉声道,"不许闭眼,闭眼杀了你!"伙计吓得连连点头。两个日本兵已脱光衣服淫荡地笑望着莲花,山田淫笑着:"干完了,我让于明德来给你穿衣服。"

两个鬼子兵大笑。

于明德的说话声从隔壁传来,莲花大叫起来:"于明德,于明德!"喊着往门口冲,两个鬼子兵拦住了她。莲花冲隔壁房间大声喊:"于明德——于明德——"

隔壁却没了声音。

山田哈哈大笑:"于明德不会来的,他不是个男人。"

莲花绝望了,眼神暗淡下来。

山田看到莲花泄了气,嬉笑着:"明白了吧。"莲花思索片刻抬起了头,她伸手取下头钗放在桌上,然后慢慢地解着衣扣。山田和两个鬼子兵目不转睛地望着她,莲花边解边冲山田努了下嘴。山田顿时喜笑颜开,兴奋地脱去衣服,撅着鸡巴淫笑着奔向莲花。

莲花瞥了那玩意儿一眼,突然抓起战刀,猛地砍向山田的生殖器。血珠飞溅,大半截"红萝卜"掉落在地上,山田疼得捂着下身杀猪般地号叫。莲花举刀砍向山田,山田惊叫一声捂着下身满屋乱窜。莲花高擎战刀在后边追,两个赤身裸体的日本兵吓呆了,成了观众。山田钻入桌下,莲花用刀乱捅,山田屁股大腿中了几刀,疼得连声惨叫。一个日本兵回过神儿来抓过枪,一刀刺中莲花心口,另一个日本兵过来又补了一刺刀,莲花手中的战刀脱落,摔倒在地。

两日本兵架着满身鲜血的山田出了门,伙计回过神儿来,转身奔出去大喊:"死人啦!死人啦!"

刘掌柜、王大厨冲进单间,一看莲花心口喷血,吓得一惊。王大厨回过神儿来,忙撕下一片衣服堵住了莲花喷血的心口,血还在不停地涌着,莲花已奄奄一息。英子和徐静心闯进来,徐静心忙让刘掌柜去叫车,英子抱住莲花用力晃着:"姐,姐,我是英子,英子……"

莲花看了她一眼,无力地合上了眼睛。

莲花死后,英子除了哭,就是发呆。这可急坏了刘掌柜夫妇。他们怕英子惊出毛病,就让刘学栋和徐静心日夜守着她。刘学栋端饭进来让她吃,英子一动不动。

刘学栋说:"你这个样子爸妈担心不说,亮亮也吓坏了,再说明天还得给莲花出殡呢。"

英子从牙缝里挤出几个字："男人就是男人！"

"你是骂我吧？"刘学栋问。

英子恨恨地说："莲花为了你才当了雏……"

刘学栋不明白地问："除……除什么？"

徐静心解释："你曾经说过，你救一个女孩儿，那个男人想刺瞎你的眼睛，被女孩拦住，女孩求他只要不刺瞎你眼睛，让她干什么她都答应……"

刘学栋霎时明白过来，热血上涌，大叫一声："莲花——"喊着转身跑了出去。

刘学栋飞跑着，他眼前出现了当年那个女孩儿的身影……

刘学栋气喘吁吁地跑到外宅门前撞开门，来到棺材旁，用力揭开棺材盖，见莲花静静地躺在里面。刘学栋望着莲花泪水流了下来。莲花嘴边残留着血迹，刘学栋用手轻轻地给她擦去。他想起当年的小莲花给他捂住伤口的情景，眼泪"哗哗"地流下……

大佛头山上遍是苍松翠柏，山下茅草丛生，山半腰一块空地堆起一座新坟。英子扑在坟上痛哭，徐静心站在旁边掩面抽泣。刘学栋放飞了几只风筝后，又牵着一只硕大的粘粘头风筝迎风放了起来。风筝越飞越高，快接近白云了。王大厨将无数纸钱穿在线绳上，然后将纸钱一转，纸钱顺着绳子飞旋着冲向风筝。刘学栋将绳子绑在坟前的小树上，粘粘头风筝和其他各式各样的风筝在空中飘舞。他望着天上的风筝浮想联翩，小莲花在妓院窗口放风筝的情景和几年前莲花同他上大佛头放双飞燕风筝的一幕又浮现在眼前。刘学栋眼圈红了，他将剩余的纸钱撒在莲花的坟上，然后将所有的风筝线扯断，望着风筝飘向天边……

鬼子、汉奸长期白吃白喝，玉泉楼生意做不下去了。为了维持生计和给八路军供药，王大厨苦思冥想创出了荷叶扣肉、山蘑菇炖鸡、鲤鱼过龙门等几道菜。荷叶扣肉是从沪菜的梅菜扣肉演变而来的，山东买不到梅菜，只得用荷叶代替。荷叶蒸出的扣肉味道鲜美不腻，含到嘴里就化，很受顾客喜爱。山蘑菇炖鸡就是用东北蘑菇炖公鸡，不过里面加了宫廷常用的佐料。鲤鱼过龙门用的是斤半沉的黄河鲤鱼过热油，过油后的鱼尾上翘，就像鱼离了水面在空中扑腾，盘子铺上荷花瓣，周围点缀着莲子。鲤鱼金黄，莲花雪白，莲子绿生生，一见令人馋涎欲滴。

营业额一下子上去不少，王大厨和刘学栋十分高兴。客人走后，二人喝起了酒。

刘学栋夸赞王大厨手艺好。

王大厨抿了口酒吹了起来："这有吗，我王大厨名冠京城，名声比不了梅兰芳、尚小云、马连良，却也家喻户晓。咱烧的猪蹄更是一绝，猪蹄一亮，京城名妓就像狼狗老远一蹿在空中'啪'的一口叼住。"刘学栋哈哈大笑。王大厨一本正经地说："你知道我离开京城最对不起谁吗？"刘学栋摇头。王大厨说："那些京城名妓啊。听说打我走了，她们就像烟鬼离了大烟，一个个没精打采的。"

玉泉楼生意红火，对面的齐鲁饭庄自然冷清，王掌柜气得吃不下饭。他知道要想干倒玉泉楼，不能指望厨子，要借于明德和那些伪军官的手。

于明德因为莲花的死丢了大面子。那天他在隔壁同伪军官冯营长等人喝酒，他们都听到了莲花的呼救声，可于明德知道去救莲花很可能被山田捅死，只得装醉。莲花死了，他的臭名也传开了。

王掌柜告诉于明德来吃饭的冯营长他们背地里嘀咕他，于明德胆战心惊，心想："川井已厌恶我，这些人再起哄，川井真可能要了我的命。"王掌柜装作关心地问他："用什么办法能缓解和那些伪军官的关系？"于明德摇了摇头说："没办法，我不能给他们撒钱吧？"王掌柜说："要不这么着，我让我夫人拿出几个俊姑娘供你送人情，分文不取，这能不能帮你缓和缓和关系？"

于明德一把握住王掌柜的手："这办法当然好，比撒钱都管用。你在我危险当口帮我，兄弟领情了。等我过了这一劫，好好报答你。"

王掌柜送走了于明德，随即来到艳翠楼，把让冯营长等伪军官白玩姑娘的想法跟夫人说了。范老鸨一听瞪起眼睛："白玩？我调教姑娘花了多少大洋,用了多少心血?白玩?玩你去吧!"

王掌柜笑着:"我裤裆里不是多个家伙嘛,你别着急先听我把话说完,你不会挑着他们到玉泉楼要菜?"

范老鸨疑惑地说:"要菜,要啥菜?"她不明白。王掌柜道:"就是白吃白喝刘掌柜,这样才能干倒玉泉楼。"老鸨一想咧嘴笑了,说丈夫知道琢磨正事儿了。王掌柜说:"不琢磨不行,夫人把艳翠楼干得红红火火,我经营不好齐鲁饭庄说不过去。"他告诉夫人,他琢磨了好些日子才想出这主意。

次日,冯营长就带着两个连长进了玉泉楼大厅,跑堂的伙计忙迎上去请他们上了楼。冯营长让他去喊刘掌柜。在楼上应酬的刘掌柜快步下来,问想吃什么。冯营长让他推荐几个菜。刘掌柜知道这伙人白吃白喝,就给推荐了几个素的。

冯营长一听就火了:"你他妈想糊弄人啊?看你点的屁菜,一挂素的,知道俺们到艳翠楼干吗吗?干姑娘,吃素的能干得动?"

冯营长瘦高个儿,额头有一道枪伤,眉头总凝着,带得眼睑也变了形,给人感觉很蛮横。他原是国军一个副连长,打死了连长,带着两个亲信排长和几十号人投奔了川井司令,被封为营长。他手下两个排长也提拔成了连长,他势力大了,火气自然大。

冯营长眯眼望着刘掌柜:"姓刘的,说真的,俺仁够照顾你的,你想想平日里俺们没怎么麻烦你吧,俺仁手下几百号人,没到这里抢过砸过吧?"

刘掌柜忙辩解说:"我是按自个儿的口味了,自己爱吃什么顺口就给老总推荐了。这么着,想吃肉菜,好啊,咱店刚上了几道新菜——山蘑菇炖鸡、荷叶扣肉、鲤鱼过龙门……"他不敢得罪他们,心想大不了赔上一桌子菜。

冯营长说:"行,就这几个。俺兄弟们讲义气,别人敬俺一尺,俺敬别人一丈,今后有小兵来店里闹事,一提起俺仁,他小子准像兔子蹦出去。"

刘掌柜连声道谢,冯营长等人往外走。

冯营长手下的连长拍着刘掌柜的肩膀说:"听说普里门望月楼

一月被砸了八回吗？那是得罪了冯营长。"

刘掌柜倒吸了口凉气。

走出大门，冯营长回过头来："别送了，回去忙吧，别忘了一式三份，见天傍黑送到艳翠楼，隔天换个花样。"

刘掌柜目瞪口呆，没想到他仨来这一手，这天天送不把玉泉楼吃垮啊。

客人走后，刘掌柜叫学栋和王大厨来到单间，把冯营长带两个连长来要菜的事儿说了。

刘学栋气得喘息。

王大厨说："我琢磨着是范老鸨出的主意，那老娘们儿一肚子坏水，当然，也可能是王掌柜想出来的。"

刘学栋说："他们是好了伤疤忘了疼，明天我就砸了艳翠楼和齐鲁饭庄，叫狗男女长长记性。"

刘掌柜指着刘学栋："你可别给我惹事了，咱宁愿倾家荡产也别招来灾祸，再惹灾祸玉泉楼就垮了。"

王大厨说："学栋，你走上海闯北平有些见识，可遇事还是老太太打旁练不稳当。你想啊，你当初闹艳翠楼，那是鬼子还没进中国呢。这会儿，冯营长他仨在那里白玩烂睡。你前脚砸了艳翠楼、齐鲁饭庄，后脚冯营长他们就能烧了玉泉楼。甭怕，范老鸨、王掌柜想跟我掰腕子，看我不掂熟他俩。"

王大厨苦思冥想，想出了御厨教给他的一道名菜。天刚亮就叫学栋到小清河收鳝鱼，还告诉他回来路过药店买几瓶三鞭酒。

晚饭时，厨房便散发出诱人的香气，王大厨夹起一块鳝段细细品着，他旁边的徒弟们馋涎欲滴。

刘掌柜过来问鳝段做好了吗，王大厨让进财盛了几块递给刘掌柜，刘掌柜尝后连声叫好。王大厨让他说说徐混混和冯二爷的事儿。

"问他们干吗？"

"这红烧鳝鱼就是冲他们做的。"王大厨知道他俩身子骨虚家底厚实。

427

刘掌柜想了想说了起来:"徐混混是徐家四姨太的儿子,徐老爷五十六岁那年得了他,从小娇生惯养,长大了好吃喝玩乐,十五岁就把家里的丫头肚子弄大了。他爹已七老八十了,他妈一看管不了儿子,就给他找了个大他六岁的富家女儿成了亲。那女人长相不太好,徐混混一表人才,哪能看得上她,就成天和一帮子人在外边胡吃乱嫖。"

王大厨说:"他不会把那女人休了?"

"他敢吗?徐混混家境早已败落,离开他夫人就是个穷光蛋。"

王大厨又问:"那冯二爷呢?"

刘掌柜说:"冯二爷精明,年轻就创下了不小的家业。平安药铺、北园旅馆、十里铺车马店都是他的。他连娶了五房姨太太,谁知个个都不生育。娶了大房两年不怀孕,他骂人家是个骡子;娶了二房又是两年,还不见动静,他又骂人家是块盐碱地;后来又娶了三房四房五房。五房不出一年怀上了,冯二爷那个高兴啊,天天乐得眯着眼,可孩子生出来一看:眼睛、鼻子、嘴巴都铁随他家的伙计。冯二爷火了,让人打断了伙计的腿,把五姨太卖到了妓院,把孩子送了人。从那他就像变了个人,什么也不干,光带着四个姨太太看戏听曲下馆子。说是活着就得把家当花出去,要不留下是祸害。"

王大厨听完沉思一会儿说:"掌柜的,红烧鳝段你介绍不雅,我来。"

待到玉泉楼大厅和雅间的菜上得差不多了,王大厨掂着菜回头问进财:"还有多少菜没炒?"主要的菜他从不让徒弟炒,普通的素菜才让他们练手。

进财回答:"没几个了。"

王大厨解下围裙来到卧房,脱去厨师服洗脸净须抹上亮发油,换上黑缎马褂,十分精神。

王大厨来到大厅冲刘掌柜点了下头,刘掌柜从柜台下取出一瓶酒倒在杯中,王大厨端着酒顺楼梯而上,来到"曲水亭"雅间前,抿了下头发推门进去。徐混混正和几个人划拳行令,见王大厨进来齐声招呼。

王大厨来到桌旁："哥儿几个多年捧场，敬个酒。"

徐混混站起身："坐，坐下。王师傅，满济南我最服的就是你。你在京城见过大世面，不像咱小地方的人，瞧这身行头多气派，满大街找吧，见不到第二个。"他指着王大厨的黑缎马褂赞美着。

其他三人也应和着。

王大厨坐下："大哥过奖了，说句实话，咱兄弟俩是英雄相惜。徐大哥，在济南我最佩服的是您。"他竖起大拇指，"徐大哥干什么都要拔尖露个头角，瞧去年调养的那只蝈蝈，翠绿翠绿的像玉蝈蝈，转年儿过了清明，蝈子不光活得有精有神儿，还叫声清脆撩人，不是雅兴高的人能玩到这地步？没门儿！"他晃了下脑袋。

徐混混高兴地端起酒杯："大哥，识人啊，英雄相惜，英雄相惜。"

王大厨端起酒："咱兄弟几个一块儿干了。"众人把酒喝下。王大厨一本正经地问徐混混："有一事我不大明白，老想问兄弟，一直不得空儿。"

徐混混探着脖子："大哥说，大哥说。"

王大厨道："你那玉翠蝈蝈那么好，干吗弄个一般的葫芦盛着？"

徐混混说："那葫芦不孬啊，南山的料子，刻戳老刘的手艺，前后花了半块大洋呢。"

王大厨一晃脑袋："那不够档次，京城玩蝈蝈的行家，葫芦都是上百年的，什么水浒一百单八将，张生戏崔莺莺都过时了。现在兴玩宫廷的，宫廷里的用料上乘，刻工不光精美还有意境。不怕得罪你说，刻戳老刘也就是个匠人，没啥意境。"徐混混等人连连点头。王大厨问："知道最高级的葫芦是什么？"他卖了个关子。

徐混混等人问："什么？"

"乾隆晚年南巡图。"

徐混混说："听说乾隆路过过济南。"

王大厨冲徐混混伸出大拇指："有见识，几千人，排场极大，把国库银子都花光了。南巡图,刻的就是乾隆和嫔妃到南方吃喝玩乐的事儿,这里面当数用妃子故事刻出的葫芦最值钱。你猜多少?"

众人摇头:"猜不出来。"

王大厨伸出一个手指头。

徐混混说:"一块现大洋?"

王大厨将两手的食指一交叉:"十块!"徐混混等人吃惊地瞪大眼睛。王大厨说:"知道为啥值那么多钱吗?"徐混混等人摇头。王大厨说:"什么明妃呀、南妃呀和乡野村夫逗情骂俏的事儿,两个妃子模样刻得活像本人。"

徐混混问:"后来的皇帝爷知道了不杀人吗?说他老辈人的事儿。"

王大厨一本正经地说:"白搭,男女相悦谁也拦不住。再说后来的皇帝也知道乾隆晚年好大喜功,肆意挥霍,八十六七了,还把几个十几岁的小妮儿弄进了宫。"

徐混混等人大笑,笑完,徐混混饶有兴趣地说:"往细处说说。"

王大厨想了想:"记得有一幅是明妃和一个打鱼的在江边遮着蓑笠胡摸索……"

徐混混眼里霎时放光了:"摸索吗?"

王大厨装作不以为然地说:"好像是摸索明妃的奶子吧。"

徐混混等人大笑了起来。

徐混混兴趣更浓地问:"别的呢?"

王大厨说:"还有南妃到了济宁,下船去玉堂酱园买咸菜,叫卖咸菜的给顶到了咸菜瓮上。"

徐混混等人大笑,王大厨也笑了。

徐混混笑罢想了想:"她一个妃子,怎么就能让一个卖咸菜的顶上了?"

王大厨先是一愣,接着道:"噢,是这么回事儿。"他想往下编,可一时想不出故事情节,就随口道:"卖咸菜的给南妃介绍各种咸菜的腌制方法:像酱黄瓜,要选临秋末晚的黄瓜扭;酱瓜包的花生要选油性大的花生米;糖蒜,先放盐后放糖,再倒上济宁醋。

醋要选清香型的，腌出来才有清香味儿。"

徐混混说："先不说那，说南妃。"

王大厨不屑地说："前边的不拉，后面的故事咋讲？"

跟徐混混来的人应和："也是，也是。"

徐混混不满地撑他们："别打岔！"然后对王大厨，"拣好听的说。"

王大厨清了清嗓子往下编："伙计正介绍着，天下起了雨。跟班的太监劝南妃避雨。南妃正听得津津有味，哪里肯回，就说你们回吧。"说到这儿，王大厨问徐混混等人："你们说，太监回了吗？"

徐混混："别问俺们，俺们哪知道。"

王大厨说："娘娘不回，太监哪敢回。"他想到故事不能编得有破绽，就说："南妃娘娘见他们不走，生气地一把夺过太监手里的雨伞说，'你们不走，想引下闪电烧死本妃！'太监一听这话，怕担罪，才赶忙跑开。"王大厨顿了顿。

徐混混等人望着他。

王大厨道："伙计哪能让娘娘打伞，忙抢过给她打上。"

跟徐混混来的人问王大厨："打上了？"

王大厨点头："打上了。"他已找到了感觉，"雨下得越来越大，还刮起了风。本来雨伞不大，风一刮，雨自然溅到了南妃娘娘身上，她害冷就往伙计胳膊上贴。"

徐混混眼睛瞬间变得贼亮，脑海里现出无数遐想。

王大厨见状，受到了启发。"伙计胳膊暖融融的，心跳就扑腾起来。又见南妃湿衣服贴在身上，该凸的凸，该凹的凹，"他用两手比画着丰满女人的形体，"欲火就往头上拱。"

徐混混喘气也跟着粗了。

王大厨知道徐混混很花心，但色胆并不壮，便道："他想抱南妃，又想这是杀头之罪，就硬硬地掐断了念想。"

徐混混脸上现出一丝失落。

王大厨自然不能让他乏味，就咽了口唾沫说："可又欲罢不能。"

徐混混眼里又放出了光亮。

王大厨道："正在难受的当儿，伙计猛然灵机一动，想让南妃来个投怀送抱。"

徐混混眼巴巴地瞅着王大厨，跟徐混混来的人也淫荡地笑着："有意思，有意思。"徐混混不耐烦地打了身旁的朋友一巴掌："别打岔！"

王大厨说："别看这小伙计挣不了仨瓜俩枣，也不是个老实的主儿，有点儿钱就喜欢钻胡同里的暗门子，男女那点事儿那是门儿清。"

跟徐混混来的人笑了起来，徐混混还沉浸在想象中。

王大厨一时想不起故事怎么讲更精彩，便道："给我倒点儿水。"

徐混混回过神儿来，忙站起身给他倒上茶。

王大厨端起喝了一口，想着下面的情节。

徐混混见他半天咽不下去，有点儿急了："快说啊！"

王大厨好容易咽下口中的水："热茶把我嘴里烫起了燎泡，你想给我肠子烫一串啊？"

徐混混等人笑了起来。

王大厨又喝了一口，含在嘴里。徐混混等人恨不能把他嘴里的水一下压到他肚里。

王大厨想起京城一个公子哥，去舞厅勾引大家闺秀、贵妇，都是借着舞步转体的时候用中指肚蹭她们的乳头，蹭来蹭去那些大家闺秀、贵妇就受不了了。想到这儿，就把下边的故事接上了。"他给南妃打伞，翘起中指，用中指肚蹭南妃的乳头……"讲到这儿，他又喝了一口水。

徐混混眼睛已经发绿了，跟他来的人也迫不及待。王大厨慢慢地咽着，徐混混等人觉得这一口水流到他肚中好像过了百年。

王大厨这才讲："这一蹭，南妃立马像过了电，整个身子塌在了伙计身上。伙计这才把南妃的衣裙像剥葱往下一褪，就见到葱白了，这么着才把南妃顶在了咸菜瓮上。"

徐混混等人笑得前仰后合，徐混混还笑岔了气，好半晌才安静下来。

王大厨编完故事，也累得喘息。

徐混混感叹道："你在京城活得就是有滋味儿，咱这儿哪能听到这些事儿。"

王大厨白了他一眼："你还差吗？家中有娇妻，外边藏美人。"

徐混混辩解："美人货真价实，娇妻谈不上，奶子稀拉松得尺把长，还如狼似虎，没法应付。"

王大厨装作一本正经地仔细瞧瞧他的脸色："肾虚，虚大了。"

徐混混说："见天下馆子，吃好的也不顶事，就差吃天上王母娘娘的鲜桃了。"

王大厨说："好吃的不一定补肾，补肾得长白参、鹿茸、王八肾、鳝鱼。"

徐混混饶有兴趣地问："管事吗？也吃过，没觉出来。"

王大厨说："单吃是药，合起来为食，俗话说药补不如食补，有道宫中名菜叫参茸鳝段，你吃了准管用。"

徐混混瞪大眼睛："真的吗？"

王大厨一本正经地说："我啥时候忽悠过人？"

"那赶快给我做一碗。"

王大厨装作为难地说："这菜成本太高。"

徐混混眼睛一瞪："高怕啥，能用了五块大洋？"

王大厨说："五块用不了，得三四块吧。"

徐混混一拍桌子说："这才多点儿钱，赶快做呀！"

王大厨卖乖说："做工太精细，要不明天吧。"

徐混混急不可待地说："别明天了，就今儿做。"

王大厨有意问："那么急？"

徐混混说："老婆嫌我不行，天天跟我闹，我想借着参茸鳝段干她一炮。"

王大厨装出为兄弟两肋插刀的样子说："那你等着，说什么我也不能不给兄弟做了。"说着往门外走。

徐混混感激地说："那就辛苦你了，辛苦了。"

王大厨摆摆手："咱们兄弟不必客气，不必客气，能给你解难，我也高兴。"

王大厨出了门又来到一单间前，推开门，见冯二爷和四位姨太太正在品菜，就笑着道："冯二爷，您来了，我不能不跟二爷见个面。"冯二爷招呼："过来，过来。"王大厨走近。冯二爷向太太们介绍道："这就是玉泉楼的大师傅。"他介绍过无数回了，为的是给自己脸上贴金，"看，王师傅每回都过来给我敬酒。"

冯二爷年近六十岁，脸上少有皱纹，脖颈也没鸡皮状，胳膊手臂光滑白皙，只是头发全白了，应付四个姨太太累的。他和善的脸上隐隐露出一丝焦虑，盼儿子盼的。

王大厨说："应当，应当，二爷，多年来您一直捧我的场，我打心眼里感激您。"

冯二爷说："别客气，我也是吃惯了你的菜，旁的厨子的吃不上来。"

王大厨说："二爷，我这也就为了您，要不早回京城了。也就您老点几个像样的菜，其他客人点的都是大路货，我怕这样下去荒了厨艺。"

冯二爷笑着："你这是恭维我，我不比当年了，可你说这话我也高兴。敬老敬有本事的人，世道才不衰亡不是？"

王大厨连忙道："是是是，二爷，我早听说您有本事，没本事能娶四位小姑娘？我王大厨三十八了还没娶上一个半老徐娘呢。"

冯二爷哈哈大笑，四个姨太太也开心地笑了。四姨太已到了而立之年，三姨太、二姨太也近不惑，大姨太已是知天命年岁了，听王大厨称她们小姑娘，心里乐开了花。

王大厨感叹道："二爷这辈子活得真风光，事业有成不用说，光说四位绝色貌美的姑娘陪着您，这辈子也够本了。"

冯二爷放声大笑，四个姨太太也乐得合不拢嘴。

王大厨收住笑："我没您的本事，只能做厨子，菜做得好点儿，做大路菜又显不出厨艺，我不打谱在济南待了。"

冯二爷问道："真的吗？"

王大厨一本正经地说："我说的实话，这就像武林高手打一个半大孩子，名医见天看个头疼脑热，长久下去荒了手艺，我怕没了本事，没法再吃饭，就打谱近日离开济南。"

冯二爷忙道："别走，别走，你走了，我到哪儿吃饭去呀？"

王大厨装作无所谓地说："馆子有的是。"

冯二爷说："有的是，可做不出好口味。再说纯鲁菜也吃腻了，油乎乎咸滋滋的，俺们都入不了口。"他一指四位姨太太。

大姨太说："俺姊妹都爱吃你做的菜，能不走吗，王师傅？"

冯二爷说："别走，要不我见天换个花样？一是我换换口味，二是让你熟悉熟悉厨艺。"王大厨装作犹豫不定。冯二爷说："甭多想了，先说说都有啥好吃的？"

王大厨说："好吃的多了，给您介绍几道宫廷菜吧。先说这珍珠鸡，这道菜是用三年的老母鸡做本料，再把珍珠研成粉，和大枣、枸杞塞进鸡肚里用文火炖仨钟头，既好吃又养颜，明清的皇上和娘娘定期吃这道菜。"

二姨太道："那你一定给我们做这道菜，咱也养养颜。"

其他姨太太也应和。

冯二爷问："还有呢？"

王大厨说："参茸鳝段也不错。就是把长白参、鹿茸、王八肾合起来炖鳝鱼。鳝鱼是什么知道吗？"他转脸问姨太太，姨太太们摇头。王大厨说："长得像长虫样的东西。长虫在地上爬，它呢，在水里游。"

姨太太面面相觑："怪吓人的，谁敢吃呀。"

王大厨说："做出来就不吓人了，这东西养分大，配着王八肾、山参、鹿茸炖，能补肾养精。"

姨太太们掩嘴笑了起来。

冯二爷瞪大眼睛："什么？再说一遍。"

王大厨装模作样地说："你看我，说漏了嘴，说的话有点不雅，用白话说就是有力气，能多生孩子。"

冯二爷惊诧地说："真的？"

王大厨一本正经地说："那还有假，乾隆爷天天吃参茸鳝段，吃了没法不临幸那些嫔妃。一临幸就怀上，结果生了好几十个孩子。早年养在后宫花园，孩子越来越多养不过来了，就拉到了圆明园。"

冯二爷连忙道："那你今天就给我做个参茸鳝段。"

王大厨说："这道菜成本太高，别说用山参、王八肾，就是用参须和王八也不少钱。山参买了多少年了，也没人点这道菜。"

冯二爷说："我是不知道，知道早点了，别管多少钱，立马做去。"他指着门。王大厨装作犹豫不定。冯二爷催促道："还愣在这儿干吗，快去啊！"

徐混混和冯二爷吃了补肾壮阳的参茸鳝段，当夜便在妻妾身上尽显雄风。第二天一传，满济南没有不知道玉泉楼的参茸鳝段既养精又好吃的，那些达官贵人和盼子心切的都到玉泉楼点这道菜。玉泉楼顾客盈门，参茸鳝段利润大，玉泉楼的人都乐得合不拢嘴。

王掌柜嫉妒得要命，老鸨劝他也做这道菜。王掌柜说："参茸鳝段不过空有其名，别听王大厨胡吹海旁，汤里根本没有鹿茸、长白参和王八肾，也就是鳝鱼、王八加三鞭酒，关键在这儿。"他指指脑门。

老鸨疑惑地望着他。

"你想冯二爷想儿子想了三十年，快想疯了，一听说能生儿子，不立马来了精神。这精神头一来，干什么都有劲，你说王大厨多有心计。"

老鸨连连咂嘴："是，给人个盼头，心甘情愿地掏银圆，他王大厨手段是高。"

王掌柜叹口气："天不助我，空有谋略，手下没赵子龙。"

老鸨说："也就咱俩关起门来拉呱，你心胸窄才拢不住人。当年于厨子、邢厨子手艺都不差，你防人家像防贼。人家肩头搭条毛巾，你寻思毛巾里裹着条鱼。你说你得罪了多少厨子？济南的厨子都知道你不容人，几年下来，你给人家多少钱，名厨也不登门了。你弄几个郊区做大锅菜的来，能干好酒店？"

王掌柜生气了："于厨子、邢厨子不都从酒店里偷东西？那条用毛巾裹着的鱼让我抓了个现行！"

"一条鱼能值几个子？你睁一只眼闭一只眼不就完了？再说人家偷，是跟你不贴心，贴心了就不会偷了。咋贴心？得常跟厨子聊天，让他们知道做人要有德行，得按圣人的话去做，日子长了，就规矩了。"

王掌柜道："我不是没照你说的做，可那些厨子就是不听！"

老鸨说："那是你没掌握聊天的火候……"

王掌柜打断夫人的话："那我以后再试，你先按我的主意让那几个年龄大的姑娘做点事儿。"

"啥事儿？早想打发她们走，已经打发晚了。"老鸨烦死了那几个姑娘，原想用她们应付来的士兵，谁想越应付来得越多，不但不给钱，还净闹事。

王掌柜说："你不会让她们挑着当兵的也白吃白喝玉泉楼？"

老鸨先是一愣，明白过来笑了，心想老头子比我精明。她回到艳翠楼，让二愣叫来那三个年纪大的妓女。仨妓女进了门，老鸨放下杯子跟她们寒暄："瞧瞧，有人疼和没人疼就是不一样，这才多少日子，个个都十八了。脸上放光，眼中有神，皮肤还滋润。那些公子哥儿真他妈瞎了眼，还半老徐娘呢，啥眼神。"她示意三个妓女坐下，"开头那几天，我还担心那些士兵横冲直撞叫你们受罪，其实呀，咱女人就得叫男人折腾。不折腾，就像花不浇水上粪，长了就蔫了。"三个妓女笑了。老鸨说："活得滋润，妈就放心了，咱们就相依为命过日子吧。你们几个想待到啥时候就啥时候，妈不会赶你们。妈没儿没女还等着你几个给妈发丧上坟呢。原先的姑娘上了年纪，妈让她们走那是没法子，白吃白喝不坐吃山空？打你几个开始，妈就不打算让走了。妈想过，干咱这行的，家不能回，嫁达官贵人没门儿，到头来好的跟了脚夫苦力，差的无依无靠，妈心疼。要说妈的命比你们苦，俺那口子不是个干事的衙役，好好的饭庄愣是净亏，这不刚才跟我说，往后没法给艳翠楼送饭菜了，你们说妈的命苦不苦？"说着用手帕擦眼圈。

三个妓女忙劝她："妈，想开点。"

...... 437

老鸨说:"你几个给妈出个主意,分担点妈的苦。"妓女们面面相觑,不知老鸨啥意思。老鸨说:"你们是艳翠楼的老人儿,知道咱开销多大。房子得修,行头得置办,看门护家的要花钱,更别说杂七杂八的了。你们几个陪那些士兵又带不来一个子儿,妈照样白养着。过不了三年两载,艳翠楼就得垮。到了这份上,妈就顾不上脸面了,你几个让那些士兵到玉泉楼多点点儿饭菜,别饿着咱艳翠楼的姊妹。"

妓女们笑了:"妈,这不是什么大事儿。"

老鸨说:"说起来不算啥大事儿,可妈不到万不得已,不会让你几个为难。"

妓女们纷纷道:"不为难,不为难。"

老鸨说:"那好,咱艳翠楼的姐妹和那些当兵的饭食今后就靠你几个了。点菜的时候变点花样,别净点些白菜萝卜土豆丝,弄就弄鱼肉蛋。姊妹们吃得好,也有精神伺候那些大爷。咱生意好,你们是头功。"

妓女们笑着答应了。

玉泉楼生意红火,刘学栋也不得不打下手。冯二爷进了厨间一个劲地夸王师傅手艺好。

王大厨故作谦虚地说:"山外青山楼外楼,我也就在济南逗个能耐,到皇城根不敢晃膀子。"王大厨得罪了京城名厨,知道了狂傲必遭报应,收敛多了。

冯二爷感慨地道:"宫廷菜就是好,珍珠鸡,吃了个把礼拜,姨太太个顶个脸上油红似白,身上锃明瓦亮,你说那些宫中什么厨……"

王大厨接上他话说:"御厨。"

冯二爷说:"对,他们是怎么琢磨的?"

王大厨说:"二爷,您真聪明。要说起来菜做出来并不难,难就难在独创上,一个'创'字好生了得,学问大了。像参茸鳝段,讲究多大年纪,体格怎样,配多少长白参、多少鹿茸、王八用几年的。用多了上火出鼻血，少了起不了性。"

冯二爷连连点头，刘学栋和进财掩嘴而笑。

冯二爷说："王师傅，你说我天天吃，是不是准能生个一男半女？"

王大厨说："我说没问题，你见天来，我给你精心调理。"

冯二爷高兴地说："谢了。"说着掏出几块大洋摁在王大厨手上。

王大厨装作不好意思地说："冯二爷，您忒客气了。"

"别客气，今后少不了麻烦你。"冯二爷说完出了门。

"学栋。"王大厨将银圆往上一抛，又"哗"地接住，"响声好听不？"

刘学栋笑着说："好听！"

正这时，一个伪军士兵进来喊："我来提菜。"

王大厨说："在柜上呢。"

"再做六盒。"

王大厨傻了眼："什么？"

士兵瞪起眼："说几遍，你猪呀！"

刘学栋火了："你他妈咋呼个狗屁！"他早对二鬼子白吃白喝烦透了，今天又要这么多，他真控制不住脾气了。

"什么？骂老子，找死呀？看我不揍死你！"士兵说着撸袖子。

刘学栋边解围裙边道："嘿，小子，揍我？我揍你五个！"

士兵一看彪形大汉火了，知道不是他的对手，就解下皮带要抡。王大厨赶忙拦住："进财，快抱住学栋。"进财一把抱住学栋的腰，刘学栋腿一撩，进财"啪"地摔在地上。士兵一见泄了气，王大厨边推士兵出厨房边喊："学栋，别乱来，你不顾玉泉楼，还不顾那边呀。"他指了指东方。

刘学栋明白他指的游击区，只得停住脚步。

王大厨推士兵来到大厅坐下："你先喝茶，我这就给你做。"士兵来了劲儿："我枪毙了那小子，烧了玉泉楼！"说着站起身。

王大厨慌忙道："该，应该！得罪老总您，杀了烧了都应该，谁让他不知天高地厚呢。"说着欲扶士兵再坐下。

士兵拍开他的手，边往门外走边说："你让那小子等着！"说着冲出玉泉楼。

　　王大厨知道他出去叫人，赶忙追了出去，他拉住士兵的手把银圆摁在他手上："甭跟他一般见识。"士兵停住脚步。王大厨说："他不是跟你置气，是跟你们当官的。你们当官的忒不像话，兄弟你说是不是？"士兵不那么狂躁了。王大厨说："兄弟你也一定没少受当官的气。"他太了解伪军士兵了。士兵想到自己受的气就不吭声了。王大厨见自己的话见了效，又说："对不？你和那兄弟都是受气包，明白了吧，不是对你，当官的欺负你，你不也窝火？"

　　士兵来了火："我他妈恨不能打死那帮当官的！他们搂着年轻的姑娘叮当，让俺们千年纪大的，还让我端茶端饭擦皮鞋倒屎盆子，动不动还挨嘴巴子，他妈的！"

　　王大厨说："就是啊，兄弟，我代那兄弟给你赔不是，过一会儿，菜就给你送去。"

　　士兵口气缓和下来："我来取吧。"

　　王大厨拍拍他的肩说："好兄弟。"

　　王大厨进了玉泉楼对刘掌柜道："给冯二爷说，我给他精工细作，别心急。"说着进了厨房冲刘学栋说，"你又捅乱子！看，刚到手的大洋又叫你小子弄飞了。"王大厨说着转身冲进财等徒弟喝道："先做狗食！"

第 二 十 章

中午饭过后,刘掌柜一家和徐静心、王大厨都到了北屋。刘掌柜指着刘学栋说:"你今儿又差点捅出大娄子,要不是王师傅哄住那个当兵的,咱玉泉楼怕是让二鬼子烧了。"他生气地拍着桌子。

刘夫人也训斥学栋:"不长记性!上回折腾全家人个半死不说,你还差点没了命,你想让我和你叔死啊!"

刘掌柜说:"学栋不能在玉泉楼待下去了,再待下去准惹出大祸。"

众人商量着让他去哪儿。

英子出主意说:"以后吃饭的点钟让他去跤场打发时候。"

刘掌柜眼睛一瞪:"上次他在跤场打了鬼子,你还嫌他没把全家人折腾死!"

英子想到刘学栋被打的样子,吓得脸变了色。

徐静心说:"要不让他上大街上遛弯。"

英子指着刘学栋:"他见了鬼子,眼就立愣立愣的,不惹事都怪。"

刘夫人埋怨刘学栋:"你看你,这么大人了都不知道往哪儿搁你。"

英子说:"干脆让他躲到木匠铺里吧。"

刘掌柜眼睛一亮:"对,那儿肃静。"

刘学栋不愿意了:"不憋死我!"

王大厨说:"要不叫学栋干木匠铺。"刘学栋还想反驳。王大厨冲他眨了下眼睛。

王大厨拉刘学栋来到自己卧房，一进门，王大厨用脚钩上门说："开木匠铺一是能躲开灾祸，二是能进点钱。"

刘学栋说："我没干过这行当，干肯定赔，还不如我四处游荡着玩呢。"

王大厨瞪起眼说："游荡着玩？拉倒吧你！你有数没有？艳翠楼一天让咱送九食盒二十七个菜，咱店已没多少利润了，再节省也省不了多少，还得靠别的门路，要不再勒肚子，也拿不出多少钱买药。说实话，买多少药就全看你了。"

刘学栋才思索了起来。

木匠铺在大明湖北岸的一个庄里，距玉泉楼四五里地，这个铺子是刘掌柜五年前买下来的，由于无人经营一直闲着。木匠铺院子不小，房子加起来共十多间，早先的主人突然暴毙身亡，留下了不少木材，木匠工具也是全套的。刘学栋、刘掌柜和王大厨来到院子看后，认为只要找个领头的就能开工。刘掌柜让刘学栋去找过去的木匠头庄师傅。

刘学栋找到了庄师傅，让他招了七八个木匠，就干了起来。众人干了二十多天，十几件家具占满了大半个院子。

庄师傅吩咐几个木匠打磨家具，刘学栋也跟着打磨，打磨完又刷漆。刘学栋也跟着学。

刘学栋刷了一会儿，便咳嗽不止。他问庄师傅："能不能把家具搬到院里？"

庄师傅说："不行，刷漆讲究个净，风一吹一层浮土，刷出来疙疙瘩瘩的。"

刘学栋只得喘着粗气继续刷。

刘学栋刷完漆走出房门已是黄昏，他脸憋得通红。回家路上，他几次停下车坐在路边大口地喘息。进了家往床上一躺憋得喘不上气来，英子吓得慌忙叫来刘夫人和徐静心。二人一见都紧张起来，刘夫人出门来到大厅叫来刘掌柜。

刘掌柜进了后院就喊："学栋，学栋！"刘学栋艰难地坐起身向门口挪，英子、静心忙扶住他，到了门口，他扶着门框大口地喘着气。刘掌柜忙问："怎么回事？"

刘学栋艰难地说："刷……刷漆……"

刘掌柜说："喉痨！我大哥闻见怪味就喘不上气儿。"

徐静心说："他三叔也是这病。"

刘夫人、英子大惊失色。

刘掌柜知道这种病的厉害，一口气喘不上来就可能憋死，就对英子说："晚上可得看好学栋。"

徐静心说："今夜我和英子看着他。"

第二天清晨，刘学栋醒来，见徐静心和英子坐在一旁吃惊地问："你俩坐在这儿干吗？"说着爬起身。

徐静心望着他不说话，英子苦笑一下："你一夜呼哧呼哧的吓死人了。"

刘学栋说："我做了一夜噩梦，心口像压了块大石头，怎么推也推不动。"他出了房门洗漱。英子、徐静心跟了出来，刘掌柜和夫人也来到院中。

英子说："你今天别去了。"

刘学栋不听，说："俺算好了，这批家具刷完，再刷一批正好赶上集。"

刘掌柜说："你可得当心，你出点事咱玉泉楼就完了。"

刘学栋笑着说："别说得那么玄乎，我不刷不就得了。"说着出了门。

刘学栋走了，徐静心的心也提了起来。她和刘明智一块儿生活过多年，知道这病犯起来非常痛苦，而且越犯越重。她也知道学栋去了木匠铺不可能不忙活，她不知道该去劝阻他，还是不去。"去，英子心里不舒服。"她心里想。

刘夫人知道英子和徐静心都为学栋担惊受怕，为了让她们宽宽心，就约她俩来到了蒋家池。蒋家池距玉泉楼很近，走不多远就到了。蒋家池水面有三四百平方米，两米来深，是济南一处名泉。清

······443

澈的池水中游着十几条二尺多长的大草鱼，刘夫人抱着亮亮观看游鱼。徐静心望着水面，心里忐忑不安。

英子走到刘夫人面前说："我去找学栋。"

刘夫人说："你怀孕六个月了，闻了漆味孩子能成怪胎。"

英子来到徐静心面前："婶子，求你个事，我哥的脾气你知道，他一去木匠铺准又刷漆，我害怕他出事儿，你能去盯他几天吗？"徐静心心里高兴，可想到自己去了英子心里会不安，有点儿犹豫。英子明白她的心思，说："婶，你快去吧。"徐静心看她诚心诚意，就点头答应了。

徐静心往木匠铺走，心里怅然若失，她打谱近期离开济南，想和学栋单独相处的感觉很强烈，"我走后，今生不可能再与学栋见面了。"她依依不舍，可又不能不离开，"再待下去，英子不舒服。还有，学栋跟英子生活得挺和睦，我走后，学栋也不会像莲花说的发疯了。"离开前，她只想跟学栋再聊聊多看他几眼，为日后留下回忆。

木工们正在忙碌，刘学栋嘴上捂着块毛巾像模像样地在屋里刷着漆。

徐静心走进大院没见到学栋，径直走向东屋。东屋是大通房，徐静心心想刷漆很可能在这里。来到门口，果真看到了刷漆的学栋，徐静心生气地走过去夺过刷子，拉着他出了屋。刘学栋还不情愿，徐静心愠怒地说："你想折腾死全家！"

刘学栋解下毛巾说："好，好，听你的。"说着取了块砂纸打磨起了棚子下的家具。

徐静心也帮他打磨起来。刘学栋不时地望徐静心一眼，见徐静心总瞅自己，眼光就离不开对方了。徐静心不敢再看他，就机械地打磨着，把桌面打磨得像镜面一样光滑。

傍晚，庄师傅问刘学栋是不是该歇工了，刘学栋才意识到时候不早了。他冲木匠摆摆手，木匠收拾工具，刘学栋推起自行车和徐静心出了木匠铺。来到湖边，刘学栋望着茂密的芦苇和荷叶，感叹："风景跟画似的。"说着大口地呼吸。做完深呼吸又活动着腰身:"真舒服。"

徐静心笑了,她眼睛一会儿也没离开学栋,说:"你多活动活动。"她心里想,"我把这画面永远刻在心里。"

刘学栋脱去褂子,对着树干练开了摔跤功夫,徐静心目不转睛地望着他。刘学栋练完功来到徐静心身边,二人望着湖面,没再说一句话。

徐静心去了木匠铺,英子便后悔了,她实在不愿意徐静心和丈夫单独待在一起。虽说婚后丈夫和徐静心表面没有瓜葛,但英子清楚他们的感情纽带从未断过。英子早早地在玉泉楼前等候了,天黑了,才见到他俩的身影。刘学栋和徐静心默默地从远处走来,英子看不清他俩的表情,却知他们心里在倾诉,英子心里很不舒服。

夜里,刘学栋失眠了,回想白天和徐静心在一起的情景和每个细节,都觉得无比甜蜜,他一遍又一遍地回忆。英子猜测出丈夫想的吗,感觉到了丈夫心里的愉悦,后悔自己太傻,让徐静心到木匠铺监督丈夫。

清晨,刘学栋一骨碌爬起来快速地穿衣,英子也坐起身。刘学栋稍一整理,出屋来到西屋窗前说了一句:"我先走了。"说完推起自行车出了玉泉楼。

不一会儿,徐静心来到院中池边洗漱。英子透过窗户望着举止优雅的她,心里酸酸的:"她还这么吸引人。"徐静心回到屋里,再出来已是仪态万方了,她从容地出了院子。英子脑中蹦出一个念头:"她去我也去。"她匆匆来到院中精心洗漱,洗漱完回到房中梳头抹画,然后打开柜子抱出一摞摞衣服,一件件穿着试。她粗胖的腰身穿哪件都不合适,她泄气地把衣服划拉到地上,不想再去木匠铺了。

刘学栋光着膀子在木匠铺东屋打磨着一张八仙桌,徐静心进来见他没戴口罩,走到他身后轻轻拍了一下他的肩头,欲把口罩给他戴上。刘学栋一把抓住她的手,徐静心想抽回,却被学栋紧紧地攥住。徐静心心跳加速,刘学栋转过身揽住她的腰,二人对视。徐静心仿佛又回到了从前,望着对方痴情的眸子,羞涩地闭上了眼睛。

······445

刘学栋想亲吻她，见她面庞失去了过去的红润，心疼了起来："她在玉泉楼太苦了"。

静心等候着刘学栋的亲吻，像干渴的秧苗盼着雨露的滋润。"就要离开了，我要享受最后的甜蜜。"她企盼着。然而学栋没有亲吻，徐静心不觉睁开眼睛，意思问怎么了？学栋望着她的眼睛，再也控制不住，猛地把她抱在了怀里。

"掌柜的！"随着喊声庄师傅出现在门口，见他俩抱在一起，慌忙出了门。徐静心不好意思地推开学栋，学栋望着她，二人好久没有说话。徐静心想到庄师傅还不定跟别的师傅说啥，就出了屋，刘学栋也跟了出去。

徐静心来到家具旁心不在焉地打磨，刘学栋走到她身旁悄声道："怕什么。"徐静心更不好意思，刘学栋捏了下她的胳膊兴奋地打磨起了家具。徐静心边打磨边不时地偷望他一眼，心里遗憾地想："又错过了机会。"

傍晚，刘学栋推车同徐静心来到湖边，刘学栋打上车子先是大口呼吸，随后脱去褂子活动一下腰身对着垂柳练起了跤法。徐静心注视着他，想把他的每个动作都印在心里。

刘学栋练尽了兴，用褂子擦了把汗在徐静心身边坐下说："你猜这会儿我希望你变成谁？"

徐静心笑着问："谁？"

刘学栋说："跤手。"徐静心"扑哧"笑了。刘学栋说："兴奋起来没对手不得劲儿，就像马溜开了步又被牵回了马棚。"徐静心笑望着他。刘学栋说："干完活到这里练练功，神仙过的日子。"

徐静心望着水中的荷叶荷花半晌对刘学栋道："我知道你卖力干活为了啥，你要稳住性子，别再惹是生非了。"她想在离开前再嘱咐嘱咐他。

刘学栋望着徐静心半晌说："你啥都知道。"

徐静心没有说话。

过了好一会儿，刘学栋道："我托付你个事行吗？"

"说吧。"徐静心望着前方。

"我有个兄弟叫黑蛋,被鬼子杀了……"

"我知道。"

刘学栋内疚地说:"是我的过错黑蛋才死的,黑蛋妈六十多了无依无靠,我担心我死了没人照顾她。想放点钱在你那儿,见月存点,我要是死了,你就把钱给他妈。你到凤凰街一提黑蛋妈,谁都知道。"

徐静心眼睛湿润了:"为什么不放在英子那儿?"

刘学栋认真地说:"这事我想过,我害怕到时候她把钱留给孩子。"徐静心眼泪流了下来,心想:"我就要离开济南了,做这事我咋离开啊。"刘学栋侧脸见她这个样儿说:"哭什么,我又没死,只不过有个打算。"

徐静心紧咬嘴唇还是哭出了声。

"走。"刘学栋不想让徐静心伤心,一把拉起她推车上了路,"上来。"

徐静心抹把眼泪坐到后座上,刘学栋带着她向前飞驰,徐静心心里想:"我怎么办呢?还要留在济南吗?留下,英子能顺心?离开了,不伤了学栋?"想到这儿,眼泪扑簌簌地掉下。

刘学栋盯着前方大声道:"前方是小清河,我想冲到河里。"

前面宽阔的河面上有一条三尺宽的木板,下面是三四米深的河水。

徐静心回过神儿来,望着前方大声道:"冲吧。"

"你不怕死?"

徐静心道:"反正死在一块儿。"

刘学栋骑车冲过了木板桥。

夜里,徐静心怎么也睡不着,仿佛与刘学栋又开始了新的恋爱,这次恋爱比过去热烈得多。她不想顾忌得太多了:"既然学栋感到他可能出事,那就在他出事前别再给我俩留下遗憾,反正他死了,我也不想活了。"

刘学栋躺在床上回想着白天和徐静心的事,觉得生活忽然变得美好了，他想就算自己被鬼子抓住杀了，有了这经历也不再遗憾。想着想着月过中天，眼皮打起了架，可他依然回想着。他太疲倦了，想到明天又能和静心在一起，才欣然睡去。

英子从丈夫的表现想象着他和徐静心缠绵的情景。她十分嫉妒，也有点自卑，和丈夫睡了两年竟没有抓住他的心，月亮西沉她还睁着眼睛。

清晨，刘学栋翻身下了床，英子说："晚会儿去吧。"她不想让丈夫离开。"他不离开，俺就没有烦心的事儿。"她想。

刘学栋边穿衣边道："趁热打铁，半个月再出一批就能到集上卖了。"他出门来到水池边抹了几下脸，走到西屋窗前拍拍窗棱，"我先走了"。说完推车出了玉泉楼。

只一会儿，徐静心就从门里出来，她来到池边精心地梳洗，洗完进了屋。英子从床上跳下，来到门前注视着西屋。

片刻，徐静心身穿黑缎旗袍从西屋出来，显得婀娜多姿。

英子忙出了门："婶——"

徐静心回过头来。

英子明知故问："去哪儿？婶。"

"木匠铺。"

英子说："别去了，怪累的。"

"累不着。"徐静心说着欲出后院。

英子说："这一阵又不刷漆了，不用去。"

徐静心不得不停住脚步，转过身望着英子。

刘夫人从北屋出来："英子说得是，不刷漆不用看着他，干活累不坏学栋。再说那些人光着膀子露着腿的也不雅，咱不去。"

徐静心说："进料和发钱的账，得去拢一拢。"

"账等我哥回来记吧，今天咱包饺子。"英子说。她有的是心眼儿对付徐静心。

刘夫人说："对，包饺子，多少日子没吃饺子了，咱还开饭馆呢。"

徐静心犹豫。

英子走上前抓过静心手中的包，拉着她往回走："上午去趵突泉，下午包饺子。"

徐静心无奈地只得随她进了北屋。

刘学栋打磨家具不时地抬头望向院门，太阳已经老高了，还没见到静心的影子，他有点沉不住气了。他跑出大门向远处张望，路上空无一人，刘学栋失望地叹了口气，垂头丧气地进了院子。他来到家具旁心烦意乱地打磨着，打磨几下就干不下去了，扔下木块砂纸走到水缸前舀起一瓢水往嘴里灌。

庄师傅过来说："掌柜的，你锯几根竹竿，咱搭个棚子吧，天太热了。"

刘学栋抄起旁边的锯抓起一根竹竿锯了起来，他抬头眼巴巴地瞅着大门口，竹竿锯断了，锯一下子锯在他右膝盖上，他疼得大叫一声。低头一看，膝盖上已拉开一道长长的口子。

英子抱着亮亮同刘夫人、徐静心在趵突泉游玩。徐静心心神不定眼神游离，心想："学栋准在想我为何还不来，有可能干不下活儿去，还可能生我的气……"想到这儿，她更心烦意乱。英子见她这副样子，得到了极大的满足，心想："亏了俺拦住了你，要不你还不定跟学栋干什么呢。"

下午，徐静心更六神无主，英子瞥了徐静心一眼："妈，咱包饺子吧。"刘夫人抱着亮亮说："这才几时啊，学栋回来还早呢。"

英子拉着长腔说："学栋今天回来得早。"

刘夫人问："跟你说了？"

"没，俺猜不错，你信吧？婶。"英子有意问徐静心。

徐静心语无伦次地应着："嗯，是……"

英子和着面装作漫不经心地对徐静心道："俺可了解俺哥了，别看俺没去木匠铺，他和别人干的吗，俺心里清清楚楚。"说完瞟了她一眼。徐静心的脸霎时成了块大红布。英子见徐静心尴尬，得意地一笑："妈、婶，准备包吧。"

刘夫人说："包就包，粘了皮让你哥回来吃烂饺子。"

英子话里有话："怕是咱还没包完，他就进了门。"

刘夫人说:"看你猜得准不准。静心,你去厨房拿馅儿。"

徐静心刚走到院中,见学栋已推车拐着腿进了院子。徐静心吃惊地望着他。刘学栋把自行车往墙上一靠,一步一挪地走到她面前,生气地问:"为什么不去!"徐静心答不上话来。

英子往院里一瞧叫了声:"哥!"她回过头,"妈,我说得准吧,哥回来了。"英子出门走向学栋说:"我没让婶去,又不刷漆,不用看着你。这不,俺和婶给你包饺子吃呢。"

刘学栋火了:"吃,吃,你就知道吃!"说完狠狠地瞪了英子一眼,转身一瘸一拐地往东屋走。

英子惊叫一声跟了过去,刘夫人从北屋出来,也和徐静心进了东屋。刘学栋气呼呼地在床边坐下,一条腿搁在床上。英子欲提起裤管看看,被刘学栋喝住。

刘夫人上前问:"怎么了?"说着撸起刘学栋的裤腿,见膝盖用布裹着,刘夫人心疼地问:"伤着啦?"

刘学栋不吱声,徐静心上前解开血布,膝盖上现出一条长长的口子,三人吸了口凉气。

刘夫人埋怨道:"老大不小了,还像个孩子,咋干活儿就受伤呢,你看看,看看,多长的口子。"

徐静心忙找来药和纱布给他消毒上药,刘夫人、英子在旁边看着。上完药,徐静心回到西屋关上门想起了莲花的话,心想:"莲花说得对,我离开了,学栋还不定出什么事儿呢。"她眼圈红了。

夜里,刘学栋、英子背对背躺着,英子流下了泪。她知道徐静心没去木匠铺,丈夫才锯伤了腿。她没想到丈夫对徐静心眷恋到了这程度,她既恨徐静心,又心疼丈夫。

第二天早上,刘学栋爬起身,穿上衣服出了房门,他拖着伤腿推起自行车往院外走。英子爬起身透过窗户呆呆地望着西屋。

徐静心已早早地起来了,看着刘学栋面带怨气地出了门,坐在床沿儿上伤心。

英子久久不见徐静心出来,沉不住气了,她忐忑不安地在屋里走动。半响,还不见徐静心出来,英子来到西屋门前,犹豫一下轻轻拍响房门。

徐静心正在流泪，听到敲门声忙抬起头问："谁？"听见是英子，赶紧抹了下泪上前打开门。

英子用哀求的口吻说："婶去木匠铺吧。"

徐静心愣住了。

"快去吧。"

徐静心回过神儿来摇了下头。

英子着急地说："去吧，去吧。"徐静心疑惑地看着她。英子解释："你不去……管着他，昨天伤了腿，今天能把手砸了。"

徐静心明白过来，心里很矛盾，不知该不该去。

英子急了："婶，求你了。"

徐静心望着英子诚恳的样子，知道她真为学栋担心，不好再说什么，就简单梳了下头发，取出药品急匆匆地出了门。

树荫下，刘学栋躺在木板上无神地怅望着天空。前几天和徐静心在一块儿的情景又一幕幕在脑海中闪现。他坐起身望着大门，企盼静心进来，可没有静心的影子，他失望地又仰面躺下。

突然，徐静心出现在面前，他以为在做梦，眨了下眼睛，见徐静心正看着自己，一骨碌爬起来惊喜地抓住她的手。徐静心推开他的手，从包里取出药蹲下身给他换药。刘学栋俯视着她，徐静心包扎完仰脸见学栋正出神地望着自己，脸霎时红到了脖子，她慌乱地把药品放回包里，走到院中打磨起了家具。她觉得既然英子求自己来，就不能做得太过。刘学栋兴冲冲地走过来脱去褂子，甩开膀子呼呼地大干起来。徐静心转过身泪水打在了地上。

黄昏的时候，刘学栋推着自行车同徐静心出了木匠铺，来到湖边。刘学栋坐下，徐静心给他查看伤口。刘学栋呆呆地望着她，徐静心感受到了他目光的灼热，手有点颤抖。上完药，徐静心在他身边坐下，二人望着湖中摇曳的荷叶和来回躲藏的荷花。刘学栋说："静心，我喜欢和你在一块儿，往后还来吗？"语气带有乞求，还有点儿颤抖。

徐静心摇摇头。

过了好一会儿，刘学栋说："求你个事儿，要是俺死了，你每年清明到俺坟头上烧几张纸，俺想年年能见上你一回。"他望着徐静心。

徐静心与他的眼光一碰，眼圈红了，她知道学栋真会死，她怕控制不住哭出声，忙站起身顺着小路往前走。

刘学栋站起，骑车追上她："来，我再带你一回。"徐静心似没听到，继续前行。刘学栋下了车，同她并排往前走，二人默默地走着，刘学栋想："我和她在一块儿的时候太少了，真不该从北平回来，我干吗不听三叔的，太傻了。"他懊悔不已。来到大路上，刘学栋说："上来吧。"徐静心顺从地坐上车后座。刘学栋回过脸说："抱住我腰。"

徐静心抱住他的腰伏在他背上。

路上，刘学栋大脑一片空白，只是机械地蹬着车子，徐静心也只是搂着他的腰倚靠在他身上流泪。

齐鲁饭庄王掌柜发了狠劲，指使老鸨让冯营长他们天天到玉泉楼要十二食盒饭菜。玉泉楼吃不消了，王大厨千方百计地增加菜品和创新。王大厨想起了学栋从上海回来说起的有名沪菜——糖醋小排和白斩鸡，就根据山东人的口味，对这两道菜加以改进。他还把过去用荷叶代替梅菜做的梅菜扣肉改了回来，只不过肉的做法变了。按沪菜做法是先把五花肉拉成小方格状放在碗里加上佐料蒸。王大厨则让人把肘子肉切成小方块放到大锅里炖，炖熟后，和泡好的梅菜再一块儿蒸。别说，改了口味的梅菜扣肉还真引来了不少顾客。白斩鸡、糖醋小排也是同样的效果。王大厨受到了启发，又将杭州的西湖醋鱼及杭帮菜端到了桌上，这下又引来了不少顾客品尝。王大厨还让人搬来两个烤地瓜的炉子，将鲜嫩的小羊腿揉进孜然等佐料挂在炉膛里烤。济南人过去没吃过烤羊腿，一吃连声叫好。来玉泉楼品尝的顾客排起了长队。王大厨心想：既然能烤羊腿，那也一定能烤鸡。济南人爱吃扒鸡，却没吃过烤鸡。烤鸡外表鲜亮，皮酥肉嫩，有点儿像北平的烤鸭。为了弄出烤鸭的滋味，王大厨还让人买来章丘大葱和北厚记的甜面酱，配上薄薄的小饼，尝一口，真比北平全聚德的烤鸭更对味儿。王大厨来了兴致，还让人弄来鸽子、鹌鹑放入地瓜炉里烤。一时间，玉泉楼名声响彻山东。

营业额高归高，可经不起齐鲁饭庄王掌柜的折腾，他见天撮弄冯营长带人白吃白喝。王大厨筋疲力尽支撑着玉泉楼不垮，还挖空心思地揽生意。他知道从一般顾客嘴里捞不到太多的钱，就打那些有钱人的主意。

这天王大厨做完菜上了楼，去给徐混混敬酒，说敬酒其实是联络感情。徐混混等人见他进来，站起身亲热地拉他入座，一桌子人寒暄了好一阵。

王大厨敬完酒说："西市场的斗鸡没法看，两只鸡笨得像犍牛。光使蛮劲，没个技巧，一场个把钟头，我差点睡在斗鸡场里。"

徐混混说："挺有意思啊，个把钟头算吗，要不怎么打发日子。"

王大厨摇头道："那也得有个技巧吧？从斗鸡的技巧就知道驯鸡的没个档次，京城驯出的鸡可不是这个样子。"

徐混混伸长脖子问："京城驯出的鸡啥样？"

王大厨比画着："没开斗，光看那鸡就让人来精神。个个挺胸昂头，雄赳赳气昂昂的像个待拼杀的将军。那鸡羽毛光亮，鸡尾像唱戏用的雉鸡翎，神情高傲，眼里透出杀气，还没上场就让看客知道将是一场昏天黑地的厮杀。"徐混混等人来了兴趣，伸直脖子听着。王大厨说："斗起来那才叫好看呢，出嘴快如闪电，蹬腿猛如重锤，你一嘴，我一腿像武林高手打斗，招招见功夫。功夫好的鸡还会用翅子来个扫堂腿，一翅能把鸡腿扫折了。"说着比画着动作。徐混混等人听入了迷，王大厨继续道："哪像咱这儿的鸡，除了老熟套路的嘴叼腿蹬，就不会个别的招数。"

徐混混等人听了连连咂嘴："是是，听你这么一说，咱这儿的鸡还真是笨。"

王大厨解释："要说鸡都是好鸡，个个像山东人大骨架。鸡雏挤鼻子瞪眼的也精神，就是大了变呆了。为吗？让驯鸡的人驯坏了。来，干杯。"

徐混混等人回过神儿来："干，干，你继续说。"

徐混混抓起筷子夹菜，盘中菜所剩无几，他跑到门口拉开门冲楼下喊："来，点菜！上酒！"喊完跑回座位对王大厨说："接着讲。"

王大厨说："京城天坛旁边有户驯鸡的，名冠京城，驯出的鸡分一年的、一年半的、两年的……"

徐混混眨巴着眼睛问："怎么还分年份？"

王大厨说："我说你不懂吧，训练的日子长，功夫就高深。"

徐混混的朋友用手搡了徐混混一把："练功长的能跟初学乍练的一个样？"

徐混混连连点头："对，对。"

"知道他怎么驯鸡吗？"王大厨指着远处问。

徐混混等人摇头。

伙计进门问徐混混："爷，来点什么？"

徐混混说："拣着好的上吧。"

伙计说："酒呢？"

徐混混不耐烦了："别啰唆，好的！"

伙计说："茅台？"

徐混混道："行，就茅台，快点儿。"说着一摆手。

伙计跑了出去。

王大厨说："从鸡雏开始就抓出来斗，赢的喂点米，输的饿着。过一天赢的跟赢的斗，输的跟输的斗，赢了喂点米，输的饿着。这么几天下来，体格弱的都饿死了，留下的都是争强好斗的。就这么一批批地淘汰，一千只鸡长到半年就剩下十只。他把这十只腿上和后背上缠上铅块，鸡翅上缠上木块，鸡嘴尖上下各贴块胶布……"

徐混混问："为什么？"

王大厨说："腿上和后背上缠了铅块加了分量，鸡打斗想跳得高就得更用劲儿，鸡翅缠上木块让鸡练得更有劲儿，嘴尖贴胶布，啄不疼就得更用劲儿。"

徐混混惊叹地对旁边的人:"看看,看看,人家是咋琢磨的。"

王大厨继续讲:"练它半年,鸡个个力大无穷。开斗前解下铅块木块和胶布,鸡一身轻松,跳得比旁的鸡高出一截,用腿一蹬就能把对手踹个跟头,出嘴又快又准,'啪'的一嘴就能啄下块肉来。"

徐混混等人大惊。

酒菜上来了,徐混混等人连忙吃了几口催促王大厨:"接着讲。"

王大厨说:"他训练的鸡百战百胜,最后别人一听说是他驯出的鸡干脆就不敢斗了。"王大厨喝了口酒说:"那年天津有个高手抱了只鸡来,说和他打擂台,赢家一百块现大洋。他一看天津人带来的鸡大叫一声'乖乖'……"

徐混混等人问:"天津的鸡更厉害?"

王大厨说:"别急,别急,听我讲。打擂那天,天津人的鸡一露面,叫好声一片,那鸡呀足有一米高,全身墨黑,鸡冠子红得像火苗,挺胸昂头活脱脱的就是西楚霸王,那气势人看了也惧怕三分。天坛那户人家抱了只不起眼的鸡进了场子,放入场中,众人一看大笑了起来。这鸡还不及天津人的一半高。灰不拉叽就像刚从土里刨出来的小笨鸡。一开斗更惹人发笑,那鸡根本不斗,叫西楚霸王撵得满圈里乱跑。最后西楚霸王不撵了,立在场当中'鸣鸣'地打起了鸣。众人咋呼着'还斗鸡王呢,别给北平爷们儿丢份儿,抓出来宰了吃吧',谁知那土鸡听人这么说和起哄,忽然挺胸傲慢地走到西楚霸王面前。西楚霸王也摆开斗的架势,两鸡对峙,一起跳了起来,就这么一下,西楚霸王就瘫在了地上。土鸡转身就走。裁判进场一瞧,惊叫起来'妈呀',满场上的人大惊围过来一瞧,你猜怎么着?"

徐混混等人伸长脖子问:"怎么了?"

王大厨说:"西楚霸王眼珠少了一颗,鸡嗓子活生生地撕开了道口子,鸡心鸡肝鸡肚鸡肠子全流了出来。"

徐混混等人"啊"了一声。

...... 455

王大厨起身道:"我得走了。"

徐混混忙拉住他:"再拉拉呱。"

其他人也迫切地挽留他:"继续聊,继续聊。"

王大厨说:"我不行,我不及你们,我还得安排明天进货,要不明天再聊?"

徐混混等人连声道:"好,好,明天接着聊。见天听大哥来拉拉呱着实长见识。听你拉上一年,也能成半个北平人儿。"

王大厨说:"是,济南太闭塞,我来到这儿都闷得慌,也想跟各位兄弟聊聊,那就明天,明天吧。"

徐混混说:"我明天摆好了五粮液等你。"

王大厨拱拱手道:"先谢了,明儿喝你的五粮液。"

王掌柜在齐鲁饭庄的单间里喜滋滋地饮酒,见夫人进了门,王掌柜的眼神在她胸上裆里探索。老鸨一见生气了:"眼珠子又乱撒摸!想捅人就非得让人看出来啊?"说着在他对面坐下教训起了丈夫:"说你多少回了,要注意举止做派。你也学学人家当官和有钱的人,玩过多少姑娘,也像个正人君子,拔出家伙来搂着姑娘说:'真想跟你白头偕老。'其实他心里想去尝尝别的姑娘滋味儿。说完这话,还央求姑娘给他生个儿。真怀上了,还不得把他吓死。可人家说出来,就显得痴情高尚。你可倒好,还没干呢,就让人觉得龌龊,你说你在世道上还怎么混?"老鸨叹了口气说:"当然了,也不能全怨你,你不是人家圈里的人,没经过历练。可你要记住:别管心里想得多下作,也要装成个正派人。人家董圣人,七老八十了,把小尼姑捅大了肚子捅出个人来,还正言厉色地教导弟子:做人要心正眼正为儿孙做出表率。"

王掌柜说:"夫人说得对,我是要修炼。"说着给老鸨倒了一杯酒。老鸨见丈夫悠闲,心里纳闷:"冯营长他们见天折腾玉泉楼,也没见人家垮,老头子今儿咋咧开了嘴?"问道:"你乐和吗?"

王掌柜笑着说:"你知道刘学栋那小子干什么去了吧?"老鸨摇头。王掌柜咂了口酒说:"干了倾家荡产的行当。"

"啥行当这么吓人？"

"木匠铺。"

"木匠铺干好了挣大钱，咋说倾家荡产？"

"你还记得俺家是干什么行当的吧？"

老鸹一听来了气儿："打死也记得，棺材铺。还没进你家院门，就见门口趴着俩棺材，当是死了双亲呢。"

王掌柜瞪起眼："干吗骂人？"

老鸹火不打一处来："骂，就该骂！骂你爹那个老不死的，他见了俺描了眉画了眼一口一个婊子。你爹一个乡下凡夫俗子见过天上的七仙女吗？婊子怎么啦？跟了他儿纯是鲜花插在了牛粪上！"

王掌柜平息道："行了，行了，过去多少年了，还来气儿。"家业都是夫人挣的，王掌柜想起来就心虚。

老鸹气没消："不行，想起你爹我就气成个蛤蟆肚。当年门没让进，就被那老不死的撵出了门，还跺着脚骂俺婊子。婊子养活着他儿，没我这婊子，他儿能有今天？！"

王掌柜息事宁人地说："别冲着我来。"

老鸹愤愤地说："让你记住，俺当暗门子养活的你，后来弄了俩姑娘才一点点发达到今天一个春楼一个酒店，你别没良心！"

王掌柜也有点儿生气了："我咋没良心了？你说春楼多少漂亮姑娘，我对她们动过一点儿心吗？你现在发达了，粗声大气地训人，告诉你，觉得我不好，我立马走人！"

范老鸹想起老头子的好，气渐渐消了。王掌柜发完火也不愿跟夫人一般见识，就说："这些日子我思量，多少年了咱干不过玉泉楼，是没扬长避短。咱有啥长处？一是有姑娘，二是懂木匠行当。别看棺材铺不是木匠铺，可使的家什都是斧、凿、刨。咱用姑娘折腾它伤了元气，再用木匠行当鼓捣它，就能让玉泉楼关了门。"

老鸹说："别管你用吗法，我总觉得开着酒店再开棺材铺，不太对劲儿，叫人听了恶心。"她气蒙了，现在也没回过神儿来。

王掌柜说："我说过开棺材铺吗？我是想开木匠铺，这行当我熟，跑不了幅。"

...... 457

王掌柜说干就干，次日就找到了木匠高人陈师傅。陈师傅精通木工活，做过模型工，做出的活计精细。王掌柜说出想法，让他当头儿，陈师傅当即应承下来。王掌柜让陈师傅选手艺好的木匠，并让他按照刘学栋木匠铺的家具样式打。陈师傅很快带木匠打出了和刘学栋木匠铺一样的家具，还打听好了刘学栋上集卖家具的日子。

南门集市是济南最大的贸易市场，逢集便人山人海。陈师傅带着两驾载着家具的马车早早来到了集市口。他进了集，来到卖家具的地方寻找刘学栋，没寻到，回到车旁摸出一支烟悠闲地吸着。王掌柜则在僻静处注视着他。

过了不一会儿，两驾装满家具的马车由远而近，前面车上坐着刘学栋，后面车上坐着庄师傅。陈师傅望见刘学栋来了，扔下烟头跟了上去，王掌柜远远地跟着。

两驾马车来到卖家具的地方停下，刘学栋招呼车夫和庄师傅卸车。家具一卸下来立刻围上不少人，人们边看边称赞，几个人还打听着价钱，刘学栋高兴地报着价。

陈师傅挤到家具前一瞧乐了，家具没有他们的精细，他不屑地瞥了刘学栋一眼，然后挤出人群来到自家车旁对两个车把式做了个手势，车把式挥动鞭子赶着马车来到刘学栋的家具旁停下。刘学栋疑惑地望着他们，众人也好奇地看着。陈师傅指挥着卸车，家具一卸下来，引来不少人赞叹。陈师傅拉来的家具做工精美考究，相比之下，刘学栋的家具逊色不少。

刘学栋倒吸了口凉气，仔细观看着陈师傅带来的家具，觉得人家的确实好。他心虚地回到了自己的家具旁。

人们把陈师傅带来的家具团团围住，争相打听价格，陈师傅报着价。刘学栋听到报价不高，心里一沉。庄师傅过来悄声道："掌柜的，咱拉回去吧？"

刘学栋挺着胸说："被人揍死也不能被人吓死，来，吆喝！"

庄师傅为难地说："有那家比着，咱怎么吆喝？"

刘学栋说："该怎么吆喝就怎么吆喝，梳妆台两块、大立橱四块、八仙桌一套三块，快点！"他把家具降了价。

庄师傅说："我吆喝不出，还是你吆喝吧。"

刘学栋生气地瞪他一眼："你见过掌柜吆喝的吗？快，快吆喝！"

庄师傅无奈地吆喝起来："梳妆台两块、大立橱四块、八仙桌一套三块……"

刘学栋训斥他："蚊子呀，哼哼唧唧的，大点声！"庄师傅清清嗓子吆喝起来，众人回头望着他，刘学栋见众人回头，催促庄师傅："再大点儿声，大点儿！"

庄师傅高声叫喊："梳妆台两块、大立橱四块、八仙桌一套三块——"

这时陈师傅跳上八仙桌，高声吆喝起来："梳妆台一块、大立橱三块、八仙桌一套两块——"

庄师傅没听见陈师傅喊什么，还在高声吆喝。众人哈哈大笑，藏在一边的王掌柜也乐了。

刘学栋急了，冲庄师傅喊："降价，降价，每样降价一块！"

庄师傅没听清弓下腰问："什么，降价？降多少？"

刘学栋说："每样降一块，大声喊！"

庄师傅直起身高声吆喝："梳妆台一块、大立橱三块、八仙桌一套……几块来着？"他问刘学栋，引来众人一片嘲笑声。

陈师傅紧跟着吆喝："梳妆台半块大洋、大立橱两块、八仙桌一套一块，送货上门——"

众人把陈师傅的家具围得水泄不通。

刘学栋急了："再喊，再往下降！"

庄师傅苦着脸道："咱已经赔了。"

刘学栋板着脸："赔不碍你的事，咋呼！不蒸（争）馒头蒸（争）口气！"

庄师傅说："到底多少？"

刘学栋说："梳妆台四十个大子、大立橱一块、八仙桌一套半块大洋。"

庄师傅高喊起来："听好了，听好了！梳妆台四十个大子、大立橱一块、八仙桌一套半块大洋！"

人们听后还是无动于衷。一男子道："不怕不识货，就怕货比货，人家梳妆台半块，你的二十个子也不值，大立橱人家两块，你的也就值半块……"

刘学栋和庄师傅羞得无地自容，刘学栋脸涨得通红转身就走，庄师傅急忙问："家具咋办？"

刘学栋头也不回地说："处理了！"说完钻入人群。

王掌柜望着刘学栋的背影哈哈大笑。

晚上，刘学栋和王大厨在单间里喝闷酒，二人心里都很不舒服。原指望木匠铺赚点钱贴补买药，没想到赔了本还丢了人。

王大厨说："我让人打听了，集上卖家具的是王掌柜的手下，王掌柜上个月在郊外开了一家木匠铺。"

刘学栋一听，知道王掌柜有意祸害玉泉楼，气炸了肺。他两眼冒火发狠道："我这就烧了他的木匠铺！"

王大厨劝他："别干傻事，干买卖使坏不稀奇，他铁心祸害咱，咱没法干了。"

刘学栋望着王大厨。

王大厨解释："人家雇了高人，咱再换木匠也争不过人家。"说完喝起了闷酒。

刘学栋不再说话，心里盘算起如何报复王掌柜。王掌柜没完没了地整玉泉楼，想整垮占为己有，刘学栋想起来气得浑身发颤。他离开王大厨后，回到卧房躺在床上越想越气，觉得不报复王掌柜能气死。报复也不是狠揍他一顿，是烧了齐鲁饭庄和艳翠楼。他计划着从哪地方下手，怎样才能烧得干干净净。"最好烧死王掌柜、范老鸹，还不能烧伤烧死厨子、妓女和嫖客。"他想得很细，天亮前把一切都计划好了，才打起了瞌睡。天亮后，他来到集上买厨房需要的鸡鸭鱼肉蛋、蔬菜、水果，买完他头脑清醒了，"真要烧了齐鲁饭庄和艳翠楼，自己肯定被抓。抓自己不要紧，玉泉楼就完了，也不能为八路军供药了，还会伤害到英子、静心、二叔、二婶、王大厨、马拧子和振鲁、福生。自己被拉去枪毙，他们伤心，说不定还出点什么事儿。"刘学栋觉得计划不能施行了,既窝火又丧气。

刘学栋百无聊赖地在马路上游荡,不知不觉来到了南门跤场。听到叫好声他来了精神,他对门口收票的师弟打个招呼进了场子。

场中,振鲁和福生你来我往比着跤技,刘学栋心里痒痒起来,他活动着手腕脚腕走向后场。

马拧子正在教一徒弟跤法,见刘学栋进来道:"你小子咋有空儿?"说着膀子一抖,把徒弟摔翻。马拧子到玉泉楼负荆请罪,他们师徒间的恩怨已完全消除,马拧子待学栋还像儿子。

刘学栋叫了一声师傅,走到桌旁给马拧子缸子里倒上水,马拧子坐下问:"木匠铺还好吧?"

刘学栋回道:"关门了。"

马拧子瞪大眼睛问:"怎么回事儿?"

"我不喜欢干那玩意儿,喜欢跟师傅学跤。"刘学栋不想聊窝心的事儿。

马拧子哈哈大笑:"太合师傅心意了,你呢,也就是块摔跤的料,瞧你这身板。"他站起身拍拍刘学栋的胸脯,又用力踢了踢他的腿,"这身板不练摔跤瞎可了了。"

刘学栋高兴起来:"我上场来两跤?"

马拧子说:"去吧。"刘学栋脱去衣褂活动起腰腿,马拧子打量着他感叹:"我马拧子摔跤三十年,见过的跤手老鼻子了,还没见过你这样虎背熊腰使绊子溜滑的。"

刘学栋笑了,他活动完对马拧子道:"俺上场了,师傅。"说着往前场走。

马拧子喊道:"别动真格的,摔你师兄弟太惨,师傅场子就不来钱了。"

刘学栋回头道:"知道,师傅。"

刘学栋一出场引来一片叫好声,观众太喜欢看他摔跤了。刘学栋不但跤摔得好,动作舒展漂亮,人也精神。

刘学栋兴奋地和福生走完跤架开始抓把,刘学栋在福生面前是

……461

个庞然大物，福生使尽绊子也无法摔翻他。刘学栋待他忙活得差不多了，只一个动作便将他撂倒在地。观众遗憾地相互道："不是一个级别，差太多了。"

刘学栋招呼振鲁上场，振鲁虽然勇猛剽悍，却也不是刘学栋的对手，刘学栋没费多少事就将他摔翻。众人又是一片叫好声。

马拧子在后场看了，忙招手让他下场，怕他控制不住性子。刘学栋脱下跤衣在空中一旋，跤衣飞旋着落地。刘学栋刚来了后场，马拧子一巴掌扇在他胸脯子上："你玩真格的不毁了师傅的场子？师傅还仗着它混饭吃呢。"刘学栋憨憨地笑了。马拧子说："你要是高兴，还是练基本功，等有个比赛师傅带着你去。"

刘学栋说："日本鬼子占着咱国，仗不知啥时候打到头儿，哪能有比赛。"

"哎，你小子目光咋短浅了？别看小鬼子今天耀武扬威，其实没多少后劲儿。这种事儿我见多了，跤手不行的时候，才硬充强呢。"马拧子说。

刘学栋乐了："参加比赛，我真能冒出头？"他明知故问。

马拧子说："冒出头不手拿把掐嘛。八年前，我都小四十了，还摔了个全国第二。师傅个头力气比不了你吧？那年的第一比我强不了多少，就是一星半点儿。你练练比他强多了，就你这力气上哪儿找去。"刘学栋乐了。马拧子说："那年，我遇到了个蒙古跤手，有力气，愣是把我旋了起来。过后我琢磨，他哪来的那么大力气？后来想明白了，蒙古人生来就吃牛羊肉，力气就大。我想你小子跟你二叔在玉泉楼吃得好，力气自然没人抵得了。"

刘学栋问："师傅说练啥最长劲儿，摔起跤来最实用？"

马拧子说："对你这个个头来说，是晃大缸。"

刘学栋眨巴着眼睛问："晃大缸？"

马拧子解释："大缸里装上沙子，开始少装，晃得不吃力了再装，等到装满一缸，你晃得轻松自如，就能成跤王。"

第 二 十 一 章

刘学栋躺在床上想着白天跟马拧子学跤的事，忽然想："我能不能也开个跤场？"从开木匠铺失败，他知道自己的长处还是在跤场。

天刚亮，刘学栋握着一包东西来到南门跤场，看到马拧子正在后场训斥振鲁摔跤不用脑子，就过来给振鲁解围："师傅，看俺给你带啥来了。"说着把包放到桌上打开。

马拧子眼睛一闭，用鼻子嗅了嗅："红烧牛肉。王大厨这牛肉顶风香十里。"

刘学栋笑着从裤兜取出酒瓶用牙啃去盖儿递给马拧子，马拧子接过问他："有事？"

刘学栋欲言又止。

"没事儿你不会给师傅带酒来。"

刘学栋支吾半晌说："我想去北平开个跤场。"

马拧子一愣，回过神儿来说："你家又不缺钱，摔跤是下九流的行当，咋琢磨开跤场？"

"我喜欢摔跤，进了跤场就高兴。"刘学栋笑着回答。

"这倒是，喜好最有魔力，能鼓捣得人神魂颠倒。多少大户人家子弟放着清福不享，受苦流浪学戏。纺织厂刘老板的儿子从小迷戏，十五六岁就跟着戏班子四处演。说是演戏，他也就是当个配角，主角唱，他在一边牵个马什么的。可他好这个，刘老板气得让人把他捆回家锁在楼上。你猜怎么着？那小子夜里顺着流雨水的管子往下溜，谁知管子断了，摔断了腿。刘老板服气了，从此不再管他。"

刘学栋笑着说："我和那小子差不多，师傅，你知道我打心眼里喜欢摔跤这玩意儿。"

马拧子说："喜欢归喜欢，可你不能干这，摔跤跟要饭的差不多。打场子卖艺，看人家脸色行事，卖完力气，托着个小笸箩伸到人家面前，你说是不是跟大街上唱曲卖艺的一个样儿？"刘学栋不吱声。马拧子继续道："你叔人前人后多体面，叫人家背后一指，'别看他人五人六的，他儿子是个要饭的'，你说，你叔受得了啊？"

刘学栋说："先别管我叔，师傅说我这想法靠不靠谱？"

马拧子说："我知道你小子定下的事，九头牛也拉不回。告诉师傅，为吗非干这个？"

刘学栋笑着："爱好。"

马拧子不相信他的话："不对。要是爱好，你哪天高兴了来这儿过过瘾，用不着劳心费神跑千把里地开跤场吧？"

刘学栋沉吟片刻说："我想挣点钱。"

"胡扯，你玉泉楼缺钱吗？"

刘学栋回答："玉泉楼看着生意好，其实叫鬼子、二鬼子白吃白喝落不下仨瓜俩枣了。"

马拧子说："那也用不着受苦受难走江湖啊。"刘学栋欲言又止。马拧子忽然像明白了什么，放下酒瓶："学栋，你该不是给什么人挣钱吧？"他从黑蛋的死就意识到刘学栋跟抗日队伍有瓜葛。

刘学栋说："哪有的事儿，自己挣点钱花，再说我闲着也没事儿。"

马拧子表情严肃起来："学栋呀，师傅知道你有志向，是条汉子，还干着别的事。师傅佩服你，打你领着黑蛋他们杀了鬼子，师傅就知道你在干吗。干得好，师傅不如你。师傅是个老江湖了，逆来顺受，可师傅有良心啊，看不下去那些狗日的杀人放火。黑蛋死了，黑蛋跟我儿子差不多，可我为了保住场子，说白了，为了活着，没给黑蛋报仇。你师傅没出息，不像条汉子，师傅不如你。我一想起黑蛋，心就像被人抓着挠着。黑蛋妈六十多了，没了儿，做师傅的不能给他报仇，哪回见到她我都心虚。我知道你挣钱有正当用处，师傅不说了，摔跤师傅教你，江湖的事，师傅也教你。"说完，他示意刘学栋穿上跤衣。学栋穿上，马拧子抓住学栋的跤衣袖："俗话说知己知彼百战百胜，你晓得自己的长处短处吗？"

刘学栋回答："力气大，短处……短处也不少。"他费力地说出，心里却觉得跤技无人能比。

马拧子说："不错，长处是个高、臂长、力气大，短处在哪儿……"他往后退了两步，"来学栋，咱爷儿俩来一跤。"

刘学栋不好意思："别……师傅……"

马拧子说："我让你知道自个儿的短处。"

刘学栋往手心啐了两口唾沫逼向马拧子，马拧子直着身子后退。刘学栋步步紧逼，马拧子突然身子一蹲，一下蹲入刘学栋腹下抱住了他的腿，随后一挺腰，一个别腿就把刘学栋掀翻，刘学栋仰躺在地上琢磨着马拧子使的绊。马拧子问："知道你短处了吧？"

刘学栋爬起来信服地说："师傅动作真快。"

马拧子说："师傅身手是溜滑点儿，可你身下空当儿也忒大了。你身高是优势，可空当太大就成了短处，抱腿好的跤手十回有八回能得手。"

"那俺该咋办？"

"师傅教你。"马拧子说着做出架势，"你再抓把要把身子放得再低一点，一手耷拉在下边。"说着做动作。刘学栋学着。马拧子说："身子塌得再大一点，这个样儿。"他示范着。刘学栋跟着学。马拧子说："这要养成习惯，今天专练这架势。"刘学栋练了起来。马拧子说："开始不习惯，重心低了步子不如早先灵便，这不要紧，习惯了一个样儿。"刘学栋点头。马拧子说："学栋，师傅也不用多教你招数，你只要把力气练得再大一点，身子再低一点，就没有跤手能敌得了你。"

观众散尽，马拧子领着刘学栋从后场出来，叫过福生："你今天和你师哥专练抓把，你光抢下手抱他的腿，抱住就算赢。"福生答应着。二人上场抢把，马拧子在一边不停地喊："学栋，又忘了，又忘了，别直身子啊，再低一点儿，低一点儿。学栋，你一是防住不让对手抱住腿，二是被抱住了也别慌张，可以用蹬踢、蹬别子摔他……"刘学栋一个蹬别子将福生摔倒。马拧子高兴地叫道："好，再碰到那山西客就这么摔，最好把蹬别子跟蹬踢连环着使。"刘学栋、福生抓把。刘学栋有意让福生抱住腿，刘学栋一个蹬踢被福生挺住，刘学栋顺势使了个蹬别子将他摔倒在地。马拧子鼓掌："这叫借劲打劲。"

二人练了半天，马拧子说："好了，福生你回家吧。"福生进了后场。马拧子对刘学栋说："有长进，起码比先前好多了。"

刘学栋说："多亏了师傅，要不碰到个擅长抱腿的，我开出的场子也就被踢了。"

马拧子点头道："那是，人家撂倒你，你就得给人家腾地方，不腾没人再捧你的场，再说被踢了场子挪地方是个规矩。"

刘学栋感叹道："江湖真凶险。"

"不是凶险，太凶险了！碰到的事太多。我要告诉你的是，碰到事儿别怕，当然能躲过去就躲，逞强早晚把命搭上。我跟你说两件事。一件是在十五六年前，我刚来这儿开场子，有个练功的想占这地方。我心想这家伙咋这么狂？那小子见我不搭茬，抬起腿来了个朝天蹬，脚举到头顶抿头发。我一看这小子功夫不浅，搬起脚用脚面蹭了蹭鼻涕。那小子放下腿拾起块砖头用手掰成两半。我也不答话，走到大树前冲他说，'开场子这树碍事了'，说着一腿踢断碗口粗的树干。那小子服了，拱手道：'大哥，兄弟有眼不识泰山。'"刘学栋哈哈大笑。马拧子沉着脸继续说："另一件事是八年前，我参加全国比赛得了个第二，奖了点钱。我把钱揣在棉袄里，坐火车从北平往济南赶，在火车上被一个小偷盯上了。"

刘学栋问："他咋知道师傅揣着钱？"

马拧子说："我老怕丢了钱光捂着，人家是干那行的，一看就明白。我也看到了那小子，提防着他。夜里我困得不行了，不知不觉睡着了。迷迷糊糊觉得有只手伸到我的衣服里，我醒了，那小子一下把手抽了回去。我明白了，这小子要偷走我的钱。你知道敢在火车上偷东西，没有一个人干的，都有帮手。明打明的来，三五个也不是师傅的对手，可人家背后捅刀子咱防不住。我就笑着说：'兄弟，你想摸摸俺身上的疙瘩肉？大哥就让你瞧瞧。'我说着扒光膀子一拍胸脯：'看见了吗，兄弟？'那小偷一瞧我这身腱子肉，连忙讨好我：'大哥，兄弟服你。'旁边的小偷也过来赔不是。临走还送给了我路费，我不要。他俩说：'反正又不是俺们挣的，费不了多少工夫。'"刘学栋笑起来。马拧子说："别当笑话听。师傅告诉你处世要灵活，就这两档子事，要是硬来，师傅不见得赚多大便宜。学栋你小子脾气火暴，又是直心眼儿，遇事可要记住动脑子。"

刘学栋点头："记住了，师傅。"

马拧子说："你去开场子，不光要跤好，还得会吆喝。吆喝观众才上座，才有人缘。这吆喝学问大了，既好听又要在理儿，跤间来一口，既调节气氛，又让跤手歇歇。话一出口还得让观众捧腹大笑长见识。"刘学栋眨巴着眼睛听着。马拧子说："吆喝是你的弱项，你脑瓜子灵，嘴却笨得像棉裤腰，你好好下功夫。来，听师傅先给你来一口……"马拧子清清嗓子，绕场讲了起来，虽没观众，却讲得颇为认真："大爷、大叔、大哥兄弟、老少爷们儿，在下马拧子，排行老二，加上俺爸算老三，今天给各位行礼了。今早打南门过来看到天有祥云喜鹊盘旋，就知道各位来给我捧场。您来这里准有喜事，兴许捡个金元宝，或者结识个小美妇，最差也能看场好跤。我练摔跤没大些日子，也就是三十来年。没去过几个地方，也就是到过北平、天津、沈阳、长春、哈尔滨、上海、南京。大连去过五六回，每回住不多日子，也就三五个月。大伙问，碰过好跤手吗？在下碰到过，厉害吗？都是些七八岁的孩子。在下没别的本事，也就在全国摔跤比赛上得了个第二。第一名咱不服气，一直想跟他比，可没找到他。在下不多说了，说多了也没用，说不如练，光说不练是嘴把式。嘴把式说大鼓、说评书、说快板、说相声。咱是摔跤的，干不了那些玩意儿，所以咱得练给老少爷们儿看。可话又说回来了，不说大伙也看不明白，不信，我问各位：跤法有多少种？手法多少套？跤法怎么使？手法怎么用？大伙明白吗？不明白我就得说，要不让老少爷们儿白花钱，对不住各位。我先跟大伙说说这跤法，跤法分上跤法和下跤法，上下跤法又分内跤法和外跤法，内外不同，上下不一样。使有使的规矩，破有破的办法，大伙明白了这些，再看跤手比试，就能看出门道。俗话说外行看热闹，内行看门道。这就像看京戏，看到好处叫一声'好'，就能看出戏迷的功力。不懂戏的那是瞎叫唤，懂戏的才是真捧场。看跤和看戏一个样，看长了都有个偏好，就像大老爷们儿看娘们儿，有喜欢胖的，有喜欢瘦的，有喜欢高的，有喜欢矮的，还有喜欢不胖不瘦半高不矮的。闲话少叙，今儿咱不多说了，先让徒弟上来练两跤，让老少爷们儿过过眼瘾，不过有些跤法不说大伙不明白……"刘学栋笑了。马拧子说："师傅能给你这么说一整天不兴打哏的，你有这本事？"刘学栋佩服得五体投地。

刘学栋是个干事的人，说干就干，回到木匠铺，光着膀子就绕着练功的家什学着马拧子的吆喝："大爷、大叔、大哥兄弟、老少爷们儿，在下刘学栋，排行老大加上俺爸算老二，今儿给各位行礼了。北平咱初来乍到，人生地不熟，还仰仗着各位捧场，有钱的捧个钱场，没钱的捧个人场……"庄师傅在一边听了哈哈大笑。刘学栋挠着头皮："这绕口令还真不好练，庄师傅，你看俺像那么回事儿吗？"

庄师傅说："像，像，跟南门拔轱辘（摔跤）的差不多。"

"那你听俺再来一遍。"刘学栋说着又学起了马拧子的样子晃着膀子围跤场转悠，"光说不练是嘴把式，光练不说的是跤把式。咱呢，不能不说，不说大伙看不出窍门儿，也不能不练，不练成了耍嘴皮子。说要说得明白，得让大伙知道胜的跤手用的吗招，输的兄弟咋输的。跤法分为上跤法、下跤法。下跤法又分内跤法和外跤法。跤法使有使的规矩，破有破的讲究。大伙明白了，再看摔跤就能看出个门道，就像戏迷看京戏，看到出彩的地儿，叫声'好'怎么样？"他望着庄师傅。

庄师傅笑着："嘴皮子挺溜，像那么回事儿。"

刘学栋咧开嘴笑了。

"你练功就练功，练嘴皮子干吗？"庄师傅问。

刘学栋愣了一下："玩玩……挺好玩的……"

清晨，刘学栋在水池旁洗着手嘟囔着："大爷、大叔，老少爷们儿，在下刘学栋排行老大，加上俺爸算老二，今儿给各位行礼了。"徐静心听到刘学栋的声音走到窗前，见刘学栋嘟囔着："北平咱初来乍到，人生地不熟，还望各位捧场，有钱的捧个钱场，没钱的捧个人场……"徐静心疑惑地望着他。

刘掌柜穿过酒店大厅来到后院听到刘学栋嘟囔立住了脚。刘学栋学着马拧子的语调："大爷、大叔、大哥兄弟，老少爷们儿，在下刘学栋排行老大，加上俺爸算老二，今儿给各位行礼了。北平咱初来乍到，人生地不熟，还望各位捧场，有钱的捧个钱场，没钱的捧个人场……"

刘掌柜气得脸色铁青，大吼一声："混账东西！"

刘学栋猛地回过头来看见二叔，忙叫："叔。"

刘掌柜生气地来到他面前："你从哪里学来的？这是街头卖艺知道吗？是叫花子！咱是大户人家，你念叨这个辱没祖宗！"他指着刘学栋，气得猛烈咳嗽起来。刘夫人、英子听到，从北屋出来，刘夫人问怎么回事，刘学栋不吱声。刘掌柜生气地指着刘学栋说："他学下三烂！"

英子一惊忙问："爸，他是不是去嫖了？"这是她最关心的事儿。

刘掌柜说："比嫖还厉害！"

英子吃惊地瞪大眼睛，不知道刘学栋干了啥坏事儿。

刘夫人问学栋："你干了吗事儿？看把你叔气的，成天介让人操心！"

徐静心从屋里出来给刘学栋解围："学栋，你回屋吧。"她在北平常跟学栋去跤场，知道跤场师傅都这样吆喝。

英子不高兴地道："婶儿，你别护着他，他不学好，我饶不了他!"

刘学栋走进东屋。

英子走过来给刘掌柜捶背:"爸,他是不是抽大烟?"

刘掌柜叹了口气:"他……他学街头卖艺耍嘴皮子!"

刘夫人、英子一听这话,豁然释了口气。

英子埋怨道:"爸,这也值得你发这么大火呀?"

刘掌柜一本正经地说:"他这是辱没祖宗!"

刘夫人也帮腔:"他整天去跤场,能学出好来!"她一直对学栋去跤场看不惯。

英子不依了:"爸,妈,你们要是这么看不上学栋,干脆把俺们撵出去!"说着气哼哼地进了东屋。

刘掌柜、刘夫人回过神儿来面面相觑,刘夫人才意识到老头子小题大做了,埋怨道:"这也值得你生气发火?我当是烧了房呢。"说完生气地进了北屋,留下刘掌柜坐在花坛边生闷气。

鬼子汉奸白吃白喝榨得玉泉楼没有多少利润了,刘学栋给八路军伤员买药,可谓雪上加霜,玉泉楼真是惨淡经营了。刘学栋也吃起了客人剩下的饭菜,他让伙计将鱼头和肘子骨合在一块儿炖,开始在厨房偷着吃,吃了十几日觉得味道不错,就让王大厨做好了端到后院北屋。

王大厨把一盆大杂烩往桌上一放,浓重的香味让多日不见油星的刘夫人、英子、徐静心馋涎欲滴。

刘夫人笑着:"真香,一闻就想吃。"说着往盆里伸勺子。

王大厨对刘夫人说:"味儿是挺香,说了您不见得吃,都是客人剩下的鱼头和肉骨头。"

徐静心和英子正想品尝,也缩回了手,还皱起了眉头。

刘夫人捂着鼻子,有点儿生气地说:"端下去,端下去,看着就恶心。"

刘学栋吃了一口对英子:"味道不错。"

英子冲他摆手:"去去去!"

刘学栋转脸问静心："你尝尝。"

徐静心忙摇头。

刘夫人说："学栋呀，咱清淡就清淡点，吃个干净，你不干不净的，说你么好呀。"

刘学栋说："我练功夫不吃油水不行。"

刘夫人说："可别练那玩意儿了，淹死会水的，能死大胆的，你再练就能上门去揍鬼子了。"众人笑了，刘学栋香甜地吃着。

刘夫人说："嘴还吧唧吧唧的活像头猪，亮亮不能跟他爸吃饭。"

英子应和着："妈说得是，亮亮跟着学栋也能变成头小猪。"

众人大笑了起来。

刘夫人指着桌上的饭菜生气地说："咱开酒楼的整天吃清粥小菜，学栋还吃客人剩下的，王掌柜、范老鸹害人也没有这么害的。"

众人沉下了脸。

英子说："妈，别生气，等鬼子滚了，我叫学栋烧了艳翠楼、齐鲁饭庄。"

刘学栋停住咀嚼："不光烧，把他俩从楼上扔下来。"

众人心情才好了起来。

刘学栋和振鲁在跤场后场角力，马拧子站在一边指导。马拧子拍了下刘学栋的胳膊："垂下来，防抱腿。"刘学栋手臂下移。马拧子道："这要养成个习惯。"刘学栋点头。马拧子指导他："垂下手臂不是让你光防守，要积极进攻，进攻才是最好的防守。"刘学栋听到这儿，突然伸出一只手抓住了振鲁的跤衣领，马拧子喊着："抓袖口，抓袖口！"刘学栋另一只手抓住了振鲁的袖口，马拧子道："停！"二人停下。马拧子对刘学栋："别松手，就这个架势。"刘学栋望着他。马拧子继续道："你身高力大，抓住对手起身往上猛提，一提对手脚就离了地儿，你不用旁的招，一抖膀子就能拧翻他。"刘学栋思索着。马拧子说："来，试试。"刘学栋和振鲁又蹲下身，刘学栋直起身两膀用力"啪"地就把振鲁拧了个个儿。马拧子问刘学栋："明白了？振鲁力气不小吧，你都能拧翻他，拧翻别的跤手还用费力啊？"刘学栋点头。马拧子说："光练这动作。"

刘学栋和振鲁又练了起来。

练了半天，马拧子道："歇会儿吧。"

刘学栋和振鲁停下，疲劳地坐在地上。

马拧子坐在椅子上喝了口水问刘学栋："你去北平开跤场还有别人吗？"

刘学栋回答："张大柱那些徒弟都在家里闲着，我叫上他们。"

马拧子说："闲了几年跤技就荒了，带他们开场子成不了气候。"

刘学栋无奈地说："也只能这么着了。"

马拧子说："这哪成，咱不说有人趟你的跤场，没人趟，你这伙人摔也摔不出花来。几年不练功腿脚没劲儿，一走跤架就能看出来。南城那些看跤的都是行家，敢在那个地方找饭吃不容易。"刘学栋思索着。马拧子接着说："碰到踢场子的更麻烦，人家那么多人对你一个，一个人和你摔半天，你就气喘如牛，两三个人还不把你累趴啊？你力气再足，能顶住人家车轮大战？"刘学栋无奈地摇了下头。马拧子说："闯荡江湖如履薄冰，稍有闪失满盘皆输。"

刘学栋说："这事儿我都想过，没办法，走到哪步算哪步吧。"

马拧子说："那不就晚了，被人踢了场子，你先前下的功夫不全泡了汤？"他思索片刻说："要不振鲁、福生跟你一块儿去。"

刘学栋瞪大眼睛："那这跤场你咋办？"

马拧子说："我也没办法，别的徒弟不成气候，大不了少来些看客。好歹我在这里十好几年了，名气在外没人敢来趟场子。"

刘学栋思索片刻道："师傅，那我谢谢你了，我打开场子就让他俩回来。"

马拧子说："再说吧，你自己在北平我还不放心呢。"

刘学栋感激地望着马拧子，心想："师傅真把我当亲儿啊。"

刘学栋从跤场回到玉泉楼，来到王大厨卧房，把想在北平开跤场的事儿说了，王大厨一听从床上跳下来："耍彪啊，你咋有这想法？"

刘学栋说："关了木匠铺，我整天游荡，弄不回一个子儿还白吃白喝，不舒坦。"

王大厨瞪着他："那你也不能耍半吊子吧，北平那么远，你当在那里开跤场容易！"

刘学栋反唇相讥："你不让我去北平，介绍我去干八路啊？"

王大厨解释："不是跟你说了吗，玉泉楼是是非之地，太招人眼，你参加八路透出了风，全家跟着倒霉不说，还毁了这个供药点。"

刘学栋说："那就让我闲着？我总得干点事儿吧。木匠铺不能干了，我还能干吗？旁的我也干不了啊。摔跤是俺长项，用它来挣钱不投钱也不费事儿。再说，北平是块好地儿，我挣点钱寄回来，既能养家，还能给咱队伍买药，哪点不好？"

王大厨说："去那里会遇到很多麻烦的事儿，别挣不来钱，你出了事儿。"

刘学栋说："这年头干事儿不可能没风险。"

王大厨思索着道："那也得咱俩商量商量再定。"

刘学栋有点儿生气了："再商量伤员就疼死在手术床上了，告诉你哥，俺去北平准能弄回钱来。万一摔跤挣不到，我就去抢大户，反正不能让抗日的人疼死！"

王大厨气得指着刘学栋骂道："你还真成了土匪了！"

刘学栋最舍不得离开的还是徐静心，他不再奢望和她有好结果了，只要能和她天天见面，就得到了很大的满足和安慰。此次去北平得好些日子见不着她，刘学栋心里很不是滋味。

他约徐静心来到河边，目不转睛地望着她，徐静心也望着学栋。刘学栋有很多话想跟她说，却不敢告诉她实情，只想跟她多待一会儿。他默默地望着对方，想把她的音容笑貌印在脑子里。

徐静心说："你呀，真像你婶和英子说的，还像个孩子，那天早晨嘟囔的像张大柱在南城跤场卖艺，怪不得你叔生那么大气。"

刘学栋听她这么说，有意问："南城跤场卖艺不挺好吗？"

"是挺好玩，说到你心里去了吧？可我告诉你，卖艺的人身份低下不受尊重，所以你叔才生气。"

"你也这么看？"

"不是我，世人都这么看。"

"我要是干那个呢？"刘学栋有意问。

徐静心咯咯地笑了起来："那我就往小笸箩里给你投钱。"说完笑得前仰后合。她好久没这么快乐了，和学栋单独在一块儿，对她来说是享受，她盼望已久。

刘学栋苦笑一下道："静心，过几天我就去北平做生意了，你照顾好我婶和英子。"

徐静心吃惊地望着他："去北平？去那儿干吗？"

刘学栋支吾道："做点买卖，像咱俩卖山东特产。"

"多长时间回来？"

"挣了钱就回来。"

徐静心疑惑地说："在北平没院子没门头怎么卖，租房住租仓库挣不出那么多钱来啊。"

刘学栋说："到时候再想办法吧。"说完低下了头。

徐静心望着他半晌，忽然像明白了什么："你去干什么我知道了。"

刘学栋不敢与她目光对视，耷拉着脑袋道："我还没想好呢，你知道？笑话。"

徐静心说："学栋，你抬起头看着我。"她盯着对方。

刘学栋抬起头强作笑脸望着静心，与静心眼光一碰，心虚了。徐静心见推测得到了证实，心里像打翻了五味瓶。半晌，她转过脸望着水面，眼泪流下。这些日子她太好流泪了，想控制也控制不住。

他俩站在水边，没有再说话，站到开晚饭的点钟，才默默地往玉泉楼走。

刘学栋、徐静心穿过玉泉楼大厅和后院来到北屋，见刘掌柜、刘夫人、英子已围桌等候他俩了，就坐下吃了起来。吃了一会儿，刘学栋对二叔、二婶说："我打谱过几天去北平。"

刘掌柜夫妇先是一愣，接着问去北平干什么。

刘学栋回答："做生意。"

英子说："在济南做不行吗，非跑大老远。"

刘学栋说："有王掌柜算计咱，在济南啥也干不成。"

刘夫人说："到北平不更难？"

刘学栋忙解释："北平大，机会总多点儿。"

徐静心望了一眼刘学栋垂下眼皮。

刘掌柜说："我看学栋再闯北平也好，这一年半载我还能撑，学栋还能离开。到大地方待待，混不着钱也长见识，我看还是去吧。"

刘学栋高兴起来对英子说："叔就是比你看得远，要不怎么说男人就是男人呢。"

英子"哼"了一声："你可脱出去了，要不在家还得伺候月子。"

刘夫人看了一眼英子凸起的肚腹道："他在家也没打过他的谱，他伺候月子？太阳打西边出了。"

刘学栋高兴地说："我回来又多了个大胖小子。"说完这话不觉看了一眼徐静心，徐静心似没听见，慢慢地吃着。

英子自豪地眉毛一挑："当是你的功劳？"

刘学栋笑了，徐静心表情平静，却暗自神伤。

刘学栋同振鲁、福生各自准备了一天，就把去北平需要的东西准备好了。刘学栋本来想同静心再聊聊，想到她会伤心，就没再约她出来。傍晚，他向刘掌柜、刘夫人、英子告辞。他抱着儿子亮亮亲了又亲，舍不得离开，英子见状转过脸抹泪。刘掌柜嘱咐学栋出门在外，千万要控制住性子，别动不动就炸。刘学栋点头说记住了。他来到西屋向徐静心告辞，见静心没在屋里，就转身出了门。英子抱着亮亮送学栋出了玉泉楼，刘学栋环顾四周，寻找着静心。英子用揶揄的口吻道："到了车站，你就见着她了。"

王大厨和进财送学栋去车站，王大厨悄声说："你要在队伍这

...... 475

么不遵守纪律,早被毙了。"

刘学栋笑着回他:"人家不是不要咱嘛。"

王大厨说:"要了你这货不坏事才怪,那里还没吹喇叭呢,你就端起枪来冲锋了,不乱了营?"

刘学栋没接他的话,忽然问:"你说打跑了鬼子,队伍能同意静心也是我媳妇吗?"

王大厨先是一愣,接着"扑哧"笑了:"这是两码子事。"

刘学栋一本正经地问:"要是俺立了大功呢?"

王大厨说:"要我说也不行,八路军提倡一夫一妻,同意了你,不成了共产共妻了?"

刘学栋追问道:"那我少了胳膊断了腿呢?"

王大厨白他一眼:"这跟老婆多少有啥关系?"

刘学栋认真地说:"咋没关系,你想啊,英子带着孩子还能照顾过我来吗?要是静心也照顾我,是不是首长就睁一只眼睛闭一只眼睛了?"

王大厨望着刘学栋半晌道:"你活蹦乱跳的想这个干吗?坏事人家想脱还脱不开呢,你却盼着掉胳膊掉腿,傻了吧唧的。"

刘学栋一本正经地说:"只要有这可能,打跑了鬼子,我就把自己弄残废了。"

王大厨愣愣地望着刘学栋半晌,感叹道:"你真是想静心当老婆想疯了。"

"是,我真想疯了,想到去了北平好些日子见不着她,我心里就痛,昨天夜里都想闯进她屋里,你信吗?"

王大厨怔怔地望着刘学栋。

"我说的是真话,真想抱住她哭。"他眼泪流了下来,"我知道她也睡不着,想到我去北平她也难受,我就想去安慰安慰她。当然了,我也想得到安慰。要是英子不在身边,我真过去了。"说着眼泪直流,声音也哽咽了。"打跑了鬼子,我就盼着静心能当我老婆。现在首长让我干吗我也乐意,别说出力弄钱买药,就是让我炸鬼子军营,杀川井我也不说二话,只盼着部队首长撂下一句话,我真残了，让静心来伺候我。"

王大厨望着泪流满面的刘学栋，再也说不出话来。

马拧子、振鲁、福生早在火车站大厅等候了，见到刘学栋、王大厨，振鲁、福生远远地向他们打招呼。众人见了面。王大厨一拳捅到马拧子的胸脯上："上北平开跤场跑不了你的主意。"

马拧子解释："还真不是，学栋的，我劝还劝不住呢。"

王大厨说："拉倒吧你，我还不知道你巴不得学栋到了北平一口一个我是马拧子的徒弟，多给你挣面子。"

马拧子哈哈大笑："这个我还真没想过，你一说，我琢磨还真是这回事儿。当年，我让北平跤手撂了个跟头，人家压我一头是第一，我一直不服气。这会儿学栋去了，人家一看学栋这功夫，再听他一说是马拧子的徒弟，我就扬名了。"

众人大笑了起来。

在车站一隅，徐静心远远地望着学栋，她早早地来到了车站，见学栋和马拧子他们说话，想上前送他，但想到去了让马拧子他们不舒服，就不敢上前了。刘学栋不停地环顾四周想见到静心，徐静心知道他在寻找自己，可她没法上前，只能望着表情焦急的刘学栋，她眼圈红了。

马拧子见刘学栋四下张望，问道："还等谁？"刘学栋没法回答就摇了摇头，马拧子说："时候不早了，进站吧。"

众人拿起包裹，刘学栋再次向四周张望，没见到静心的影子，他遗憾地叹了口气，和振鲁、福生进了站。

徐静心望着远去的刘学栋哭出了声。

第二天清晨，刘学栋、振鲁、福生在北平火车站下了车，刘学栋带他俩来到了张大柱的住处。张大柱住在一个古朴陈旧的四合院，刘学栋上前敲门。门开了，是张大柱，他胡子拉碴的像比前年老了十岁，学栋有点发愣。张大柱见到学栋，高兴地一把拉住他，直拍他胳膊和胸脯："我想你，太想你了，学栋。"刘学栋笑着道："俺也想你，张师傅。"说着向振鲁、福生介绍："这就是张师傅。"

然后又向张大柱介绍振鲁和福生,张大柱高兴地请他们进屋。

众人坐下后,张大柱听学栋说想开跤场,高兴地说:"我就盼着这一天呢,我想跤场都想疯了,一路过南城,心里就扑腾。这下好了,学栋你来了,我们又能在南城跤场扬名了。"

刘学栋问:"南城现在有跤场吗?"

张大柱回答:"有,赵兴,外号赵坏水,我离开了,他就占了那场子。"张大柱说起来有点儿愤愤不平。

"赵兴?张师傅,为啥叫他赵坏水?"刘学栋问。

张大柱解释:"你是不知道呀,那小子一肚子坏水,在摔跤行里出了名,和他交手没有不受伤的。那年我和他争夺南城跤场,可没少挨他的算计。算计的花样忒多,我那么小心,还让他伤了肋条和眼眶子。那小子打小心眼就不好使。八岁那年,他报复一个打过他的孩子,把玻璃碴子事先埋在土里,拿了根糖葫芦引诱那孩子:'你光脚从那头走过来就给你。'那孩子别看大他三岁,心眼少,脱下鞋来走,一走玻璃碴子扎进了脚里。赵兴还在那头拿着糖葫芦馋那孩子,那孩子一咬牙跑了过去。你猜怎么着,脚底板全扎烂了,三个月没下来床。"刘学栋、振鲁、福生笑了起来。张大柱说:"赵兴个头不高,也不壮实,跤技一般,就是坏点子多。"

刘学栋问:"真那么坏?"

张大柱说:"这还差得了,有名的坏水,南城地面上的人没有不知道他的。"

刘学栋说:"咱不惹他,他开他的跤场,咱开咱的,井水不犯河水。"

张大柱说:"一山难容二虎,再说那跤场原先是我的,我不是被他踢了场子败走麦城的。"

刘学栋说:"人家占了就是人家的,我来的时候,马师傅再三告诉我出去别惹事,这年头谁吃口饭都不容易,咱不惹他。"

张大柱说:"也好,不过我敢肯定,过不了多少日子,他肯定会上门砸咱跤场。"

"为什么?"刘学栋问。

张大柱说:"这是规矩,哪有一个地儿开两个跤场的?再说那小子也咽不下这口气。"

刘学栋说:"咱不惹他,他要硬欺负咱,咱就不客气了。"

张大柱说:"我了解他,他看你弱就欺负你,看你强就用见不得人的手段对付你,早晚折腾完你。与其劳心费神地提防他,不如让他主动上门欺负我们,这样快刀斩乱麻倒利索。"刘学栋问:"怎么来个快刀斩乱麻?"张大柱说:"我有一个办法,就是学栋你别出头露面,光让这两位兄弟和我的徒弟在场上摔,"他一指振鲁、福生,"赵坏水衡量着能胜过我们,准来踢跤场。"

刘学栋想了想问张大柱:"能避开和他冲突吗?"

"不可能,你叫谁在那里开跤场,他都会折腾你。"

刘学栋只得道:"那就按你的办法来吧。"

张大柱点头说:"这么着,明儿我去招呼徒弟们,我们练些日子就上南城。"

刘学栋、振鲁、福生应和道:"听张师傅安排。"

张大柱说:"今晚你们几个先在这儿凑合一宿,明儿我给你几个找个地方住。"

次日,张大柱领着刘学栋、振鲁、福生来到一个大杂院,院子宽敞房屋高大,院子中间有棵大槐树,树下是自来水管。张大柱推开西屋门,学栋、振鲁、福生提着行李进了屋,屋子里外两间。刘学栋环顾一下:"好气派。"

张大柱介绍:"这里早先是个大户人家,听说院主的儿子撒抗日传单被鬼子逮去杀了,院主从此一病不起,不到半年就死了。死后没多少日子老伴也死了,他女儿嫌这院不吉利就对外出租。"

刘学栋进了里屋。

张大柱跟进来:"这两间是你们的,学栋你住里屋,他俩住外屋。"刘学栋点头。张大柱对振鲁和福生道:"解行李吧。"振鲁、福生解下行李安置东西,张大柱指指隔壁悄声道:"你们几个听着,那边邻居是个小妓女,别搭理她。"

刘学栋笑了起来:"这你放心,俺几个都不好这口。"

张大柱、振鲁、福生笑了。

张大柱拉着刘学栋从门里出来,指着旁边一块空地道:"在这里支个练功架,把练腿脚的家伙放在这儿,翻翻门前的地,就是个跤场。"

刘学栋看着:"好啊,太合我心意了,进了门睡觉,出了门练功。"

二人规划起来,规划完,张大柱说:"学栋,你们先收拾房子吧,我去招呼徒弟了。"说着往院门口走。

刘学栋道谢送他。

张大柱说:"别客气,以后就成了一家人了。"

刘学栋送张大柱出院门时,碰到一个年轻俊秀的姑娘,姑娘与刘学栋的眼光一碰,低下头从他身边走过。刘学栋看了一眼她的背影。

张大柱碰了刘学栋一下:"人挺俊吧?"刘学栋"嗯"了一声。张大柱说:"她就是你邻居,叫刘什么芳。"

刘学栋十分吃惊,没想到外表纯朴的姑娘,竟是个妓女。

临近中午,张大柱领着四个徒弟大海、大方、道河、显明拉着车进了大杂院。他们看到刘学栋等人在用锹挖场地,张大柱道:"学栋,给你领来徒弟了。"刘学栋一看是大海他们,放下手中的铁锹迎了上去。张大柱的徒弟亲热地叫着刘学栋:"刘大哥。"

张大柱指着振鲁、福生介绍:"这是振鲁、福生,叫师哥。"

四个徒弟叫着:"师哥。"

张大柱指着带来的徒弟向振鲁、福生介绍:"大海、大方,他俩是双胞胎兄弟。"刘学栋拍拍大海的肩膀。张大柱又介绍另两个徒弟:"刘道河、张显明。"

刘学栋向振鲁、福生介绍道:"道河抓把不错,显明腿脚挺溜滑。"

众人笑了起来。

张大柱说:"班子立起来了,学栋,就听你招呼了。"

刘学栋摆摆手道:"张师傅客气了,事情咱俩商量着办,你看咱是不是先把家伙安起来？"说着指着车上的石担石锁和练腿功的立柱滑轮。

张大柱高兴地说："对对，先安起来，安起来，一瞧这些练功的家什，我就来精神。"

众人高兴地忙碌起来，不一会儿就支好了练功架，铺好了场地，振鲁、福生、大海、大方、道河、显明练了起来。

张大柱对刘学栋说："今天下午你带振鲁、福生到南城跤场看看，先知彼知己。"

刘学栋点头："听张师傅的。"

吃完午饭，刘学栋带着振鲁、福生来到南城集市。振鲁、福生像从乡下刚入城的庄稼汉四处好奇地张望。

跤场在南城集市中间，是一圈蓝布围成的跤场，里面不时地传来叫好声。刘学栋回过脸来呵斥振鲁、福生："别四处撒摸了，进去仔细看，别忘了咱是花钱进场子看跤的。"

振鲁、福生不四下瞅了。

刘学栋三人走向场门，卖票的王冲光着膀子正招揽观众："来啊，快来看啊！来晚了就看不着好跤了，收场前赵师傅献艺，精彩，太精彩了！"

刘学栋三人来到场门口买票，王冲见三个彪壮的大汉微微吃了一惊。刘学栋递上钱，王冲把票递给他并打量着。刘学栋笑笑，王冲笑着点了下头。

三人进了跤场，场上两个跤手你来我往，抓把使绊儿摔得挺好看。观众不时地鼓掌，刘学栋仔细地看着，振鲁脸上露出不屑："花架子。"福生也蔑视地眯起眼睛。卖艺和真摔是两码事，有实力的跤手不练基本功，卖艺日子长了也就华而不实了。

两个跤手摔完，又上来俩跤手，两人在场上走着跤架，跤架夸张漂亮，引来一阵叫好声。两人照面抢把，其中一个出手快捷，一下揪住对方，对方刚想破解，他一个拉揣便将对手放倒在地。福生对振鲁道："这小子还行。"

...... 481

振鲁不以为然地说:"也就凑合。"

刘学栋小声说:"别自以为是,过不了几天你俩就得和他较量,别叫他摔趴。"

振鲁、福生这才认真看了起来。

这个跤手身材健壮,眼睛机灵骨碌的,使绊防招都能看出脑瓜灵活,对手个头不比他小,和他交手却无还手之力。跤手把对手摔倒,众人鼓掌叫好。这时,刚才卖票的汉子王冲来到场中大声道:"老少爷们儿,你们眼前这位是王立国,他跟赵师傅学跤五年,功夫已炉火纯青。他去过天津、济南、保定找对手,找了一圈也没遇到过,回来就不知天高地厚了,大伙看到了,摔他师弟毫不留情,赵师傅——大名鼎鼎的赵兴,今儿就教训教训这小子,让他别不知道自己吃几碗干饭!"观众鼓掌叫好。王冲无意中看到了刘学栋等人,微微一愣,随即镇定下来:"大伙来点掌声,欢迎赵师傅上场!"

刘学栋等人随着观众鼓起掌来。

身穿大红跤衣的赵兴从后场走出,人称赵兴是"赵坏水",可从他面相看不出一点儿坏来,表情晴朗,始终挂着笑意,挺和善的。他大臂小臂上的肌肉一条条的,与柔和的面庞不太搭。他走到场中,微笑着向观众抱拳行礼,很亲近的样子。行完礼,他懒懒地迈动跤步,与王立国夸张的动作相比,不显山露水。二人走完跤架,上前抓把,王立国矫健勇猛,赵兴敏捷机灵。王立国抓了几把没抓住,反被赵兴抱住了腿,王立国刚想把腿插到对方的裆中盘住他的腿,赵兴手一撩,便把王立国掀了个仰面朝天。

观众一片叫好声。

刘学栋情不自禁脱口:"好跤!"

振鲁、福生也赞赏地点点头。他们都看出来了,赵兴和王立国这一跤不是事先编排好的,赵兴功夫确实高对手一筹。

王立国爬起来,和赵兴绕场一圈又走开了跤架,王立国已没刚才那么神气了,赵兴还是软不拉塌懒洋洋的。走完跤架,二人凑近抓把,王立国不狂妄了,谨慎地步步为营。赵兴反而主动出击,一招一式令王立国无暇顾及。王立国乱了阵脚，赵兴抓住个空当又把他摔翻。

刘学栋回过头对振鲁、福生说："你俩不小心，摔不过赵兴。"

福生没吭声，振鲁不服气地道："不见得。"

刘学栋、振鲁、福生从跤场回到大杂院西屋，刘学栋对张大柱说："赵兴不像你说的跤技那么差，功夫挺不错的。"

张大柱思索片刻："那是他拜师学艺了，过去一般。"

刘学栋说："他的跤法挺溜滑，比当年徐三的实力还强。"

张大柱有点吃惊："是吗？"

振鲁说："徐三是谁俺不知道，俺看他跤法还行，力气头差点事儿。"

福生说："我觉得他不错，腰腿柔韧性好，像条长虫滑不拉叽的不好对付，还有和他摔跤的那小子跤技也不赖。"

张大柱问："长得啥样儿？"

福生说："个头中上，挺壮实，胸膛上有块黑痣。"

"噢，他啊，王立国，赵坏水的得意弟子，那小子有点儿功夫，听说去过天津保定学跤技。赵坏水觉得自己年岁大了，得有个在前面挡兵挡将的，就专门调教他。"

振鲁说："别替他吹，俺不是说大话，不走神，他办不了俺。"

刘学栋呵斥他："咋跟张师傅说话？欠揍！"

张大柱说："没关系，我看出振鲁实诚，没事儿。"

刘学栋说："咱们合计一下怎么办吧。"

张大柱说："得先练功夫。"他指着大海、大方、道河、显明，"他四个几年没练功了，力气跤法都不行，两三个月恢复不过来。"

刘学栋说："可咱不能等那么长啊，你看这样行不行，咱练个十天半月就到南城开跤场。"

张大柱思量着道："有点儿着急了。"

刘学栋说："是有点儿急，我仨，"他一指振鲁、福生，"都是急性子，要我说就开吧。"

483

除了张大柱，其他人高兴起来。

张大柱说："早开当然好，不过赵坏水来砸场子，就只能靠你仨了。"

振鲁说："没事儿，到时候用不着学栋，光我和福生就能把他们摆平。"

众人笑了起来。

第 二 十 二 章

赵兴跤场散了场，观众陆续往外走，小徒弟平整着场地。赵兴进了后场，来到椅子旁坐下，端起个小茶壶，含着壶嘴慢慢地吸着，那阴鸷冰冷的眼神叫人不寒而栗，这是他真实的样子。桌旁另一侧坐着王立国，王冲过来向赵兴讲着刘学栋等人来看跤的事儿："我一见那仨小子就觉得来头不善。他仨个个彪壮，前头那个大个子更是人高马大，看他仨走路的架势就知道是干咱这行的。"赵兴眯起眼睛望着手下。王立国把腿从椅子上放下，脸上现出吃惊。王冲继续道："差不了，我在歇场的时候介绍赵师傅您，瞥见其中两个冷笑，就知道是来找事儿的。"

王立国问："你是说来踢咱跤场？"

王冲说："我不敢肯定，只能说来头不善。"

王立国说："哪儿来的？天津摔跤的我熟，保定的也没有像你说的这么大个子的，口音是哪里的？"

王冲回答："他仨没说话。"

赵兴不动声色地说："来者不善，善者不来，踢场子的跑不了了。"

王立国望着赵兴："师傅，我们怎么办？"

赵兴说："该干吗干吗，不过下了场多练腿脚功夫。"说完转脸对王冲道："你明儿把练腿功的家伙拉来安上。"

王冲点头。

赵兴的坏在北平、保定、天津跤行中无人不知。凡是和他交过手的，没有不受到暗招伤害的，跤手们一提起他，都骂他下三烂。

赵兴的坏跟他身世有关，赵兴四岁死了妈，六岁死了爸，以后随他叔生活。

说起来叔待他还算不错，让赵兴跟自己孩子一块儿吃住，可赵兴的婶子容不下他。本来丈夫拉板车难养家糊口，家里又添了个半大小子，日子更窘迫。开始她怂恿丈夫赶走赵兴，丈夫怎忍心让侄子流落街头。他老婆就恶言恶语起来，先是指桑骂槐，后来干脆指着赵兴鼻子骂，再往后就在丈夫面前撒泼耍横了。

那天丈夫正喝闷酒，女人又在他面前撒泼。丈夫火了，一把抓住女人的头发摔在地上又踢又打。拳脚过后，女人鼻青脸肿还掉了颗门牙。从那女人不敢在丈夫面前张狂了，把狠劲使在了赵兴身上。

她给赵兴下了鼠药，赵兴吃了上吐下泻，昏迷了三天才醒。

赵兴知道在叔叔家不能待了，就沿街讨饭。讨饭总是饥一顿饱一顿，赵兴心想不是个长法，就思量着加帮入伙弃讨从盗。正琢磨着加入哪伙盗贼，一条流浪狗从他面前颠颠地跑过。这条狗在街上流浪好多年了，因它个头大样子凶，没人敢招惹它。赵兴望着流浪狗心想：加帮入伙还待思量，不如眼前先把这条狗弄死吃了。想到这儿他叫开一户人家，磕头给人家要了块窝头，又要了一根针。他把针插进窝头里，就满街去找那条流浪狗。找见了，把藏有针的窝头向狗扔去，狗一口叼住就咽了下去。赵兴愣愣地望着狗，那狗开始也愣愣地望着赵兴，一会儿它似乎明白了什么，龇着牙向赵兴逼来，赵兴吓得连连后退。流浪狗吼叫着猛地一跃把赵兴扑倒在地。张开血盆大口刚要咬赵兴的脖子，忽然惨叫一声，疼得倒在地上嚎叫着翻滚。

赵兴惊恐地望着它，流浪狗痛苦地翻滚了好一会儿，才四腿一蹬，闭上了眼睛。赵兴见计谋得逞，从地上爬起来高兴得又蹦又跳，过往行人吃惊地望着他，不知这小孩儿如何能弄死这条大恶狗。

赵兴拖着狗来到酱肉店，换了两斤牛肉一只烧鸡，这对少年赵兴来说是个莫大的鼓励。从那，赵兴就靠阴招过活。大户人家的小孩一不留心被他弄了去，讹个三十五十大洋。连干了几回已富得流油，他正想大干一番，不想被警察弄到了局子里，一顿暴打，还蹲了两年大牢。从大牢出来，他知道这营生没法干了，就去了铁路货场，给人家卸货装货扛木头。

木头是从东北运来的，按正道从车上卸下装上板车拉走就是，可扛大个的想发财，就在每个车皮里留下几根，夜间从小路扛走。因为分赃不公，相互算计，分赃少的人一商量，扛木头时，一声咳嗽同时塌腰，木头重量一下就落在了多吃多占的人身上，那么大的重量一两个人如何能承受得起，不是折伤了腰，就是砸断了腿，有的落个终身残疾。

赵兴在那里干了一年，更加阴坏起来。

离开了货场，他来到跤场学起了摔跤。他扛过大个，腿脚有力气，再加上脑瓜子灵，跤技长进很快。可他从小养成了坏的习性，往往在摔跤中表露了出来，动不动就给人家使损招。师傅骂他过无数次，可他秉性难改，师傅就把他赶出了师门。

赵兴在京城没法混，便去了天津。天津几个跤场的场主都是清末"善扑营"高手。赵兴跟跤师学起了艺。可没过多久，他的阴坏被这些场主共知，赵兴又成了丧家之犬。

他离开天津回到北平，招了一帮徒弟，在天坛门口开起了跤场。这跤场名气不大，收入自然不多。他也想挤进南城，可有张大柱在那里立着，赵兴不得不暂时打消了念头。

日本鬼子进了中国，张大柱歇了场，赵兴趁机在张大柱原来的场址开起了跤场。

大海、大方、道河正在大杂院里练石担、石锁，显明腿上挂着铁环练着腿劲儿，张大柱徒手活动着。振鲁、福生比着跤技，刘学栋站在场外指导着他俩："动作要连贯，别半半拉拉的。"他示范给振鲁、福生看，"拉、揣、带、脚下使绊要一气呵成。"振鲁、福生认真地听着。过去他们是师兄弟，现在学栋成了师傅，他俩心悦诚服。同时也想为大海、大方、道河、显明做个榜样。刘学栋走到大海、大方、道河跟前看了一会儿说："你仨举得不正规，石锁、石担分量不大，举靠胳膊和腿的力气，靠蹲腿和忽闪腰练不出力气来。"说着脱去褂子抓过大石锁一举就是十几下，扔下石锁面不改色气不喘。大海、大方、道河佩服地点头。刘学栋又抓起大石担，不费力地举了十来下，惊得大海、大方、道河合不上嘴。刘学栋见显明用腿拉滑轮的动作不规范，叫道："拉到位！拉不到位长不了劲儿。"他走过去做着示范。显明按他说的练了起来。道河练完力气练起了跤把式，刘学栋走到他身边说："给我使绊儿。"道河抓住刘学栋手腕，用脚猛踢他的腿，没踢动，他又用其他绊子，刘学栋还是纹丝不动。刘学栋说："留心了。"道河知道刘学栋要使绊儿铆足了力气，刘学栋一抖膀子将他掀翻出去。看着仰面朝天的道河，刘学栋说："我没使绊就把你撂出去了，知道为吗吗？"道河摇头。刘学栋说："力气不够，基本功不扎实。"道河望着他。刘学栋解释："光比画没用，先下力气举石担、练腿功。"道河拍拍身上的沙土去练石担。

一个七八岁的孩子从院门进来，出神地望着他们，刘学栋走到他面前抚摸着他的脸："小明，叫哥哥。"他看见了孩子，就想起了儿子亮亮，很喜欢他。

小明轻轻地叫了声："哥哥。"

刘桂芳从屋里出来，看到弟弟跟刘学栋在一块，脸上露出笑意。

小明说："我也练。"

"好，我教你。"刘学栋笑着弯腰和小明摔起跤来，小明使着劲嘴里"啊，啊"地别他的腿。刘学栋教给他使绊，小明用腿一踢他，刘学栋佯装倒地，小明"咯咯"地笑起来，刘桂芳也笑了。

刘学栋侧脸看到刘桂芳，脸上失去笑意。刘桂芳恍然明白刘学栋表情变化的含义，脸一下红了，羞愧地过来拉住小明往屋里拽，小明欲挣脱，还是被她拽进了屋，门"咣"地关上。

这天，刘学栋指导振鲁、福生练跤法。张大柱监督道河、显明、大海、大方练基本功。刘桂芳同一个身穿长衫的中年男子从外面进了院子。道河、大海盯着他俩，振鲁、福生、刘学栋也顺着他俩目光望去。刘桂芳见众人都望她，脸霎时通红，低头急匆匆地和男子进了屋，门紧紧地关上。

大海问张大柱："这男的年岁不小了，她丈夫？"

张大柱笑着道："你小子扔下钱，也是她丈夫。"

众人明白过来哈哈大笑，刘学栋皱起眉头转过身，他从心里可怜妓女，知道她们出于无奈才从事这生意，他不觉想起了莲花。莲花死后，学栋常想起她，有时还流泪，他觉得莲花是个好女人。由此他也更恨于明德和山田，发誓给莲花报仇，杀了这两个狗东西！

赵兴的两个徒弟在前场比着跤技，有不少观众观看。后场四五个徒弟在练着基本功，王立国练得十分卖力，把石担一次次举起，赵兴端着水壶阴冷地监督着众徒弟。两个徒弟从前场下来，赵兴一摆手，王立国同另一跤手上了场。

下来的徒弟于东平抓起石担举了几下扔在地上，坐在椅子上看师兄弟练功。赵兴瞥他一眼，眯起了眼睛，他走到桌旁抓过暖水瓶往茶壶里倒满水，然后端着茶壶来到于东平身后从上往下浇，滚烫的水浇在于东平脖子上，于东平"哇"地大叫一声跳起，惊恐地望着赵兴。

赵兴淡淡地说了一句："人家要来砸场子了，你还坐得住？"话语轻飘飘的。

于东平明白过来，摸着烫伤的脚子快步来到石担旁，抓起来猛练。赵兴瞥了他一眼，打开壶盖吹着热气。

刘学栋、张大柱在南城集市转悠了半天，也没找到合适的场地。

张大柱说："不如去踢了赵兴的跤场，那地方原先是我的，夺回来天经地义。"

刘学栋劝他算了："这年头谁混口饭吃都不易，谁也别跟谁过不去。"

最后二人在桥头下选了块地儿，张大柱心有不甘地说："就这

...... 489

儿吧。"

刘学栋环视周围说:"这地方不错啊。"

张大柱朝前一指:"比我那个场子不差远了。"他还耿耿于怀。

刘学栋说:"咱不提那场子事儿了,这块地就定了,你先回去吧,我再去那跤场看看。"说完向赵兴的跤场走去。

来到跤场外,刘学栋听到了后场传来器械落地声和练功发力声,刘学栋不觉靠近围布听了起来,里面果真有人在练功。刘学栋沉思片刻向跤场门口走去。

王冲见刘学栋走近点了下头,刘学栋掏出钱买票,王冲话中有话:"同行不要钱。"

刘学栋笑了笑,收起钱进了跤场。

赵兴正在后场监督王立国、于东平等徒弟练功,王冲进来对赵兴耳语了几句,赵兴招呼王立国过来,透过门帘向前场窥视。看到刘学栋站在观众中面无表情地望着场上的跤手角力,王立国不觉脱口:"好壮的家伙。"赵兴死死地盯着刘学栋,没眨一下眼睛。

刘学栋好像感觉到了什么,朝出入口望去,见几双眼睛正透过门帘虎视眈眈地注视着自己,对视片刻,他转身出了跤场。

振鲁、福生等人正在大杂院练功,刘学栋进了院子向他们招手,众人进了屋。刘学栋把赵兴知道他们意图的事儿说了,大海、大方、道河、显明等人摩拳擦掌。刘学栋和张大柱决定当晚建好跤场,明天一早就开张。众人都兴奋起来。

月亮悬挂在天空,把大地照得如同白昼。显明、大海、大方等人拉着装满沙子的地板车来到桥下,在张大柱指挥下掀翻板车,将沙子撒在土里,张大柱平整着场地,其他人又去拉沙。

在大杂院里,刘学栋和振鲁、福生练着功,他们知道赵兴来踢场子全靠他们抵挡,练到午夜才进屋睡觉。

太阳从东方跳出,一露脸就迫不及待地跳跃升腾,阳光照在新围起的场子上,引得过往行人观望回头。振鲁等人兴奋地在场中摔起了跤,刘学栋和张大柱高兴地欣赏着,场子位置有点儿偏,但地面还是不小的,来一两百个观众盛得下。

刘学栋说:"张师傅,我没开过跤场,场面的事儿我不懂,你说咱咋办?"

张大柱说:"场主还是以我的名义,你不能露面。露面显出功夫,赵坏水就不来踢场子了,他会用别的坏招,那我们在明处他在暗处,就防不胜防了。要我说,道河、大海、大方、显明在场子里摔,振鲁、福生偶尔摔上几跤,但不能露出真功夫。赵坏水肯定来这里看,见我们功夫一般,就会来踢场子。"

刘学栋说:"我倒愿他别来,大家平安无事,各挣各的钱。"

张大柱说:"我也这么想,只是人在江湖,身不由己。"

赵兴早上习惯在外面吃早点,他来到南城街上一个小摊旁坐下,要了几根油条一碗豆汁慢慢地吃着,边吃边琢磨:"要教徒弟些黑招儿损招儿才能保住跤场。"他想得很现实,除了他和王立国,其他徒弟没有跤技高的。

王立国也来到了小摊,看到赵兴凑上来:"师傅。"

赵兴抬头看了他一眼,冷冷地说:"昨晚又去逛窑子了?"

"哪能呢,我挣的那俩钱也就混个吃喝。"王立国不好意思地搪塞道。

"暗门子花不了几个子儿。"赵兴给他点破。

王立国只得坦白:"我老大不小了也没个媳妇,憋得慌,打了个野食。"

赵兴说:"打不打野食师傅不管,我是说别把力气耗尽了。我琢磨那几个小子快来踢场子了,别到时候你蔫不唧的拖不动腿。"

王立国忙笑着道:"不会,师傅,我劲头足着哩,这您放心。"

"师傅能放心吗?撑场子靠我俩,旁人都是废物,你还不知道爱惜身子骨。"

王立国说:"明白了,师傅,那些地方我就先不去了。"

道河在桥边的跤场门口敲着锣高声喊:"跤场今日免费一天,白看不花钱!"

不少人围了过来，道河向他们宣传着，感兴趣的人进了跤场。

在跤场后场，刘学栋指导着振鲁、福生等人练习跤技。张大柱从前场过来道："来人不少，成功不成功就看今天了，我说的成功是摔得漂亮，引起观众兴趣，还不能暴露实力。"

振鲁等人道："明白。"

张大柱说："你们准备着，我到前场吆喝去。"说着走向前场。

前场已被挤得水泄不通，张大柱一出场，不少人认出他，笑着道："这不是张大柱吗？"

张大柱笑着拱手："感恩老少爷们儿还记得我，我行不改名坐不改姓，在下姓张，名叫大柱，合起来张大柱。我离开南城两年，今儿回来，有这么多老少爷们儿捧场，是我张大柱的福气。"观众鼓起掌来。张大柱来了精神："别看我离开了南城，可手下的徒弟没停下练跤，大伙不信，待我把他们唤上来，让各位瞧瞧。"说着转身向后场喊道："出来吧，小子们！"道河、显明、大海、大方、振鲁、福生来到前场，观众望着他们。张大柱简要地一一介绍，观众目光大多落在了振鲁、福生身上。张大柱见状道："他俩是我新收的徒弟，说新收也一年半了。"振鲁、福生笑着点头。张大柱说："他俩的活计到底怎么样，各位一会儿就知道了，我不再多说话了，再多说老少爷们儿就摔我了。我不愿遭人嫌，先请大伙看看我徒弟的跤法。"观众鼓起掌来。张大柱一摆手，道河、显明来到场中，向观众施礼后走起了跤架。二人过去跟张大柱在南城摔跤，跤架自然十分漂亮，走了几步便引来一片叫好声。二人角力，你来我往分不出高低。

张大柱趁机来到后场，对跟下来的大海、大方交代："你俩上场也这个摔法，力求花哨好看。"大海、大方点头。张大柱说完去了前场。

最终道河将显明摔了个漂亮的，引来观众叫好。二人再走跤架又交手，还是道河取胜。

张大柱摆手，道河、显明下了场。张大柱对观众说："刚才大伙都瞧见了，两个徒弟的跤法挺地道，我张大柱歇了两年，徒弟们练跤一天没歇，虽算不上炉火纯青，也蛮说得过去。下面再上俩徒弟献艺，老少爷们儿问是哪两位，告诉各位就是那对双棒儿，他兄弟俩出生相差半个钟头。"观众笑了起来。张大柱说："下面他们上场，给老少爷们儿献艺，哪个是哥哪个是弟，摔完了在下再告诉各位。"说着冲后场喊道："上来吧，小子们！"

大海、大方从后场出来，他俩长得如同一个人，观众看了笑了起来。张大柱冲大海、大方道："献艺别可惜力气，谁把谁摔断了胳膊摔断了腿，我花钱给他治，还好吃好喝的伺候。"观众笑了起来。

张大柱一摆手，大海、大方摔了起来，动作更花哨好看，观众不停地叫好。

这时，赵兴、王立国、王冲、于东平等人挤了进来。他们听说桥下新开了个跤场，一下子蒙了，他们提防刘学栋他们来踢跤场，没想到人家没来，另开了一个。他们再也沉不住气了，王立国回过神儿来说："欺人太甚，来抢钱，我们去踢了他场子！"其他师兄弟也摩拳擦掌跃跃欲试。

赵兴思索片刻道："不清楚人家实力就去踢，不犯傻啊。干事儿别咋咋呼呼，咬人的狗从来不叫唤。咱先去瞧瞧，明白了人家实力，再决定。"说完他带着徒弟们出了跤场。

他们目不转睛地看着大海、大方较量，王冲嘴角露出轻蔑的笑意，于东平也不屑一顾地"哼"了一声，赵兴、王立国则面无表情地看着。

几个回合下来，大海把大方摔倒，观众纷纷喝彩叫好。

王立国对赵兴说："他俩脚步慢，腰腿没劲儿，纯是玩花架子。"

赵兴不动声色地道："这才看了一对，别的呢？别沉不住气儿。"

王立国才沉下气看了起来。

张大柱来到场上拉住大海的胳膊对观众道："各位看到了吗，这是哥哥，哥哥比弟弟早生半个钟头，就是有力气。"

观众笑了起来。

大方装作怒气冲冲地向张大柱奔过来，张大柱装作害怕似的倒退着。大方猛地冲过来欲抱他的腰，张大柱身子一闪顺势一个抹脖，将大方拍在了地上，大方嘴啃地满嘴沙子，站起身不停地吐着。

观众大笑。

张大柱冲观众说："这小子被摔糊涂了，把我当成了他哥……"话没说完，后腰被大方紧紧地抱住，张大柱慌忙盘住大方的腿，大方将他高高抱起。观众叫好，张大柱跟大方较起了劲儿，大方抱不动了，气喘吁吁地将张大柱放下，张大柱脚一着地，一弓腰猛地从裆中一拉大方的腿，大方摔了个仰面朝天，观众鼓掌大笑。

张大柱笑着对观众道："下面我新收的徒弟上场给大伙献艺。"说着冲后场拍了两巴掌。

振鲁、福生出来，来到场上向大伙行礼，观众见他俩肌肉发达，不住地赞叹。赵兴、王立国等人不动声色地看着。

振鲁、福生跤架不花哨也不熟练，一跳一扭像个新手，观众嬉笑起来。二人走完跤架抓把，动作显得笨拙，跤法也不熟练，你来我往光使蛮劲。最后振鲁摔翻了福生，自己也被带倒在地，观众大笑了起来。王立国轻声对赵兴道："装的。"赵兴点头。

这几天，观众都被张大柱的跤场吸引了去，赵兴的跤场空无一人了，赵兴在后场阴沉着脸嘴里含着壶嘴坐在椅子上，王立国坐在旁边，其他人席地而坐议论着："张大柱的徒弟没什么功夫，后来上的那两个也强不到哪儿去，今儿就该把他场子踢了。"

赵兴拔出壶嘴放下茶壶道："我何尝不想踢他场子？俗话说，知己知彼方能百战百胜，后来上的那两个小子深藏不露，大个头又没上场，贸然去踢不犯了兵法大忌。"

王立国望着赵兴说："师傅觉得那小子真的挺厉害？"

赵兴思考片刻说："没见过大个摔不好说，可他身高体壮不好对付。"

王立国说："咱不能被人吓死，比试比试不就见高低了？"

赵兴轻蔑地道："亏你还去过天津、保定，怎么不知开弓没有回头箭的道理，败了咱就得退出南城。"

王立国和众人不再言语，半晌，王立国问："师傅说怎么办？"

赵兴说："从今天起更起劲地练功夫，东平天天去桥下跤场看跤，把每个跤手的特点记在心里，特别留心那个大个子的跤法。俗话说，百密必有一疏，就算他功夫再好也有薄弱之处，记下了，师傅就有办法破他。"

张大柱跤场天天爆满，这不今天观众又里三层外三层，人群中的于东平目不转睛地看着振鲁、福生的一招一式。

福生频频使招，无奈力气不及振鲁，被摔翻在地。

于东平回去把振鲁、福生的特点告诉了赵兴和王立国等人。

"那个大高个呢？"赵兴问。

"他一直没露面。"于东平回答。

王立国对赵兴说："看来他们是防着咱。"

赵兴说："这错不了，说不定那大个就是个撒手锏。"

王立国问他怎么办。

赵兴沉思一会儿说："再去看看。"

赵兴最放心不下的就是刘学栋，从他的眼神和气质，断定他绝非一般人物。赵兴走南闯北见过跤手无数，知道表面舞舞扎扎的大多没真本事，而不动声色的往往是高手。况且刘学栋又高又壮实，不了解他的特点，赵兴绝不会轻易去叫板。

赵兴的跤场没有观众已十多天了，赵兴和徒弟都有点儿沉不住气了。没了观众就断了财路，再说，张大柱在桥下开跤场本身就是向他宣战。他不敢比试，观众就认定他们不行。王立国和王冲咋呼着要去踢场子。

赵兴对王立国说："这两天我就带你们去，不过去前你得跟师傅好好学几招。"王立国疑惑地望着赵兴，心想："我不是一直跟你学吗？"赵兴白了他一眼："别拿这眼神看我，觉着师傅的东西掏得差不多了？告诉你小子，这些招师傅还没亮过呢。"说着站起身冲王冲道："带师兄弟到后场练力气去。"王冲答应着带着师弟去了后

...... 495

场。赵兴对王立国说:"我教你的招数切不可外传。"王立国点头。赵兴说:"不管多强壮的人,关节都没大力气,打个比方,牛有蛮劲吧,扳住牛脖子就能把它扭翻,就是这个理儿。师傅学过擒拿,教你把擒拿的招数用在摔跤上。"王立国来了兴趣。赵兴说:"先教你基本的,又是别人看不出来的。"他示意王立国摆好架势,二人抓住把。赵兴说:"是个跤手就会用手别子,我这手别子和常用的不一样。"说着做动作,"摁紧对方的手,从两处地方下毒招。一是用肩膀头猛别他手腕,观众看不出啥名堂,他手腕已被别脱臼了。"他稍一用力,王立国已疼得龇牙咧嘴。赵兴继续道:"还可以摁住他的手在转体的时候突然猛翻他手掌,也能把他手腕别伤了。"说着稍一用力,王立国已疼得倒地。

王立国捂着手腕从地上爬起来:"这招儿是狠。"

赵兴说:"用了这招,多壮的人也能对付。来,师傅教给你使的窍门。"他教了起来。练了一会儿,赵兴道:"我给你找个人试试。"说着冲后场喊,"王冲!"

王冲走了过来。

"你去把三梁子叫过来。"

王冲答应着进了后场。

不一会儿,三梁子走到赵兴面前:"师傅。"

赵兴问:"练得咋样了?"

三梁子回答:"靠师傅指点有长进。"

赵兴一指王立国对三梁子道:"和你师哥来两跤叫师傅瞧瞧。"

三梁子答应一声摆开架势,赵兴向王立国点了下头,王立国会意逼向三梁子。三梁子是个新手,有力气,但跤技不精。他鲁莽地抓住王立国的跤衣袖就摔,王立国瞅准时机猛地一个手别子,只听三梁子"哇"的一声惨叫捂着手腕躺在地上疼得打滚。

赵兴哈哈大笑,走过来拍拍王立国的肩膀:"手别子你学到手了。"说完走到三梁子跟前伸出手,"来,师傅给你安上环。"说着拉起三梁子,抓住他手腕猛地一推,三梁子大叫一声头上渗出冷汗。赵兴笑着道:"没事儿了。"

赵兴琢磨张大柱，张大柱和刘学栋也在琢磨赵兴，散了场子，众人围着张大柱，让他讲讲赵兴好使啥损招儿。

张大柱说："赵兴那小子坏招多得出奇，和他交过手的人没有不遭他伤害的。他的损招还特别狠，轻者把你绊倒在地，重者伤筋动骨。损招又快，受伤的人过后都说不上怎么伤的。"

众人听着思索。

刘学栋问："他常用什么损招？"

张大柱说："我想了半天记起有这么几招，一招是手指扫你的眼珠子。"他招呼大海上场，"来，抓把。"大海同他抓把，张大柱说："看着，抓把的时候用手指扫你的眼，一下就让你看不清东西。"说着手指在大海眼前一带，大海赶紧闭上眼睛。张大柱说："当年我就吃了他这个亏。"他对刘学栋、振鲁、福生道："你几个特别注意这招。"说着他手插进了大海的跤衣绳里，"看损招在这里，用手指外关节狠顶对方的肋条。"他稍一用力，大海就疼得叫了起来。张大柱说："他用手指关节顶，一定要忍住，然后用力鼓气让跤衣绳勒他的手指头。"

众人笑了起来。

赵兴还没探到刘学栋的实底，已被徒弟拱得沉不住气了。这天，他对徒弟们说："既然你们都咋呼着要去踢场子，那师傅就带你们去，可去了就一定要赢，别管使什么招儿，赢为目的。你要是讲规矩，那我可跟你们说，就没吃饭的地儿了，只能喝西北风！"王立国等人摩拳擦掌，赵兴一晃头："走。"说完带众徒弟气势汹汹地出了跤场。

赵兴等人闯入张大柱的跤场，王冲、于东平撑开前排正在看跤的观众，赵兴面无表情地坐下。

刘学栋、张大柱在后场听到前场乱哄哄的，二人对视一眼，张大柱说："赵兴来了。"刘学栋笑了。张大柱说："你先别出去，让我来应付他。"说完出了后场。

振鲁、福生等人想跟出去，被刘学栋喝住。

张大柱一见赵兴拱手道:"赵师傅,几年不见可好?"

赵兴微微一笑:"还过得去。"

张大柱说:"那好,既然来了,想必是来指教我徒弟的,我先谢了。"说着抱拳行礼。

赵兴坐着还礼:"大哥在上,我赵兴是小弟,哪敢指教你徒弟,是来切磋一下跤技。"

观众一听兴奋地议论起来,知道今天有好戏瞧了。

张大柱说:"那好,切磋能提高跤技,怎么个切磋,我听赵师傅的。"

赵兴笑着道:"听我的?小弟哪敢担待,叫小弟说,还是照老规矩一个个地来,摔到底,怎么样?"

张大柱回答:"好,听兄弟的,那我们各自安排安排。"说着向赵兴弓了弓腰退进后场。

赵兴一指于东平:"你先上。"

于东平点头。

张大柱来到后场,对刘学栋、振鲁、福生道:"他徒弟虽说跤技一般,可没停下练功,大海他几个不是对手,还得靠你们。"

刘学栋转过脸说:"福生,活动活动,上!"

福生活动下腰身走出后场,张大柱跟了出去,他来到场中对观众大声道:"老少爷们儿,今儿赵师傅带着门生来我这跤场切磋跤技,张大柱无奈只得奉陪。赵师傅开跤场多年兵强马壮,我张大柱早退出了跤界,近两天为了生计,拉了帮徒弟在这地处想混俩钱花,赵师傅非得跟我较真儿,不让我糊口,没法,只得舍命陪君子。刚才赵师傅说了,双方一对一摔到底,就是摔到没人了为输。每对三局两胜。好,闲话不多叙,双方上场,各位做个见证。"观众兴奋地鼓掌。

于东平同福生来到场上,二人对视一眼走起了跤架。于东平的跤架夸张飘忽,福生轻灵矫健。二人抓把,于东平一搭手就感觉出对方的力量,躲闪着想寻找时机,谁想手腕一下被福生抓住,于东平刚想解脱,福生一个架梁踢便把他摔了出去。观众鼓掌叫好。于东平心虚了，二人再走跤架，他跤架已不那么张狂了。二人抢把，福生又抢到了好把，于东平想挣脱，福生的手像把钳子掐得紧紧的。于东平被动中想使撩勾子，福生借劲打劲，闪过他的撩，手朝下一拽就将他扯翻。

赵兴嘘了口气冲王冲努了下嘴。王冲穿上跤衣上了场，福生冷冷地看着他。王冲是个跤场油子，动作好看花哨不太实用，没过两个回合又被福生摔倒。振鲁等人从后场看到高兴地叫好，刘学栋漫不经心地活动着身体。

张大柱上场对观众道："大伙看到了，赵师傅给我面子退避三舍，下面才来真格的。"他已知赵兴要遣强将上场了。

赵兴冲王立国点了下头，王立国走入场中，瞥了福生一眼傲慢地脱去衣服，用脚钩起跤衣披在身上。福生见过他摔，知道他比刚才那两位强得多，就琢磨用什么跤法对付他。

二人走起了跤架，王立国的跤架极具风格，矫健轻盈还飘忽，福生一见心里暗暗叫好："他腿功腰功确实不错。"走完跤架二人抓把，都十分谨慎，你来我往，谁也没占到便宜。

观众心里明白他俩是棋逢对手。

二人总算抓到了一起，王立国仗着身高的优势压住福生，先是一个侧踢，紧跟着一个大别子。福生灵巧地闪过，随着给王立国来了个胯摔，王立国腿脚灵便一下闪过，福生紧跟着来了个剪腿，王立国趔趄几步却没倒地。福生上步来了个散手撩腿摔，不想王立国又跳开，两人你一招我一式摔了半天也不见高低。

观众不停地叫好，赵兴眯起眼睛看着，张大柱不禁提起心来。

王立国的体力到底不如福生，摔着摔着动作就不那么潇洒快捷了。福生趁势追击一个拉揣盘住了王立国的腿，随即一挺身立了起来，这个麻花绊使上十拿九稳，可是王立国却死死地挺住，两人较着劲，相峙半晌谁也扳不倒谁，最后同时倒地。

观众叫好声掌声响成了一片。

福生爬起来活动着身体，张大柱走近他，悄声道："就这么摔，他没多少后劲儿了，只要取下他，就攻到老将赵坏水了。"

...... 499

福生点头。

王立国来到赵兴面前,赵兴阴沉着脸道:"别看他个头比你小,力气功夫却不在你之下,你不用损招赢不了他。师傅教你的招儿不用,等着过年啊!"

王立国点了下头。

福生、王立国又重新上场,走完跤架,又凑近抢把。这次王立国有意露出右肩,福生一下抓住正欲使绊,王立国突然攥住他的手,身子一塌猛一抖肩,福生的手腕像断裂一般,"啊"地大叫一声倒地。观众向他望去,见福生咬着牙捂着手腕疼得翻滚,爬起来手腕耷拉着已脱臼。众人一看,明白了怎么回事儿,冲王立国鼓起了倒掌起哄。

张大柱看到王立国这么阴狠,气得冲到他面前:"你想干吗!你是摔跤,还是使损招儿打架?!手别子有这么使的吗?你是哪个师傅教出来的?下三烂吗他!"他指桑骂槐地骂赵兴。

王立国手一摊,一脸赖皮相地摇着头。

赵兴站起身不阴不阳地冲张大柱道:"张师傅,正当招式怎么叫损招?多难听,你徒弟不行就是不行呗。"

在后场的振鲁气得喘着粗气对刘学栋:"我去收拾他小子!"

刘学栋似没听见。

大海他们也气得骂了起来,刘学栋依然不动声色地活动着身体,他见过徐三、山西客、力达来踢场子,比他们有定力。

张大柱气愤地瞪着赵兴:"我说赵师傅,摔跤可不是打架,你的人使毒招还怎么比?!"

不少观众嚷了起来:"没本事就别来比,赖皮,真是个赖皮!耍地痞的流氓啊!"

赵兴等人十分狼狈。

刘学栋听到观众愤愤不平声,来到门帘前向外望了一眼,对振鲁说:"上!"

振鲁一下冲到前场,来到张大柱身边道:"俺收拾他小子!"说着冲王立国招了下手:"来吧,有损招冲俺使!"

王立国看了振鲁一眼，并没把他太放在眼里。振鲁虽然高大粗壮，但腿脚并不十分灵便，王立国对付这样的跤手很有些办法。王立国上场走起了跤架，振鲁只站在场中蔑视地望着他。王立国走完跤架上来同振鲁抓把，他想在抓把时就把对方撂倒，可一搭手便感到了振鲁的力气。他知道和对方抓起来肯定吃亏，就用散手摔和振鲁周旋。他连用了几个拿手的绊，可不是踢不倒振鲁，就是被振鲁破解。王立国才知道振鲁比他过去遇到的大块头跤手实力都强。他正感到无能为力，振鲁一把抓住了他，王立国想挣脱却挣脱不开，振鲁一个背摔将他摔了出去。

观众大笑着鼓掌。

王立国躺在地上半响爬不起来，刚才已耗了不少力气，被振鲁一摔，力气全都散尽，好一会儿才懒懒地爬起，他已没有抵抗的力气了。第二跤，振鲁抓住他一下把他提起来扔了出去，王立国再也爬不起来了。

这时赵兴站起身脱去衣服来到了场中，后场的大海对刘学栋说："赵坏水上场了。"

刘学栋和其他人从后场出来，赵兴见刘学栋出来微微一笑穿上跤衣，他冲振鲁点了下头，二人走起了跤架。走完二人抢把，振鲁步步紧逼，赵兴左右躲闪并不时地反击，他动作迅捷矫健像头豹子。振鲁逼他到了场边想抓住他，赵兴一蹲身，从他臂下蹲了过去。振鲁转过身又逼向赵兴，赵兴边退边寻找着破绽，他突然上步盘住了振鲁的左腿，身子一跃用力一坐，振鲁"啊"的一声倒在地上。振鲁挣扎着站起，腿却打不过弯来，向前一迈腿，跌倒在地。

张大柱赶忙过来扶振鲁，振鲁却站不住了。张大柱愤怒地冲赵兴道："有你这样使跪腿的吗？你不是摔跤，是伤人膝盖祸害人！"

观众起哄，赵兴的弟子们却鼓掌叫好。

刘学栋面色铁青，走到场中冲赵兴："咱俩来一跤！"

赵兴冷笑道："终于出场了。"

张大柱过来一拉学栋说："他使损招，咱不和他比了！"

刘学栋笑着："没事儿。"

...... 501

张大柱生气地说："他损招儿太多，你防不胜防！"

刘学栋推开他："我倒想会会他。"说着脱去褂子。

众人一看刘学栋发达的胸肌和粗壮的手臂叫起好来，赵兴和徒弟一瞧倒吸了口凉气。

刘学栋和赵兴绕场子行走，赵兴偷眼望着对方，心里已经发虚。走完跤架，二人上前抓把，刘学栋塌下腰步步紧逼。赵兴一看这架势心里一凉，知道抱腿使不上了。到了场边，赵兴还想闪过去，谁知刘学栋出手快如闪电，一把抓住了他的跤衣袖，赵兴甩了几下没有甩开，刘学栋另一只手已抓住了他的跤衣领，像抓小鸡似的把赵兴扯到场中央，赵兴还在挣扎，刘学栋两膀一抖硬是把他拧了个个儿。

众人大声叫好鼓掌，王立国等人面面相觑，没想到这大个儿有天神般的力气。

刘学栋冲爬起来的赵兴道："我不用腿，光一只胳膊就能玩你！"

观众大声叫好，赵兴心虚地望着面前的庞然大物，知道今天必输无疑，"但输也要弄伤他"。想到这儿，他迎了上去。

张大柱知道赵兴要使坏连忙喊："学栋，当心他使损招！"

刘学栋也不答话，背着一条胳膊跟赵兴周旋，观众嬉笑着望着他俩。赵兴受到戏弄，心里发恨要弄他个残废。他东躲西跳想寻找对方的破绽，没想到刘学栋不但力大，腿脚还十分灵活，令赵兴无计可施。他跳来跳去还是被刘学栋抓住了跤衣领，赵兴想使反关节，无奈刘学栋力气太大拖得他脚步不稳，坏招使不上。刘学栋明白赵兴的意图，大叫一声提拎起赵兴"嘿"一用力，将赵兴甩到他徒弟身上。

观众大笑着鼓掌叫好。

赵兴满脸羞愧，徒弟们赶忙扶起他，出了跤场。

赵兴又羞又恼地回到了跤场后场，耳边不时地响起刘学栋的那句话："我不用腿，光一只胳膊就能玩你！"想到自己真被他一个胳膊扔到了场外，他羞得无地自容，痛苦地闭上了眼睛。这是赵兴出道以来最丢人的事，他知道这事儿不出半月就会传遍北平。过不了多久，天津、保定、济南三大跤城的跤师们也都会听说，自己不但无法在跤坛立足，还会被当作笑料世代传下去。他恨得牙根痒痒，向前场走去。

于东平和其他师兄弟正坐在地上垂头丧气，见赵兴出来，于东平等人慌忙站起身。赵兴看着徒弟心里更来气，众人见他眼中冒火，害怕似的低下了头。赵兴走到于东平身边，猛地抓住他裆里的家伙用力一攥，于东平惨叫一声瘫倒在地。其他徒弟面露惊恐。赵兴又来到另一徒弟跟前瞪着他，徒弟吓得连忙叫了声"师傅"，赵兴也不作声，用手指头朝徒弟的肋条猛地一捅，徒弟"噢"的一声捂着肋条倒地，疼得打滚。赵兴又来到另一个徒弟身边，徒弟已吓得浑身筛糠，赵兴盯着对方的眼睛半晌猛地用头一磕，徒弟鼻子霎时喷出了血。他又走向别的徒弟，徒弟们都吓得跪倒在地。

赵兴声嘶力竭地挥臂喊着："奇耻大辱啊，奇耻大辱！师傅四十多了还亲自出马，你们连场子也上不了，驴屌日出的东西有何用！"徒弟们胆战心惊地听着。

第二天，刘学栋、张大柱及徒弟们在场中兴奋地笑谈昨天同赵坏水比跤的事，谈论完自然想到了输了跤的赵兴该拔场子走人了。

张大柱说："这是江湖上的规矩，可赵兴是个坏水，不一定遵守规矩。不走也没啥，反正他输了跤丢了人就没观众去了。"

大海觉得师傅对他太仁慈，说："他不走，我们去踢他场子逼他走！他能来这儿踢，我们为吗不能去他那儿？"

大方、道河、显明都应和着："对，我们去踢他场子！"

刘学栋说："兵荒马乱的，吃上饭不容易，他开他的，咱开咱的，井水不犯河水。"

话音刚落，赵兴带着王立国进了跤场，众人一下愣住了。

赵兴来到张大柱面前拱手："张师傅，昨日得罪了。"

张大柱不得不还礼："别客气，切磋跤技共同长进。"

赵兴看到刘学栋，问张大柱："这位是……"

张大柱也不好让他下不来台，就介绍道："刘学栋。"

赵兴冲刘学栋拱手行礼："刘师傅，在下赵兴见识了您的功夫，佩服，佩服。说句心里话，您摔遍天下没对手。"

刘学栋本来就不好记恨人，听了他的话，气儿也没了："赵师傅过奖了，我不过力气大点儿，绊子还不如你使得溜。"

赵兴摆手道："刘师傅客气了，我跤技远不如你，更不用说力气了，您光凭这力气就能立足天下。再说，跤技练就能长进，力气到了上限就没法再长了。"他转过脸对王立国道："叫师傅。"

王立国冲刘学栋鞠躬："刘师傅。"

刘学栋客气地点头。

赵兴说："输了跤该拔场子，这是规矩。赵兴就是来说一声，二位师傅，今儿我就给你们腾出地方。"

刘学栋忙摆手："别，别，赵师傅，昨天多有得罪，赔礼了。你开你的场子，我们不会过去找麻烦。"

赵兴真诚地说："刘师傅宽宏大量，输了走人这是规矩，我不守规矩会被同行鄙视。再说跤场本来就是张师傅的，我不劳而获已占了便宜，今儿还给二位师傅。"

刘学栋还想说什么被赵兴拦住："临走，我有一事相求，不知二位师傅能不能答应？"

张大柱提防地望着他："说。"

赵兴指着王立国道："王立国是我得意门生，练跤十来年了，有一定基础，改行干别的可惜了。别的徒弟不成器，拉板车、扛大个由他去，我不忍心立国荒了跤技，今日登门求二位收留他为徒。"

张大柱愣住了，瞬间回过神儿来摆手："不敢当，赵师傅您的徒弟您安排，我庙小委屈他了。"

赵兴乞求道："张师傅，我没求过人，为了立国我求您，立国是块摔跤的料，您这儿不收他，我为他可惜，也觉得对不住他，不配做他师傅。"他说着有点儿动情。

刘学栋见状道："收下倒好说，只怕这位兄弟受委屈。"他一指王立国。

张大柱忙给刘学栋使眼色，转脸对赵兴道："徒弟都是我们多年调教起来的，你的徒弟我们调教不了。不好意思，赵师傅，驳您面子了。"他见王立国给福生使损招，就认定这小子不是个好鸟。

赵兴虔诚地说："张师傅笑话我了，昨日与刘师傅交手，我就知道自己吃几碗干饭了。王立国更是心服口服，他立志拜刘师傅为师。看在他心诚的分上，恳求收留他。"说着冲张大柱和刘学栋抱拳行礼。

刘学栋对别人相求的事有求必应，赵兴说了这么多好话，更不可能拒绝："好吧，他功夫不错，不练了也怪可惜。只是我脾气不好，有时发个火，请赵师傅别介意。"

赵兴高兴地说："从此我退出跤界，不再过问跤场上的事。立国从今儿就是你的弟子，要打要骂随你。来，立国，给刘师傅跪下。"

张大柱还想说什么，王立国已"扑通"跪在地上，冲刘学栋叩头。

刘学栋慌忙拉起他："别这样，我受不住，今后在一块儿就是兄弟。"

事情到了这个份上，张大柱已经无话可说了。

赵兴真诚地对刘学栋："刘师傅，我谢了，二位师傅去那跤场吧，地方已腾出来了。"说完拱拱手转身出了跤场。

王立国带刘学栋、张大柱他们又回到了张大柱过去的跤场，张大柱和刘学栋高兴地看着场地和周围，感慨万千。福生、大海、大方、道河、显明已在前场后场摔了起来。

夜晚，刘学栋和福生回到大杂院住房，振鲁举起一封电报冲刘学栋叫喊："你的信，学栋！"

刘学栋接过来一瞧，高兴地叫起来："我又有儿子啦！"

福生高兴地跳起来。

刘学栋又看了一遍说："这是什么电报？'生了男孩，别惹事。'是让我别惹事，还是让刚出生的儿子别惹事？"振鲁、福生哈哈大笑。刘学栋说："俗话说，喜不双至，祸不单行，今天咱刚搬进新跤场，我又得了儿子，这不是双喜吗？"振鲁、福生笑着连连点头，刘学栋冲福生道："出去买瓶酒，回来咱们高兴高兴。"

福生撒着欢儿地跑出了门。

疤癞脖是大栅栏一带的地痞，从小父母双亡，靠乞讨为生。由于营养不足，形成了凹胸，没大人调教，背也渐渐地驼了，腰还有点儿弓。十五岁那年，他扒火车去了上海。在花花世界听说了黄金荣、杜月笙、张啸林等人的发家史，也见到过这几个靠拼杀出来的风光人物。那时候，他就盼望能成为他们那样的人。两年后，他回到了北平，纠集了几个小地痞在大栅栏一带为非作歹。这么一折腾还真成了点小气候，不但解决了温饱，还有了零花钱。他想把事业干得更大，就四处招兵买马。因组织才能有限，手下喽啰多的时候，也不过十来个人。

这天，疤癞脖进了大杂院，推开刘桂芳的家门欲来散散心。刘桂芳一见他，吓得连连后退，疤癞脖凑上前嬉笑着对她动手动脚。他和刘桂芳相识是在大栅栏西边的胡同，这胡同是妓女约定俗成等客的地方。嫖客从胡同走过，双方就谈成了生意。从胡同里出来不是一前一后，就是胳膊挎在一起了。疤癞脖并不常去那胡同，对那些妓女也不太感兴趣，用他的话讲层次忒低，自从见了刘桂芳，才常到那胡同里转悠。

刘桂芳后退着哀求他出去，她受过疤癞脖的欺负，知道他粗野还是个白玩不花钱的主儿。疤癞脖嬉皮笑脸地伸手摸了她面颊一把："完了事，我立马就走。"刘桂芳退到墙边。疤癞脖淫笑着一把抱住她的腰，"哥教你个新花样"。说着抱起她按在了床上。刘桂芳挣扎，疤癞脖来了气，"干你你又掉不了块肉，再不顺从，我叫来兄弟们一块儿上你"。刘桂芳依然挣扎，疤癞脖"啪啪"扇了她脸两巴掌，随即撕扯刘桂芳的衣服。

在隔壁养伤的振鲁听到打闹声，侧耳听听，听到刘桂芳叫喊，艰难地下了地拐着腿出了门。屋里的打闹声越来越响，振鲁挪步来到刘桂芳门前猛地推开，见疤癞脖正骑在刘桂芳身上欲行不轨，振鲁拖着腿来到床边一把抓住疤癞脖的腰带把他甩到了门口。疤癞脖仰躺在地上看着面前的彪形大汉,吓得胆战心惊,慌忙爬起来跌跌撞撞地跑出了门。

刘桂芳从床上起来,慌乱地系衣扣,振鲁转身欲走,刘桂芳说:"你快躲起来吧,他一会儿就叫来人。"

振鲁轻蔑地一笑:"来三个五个不够我拾掇的。你给我搬个椅子,我就在门外等他。"说着出了门。

刘桂芳急了,来到振鲁面前哀求:"大哥,你快走吧,你腿动不了,打不过他们。"

振鲁不屑一顾地说:"打不过五个,还打不过两个仨?"刘桂芳急得团团转。振鲁说:"快搬个椅子让我坐下!"刘桂芳无奈地搬了把椅子出来,振鲁一屁股坐下:"你忙你的去吧。"

刘桂芳不知如何是好。

疤癞脖回去给歪嘴王五和陈麻子等几个地痞一说,他们气坏了。没想到在这地面上还有人敢欺负他们大哥,他们抄起棍棒跟着疤癞脖气势汹汹地出了门。路人见了纷纷让道,唯恐躲避不及。

疤癞脖等五人闯进大杂院,刘桂芳一见紧紧搂住小明吓得浑身颤抖,振鲁见到他们站起来轻蔑地说:"小子来了?"

疤癞脖用手一指振鲁:"就是这小子!"

地痞们一拥而上,王五一棍子夯向振鲁,振鲁伸手架住,随手一巴掌扇了他个跟头。陈麻子上来举拳就打,振鲁身子一侧,一个抹脖把他抹撞到墙上。其他人举棍向他打来,振鲁左右招架,想反击,伤腿无法迈动步子,只能拖着腿同他们对打,疤癞脖从后面狠狠一棍夯在了他后腰上,振鲁"啊"的一声栽倒在地。疤癞脖等人上来一阵棍棒把振鲁打得皮开肉绽昏死了过去。

刘桂芳吓得面色苍白浑身哆嗦,小明伏在她怀里"哇哇"地大哭。疤癞脖走到刘桂芳面前,一巴掌抽倒她:"婊子!"

王五也过来用脚踢她:"不听大哥的话,把你绑出去卖了!"

小明哭喊着扑倒在姐姐身上。

疤癞脖指着刘桂芳道:"有人想找我报仇,叫他去桂花楼!"说

507

完又跺了振鲁一脚,才扔下棒棍气哼哼地走了。

刘桂芳爬起身跑过来抱起振鲁的头,振鲁紧闭着眼睛,刘桂芳吓坏了,冲小明喊:"快去跤场找刘大哥!"

小明转身跑了出去。

第 二 十 三 章

跤场被观众围得水泄不通，刘学栋活动下腿脚从后场出来，他刚练完石担，胸脯又大又凸，胳膊粗壮得像两条牛腿。

观众看到，不觉鼓起掌来，不少观众感叹："就这身架，别的跤手没法跟他摔。"

还有的观众说："他不用摔人家，人家推都推不动他。"

刘学栋捡起地上的跤衣穿上，跤衣紧裹在身上像个小马夹，又引来一片笑声。刘学栋走起了跤架，双脚落地犹如腾云驾雾，双臂随身体荡起，极为漂亮，他跤架走得很像马拧子。他来到场中与福生抓把，福生几次偷袭没有得手，跤衣领却被刘学栋抓住。他只一拉，脚下一绊，福生便飞了出去。观众报以热烈掌声和叫好声。福生从地上站起，再与刘学栋交手，还是处于劣势，虽然东躲西闪，还是被刘学栋抓住了，刘学栋胳膊一抖，福生便被摔了个仰面朝天。观众兴奋地鼓掌叫好。

张大柱拍着刘学栋的胸脯向众人介绍说："刘学栋，山东济南人，他师傅是大名鼎鼎的马拧子，我师兄弟。学栋力大无穷，两百斤的麻袋，一胳膊夹一条，夹着就走，力气太大又跤技过人，已找不到了对手。刚才让老少爷们儿泄气了，可我张大柱没法给他找个对手。"

观众鼓掌叫好，刘学栋憨笑着。

这时，小明气喘吁吁地跑到场中对刘学栋说："振鲁大哥被打……打了……"

刘学栋一惊，忙拉着小明来到后场问："怎么回事儿？"

小明大口喘着气说："好几个人打的……好几个……"

刘学栋拉起小明跑出了跤场。

刘学栋来到院中一看地上横七竖八的棍棒和散了架的椅子紧张起来，冲进屋，见振鲁浑身是血躺在床上昏迷不醒，刘学栋吓得心"怦怦"地直跳。

大夫给振鲁号完脉，刘学栋忙问伤得怎么样。

大夫说："危险没有了，不过至少养两三个月才能下床。"

刘学栋看着浑身是伤的振鲁心痛得不能自已，大夫开完方子递给他走了。

刘桂芳胆怯地低下头低声说："都是为了我。"

刘学栋瞪着眼问："谁打的？"

刘桂芳不敢回答，小明说："是疤瘌脖。"

刘学栋问："疤瘌脖在哪里？"刘桂芳不语。刘学栋吼道："快告诉我！"

刘桂芳只得语无伦次地说："他……他说他在桂花楼……"

刘学栋"哼"了一声走了出去。

刘学栋来到桂花酒楼，进了门问伙计疤瘌脖来了没有。伙计指指楼上，刘学栋"噔噔噔"地上了楼，在靠窗口的地方，看到五个人正咋咋呼呼地喝酒。

刘学栋招来伙计问哪个是疤瘌脖，伙计指给他看。刘学栋抓起伙计托盘上的二锅头往嘴里灌了两口走了过去。

疤瘌脖正眉飞色舞地给其他地痞讲闯荡上海的经历，刘学栋走到疤瘌脖桌旁装作喝醉的样子说："大……大哥，好些日子不……不见了……"

疤瘌脖等人愣愣地望着他，半晌，疤瘌脖问："兄弟是……"

刘学栋口齿不清地说："大哥不认……认得我，我认得你，大名鼎鼎的……"

疤瘌脖咧嘴笑了："来，坐，坐，兄弟。"

伙伴搬过一个凳子，刘学栋坐下抓过旁边的酒杯："大哥，我……我敬你一杯。"说着倒上酒，疤癞脖高兴地同刘学栋碰了下杯，两人喝下酒。刘学栋指着王五等人问疤癞脖："他……他们几个干吗的？"

王五等人生气地瞪着他，心想："你小子有眼不识泰山。"

疤癞脖吃惊地问："不认识？"他一直认为，他和王五、陈麻子已在北平大名鼎鼎了。刘学栋醉眼蒙眬地摇摇头。疤癞脖指着王五，"王五呀，"又指指陈麻子，"陈麻子。大名鼎鼎的王五、陈麻子"。

刘学栋漫不经心地看了他俩一眼："挺……挺厉害？"

疤癞脖像煞有介事地道："那是，打仗的好手，大栅栏地面没人不知道。"那口气像是说名人梅兰芳、马连良、尚小云。

刘学栋问："就是你带他几个……打的那个人？"说着一指王五、陈麻子和另外两个地痞。

疤癞脖高兴地点头："是，揍那小子的事儿你也听说了？"

刘学栋点头。

疤癞脖等人笑了起来。

疤癞脖讲起来："那小子块头大，跟头蛮牛似的，不好对付。他再蛮牛，猛虎能抵住群狼吗？被我们兄弟打昏了。"他转脸对王五、陈麻子笑着道："揍了那小子，咱兄弟们名声更大。"

王五、陈麻子等人笑着点头。

刘学栋指着王五、陈麻子："我不信他几个厉害。"

王五嘴气得更歪了，陈麻子眼一瞪站起身："我看你小子欠揍！"他指着刘学栋。

疤癞脖摁住他："别……都是兄弟。"他对刘学栋说："我碰到事就找他几个。"

刘学栋轻蔑地望着王五等人："干鸡似的还能帮大……大哥？"王五端起酒一下泼到刘学栋脸上。刘学栋也不动气，对疤癞脖说："打架，他几个还顶不了……顶不了俺一……一个。"

陈麻子站起来吼道："我揍死你小子！"

疤痢脖斜眼望着刘学栋："兄弟咋这么狂，有何本事？"

刘学栋瞥了王五、陈麻子一眼说："我不是说大……大话，站在这儿，他几个都扳……扳不动，还打……打架……"

王五火了："爷这就教训你小子！"

疤痢脖问刘学栋："你是哪儿来的？"

刘学栋说："别问我哪儿来的，就他几个真扛不住俺踢蹬，不信，试试就知道了。"陈麻子撸起胳膊要打刘学栋。刘学栋装作醉醺醺地说："我不打架，光和你们试试，大……大哥就知道了。"

疤痢脖饶有兴趣地说："好，那就试试。"

"咱别……别在店里。"刘学栋说着站起身，摇摇晃晃地往楼梯口走。

王五、陈麻子等人恶狠狠地说："揍死他小子！"

刘学栋步履蹒跚地走到楼梯口，陈麻子从背后抬起腿："滚下去吧！"随即一脚踹了出去。谁知刘学栋丝毫没动，陈麻子却被杠了个跟头。疤痢脖、王五等人吃了一惊，直愣愣地望着刘学栋下楼。陈麻子爬起来心虚了："这小子还真有功夫。"

众人来到大街上。刘学栋装作站立不稳对疤痢脖道："大哥，俺和……和他一个个比试是欺负他们，一块儿……上。"说着冲王五、陈麻子等人一招手，众人望着面前的彪形大汉不敢再狂了。刘学栋冲疤痢脖说："大哥，我让他……他几个抱腰抱腿也扳不倒俺。"王五对陈麻子一眨眼，二人上前一个把腰一个抱腿想掀翻刘学栋。刘学栋纹丝不动，二人使上吃奶的劲儿也扳不动他，另两个地痞一块儿上来扳。刘学栋冲疤痢脖道："你小子别眨眼。"说着猛一晃膀子，两个地痞便飞了出去，刘学栋一抬腿，把王五踢了出去，回手抓住陈麻子腰带，把他倒提起来，用力甩出好远。

疤痢脖高兴地说："兄弟，你还真厉害，大哥没想到你有这本事。"到现在他还没明白刘学栋是来教训他的。

刘学栋上前道："咱是真功夫，你也得学几招儿。"

疤痢脖连连点头："该学，学了出去不怕碰到事儿。"

"那我现在就教你。"刘学栋说着猛地一揣，把他摔过头顶。

王五、陈麻子等人惊恐地望着在空中翻转的疤癞脖。

疤癞脖重重摔在地上疼得翻滚，还嘟囔："教就教呗，干吗使这么大劲儿。"

刘学栋狠狠地踢了他一脚，疤癞脖岔了气儿。陈麻子转身欲跑，刘学栋上前一步抓住他，一个背布袋将他摔砸在地上。

王五想逃，刘学栋跃步掐住了他的后脖颈，双手把他举过头顶，狠狠砸向疤癞脖。疤癞脖刚坐起，又被砸翻在地。另两个地痞吓坏了，跪下叩头求饶，刘学栋飞起腿，把他俩踢倒在墙上。

刘学栋走到疤癞脖跟前蹲下轻声问："学会了吗？"

疤癞脖有气无力地道："学会了，学……学会了。"

刘学栋踩住他的头发说："我再教你一招。"说着把他提起。

疤癞脖惊叫起来："不学了，不学了……大哥，不……"

刘学栋一个黑虎钻裆把他扛在肩上，转了两圈猛一抖肩膀，疤癞脖在空中飞旋着落地，摔昏过去。

王五、陈麻子等人跪地叩头哀求："大哥饶命，大哥饶命……"

刘学栋轻蔑地"哼"了一声，晃着膀子走了。

清晨，刘桂芳把饭菜端到桌上，叫小明起来吃饭，她告诉弟弟中午她出去有事，让小明在学校附近买饭吃，小明吃完饭去了学校。刘桂芳收拾好屋子，来到接客的胡同里转悠。

大凡单身女子在这儿转悠必是暗娼，那些寂寞手中又有点钱的男人都喜欢来这里打野食。一个男子在刘桂芳身边转了两圈停下，伸手托起她的下巴瞧了瞧满意地笑了。刘桂芳转身往前走，男人在后面跟着。来到大杂院，刘桂芳匆匆进了屋，男人也闪身进了门。

小明中午放了学，在学校门口烧饼摊旁站了好一会儿，不舍得掏钱，他知道姐姐挣钱不易，就往家跑。来到院中见家门没上锁，就跑过去推门。门未被推开，却听到姐姐的哀求声和哭泣声，小明用力拍门。"滚！"一个男子恶狠狠的声音从屋里传来，小明惊恐地后退两步，跑到隔壁想求助于振鲁大哥，见浑身是伤的振鲁正躺在床上睡觉，就转身向外跑去。

513

他上气不接下气地跑到跤场后场，看到刘学栋正和张大柱等人说话，拉住刘学栋的手说："有人欺负我姐。"张大柱等人一愣，小明使劲拉刘学栋的手："快走呀，大哥哥！"

刘学栋跟小明跑了出去。

二人气喘吁吁地来到大杂院，刘学栋一把推开刘桂芳家屋门，没见到那个男人，只见衣裳凌乱的刘桂芳坐在床上哭。她看到刘学栋，羞愧地抹去眼泪，转身扣衣服扣子。

刘学栋忙转身出了门。

刘桂芳知道是小明叫来的，走到小明面前一巴掌扇倒他，小明傻愣愣地望着姐姐半晌，哭了。

刘学栋来到振鲁身边倒了碗水递给他，小明的哭声从隔壁传来，振鲁说："刘桂芳也挺倔，饭都吃不上了，还让小明上那么贵的学校，整天为钱犯愁。"他向学栋讲起了刘桂芳和小明的家世。

刘桂芳和小明出生在书香门第，当中学教师的父亲很注重对儿女的培养。小明刚懂事，父亲就教他诗词歌赋，刘桂芳也被送到了当地最好的中学。

日本鬼子打进中国，灾难就降临到这个家庭。

那天，刘桂芳和弟弟正在做功课，两个持枪的日本兵冲进了他们家。他们先是翻箱倒柜，最后眼睛落在了如花似玉的刘桂芳身上，刘桂芳吓得瑟瑟发抖，两个鬼子搁下枪，把刘桂芳搂在怀中又亲又摸，小明吓得哇哇大哭。刘母上来保护女儿，被鬼子一脚踹倒在地。另一鬼子把刘桂芳摁在地上欲行不轨，刘母爬起来扑向鬼子，鬼子一拳把她打昏。鬼子兵正要强奸刘桂芳，刘父进门抓起顶门杠对着两个鬼子脑袋一人一下，两个鬼子栽倒在地。

刘父扶起女儿，爬上桌子推开后窗，催促女儿和儿子快走，喊道："闺女，别忘了让你弟弟上好学校。"刘桂芳和小明刚爬出窗，冲进门的鬼子便将她父亲捅死。

刘学栋听了很难过，"没想到刘桂芳卖身竟是为了弟弟。"他想着进了里屋，从席子下取出一包钱，拿出几块来到隔壁门前敲敲房门。半晌，门开了，刘学栋把钱放到刘桂芳手上，转身走向院门。

刘桂芳看着手中的银圆，眼泪滚落下来。

疤瘌脖等人挨了刘学栋的揍，发恨要报复他，打听了刘学栋在南城跤场摔跤，几个人一商量，来到西城王先河家求他帮他们揍刘学栋。

王先河是个隐士，早年在保定军校当教官，因为和教务长不和，辞职回到了北平。他武功极高，先后参加过两次全国跤术和拳术比赛，都过五关斩六将笑到了最后。他还和一个高段位的日本柔道手摔过跤，把那柔道手差点摔死。

疤瘌脖等人见到王先河，说明来意，并把一袋大洋放到石桌上。王先河说："我出马不是为了大洋，是叫外地人知道北平不是没有爷们儿。"说完和疤瘌脖他们往南城跤场走。

大海、大方正在跤场上角力，王先河等人横眉怒目闯了进来。疤瘌脖狗仗人势撵走前排观众，请王先河坐在条凳上。观众一看这架势知道又是一场好斗。

大海进了后场，告诉刘学栋和张大柱有人来砸场子。

刘学栋站起身向外走，张大柱拦住他说："我先瞧瞧。"说着走到出口透过门帘看到了王先河，他转脸对刘学栋说："是王先河。"刘学栋凑了过来往外瞧。张大柱介绍："跤场好手，会武术，听说在保定军校当过教官。"

刘学栋不屑地说："什么教官不教官的，我会会他。"说着甩帘来到前场，他望着身板笔挺目光凶狠的王先河，不以为然地一笑。脱去褂子捡起跤衣穿上，他招呼福生："拿把椅子来。"福生从后场搬了把椅子放到他身后。刘学栋坐下挑衅地望着王先河，王先河也死死地盯住对方。刘学栋像尊门神，王先河似个罗汉，两人对峙着。

观众屏住呼吸望着他俩，张大柱等人也紧张地观察他俩的一举一动。

刘学栋忽然记起了师傅马拧子的话："不战而屈人之兵才是上策。"想到来北平是为抗日队伍挣钱买药，逞强斗狠会坏了大事，就站起身向王立国招了下手，王立国来到他面前。刘学栋走到王先河面前对疤癞脖道:"想来学摔跤的招式?"

疤癞脖挑衅地道:"一会儿有你好瞧的!"

刘学栋大笑了起来:"俺不怕谁给我没脸儿,我不想惹事儿,就想教教你摔跤,上回教了你几个,愿学都来了,那我就教你们摔跤的把式。"说着转身和王立国抓把,抓住了王立国把他拖到王先河面前,明着对疤癞脖,实则对王先河道:"我硬拧就能把他拧个个儿,信不?"说着一用力,王立国用力挺住。刘学栋一愣,憋足力气"嘿"的一声把王立国拧了个脸朝天。刘学栋大笑着对疤癞脖说:"这一招你学不了。"他瞥了一眼王先河说:"该你几个教我了。"说完后退一步。

观众静观事态发展。

疤癞脖站起来指着刘学栋:"你小子……"话没说完,王先河猛地站起身朝刘学栋抱拳拱了下手,转身出了人群。疤癞脖等人一愣,随即跟了出去。

观众大笑了起来。

王先河面色铁青地往前走,疤癞脖等人从后边追上来问:"王教官,您怎么走了?"

王先河头也不回地说:"不走干吗,留下丢人!"从刘学栋那一招,他已知对方的力气。

疤癞脖说:"你没看出来,刘学栋和那小子演的是双簧,一使眼色,那小子就来了个鹞子翻身。"

王先河停止脚步喝道:"你懂个屁!那小子铆足劲不让他拧倒,还是被拧翻了个儿,哼!"说完就走。

疤癞脖追上他说:"那您不管了?"

王先河头也不回地说:"自古北平、天津、济南、保定出好跤手。北平、天津没人能帮你,去济南、保定找吧。"

疤癞脖等人愣在了那儿。

大杂院西屋的八仙桌已被移到了床边,刘学栋抱着小明同张大柱坐在椅子上,振鲁、福生、大海、大方、道河、显明围桌而坐,桌上摆着酒菜，他们谈笑豪饮。跤场开得挺顺，挣了不少钱，喝酒庆祝。

敲门声传来，众人向门望去，在旁边切菜的刘桂芳过去开门。门一开，见是疤瘌脖、王五、陈麻子等人，她吓得连忙后退。福生、大海等人站起身，张大柱面无表情地望着疤瘌脖等人，刘学栋则往小明嘴里夹着菜看也不看他们。

疤瘌脖进门冲各位连连拱手道："大哥、大叔、大嫂，兄弟有眼无珠，冲撞了你们，小弟该死。小弟瞎在道上混了多年，千不该万不该打了这位大哥。"他向振鲁鞠躬："小弟给你赔礼了。"说着掏出一包东西放到桌上，"二十块大洋看病不够，小弟再出。"说着招手，进来一位老先生，疤瘌脖介绍道："毛先生是宫廷御医，给老佛爷看过病，请他给这位大哥瞧瞧。"他指着振鲁。

毛先生走到振鲁身旁给他检查，振鲁摸着脑袋看着其他人，其他人也不知如何是好，疤瘌脖等人恭维地笑着。毛先生检查完伤情给振鲁贴上几服膏药，然后开了药方递给疤瘌脖。疤瘌脖虔诚地说："我这就给大哥拿药。"说着和王五等人连连作揖往门外退。

张大柱站起身："等一下！"疤瘌脖立刻脸吓得苍白，张大柱端过一碗酒说："不打不成交。"说着把酒递到疤瘌脖面前。

疤瘌脖明白过来受宠若惊，感激地接过，连连向刘学栋和张大柱致谢，干下酒道："大哥宽宏大量，今后有用得着我疤瘌脖的地方，一句话，小弟愿赴汤蹈火。"说完拱手退出了门。

刘学栋对张大柱说："张师傅真厉害。"

"还不是开跤场多年的历练，化敌为友嘛。"

众人笑了起来。

刘学栋环视众人一眼："各位兄弟，我跟张师傅商量了一下，这么分钱，每个人的月钱先定这个数：振鲁、福生、王立国五块，大海、大方、道河、显明三块，大伙觉得咋样？"

众人笑着答道："行，行行。"

刘学栋对张大柱说："剩下的咱俩五五分成。"

张大柱忙摆手："不成，不成，二八开或者三七，我二你八，或者我三你七。"

刘学栋摇头："那哪儿成。"

张大柱说："谁都知道跤场是你打下的，你来撑着，没有你，就没有这跤场。"

"哪儿的话，没张师傅帮忙，我在北平寸步难行。"

张大柱说："你客气了，咱们一块儿联手干事这么多年，就像叔侄。我光棍一人，要那么多钱干吗，二成、三成已比拉板车多多了。来跤场我就高兴，能和兄弟你共事痛快。你宁愿吃窝头咸菜也给振鲁买好药，给小明交学费，我张大柱服你，能跟山东汉子共事，是我张大柱的福气。你不为家人治病，能大老远地来北平闯荡？不用多说，二八，要不三七。"

刘学栋思考片刻说："既然这样，那就先三七，俺家病人好了，咱就五五分。现在张师傅多给的，到时俺一块儿还给你。"众人齐声叫好。刘学栋高兴地说："兄弟们把酒干了，听张师傅来口京戏。"

众人呼喊着举杯，仰脸而尽。

赵兴和徒弟在宅院里卖力地练着基本功，他们发誓要在半年之内夺回跤场。

王立国从张大柱跤场离开后，来到赵兴宅院，向赵兴汇报："刘学栋那小子不知怎么搞的力气没从前大了。"赵兴感兴趣地让他说说。王立国说："先前，他不费太大劲儿就能拧我个跟头，今儿在王先河面前，头一把硬是没拧动我，第二把铆足劲才拧翻的。"

赵兴琢磨一下："怕是他不练功了吧？"

王立国摇头："不，练，天天练。"

赵兴蹙起眉头自言自语："那是怎么回事儿？"

"他该不是和隔壁的小妓女有一腿？男人在外都憋不住。"王立国笑着说。

赵兴笑着道："当是你小子，多长眼，好生练功。你说刘学栋力气小了，好啊，那你狠练力气，这里半斤牛肉见天等着你。"

王立国点头说："谢师傅。"

赵兴吩咐道："你抽空去他住的地方瞧瞧他还练什么功夫，从练功的家伙就能看出来。"

王立国点头。

第二天散了跤场，王立国对刘学栋、福生说想去看看振鲁，三人出了跤场往大杂院走。

振鲁正在大杂院里活动身体，王立国见到他，快步过来问："能下床了？"

"下了好几天了，再过几天就能上场摔了。"

王立国装作关心地说："欲速则不达。那年我伤了腿，没等好利索就摔，结果大半年腿疼。"

刘桂芳端着两碗粥过来，刘学栋接过来放在窗台上向她介绍："这是立国，再端一碗来。"

刘桂芳望着王立国说："见过，在医院里。"

王立国笑着点点头。

王立国看到器械旁边有一个硕大的水缸就走了过去，水缸里盛着半缸沙子，他好奇地问干什么用。刘学栋过来张开双臂抓住缸沿晃了起来，大缸沉重地摇晃着，王立国顿时明白过来。刘学栋停住晃动喘息，王立国问："师傅膀身有力是练这个练出来的？"

刘学栋点头，王立国上前抓住缸沿用力气晃，却晃不动。刘学栋笑着道："得慢慢来，开始放小半缸沙子，晃溜了就加，加它几个月，膀子和腰腿就长劲儿了。"

王立国从大杂院出来，去了赵兴的宅院。进门对赵兴说起了刘学栋练晃大缸的事，并建议也买几口大缸像刘学栋那样练。

赵兴放下茶壶说："这个法我听说过，可我师傅说晃缸不是什么人都能练，练这招必须身高力大肩膀宽阔，个小手臂短肩膀窄的人越练越坏。"

众徒弟问为什么。

赵兴说："练晃缸，腰腿膀子不是一般的力气，身材普通的人练，不是伤了腰就是伤了腿。勉强练得有力气了，腿脚腰身也练死了，只有身架条件特好的人才能练这招。"

"这么玄？有啥道理？"王立国眨巴着眼睛望着赵兴。

赵兴说："我也说不上，只听师傅说过，个高的人晃缸是从上而下，越练腰腿越活，个矮的平着晃腰腿就练僵了。"

王立国问："师傅看我这个头能练吗？"

赵兴打量着他说："要说能行，你不及刘学栋高，也是高个儿。"

王立国说："那我就开始练？"

赵兴说："明天你来这里就有缸了。"

王立国说："师傅，你说刘学栋那小子的跤法比我强吗？"他佩服刘学栋的力气，却并不高看他的跤技。

赵兴语气肯定地说："强。表面看不及你跤法漂亮，可别忘了在跤场是比功夫。从他的跤法我就能看出，他压根就没开过场子。"

"师傅是说他不是在跤场滚出来的？"

赵兴点头："错不了，从小在跤场摔出来的跤法都华而不实，花架子在他身上丁点没有，一招一式都是实摔，这种人最可怕，先前的高手和跤王大多是这种人。"

王立国吸了口凉气："听师傅的话，我再练也比不过那小子了？"

赵兴拍拍他的肩膀说："立国，实话跟你说，你再练也赶不上他。可你别泄气，只要练得能抵挡一番，师傅就有招数破他。从今儿起你除了练力气，还要抠他的招数，像什么时候用什么招，用招前有什么习惯，哪个绊连哪个绊，全都弄清楚。"

跤场还没到上观众的时候，王立国跟刘学栋学着跤法，刘学栋一个侧踢把王立国踢倒，王立国爬起来谦虚地问："师傅，你这个踢儿是怎么使的？"

刘学栋抓住他边做动作边道："侧踢最常用，使好不太容易，怎么才能使好？关键在这儿。"他示意给王立国看，"拉的时候身体要向后仰，这样才能把对方拉得往前倾，一倾，你脚一挡，看我……"他示范着,"就这么着,'啪'地把对手摔了出去。"王立国琢磨一下,抓住刘学栋练习。刘学栋纠正着他的动作:"做动作前别有小动作,你好眨眼,这就等于告诉人家要下绊了。"王立国笑了。刘学栋说:"你呀,后仰动作太飘,这不是演戏来个亮相,摔跤是实打实的玩意儿,谁站着谁赢,谁躺下谁输,你立马戒掉花架子。"

王立国想起赵兴的话问了一句:"师傅,你说我练晃缸对改掉花架子有好处吗?"

"当然有好处,那是实实在在的功夫,少用一点劲儿都晃不动,我看你可以练练。今天散了场子,弄个地板车把我那个拉回去。"

当晚王立国就把大缸拉回了赵兴宅院,师兄弟都笑着说刘学栋傻。赵兴拍着王立国的肩膀说:"刘学栋再厉害,不提防咱,咱就能把他挑下马。"

过小年这天,散了跤场,疤痢脖、歪嘴王五、陈麻子硬拉刘学栋去喝酒。刘学栋推辞不过,只得随他们去。

四人来到个小酒馆,老板一看是疤痢脖,忙赔着笑脸让座,刘学栋等人坐下。老板递过菜单,疤痢脖接过双手捧到刘学栋面前让他点,刘学栋说:"你点吧,随意。"

疤痢脖冲着老板道:"这是我大哥,南城跤场的师傅刘学栋。"

老板赶紧拱手:"久闻大名,久闻大名。"

刘学栋不自在地说:"别客气,给你添麻烦了。"

老板谦恭地说:"哪里,哪里,您是许先生的大哥朋友。"他指着疤痢脖:"有空就过来。"

疤痢脖说:"听好了,我大哥吃了饭走人,我来结账。"

老板慌忙说:"不用,不用,你也不用结,来我这儿就是给我面子。"

疤痢脖得意地笑了。

刘学栋脸沉了下来,问疤痢脖:"你说的请我,就是来这里白吃白喝?"

……521

疤瘌脖解释:"这是我管辖的地儿。"

刘学栋问:"啥叫你管辖的地儿?"

陈麻子插嘴解释:"就是有事许大哥顶着,每月给许大哥交点辛苦费。"

疤瘌脖拍了下胸脯说:"小弟挺仁义,交过费的,小弟从不让人来找事儿。"

刘学栋大怒,一拍桌子:"你们他妈把我也当地痞流氓啊!告诉你们,俺家在济南也是开馆子的,受够了鬼子汉奸地痞的窝囊气。今天我给你们说透了,以后再到这馆子收费,别怪我不客气!"

疤瘌脖等人怔怔地望着刘学栋。半晌,疤瘌脖说:"那我们兄弟靠啥吃饭?"

刘学栋瞪着眼睛说:"怎么吃我不管,就是不能白吃白喝人家!开饭店没有不受鬼子、二鬼子欺负的,辛辛苦苦也就混个吃喝,你们再扒层皮,还让人家活吗?"老板感激地点头。刘学栋指着疤瘌脖等人道:"你们也想想后路,这样下去有吗好果子吃!"

疤瘌脖、王五、陈麻子琢磨着。疤瘌脖说:"也是,上海那些小混混下场都不好。"

陈麻子说:"想想也怪害怕的,哪有心甘情愿受欺负的。"

刘学栋的语气才缓和下来:"明白过来就好,今天这桌我请了。"

年三十晚上,刘掌柜、王大厨、刘夫人、徐静心、英子几人围桌吃着年夜饭。徐静心心事重重,至今没见到学栋给她来过一封信,她既理解他,又恨他无情:"你能顾及你叔婶和英子,为何偏偏不顾及我的感受。不错,你有苦衷,但那苦衷会被跤场热闹的气氛和兄弟们的谈笑所冲淡,我却不能。我没法对任何人倾诉,只能把苦和寂寞埋藏在心里。"近些日子,徐静心不敢再回想和学栋在一起的时光了,那时光纵然使她得到片刻欢愉,过后却更寂寞,徐静心想:"他在北平生活得可顺?受没受伤?他为何不给我来信呢?就算你叔婶和英子不高兴,也不能不来一封吧。他们不让我知道你的地址,知道的话,我会天天给你写。"徐静心后悔在千佛山上拒绝学栋了，后悔自己没像英子那样勇敢，没听刘明智劝说回到了济南，要是勇敢，听了的话，哪是今天的处境。

徐静心不想在北屋待了，望着刘掌柜夫妇、英子、王大厨聊得那么高兴，她心里更失落。回到西屋躺下，觉得这样熬下去太痛苦，忽然她想到了去北平。这个念头一出，她兴奋起来："是啊，为何不去呢？到了北平，到跤场就能找到学栋，说去就去。"可想到英子和刘掌柜夫妇会闹心，英子会追到北平……徐静心又有点儿犹豫了。可只过了一会儿，她决定还是去，她已压抑不住感情了："什么都不想了，也都不顾了，马上动身！"想到这儿，她又兴奋起来。"找到学栋，我租个离他近的地方住下，就能常见面了。我照常卖山东特产，挣了钱拿出大部分给八路军买药，也为抗日尽了份力。"但她马上想到，"马师傅知道了我和学栋的关系，能供给我山东特产吗？他能得罪刘掌柜夫妇和英子？很可能不会。还可能鄙视我，鄙视不要紧，可别生学栋的气。学栋在他眼里，是个正儿八经的孩子。他能接受我和学栋的亲密关系？"想到这儿，徐静心泄了气。

窗外雪花纷飞，屋里振鲁、福生坐在床上沉默无语，除夕的鞭炮声从远处传来，他俩更想念家人了。身披雪花的刘学栋送张大柱归来，看到二人这副模样笑着问："想家了？"

福生说："俺妈气管不好，一到冬天就喘不过气来，我想回去看看。"

振鲁说："要回去，俺俩做个伴，俺爸腰腿疼了好多年了，我想把买的裹腿带回去。"

刘学栋说："要说过年该回去看看，可咱来北平才几个月，来回得搭上路费，还耽误工夫，咱不都说好了初三亮场子嘛。"

振鲁说："有大海他们几个也耽误不了事儿。"

刘学栋说："咱不能把出力的事推给他们。要说想家，俺也想，想家里人。黑蛋妈也想黑蛋，咱仨和黑蛋一块儿杀鬼子，咱俩活着，黑蛋死了，他妈不想他？"振鲁、福生不吭声了。刘学栋说，

"你俩知道俺来北平开场子不是为了养活老婆孩子……"他停顿一下,"裹腿给老人寄回去,打起精神,初三咱们开场子,多挣点钱,把钱用到正当地方。小鬼子完蛋了,咱扬眉吐气地回去。"说完进了里屋。

他上床盖上被子望着屋顶久久不能入睡,徐静心、亮亮、英子、二叔、二婶、王大厨、马拧子、黑蛋妈的身影在眼前一一闪过。他耳边又响起了婴儿的哭声,他翻身起来点上灯,取过纸笔在桌上画了个婴儿头像。画完爱怜地端详许久,最后把纸张凑到面前深情地亲吻。

鞭炮声从远处传来,他不由得想起了徐静心。"此时她在干什么呢?一定坐在梳妆台前想自己,可我没给她写过一个字。"他忽然不安起来,"就算顾及叔婶和英子的感受,也不能不近情理吧,况且她是自己最心爱的女人。"刘学栋想起了和徐静心在一起的日子,他再也控制不住内心的冲动,抓起笔写下:"静心,我想你……"只写了几个字,就再也写不下去了。他想到了同徐静心初次见面时的情景,想到了同她逛北平的名胜;为了度日,还同她到荣宝斋去卖三叔的画;她还来跤场看自己摔跤。和自己去戏园、听说书,自己深深地迷恋上了她。她的哭泣令自己死而复生,在她的细心照料下,才好了伤恢复了体力。自己的手搭在她的肩上,由她搀扶着挪步……"那是一段多么美好的时光啊,可老天偏不让俺和静心走到一块儿,俺俩在大明湖北极庙上许过愿啊,俺还敲响了和她结缘的钟声,俺怎么就和英子迷迷糊糊发生了那事儿呢……想起来俺就心痛。尽管和英子成了夫妻,有了孩子,可我牵挂的仍是静心……写什么呢?我俩没有未来,问候会让她更痛苦……"想到这儿,他没法再写下去了,泪水洒落在信纸上。

南城集市已是银色的世界,熙熙攘攘的人群在雪地上蠕动。跤场一开场便挤满了观众,刘学栋身披大红跤衣立在场中,周围是张大柱、振鲁、福生、大海、大方、道河、显明、王立国等人。

刘学栋抱拳给观众行礼:"大爷、大叔、老少爷们儿,在下刘学栋和张师傅带徒弟们给各位拜年了！"张大柱和徒弟们行礼，观众鼓掌。刘学栋说："各位知道俺不会说话，张师傅说俺嘴笨得像棉裤腰。"说着一指张大柱。观众大笑。刘学栋继续道："不会说归不会说，可我要告诉大伙一个理儿：在跤场，胖子不怕瘦子，个高的不怕个矮的，咱们八尺汉子还能怕比武大郎矮半头的小矬子！"刘学栋拍着胸脯。观众互相对视一眼，明白了小矬子指的是日本鬼子，使劲地鼓起掌来。刘学栋来了精神："要想战胜对手，头条不能怕，再就是要有韧性，两跤手腿缠在一块儿，谁挺住谁就赢！"观众明白他的意思鼓掌叫好。刘学栋晃着膀子围着跤场行走，"大爷、大叔、老少爷们儿，三九天来南城捧场，我刘学栋代张师傅和徒弟们谢了。"说着抱拳拱手，"今儿，我卖把力气，从大清早摔到天黑，任徒弟对俺来个车轮大战。"观众鼓掌叫好。刘学栋指着振鲁、福生等人说："俺摔他们个跟头，大伙叫声好，俺被徒弟们摔趴了，请大伙吃饺子！"

观众又兴奋地鼓起掌来。

当下，王立国叫板，刘学栋和他走起了跤架。王立国近些日子进步不小，他同刘学栋交手，刘学栋摔倒他已不那么容易，经过较量，刘学栋还是将他摔了两个滚儿。福生上场向刘学栋挑战，刘学栋将他摔翻。振鲁晃动庞大的身躯上来同刘学栋较量，刘学栋虽然耗去了不少力气，还是用精湛的跤术将他绊倒。大海、大方、道河、显明等人也先后上来跟刘学栋较量，都被一一摔败。这一天，跤场的观众特高兴，他们没想到刘学栋真能在车轮大战中获胜，他们兴奋地冲刘学栋鼓掌高喊："跤王！跤王！"刘学栋也兴奋地冲他们挥着手臂。

这些日子，王立国既练晃大缸又吃牛肉，力气增长了不少。他受赵兴指使来到跤场同振鲁比试。王立国生龙活虎，动作敏捷，振鲁疲倦懈怠有气无力。王立国接连进攻，振鲁被动地防守，退到场边，被王立国抓住掀翻。观众鼓掌，振鲁不服气从地上爬起来扑向王立国，王立国不示弱，晃动臂膀把振鲁晃得站立不稳，又将他摔倒。

场边响起一片笑声，振鲁羞得无地自容。

福生咬着牙来到场中，同王立国较量，二人周旋了一会儿，福生渐渐地只有招架之功无还手之力，王立国一个拧子将他拧倒。二人又比试，还是王立国获胜。观众鼓掌叫好，王立国甚是得意。

这天下午，刘学栋在后场举了几把石担，觉得石担不像过去那么轻松，他又艰难地举了一个，把石担扔在地上摇了摇头，真感到力不从心了。王立国看在眼里，心中暗暗高兴，见刘学栋懒懒地坐下，给他倒了一杯水，倒完边活动身体边思索着。

这时前场传来观众"跤王！跤王！"的呼喊声，刘学栋喝了一口水站起身。

张大柱从旁边过来说："要不今儿就不上场了。"他见学栋这状态，知道他和振鲁、福生近些日子吃得太差，没有力气。

刘学栋揉着胳膊："观众不见到我能散场子？"他在散场前出场已成了跤场的规矩。

张大柱招呼道河："你陪刘师傅来两跤。"道河点头，张大柱又跟了一句："悠着点，刘师傅近来身体不舒服。"

王立国想到如果能摔倒刘学栋，师傅赵兴就会带人来踢场子，他一步跨到刘学栋面前说："师傅，我陪你咋样？"刘学栋点了下头。

二人往前场走，张大柱想拦住他俩，王立国已同刘学栋出了后场，张大柱只得跟了过去。

观众一见刘学栋欢呼鼓掌，刘学栋微笑着点头抱拳示意。他绕场一圈，同王立国走起了跤架，刘学栋跤架有点松散，王立国却像头出笼的豹子异常兴奋。

二人抓把，刘学栋动作有点儿迟缓，抓了几把，都被王立国破解。刘学栋见抓把不成，便迈步逼向对方，王立国步步为营，刘学栋没占到一点儿便宜。刘学栋终于抓住了王立国的衣领和衣袖，把他拖到了场中。

观众鼓起掌来："拧他个个儿。"刘学栋拧翻人的动作太漂亮了,对手硬挺着劲儿都能被他拧个鹞子翻身,观众都喜欢看。

王立国抓住刘学栋的偏门和衣袖,叉开腿做出抵御的架势,刘学栋向观众瞅了一眼,笑了笑,然后猛一用力,谁知王立国身子晃了一下没被拧倒。刘学栋一愣,王立国趁机一个抱腿摔将他掀翻在地。

观众一阵惊呼,张大柱、振鲁等人惊呆了。

刘学栋躺在地上羞愧万分,爬起来还有点儿发愣,王立国却兴奋地绕场行走,观众冲他鼓起掌来。刘学栋拍拍身上的沙土,冲王立国点了下头,王立国得意扬扬地走了过来。二人又走起跤架,王立国的跤架生猛有力,刘学栋两腿却软绵绵的。二人抓把,王立国反守为攻,上抓下踢,动作迅捷勇猛,刘学栋反应却有点儿迟钝。二人抓好了把,王立国接连使了几个绊儿,把刘学栋绊得趔趔趄趄,王立国又使了一组连环绊儿,刘学栋虽没被绊倒,却十分被动。王立国用力过猛,身子有点疲软了,刘学栋稳住阵脚,开始反击,他先是一个侧踢差点把王立国踢倒。王立国刚刚站稳,刘学栋又来了个麻花绊盘住了他的腿,两人相持好一会儿,刘学栋才把王立国摔倒。

众人一片嘘声,在他们眼里,刘学栋力大无比跤技过人,今儿费这么大力气才摔倒王立国,和"跤王"称号相差甚远。

两人又来了一跤,这一跤虽是刘学栋获胜,可胜得极为艰难。观众又一片嘘声,刘学栋羞愧地向观众行完礼,进了后场。王立国向观众抱拳行礼却引来一片掌声和叫好声。

回大杂院的路上,刘学栋再也控制不住情绪,让振鲁、福生先回去,自己来到天坛。他搂住一棵大树用力踢,多年来,他在跤场所向无敌,今天用尽了全力却无法抵挡王立国的进攻。观众的讥笑声令他无地自容,他才意识到吃饭的重要性。

振鲁、福生坐在桌旁大口吃着热腾腾的羊骨头汤菜,刘桂芳望着他俩狼吞虎咽的样子开心地笑着。

刘学栋进来,刘桂芳盛了一碗递给他。

振鲁赌气地道："别给他，让他尝尝丢脸的滋味。"

刘桂芳笑了："你们拔轱辘总有一个倒的，谁倒了不一样，让人看了乐就行。"

振鲁香甜地吃着："吃这饭食三天，我摔王立国就像摔孩子。"

刘学栋端起碗喝了一口，觉得味道不错，问刘桂芳吃了没。

小明边吃边道："我姐嫌腥。"

刘学栋抚摸了一下他的头："你得多吃，吃长力气。"小明大口地吃了起来。刘学栋转脸对福生说："你明儿买个大缸回来，再弄点沙子。"

福生白了他一眼："当初你干吗把大缸给王立国？你这不是折腾着人玩嘛。"

刘学栋扇了他脑袋一巴掌。

振鲁连吃了几天羊汤，浑身有了力气，就想把面子找回来。见大海、大方从前场上下来，对王立国说："咱俩上？"

王立国高兴地说好，近来他连连取胜信心大增。二人来到前场，你来我往角力，振鲁明显地比前几天有精神力气，占据了上风，几个回合下来，把王立国摔倒。

观众中的一个胖子说："他俩唱的啥戏？前几天，王立国能把跤王摔倒，今儿咋被跤王的徒弟摔趴了？"

另一观众说："那是演戏，看明白了就没人来捧场了。"

第二跤，二人同时倒地。第三跤，还是振鲁把王立国摔翻。

王立国没精打采地来到赵兴宅院，汇报了同振鲁摔跤的经过，赵兴听了很吃惊。前天他听王立国说摔败了刘学栋，心里很激动，徒弟们也兴奋，觉得翻盘的日子就要来了。为了慎重起见，赵兴让王立国再试刘学栋、振鲁几天，如果他们依然是这状态，自己就带徒弟们前去踢跤场，可刚高兴了两天，王立国就带来了坏消息。

赵兴手持茶壶在院中来回踱步，思索半晌问王立国："刘学栋他几个力气恢复得快，用了啥法子？"

王立国摇头。

赵兴说："那你明天去他们住处瞧瞧。"

第二天散了跤场，王立国拐了几个弯，来到大杂院，见练功的大缸又立在了那儿，一愣。走过去瞅了一眼缸里的沙子，知道刘学栋的力气已在他之上了。他有点心凉地摇了下头，拉开门见振鲁、福生光着屁股在洗澡，就笑着进了里屋。见刘学栋正在数钱，叫了声："师傅。"刘学栋看了他一眼："来了，立国。"说着继续数钱。

王立国说："路过顺便过来玩玩。"

"喝水自个儿倒。"刘学栋继续数着。

王立国知道别人数钱自己在旁边是忌讳，就来到外屋同福生、振鲁说笑。

吃饭时，刘桂芳端着锅进来，把锅放到地上取过碗盛羊汤。

王立国嗅着香气问："啥好吃的？"说着走到桌前。

振鲁说："羊汤，你也来一碗。"

王立国问："好吃吗？"

刘桂芳把一碗羊汤递给他。

福生说："放上辣椒醋满口香。"说着拿过辣椒和醋递给王立国。

王立国放了佐料，尝了一口，觉得味道蛮不错，就大口吃了起来。

吃完饭，王立国闲聊了一会儿，向刘学栋等人告辞，振鲁送他出门。王立国走到大缸旁，抓住缸沿用力，可使出全力也晃不动，他泄气地摇了下头。

振鲁说："这么多沙子只有我师哥晃得动。"

王立国出了大杂院，心里明白了只要营养跟得上，自己不可能摔过刘学栋、振鲁和福生，想夺回跤场那是痴心妄想。

王立国心灰意冷地往前走，拐进一个胡同，见昏暗的路灯下站着几个妓女。一个妓女见他过来娇滴滴地说："立国哥。"王立国理也不理从她身边走过。那妓女在他身后道："小桂已有客人了。"王立国回过头，妓女朝他走来："谁陪你不是陪啊。"王立国看了她一眼，蔑视地眯起眼睛转过身。

他来到一个院子，在一个门口站住脚，屋里传来淫荡的笑声。

王立国咬着牙"咣"地一脚踹开门,屋里传来"哇"的尖叫声。王立国闯进屋,片刻,一个赤身裸体的男子飞了出来,他呻吟着从地上爬起跌跌撞撞地跑出院门。王立国瞥了一眼赤身裸体的小桂没有说话,走到床边脱去衣服,把她摁在了床上……

清晨,王立国醒来,看到小桂在镜前梳妆打扮,脱口道:"还真俊。"

小桂头也不回:"比我俊的有的是。"

王立国笑着说:"我就看着你好。"他和小桂睡了多年,从心里喜欢她。

小桂嘴一撇:"可别看着我好,跟你是白睡。"

王立国反唇相讥:"我的钱不都塞进了你那窟窿里。"

小桂不屑一顾地说:"那点钱算钱呀?还不够买粉买胭脂的。"王立国无言以对。小桂对着镜子抹画着:"往后呀,没钱别来找我。我再喜欢你,也得过日子吃饭,再说我干的是生意。"

王立国泄气地躺在了床上。

王立国来到赵兴宅院,对赵兴说:"师傅,咱们干不过刘学栋,只要他几个吃带油水的东西,我哪个也摔不了。我看呀,咱还是另寻别的场子吧。"

赵兴阴鸷地望着王立国道:"在南城丢了人,在北平哪儿也开不成跤场。"

"不会去天津、保定和济南?"

赵兴说:"北平开不下去,到外地开那是做梦,再说北平是块多好的地儿。"

王立国说:"再好也不是咱爷们儿的,你不琢磨琢磨刘学栋不遇个天灾人祸,谁能摔得了他?知道看跤的爷们儿管他叫什么吗?'跤王','跤王'啊。我害怕师傅听了生气,没敢告诉您,可看跤的都是行家,刘学栋确实没人能比。我去过天津、保定、长春、沈阳,那里的师傅功夫都不及他……"他意识到说溜了嘴赶紧打住。

赵兴眯着眼:"闭气了?"

王立国辩解:"不是闭气,是根本达不到目的。再说我也烦了,见天这个练法啥时候是个头呀?我算明白了,我这一辈子再怎么练也到不了刘学栋那水平,也就是在跤场耍个花架子混口饭吃。师傅别瞪着我,我说的是实话,你说我这么拼死拼活一个月才五块大洋,除了吃能干吗?"

赵兴火了:"你小子一月五块还嫌少?你师弟在这里下的力气不比你少,一月才两块,这两块还是我卖宅地的钱。你小子是不是个爷们儿?当着那么多人的面被摔在地上,赶出了场子,不想着报仇还泄气!"王立国低下了头。赵兴叹了口气,"我知道刘学栋不好摔,可总能想出办法,再说摆在咱面前只有这条路。摔趴他,师傅开场子的盈利我俩平分,将来师傅不干了,场子传给你"。

福生等人在跤场后场练功,王立国懒散地坐在地上,刘学栋见他这个样问:"咋不练了?"

"跤场卖艺挣钱,哪有下了跤场还练功的。"

刘学栋说:"不假,别的场子都不练,咱场子不一样。我不喜欢花里胡哨的玩意儿,俗话说练拳不练功,到头一场空。咱不练,摔着摔着就成了花架子。"

王立国懒懒地爬起来自言自语:"啥时候是头呀。"

散了场子,王立国游荡着来到小胡同。灯下,那妓女看到王立国走来,挑起眉毛看也不看他一眼。王立国从她身边走过,那妓女抛出一句:"吃白食的。"

王立国气得想发火,一摸口袋泄了气。他进了院来到小桂房前,屋里传来小桂和一个男子的笑声。王立国一下火了,抬腿欲踹门,腿抬起来却停住,想到囊中羞涩,腿无力地垂下。他自卑地挠了下脑袋转身离开了房门。

王立国来到一个胡同院门前坐下,懒懒地倚在门框上怅望着夜空。小桂的话在他耳边萦绕:"往后呀,没钱别来找我。我再喜欢

...... 531

你，也得过日子吃饭，再说我干的是生意。"王立国低下头为钱犯起了愁，他苦思冥想了半夜，也想不出弄钱的办法，身心俱疲的他迷迷糊糊睡着了。鸡叫头遍的时候，他醒了，忽然刘学栋数钱的情景出现在眼前，他思索着，眼中放出光彩。

第 二 十 四 章

　　第二天，王立国心不在焉地练着功，练了一会儿，走到刘学栋面前说："师傅，我家里有点急事，我出去一会儿。"

　　王立国出了跤场，急匆匆来到刘学栋住的大院外。他朝院中望了望，见没人，就悄悄地进了院子。他瞧了瞧刘桂芳的房门，门上着锁，他"怦怦怦"的心跳平缓了一点。他快步来到刘学栋住的门前，掏出早准备好的钳子和螺丝刀用力把门闩挣断。他进屋关上房门，来到里屋翻箱倒柜地寻找，最后在铺下摸出一个布包。

　　刘桂芳从街上回来进了院子，往家走不经意地看了一眼刘学栋的房门，见门鼻残缺锁掉在地上，心里一愣。她来到门前悄悄地推开房门，看到是王立国在里屋才舒了口气。王立国猛然看到刘桂芳，吓得银圆"哗"地掉在地上。刘桂芳走过来看着满地的银圆问："学栋让你来的？"

　　王立国忙点头："对，对……"

　　刘桂芳说："你也不等俺一会儿，又是丢了钥匙吧？他几个整天丢三落四的，我这儿有一把。"

　　王立国慌张地应着："是，是……丢了钥匙……"

　　刘桂芳问："等钱用？"

　　王立国语无伦次地说："是，是，等着用。"刘桂芳蹲下身捡银圆，王立国慌乱地说："我先不拿了。"说完冲出门。

　　刘桂芳捡着钱纳闷地自言自语："不是急等着钱用吗？"

刘学栋、振鲁、福生听了刘桂芳的叙述，吃了一惊，刘学栋皱起眉头，振鲁、福生气得闷闷的。

张大柱来了，听说后气愤地说："我早就看出他小子不地道，赵坏水的徒弟没个好玩意儿。"他转脸对刘桂芳说："亏了你弄假成真，把他当成来取钱的了，要不说不定他能杀了你。"

刘桂芳吓得张大嘴巴。

刘学栋感慨地说："真没想到。"

张大柱说："想不到还是好的呢，这些日子我还琢磨着他是不是赵坏水派来的。"

刘学栋、振鲁、福生望着张大柱。

张大柱说："这只是我的感觉，我觉得赵坏水能主动地把场子还给我们，还把他的得意门生送到咱门下，这不符合他性格。"

刘学栋、振鲁、福生思索着。

"也许是我多心，不过总觉得不太对劲儿。"

王立国进了小桂的院子推开门进了屋。

小桂正对着镜子涂脂抹粉，看到王立国问："有钱了？"

王立国走到她身后，抱住她的腰说："没有。"

小桂不耐烦地甩开他："没钱别来吃蹭食。"

王立国凑到她面前："吃定了，我碰到事了，没地方去，这些日子只能让你伺候着吃伺候着睡。"

小桂火了："没那好事！"话刚说完，忽然从镜中看到自己脖子上架着把刀子，她吓得面色苍白，一下瘫倒在王立国怀中。

王立国抱住她用刀子逼近她的眼睛问："行不？"

小桂慌忙说："行，行，咋不行。"

王立国一把把她推开："先弄点饭吃。"

小桂惊恐地出门买饭菜，王立国走到床边躺下惆怅地望着房顶。

第二天清晨，王立国醒来，小桂已在梳洗，王立国下床穿衣服，小桂说："桌上有三块大洋。"

王立国走到桌前看到大洋露出笑容，他把大洋放进口袋走到小桂身边说："先借用，到时加倍还你。"

小桂说："谁没有个落难的时候，我不图报答，只求你别杀了我。"

王立国笑着出了门，他来到早点摊前要了几根油条一碗豆汁吃了起来。吃完百无聊赖地一个商店一个商店地逛着，最后来到书场坐下打发时光。

傍晚，他打起精神进了赵兴的宅院。王冲、于东平等人见他进来迎上来："你昨天没来，把师傅急坏了。"

王立国说："我到刘学栋那里看了看，看他回去练什么功。"

赵兴走了过来问："探到了什么？"

王立国说："他回去就晃大缸，晃三十下为一组，一共晃十组。"

王冲吃惊地睁大眼睛："十组？"

王立国说："缸里沙子满当当的，振鲁那小子那么壮都晃不动。"

于东平目瞪口呆。

赵兴问："今天和刘学栋交手了？"

王立国不敢看赵兴的眼睛："交了，我上来就摔了他个跟头，他不服气又摔，我又来了个架梁踢把他摔了个脆的，最后一跤我让的他，不让不行，总得给他个台阶下吧。"王冲、于东平惊疑地望着王立国。赵兴面无表情，王立国抬起头说，"真的，师傅"。他眼光与赵兴一碰，赶忙躲开。

赵兴说："当然是真的，看立国胳膊多有劲儿。"说着捏捏他的胳膊。

王立国脱去衣服走到缸边，抓住缸沿心不在焉地晃了起来，赵兴含着茶壶嘴冷冷地望着他。

清晨，赵兴蹲在距小吃摊不远处的树下等候着王立国，他不停地望向小吃摊旁边的胡同口。不一会儿，王立国拐出胡同朝小吃摊走来，赵兴躲到了大树后注视着他。王立国在小吃摊坐下，要了几根油条和一碗豆汁吃了起来。

赵兴点燃一支烟吸着，王立国吃完朝前走去，赵兴站起身跟在他后面。

王立国来到早市悠闲地转悠，转悠了一圈，在卖鸟的地方停住脚，他逗引了一会儿八哥，又和养鸟的人闲聊，聊够了才出了早市。

街上的商铺刚开门，王立国一家家地逛，逛到茶馆门口走了进去，他要了一壶茶边喝边和别桌的人打趣。临近中午，他看到别人点了饭菜，就要了碗肉丝面慢慢地吃。

赵兴望着王立国心里生气，恨不能上前给他两巴掌，但想到会坏了事儿，才强压住心火。

吃完饭，王立国出了茶馆，拐了几条街来到说书的场子。进去后来到僻静处坐下，边听边打盹。赵兴也有点犯困，却不敢合一下眼睛，他的眼光始终盯着王立国。王立国一听就是一下午，到了黄昏，他伸伸懒腰出了评书场，大步奔向赵兴的宅院。

王立国进了宅院，没见到赵兴问王冲："师傅呢？"

赵兴从院门进来："我不是在这里吗？"

王立国迎上去说："师傅，我今天跟振鲁交手三局两胜。刚开始，他还挺狂，上来就跟我使连环绊。我不跟他步子走，破了连环绊，一个大得合就把他撂在了地上。"说着笑了起来。

赵兴冲王冲道："倒壶茶。"

王冲说："早倒好了，我给换上水。"

赵兴坐在椅子上对众徒弟咋呼："都过来听听，过来。"众人围了过来。王冲把茶壶递到赵兴手上。赵兴说："把立国那块牛肉拿来。"

王立国继续说："师傅，福生那小子……"

赵兴摆摆手："慢慢来，慢慢来。"王冲拿来牛肉递向王立国，被赵兴喝住："我今儿饿了个半死，把牛肉给我。"说着伸出手。王冲把牛肉递给赵兴，赵兴大口地吃起来。

王立国说："福生那小子……"

赵兴摆摆手："慢慢说，从早晨开始说。"

王立国想了想说了起来："上午，我先和大海上的场，那小子跟张大柱六七年了，不大长进，花里胡哨的脚下根本没根儿。你说他见天练功,我立在那儿,他硬是踢不动。"王冲等人笑了起来。赵兴不动声色地望着王立国。王立国接着说:"我待他忙活够了,一个搓窝就把他小子撂了个仰面朝天。后来是大方,那小子和大海是双胞胎,这哥儿俩不光长得一模一样,连用的招数和动作也差不多。大方是左撇子,你说怪不怪,大海也是。大海抓把好先抓人家跤衣袖,大方也一样。你要是看他俩摔跤简直分不出哪个是大海,哪个是大方,跟一个人似的。"

众师弟笑了起来,赵兴也冲王立国大笑,笑完饶有兴趣地说:"接着说。"

王立国眉飞色舞地说:"今天跟刘学栋来了一跤,在后场摔的。那小子今天腿有点软,一个侧踢硬是没踢动我,我琢磨他昨夜八成睡了隔壁那个细皮嫩肉的小娘们儿,要不怎么光打软腿。"说完他淫荡地笑了起来。

众人大笑,赵兴也笑着道:"像这么回事儿。"

王立国说:"别的不值得说了,我先活动活动。"

赵兴站起身道:"怎么不值得说?今儿早我见到一个和你长得差不多的人,先是在保和街小吃摊吃了三根油条一碗豆汁,然后上了早市。他在早市逗了会儿八哥,又和卖鸟的老头聊了一会儿天……"王立国怔怔地望着赵兴。赵兴也不看他:"九点多钟,他去王府井挨店转悠,后来进了茶馆,在那儿跟人胡拉八扯了半天。到中午吃了碗肉丝面就出了门。他来到了京韵书场,听了场《西厢记》,靠到傍晚就进了咱这个门……"他指着地。众人听完望向王立国,王立国面色霎时变得苍白,豆大的汗珠滚落下来。赵兴坐下盘起腿盯着王立国,王立国哆嗦起来。赵兴含着壶嘴:"立国,你接着讲啊,我和你师弟洗耳恭听呢。"

王立国"扑通"跪在地上:"师傅,我该死,该死……我对不起你……我不该不去跤场满处瞎逛……"

赵兴语调轻飘飘地说:"你想说实话就说,不说实话就别编了,挺累。"

"我……"王立国心虚地望了赵兴一眼。

赵兴说:"不说也不要紧,你的事不出两天,我就知道个一清二楚。"

王立国胆战心惊地说:"师傅,我……我给你丢了人。"赵兴不动声色地听着。王立国哭丧着脸说:"小桂跟我要钱,没办法,我去了大杂院……"

赵兴和徒弟望着他,王立国不敢再说。赵兴阴着脸:"说啊。"王立国只得道:"我见过刘学栋在里屋数钱,我寻思着……"

赵兴明白过来,忽地站起一脚踹在王立国脸上:"下三烂的东西!"

王立国顿时满脸是血:"没……没拿钱……被那娘们儿撞上了……"

赵兴气得仰天大叫一声,一口鲜血从口中喷出,王冲等人赶忙扶他连声叫师傅,王立国跪在地上不敢看他。

赵兴仰躺在椅子上,脸色苍白,浑身打战。王冲气愤地走到王立国面前,一脚踹翻他:"师傅,把这没良心的东西废了!"

于东平等人围住了王立国,王立国吓得连连叫唤求饶。

半响,赵兴说:"公马不骟了蛋,见了母的就发情。立国,你那玩意儿留着是祸害。"说着冲王冲做出手势,王冲早取过刀子逼近了王立国,王立国吓得哇哇大叫。赵兴望着王立国说:"去了那玩意儿,你就老实了,不是坏事儿。"

王立国爬到他跟前哭求着:"师傅,我愿为你去死!你留着我,我去杀了刘学栋,杀不了他我一头撞死!"

赵兴面无表情。

王冲一把抓住王立国的领口:"师傅别听他的,你对他费尽心血,他不仁不义,废了他,来,兄弟们!"

众人上来把王立国摁在地上,王立国杀猪似的号叫。

赵兴摆摆手,众人迟疑地望着他,赵兴拨开众人。

王立国歇斯底里地叫着:"师傅!师傅……"

赵兴蹲下身盯着王立国的眼睛,赵兴的眼睛像狼眼一般阴冷,王立国吓得要昏厥过去了,赵兴伸手轻轻捋了下他的头发,王立国毛骨悚然。

赵兴道："俗话说，戒赌戒不了嫖，立国，你年轻我不怨你，这样吧……"他拉王立国起来，王立国腿哆嗦得已站立不稳。赵兴说："我把喝了二十年的茶戒了，每月再给你五块大洋，师傅只求你别坏了我的大事。"说完，抓起茶壶高高举起用力朝地下一摔，茶壶摔成了碎片。

众人怔怔地望着赵兴。

王立国惊恐地张着嘴巴，半晌回过神儿来，"扑通"一声跪在地上痛哭不止。

赵兴有气无力地说："立国，别哭了，师傅知道你不会让师傅失望。"

王立国从地上爬起来说："师傅，你等着吧，半年之内我要摔不趴刘学栋，不用你动手，我自个儿撞死在这儿！"他信誓旦旦地指着地。

众人拱手冲赵兴发誓："我们愿为师傅去死！"

赵兴笑了："好好，这才像我徒弟。"他转脸对王立国道："师傅信你，在师傅心里，你就是我儿，爹哪有不信儿的？你出来了还得回去，不受点伤，刘学栋不会信你。"他对王冲、于东平喊道："拿藤条！"两人取来藤条。赵兴于心不忍地对王立国道："立国，你就忍着点儿吧。"

王立国噌噌几下脱去褂子，对师兄弟咋呼道："来吧！兄弟。"王冲、于东平举着藤条抽打王立国。王立国喊道："使劲儿，使劲儿抽，抽呀！"

王立国几日没来，张大柱松了口气，他对刘学栋说："走了王立国，我心里踏实多了，那小子浑身都是邪气儿。你那么用心教他，我还真担心他把你的绝招偷走了。"

刘学栋遗憾地说："可惜呀，他再跟我学两年就成大器了。"王立国脑子灵，基本功不错，刘学栋挺看中他。

张大柱说："坏人功夫强了，会成大祸害。"

539

两人正说着话，突然，门帘一掀闯进了赵兴和王立国。刘学栋和张大柱愣住了，练功的徒弟也围了过来。

张大柱迎上去面无表情地望着赵兴。

赵兴一脚把王立国踹倒在地，随手给他个耳光，王立国脸上随即现出五个红红的指印。赵兴举手还要打，刘学栋忙拦住他："赵师傅……"

赵兴气愤地说："刘师傅，这小子该死！他无路可走是你收留了他，还教他跤技，你对他恩重如山，可这小子倒好，属白眼狼的，打死也喂不熟。我把他给你抓来了，要打要杀随你吧。"说着一把撕开王立国的衣服，王立国身上皮开肉绽惨不忍睹。

刘学栋大惊："这……"

赵兴气呼呼地说："我打的，我还想砸断他的腿！"说着举拳又要打，刘学栋忙拦住他："都过去了，知错就好。"

赵兴说："知错也不能饶他！"他喘了口气继续道："说起来，他也不是个坏孩子，他爸死得早，打八岁起，他母亲就守寡。前几天，他母亲重病没钱，被医院撵了出来，他就做了这下作事。"

刘学栋慌忙扶王立国起来："你母亲怎么样了？怎么不早说？"

王立国不语。

赵兴叹了口气："死了。"

刘学栋难过地摇摇头，半晌才说："立国，咱一个场子的就是一家人，你娘有病，告诉我能不帮你？"

王立国哭了起来，他想着这几天的经历，哭得挺惨。

刘学栋看着他身上的伤痕，心疼得差点落泪，埋怨着赵兴："你教训立国咋没轻没重，再说立国为母亲看病拿点钱也不是什么大事儿。"

赵兴摇着头："他给我丢大人了，旁人知道了，不说我赵兴也是贼！"

刘学栋劝道："好了，好了，赵师傅，你就放心吧，立国不会再犯错了。"

赵兴感慨地说："刘师傅宽宏大量，我赵兴不知说什么好，只能说声谢了。"说完抱拳行礼走出了后场。

刘学栋上前安慰着王立国，张大柱则默默地望着他俩。

山西客王良和侄子王玉信在北平货场监督装卸工把私盐装上火车，王玉信给了每个装卸工一块银圆，装卸工们感激地点头走了。王良看着心里高兴，觉得侄子已会处世为人了，他和侄子关上车门出了货场。

王玉信说："这趟赚得更大，叔，带我到南城踢场子吧？"上次见叔摔倒了刘学栋，他的心也野了起来。

王良笑着："咱不光踢北平的场子，连天津、济南、保定的场子也一块儿踢了。"

王玉信笑了起来："跟叔出来真痛快，咱什么时候上南城？"

王良说："明天就去。"

王玉信高兴得差点儿唱起了山西民歌。

夜晚，王良和王玉信在旅馆里喝起了酒。王玉信说："跟叔出来挺刺激，可是兵荒马乱的，咱是不是有点冒险了？"

王良干下杯中酒说："兵荒马乱贩私盐更险，日本鬼子没来，大不了在大狱里蹲个十年八年，现在逮住了就崩。正因为这，叔更想在死前留个名。"王玉信给叔斟上酒，王良说："等我和你趟平了四大跤城的跤场，就算我被逮住崩了，心里也无憾事了。"

"叔，别说这个。"王玉信听叔说这话，心里有点酸，他跟叔的感情像是父子。

王良说："我都准备好了，在你婶子那里我存了五百大洋的扬名费。"

王玉信疑惑地问："叔，啥扬名费？"

王良眯起眼说："我真有那一天，你就拿着三百大洋到四大跤城的茶馆、酒店、说书场，见人就说当年山西太原有个叫王良的，不但会做生意，还会摔跤。他摔遍了四大跤城，趟平了无数个跤场，这个人叫王良，叫你叔的名字流传于世。"王玉信怔怔地望着叔叔。王良说："另外两百大洋，你根据叔写的地址到陕西米脂找

……541

到那几个跟叔相好的婆姨，每人五十大洋，就说我王良已经不在人世了。"说罢一饮而尽，泪珠在眼眶中滚动。

第二天上午，王良带王玉信去了南城跤场。

王良说："今天，你和我上次遇的那个大个交手，你摔倒他，我就有机会和张大柱较量，只要你赢了，我赢张大柱也就八九不离十了。"

王玉信说："我觉得摔那个大个没问题。"

王良说："你跤技大有长进又有力气，实力超过了叔，只是上次那个大个昏了头，实力到底怎样我也不清楚，你得小心。"

王玉信说："放心吧，叔。"

王良说："你摔倒大个，叔就穿上这件写着'跤王'的褡裢和张大柱交手。"他指指手中的跤衣，"那时候叔心里别提多舒坦了。"

王玉信说："我不会让叔失望。"说着二人来到南城跤场。

场上，道河、显明正在角力，王良和王玉信混入人群看了起来。显然道河、显明的跤法不算精湛，王良、王玉信看着嘴角露出笑意。道河、显明下场。大海、大方上来，他俩实力和道河、显明差不多，叔侄俩心里有了底，他俩开始活动手腕脚腕。王良侧过脸对王玉信说："这次你去叫板，我等着披挂跤王的跤衣呢。"

王玉信拨开人群，来到场中。观众先是发愣，接着有人认出前年就是他叔摔倒的刘学栋，就把事情的经过给旁边的人说了，观众大哗。大海、大方望着王玉信顿时明白过来。

王玉信扗着腰大声道："上次我叔连摔了傻大个三个跟头，张大柱不服气，今天我来了，想和张师傅见个高低。"

观众鼓掌叫好，踢场子难得一见，他们非常兴奋。

刘学栋、张大柱在后场听到王玉信叫板，张大柱站起身对刘学栋："你盼的那山西客来了。"

刘学栋脸上露出笑容，他兴奋地活动着腿脚，活动了几下，笑着对张大柱一摆手，二人出了后场，振鲁、福生等人也跟了出去。

观众一见张大柱等人出来，鼓掌叫好，张大柱见到王玉信抱拳:"还是那位兄弟?"

王玉信瞪着眼:"别啰唆!上次你不是想跟我叔摔吗?今天我就请张师傅赐教!"

张大柱微微一笑:"先报个姓名,赢了我也好给你扬个名儿。"

王玉信脱下褂子:"用不着,我不图虚名,只想让你知道山外青山楼外楼!"

张大柱笑着说:"我没说错的话,你和你叔都是山西人?"

人群中的王良眯着眼睛望着张大柱。

王玉信挑衅道:"你别管我哪里人,跤场见高低。"

刘学栋在一边活动着脚腕手腕,眼光在人群中寻找王良,王良忙低下头。

张大柱笑着对王玉信:"我还知道,你叔也在这个场子里。"他一指周围的观众。

观众互相转头寻找,刘学栋眼睛又扫了几遍,王良装系鞋带蹲在了地上。

王玉信喊着:"甭找了,光我就能踢蹬了这场子!"

张大柱说:"那好啊,还是老规矩,你摔倒我大徒弟才有资格跟我交手。"说着闪开身,刘学栋上前一步。

王玉信哈哈大笑,指着刘学栋嬉笑着问张大柱:"我叔上次摔他三跤不开壶,你不怕这傻大个再给你丢人现眼?"

众人大哗,刘学栋是他们心中的跤王,有人敢对他不敬真太不知天高地厚了。可是有几个看过山西客摔倒刘学栋的观众告诉他们,刘学栋曾败给过山西客,众人才不再起哄。

刘学栋也不气恼,笑着:"我想陪你来上几跤,好叫你也风光风光。"

王玉信麻利地穿上跤衣来到场中,刘学栋微笑地望着他,王玉信轻蔑地看着对手。二人一交手,王玉信猛地弓腰抱腿,为了练这一招,他下了大力气。先是练腰腿功,后练上步搂腿的速度。几年下来抱腿摔已练得炉火纯青,只要使,对手就防不胜防。王玉信的动作像豹子一样敏捷,一把搂向刘学栋的腿。人群中的王良见了心

...... 543

想得手了，可是侄子的手即将搂住的一刹那，刘学栋却闪电般地躲开了。王良有点不相信眼睛。王玉信搂了个空，心里暗叫一声不好，想收住腿已经来不及了。刘学栋在他脑后一个抹脖，王玉信来了个嘴啃泥。

观众鼓掌大笑着叫好，张大柱等人兴奋地鼓掌，王立国冷冷地观望着，王良惊得目瞪口呆。

王玉信爬起来吐着嘴中的沙子，气得眼睛里充血，现在他在山西被人称为"抱腿王"，他也自认为当之无愧，没想到在刘学栋面前栽了面子。二人再交手，王玉信想到可能上一跤抱腿的意图太过明显，就改变了战术，拼命地和刘学栋抢把。刘学栋也和他抢抓了起来，王玉信趁机弓腰抱腿，刘学栋抓住他的跤衣领猛地一带，便将他带出了七八步远。王良瞪大眼睛不相信刘学栋的跤技已如此之高。

王玉信又扑向刘学栋，两人抓在了一起，王玉信猛地抱住刘学栋的腿。

观众叫好，王良脸上现出笑意，心想侄子有戏了。张大柱和徒弟脸上的笑容却消失了，他们为刘学栋担起心来。

王玉信抱起刘学栋欲将他摔翻，刘学栋单腿跳着和他周旋。王玉信连连使绊，刘学栋一一躲过。王玉信把刘学栋抱到了空中，刘学栋的腿插在他裆里，身体同对手拧成一体，王玉信怎么也摔不倒他。刘学栋体重大，王玉信坚持不住了，只得放下。刘学栋先使了一个蹬踢，王玉信死死挺住，刘学栋随着一个蹬别子，便将他摔了个鹞子翻身。

王良脱口叫了一声："连环绊！"蹬踢、蹬别子连着用，不但脑子反应要快，身体也要极为协调，要不根本无法完成动作。刘学栋这么大的个儿使起来却如此连贯流畅，令王良非常吃惊。

王玉信恼羞成怒从地上爬起来欲冲向对方，王良慌忙跳入场中，拉住王玉信就走，王玉信不肯。王良低声说了一句："你找死！"王玉信才恍然明白再摔下去非死即伤，他耷拉下脑袋随王良往场外走，王良把手中的跤衣往空中一甩。众人望去，见落地的跤衣上印着"跤王"两个大字。刘学栋、张大柱回头寻找王良、王玉信，已不见了山西客的踪影。

兴和药铺账房自从林掌柜被杀便成了丧家之犬，这天他在南城集市转悠，为打发时光进了跤场。

跤场上，大方正同福生角力，账房找个地方坐下吃着花生看起了摔跤。福生摔倒大方引来一片掌声，二人下场，张大柱从后场出来，账房看到他眼睛直了。

张大柱来到场中向观众抱拳行礼致意："老少爷们儿，大伙看了一天不嫌累，为什么？"

观众齐声喊道："看跤王！"

张大柱说："对，不看到跤王咱散不了场子，大伙有大伙的瘾头儿，跤王有跤王的难处。大伙的瘾头儿是看跤王摔跤，跤王的难处是摔来摔去没对手。"观众大笑。张大柱继续道："别说跤王跤技过人，光那力气头就无人能敌。老少爷们儿知道：棋逢对手杀个昏天黑地，一方太强，只能孤独求败。告诉老少爷们儿：跤王太寂寞想弄头牛摔摔。"观众又大笑了起来，账房捂着半边脸从指缝中瞧他。张大柱说："牛倒好说，从乡下牵来就是，可咱跤王害怕伤了牛胳膊牛腿，要是拧断牛脖子，得买下来炖肉吃。"观众大笑。一个观众大叫起来："有牛肉吃不更好吗！"观众鼓掌。张大柱说："这位兄弟说牛肉好吃，好吃不得花钱买牛？一头牛七八百斤，谁吃得了，吃不了，这六月天半天就臭了。"观众又笑。张大柱说："闲话少叙，大伙是来看跤王的，不是来听我耍嘴皮子，老少爷们儿鼓掌引跤王出场！"

观众热烈地鼓起掌。

张大柱拉开门帘，刘学栋威武地走了出来。账房一看，惊得半天合不拢嘴，他万没想到杀了林掌柜的刘学栋还敢在京城跤场卖艺。刘学栋向场中走来，账房吓得闭上眼睛。刘学栋和王立国走起了跤架。观众的掌声把账房的魂揪了回来，他半捂着脸观察着刘学栋。

刘学栋和王立国抓把，刘学栋晃动硕大的身躯逼得王立国步步后退，王立国矫健勇猛动作快如闪电，无奈面对庞然大物招数均不见效。刘学栋伸出巨掌一把抓住他的跤衣领，像揪孩子一样把他拽到场中。观众笑望着他俩，知道好看的来了。只见刘学栋两臂一抖，腿一挡，王立国就飞了出去。观众鼓掌叫好，刘学栋晃动身躯绕场行走，所到之处，观众不是站起抓抓他的手臂，便是捶捶他的胸脯。刘学栋离账房近了，账房赶忙钻出人群。

账房走进一家茶馆，选个僻静处坐下，掏出手绢擦拭额头上的冷汗。伙计端上茶来，他倒了一碗往嘴里灌，水烫得他一口喷出，晃晃脑袋才渐渐平静下来。

刘学栋从前场下来，看到大海的"牵别"动作不标准就指导他。王立国喝水斜眼看着刘学栋倾听。张大柱见王立国这个样子，偷眼观察着他。散了场，王立国出了跤场，张大柱一琢磨也跟了出去。王立国来到赵兴门前，转身向后看了一眼敲响院门，张大柱赶忙隐蔽起来。

王立国进了院子，张大柱快步走到门前透过门缝向里窥视，看到王立国正给赵兴说着什么，张大柱耳朵贴到门缝上倾听。听见王立国说："师傅，今儿我从刘学栋那儿偷了些招数。"张大柱吃了一惊，透过门缝向里细瞧，见赵兴招呼过王冲、于东平等人过来听王立国说话。王立国道："原先咱没注意过这些细活。"他拉过于东平边讲解边做动作，"要想牵别使得绝，先要牵动对手，等对手一抬步，再转体使别子……"

门外的张大柱听着瞧着，不由得倒吸了口凉气，王立国还讲了些什么，张大柱听不清了，赶忙离开院门。

张大柱快步来到大杂院，把他看到的事对刘学栋、福生、振鲁说了，刘学栋等人很吃惊。

振鲁说："我早觉得他不地道。"

福生说："他眼睛后头好像还有双眼睛，我就怀疑他是个探子。"

张大柱说:"他们用不了多久,就会来踢咱跤场。"

振鲁叫着:"来了才好呢,我把他们都摔趴!"

张大柱说:"不能小瞧他们,赵兴诡计多端,不会干冒险的事儿。"

振鲁、福生便不再说话,他俩都吃过赵兴的亏,知道那小子阴狠。

刘学栋沉思片刻道:"咱们从明天开始晚上也练。另外,白天对立国不动声色,别打草惊蛇。"

振鲁、福生点头。

张大柱说:"这主意好。"

观众把跤场围得水泄不通,福生、王立国绝招频使,许久二人谁也摔不倒谁。二人重新抓把,王立国抢得上手,一个拉搋,随着一个麻花绊,盘住了福生的腿,二人僵持。福生突然发力将王立国摔倒。二人来到后场,王立国问福生麻花绊怎么使得这么溜,福生不理他走到了一边。刘学栋过来教给了王立国,福生气得闷闷的。

傍晚,王立国来到赵兴宅院对赵兴说:"师傅,我觉得这阵子,刘学栋徒弟的跤技都有长进。"赵兴警觉起来。王立国说:"大海、大方、显明、道河他们几个,早些日子我摔他们不太费事,这几天,摔哪个都不容易,弄不好还被绊倒,我也闹不明白是咋回事。"

赵兴思索着。

王立国看了师兄弟一眼,悄声对赵兴说:"咱这里不会有人露出口风吧?"

赵兴想了一下:"不会,我治军严明,哪个也不敢,你会不会被他们跟踪了?"

王立国想了想道:"应该不会。"

赵兴问:"刘学栋还教你吗?"

"教,今儿还教了我麻花绊,确实比过去好使。"

赵兴松了一口气:"这说明没发现咱的意图,刘学栋是个好人,可惜就是缺心眼儿。去吧,立国,把刘学栋教你的招数教给你师弟。"

夜晚，大海、大方、道河、显明在大杂院里练着基本功。刘学栋用力晃着大缸，缸里的沙子已近缸沿，他晃了几十下停下喘息。看到福生、振鲁练抢把，见振鲁步步紧逼，福生躲闪后退。刘学栋擦了把汗走过去说："福生，别光后退，你个子比振鲁小近身才对。"

福生没好气儿地说："你还教我啊？"

刘学栋说："什么话，欠摔！"

"还是留着劲儿教王立国吧，教好了他麻花绊好摔我！"福生生气地道。

刘学栋笑了："他长进，你就不长进呀？娘们儿心眼。"

振鲁担忧地说："师哥，你也得留点绝招，要不真吃亏。"

刘学栋说："不好好练才吃亏呢，别气成蛤蟆肚，再说王立国喊我师傅我能不教他。"他很自信，心想："我不相信赵兴那伙人能给我带来多大麻烦，俺摔败过徐三，赢了蒙古搏克跤王力达，还有山西抱腿高手，世上没人能摔过俺。赵坏水使损招又有啥？俺不给他使招的机会，一照面就把他扔出去了。"当然，他依然教授振鲁、福生、道河、显明、大海、大方，好让他们抵挡赵坏水徒弟们的车轮大战，他招呼众人："来，都过来，我教你们。"众人围了过来。刘学栋环视众人说："跤手都知道，输跤不输把，输了把就离倒地不远了，抢把就像当兵的抢占山头，谁抢上谁得势，咱们要抢好把，而不让对方抓住。来，振鲁。"振鲁走过来。刘学栋说："咱俩来抢两把。"两人抢把。刘学栋抢把凶狠快捷，振鲁只有招架之功无还手之力。刘学栋比画着："抢把出手要快，抢起来要狠，对方抓住你，要用力挣开，挣的时候要挺胸晃膀，'啪'地一闪身，就这么挣几下子，对方就不敢轻易抓把了。来，你们试试。"

众人练了起来，张大柱信服地点头，他见学栋的抢把超过了自己，由衷地高兴。

刘学栋走到张大柱身边："张师傅，抢把还是您教给我的，我班门弄斧了。"

张大柱心悦诚服地说:"青出于蓝胜于蓝。"

在刘学栋他们苦练的时候,赵兴的徒弟也在院中玩命地练,赵兴比徒弟练得还猛。想起上回被刘学栋像抓小鸡似的拖到场正中,摔了个鹞子翻身,赵兴就羞得无地自容。他知道力气比刘小子差得太远,再怎么苦练,也只能抵挡一阵子。只要能抵挡片刻,就能用上损招儿,损招儿用上,他就玩完。

敲门声传来,王冲望向赵兴,赵兴冲他点了下头,王冲喘息着穿上褂子,来到门口打开门。一个中年人走了进来,他是这个院子的买主。赵兴领着他看起了院子和房屋,还一一介绍,买主不住地点头。买主看完和赵兴经过一番讨价还价,最后坐在桌旁签订了房屋买卖合同,赵兴接过合同摁上了手印,买主收起合同,把一张汇票递给了赵兴。买主刚出门,赵兴招手把徒弟叫到身边,他晃着手中的汇票:"我这处宅子卖了一百大洋,半月后,我就成了一条无家可归的狗,我被逼上梁山了。要是夺不回跤场,我就成了叫花子,可你师傅是条汉子,夺跤场失败了,你们看不到一个叫花子,而是一具死尸!"众人低下了头。赵兴悲愤地说:"我把命交给你们了!"

王冲抬起头眼圈红红地说:"师傅,我愿为你拼死!"

于东平说:"兄弟们都大有长进,不用师傅出马,我们也能抢回场子!"

众徒弟慷慨激昂地咋呼起来:"师傅,我们准能夺回场子!"

王立国低头不语,赵兴走到他身边说:"立国,你觉得半月后能拿回场子吗?"王立国摇摇头。赵兴拍拍他的肩膀:"不,能拿回!"

王立国抬起头说:"师傅,说实话,别说摔倒刘学栋,恐怕连振鲁那一关也过不了。"

王冲气愤地说:"净说丧气话!"

王立国辩解:"我说的是实话。"

赵兴转脸对徒弟们说:"立国说的是实情,凭咱实力胜不了他们，可我们基本功能抵挡一番了，再使上损招就能夺回跤场！"赵兴叫过一个徒弟，二人角力。赵兴一个架梁踢，徒弟"哇"的一声倒地抱着胳膊大叫。赵兴说："关节断了。"众人面面相觑。赵兴扶起那徒弟说："反正到时候你也没用处，养伤去吧。"说着掏出几块银圆抛在他怀里。赵兴对众徒弟道："从今儿开始，我专教你们练损招。来，来仔细看着。"众徒弟目不转睛地望着他，赵兴比画着："我先教你们手别子。手别是幌子，关键是按住对方的手腕猛抖肩。"他边做动作边说："一下子就能别断他手腕！"

大杂院里的临战气氛也甚浓，张大柱的徒弟及振鲁、福生练习着抢把。刘学栋看了一圈喊道："都过来！"众人围了过来。刘学栋说："大伙的抢把都有长进，可抢把不是目的，抢住把就使绊，让对方还没反应过来就倒地。来，振鲁。"振鲁走了过来。刘学栋和振鲁角力，刘学栋几下便把振鲁摔倒。刘学栋说："抢住把，根据自己的特长可使别子、勾子、揣、大得合、跪腿、搓窝、拧子和背布袋。"

众人练了起来。

张大柱对刘学栋说："从王立国的情绪看出赵兴快沉不住气了。"他无时无刻不在关注着王立国。

刘学栋说："来吧，我正等着他呢，他不来我还怪闷得慌。只是我不义抢了人家场子，要不是家里有病人，真想把场子还给他。"

张大柱说："我了解赵兴，还给他他也不收，非得夺回去，不管用什么坏招。"

刘学栋说："从今天起，您就教教怎么破坏招。"

张大柱说："得教。不过赵兴这小子太阴，什么坏招都能琢磨出来，只怕咱防不胜防。"

刘学栋大大咧咧地说："邪不压正，没事儿。"

张大柱招呼众人："都过来。"

振鲁、福生等人围了过来，张大柱教起了他们破损招。

临近比赛的前两天，王立国等人的表情都很严峻，他们已感受到了大战前的气氛。赵兴望着众徒弟说："还有两天，我们就上斗牛场了，不是我们宰了刘学栋这头蛮牛，就是我们被他抵死。从今儿开始，要仔细琢磨损招，损招要用得准，用得狠！"赵兴唯恐徒弟不理解，解释："摔跤就是个不讲理的行当，谁讲理谁输。早先，清帝身边养了些跤手，叫善扑营，老百姓说得实在：叫'善不赢'，就是说善了赢不了。摔跤要一狠，二毒，三要命。"他咬牙切齿地说："招招狠，招招毒，招招要命！"众徒弟点头。赵兴对王立国、王冲说："你俩先试试。"王立国、王冲角力。王立国一个架梁踢将王冲摔倒。赵兴过来说："立国，你这架子使得差点事儿。"他拉住王立国的胳膊讲解："拉直对方胳膊后再使架子，架子一定要担在他的肘关节上，要准，要狠，一下子就让刘学栋成个残废！"众徒弟听着点头。

王冲、于东平等人走出宅院已是午夜。赵兴关上门，来到屋里从柜子里取出两块鞋底样的铁板，敲了敲，铁板发出清脆的声响。赵兴找出锤子，把铁板钉在了跤靴底下。他穿上跤靴来到院中对着树干踢了几脚，然后蹲下身边看边摸，见树皮脱落处深深陷了进去，他脸上露出笑意。他站起身来到屋里揭下块墙皮，出门来到被踢的树前，蹲下身张开五指比量一下自己的脚踝，然后将手按在树干下端，自言自语："刘大个比我高大半个头，他脚踝也该比我高出一寸，应该是这个地处。"他说着在树干下端用墙皮划了条横杠，然后站起身看着，看不太清，又蹲下身用力划了划。划了一侧，又划另一侧，划完站起身往下瞧，见树干下端的白横道清楚多了。他扔掉墙皮拍拍手掌，揽住树干用鞋底下的铁板猛踢白横杠处，踢完右脚踢左脚，踢了一气儿，蹲下身看着摸着，见树干被铁板踢出不少道道，心想："踢得不太准啊，脚踝皮最薄，最容易踢断，要踢得准才行。"他站起身低头看着白横杠，又踢了起来。为了找到感觉和踢得更准，他闭上眼睛用左右脚猛踢，并发出"嘿嘿"的发力声。脚底下的铁板一下子比一下子更狠地砍在树干上。踢累了，他喘息片刻蹲下身，见白道道已被踢没了，树干两侧深陷着许多铁板印。赵兴摸着笑了，心想："你刘大个子脚踝是钢的，也扛不住我鞋底铁板截吧。"

王立国来到小桂院中，走到门前抬脚将门拍开。小桂正在镜前描眉画眼，看见王立国，脸上露出不快，她取下头上的花一下扔到梳妆台上。

王立国进了屋，掏出几块大洋举到高处一松手，银圆打落到桌上，发出清脆的声响。小桂瞬间眉开眼笑，站起身一步三扭地来到王立国面前搂住他的脖子撒娇："哎呀，多少日子不来了，把妹子想死了，你这没良心的。"说着倒在他怀中。

王立国摸着她的脸蛋说："你属狗的，见块骨头就撒欢。"

小桂直起身子娇声娇气地说："哥是骂小桂吧，你才给了多少骨头？那些达官贵人送来肉我还不理茬呢。"

王立国讥笑道："达官贵人的车马进不来这窄胡同，你这身皮肉挨不上达官贵人的腚。"

小桂不高兴了："我这么不好，你干吗来找我？"

王立国说："我嘛，属屎壳郎的，专门吃屎。"

小桂"扑哧"笑了："哥，我就喜欢你，看你这身腱子肉多结实，哪个人也跟不上你劲儿猛。"说着给王立国解衣。

王立国推开她的手："可惜呀，这身子不能叫你掏空了，我还得留着力气报答师傅呢。"

第 二 十 五 章

明天，赵兴就要同刘学栋他们生死对决了，赵兴徒弟的心都提了起来。赵兴把他们叫到一块儿，冷冷地扫了每个人一眼说："后天，就是我被扫地出门的日子。"他环视着徒弟，"咱们被逼得明天就得去踢他的跤场。不是他刘学栋败了滚蛋，就是我赵兴一头撞死。你们要是可惜师傅这条命，就毒招狠招猛使，别管人说什么坏不坏，自古无毒不丈夫！胜者王侯败者贼，要么明天咱们上天府园摆宴喝酒，要么就给师傅收尸！"

账房在街上看着门牌号码一路找来，最终来到赵兴宅院门外。他耳朵贴到门上听听，听到里面有动静便拍响院门。自从林掌柜死后，他便断了财路。花光了积蓄去找活，人家一看他风烛残年，都找借口把他挡在了门外。没办法，他就靠变卖家当度日。他知道这不是个长法，就一直寻找挣钱的契机，可找来找去都未能如愿，在他万念俱灰时，没想到在跤场看到了刘学栋。

门开了，王冲面无表情地望着他，账房问："这里是赵师傅的府上？"

王冲让他等一下，随手关上门。

王冲来到赵兴面前悄声说了几句，赵兴想了一下，让徒弟们先穿好衣服，才让王冲去开门。

账房走进院子，赵兴迎了上来。账房打招呼："赵师傅，多日不见。"说着抱拳行礼。

赵兴问："您是……"

账房满脸堆笑:"林掌柜没死前,我是兴和药铺的账房,过去常看你摔跤,赵师傅摔得真棒。"说着伸出大拇指恭维。

赵兴笑笑说:"过奖过奖,老先生请坐。"说着一指自己坐的座位,账房不客气地坐下,他看着院中的器械和脸上挂着汗水的众人笑了笑。赵兴问:"老先生来寒舍有事?"

账房沉下脸说:"跟你谈桩买卖。"

赵兴笑了:"我不经商,哪来的买卖?"

账房说:"我把南城跤场给你找回来,你给多少钱?"

赵兴吃惊地望着他,王冲等人也愣住了。半晌,赵兴谨慎地问:"你如何能把跤场给我找回来?"

账房自信地一挑大拇指说:"我叫皇军帮你找回来!"

赵兴先是一惊,接着问怎么回事。

账房说:"三年前,大栅栏兴和药铺林掌柜给日本人做事,我在那里当账房。林掌柜看中了隔壁邻居家的宅院,想弄过来,结果来了刘大个子。他和日本人拗劲,烧了一屋子药材不说,还杀了林掌柜。日本人一直找他,没想到他小子还敢在南城开跤场……"

赵兴等人大惊。半晌,赵兴说:"他杀了你家掌柜跟我们有何关系?"

账房说:"当然有关系,我告了他,日本人抓住他,他必死无疑。他一死,这跤场不就是赵师傅您的了?"赵兴思索着。账房站起身说:"你在那里日进斗金,在这儿是干赔工夫。"他瞟了赵兴的徒弟一眼:"赵师傅,恕我直言,别练了,就你们这些人想胜跤王刘学栋连门也没有。你看那小子膀大腰圆,当年林掌柜搬来张大柱,张大柱一看那小子踹倒了碗口粗的树,二话没说抬腿就走。赵师傅,就跤技而言,你摔不过张大柱吧?"账房望着赵兴意味深长地说:"赵师傅,你白捡了场子,从此白花花的大洋滚滚而来,你就不谢我?"赵兴不语,账房凑近赵兴:"我已经摸到了刘大个子的住处,那地方人少,跑不了他。赵师傅你想想我帮了你多大忙,实话跟你说我不多要,每月十块大洋,月底我到你跤场去取。"赵兴思索着。账房从衣兜摸出个小算盘"啪"地一抖:"我到南城跤场数过不少回了。"说着拨动算珠,"每天按最少一百二十个人看跤算,每人二分,一天下来就是两块四,一个月按三十天。"他熟练地拨动算珠:"三四一十二,二三得六,一个月下来就是七十二块大洋。你给我十块,还不足你的七分之一。"赵兴吃惊地望着账房。账房大包大揽地说:"就这么定了。我得去太君那里报告去了,我不去,你这里的人倒打我一耙,我说不清楚。赵师傅你是行武之人,爽快讲义气,不会跟我讨价还价。我先让皇军把他抓起来,其他事过后我们再聊。"说完掖起算盘出了宅院。

赵兴坐在椅子上沉思,王冲凑近他说:"师傅,这倒是个好办法,凭咱的实力要命也夺不回跤场,不光彩算什么,能来钱就行。"

赵兴站起身突然一记耳光抽倒王冲,众人惊恐地望着赵兴。赵兴愤怒地指着王冲:"你他妈的想让师傅当汉奸啊?啊!汉奸啥玩意儿,知道吗?卖国卖友,给日本人当狗!我他妈的再差,能给日本人当狗吗?!你不把师傅当人,我他妈的砸死你!"说着搬起石锁要砸王冲脑袋。

王冲惊恐地连连摆手:"师傅,别,别别!"

徒弟上前拦赵兴,于东平从赵兴手中抢下石锁。

赵兴气得喘息。

这时,王立国进了院子,赵兴忙招呼:"快来,立国!"

王立国快步走到他跟前:"师傅。"

赵兴语气急促地说:"你马上去告诉刘学栋,三年前他杀人的那家账房向鬼子告密,鬼子马上就去抓他,让他快走!"王立国愣住了。赵兴扇了他肩头一巴掌:"快去呀你!"

王立国才明白过来转身跑出门。

王立国跑向刘学栋大杂院的时候,刘学栋、张大柱、振鲁、福生刚进院子,他们想在晚饭后商量排兵布阵来对付赵兴踢跤场。进了院,振鲁、福生脱去褂子来到水池边洗身子,刘学栋则和张大柱商量了起来。小明跑过来拉住刘学栋非要和他摔跤,刘学栋喜欢孩子,就和他摔了起来。张大柱指导着小明,小明盘住了刘学栋

...... 555

的腿。张大柱喊着:"用劲儿,用劲儿。"小明用力,刘学栋佯装倒地。张大柱抚摸着小明的头夸赞:"厉害,把跤王撂翻了。"小明笑了起来,刘桂芳边做饭边笑望着他们。

刘学栋冲刘桂芳道:"别光看俺们,赶紧做饭,俺们吃了还要商量事。"刘学栋在听振鲁说了刘桂芳的身世后,就不让她出去干那营生了,每个月给她几块大洋养活小明,并包了小明的学费。刘桂芳从心里感激刘学栋,就帮他们洗衣做饭。

刘桂芳笑着回答:"我这就上锅。"话音刚落,王立国闯进大杂院,他上气不接下气地来到刘学栋面前道:"快,快……快走!"刘学栋等人吃惊地望着他。王立国气喘吁吁地说:"赵师傅说,三年前……你杀人的……那家药铺账房叫鬼子……来抓你,快……快跑!"

刘学栋等人大惊,刘学栋回过神儿来,冲振鲁、福生道:"快收拾东西!"

振鲁、福生冲进屋子,张大柱跑到院门前插上门,刘桂芳紧张得不知如何是好。

刘学栋进了里屋,抓起钱袋对振鲁、福生道:"快走!"

三人出了屋门。

张大柱叫道:"别走大门,快翻墙!"他手一指墙壁。

刘学栋等人来到墙边,刘桂芳已搬来个凳子,刘学栋招呼振鲁、福生:"上!"

福生、振鲁上了墙。

这时门口响起"咣咣"的砸门声,刘学栋上了凳子一跃上了墙头对张大柱说:"后会有期!"

张大柱抱拳:"后会有期!"

刘学栋跳下,张大柱抓住凳子扔到一边。

门被砸开,特务、鬼子、账房冲进院子。

鬼子兵冲进房间寻找,没找到刘学栋,就把各屋的人赶到了院中。鬼子兵端枪站在周围,账房走到鬼子军官和特务旁边悄声说了几句,特务来到张大柱、王立国面前,围着他俩转了一圈,伸手在他们胸脯上拍拍，上下打量着："他跑到哪儿去了？"

张大柱装作不明白地问："谁？"

特务说："跤王。"

账房解释："就是刘大个子。"

张大柱手一摊："我怎么知道。"

账房说："你们是一伙的，我在跤场见过你。"

张大柱笑着："你也是跤迷？"

账房气恼地说："别耍贫嘴，问你他跑哪儿去了？！"

张大柱一本正经地说："我也是来找他的，这不连人影也没见着。"

特务厉声道："胡说八道！我亲眼见你们几个一块儿进的院门。"他和账房从跤场跟张大柱和刘学栋来到大杂院，然后他让账房盯在门口，自己去报告的日本鬼子。

张大柱说："是呀，进了院子他又出去买东西了。"

账房打断他的话："别蒙人，我在门口盯着，根本没出门。"

张大柱笑道："您老眼昏花，能看见吗？"

账房生气地说："我老眼昏花？在跤场上我一眼就认出了你和刘大个子，我眼神好着哩。"说着扶了扶眼镜。

张大柱说："你说他没出门，可找呀，还是您老看走了眼。"

账房走过来指着王立国对鬼子军官道："太君，就是他急火火地跑进来，门才关上的。"

鬼子军官走过来一把抓住王立国的领口："你报的信儿？"

王立国吓得脸色苍白慌忙辩解："我跟他们不是一伙，我送什么信？"

账房说："还说不是一伙？天天抱在一块儿摔跤还不认账？"

王立国苦着脸辩解："真不是一伙的……"

鬼子军官抽出刀抵在他的胸口说："你说他跑到哪儿去了？"

王立国苦着脸道："我真不知道。"

鬼子军官用力一捅，王立国惨叫一声栽倒在地，胸口冒出鲜血。刘桂芳吓得闭上眼睛紧紧搂住小明，小明惊恐地望着在地上来

...... 557

回翻滚的王立国。张大柱俯下身子抱住王立国，王立国痛得连声惨叫，张大柱撕下褂子堵住他的胸口，瞬间褂子被血染红。王立国奄奄一息地喘息着，张大柱眼圈红了。

鬼子军官又把刀尖抵在了张大柱肋骨上。

特务走过来对鬼子军官说了几句，鬼子军官收刀，特务拉张大柱起来："不知道跑到哪里我信，你告诉我他是哪里人，住在哪里？"

张大柱说："我和他在一块儿合伙混饭吃，管他哪里人，住在哪里干吗？"

账房说："你俩三年前就常来常往，还说不知道？"

张大柱笑着："三年前就认识？开玩笑吧，那时候我年轻力壮，干吗跟他合伙？"

账房凑近他说："你还认得我吧？"张大柱摇头。账房说："我是大栅栏兴和药铺的账房，为了对付刘大个子，我和林掌柜还去南城跤场请过你。"

张大柱拍拍头恍然大悟："噢，噢，想起来了，是你呀？"

账房说："那就说吧，省得让太君动怒。"

张大柱哈哈大笑："你小子属狗的，谁拿块骨头都能使唤你。"

账房又羞又怒，冲鬼子军官道："太君，他骂你是条狗！"

鬼子军官火了，举起战刀冲过来，张大柱也不躲闪，待他劈下刀来，猛一蹲身跨步将他扛在了肩上。众人大惊。鬼子兵哇哇大叫，特务慌忙掏枪。

张大柱旋转了几圈一抖膀子："走。"就把鬼子军官摔了出去。他冲过去拾刀，特务的枪响了，张大柱身体一晃转过身，特务又是一枪，张大柱胸口中弹，口中喷出鲜血，他趔趄了几步轰然倒地，其他邻居吓得面色苍白瑟瑟发抖。

鬼子军官在鬼子兵搀扶下艰难地爬起，他一步一拐地来到张大柱身旁，伸手抓过鬼子兵递来的战刀，高高举起一下子砍下张大柱的头。

刘桂芳吓得闭上眼睛，账房也哆嗦起来，鬼子军官一挥手，众鬼子兵扬长而去。

刘桂芳催促小明："快去找大海、大方……"小明跑了出去。

刘桂芳跑进屋取来床单被面盖在张大柱、王立国身上。

半个钟头后，大海、大方、道河、显明跑进大杂院，刘桂芳惊恐地指指床单覆盖下的人。大海揭开床单，见张大柱身首分离，大海等人扑在张大柱身上号啕大哭。哭了好一会儿，才抬走张大柱。

他们走后不久，赵兴带着王冲、于东平等徒弟闯了进来。赵兴俯下身抱起王立国的尸体仰天号叫，王冲、于东平等人跪在地上悲愤地大哭。

月光下，山坡上传来刨石头的声响，大海、大方挥镐刨坑，显明、道河跪在张大柱身边。坑刨好了，四人把张大柱抬入坑中，跪下哭了起来。

大海哭着道："师傅，俺几个不为你报仇誓不为人！"

埋葬好张大柱，大海等人去找账房。来到账房院外，看到院门上着锁，四人翻进院子来到屋里等他。半夜时分，大门外有了动静，四人隐蔽起来。不一会儿，墙头翻进几个人，大海等人吃了一惊。等人进了屋子，大海四人一拥而上将进来的人摁在了地上。来的人叫唤起来，大海拉着灯一看是疤癞脖、陈麻子和王五，大海问他们来干什么。疤癞脖说来找账房给张大柱和王立国报仇。大海拉灭灯，和他们一块儿等账房。

这天夜里，王冲和于东平赶着马车，载着抱着王立国的赵兴来到郊外，埋葬了王立国。

天亮后，赵兴回到宅院悲哀落寞地坐在椅子上，两眼呆滞没说一句话。他对王立国一直恨铁不成钢，王立国走了，却觉得像失去了儿子。王冲、于东平等人站在一边不敢吭声，好一会儿，王冲道："师傅，今晚我和东平宰了那账房！"

于东平说："我一人去就办了。"

赵兴淡淡地说："他自己会来的。"

话音刚落，院门响了。

赵兴说："开门去。"

王冲上前刚打开门，账房便挤了进来，他兴高采烈地快步来到赵兴旁边坐下："赵师傅，人给赶跑了，快去南城开跤场吧。没抓住刘大个子，不过杀了张大柱和另一个小子。刘大个子肯定不敢回来了，回来就是死。你开场子，抓紧捞点钱。"

赵兴话里有话地说："那我谢谢您老人家了。"

账房摆手："别客气，都是为了生计。别看我是干账房的，可从不斤斤计较，这么着……"他掏出小算盘一抖，边拨算珠边道："前三个月，你见月给我九块，仨月后，每月十块。我体谅你重新开张的难处。"

赵兴苦苦一笑："老先生处处为小弟着想，小弟万分感激。要说每月十块大洋也不算多……"

"是不多。"账房一拨算珠，"不足你的七分之一。"

赵兴为难地说："不过这事传出去我颜面不好看，你看这么着行不行？"账房探过身听着。赵兴说："我在郊外有处宅子，六间北屋，四间东屋，四间西屋，南边是牛栏，共两亩三分地，我打算先孝敬您。跤场的钱，我半年给您上一回贡。"

账房想了想问："房子还新吗？"

赵兴说："去年刚翻新的，你要住，修身养性；卖了，百十多块大洋。"

账房琢磨一下："要不，我们去瞧瞧？"

赵兴说："行。"他对王冲道："找辆马车，咱这就上路。"

王冲很快找来了马车，赵兴、账房、于东平坐上去。王冲赶着车出了京城，赵兴和账房看着郊外的风景闲聊。马车下了大路，账房望着四周说："不近呀。"

赵兴说："不远了，前边就是。"他手一指。

账房一瞧是一片树林，狐疑地说："这里有宅院？"

赵兴说："就到了。"

马车来到树林边停下，赵兴扶账房下了车："这里靠近皇陵，早先慈禧打谱在这里修陵园，地都丈量好了，可八国联军一进来，就不敢在这里修了。这里风水好，富人都来这里建宅子。"

账房高兴地说："好，好，我也有别墅了，快点走。"众人进了树林。呈现在眼前的是一片坟地。账房眨巴着眼睛说："宅子在哪儿呀，靠坟地不吉利。"

赵兴搀扶着他到了一个新堆起的坟前："就是这里。"

账房望着新坟紧张起来："你……你想干什么？"

赵兴冲王冲、于东平一使眼色，王冲上来一个背布袋将账房重重摔在地上。于东平从腰间取出绳子，两人像捆猪一样把账房捆了起来。

账房躺在地上杀猪般地冲赵兴号叫："你过河拆桥，不仁不义！你想吃独食呀？"

赵兴对着新坟道："立国，仇人我给你捆来了。"

账房喊着："赵兴，你伤天害理，跤场我给你找回来了，你图财害命，天理不容！"赵兴、王冲、于东平围在坟周围低着头。账房躺在地上叫着："赵兴，咱兄弟俩有事好商量，你见月给我八块行不行？跤场一天进项两块四，三四一十二，二三得六，一月下来就是七十二，七十二除去八块，你落下六十四。你别贪心太重，为了这区区八块钱谋财害命……"王冲、于东平跪在坟前磕头。账房有点心虚了："你们想拿我祭祖呀？"王冲、于东平望着坟哭了。账房害怕了起来："祭祖找童男童女，捆一个糟老头子祖宗犯忌！"赵兴走到账房面前，账房一看他目露凶光哆嗦起来："赵……赵老板，要不我不要大洋了，只求你送我回去，跤场算……算我白送给你了。"

赵兴眯起眼睛望了账房一会儿，对于东平道："弄截树干。"于东平踢断一棵小树除去枝叶拿了过来。赵兴一指账房说："捆住他的脚，把他倒挂在井里。"账房听后吓得杀猪般地号叫。

王冲、于东平把账房的脚捆住，中间穿过树干，抬起来走到枯井旁停下。赵兴伸头看了一眼井，枯井深不见底，他拾起一块石头丢进去，好一会儿，井中才传来"咚"的响声。

账房吓得魂飞天外，嘶哑着嗓子喊："爷爷、爷爷，我叫你一声祖宗，别害我，别害我呀……"赵兴一点头。王冲、于东平将账房倒挂在了井中。账房头朝下声嘶力竭地喊："别图财害命，别图财害命，人得有德行！"

赵兴冲着井中大声道："你在这里想一宿，想想当汉奸的好处。"

账房喊着："别，别害我……"

赵兴对王冲说："今夜你在这里给立国守灵。"他用脚指了下井中的账房："鸡叫头遍把棍子抽了。"

王冲点头说："放心吧，师傅。"

王冲在王立国坟前守了一夜。黎明时分，他跪在坟前磕了三个头，然后来到井边，账房还在捯气儿。王冲解开裤子，掏出鸡巴对着账房滋了起来。账房有气无力地哀求着："求你放了我，放了我兄弟。"王冲滋完，边系裤腰边道："放你？等着。"说着系上裤腰，蹲下身用力一抽棍子，好一会儿，井中传来"咚"的一声。

刘学栋、振鲁、福生逃回济南，刘掌柜、马拧子他们给他们接风。

玉泉楼二楼开了两个单间，一个单间里坐着王大厨、马拧子、振鲁、福生，另一单间坐着刘掌柜、刘夫人、黑蛋妈、徐静心、英子。刘学栋在两个单间来回串。

刘学栋进了师傅的单间坐下说："没想到赵兴节骨眼上救了我一命，俺占了人家场子，砸了人家饭碗，人家还来救咱，真过意不去。张师傅说他是有名的坏水，俺比他可坏多了。王立国是赵兴安插在跤场的，赵兴一刻也没忘了夺回场子，可听说日本鬼子想害我，他冒险让立国给我送信儿，真是仁义。"

马拧子说："不光仁义，还大器，是条堂堂的汉子。"

王大厨说："他分得出主次，兄弟再打架是家里的事，外人拿枪打到门上，那是灭祖灭宗的事。"

马拧子说："等日本鬼子滚回老家，我一定上北平拜见二位师傅。"

刘学栋担忧地说:"不知道张师傅、赵师傅、立国他们这会儿怎么样了,过几天我去北平看看。"

王大厨眼睛一瞪:"你想找死呀?你就不想想,你跑了,小鬼子会善罢甘休?人家正在那边支着网等你呢。"

马拧子说:"学栋,你小子就是个彪子,别说人不能去,连信也不能写,写了鬼子顺着邮路就能摸到玉泉楼。"

隔壁刘夫人等人正聊得热闹,刘学栋走进来给黑蛋妈、刘掌柜、刘夫人斟满酒。

黑蛋妈瞧瞧怀中的强强,又看看刘学栋对刘夫人道:"学栋黑乎乎的,倒得了个奶白豆嫩的小子。"

刘夫人拍了她腿一下说:"英子白净,要不他老刘家吃三辈子斋敬六辈子佛也修不出这么个小祖宗。"

刘掌柜咧着嘴笑。

刘学栋说:"俺晒黑的,丑吗?在北平王府井大街一走,能拉直大姑娘、小媳妇的眼珠子。"

刘夫人指着刘学栋对众人说:"瞧瞧,去北平学会耍贫嘴了不是?"

英子说:"妈,他不是贫嘴,是打心里觉得自己俊气。"

刘夫人说:"乖乖,他还俊气,啥叫俊气懂吗?戏台上的小生细皮嫩肉的那才叫俊气。台步一走,舞扇弄袖的,引得小姐媳妇泪水涟涟。你看他傻大黑粗的像小生吗?"

英子说:"像窦尔敦、鲁智深。"

刘夫人说:"像他们还不孬呢,不化妆上了台,看戏的还不定寻思着怎么爬上个熊瞎子。"

众人笑得前仰后合。

徐静心望着刘学栋,心里既高兴又遗憾,高兴的是终于见到了学栋,遗憾的是没早动身去北平。去了,学栋不一定被兴和药铺账房在跤场碰到。"我会拉他干山东特产生意,挣钱远比摔跤多,也不引人注意。"徐静心后悔大年初一改变了去北平的主意。那天清晨,她出门看到英子带着亮亮放爆竹,刘掌柜夫妇在旁边欣喜地望着他们。徐静心想："我去了北平，这一家的欢乐就没有了。"才打掉了去北平的念头。

徐静心知道学栋回来，自己又要过尴尬的日子，她想近日离开济南。望着朝思暮想的学栋，心里很难受……

晚上，英子把小儿子强强放在床里侧，自己对着镜子梳理。刘学栋进来看见了她涂抹说："又不是大清早晨，抹画什么呀。"

英子自嘲地说："我端量自个是不是半老徐娘了。"

刘学栋打趣道："二十郎当岁，正俊鼻子俊眼呢。"

英子惊喜地回过头："真的？"

"那是，跟七仙女似的。"话一出口，他也不相信能说出这话。

英子高兴了："那你在北平想我？"

刘学栋狡黠地一笑："当然想，想得睡不着。"他想徐静心时还有点恨英子，可回来一看英子带得亮亮、强强这么好，内疚了。

英子盯着刘学栋的眼睛半晌："得了吧，还不知想谁呢。"

刘学栋笑着反问一句："你说我想谁？"

英子来到他跟前用手指点了下他的脑门："想谁，你心里清楚。"

刘学栋装糊涂："不清楚。"

英子步步紧逼："是不是想她？"

刘学栋后退着装傻："她是谁呀？"

英子嗔怒地抬起手掌要打刘学栋，刘学栋一弓腰把英子扛在肩上。

英子捶打着刘学栋喊："放下我，你这没良心的！"

刘学栋扛着英子走到床沿，把她翻倒在床上。

英子痴情地望着丈夫，轻柔地说："你真坏……"

刘学栋见她这个样，转过身往桌旁走。英子下床，一把抱住他的后腰，刘学栋立在了屋中，英子拖他来到床边，把他推倒在床上……

徐静心坐在梳妆台前望着镜中的自己，学栋和英子的打闹声传来，她痛苦地闭上了眼睛。再睁开眼睛见东屋灭了灯，徐静心眼泪扑簌簌地掉下。

刘学栋约徐静心来到河边，两人相对无语。半晌，刘学栋说："一年了。"

"三百七十七天。"徐静心凄楚地道。刘学栋望着徐静心说不出话来，徐静心叹了口气："总算回来了。"

刘学栋鼓足勇气说："找个人成家吧。"徐静心惊讶地望着他，刘学栋说："我想过无数回，事情只能这样了，咱俩没有将来，再下去只能害了你。"

徐静心面无表情地说："我认了。"

"静心，别固执了，我已把你害惨了，不能再害英子和孩子。"

徐静心转过身去，泪珠从眼眶中滚出。

学栋、振鲁、福生回来了，马拧子特高兴。他手拿着个大呀呀葫芦从后场出来，观众望着他。马拧子边走边往嘴里灌酒，灌了几口拧上盖往后一抛，一个徒弟接住。

马拧子满面红光边走边"啪啪"地拍着胸脯："大爷、大叔、老少爷们儿，在下马拧子给各位施礼了。"说着抱拳行礼，观众鼓掌。马拧子道："大伙说我面色潮红印堂发亮，倍儿精神。我马拧子哪天不精神？虽说五十郎当岁，翻山越岭赛过二十来岁的小伙子。力气比不了花和尚鲁智深倒拔垂杨柳，却能摔翻千把斤的犍牛。人说强将手下无弱兵，此话不假，俺马拧子的徒弟个个不赖，下面就让各位开开眼！"说着冲后场大声喊道："徒儿们，上场！"刘学栋、振鲁、福生身着跤衣来到前场施礼。观众鼓掌叫好，他们一年多没见学栋等三人了，今日见了分外高兴。马拧子兴奋地说："前些日子，我差他仨去了一趟北平，会了会各路诸侯。他仨没辱没俺马拧子的名声，摔趴了各路好汉。"他走到福生面前甩手打在他胸脯上："这小子兵来将挡。"又走到振鲁面前甩手一掌："这小子水来土囤。"他走到刘学栋面前"啪啪"地拍着刘学栋发达的胸肌："看这小子身板。"他转到一侧用力踢了踢刘学栋的腿："看这腿脚，摔遍天下无敌手。在北平人称跤王，给我马拧子争了光。大伙说会不会我嫉妒？我高兴还来不及呢。皇帝官再大也是太上皇的儿子，他再跤王也是俺马拧子的徒弟！"观众叫好。马拧子说："下面俺就令他伨亮亮身手！"

观众兴奋地鼓掌叫好，他们太喜欢看他伨摔跤了。

福生和师弟墩子来到场上，墩子比福生高半头粗一圈，仗着身材高大，一照面抓住福生就连连使绊，福生一一化解，墩子想用绝活夹颈摔，没想到福生头一缩，左手抓住他后衣领，右手猛地一推他的右腿窝，墩子一屁股就坐在了地上，观众鼓掌大笑。墩子脸上有点挂不住了，自学栋、振鲁、福生去了北平，他就是马拧子的大徒弟，没想到让瘦小的福生摔了个屁股蹲儿。他从地上爬起来，连跤架也不走了就冲向福生，二人又抓了起来。墩子想自上而下地压垮福生，福生硬撑着，墩子用力压他，福生突然一塌腰，墩子失去重心闪了个趔趄。福生用手一撩他的腿，墩子从他身上摔了过去。观众大笑着鼓掌。墩子不服气还想摔，被马拧子拦住。

振鲁上场同新来的师弟大块头角力，大块头有力气，但跤技不精，被振鲁一个弹拧子弹了出去。大块头起来又和振鲁周旋，振鲁一个撩勾子将大块头撩了个跟头。大块头刚爬起来，又跌倒在地上，他吃力地站起，晃着硕大的脑袋进了后场。

马拧子来到场中："学栋天下无敌手，孤独求败，没办法。我让振鲁陪他来几跤，让大伙瞧瞧他是不是名副其实的跤王！"观众兴奋地鼓掌。

刘学栋上场同振鲁走起了跤架，跤架刚健豪放。二人抢把，振鲁抢住把来了个背布袋，刘学栋纹丝不动。振鲁知道再使蛮力也不会奏效，就变换姿势来了个"耙子"。刘学栋趁机抓住振鲁的跤衣领和后腰带一下把他扔了出去。众人鼓掌叫好。二人又走跤架，走完抢把。刘学栋步步紧逼抢得上把，他把振鲁拖到场中，振鲁知道学栋想拧翻自己，就用力撑住。谁知刘学栋突然向相反的方向一抖膀子，振鲁在空中翻了个个儿。

第三跤，振鲁以攻为守，先使了个拿手的胯摔，刘学栋闪过。振鲁紧跟着使了个手别子，又被刘学栋破解。振鲁见刘学栋步子不稳，弓腰就使揣，没想到被顶了个跟头。

众人鼓掌叫好。

马拧子拉刘学栋来到后场，振鲁、福生跟进来，马拧子和刘学栋隔桌坐下，振鲁、福生站在一边。

马拧子说："你仨跤技长进大了，我带你几个出去，真能趟遍全国无敌手。"刘学栋等人笑了。马拧子说："听说各国运动大会上，有摔跤的科目，真想去展展咱们的风采，可惜这兵荒马乱……"

刘学栋说："日本小矬子长不了，他们滚了，咱们就有机会。"

马拧子高兴起来："说得对，我就盼着这天，拿酒来。"福生抓过葫芦递向师傅。

刘学栋说："师傅别喝了，今儿俺兄弟仨陪师傅喝，喝个天昏地暗。"马拧子哈哈大笑。刘学栋说："散了场，咱去黑蛋家和黑蛋妈一块儿喝。"

马拧子高兴地说："好，让她也高兴高兴。"

刘学栋、振鲁、福生从北平回来，马拧子的跤场场场爆满。这天振鲁和福生正在前场角力，刘学栋从后场探出头，冲马拧子招招手，马拧子进了后场。

刘学栋拉他到一边耳语几句，马拧子吃惊地望着刘学栋，他拉刘学栋坐下聊了起来。一会儿，马拧子对一个徒弟说："你几个上前场，把你师哥换下来。"

几个徒弟应声上了前场，片刻，福生、振鲁光膀子进来。

马拧子说："学栋给你们说点事儿。"

振鲁、福生走到刘学栋身边，刘学栋说："队伍同意你们去了，十天后就走。"

王大厨的哥哥王立财昨天晚上来玉泉楼给八路军取药，把同意福生、振鲁参加八路的事跟学栋说了。

福生、振鲁一听高兴地跳起来。

刘学栋用手"嘘"了一声："小声点。"

福生、振鲁忙捂住嘴。

马拧子遗憾地叹了口气:"都走了,爱徒们都走了……"说完声音有点哽咽。

振鲁忙安慰他:"师傅,打完鬼子俺们就回来。"

福生也说:"对,还跟师傅学摔跤。"

马拧子说:"去吧,去吧。打完鬼子,我就在场子里告诉济南的老少爷们儿,凤凰街的鬼子是我马拧子的徒弟杀的,我马拧子一个徒弟死了,另外三个参加了抗日,看光彩吧,那时候哪个不冲我竖大拇指?"

刘学栋、福生、振鲁激动地望着他。

马拧子擦把眼泪说:"今儿高兴,你仨陪师傅来几跤。"

三人笑着点头,当下师徒四人来到前场。

马拧子绕场一圈抱拳作揖:"老少爷们儿,今儿我马拧子高兴,想同三个高徒轮流来几跤。"观众鼓掌。马拧子回过头对刘学栋三人道:"拿出你们看家的本事,别让老少爷们儿说让着师傅。"福生穿好跤衣上场。马拧子拍了福生一掌:"这徒弟叫福生。大伙看清了,俺这徒弟虽不高大壮实,却脚下有活儿,可他再有活儿能比了师傅?"

两人走起跤架,众人叫好。二人角力,马拧子抓住福生后腰绳子,将他提起一个变脸动作将他摔倒在地。

振鲁上场,马拧子对观众:"瞧见这块头了吧,两百来斤,杀牛的净来找他。干吗?宰牛?宰牛他不会,那能干吗?摔牛!"观众大笑。马拧子说:"人家宰牛,三四个人掀不翻,他呢,抓住牛角两膀用力就能把牛扳倒。"振鲁咧开嘴憨厚地笑了。马拧子说:"这小子不好对付,力气太大,抓住我膀子硬扳就像扳牛。今儿我同这小子较量较量,摔倒我,那说明我老了,摔倒他,说明我马拧子正当年!"

二人角力,马拧子依旧十分灵活,振鲁步步紧逼,马拧子和他周旋,瞅准空当一个牵别把振鲁摔倒。

刘学栋上场。马拧子说:"学栋不用介绍,老少爷们儿都认识,他比刚才俩徒弟更厉害,要力气有力气,要跤技有跤技。说实话这会儿我都不知道咋对付他小子。好歹大话说出口了,就硬着头皮跟他较量,赢了,大伙给我喝个彩,输了我也不丢人,徒弟赢师傅是早晚的事儿!"

二人走跤架,跤架异常漂亮,观众鼓掌喝彩。二人你来我往频使绝技,观众不时地叫好。最终马拧子的腿盘住了刘学栋,二人相持。刘学栋见师傅大汗淋漓,故意腿一软被马拧子摔倒在地。

自从山田被莲花剁掉了鸡巴,川井司令就恨透了于明德,他太让皇军失面子了。恨归恨,可川井不好制裁他。于明德对皇军忠心耿耿,杀了他,会让其他伪军心寒。于明德清楚川井的心思,就小心翼翼地过活。他很少去酒店,更不去妓院,只让一个叫丁玉秀的护士陪吃陪睡。王掌柜和范老鸨见他失宠,对他也不像过去那么热情了。可有一天王掌柜在玉泉楼门口又看见了徐静心,才想到于明德还有用。

王掌柜把于明德找来喝酒,让妻子范老鸨作陪。王掌柜说:"世道不太平,黄泉路上无老少,睁着眼就吃点、喝点、玩点。"

于明德感同身受地点头:"说得太对了,兵荒马乱,年少的死得更多。人一死,撒丫子完了,活着就得抓紧享受。"近些日子他想开了,要是川井让他死,他再怎么收敛也活不了,干脆过一天享受一天,就说:"吃喝我不愁,关键是玩,玩鸟、玩金鱼,那都是小玩,大玩是玩女人。把女人揉过来团过去,看着白晃晃的身子,摸着肉鼓鼓的奶子,听着娇声浪语才舒坦。我这身份,想吃啥都能办得到,可这女人不那么凑手,多少回裤裆里的家伙站起来半天了,也淘换不着个性感的。没办法,划拉个没脯子没腔瓜子的办了,这么几回,就能作践成个阳痿。"他转脸对老鸨说:"抓紧弄几个,我实在憋得难受。"

老鸨说:"我不是不急,可像莲花那样前凸后翘的不好找,我也是派人四处给你寻摸,艳翠楼的姑娘你又嫌。"

王掌柜说:"那个女护士不是跟您……"

于明德不屑一顾地说:"玩她一年没啥玩头了,也就气质比艳翠楼的雅点,要不我早窜堂子了。"

王掌柜说:"要说气质和性感,我还真想起个人来。"

于明德感兴趣地说:"哪里的?"

王掌柜说:"玉泉楼的。"

于明德皱了一下眉头说:"你不会是说那个英子吧?"

王掌柜:"说她干吗,都弄出俩娃了,说她不是侮辱处长大人您吗?"

于明德问:"那是谁?"

王掌柜说:"这女人肯定不到前厅,您见不着,刘掌柜的兄弟媳妇。"

于明德白了他一眼说:"刘掌柜六十好几了,他兄弟也下不来小五十,老婆能嫩到哪儿去?"

王掌柜说:"这您就说错了,那女人顶多二十四五岁,长得那个俊呀,比莲花强,强多了。"他用手比画着女人前凸后翘的样子。

于明德望着对方半晌:"照你这么说,我还真得去瞧瞧。"

于明德走后,范老鸨冲丈夫道:"你挑着于明德去追徐静心,可是步险棋,刘小子知道了你的主意,能来烧了咱艳翠楼、齐鲁饭庄。"

"舍不得孩子套不住狼,我才想让于明德弄死他,刘小子和徐静心有一腿。"

范老鸨摇头:"那女的我不是没见过,她没被刘掌柜他弟插过裆,也没被刘学栋捅过腔,插过捅过,走道我就能看出来。"

王掌柜说:"别管捅没捅,我见他俩说话的眼神不对,于明德追徐静心,刘学栋肯定嫉妒,嫉妒就被于明德弄死。"

于明德从齐鲁饭庄出来,直接来到玉泉楼。

刘掌柜一见他,忙请他上楼。于明德说思念莲花,想到她死的房间里坐坐。二人进了单间,于明德让刘掌柜弄几个小菜,说想和莲花喝个酒。刘掌柜答应着出了门。于明德看到门外没人,来到大厅北端隔窗向后院张望。

正巧徐静心在院中浇花，于明德看见身着旗袍的她大惊。见她身材诱人面若桃花，心想："济南还有这样的美人。"

于明德回到办公室心猿意马，思索着如何把这绝色美人弄到手。思索半晌，摸起电话叫来一个心腹，令他把徐静心每天的活动规律摸清汇报给他。

两天后，特务把徐静心的情况汇报给了于明德，于明德听说徐静心连着两天在趵突泉看墙壁上的宋词，就让特务去图书馆借来宋词，连背了两个晚上。等背完了李清照、辛弃疾、苏轼的十几首词后，觉得心里有了底。

于明德穿上白色西装来到趵突泉长廊，手托本子对着墙上的刻字记着，眼睛却瞅着林间小路。见到徐静心的身影，他一阵狂喜，记得更加认真。

徐静心心里乱，在玉泉楼待不下去，就来看李清照、辛弃疾的词，看词让她暂时忘了处境和烦恼。她越过小桥向长廊走来，看到有人在记墙上的词有点吃惊。

于明德待她走近了，边记边念："'天接云涛连晓雾，星河欲转千帆舞，仿佛梦魂归帝所，闻天语……'"

徐静心从他身边走过，看到本子上龙飞凤舞的字很是惊讶。兵荒马乱，人们朝不保夕，能在清照词前驻足诵吟难得一见。走出十几步，回头看他。于明德偷偷一瞥，见徐静心在看自己，装作记得更认真，他不时地凑近石墙用手临摹书法家的手迹。徐静心注视着他的一举一动。于明德欣赏好久，才恋恋不舍地离开，徐静心好奇地望着他远去的背影。

于明德很兴奋，心想："钓到这个女人有门儿。"他脑海闪现着徐静心的身影："真比莲花俊。"他眼前又出现了徐静心的面容，虽然没看仔细，但确信比他睡过的那五六十个女人都雅："定是大家闺秀，睡了她便圆了我的梦。"于明德早对大家闺秀感兴趣，也无数次地打她们的主意，可大家闺秀并不高看他。有几个大家闺秀对他有过好感，但他们的父母不同意女儿同他交往，他们早听说了于明德风流。有个报社总编为了阻止女儿同他来往，还把女儿送到了国外。一直没睡过国内的大家闺秀，是于明德心中一大憾事，现在见到徐静心更控制不住。想到只背了十几首宋词，感到有点儿冒险。回到办公室，忙令手下找来有关李清照、辛弃疾、苏轼生平的书。

当天，于明德捧着书苦读，默记住了一些有用的东西才上床睡觉。

次日清晨起来，他感到疲倦，但想到要去俘获徐美人，便来了精神。他吃饱喝足来到办公室，安排好差事便往趵突泉走。

于明德来到趵突泉一棵树后，不时地看表和向小路张望。见徐静心从远处走来，心里一阵狂喜。他目不转睛地望着她，见徐静心越过小桥来到长廊欣赏墙上石刻的清照词，便掏出笔和本子走向她。二人目光一对，徐静心不好意思地低下头，于明德则在长廊围栏条凳上坐下边念边记。

徐静心好奇心所使，放慢脚步装作欣赏墙上的词句向他走去。走过于明德身边看了他一眼，于明德正抬起头，那忧郁的神情令徐静心心头微微一颤，她想移开目光，于明德开口了："小姐，真有雅兴。"

徐静心有点慌乱地说："随便看看。"说着想离开。

于明德不失时机地说："可不是随便，能在济南名士李清照、辛弃疾词前驻足绝非凡人。"

徐静心转过身问："何以见得？"

"兵荒马乱的，生死未卜，能填饱肚子已非易事，你能驻足浏览名人佳句，不是天外仙客，又是何人？"这几天他一直思索如何与徐静心对话，"起码要雅，这是蒙住她的前提。"他反复地告诫自己。

徐静心微微一笑："我不过闲来无事，顺便看两眼罢了。"听对方文绉绉的语言，她有了兴趣。

于明德说："小姐虽谦虚，但书卷气甚浓，定是饱读诗书。"他一直徜徉在女人中间，知道如何博得女人的欢心。

徐静心说："只是随便读读打发时光而已。"

于明德问:"小姐爱诗呢,还是更爱词?"

"诗词本不分家,要说更爱哪个,还是词吧。"徐静心答。

"和我一样,词,朗朗上口,好吟唱,多得人们喜欢,你肯定喜欢易安居士李清照了?"于明德有文化,说雅句张嘴就来。

徐静心点头:"李清照的词纤而不弱,言之有物,感情真挚细腻,我确实喜欢。"

于明德说:"我也是,李清照大家手笔,像她的《声声慢》:'寻寻觅觅,冷冷清清,凄凄惨惨戚戚。乍暖还寒时候,最难将息。三杯两盏淡酒,怎敌他晚来风急……'写得如此清凉凄婉,把一个女人无助的心境和盘托出,催人泪下。再比如她的《如梦令》:'昨夜雨疏风骤,浓睡不消残酒。试问卷帘人,却道海棠依旧。知否,知否?应是绿肥红瘦。'写得深入浅出,借海棠比人生,用意贴切,最美的是最后一句:'应是绿肥红瘦。'你想将绿叶生长比作肥,把红花消败比为瘦,不是天外来句,又做何解释?"徐静心见他对名人佳句信手拈来,不觉佩服起来。于明德说:"我虽爱清照词,但更爱辛弃疾和苏轼的,我记了两首。"他指着本子给徐静心看,徐静心见他的字很漂亮,心里暗暗叹服。其实这些字是于明德找人写的。他见徐静心看本子上的字,就背了起来:"'醉里挑灯看剑,梦回吹角连营。八百里分麾下炙,五十弦翻塞外声,沙场秋点兵。马作的卢飞快,弓如霹雳弦惊。了却君王天下事,赢得生前身后名。可怜白发生!'苏轼词风和辛弃疾相近,像他的《江城子》:'老夫聊发少年狂,左牵黄,右擎苍,锦帽貂裘,千骑卷平冈。为报倾城随太守,亲射虎,看孙郎……'真是豪气冲天,令后人敬仰。小姐,不知我说得对否?"

徐静心自叹弗如:"不敢,先生出口成章,乃饱学之士,本人远远不及。"

于明德说:"别谦虚,我不过喜爱,随便读读。小姐喜欢辛弃疾和苏轼的词吗?"

徐静心回答:"当然喜欢,辛、苏的词都很豪迈大气。"

于明德道:"是,这也是我喜欢的原因,除了这,我还敬仰他们的胆识和人生态度。辛弃疾词作得好，武功也好，与金人作战十几次，杀敌将领三十余人。一次率五十人冲入五万人的金营，劫出了叛徒，勇气和胆略令人钦佩！"

于明德知道女人大多崇尚男人的强悍和勇气，就在徐静心面前过了一把英雄豪迈的瘾。

徐静心望着于明德，忽然觉得他身上有股男子汉气，心想："要不他不会崇尚英雄。"

于明德继续道："虽说苏轼没经历过战事，但他的挫折磨难比历史上任何词人、诗人、剧作家、小说家都多。他先后四次被贬，常常食不果腹，可他仍顽强地生活。要我说，苏轼、辛弃疾才是民族的脊梁，当然也包括李清照。当她丈夫弃城而逃，她愤慨地写下了'生当作人杰，死亦为鬼雄。至今思项羽，不肯过江东'的诗句，令人感叹流泪。"

于明德激扬的话语把徐静心感染了，心想："他肯定很有民族情感。"她像遇到了知己，心情激动起来："你常背诵他们的词，想必也写过诗词吧？"在玉泉楼，她一直很内敛，现在不觉放开了。

"不，我学理工的，对文学只是爱好，再说初中生不也能背下不少诗词嘛。"于明德谦虚地说。

徐静心笑了，谈诗词她由衷地喜欢。刘明智去世后，她没同人谈过，今天可遇到了知己。她说："我有点儿为辛弃疾鸣不平，他是济南人，可没听说过济南人给他建过祠堂。别忘了在南宋，他除了词有名，还是大名鼎鼎的抗金将领啊。"

于明德听徐静心这么一说，心想："亏了昨天借来了辛弃疾、李清照、苏轼的资料，要不就没法接话了。"他装作义愤填膺地说："确实是，我也很气愤。你说辛弃疾这位大词人，又是民族英雄，为何济南人就不给他树碑立传呢！"

"是，听说明水还保有李清照的故居，却没听说济南有辛弃疾的居住地，也没听过济南人谈起他。"

于明德装作生气地说："要我说济南市市长是个文盲，很不称职，济南出了辛弃疾，竟不知宣传。上边让他当市长，选错了人！"

徐静心笑着道："让你这样的人当就好了。"

于明德谦虚地摇头："见笑了。我早年留学日本，攻的又是理工，国文学得并不好。今日与小姐相见觅得知己，不觉背了两首，又乱发了些浅显议论，小姐不会以为在下是在卖弄吧？"

徐静心笑着："哪里，好久没同人谈论诗词了，很惬意，何来卖弄之说。"

"这就好，听小姐口音不是本地人，您是……"于明德明知故问。

"北平。"

"北平好地方，皇城根，怨不得小姐气度非凡，原来是京城名门之女。"

徐静心忙摇头："不，教书匠家出身，不足挂齿。"

于明德欲言又止，抬起手腕看了下表："对不起小姐，我得赶回银行检查工作。今日与小姐结识乃三生有幸，如果小姐有意再聊，明儿这时我们在这儿见面如何？"他想来个欲擒故纵。

徐静心点头。

"抱歉了。"于明德说完匆匆离去。

徐静心出神地望着他远去的背影。

夜晚，徐静心躺在床上翻来覆去睡不着，她没想到济南还有这等人物，那忧郁的眼神、优雅的谈吐都令她心荡神迷。

黎明时徐静心才入睡，起来已是上午。院中的说话声吸引她来到窗前，见英子正在教强强说话。刘学栋则和亮亮在墙角抠蛐蛐，蛐蛐抠不出来，刘学栋让亮亮用小鸡往里滋，亮亮捏住小鸡滋了起来。不一会儿，蛐蛐蹦出，他父子俩忙着捕捉。徐静心望着他们一家，越发羡慕。

第 二 十 六 章

徐静心按时来到趵突泉，拐过墙角，远远地看到于明德在长廊踱步。她加快脚步向前走去，来到于明德面前说："你好，早来了？"

于明德望着仪态万方的徐静心没有说话，半晌，轻声道："到茶厅坐一会儿好吗？"

二人来到泉边茶厅坐下，伙计端上茶水。于明德装作不好意思地说："昨夜我失眠了。"徐静心脸上霎时飞起红云，转脸望着窗外，心想："我何尝不是。"于明德说："我知道自己身份低微，可我……"徐静心知道他想说什么，脸红到脖子。于明德说："我生在南方，父亲是商人，早年家里有些积蓄，送我到东洋读书，为的是回来接班，可不久父亲破产了，他一病不起很快去世。我孤身一人在日本，白天到学校读书，晚上刷盘子打工。北海道那地方冬天零下三十多度，我的手指冻得像胡萝卜，一天睡不到四五个小时，吃客人剩下的东西……"说着眼圈红了。

徐静心同情于明德，不禁也想起了自己的身世和处境，流下了泪。于明德一把抓住徐静心的手哭了……徐静心想抽回，却不忍心伤到他，就由他攥着。于明德哭了一会儿才平息，二人好一会儿没有说话。于明德悲痛劲儿过去后，望着徐静心，徐静心不好意思地低下了头。于明德就这样望着她，徐静心抬起头来，见对方痴情的眸子，脸红红地又转到了一边。于明德说："你能把经历跟我说说吗？"徐静心转过脸来，说起了父母和自己孩提时的事。

于明德和徐静心分手后，就去了齐鲁饭庄。王掌柜一直关注他和徐静心的进展，见于明德进来赶紧把他让进单间。于明德就把他和徐静心交往说了。

　　"我演得太绝了，过后我都惊叹自己的演技，在她面前我真是掉泪呀，眼泪哗哗的，呜……"于明德边说边比画着，力求再现当时的场景。

　　王掌柜笑得喘不上气来。

　　于明德一本正经地问："你说当年我在日本除了吃喝，就是玩女同学，没经过苦生活，咋就说演就演出来呢？还把她演哭了。"

　　王掌柜笑着道："这说明你有演戏的天赋，看来徐静心钟情你了。"

　　于明德摆摆手："这话还有点儿早，只能说有好感，让她钟情，还得下功夫。"

　　于明德此时庆幸莲花死得好，不死，怎能无所顾忌地同徐静心交往，徐静心可比莲花强多了。

　　清晨，徐静心在水池边洗漱，刘学栋从床上起来，望了一眼窗外，眼睛就再也收不回来了。英子顺丈夫目光看到了徐静心，用揶揄的口吻："婶打扮好了去会男朋友，你是不是也想跟着去？"英子没问过徐静心，但从她的梳妆打扮和脸上的笑意知道了她在谈恋爱。

　　英子和徐静心接触时间长了，越发觉得她人好，她帮着照顾强强，给亮亮讲故事。英子想到做的对不起她的事，心里就内疚。有一次忍不住流泪对徐静心说："婶，我真的对不住你。"她想把弄掉她头发的事告诉她，徐静心打断她的话："别说了，事情都过去了。"英子才明白徐静心已知那事是她所为。英子感动得痛哭流涕，过后更敬重她。可看到丈夫依旧痴情于她，心里还是很不舒服。

　　刘学栋回过神儿来，没好气儿地说："别胡说！"

　　英子也不气恼："咋胡说了，真的。人啊，都是当局者迷，旁观者清。你认准了她，可在旁人看来并不般配。你想呀，婶文化水深，你才识几个字，能谈得来？诗词什么的你又不懂。再说，婶长得苗条娇嫩，你五大三粗的，能行？"刘学栋愣愣地望着窗外。英子继续道："就算你看不上我，要找的姑娘也该是身板壮壮实实大手大脚能吃苦干活的。"

刘学栋听说徐静心谈了男朋友，就坐立不安六神无主了。晚上，他来到王大厨卧房道："徐静心这把年纪了还处男朋友，你说她怎么想的。"他脸上现出鄙视。

王大厨咂摸着刘学栋的话说："哪把年纪？不才二十四五吗？"

刘学栋没好气儿地说："二十四五还小啊，还叫人操心！"

王大厨坐起身："我看你不是操心，是嫉妒。"

刘学栋见被王大厨说破，红着脸辩解："啥嫉妒，我嫉妒她干吗？"

王大厨说："你当我是小孩儿啊？别跟我打马虎眼，我走的桥比你走的路还多，你翘翘尾巴我就知道你拉什么屎。"

刘学栋有点尴尬了。

王大厨说："这些年徐静心心里多苦，你知道吗？"

刘学栋反唇相讥："我心里多苦她知道吗？"

王大厨说："阴差阳错就阴差阳错了，你还想让徐静心在玉泉楼当一辈子老姑娘？"

刘学栋站起身不耐烦地说："不跟你胡啰啰！"说着摔门而出。

徐静心不在玉泉楼，刘学栋知道她会男朋友去了。他想去找她，看看她男友啥模样，可觉得那样做不像个男人，就烦躁不安地在大厅里踱步。这时候他才理解徐静心知道了英子爱他时的心情。

徐静心从外面走进大厅，刘学栋看到她，二人对视一眼，徐静心快步进了后院。

徐静心刚进屋，刘学栋便跟了进来，没好气儿地说："你干吗去了？"徐静心不好意思地一笑，端起壶倒了一杯水递给他。刘学栋不接，用教训的口吻："现在坏人那么多，往后别乱出去！"

徐静心坐在桌前不服气地说："我还分不出好人坏人。"

刘学栋咋呼起来："你大门不出二门不到，缺心眼少脑筋的，糊弄你还不容易！"

徐静心有点生气地转过身去："我愿让人糊弄。"

刘学栋有点火了："你愿意，我还担惊受怕呢！"

徐静心转过身来："你担心什么，你有老婆孩子。"

刘学栋语塞，二人好一会儿没有说话。

半晌，徐静心缓和下语气："学栋，你说过让我早找人家，说实话，我也不愿离开你，可在玉泉楼我不舒服，英子也是……"

刘学栋知道再劝也没用，就气呼呼地往门口走，走到门口，突然回过头恨恨地指着徐静心："你头发掉光了才好呢！"说完摔门而出。

徐静心愣了一下，眼泪喷涌而出，她伤心了好一会儿："你心真狠，我掉头发心里受了多大伤，你为何又提我伤心的事？"她很生学栋的气，气得喘息了一会儿，忽然意识到："他是出于嫉妒，他把我当成了他自己的。"想到这儿，她不那么伤心了，还有点儿幸福感。她站起身在屋里踱步几个来回，心想："尽管你爱我，可这样下去毕竟不是个长法。我总得成家吧，再这样下去，英子也不舒服。还有那个男子也让我动心。他有点像刘明智，尽管我和刘明智不是真夫妻，却很幸福。我和这个人也会过那样的生活。"想到这儿，她的心静了下来。她坐到梳妆台前望着自己的面容："我脸失去了光泽，但还清秀。"想着那男子痴情的眼神，她脸上现出一丝羞涩。

刘学栋来到跤场，腿伸进铁环一次次拉动滑轮，他想用练功来排遣心中的烦躁和嫉妒。他知道徐静心快要离开玉泉楼了，将成为别人的妻子，他的心像被虫咬一样难受。

刘学栋停下练功，阴沉着脸招呼振鲁来到前场，振鲁还没回过神儿来，刘学栋便把他摔过了头顶。振鲁吃力地从地上爬起，吃惊地望着师哥。刘学栋上前抓住振鲁的手腕，一个背布袋又将他摔在地上。

刘学栋回到玉泉楼依然阴沉着脸，干什么都不顺心，往往为了一件小事就发脾气。

英子见丈夫如此反常心里很不舒服，她来北屋催刘夫人赶快给徐静心做几身真丝旗袍。

刘夫人说："她刚谈朋友，用不着慌。"

"她这年纪谈几天还不就成亲啊。"英子巴不得徐静心尽快离开，心想："她在一天，丈夫的心就在她身上，她不出嫁，丈夫就平静不下来。"

刘夫人白她一眼："我看你比你婶还着急。"

"我不是怕耽误她嘛。"英子辩解着，也觉出自己太过于着急，但丈夫的表现，又没法不急。

刘夫人说："你急着做旗袍不是在赶你婶嘛，我知道你早想把她打发走。"

英子才不再说话。

散了跤场，刘学栋光着膀子肩上搭着褂子往玉泉楼走。路上，他想到徐静心谈男朋友心里就堵得慌，想回去命令徐静心不能谈："你谈，看我不揍你！我就这么对她说，她会听我的，我俩感情很深。"想到这儿，他烦躁的心稍稍平静了一点儿。他穿上褂子加快了脚步，可没走出多远，心里一沉："英子说静心对男朋友挺中意。中意，硬逼她断好吗？断了，她会不会恨我？"刘学栋心里一冷，细想静心同自己的感情真可能因为谈男友冷淡下来，刘学栋心里一阵疼。他深爱着静心，也知她同样深爱着自己，感情变淡他受不了。他步子慢了下来，思索着怎么办。步子再慢，还是到了玉泉楼门口。望着大厅里的宾客，刘学栋不愿进门，更不愿在吃晚饭时见到静心。他转身向前走："我现在才知道我一直把徐静心当成自己的。当然，静心也把俺当成她的，可最后的结果呢？我有了老婆孩子，她啥也没有。"他想到英子说过，徐静心曾想离开济南。刘学栋知道她之所以没有离开，是舍不得自己："可这样下去，她到死也是孤独一人。"他觉得不让徐静心谈朋友很残忍。

刘学栋不知不觉地来到了郊外，天已经黑了，他在一棵树下坐下，想着怎么办，"不让她谈，不合情理也不该，让她谈，她真可能离开我……"刘学栋想着，眼泪流了下来。后来哭了，越哭越伤心，周围没人，就放肆地大哭。

徐静心见刘学栋没回来吃晚饭心里不安，知道他不回来是因为自己谈了男朋友，她不时地透过门窗望一眼院中。英子见她这个样，心里生气，心想："你谈男朋友，还与学栋难舍难分。"她气得没法再吃下去了，就把怀中的强强往刘夫人腿上一蹾，站起身往门口走。

"干吗去？"刘夫人问。

英子头也不回："我吃饱了。"说着拉开门。

"你吃饱了不会喂喂孩子？我就不吃饭啊？"

英子"咣"地将门带上。

刘夫人叹了口气，嘟囔着："没个好脾气，跟学栋待得还冒火星子了，俩孩子学了，少不了今后让人操心。"

徐静心似没听见，依然不时地望一眼门外，心烦意乱地想："他知道我谈男朋友受不了。下午他去跤场，肯定把脾气发出来，这会儿一定在哪儿正伤心呢。"她再也坐不住了，放下筷子站起身，对刘夫人道："我就不收拾碗筷了。"说完出了门。

刘夫人有点儿发愣，回过神来没好气儿地冲旁边的亮亮道："瞅啥瞅，吃你的！"

徐静心出了玉泉楼，往南北两条路上张望，不知道去哪儿找学栋，她来到河边等他。她不时地望向两个方向，夜已经深了，人越来越少，还不见学栋的影子，她有点着急。

徐静心等到午夜，才看见刘学栋从远处懒懒地向玉泉楼走来，徐静心快步迎了上去。刘学栋还没从痛苦中挣脱出来，神经质地前行，"噔噔噔"的脚步声惊醒了他。他抬头向前望去，看见一个人向自己跑来，停止脚步，见徐静心跑到面前，扑到他怀里才回过神儿来。他抱住她号啕大哭，二人哭了好久才平静下来。刘学栋用手擦着徐静心脸上的泪水望着她，徐静心也痴情地望着对方，学栋的脸贴在了她脸上，徐静心低声哭着。好一会儿，学栋捧起她的脸呜咽道："你谈吧，谈吧。"徐静心伏在他怀里又哭，刘学栋搂紧了她，二人哭了好久，才往玉泉楼走。

夜里，刘学栋怎么也睡不着，脸朝外回想着刚才同静心拥抱痛哭时的情景。他背后的英子一直没睡，她等到午夜，才听到丈夫和徐静心姗姗进了院子。现在丈夫还在想她，英子恨徐静心，心想："你谈男朋友了，还缠住学栋不放，你也太贪了吧你！"她能想到刚才丈夫和徐静心干了什么。她也恨学栋："俺给你生了两个娃，你还这样待俺，没良心！"她想把学栋踹下床，却没有胆量。知道说句话呲他，他都会爆炸，只能愤懑地挨着。

徐静心躺在床上同样睡不着，刚才和学栋抱在一起光哭了，没感受到别的，现在才觉得很幸福。"学栋多少年来没动过我一指头，刚才抱得却那么紧，哭得那么伤心，证明他一直深爱着我。"她翻了个身，"要不我不和那个男人谈了，有学栋就够了。"想到这儿，她决定明天不再去会那个男子。可过了一会儿，想到英子，又不安起来："英子肯定知道刚才我和学栋干了啥，这会儿正生气呢，她是学栋的妻子，我和学栋那样是欺负她，我和学栋抱了这一回，往后更控制不住，最终会令英子爆发。"想到这儿，她觉得不该这样下去。

刘学栋昨夜对徐静心说出了"你谈吧，谈吧"的话，天亮后就后悔了。来集上买菜，他几次错给了卖东西人的钱，要不是小厨子进财提醒，钱就多给了。买菜回来，他坐在东屋，透过窗户瞅着西屋房门，想在徐静心出来时跟她说两句话。英子见丈夫魂不守舍，没好气儿地说："想见她，跑她屋里去，别在这里欺负人！"

刘学栋只得出了门，来到王大厨住的南屋，见徐静心出来洗漱，心里很不舒服。徐静心洗完进了西屋，刘学栋在屋中踱步生气，想进西屋对徐静心说："别去了。"却迈不动腿，"不让她去不合情理，也耽误她。"想到这儿，他坐到了椅子上，心里乱糟糟的。好一会儿，见徐静心从屋里出来往院外走，刘学栋情不自禁地拉开门跟了出去。

徐静心往趵突泉走，刘学栋在后面远远地跟着，徐静心向前每走一步，刘学栋的心都被揪得生疼。他觉得徐静心离他越来越远，最终会成为那个男人的妻子。妒火烧得他五脏六腑生疼，他几次想冲上前抓住徐静心的手，跪地求她："别去，别去行吗？"可他怎么也迈不动腿，"那能毁了她的一生。"他停下了脚步，望着徐静心前行，他又心有不甘，"我就跟着她去看看那男人啥模样，见人老实就放心了。"想到这儿，向前走去，可过了小板桥，刘学栋就不敢再跟着上前了，"前面就是趵突泉，见到那男人俺控制不住，肯定上去打他，他夺走了我的静心，打他都是轻的，可打了，就毁了静心……"他蹲下身哭了。静心向前走着，刘学栋不敢抬头再看她，"看她就追到趵突泉了，就看到那个男人了，我控制不住……"他哭了起来。

徐静心和于明德见面后，去看了场京戏，看完又回到了趵突泉长廊。女护士丁玉秀一直跟着他俩，她和于明德睡了一年多，于明德一直说娶她，近来突然变了卦。望着于明德和徐静心，丁玉秀明白了。

于明德兴致勃勃地对徐静心讲着："京剧博大精深，奥妙无穷，百看不厌，我是既喜武戏，又爱文戏。武生杨小楼跟头翻得连贯轻飘，落地像羽毛，两米多高的城墙一个跟头越过，听不见一点动静。文戏中，我最喜欢花旦和青衣，花旦清秀靓丽，青衣温柔妩媚。梅兰芳真绝了，把花旦、青衣的长处融为一体，看了叫人回味无穷。"于明德用女腔唱了起来："看大王在帐中和衣睡稳，我这里出帐外且散愁情。轻移步走向前荒郊站定，猛抬头见碧落月色清明……"这段《霸王别姬》的唱段，于明德无数次地在莲花面前演唱，现在在徐静心面前用上了。唱毕，徐静心佩服地鼓起掌。

丁玉秀望着于明德，面露鄙视："骗子！"

徐静心无意中发现不远处的女人盯着他俩，悄声问于明德："你认识那人吗？"于明德顺徐静心的目光望去，看到丁玉秀不觉心里一沉。

徐静心见他表情起了变化问："你认识？"

于明德搪塞道："不认识。"当看到丁玉秀挑衅的神情，知道再不去威胁威胁她，丁玉秀就会发作了。于明德向徐静心解释："噢，认识，我过去一下。"说着走向丁玉秀。

于明德来到丁玉秀面前，问她："你跟着我干吗？"

丁玉秀鄙视地说："又钓上一个，玩够了像扔破袜子一样扔了。"

于明德凑近她恶狠狠地说："别忘了我的身份。"

丁玉秀望着对方。

于明德用威胁的口吻："我叫你今天死，你活不到明天。"

丁玉秀知道于明德做得出，气愤地骂他一句："你不得好死！"说完转身走了。

徐静心疑惑地望着女子远去的背影，心想："她像生气了。"

于明德笑容可掬地来到徐静心身边轻声道："走吧。"

徐静心疑惑地问："她是……？"

"我一个同事的未婚妻，同事和她处了两年散了，我很同情她。"

"我觉得她好像对你……"

于明德坦然地说："也许吧，可同情和感情是两码事。"他拉着徐静心往前走："我觉得世上好女人太多，好男人太少。"

徐静心侧脸问他："你属于好的还是……"

于明德谦虚地说："说不上。"

"啥意思？谈谈对自己的认识。"徐静心望着他。

于明德想了想说："我嘛，说起来是个老实人，可也不是没有私心，也嫉妒人。就拿我在东洋留学来说吧，我班里一个男生比我聪明，我怎么学也学不过他，我心里就嫉妒他。那次，他和一个女生谈恋爱落了几堂课，找我要笔记想补上，我说没记，其实哪堂课我都记得很仔细。你说，我是不是做人不够好？"

徐静心笑着："这是人之常情。我班有个女同学长得很漂亮，会弹钢琴唱歌，我也嫉妒她，我和别的女生处得很好，就是不搭理她。"

于明德笑了："这么说，我还不算太坏。"

二人笑着说着话前行，于明德看见一个残疾乞丐向路人乞讨，拉着徐静心走了过去，掏出一张大票递给他。乞丐感激地连连作揖，徐静心心里赞赏起了男友。

夜晚，于明德来到齐鲁饭庄和王掌柜喝酒。于明德说："打小我就好京剧，皇军没来那会儿，我到税务局打个逛，就一头栽进戏园子。什么梅兰芳、尚小云、荀慧生我全见过，我把戏曲知识一亮，徐静心就晕了堂子。我还来了一口《霸王别姬》，令她佩服得五体投地，我知道对书香门第的女人就得用知识拍住她，她才会乖乖地躺在我怀里。"

王掌柜问："办真事了没有？"

于明德说："那事不慌，女人我尝过不下几十个了，滋味都差不多。像她这么有情调的还头一回碰见，我想多调调情，调够了，再'扑哧'一下子。"

王掌柜说："好是好，别忘了夜长梦多。老夫子那句话怎么说来着，不孝有三，无后为大，你也该成家有孩子了。"他巴不得于明德尽快干了徐静心，好让于明德早点儿杀了刘学栋。

于明德想了一会儿说："对，你不提醒我，我还真忘了年龄，是该有个孩子了，明天我逛完大明湖就办她。"

王掌柜说："办一次不一定能种上种。"

于明德说："这我知道，有了头一回，后面叮当她就自然而然了。"

王掌柜说："多叮当几回才保险。女人都要面子，肚子大了，你不催她成亲，她还催你呢。"

于明德走后，王掌柜高兴地回到单间哼起了吕剧，老鸨走了进来说："我越琢磨越害怕，才搁下生意来告诉你一声：刘学栋要是知道了你撺弄于明德鼓捣徐静心，你就死定了。"

王掌柜呷了口酒说："舍不得孩子套不着狼，只要于明德干了徐静心，刘学栋离死就不远了。"

王掌柜之所以要弄死刘学栋，除了得到玉泉楼，还想在妻子面前抬起头来。范老鸨不高看他不是没道理，齐鲁饭庄和艳翠楼都是老鸨凭着"本事"挣来的。老鸨把艳翠楼搞得红红火火，而自己管的齐鲁饭庄却濒临倒闭。他内疚，也佩服妻子："妻子经营确实比我有本事，把姑娘们耍得滴溜滴溜转。"他不禁想起了妻子给姑娘们洗脑时的情景，妻子说："有的姑娘做事不太妥当，为争客人背后里嘀咕别的姐妹，这不应该啊。都是姐妹，背后哪能说人坏话，更不该骂姐妹不要脸。啥叫不要脸？不都干一样的营生吗？昨日客人在你房里过夜，今天来别的姐妹房里又咋了？不就少挣一天钱吗？有本事去拉别的客人啊。天下人都知道和为贵，你咋就不知道呢？你捣鼓我，我捣鼓你，艳翠楼离垮就不远了。性格犟点儿没啥，谁没个性子。性格百样同在一个屋檐下，相互包容财源才滚滚而来啊。没听人说过吗，一花独秀不是春，万紫千红春满园。要宽宏大度，你跑了客人说明你本事不济，努力学啊。人不能不思进取，要向本领比你高的人学，才能不断长进。老用一套动作，就算你长得赛过天仙，比下了嫦娥也白搭。饺子好吃，见天吃，不也腻了。要学新招数，今天给客人端上鸡，明天端上鸭，后天端上盘扒肘子，大后天糖醋鲤鱼，才能把客人拢牢。姐妹们要相互交流，特长要肯传授给别的姐妹，才能共同长进。"

王掌柜觉得妻子确实厉害，她一番话把艳翠楼的姑娘哄得服服帖帖的。自己本事比妻子差远了，手下没几个听话的，主厨差不多一月一换，小厨子更不用说了。还有，今天这个偷鸡，明天那个偷鸭，累死人了。王掌柜心想："要不是妻子见月拿出钱来贴补齐鲁饭庄，早关门了。"所以王掌柜铁心要弄死刘学栋，买下玉泉楼，在妻子面前扬眉吐气。

大明湖碧波荡漾，于明德、徐静心荡着轻舟。于明德望着清澈的湖水随口吟道："大明湖真美，它使我想起了江南水乡，春天男人赤脚在田里插秧，姑娘在坝上歌唱。牛羊在山坡上撒欢，鸟儿在天上飞翔。"这首诗，他昨天晚上就写好了。

徐静心感叹他的才华："好美的一幅图画。"

于明德说："我喜欢诗中有画，画中有诗，寓意深含，才能耐人寻味。"

徐静心钦佩地说："你挺有才学。"

"谈不上，只不过走南闯北见过点事，又爱看点书。"其实于明德多少年来就不看书了。

"你太谦虚了。"

于明德摇头："古人云：行万里路，读万卷书。我想有朝一日，世道太平了，我做个学者，把书摆满屋子，我就像条小鱼在知识的海洋里遨游。每到暑假我都带着爱妻走遍大江南北名山大川。我要到海南岛爬上高高的椰树采下椰子，把甘甜的椰汁倒入爱妻的口中……"诗一般的语言令徐静心醉了，于明德不失时机地抓住她的手："静心，做我爱妻好吗？"说着捧起她的脸颊亲吻额头，徐静心闭上了眼睛。于明德动情地说："能原谅我吗？我有个秘密可能会令你伤心。"

徐静心睁开眼睛，望着对方半晌："你……结过婚？"她的心提了起来。

于明德摇摇头："不，我有过初恋。"徐静心长长舒了口气。于明德说："那是在日本留学的时候，有个日本富商的女儿见我吃不上饭，就偷偷地给我带点心。我回国，她送我到码头，船开了，她还站在那儿向我招手。我心碎了，发誓这辈子非她不娶，没想到碰见了你……"他紧紧地攥住她的手说："静心，你在乎我的初恋吗？"

徐静心摇头说："不，初恋是美好的，我也有过初恋……初恋的情人你可能还认识。"她陷入沉思。

于明德急忙问："他是谁能告诉我吗？"

徐静心回过神来："说这些干什么，划船吧。"

船向湖心划去，不一会儿驶进荷花丛中，于明德握住徐静心的手目不转睛地望着她，徐静心脸红红地低下头。

于明德轻柔地说："有心爱的女人陪着，死也足矣。"徐静心羞涩地笑了。于明德说："静心，你抓住我的手，抓紧点，让我知道这不是在梦中。"徐静心稍稍用力。于明德说："果真是我的静心，要是父亲在天之灵有感应，一定会欣慰，我有了美丽贤惠的爱妻。"徐静心涨得满脸通红。于明德望望周围盛开的荷花又瞧瞧徐静心说："静心，你真像荷花仙子。"徐静心陶醉了。于明德站起身：

"我采几枝荷花放在你脸旁比一比，你肯定比荷花仙子还美。"说着探身采摘旁边的荷花。

小船一摇晃，于明德站立不稳"扑通"掉入水中，徐静心惊得魂飞天外，她惊慌失措朝周围大声呼喊："救人啊！救人啊！"

于明德在水中拼命挣扎，一会儿浮上来，一会儿沉下去。徐静心慌忙跳入水中，可她不会浮水，被淹得在水中吐着气泡。于明德好容易抓住船帮大口喘息，他向徐静心伸出手，徐静心却沉了下去。

于明德大声呼喊着："救人啊——救人啊——"

徐静心被船夫救上船，肚中已灌满了水。船夫把她抱到船帮上，让她头朝下，徐静心肚中的水才哗哗地流了出来。游船来到岸边，船夫和于明德把她架上岸，徐静心坐在地上大口地喘息。

于明德揽着她心疼地叫喊着："静心，静心……"

徐静心站起身，于明德紧紧地抱住她，眼泪流了下来。

晚上，于明德来到齐鲁饭庄单间，回想着下午发生的事。

王掌柜拿着一瓶酒进来，身后跟着端托盘的伙计，王掌柜来到桌旁将酒瓶打开，给于明德斟满酒，又给自己倒上。伙计放下菜出了门。

王掌柜笑着："我知道，准到手了，你这采花高手玩女人就像囊中取物。"说完淫荡地笑了。

于明德板起脸说："你把我当畜生？"

王掌柜一愣，忙道："看你说的，男女之间不就是那么回事嘛。"

于明德叹了一口气："不是你把我当畜生，我他妈就是个畜生！过去我把女人当玩物，不认为男女之间有真情，对莲花也如此，可是莲花为了我被山田杀死了。徐静心，我也是想玩玩她，就是娶她当老婆也不过是当个长久的玩物，可是……她为了救我竟跳进了大明湖……她被救上船醒来的第一句话问我：'你没事吧？'"他哽咽了："谁能为救人不顾性命？只有父母，可是静心……"他激动得说不下去了。

王掌柜明白过来摇摇头："男人为了成就事业不该儿女情长。"

于明德瞪着他："狗屁事业！男人不爱女人，不护着女人就不是个男人！"他动了真情。

第二天，于明德同徐静心见面后，引她来到大明湖北岸的树丛中，这里人烟稀少，他想在这儿解决她。昨天虽然他很感动，过后想想王掌柜说的话有道理："别玩猫逮老鼠游戏了，还是干实事吧，煮熟的鸭子飞了，就白忙活了。"二人坐下后，于明德轻轻地揽住了徐静心，徐静心顺从地倚靠在他身上。于明德捋了捋她的头发，亲吻起了她的面颊，亲完又亲脖颈，觉得不过瘾，伸手解她旗袍上的盘扣，他知道只要手一碰她的乳，凭技巧后面的事情就顺理成章了，可没想到徐静心抓住了他的手。

徐静心轻声道："你家在哪儿？"受到抚摸她受不了，可不想在野外有这事儿。

于明德说："离这儿不远，大明湖往西就是。"

徐静心说："那我到你家去看看。"于明德犹豫了，他害怕徐静心去了，知道自己的真实身份。徐静心装作生气地说："不想让我去？"

"我盼着你去，可是……"于明德心里真有点怵。

"可是什么？"

于明德思索片刻："我觉得还是不去好。"

徐静心盯着他的眼睛问："是不是你有妻子？"

于明德连忙道："没有，绝对没有，我怎么能骗你呢。"

"那还害怕我去你家？"徐静心的语气不容商量。

于明德想了想："好吧。"

二人站起身离开大明湖，徐静心挎着于明德的胳膊谈笑着前行。她已知于明德没有家庭，心安了。

于明德说："到了我家别笑话我，我喜欢格调，又无钱买真品，博古架上摆的壶呀、瓶呀都是假的。"其实那些文物都是真的，都是他利用权势诈到手的。

徐静心笑着说："你这人倒很诚实。"

于明德感情复杂地说："我不诚实……我害怕诚实。"

徐静心侧脸望着他问："什么意思？"

于明德抓住她的手，有点儿动情地说："我害怕诚实了，你会离开我。"

徐静心笑了："这是什么话？我不明白。"

于明德没有说话。

二人来到一个大院门前，于明德说："二楼就是寒舍。"

徐静心看着豪华气派的大门、别墅，吃惊地问："你住这儿？"

于明德有点口吃地说："银……银行讲派头……其实不过是给外人看的。"他从没这样慌乱过，可能是喜欢徐静心的缘故。

徐静心笑了，她和于明德进了大门，正要往楼梯上走。

刹车声把二人惊得回过身来，车上下来一个日本宪兵，来到于明德面前"咔"的一个立正："于处长，武井队长让你马上回总部。"

徐静心愣住了。

于明德惊慌失措地说："知道了。"说完拉徐静心上楼。

日本宪兵说："川井司令也在等你。"

于明德不耐烦地说："我知道了。"说着掏出钥匙回过头来柔情地对徐静心说："静心，你先上楼，我马上回来。"

徐静心惊恐地后退："你……你是于明德？"她已明白了他的身份，怔怔地望着对方。于明德见她这眼神，无奈地点了下头。徐静心吓得脸色苍白，浑身哆嗦了起来。于明德拉过她的手把钥匙放在她手上，徐静心像被蜇了一下抽回手，钥匙掉在了地上。于明德捡起钥匙还想说什么，徐静心转身向远处跑去。

徐静心跌跌撞撞回到玉泉楼西屋，脑海里不停地闪现于明德和她交往的情景，她心惊胆战地哆嗦着："这是怎么回事儿啊？他怎么会是于明德？一直害学栋、害莲花、害玉泉楼的于明德？他诚心害我，还是无意的？我怎么和他交往了多日，还坠入了情网，差点儿被他祸害了……"想到这儿，她更加恐惧，头脑也乱成一团："一定是他设计好的，要不哪会这么巧？和我聊诗词、人物、身世，还说了那么多我爱听的话，不是精心设计，哪有可能？"她忽然想到了兴和药铺的林掌柜:"于明德和他是一路货色,目的是祸害我,太可怕了,我差点儿上了于明德的当!"想到这儿,她毛骨悚然。

从徐静心发现自己是于明德那一刻起,于明德就知道和徐静心的关系彻底完了。他从宪兵队出来,无心办公,往家走,心里想着徐静心的音容笑貌,还有她救过自己的场景。这都令于明德心碎,他发现真喜欢上了她。回到家中,他心急火燎地给徐静心写了一封信。

徐静心昨夜是在恐惧中度过的,天亮时,情绪才稍稍平缓。敲门声又让她紧张起来,她捂着胸口平定一会儿,才走到门前拉开门。伙计将一封信递到她手上。徐静心关上门看了一眼信封,手像被烫了一下,把信扔在了地上。她恐惧地望着地上的信,半晌不敢捡拾。最终,她壮着胆子蹲下身捡起,犹豫片刻才一咬牙打开。她强忍着"怦怦"的心跳看起来:"静心,我爱你,我真的爱你。过去我做过很多错事,很多不可饶恕的错事,想起来我后悔万分。我害怕你知道我是于明德离开我,才不敢告诉你,现在果真应验了。过去的错我无法弥补,今后我会百倍地爱惜你。静心,是你改变了我,从今我不会再做错事。静心,求你给我个机会好吗?我爱你,静心,我真的爱你,离开你我真活不下去。静心,给我个机会,请你相信我,我爱你,我真的爱你。"徐静心看到落款"于明德"三个字,手一哆嗦信纸飘落在地上,徐静心扑在梳妆台上低声哭了。

第二天,徐静心又接到了于明德的来信:"静心,我知道你真要离我而去了,当然,这是必然的结局。可是静心,请你相信,我真的爱你,离开你我会发疯,会变成原先的于明德,一个十恶不赦的于明德,救救我吧,静心……"

徐静心浑身颤抖,猛地将信团起抛在地上。

徐静心知道于明德不会就此罢休,想把事情经过告诉学栋,想到学栋性子火暴,会去杀于明德,就不敢告诉他了。她琢磨着:"我离开了济南,就可避开了于明德的纠缠。"她决定马上离开,可想到:"我走了,于明德肯定会报复学栋和玉泉楼。"就不敢离开了,心想:"于明德来纠缠,我不搭理他,抓起我,受害的也是我一人。"

晚上，于明德心灰意冷地来到齐鲁饭庄，告诉了王掌柜伤心的事："要不是那个日本兵捣乱，我已经干了徐静心！我和静心已来到了楼下，上楼就能捅了她，那个日本兵他妈的来得也忒不是个时候！"说完懊丧地拍脑袋撕扯着头发。王掌柜知道计划落空了，很丧气。于明德烦躁地边喝酒边说他多爱徐静心，王掌柜没心思再听下去，正想离开，忽然想起了王大厨。王掌柜在几个药店门口不止一次地见他买药，开始没大在意，次数多了，就对他产生了怀疑。王掌柜说："天无绝人之路，办法总会有，你动动王大厨，就可能让徐静心回心转意。"于明德失望地摇摇头。王掌柜口气肯定地说："王大厨私通八路。"

于明德知道王掌柜一直想搞垮玉泉楼，就说："不可能。"

"怎么不可能，他三天两头到药铺里买药，一买就是一大堆。说是给他哥买的，你想他哥能吃那么多药？再说王大厨老家闹共匪，这里面没猫腻？"他的话说完，于明德怔怔地望着他。王掌柜解释："我的意思，别管王大厨通不通共匪，只要你拿住了他，就能逼迫徐静心回心转意，我是为了你好。"于明德思索着。王掌柜说："人为了达到目的，可不择手段，就算他不通，你能得到徐静心，也该弄王大厨，况且他很可能通。"

于明德急切地想把徐静心弄到手，当即派人跟踪王大厨。

王大厨正在教徒弟切肉丝，刘掌柜进来拉过王大厨说："我给你说的那个寡妇来了。"刘掌柜几次给王大厨提过，王大厨都没放在心上。刘掌柜却一直没放下这事儿，他想长久地留住王大厨，让他过得也开心。

二人路过后院来到北屋，一进门，刘夫人就埋怨起了王大厨："你看你，油儿麻花的也不换件衣服，快把围裙解下来。"王大厨解下围裙，望向桌旁的女人。女人白白净净面相挺善，体态稍稍有点发福。刘夫人介绍："这是秀芬，和俺老头子表妹一个院住，人特好，也会针线。"她转脸向寡妇介绍："这是王师傅，早年在京城，有名的大厨，人很好，今儿穿得脏点，拾掇拾掇挺精神。人胖点，干厨师的哪有瘦的。"寡妇抿嘴笑了。刘夫人说："你俩见面就是缘分，来，王师傅你坐。"王大厨坐下，刘夫人说："你俩拉着，我和他叔先到前厅看看。"说着一使眼色，和刘掌柜出了门。

　　王大厨不知说什么好，别看他平时挺贫，这会儿却没有了词儿。他尴尬了半晌才说："他婶子，你吃了饭不？"寡妇笑着点头。王大厨说："你挺忙吧？"

　　寡妇说："在家没事。"

　　王大厨说："那你咋过活？"

　　寡妇说："租房子。"

　　王大厨说："那好，那好，有着落就好，马路上多少人吃不上饭呢。"

　　寡妇看着他说："大哥是说我吃不上饭才来找你？"

　　王大厨忙解释："不，不，我是说鬼子闹得人心惶惶，十有八九为吃饭发愁。你要是有困难，只管说一声，好歹俺干厨子。"寡妇"扑哧"笑了。王大厨说："要说咱们见面是个缘分，我看你也挺面善的，模样也挺周正，可咱俩成不了，我一个厨子没有多少钱，养活不了你娘儿俩。"

　　寡妇说："大哥，说实话，我不用你养活，他爸早年买下的房子租出去够生活的，我是……"

　　王大厨打断她的话："那就好，我知道你想找个帮手。可现在鬼子整天杀人，我不知哪会儿就死了，不敢拖累你，你还是另找旁人吧。不过我劝你一声，找男人先要对孩子好，千万别让孩子受委屈。他婶，我得走了，晚饭还等着我去打点呢。"说完走了出去。

　　刘掌柜正同刘夫人在大厅里说话，寡妇从后门进来。刘夫人迎上去问："怎么这么快就拉完了？"

　　寡妇淡淡地一笑说："姐，我先回去了。"

　　刘夫人拉住她的手问："王大厨伤你了？"

　　寡妇说："没，没，王师傅人挺好，是我俩没缘分。"说着眼圈红了。

593

晚上，刘学栋、王大厨又凑到一块儿喝酒。刘学栋说："我觉得那女人挺好的，你咋看不上？"刘学栋早见过那寡妇，知道她是个正儿八经的人。

王大厨说："不是看不上，是不敢增加负担，买药等着用钱，哪顾得上娶老婆。"

刘学栋说："我让我叔每月多给你几块大洋不就够了。"

王大厨说："别没数了，我从老家回来，跟你叔说我哥病了，从原先四块涨到了六块，怎么有脸再加钱。"

刘学栋说："该成家就得成家，你也小四十了。"

王大厨感慨地说："是不小了，我也想有个家，可日本鬼子不打跑，我敢成吗？"

"怕啥？"刘学栋问。

王大厨白了他一眼说："咱俩都是提着脑袋抗日，你死了，老婆孩子有玉泉楼接济，我呢，老婆孩子得沿街要饭。"

寡妇又来到了玉泉楼，刘掌柜、刘夫人把她请到屋里。刘夫人给她倒上茶和她叙了一会儿家常，问她有什么事。寡妇憋得满脸通红才说她想再和那位大哥说句话，刘夫人忙让老头子上厨房去叫王大厨。

王大厨来了，两人坐在桌旁沉默不语。

好半天，寡妇才说："说实话，大哥我是来求你的，不是为了我，为了孩子。"寡妇眼圈红了："孩子整天挨欺负，一出门就挨打，他爸说得对，我俩不该要孩子。"

王大厨说："这是啥话，两口子哪能不要孩子。"

寡妇说："打成亲孩子他爸就说千万别怀上孩子，我问他为啥，他也不说。我不听，怀上了，他才说：'说不定哪天我死了，孩子要受好多苦。'"寡妇流出了泪。

王大厨忙问："他爸是干什么的？"

寡妇说："中学老师，是个好人，我怀了孩子，他就不舍得吃不舍得喝了，攒了五年钱买了两套房子，他对我说：'我死了，你把一套租出去，孩子就够吃的了。'可是他光想到孩子够吃了，没想到没爸的孩子受欺负啊。孩子见天挨打,整天吓得跟猫似的缩在屋里。"王大厨低下了头。寡妇说:"大哥,不知怎么的,上次听你说话,我就觉得你和孩他爸是一路人,好人,我就来了。"

王大厨强忍着泪水背对寡妇说:"你先回去吧。"

寡妇站起身轻轻地叹口气出了门。

王大厨快步来到玉泉楼大厅,见了刘掌柜就问:"寡妇她男人是怎么死的?"

刘掌柜说:"听我表妹说,她男人抗日,还是个地下组织小头目。鬼子把他抓进宪兵队,人都打烂了,他什么也不说。最后鬼子没法,要枪毙他,他才说想见见孩子,鬼子说你供出同伙就回家和老婆孩子过日子,他说,那就算了。"

王大厨猛地抓住刘掌柜的胳膊说:"快让那寡妇带孩子来,快去!"

刘掌柜疑惑地望了王大厨一眼,出了门。

不一会儿,刘掌柜带寡妇领着一个瘦小的男孩进来。王大厨走向男孩,男孩吓得躲到寡妇身后,王大厨上前一把拉过男孩动情地说:"孩子,我是你爸,是你爸……"

第 二 十 七 章

王大厨和刘学栋盘腿坐在床上喝酒，床里边睡着寡妇的孩子林祥。为了让林祥胆大起来，王大厨让林祥跟自己待一段日子。

刘学栋问："你怎么不让他妈一块儿过来住？"

王大厨说："我说你没组织纪律吧，你还不承认。"刘学栋笑了。王大厨说："我也是个精壮汉子，过去在京城憋得慌了，到名妓那儿轰她一炮，可我参加了抗日队伍，还能干那事吗？"王大厨侧脸看看林祥，小声道："说实话，我看他妈走路……"说着他双手放在胸前一比画："颤忽颤忽的……也馋得慌。可咱不是普通老百姓了，不能像过去那么随便不是？"装睡的林祥偷眼瞧着他，刘学栋服气地点点头。

王大厨爱怜地看着林祥："孩子多可怜，从小就没了爸，你看看，胳膊细得跟柴火棍似的，不光吃跟不上，还受欺负，上完学躲在家里见不着太阳，你想想，啥动物不见太阳能长得壮。小狗晒太阳，耳朵才能支棱起来呢。"

刘学栋说："听说他爸挺英雄？"

王大厨说："抗日的哪个不英雄，谁不知道被逮住了就得受刑就得死。"

刘学栋说："咱要好好照顾孩子，从明天起，好吃的给孩子留出来，几个月就催壮了。"

王大厨说："我还得让他胆子也壮起来。他老受欺负，他爸在地下也心疼。"

傍晚，王大厨正在忙碌，徒弟走近他："师傅，你儿子回来了。"

王大厨回过头，见林祥满脸血迹，扔下手中东西过来心疼地问："怎么了？"林祥"哇"地哭了起来。王大厨用手擦去他脸上的血迹问："告诉爸。"

林祥边哭边说："同学打……打我。"

王大厨做完菜，把林祥领进卧房问他："同学打你疼吗？"林祥点头。

"那你不会打他们？"

林祥喃喃地说："我打不过。"

王大厨板下脸："不是打不过，是你害怕。"林祥看着王大厨。王大厨说："你知道吗？你受欺负，你妈心疼，你爸知道了，也睡不安稳。"

林祥说："我爸死了。"

"对，你爸死了，可你爸死得英雄，你是英雄的儿子，不该是狗熊。来，我教你打架。"说着把林祥抱起让他站在床上，"来，打我。"林祥不明白地看着他。

王大厨催促道："打呀，来打我，用拳打我。"林祥不动。王大厨抓过他的手打了自己的脸一下："来，就这么打。"林祥还是不动。王大厨急了："来呀，来呀！"林祥慢慢地抬起手轻轻地拍了他脸一下。

王大厨不高兴地说："使劲儿。"林祥又轻轻拍了一下。王大厨急了，抓住他的手"啪啪啪"地朝自己脸上打，林祥吓哭了。王大厨火了，一把推倒林祥，噼里啪啦地用巴掌扇他。

林祥抱头哭着求饶："别打我呀，我改了，我改了。"

王大厨更火了，一把抓起林祥的领口把他提起来："你还求饶，你他妈真不是东西！你不是你爸的儿子，不是英雄的后代，是孬种！孬种！没出息的东西！"他猛地推倒林祥，气得喘息。林祥怔怔地看着王大厨。王大厨叹了口气对林祥说："你知道你爸怎么死的吗？"林祥摇头。"你爸是被鬼子杀死的，你爸临死前身体被鬼子

……597

全打烂了，也不屈服。你爸是个英雄，死都不屈服。你呢，算个什么玩意儿？你是他的儿子吗？你不是……"王大厨眼圈红了。

林祥怔怔地望着他，半晌，林祥慢慢站起来走到床边猛地给了王大厨脸上一巴掌。

王大厨破涕为笑："好样的，林祥，来，再来一下。"林祥又给了他一巴掌。"好孩子，真是好孩子，你是你爸的好儿子，来来，打呀，打呀！"林祥"啪啪"地猛打他的脸。"孩子，你爸看见了，看见了，他在夸你呢，真是好孩子，好孩子。来，咱俩打一仗，看谁打过谁！"说着他猛地拥倒林祥，"来呀，爬起来！"林祥爬起来冲过来，又被王大厨推倒："来呀，别怕。"林祥爬起冲过来，王大厨猛地一巴掌抽在他脸上，林祥应声倒下。

王大厨喊："林祥，来，来呀，你爸看着你呢，你是英雄的儿子，英雄的儿子不是狗熊，你他妈来呀，来呀！"

林祥爬起来瞪着眼睛猛地冲过来一头顶在王大厨胸膛上。王大厨抱着他痛哭："好孩子，你赢了，赢了，你爸在笑，在笑，呜……"

清晨，王大厨送林祥出了玉泉楼："记住了，别怕，你爸死都不怕，你怕什么？放了学，我在胡同等你，他们欺负你，你就和他们打，实在打不过了，我过去帮你。"林祥点头。

寡妇急匆匆地跑过来："今早听说林祥昨天被打破了鼻子。"她拉过林祥："伤在哪里？让妈瞧瞧。"

林祥气宇轩昂地说："没有，妈，我不怕他们了！"

王大厨用威胁的口吻对寡妇说："你要真想跟我过日子，从今就别接孩子，要接，和孩子过去，别再来见我！"

寡妇站起身对王大厨说："我听你的。"

放了学，林祥在前面走，后面五六个穿着体面的孩子在起哄："没爸的小崽子。"边骂边拾起石子砸林祥。林祥不理他们径直往前走，来到胡同，他远远地看见了王大厨。

几个孩子边骂边拿石子砸他，林祥停下来，几个孩子围过来这个一拳那个一掌打破了他的鼻子。林祥抹了一把鼻血，突然瞪着血红的眼睛拼命地同他们厮打。几个孩子愣住了，林祥的拳头打在他们脸上。几个孩子连连后退。一个胖大的孩子上来把林祥推倒，骑在他身上："打死你，打死你这反皇军的小崽子！"说着拳头打在林祥脸上，林祥拼命反抗，无奈身弱力小翻不过身来。胖孩子打得更狠，几个孩子在一边喊叫着助威："打死他，打死他！"

王大厨过来一把拎住胖孩子后脖领将他用力甩了出去，胖孩子倒在地上惊恐地望着王大厨。王大厨面色铁青："你他妈的喊什么？打死反皇军的小崽子？"他指着胖孩子："我还要打死你这个小汉奸呢！"说着逼近，胖孩子慌忙爬起后退。

林祥冲过来一头将他撞了个人仰马翻，胖孩子"哇哇"地大哭。林祥骑在他身上抡拳劈头盖脸地打。

王大厨拉起他，对胖孩子和那几个孩子训斥道："我是林祥他爸，今后谁敢欺负林祥我揍死他！"

几个孩子后退着，胖孩子爬起来也向后倒退，突然转身和几个孩子撒腿就跑。林祥高兴地跳起来："我胜了，我胜了！"

王大厨拍拍他的头："真是好孩子，你爸不操心了。"林祥抬起头自信地喘息着。

王大厨说："儿子，去帮你妈拾掇拾掇家，一会儿到店里来。"

林祥说："知道了，爸。"

王大厨咧嘴笑了。

林祥高兴地跑了，跑进院子高兴地喊着："妈——妈——"

寡妇听到喊声，迎出门惊恐地拉过儿子："怎么了？他们又打你了？"她心疼地抚摸着林祥脸上的伤痕。

林祥自豪地说："我把他们打败了，全打败，把小地主也打败了！"他拉母亲进了屋，扔下书包跳上床，将被子枕头叠在一起，拼命地拳打脚踢。寡妇先是一愣，明白过来咧嘴笑了。林祥打着踢着："妈，小地主。"他后退几步到了床沿，猛地冲向被褥，一头把被褥撞翻。寡妇舒心地笑了。林祥忽然转过身："我爸跟学栋叔还说过你呢。"

寡妇感兴趣地说:"嗯?"

林祥说:"说你走路……"他双手放在胸前比画着:"颤忽颤忽的,他馋得慌。"寡妇羞得满脸绯红。

王立财来玉泉楼取药。晚上,他和王大厨、刘学栋坐在王大厨床上说话。刘学栋将一页纸递给王立财,告诉他上面写着鬼子油库岗哨的位置和巡逻的时间。王立财高兴地接过藏在鞋里,并让他通知振鲁、福生明天上午到汽车站,和他一块儿去根据地。刘学栋出了屋,王立财和王大厨躺下说起了话。王大厨告诉哥哥,自己找了个女人,并问:"要不把她叫来让哥瞧瞧?"王立财说:"咱们不知哪会儿就死了,以后再说吧。"说完打起了呼噜。

第二天,振鲁、福生早早来到长途汽车站,他俩等待着和王立财接上头。过了大半个钟头,王立财和伙计拉着药材进了车站,王立财示意伙计停下,自己来到卖票口买票。不远处有几个便衣特务注视着他,他们跟踪王大厨已经好些日子了,知道王立财是王大厨的哥哥。王立财买完票,来到装药材的车旁让伙计回去。振鲁、福生始终注视着他。

一辆汽车开进站,售票员把着车门喊:"到刘村去的上车了,到刘村去的上车了!"王立财扛起麻袋走向汽车。振鲁、福生走向他,特务小头目一摆手,几个特务围上去抓住了王立财。振鲁、福生吃惊地停下了脚步。王立财挣扎着大喊:"干什么?干什么?"他害怕这时候振鲁、福生和他接头。

特务小头目说:"你心里清楚。"

王立财大声道:"我不知道你啥意思。"

特务小头目说:"麻袋里装的什么?"

王立财说:"烟叶,俺是贩烟叶的。"

特务小头目轻蔑地一笑:"烟叶?哼,是药材!"

王立财镇定自若地说:"老总你抓错了人,不信俺打开给你看。"说着挣开特务,装作解麻袋的样子。特务盯着麻袋,王立财突然猛地撞倒身边的特务撒腿就跑。其他特务边追边掏出手枪,王立财跑着跑着有意甩掉鞋子，鞋中有刘学栋写的情报。

"呼"的一声，特务小头目朝天放了一枪。"站住，不站住开枪啦！"特务大喊着，王立财跑得更快。一特务举枪向王立财瞄准，"呼"的一枪，王立财身子晃动一下，扑倒在地上。众特务围上来，特务小头目翻过王立财，见鲜血从他胸口涌出，瞳孔已经放大。特务小头目甩手给了开枪的特务一嘴巴。

在抓王立财的同时，王大厨已被抓进了宪兵队。宪兵队长武井指使鬼子轮番用皮鞭抽打王大厨，王大厨成了个血人。于明德摆摆手，鬼子兵停住。于明德凑近王大厨："王师傅。"王大厨睁开眼睛。于明德说："我见王师傅受刑，于心不忍啊。"说着摆手让鬼子都出去。于明德说："王师傅，咱俩可算是老朋友了，几年前你来济南第一天，我就吃你的菜，边吃边叫好。这些年下来，不能说天天吃，也是隔不了一天两天咱就见个面。你知道你受苦，做兄弟的心里啥滋味？鞭子打你一下，我心就抽搐一下，我心里流泪呀。说白了，要是没有皇军，我不难为你。大哥你就别折磨你兄弟了，干脆说出谁是你同伙，不就完了。"

王大厨无力地摇头："我没同伙。"

于明德说："没同伙，几年来能给八路供那么多药？"

王大厨有气无力地说："我是给我哥治病的。"

于明德轻蔑地一笑："得了吧，你有几个哥？千把个哥？还都是外伤？"他令特务到药店核实过王大厨买药的数量。

王大厨不语，于明德冷笑一声："如果我没猜错的话，你就一个哥，就是取药的那个。"王大厨警惕地望着对方，心想："我哥怎么了？"于明德说："实话告诉你，你哥死了。"王大厨愣愣地看着他。于明德说："我一看尸体就知道是你哥，身材模样一模一样，连手脚都一样。"王大厨痛苦地闭上了眼睛。于明德说："要不信，让你见见？"说着冲门外喊道："来人！"门口进来两个鬼子兵。"把尸体抬进来。"俩鬼子出去片刻，抬进王立财尸体放到王大厨面前。王大厨一见泪"哗"地流下。于明德问："是不是你哥？"王大厨扭过头去。于明德说："看看，扭过脸来看，是不是？"王大厨紧咬着嘴唇，控制住情绪。

于明德劝道："你哥死了，我能看着你再死吗？你家父母谁养活？没父母，你嫂子侄子也得吃饭吧？大哥，你可能一时迷糊了，这不要紧，明白过来还不晚，皇军既往不咎。只要你说出同伙，不但立马放了你，还给你奖赏。"王大厨的嘴唇咬出了血。于明德问："怎么样？"他凑近了王大厨。王大厨斜眼瞧着他。于明德说："王师傅说吧，我还等着吃你做的菜呢！"王大厨"呸"地一口血水喷在他脸上，于明德吓了一跳，伸手摸了一把脸上的血水恼怒地喊道："来人，照死里打！打死他！"鬼子兵上来用皮鞭狠抽王大厨，王大厨昏死了过去。

两辆汽车在玉泉楼门外停下，车上下来十几个日本鬼子兵和几个伪军便衣。他们冲进玉泉楼，随后两个日本兵架着浑身是血的王大厨进了门，武井、于明德跟了进来。于明德对一鬼子小头目耳语几句，鬼子兵小头目指挥着其他鬼子兵，分别把玉泉楼的人赶上了二楼大厅。

浑身是血的王大厨被两个日本鬼子按在椅子上，刘夫人、英子、徐静心一见潸然泪下。徐静心知道王大厨被俘受刑是自己连累的，懊悔心痛得要死。

刘掌柜不忍心看王大厨转过脸去，刘学栋望着王大厨，强忍着眼泪，脸上没任何表情。

武井、于明德从楼梯上来，武井恶狠狠地打量着每一个人，而后冲于明德一摆手。

于明德倒背着手环顾一下众人说："都是老熟人了，今天在这种场合见面有点不好意思。可是没法儿，王大厨犯了事儿，几年来给八路供药上百麻袋。据可靠情报，不是他一人干的，同伙就在你们当中，谁能站出来分担一下，王大厨就能免于一死。"他打量几个伙计徒弟，又看了看刘掌柜，最后在刘学栋面前停下，盯着对方的眼睛。

王大厨突然发话："我说过是我自己干的，不碍别人的事儿。"

于明德微微一笑对众人："看见了吗？看见了吗？人家王大厨真是条汉子，讲义气，这时候了，还把事往自己身上揽。可别人呢？瞎长了那么大个子，不仁不义，呸！叫人瞧不起！"他望向刘学栋。

刘学栋刚想喊出："我就是他同伙！"他不想让王大厨一人受折磨，王大厨一见，忙冲于明德骂道："你他妈的狗汉奸，我日你祖宗，你祸害了多少人？不害人，你小子活不了啊！"

于明德见在刘学栋和徐静心等人面前丢了面子，心火一下子顶上了脑门，他几步来到王大厨面前："我让你死不了活受罪，来人！"他喊道，一鬼子兵上来立正。于明德吩咐道："到伙房拿来菜刀和盐！"鬼子兵跑下楼进了厨房。徐静心的心提了起来。片刻，鬼子兵拿着菜刀和一罐子盐跑了上来。于明德恶狠狠地说："先从他身上片下肉！"鬼子兵拿刀上前，英子、徐静心痛苦地闭上眼睛，徐静心想："我作的孽，我害了王师傅。"刘夫人晕了过去，刘掌柜慌忙抱住了她，刘学栋瞪着于明德想冲上去摔死他。

鬼子兵来到王大厨面前，狞笑着将刀放在他胸前，王大厨望着鬼子道："来吧，反正我豁出去了，你小子可得沉住气。"他一语双关。

刘学栋听了非常痛苦，极力压抑住怒火。

鬼子兵用刀片开肉慢慢地割着，王大厨拼命地忍着，牙齿咬得"咯咯"响。刘学栋脸上的肌肉不停地抽搐，鬼子兵片下几片肉贴在了桌上，王大厨已疼得浑身颤抖大汗淋漓。

于明德悠闲地点燃一支烟："撒上盐。"众人瞪起眼睛。鬼子兵抓起一把盐按在了王大厨伤口上。王大厨大叫一声猛地撞翻两个鬼子，疼得在地上打滚："疼呀，疼呀……"刘学栋上前扶住他。王大厨一把推开他，号叫一声向窗户冲去，刘学栋和众人还没反应过来，王大厨一头栽下了楼。

众人大惊，刘学栋、刘掌柜不顾一切冲下楼梯。

王大厨躺在街上的血泊中，刘学栋跑到他身边托起他的头，王大厨已七窍流血没了气息。刘学栋抱住王大厨拼命地摇晃："王师傅，王师傅。"刘掌柜也痛哭喊叫。

于明德、武井同鬼子兵从楼里跑出，于明德扒开刘掌柜望着王大厨，刘掌柜怒不可遏地猛推了他个跟头。于明德爬起来冲刘掌柜胸口猛踹一脚，刘掌柜被踹了出去，口中喷出鲜血。

刘学栋大喝一声放下王大厨，扛起于明德欲摔死他。他身后的鬼子兵上来一枪托砸在他头上，他晃了几晃摔倒在地。

于明德、武井等人走了，进财等徒弟才下楼把王大厨、刘学栋、刘掌柜抬到各自卧房。

玉泉楼哭声一片。

北屋床上躺着已咽了气的刘掌柜，刘夫人、英子扑在他身上痛哭，徐静心站在一旁悲痛地流泪，心想："这都是我造成的，我是最恶的恶人，害死了王师傅、刘掌柜，害学栋受了重伤，我该死百回千回！"她痛苦地晃着脑袋。

刘学栋昏死在东屋的床上，亮亮抱着他边哭边喊："爸爸，爸爸。"强强也仰面朝天哭得上气不接下气，已无人顾及学栋和照顾孩子了。

傍晚，寡妇领着林祥进了玉泉楼，林祥猛地挣脱母亲的手跑向王大厨卧房。他冲进门看见床上的王大厨，扑上去哭喊："爸爸，爸爸。"边喊边用力地摇晃，"起来，起来呀，爸爸。我是林祥，林祥呀，你起来，起来，起来呀……"见王大厨不动，林祥发疯似的喊："你是孬种！孬种！你起来，你起来呀，没出息，没出息！你怎么不起来呀，爸——"

寡妇站在门口抽泣，徐静心过来和寡妇把林祥拖了出去。林祥边哭边挣扎，哭声撕心裂肺。到了大厅，林祥死死抱住柱子不放，寡妇拉他的胳膊，林祥猛地咬了她手一口，寡妇一松手，林祥飞也似的跑进王大厨的卧房，双手死命抢着床板："你起来，起来！起来呀！爸——"

徐静心眼泪哗哗地流下，寡妇过来抱起林祥用胳膊夹着往外走，林祥哭喊着乱踢乱打。徐静心揽过林祥，抱着他哭了。寡妇对徐静心说："我再瞅一眼王师傅。"

寡妇推门进了王大厨卧房，来到床边，掏出手绢轻轻擦拭着王大厨的伤口，眼泪扑簌簌地掉下。她深情地望着王大厨的脸，半晌道："咱俩没有缘分。"说完掩嘴差点哭出声。寡妇慢慢地解开衣扣，托起王大厨的手臂，将冰凉的手紧紧摁在自己温热的乳房上，寡妇悲痛欲绝仰天大哭。

昏暗的灯光笼罩着屋子，刘掌柜静静地躺在床上，刘夫人坐在床沿出神地望着丈夫。英子、徐静心在一边抹泪。刘夫人转过脸："你们回去吧，明早还要出殡。"英子抽泣起来。刘夫人爱怜地说："英子，你爸走了，说不上哪天我也走，你好好照顾孩子和学栋，学栋是个粗人，照顾不好家。"

英子悲痛地哭着："妈——"

刘夫人拉住徐静心的手："妹子，来济南四年，嫂子没照顾好你，到现在你还孤身一人，嫂子心里有愧。"说着掉下了泪。

徐静心说："嫂子，别说了，没有你和二哥，我还不知道漂泊在哪儿呢。"

刘夫人说："你俩回去吧，我想单独和老头子待一会儿。"刘夫人推英子、徐静心出门。

二人回过头，徐静心说："嫂子，别太难过，啊。"

英子说："妈，爸走了，还有我们，想开点。"

刘夫人点头关上门，刘夫人来到床沿坐下默默地看着丈夫。和他成亲四十年，还没这么仔细地看过他。她忽然觉得丈夫很英俊，高鼻梁、高眉骨、薄嘴唇，是个美男子，而在过去她却认为他再普通不过。

他俩是高中同学，自从在班上第一次见面，她便清楚丈夫在关注自己。

丈夫在他父亲去世后，卖了宅子开始建玉泉楼，他退了学，那时她才觉得心里有点空荡。可几个星期过后，也就把他淡忘了。随着玉泉楼长高上瓦，到后来上了门窗上了漆，丈夫才在她上学的必经之路拦住了她。他让她去看看建起的玉泉楼。她有点犹豫不定，她已感觉出了这里面的含义，想拒绝，可他已转身向前走去，她只得跟在了他身后。

来到玉泉楼，她很吃惊，没想到身边的他竟能把楼设计装饰得这么好，宽阔富丽的门厅，典雅精致的单间，连楼梯、窗户都别具一格，她觉得他很有设计天赋。

他领她上了二楼，指着楼后的白玉泉说："我在北园订了十几条二尺多长的大草鱼，下次你来就能见到了。"他那么自信，好像两天后她肯定会来玉泉楼，当时她心跳加速，脸红到了脖子。

他送她出了玉泉楼，说："以后中午你就别回家吃饭了，这儿近，我给你准备你爱吃的。"

她回到家一夜没睡着，第二天上课还精神恍惚，为此受到老师的批评。

她把他的意思告诉了父母，父母当然不同意，他们想把女儿培养成建筑工程师，还想送她留洋国外。她见父母反对，反而定下了决心。

那天下午她没有去上学，在趵突泉边坐了整整一下午。夕阳落山的时候，她来到了玉泉楼。刘掌柜正在迎接来吃饭的顾客，见她进来，甩开顾客来到她面前，她淡淡地问他："你真想娶我？"刘掌柜愣了半晌才连连点头。她说："那三天后，你带我去杭州。"

三天后，他和她真坐上了去杭州的火车。他一坐上车就紧紧攥住了她的手。

她和他回来，父母已无可奈何了。她退学帮丈夫打理起了玉泉楼，若干年后，玉泉楼果真名满齐鲁。

他们生活有憾事，憾事是她一直未怀孕。她看过不少名医，名医给她调理过多年，说她身体没毛病。她这才想起让丈夫去查查。丈夫先是不肯，在她再三催促下才去检查，果真查出了病。

当她知道和丈夫生活下去不会再有孩子，痛苦心烦，甚至还发过一段时间的脾气。当看到丈夫一如既往地爱着她，忍受着她的脾气，心烦才散去。从那以后，她和丈夫的感情没有了波折，平静如水，正因为平静，她才觉得丈夫最普通不过。当然，她也后悔过，那便是没听父母的安排,听了,会考上名牌大学,还可能出国留学,那她不会没有孩子。可是一切都过去了,随着岁月的流逝,她什么都不想了,只想和丈夫平平安安地度日。自从鬼子进了中国,平静的生活才被打破,日本鬼子杀中国人就像宰只鸡宰只鸭,像踩死只蚂蚁。她和丈夫还活着,还有了学栋这个"儿子"、英子这个"闺女",有了两个孙子,她已经很满足了。她多次跟丈夫谈起:把玉泉楼交给学栋经营,他俩搬到水乡北园,度过最后的岁月。没想到丈夫被打死了,她也就没有了活下去的勇气。她知道丈夫多疼爱她,跟他走到哪儿,也会得到他的照顾,此时她更企盼同丈夫早日见面。

她站起身打开立橱从里面取出旗袍穿上,洗完脸后挽好发髻来到刘掌柜身边给他整衣服。整完从低柜取出根绳子,登上椅子,将绳子抛向房梁,绳子耷拉下来,她又系了个活扣,然后将脖子探了进去……

徐静心回到屋里躺在床上怎么也睡不着,回想刚才刘夫人说话的神情觉得不对劲,她沉思一下,下了床。她来到北屋门前轻轻敲响房门:"嫂子,嫂子。"屋里没动静。徐静心推门,里面插着,她紧张起来,用力拍门并喊英子。

英子从屋里冲出来:"婶子,啥事儿?"

徐静心口吃地说:"我觉得你妈不……不太对劲儿。"

英子跑过来用力拍门:"妈,妈,我是英子,快开门!"

屋里没动静,英子后退几步猛地撞开门,见妈已悬挂在了房梁上。英子和徐静心哭喊着忙将她解下,刘夫人已经没了气儿。英子"哇"的一声抱着刘夫人大哭,亮亮跑过来也哭喊着:"奶奶,奶奶。"徐静心恨死了自己,"我不但害死了王师傅、二哥,还害死了二嫂。"她恨不能一头撞死。

徐静心被带进了于明德办公室,于明德慌忙站起身喝退便衣,走到徐静心跟前轻声道:"静心,没事了,静心,这是在我办公室。"徐静心怒视着他。

于明德看她这表情说:"我知道你恨我,也瞧不起我,可我真心爱你,为了得到你,我才这么做。"徐静心抬手一巴掌扇在他脸上。于明德捂着脸说:"打得好,你手沾到我身体,我就心满意足了,真的,静心。"徐静心转过脸去。于明德说:"当时你不那么绝情,我也不会给玉泉楼下狠手。"徐静心浑身一颤。于明德转到她面前:"我说过为了得到你,我会不择手段,让你到这儿,是有些事想问一问。如果我没说错的话,过去你在北平安定里80号住,对吧?"于明德令人跟踪王大厨时,已对徐静心展开了调查。于明德说:"你那所谓的丈夫叫刘明智,你家和兴和药铺是邻居,当时刘学栋也在你家,没说错吧?"徐静心心里一惊。

　　于明德说:"兴和药铺林掌柜四年前被人杀死,而且还死在你家。当时刘明智已死,谁杀死的林掌柜呢?无疑是他——刘学栋。我记得在大明湖划船时,你给我说过你也有过初恋,恋人可能我还认识,错不了,就是他,杀死林掌柜的就是刘学栋。"

　　徐静心心脏"怦怦"地直跳,她为学栋担起心来。

　　于明德说:"别故作镇静了,其实现在你心里害怕得很,杀人之罪不但枪毙你,还枪毙刘学栋。况且他杀的是皇军忠实的朋友。告诉你,北平皇军一直在追查这件事。"他围着徐静心转了一圈:"其实这些情况都是你提供的,你不告诉我你住在北平大栅栏旁边的安定里和兴和药铺找麻烦,我怎会想到调查你。"说完他坐在椅子上:"王大厨给八路买药,我没抓住刘学栋的把柄,但就这杀人之罪足以将他置于死地。"他点上一支烟悠闲地吸着。徐静心吓得脸色苍白。

　　于明德站起身走到她的身边:"你想想吧,我随时可以逮捕你和刘学栋,把你们枪毙。"

　　他盯着徐静心小声道:"当然,如果你愿顺从我,我可以保密,你好好想想吧,我想你会开窍的,如果你愿意,今晚八点,我的车到玉泉楼接你。"

　　徐静心从于明德那里回到玉泉楼西屋,呆呆地坐在椅子上。她相信于明德的话,她不顺从他,他马上会逮捕学栋,并处死他。思来想去，觉得只有去于明德家。

晚上，徐静心穿上黑丝绒旗袍，又仔细地梳理完头发，然后提着包进了东屋。

刘学栋面无血色地躺在床上，还没有醒过来，英子坐在他身边。

徐静心过来劝英子说："不要紧，大夫说过一两天会醒的。"说着在床边坐下久久地凝视着学栋，学栋像睡熟了一般。徐静心眼圈涌出泪珠，她伸出手轻轻地抚摸他的面颊，泪珠打在他的脸上。英子吃惊地望着她。徐静心慢慢俯下身深情地吻着刘学栋的额头，英子不知如何是好。

外面响起汽车的喇叭声，徐静心慢慢站起身恋恋不舍地看着学栋，汽车喇叭声又响起，徐静心才一步一回头地出了门。英子从惊疑中明白过来跟出门，看到徐静心上了于明德的黑色轿车，英子气愤地"哼"了一声。

轿车拉着徐静心来到于明德住宅前，开车的特务领她上了二楼。门开了，于明德迎了出来，他示意特务下去，然后拥着徐静心进了门。

他扶徐静心坐下虔诚地说："静心，千万别记恨我，过去我不是有意欺骗你，我隐瞒身份是为了得到你的爱，你太令我倾慕了。你别介意，千万别介意，你只要想着我爱你就理解了。"

徐静心面无表情。

于明德说："今天下午，在办公室我是严厉了点儿，那不过是做做样子，不是威胁你，你要理解，要理解。"他冲了一杯咖啡放在桌上："静心，喝点咖啡，巴西的上等咖啡，喝了提神。"他坐在徐静心身边："静心，今天我给你交个实底儿，我自打当税务局局长到现在已存有十万家当，比省长、市长不如，在一般官员里算是有钱的。我还搜集了不少名人字画和古玩。"说着站起身从画筒抽出一卷画轴打开："这是朱道先的松柏图，看这山水画得多好，清雅俊秀，充满了灵气。"他又打开一卷："这是郭玉水的唐王嫔妃出游图，人物个个栩栩如生，唐高祖威严仁慈，嫔妃个个貌若天仙。

…… 609

画得胖点，唐代兴胖人嘛，连眉毛都画得宽宽的。杜甫有句诗写的什么来着……画眉阔，对，就是小女儿学化妆，把眉毛画得很宽，唐代之风，唐代之风嘛。"他走到博古架旁取过玉壶："这是乾隆下江南时用过的玉壶，薄如纸，声如磬，明如镜，下多少茶叶都能数出，一会儿我试验给你看。"他坐下对徐静心说："我这家当够咱俩吃喝玩乐一辈子。"他柔情地说："静心，我在日本人那里干事，你可能瞧不起我。说实话，我从心里也烦日本人，我在日本留学就没少受他们欺负，现在也受气。我没有信仰，我的信仰就是谁给好处给谁干活。"他倒了一杯水喝了一口："静心，前几天伤了刘学栋，打死了刘掌柜、王大厨，那不碍我的事，是日本人，日本人干的。我只不过跑跑腿，别恨我，千万别恨。要说关系最近的还是两口子，只要咱俩好，其他都无所谓。我说得对吗？静心。"他抓住徐静心的手，徐静心面无表情地看着他。

刘学栋眼皮动了几下睁开了眼睛，英子惊喜地叫着："学栋，学栋。"说着捧住了他的脸。

刘学栋转过脸看着她，英子"哇"的一声扑倒在他怀里。刘学栋有气无力地说："给我倒点水。"英子抹把眼泪给他倒水，她用碗倒了倒，坐下舀起一勺水凑到他嘴边，这动作还是跟徐静心学的。刘学栋情不自禁地问："静心呢？"

英子心里不痛快："看你叫得多亲，还静心，静心的，昏迷了三天醒来，就没想着别人，就知道静心！别再静心静心地叫了，你心里有人家，怕是人家心里没有了你，人家上于明德家里去了。"

刘学栋瞪了她一眼："胡说！"

英子认真地说："谁胡说，我亲眼见她上了于明德的车。"刘学栋惊疑地望着英子。英子说："别用这眼神看我，不信你去问伙计，别看她平时装得正儿八经的，其实浪得很，临走前还当着我的面亲你，真不要脸！"

刘学栋思索片刻猛地坐起，他疼得龇牙咧嘴，英子忙扶住他。

刘学栋冲英子喊："快，快，喊进财到于明德家里，快把她追回来！"英子疑惑地望着他。

"快，快去！"刘学栋急得猛烈地咳嗽起来，英子恍然像明白了什么，飞跑了出去。

第 二 十 八 章

于明德正搂着徐静心诉说着衷肠:"静心,我真心爱你,盼着你做我的妻子,我会用心呵护你。"他抓过徐静心的手贴在自己脸上,徐静心望着他。于明德站起身拉起徐静心走向床边。徐静心推开他,来到梳妆台旁打开手提包,取出梳子梳理头发。

"不用梳,也俊得很。"于明德笑着过来。徐静心从镜中望见于明德走近,从手提包取出半把剪刀握在手中,于明德张开双臂欲搂抱她,徐静心猛地一转身用力将剪刀捅向于明德心口,于明德大叫一声吃惊地望着徐静心,徐静心呆呆地望着他。

于明德低头看着插入胸口的剪刀,抬起头疑惑地望着徐静心:"你……你真想让我死?"徐静心满脸惊恐。

于明德声音颤抖地说:"静心,我爱你,真的爱你。"徐静心害怕似的望着他。

于明德浑身颤抖着:"你为什么让我死?为什么?"徐静心恐惧地晃着头。于明德凄楚地说:"我知道我杀了打了你的亲人,可是静心,我是为了得到你,为了你我才这么做的。"他低头看了一眼剪刀,抬起头:"静心,我疼,疼死我了,帮我拔掉。"他乞求着。徐静心惊恐得不知如何是好。于明德痛苦地说:"我怕疼,不敢拔,来,你来。"说着向徐静心无力地招手,徐静心没有动。于明德痛苦地乞求:"来呀,来呀。"说着挪向徐静心,徐静心惊骇地后退。于明德额头滴下冷汗,"太疼了,你不拔,干脆捅死我,来呀,来呀……"说着移向徐静心,他脸上现出阴狠,徐静心吓得毛骨悚然不觉后退。于明德猛地扑向徐静心，徐静心吓得"哇"的一声。于明德"扑通"趴在了她脚下，剪刀尖从他后背刺出，徐静心吓得双手捂住嘴。于明德挣扎一下不动了。

徐静心慌忙跑出门，"噔噔噔"地下楼，正撞见开汽车的特务，特务见她一身鲜血吓得后退一步，她越过特务，加快了脚步。特务几步蹿上楼推开门，看到于明德趴在血泊里，拔出手枪冲下楼。

徐静心向前跑着，英子同小厨子进财从远处飞跑过来，英子喊道："婶，婶——"徐静心边跑边向英子招手，特务举起枪"呼"的一声，徐静心身子晃了晃摔倒在地上，英子呼喊着飞跑过去。

徐静心被抬回来，安放到了她住过的西屋。学栋挣扎着从床上起来来到西屋，上床紧紧抱起她哭得死去活来。

刘学栋哭了好久，才边哭边道："三叔说得对，咱俩该到没人认识的地方，我带你来了济南，害了你，害了你呀。我有了家，你啥也没有，现在又死了，我对不起你，对不起你呀，静心——"他抱着徐静心哭呀哭……

刘学栋哭了三天三夜。英子几次想进去劝他，见他哭成这个样子，不敢上前，只得退回东屋暗暗流泪。

徐静心在西屋停放了三天，按济南习俗该埋葬了，刘学栋却想让静心再多待几日。英子找来黑蛋妈。黑蛋妈对学栋说："你愿静心身子变了味儿？"学栋才哭着同意出殡。

棺材早准备好了，入殓时，刘学栋抱着徐静心不肯松手说："我不让静心进去孤独。"英子等人只得依他。英子让振鲁、福生卸下门板，准备抬徐静心走。刘学栋摇头说："我抱她去坟地。"英子、振鲁、福生惊呆了。英子等人回过神儿来，劝他别太固执，刘学栋却让他们滚。

英子跑到黑蛋家，求黑蛋妈劝学栋。黑蛋妈想了想说："俺知道俺儿学栋多喜欢静心，你不让他抱着，他能撞死。"黑蛋死后，黑蛋妈把学栋当成了亲儿，她最明白儿子的心思。

英子又去找马拧子，马拧子自从徐静心死后，就没合过眼，听了英子的话，来到玉泉楼西屋对学栋说："师傅知道你喜欢徐静心，可济南人看你抱着她接受不了,在外人看来,她就是你婶子,唾沫星子能淹死你!"刘学栋说:"俺不管,俺就要抱着静心。"马拧子又说:"你不顾及自个儿名声,不能不顾及英子吧?她两个孩子妈了,你让她脸往哪儿搁?!"刘学栋倔强地说:"俺不管,俺就要抱着静心!"马拧子没法再劝了。

天亮后,刘学栋给徐静心洗了脸又洗头,洗头时他哭了,抚摸着乌黑的头发,他洗了好久才给她擦干。他穿上孝服,才抱起徐静心出了门。

刘学栋抱着徐静心朝千佛山方向走,振鲁、福生远远地跟着,这是马拧子安排的。人们看到身着孝服的刘学栋流着泪抱着个身穿旗袍的女子,先是吃惊,回过神来相互问:"那个摔跤的刘学栋怀里的女人是谁?"大多数人摇头,个别人说是他婶儿。众人听了先是吃惊,既而有的摇头,有的生气地指着刘学栋数落,还有的骂刘学栋不知廉耻。

刘学栋抱着徐静心慢慢地走着,他不愿和静心分离得太快。路人望着他议论谩骂。

马拧子的跤场在玉泉楼出事儿后就没开过,这时马拧子坐在后场为刘学栋挂心,他知道学栋头部受了枪托重击,没有力气,就叫两个徒弟找到振鲁、福生一块儿跟着学栋。

刘学栋确实力气大不如从前,走出不多远,便坐在马路沿儿上歇息。看着徐静心失去血色的脸庞,他情不自禁地亲吻。周围的人看见,远远地指着他调笑谩骂:"不要脸,猪狗不如!"

刘学栋一亲静心,就再也控制不住了,吻啊吻,吻个不够。福生过来拍拍他说:"走吧。"他不愿学栋受辱,学栋似没听见,振鲁和福生硬架起他,刘学栋才向前走。走出不多远,又停下歇息。一歇息又情不自禁地吻静心。就这样走走停停,停停走走。走了一上午,也没走出多远。振鲁上前对学栋说:"这走法天黑也到不了千佛山,还是我和福生抬她吧。"刘学栋生气地喝道:"滚!"

刘学栋抱着徐静心天黑才来到千佛山,他已经累坏了,不得不把静心放到地上。福生过来说:"你没力气抱她翻山了,还是交给我和振鲁吧。"刘学栋摇头说："不，我和静心在这儿过夜。"福生和振鲁愣住了。刘学栋说着躺下抱住了徐静心，福生、振鲁只得退到远处商量怎么办，振鲁叫福生去告诉师傅。

马拧子听后说："别再劝他了，带上干粮和水，在山上过夜吧。"福生带着干粮和水来到千佛山，让学栋吃喝，学栋理也不理。他紧紧地抱着徐静心轻声道："静心，你还记得我们在上边的树林里亲热过吗？我们是打着你拜佛的幌子来千佛山的，到了树林，我再也控制不住，和你亲热，还撕破了你衣服……"刘学栋想着抱得更紧，"当时你依了我多好，依了，就不会死了……"话一出口，伤心地哭了起来。

振鲁、福生听学栋哭，知道他想起了伤心的事。福生问振鲁："你能想到男女有这么深的感情吗？"振鲁摇了摇头。福生说："俺以为男女成了亲，就是搭伙过日子，哪有这么好的。"振鲁说："是，俺也没见过为了女人寻死觅活的。"

天亮后，振鲁、福生醒来，看见学栋还抱着徐静心，就过去对学栋说："我们走吧。"学栋才抱起静心坐起身。福生把水和干粮递给学栋，学栋摇头。振鲁扶起学栋，学栋又抱起了徐静心。振鲁、福生见他不顺台阶向上，说："不走路，你翻不过山。"刘学栋似没听见，偏走难走的路。振鲁、福生嘀咕着："学栋想干吗？"

学栋抱着徐静心，终于来到了他俩上次亲热过的地方，刘学栋号啕大哭。振鲁、福生纳闷。学栋放下徐静心哭着道："前年你在这儿干吗不依了俺……"振鲁、福生这才明白他俩在这儿亲热过。刘学栋哭得没了力气，仰躺在地上无神地望着天空，脑海闪现他和静心在草地上做过的事。振鲁、福生想过来劝他，害怕激怒了他，没敢上前。过了好久，刘学栋才爬起抱着徐静心往前走，走了没两步瘫倒在地，他已耗尽了所有的力气。振鲁、福生赶忙过来架起他，刚架起，学栋腿一软又瘫坐在地上。福生冲振鲁使个眼色，振鲁忙抱起徐静心快步前行。刘学栋有气无力地喊着："干吗？干吗？"说着爬起来脚步不稳地追，才追了几步，差点儿跌倒，福生慌忙扶住他。刘学栋冲前边的振鲁哭喊："停下，你停下。"振鲁似没听见，刘学栋跌跌撞撞地在后面追着，三人终于来到了山后的刘家墓地。

刘掌柜夫妇坟边已挖好了一个墓坑，旁边停放着一口棺材，棺材旁站着刘学栋的两个小师弟。振鲁抱着徐静心来到棺材旁，把她放入棺椁中，两个师弟盖上棺材盖，拿锤钉钉子，刘学栋在福生搀扶下走向他们，刘学栋哭喊着："别，别。"两个师弟望向振鲁，振鲁一摆手："快！"两个师弟用力砸钉子，刘学栋过来欲阻拦，振鲁一把推倒他。刘学栋哭喊着："打开，打开。"振鲁、福生和两个师弟抓起绳子，将棺材下入到坑中。刘学栋哭喊着："干吗，干吗。"吃力地向前爬，振鲁忙过来把他抱到了一边。福生和两个师弟快速地往坑中填土，刘学栋撕心裂肺地哭喊着："不不不！"喊着爬向棺材，振鲁将他拉住。刘学栋喊着："让我再看看静心，再看看。"福生和两个师弟似没听见，更快地往坑中填土，刘学栋有气无力地哭喊着："别别，求你们，求求你们……"话没说完，昏了过去。

刘学栋被抬回玉泉楼，英子忙让进财去请大夫。大夫来到东屋给昏迷的学栋诊完病，开了几服药离开了，英子抱着学栋伤心地大哭。她已经不生丈夫的气了，反而恨自己："我那会儿干吗那么贪，不贪不就没这灾祸了。"她觉得玉泉楼到了今天这地步，是自己造成的。她一遍又一遍地想："假如我不和学栋出了那事儿，学栋会带走徐静心，那样徐静心就不会死，爸妈也不会……"想到这儿，她非常恨自己，恨不能立马撞死。

刘学栋昏迷了两天才醒，醒来说要去找徐静心。英子说："妯儿已经死了。"刘学栋生气地骂她胡说八道："我知道你巴不得静心死！"英子解释："真的死了，你抱着她上的千佛山，和振鲁、福生一块儿埋的。"刘学栋瞪起眼："再胡说，看我不扇你！"英子让进财喊来振鲁和福生。振鲁、福生对刘学栋说："英子说的都是真的，你怎么还忘了？"刘学栋厉声喝道："滚！你俩也伙同英子来骗我，白跟你们做了多年兄弟！"

英子请来大夫给学栋瞧病，大夫对英子说："你丈夫受了刺激。"英子问他怎么办。大夫说："心病我看不了。"英子只得找来马拧子。马拧子对学栋说:"你不相信徐静心死了,那师傅和你到千佛山后去看看她的坟。"学栋竟瞪起眼:"师傅咋也跟英子来骗我?!"马拧子知道他受了刺激,没法向他再解释。

刘学栋天天走街串巷地寻找徐静心。他是济南名人,济南人又都知道了他抱着徐静心上千佛山埋葬的事儿,见他寻找,都停止脚步议论,或骂他。刘学栋向人打听:"你见到一个这么高穿旗袍的女人吗?"他用手比画着,"长得很漂亮。"路人早知他找的人是他婶儿,有意问:"她是你什么人?"刘学栋回答:"我喜欢的女人,见过她?"他眼里流露出期盼。被问的人冲前边一指:"好像去了那边。"刘学栋快步向前走去。他找啊找,没找到,又问别人:"你见过一个这么高穿旗袍的女人吗?"被问的人也同样地问他是他什么人。刘学栋照样回答:"我喜欢的女人。"

被问的人有意问:"你跟她好过吗?"

刘学栋一本正经地回答:"当然好过。"

"咋好过?"

刘学栋讲起来:"俺到北平找俺三叔,俺三叔说起了静心的事儿,他让俺跟静心好,俺就跟她好上了。"

周围的人笑了起来,被问的人冲他们眨了下眼睛,围观的人忙止住笑。被问的人继续问学栋:"你和她咋好过?"

刘学栋回答:"在北平俺就想亲她,想到她是俺三叔名义上的老婆,就不敢了。"

问他的人道:"你不是说你叔让你跟她好吗?"

"是,那俺也不敢,"他一本正经地,"俺是回到济南才放开胆儿的。"

围观的人大笑。问学栋的人忙摆了下手,周围的人止住笑。

"到了济南,你俩咋好的?"

刘学栋说:"俺和她上过大明湖北极庙,俺许愿写下了'刘学栋、徐静心成两口子'。她嫌俺写得俗,抓笔又写了一张'刘学栋、徐静心结姻缘'。俺看了高兴,就抱住撞钟木使劲撞钟,钟撞得可响了,满济南的人都能听见,你听见了没?"

...... 617

被问的人连声应和:"听见了,听见了,那么大的响声,哪能听不见。"

周围的人也笑着应和:"是听见了,真的很响。"

旁边一个人笑着问刘学栋:"撞完钟结了姻缘,就没干点儿别的?"

"咋没干,下北极庙台阶,静心说她从小就喜欢打滑梯,我说你打啊,她见滑梯太高太陡不敢滑,俺一把搂住她的腰顺着青石板一下就冲到了底,她吓得直叫唤。"

周围的人笑了起来。

又一围观的人问:"那后来呢?"

刘学栋说:"俺和她上了船,船划到荷花丛里,俺见她脸俊得像荷花,就亲她。"

周围的人开心地大笑。

刘学栋说:"俺还和静心上过千佛山。"

众人止住笑,饶有兴趣地说:"上过那儿?"他们眼前仿佛现出树木茂密杂草丛生的山林。

刘学栋点头:"真的,俺害怕俺二婶不乐意,就给静心出主意说,你对俺婶说上千佛山求佛保平安,就这么着,俺二婶才让俺俩去的。"

围观的人屏声静气地望着刘学栋。

刘学栋脸上现出回忆:"来到千佛山,俺说背她,她说像背莲花。"

围观的人相互问道:"莲花,莲花是谁?"

一路人道:"不知道啊,就是过去艳翠楼的头牌。"

围观的人大笑。

刘学栋说:"她是个好人。"

又一路人忙接住话说:"是,她是好人,那你和静心到了千佛山咋样了?"

众人饶有兴趣地望着刘学栋。

刘学栋说:"俺背着她顺着台阶往上走,走到山半腰拐进林子里。"

围观的人兴致更浓，后面的人还探长了脖子。

刘学栋回想着："到了树林，俺再也控制不住了就搂着她亲。"他脸上现出回忆的神情。

众人见刘学栋不说话了，纷纷问："怎么了？说，你说啊！"

刘学栋说："我抱着她亲啊亲，亲了脖子又亲脸，还亲了她的嘴，我还解开了她旗袍上的盘扣。"

众人眼睛放光了。

刘学栋回想着，脸上现出了陶醉。

众人迫不及待地问："别停，说啊，说！"

刘学栋说："俺撕开了她衣服……"

众人眼睛贼亮贼亮的，仿佛眼前出现了画面，见刘学栋停止不讲了，着急地催促："说，快说，快说啊！"

刘学栋说："她不依，哭求着说在济南，我就是你婶儿。俺一下子泄了气儿。"

众人眼前的画面突然中断，脸上现出失落，纷纷问："就这么完了？"

刘学栋点头："这事过后俺也后悔，当时俺要是硬不听她的，就没有后边的事儿了。"

众人纷纷问："后面啥事儿？"

刘学栋说："你们不知道啊，俺被鬼子打昏了几天没醒，英子伺候的俺，夜里俺也不知道咋了，就觉得旁边是静心，就和她……"说到这儿说不下去了。

众人眼前的画面却清晰起来，刘学栋没讲的，他们通过想象就补上了，心里得到了满足，不觉大笑起来。

刘学栋怔怔地望着他们，不知他们笑什么。

众人笑了好一会儿，一路人问："那你和你婶儿就没干过那事儿？"

刘学栋眼睛一瞪："俺不是跟你说了吗，她名义上是俺婶儿，其实是俺喜欢的女人。"

...... 619

周围的人笑了起来:"是是是,是你喜欢的女人,说,继续说。"

刘学栋回想着:"俺前些日子听说她谈男朋友,气坏了,俺一直把她当成俺的,想着她要成了别人的老婆,俺心里受不了。"

周围几个观众应和着:"是是,受不了,你咋办了?"

"俺伤心。她会男朋友,俺跟着她,见她过了小板桥要到趵突泉了,真想上前跪在她面前求她别去。"

围观的人大笑起来,笑完,一人问:"说来说去,你就没跟她好过?"

刘学栋一本正经地说:"咋没好过,俺俩可好了,前几天夜里,我还抱着她哭哩。"

众人又来了兴致。

刘学栋回想着:"那天夜里,俺很晚才往玉泉楼走,俺在郊外哭了大半宿,想着静心就要成别人老婆了,难受得要死。快到玉泉楼了,看见一个人影跑向俺,俺觉得像静心,又觉得在做梦,还没回过神儿来,她就扑到俺怀里哭了,俺醒过来也抱着她哭,哭啊哭……"他眼中滚下了泪。

围观人见他哭了,得到了很大的满足。

刘学栋问:"你们见没见过她?"

众人止住笑说:"见过,见过,往前边走了。"神情都一本正经的。

刘学栋慌忙拨开众人快步向前走去,走出不远,跑了起来。

这事儿在济南传开了,人们一见到刘学栋就围上前,刘学栋又问他们:"见过徐静心吗?"并比画着多高,还说她穿着旗袍,长得可漂亮了。围观的人自然说见到了,并问那女人是他什么人。他们引逗着刘学栋说他和他婶儿的故事,刘学栋就把说过的话又重复了一遍,围观的人也一遍遍地问他。

这事儿传得济南无人不知,婶侄的风流韵事令他们得到了极大的满足。刘学栋离开后,他们淫荡地调笑半晌,又都变回了正人君子,义愤填膺地贬斥他骂他,说他猪狗不如。

马拧子听说了,让振鲁、福生和所有的徒弟排班跟着学栋,见学栋被人围住，就驱散众人。学栋还对振鲁他们发脾气，说他们影响了他找静心。振鲁、福生他们受气，也照样护着学栋。

刘学栋见白天找不到静心，就夜里出门寻找。英子吓坏了，鬼子、汉奸夜间巡逻，叫他们碰见，定被打死。她阻止学栋出门，学栋推开她仍出去寻找。马拧子也劝学栋别出去，学栋照样不听。他还像白天一样走街串巷地寻找，这让英子、马拧子、黑蛋妈、振鲁、福生整日为他提心吊胆。刘学栋夜间寻找，白天也睡不着，思索着为何找不着，想象着在哪里可能找到。他找了几天几夜昏倒在地。马拧子听到信儿，让振鲁和福生把他抬回了玉泉楼。

刘学栋昏迷了一天，马拧子又令振鲁、福生把他抬到了千佛山徐静心的坟墓旁。刘学栋醒来，看到徐静心的墓碑，才知道静心真的死了。他抱着坟哭了一天，天黑才和英子回到玉泉楼。

英子不再恨徐静心了，还羡慕她，心想："要是学栋对我这样，我愿立马去死。"

夜里，刘学栋躺在床上怔怔地望着屋顶，心里思念着徐静心，英子蜷缩在他身边。

英子说："哥，我知道我在你心里的分量远远跟不上徐静心，你俩成了夫妻多好，可我在你们中间插了一杠子。哥，你知道吗？她的头发是我弄掉的，当时我恨她恨得要命……"说着眼泪顺面颊流到刘学栋的胳膊上："哥，你恨我吗？"

刘学栋木然地望着屋顶，似没听见。英子继续说："哥，我知道你当时要是知道了，准能杀了我。"说着呜咽起来。

刘学栋没有说话。

刘学栋将鬼子的褂子和帽子裹在练功的木桩上，挥拳猛击，他恨死了鬼子、汉奸。他们害死了他心爱的静心、叔婶和王大厨，他恨不能把全济南的鬼子汉奸全杀死。英子抱着强强领着亮亮从屋里出来，见他发泄胸中的仇恨，亮亮拾起一块小石头投向木桩，石头打在木桩上。刘学栋叫好，他拾起石头递给亮亮："再来。"他指着鬼子的帽子，亮亮投出石头。

刘学栋又拾起一块对亮亮说："瞄准了用力，这么着，看爸的。"说着将石头狠狠地砸在木桩上。

亮亮学他的样子投了起来。

强强咧开嘴哭，学栋吹了声口哨，上前对着裹有鬼子兵褂子和挂着帽子的木桩狠命击打，强强破涕为笑。刘学栋抱过强强亲吻，亮亮饶有兴趣地扔着石子。

英子对学栋说："我出去买点吃的。"说完冲亮亮喊："跟妈上街。"亮亮跟着母亲出了玉泉楼。

英子领着亮亮来到街口烧饼铺旁停下，掏钱递给店主，店主说："稍等一会儿有热的。"

这时，一队鬼子兵从远处走来，亮亮看见他们，脸上现出仇恨。鬼子从旁边走过，亮亮拾起一个石子向鬼子掷去，石子打在一个鬼子兵的头上。鬼子兵回过头瞪着眼睛寻找，见亮亮又拾起一个石子挥臂要掷。鬼子兵端起枪号叫着冲过来，一刺刀穿透了亮亮的胸膛。

英子回头看到这一幕，惊得魂飞天外。

鬼子兵用力一挑，把亮亮挑到了空中，其他鬼子兵兴奋地大笑。英子猛然回过神儿来，上去接亮亮，亮亮重重摔在地上。英子抱起亮亮发疯似的哭号，鬼子兵围着她狂笑不止。

英子放下亮亮猛地扑上去又撕又咬，一个日本兵一枪托把她砸倒在地。

玉泉楼后院停放着一具小棺材，为亮亮准备的。振鲁、福生立在一旁流泪，他们为学栋伤心，刘家接连死了四口人，太惨了。

刘学栋怀抱死去的亮亮表情呆滞地坐在东屋的床上，像傻了一样。马拧子站在门口紧闭着眼睛，不敢看学栋和他怀中的亮亮，泪水从眼缝中流出。

英子披头散发地从北屋冲出，来到东屋，进门欲抱亮亮，寡妇跟进来，死死地抱住她往门外拖。

外面进来一个人，对马拧子说："准备上路吧？"他是安排丧事的。

马拧子睁开眼睛走到刘学栋身边:"送亮亮走吧,那边安全。"

刘学栋猛然醒来,用手轻轻地抚摸着亮亮稚嫩的面颊,低下头脸紧紧地贴在儿子脸上。马拧子上来抱孩子,刘学栋死死抱住不放。

外面传来一声:"起灵了。"随着唢呐声响起。

马拧子抱亮亮,刘学栋用身体裹住。马拧子悲戚地道:"把亮亮弄疼了。"刘学栋不觉松开手,马拧子趁机抱过亮亮走出门,刘学栋站起身欲抢,被一帮师弟抱住拦住。马拧子来到棺材旁,将亮亮放进小棺材,探下身流着泪道:"孙子去吧,那边没有鬼子。"

福生、振鲁盖上棺盖,刘学栋扑上去哭得撕心裂肺。福生、振鲁上来架起他,旁边上来几个人抢斧将棺盖钉上。随着棺木被人抬起,唢呐声、哭喊声连成一片。

亮亮走了,英子也疯了,她整天披头散发地四处寻找亮亮。刘学栋没办法,只得让寡妇天天看着她。这天,寡妇一不留神,英子又跑到了街上,寡妇慌忙从玉泉楼追出。刘学栋听说英子跑了,也慌忙抱着强强跑了出来。英子喊叫着往前跑,寡妇和刘学栋在后面紧追,二人追上她,好容易才把她拖回玉泉楼。

英子回来后,目光更加呆滞,刘学栋端饭来到她面前让她吃,英子似没有听见。刘学栋说:"三天没吃饭了,你不为了自己,也得想想强强。"英子还是无动于衷。英子呆坐着渐渐地睡着了,刘学栋和寡妇才松了口气。

寡妇让刘学栋回去睡觉,刘学栋感激地说:"大嫂,你受累了。"

寡妇说:"别说这话,你照顾强强去吧。"

刘学栋出了门。

寡妇见英子睡得挺沉,就给她身上搭了条夹被,自己坐在椅子上打起了瞌睡。午夜,英子醒来,忽然看见亮亮出现在屋中,并调皮地冲她笑。英子眼中放出光芒,她站起身走向亮亮。亮亮"咯咯"地笑着转身跑出门,英子跟了出去。亮亮跑到院中逗弄英子,英子伸手逮他,亮亮跑出玉泉楼,英子也跟了出去。在大街上,亮亮咯咯地笑着，时而躲在树后，时而往前跑，英子笑着张开双臂追他。追到大明湖岸边，英子见湖面上泛着七彩神光，有众多孩子在水面上玩耍嬉笑。亮亮笑着跑入湖中，英子欣喜地扑了上去："可逮住了。"她身子舒展飘逸，仿佛天使从云端缓缓地飘落。

清晨，刘学栋抱着强强出了门，来到东屋，看到寡妇在椅子上酣睡，没看到英子，刘学栋慌忙叫醒寡妇。寡妇见床上没人，慌忙和学栋跑出玉泉楼寻找。

在大明湖水面上，他们找到了英子的尸体。

几天后，刘学栋跟着拉英子棺椁的车来到千佛山后，振鲁、福生和众师弟抬着英子的棺椁往刘家墓地走，刘学栋在后面跟着，他眼前出现了少年英子拿着笸箩在书场敛钱时的情景。"俺没想到英子后来能成了我的妻，虽说不该跟她成，可她待俺真好，她受了多少委屈和气。俺那么不待见她，她都没有怨言，还为俺养了两个儿。"刘学栋想着心里很内疚。

众人来到墓地放下棺椁，两个师弟要钉钉子，刘学栋说："打开。"说着动手和一师弟掀开棺材盖。刘学栋俯下身去亲吻英子的额头和面颊，这是他第一次发自内心地亲她，他有很多话想跟英子说，却一句也说不出口，只是流着泪望着她。振鲁、福生拉开他，和师弟把棺材下到坑中，刘学栋不让他们填土，自己一锨一锨地把土撒入坑中，边撒边流泪。

没有了妈妈的强强在刘学栋怀里不停地哭，边哭边喊妈妈。妈妈很少离开他，天黑后更没离开过。不是抱着他睡，就是放到床上奶他入梦。刘学栋抱着强强边走边摇晃，强强委屈地哭着，眼睛一直盯着门口。他已经哭得没劲儿了，只是眼巴巴地瞅着，渐渐地闭上了眼睛。

刘学栋把强强放到床上来到北屋，跪下对二叔二婶的灵牌叩了三个头。望着二老的照片，他很内疚："奶奶死后，是二叔去潍坊把我接到了济南。从那，就把我当成了亲儿。我让二老操碎了心，我被吴勤宝关在了地下冰窖，二叔一夜生出了白发，二婶吓出了心脏病……"想到这儿，他哭了。

强强的哭声传来，刘学栋忙站起身擦了把眼泪跑了出去。强强在床上"哇哇"地哭着，刘学栋忙抱起他，强强哭声才小了一点儿。刘学栋想到在玉泉楼太压抑，就抱着强强去了马拧子家。他想把强强托付给师傅，说去找八路军。

第二天，马拧子来到玉泉楼，对怀抱强强的学栋说："强强交给师傅，我待他准像待亲孙子。你找到王师傅老家，也不一定能找到张团长他们。俗话说铁打的营盘流水的兵，你蒙着头瞎撞，撞不出好来。"昨夜，马拧子没有说话，现在才来劝学栋。

刘学栋悲愤地说："王师傅死了，我叔、我婶、英子、亮亮、静心都死了，我怎么在玉泉楼待下去，我恨不能这会儿把小鬼子都突突了！"

马拧子沉思半晌道："我琢磨给队伍供药的线能接上，玉泉楼不垮，张团长就会派人来。王师傅死了，我马拧子又是一个王大厨，我劝你招来厨房原班人马重打锣鼓另开张。师傅不懂得做饭，可遇事能帮你。"

刘学栋思考了一夜，觉得马师傅说得对，只要把玉泉楼开起来，张团长就会派人来跟自己接头。那时，只需把钱给了来人，就支援了抗日。他相信，凭自己的能力和干劲儿，拿出钱来养活几百人没问题，而这几百人的队伍能打死很多鬼子。

他为过去的想法感到可笑，杀几个鬼子跑到部队当兵。那样痛快是痛快了，可效果远不如自己开玉泉楼好。

第二天天刚亮，刘学栋一改前日的低迷，精神饱满地规划了起来。

王掌柜近来心里十分不安，他借于明德的手弄死了刘学栋的二叔、二婶、徐静心和王大厨，心想："要是刘学栋知道我的主意，准摔烂我。"他惶惶不可终日，心想："这样下去不行，得想法尽快弄死刘学栋。"想到王大厨为八路弄药，刘学栋不可能不掺和，就派信得过的小厨子谢玉民监视他。

谢玉民曾帮王掌柜监视过几个厨师长，是王掌柜的心腹。谢玉民得令后每天天一亮，就来玉泉楼对面盯着，见刘学栋出来，就跟着他。刘学栋去哪儿，和什么人说过话，全记在脑子里。等夜里玉泉楼关了门，谢玉民才回到齐鲁饭庄向王掌柜汇报。

王掌柜见谢玉民跟踪了刘学栋半个多月，没见他和生人交往，就有点儿沉不住气了："别还没抓到刘学栋通八路的证据，我就被他摔死。"王掌柜一面令谢玉民继续监视，一面琢磨新办法。他想用钱收买伪军官暗杀刘学栋，想到："他们普遍嘴碎，杀了刘小子，传出去受我指使，我肯定被马拧子和他徒弟杀死。就算我花钱求伪军官保护，也难保住命。"他经过再三思考，觉得来个借刀杀人才是上策，他把给驻济日军司令川井出主意，让日军摔跤高手同马拧子比跤的事儿跟妻子说了。范老鸹听了有点儿发愣，说："日本人是外族，咱跟他们没交情。你又不认识川井司令，给他出这主意，是不是太唐突？"

王掌柜摇头说："正因为是外族，出主意的事儿才不可能传出。再说川井司令是济南最大的官，我是没跟他打过交道，但我相信我的主意会引起他的重视。"老鸹眨巴着眼睛望着丈夫。王掌柜解释："你不是不知道，现在日军在战场上很吃力，顾头顾不上尾了。山东人的抗日士气却越来越盛。我给川井出主意，通过比跤来打击山东人的抗日士气，他能不重视？再说于明德死了，咱也得找个新主子，川井司令就是最好的主子。"

老鸹思索着。

"我之所以贴乎川井，是受我两个大伯的启发，他俩早年是慈禧老佛爷身边信得过的太监。"

老鸹愣住了。

王掌柜见妻子这副模样，解释："我过去一直没敢跟你说，是觉得他俩是太监不太体面，可他们的人生经验很实用。俺大伯、二伯地位没有李莲英高，也没那么受宠，可在清代宫中，也算是了不起的人物。每年回乡都有高官迎送。回乡大摆宴席，也都是高官出钱。别看俺爹经营的棺材铺在我们那一带很有名，可我爹受到的敬重跟我大伯、二伯没法比。"

老鸹面露讥笑。

王掌柜见状，解释："别瞧不起俺爹，他确实挣了大钱，连年混战死了多少人？你就该知道我不是吹我爹了。不说他了，说我大伯、二伯。我那时年岁小，就知道我大伯、二伯比我爹风光得多。我大伯曾跟我说过，'你以后想混得好，就要跟定一个主子，只有跟着他，才能得到荣华富贵'。慈禧老佛爷死了，我大伯、二伯一直寻找新主子。他们碰了不少壁，最后投到了袁大总统门下。虽说袁大总统只当了八十几天的皇帝，可我大伯、二伯的经验没过时啊。他俩离开了袁大头，一直居住在北平。我去过他俩的家，高门大院的，几进几出，别看他俩不能干那事儿，可娶的媳妇都如花似玉。"

老鸹问："他俩哪来的钱？太监挣不太多钱吧？"

王掌柜说："领到手的是没有多少，可不少当官的巴结他俩。他们知道他俩是李莲英的嫡系，通过李莲英可让想当官的受到重用，送给他俩的钱没数了。"

老鸹感叹道："你大伯二伯还真是人精。"

"那是，不是人精能活得那么滋润。我去看望大伯二伯，他俩跟我说的话让我终生受益。我大伯说：'选定主子是头等大事，选定了就死心塌地地跟着。别信什么这国家那民众的，跟自己没半点儿关系。人活着就是为了贪图享受，受人敬重。崇尚乱七八糟的东西，不是终生磕磕绊绊，就是掉脑袋。'我二伯还说：'别瞧不起我和你大伯今天侍奉这个主子，明天侍奉那个，只要有利可图，是腚都要舔，这样才能得到想要的东西。千万别受人蛊惑，干所谓的什么大事儿。谭嗣同号称愿为国家死先从他开始，被砍了头还有谁记得他？再说名声当吗，人死了，啥也享受不到了。老百姓就算颂扬你，当个狗屁，听得见吗？所以说，追求什么正义是傻瓜，就想着怎么能带来好处就怎么干。我和你大伯之所以到今天还能享受，就是当初走了正道，别管别人说我和你大伯是太监是奴才，都不在乎，那是嫉妒。再说当奴才哪儿不好？主子最信任的不就是奴才吗？你是没在清宫待过，别看那些一品二品大臣表面上风光，其实最得慈禧信任的还是我们这帮人。'"

...... 627

老鸨思索着。

王掌柜说:"说起来日本人要想占有中国,得拢住肯为他们卖力的中国人,日本人也知这事的重要,我给川井出主意,不正合了他的意,这样我们就找到了新主子。只有靠日本人,咱齐鲁饭庄和艳翠楼才能平安无事。"

老鸨说:"既然你出主意让日本跤手跟马拧子比跤,那干吗不直接点出跟刘学栋比?咱目的不就是弄死他吗?"

王掌柜说:"我做事不能让川井看出目的,他要知道了我借刀杀人,就不会采纳我的建议了。再说,我敢那么写吗?刘学栋一家,包括王大厨都是我害死的,这事儿传出去,他不立马来杀咱俩,所以我才来了个迂回战术。你想,刘学栋是马拧子最中意的徒弟,日本人和马拧子比跤,他能不参与?一参与准死。"

老鸨笑了起来:"你确实比过去能耐了,我已经不如你了。"

王掌柜谦虚地说:"不是不如,是夫人操心艳翠楼的事儿忒多,没空琢磨。"

川井司令接到王掌柜的信,认为他的主意非常好,当即令军曹带着翻译去齐鲁饭庄请来王掌柜。

川井在日本军人中都属于矮个儿,瘦小黝黑,大耳大鼻小眼小嘴,像他这身材和长相在军官学校属于受欺负的那一类,可川井从十四岁入军校,却一直受同学尊敬,他身上有超人的毅力和征服欲。川井的父亲是开马场的,家中养了几百优良马匹。有世界上速度最快最聪颖最勇敢的阿拉伯马,有耐寒和持久力极强的阿克哈塔克马,还有产于欧洲,被美国印第安人广泛应用,适应能力强极少生病的美国花马,以及产于荷兰的弗里斯兰马和温血马。这些名贵马都是川井父亲花重金从外国引进的,其他马场没有。

马品种好是好,但脾性大多暴躁不易驯服。川井父亲为了训练它们,摔断了几次大胯和肩膀。雇来的三十几个驯马师十年中有八人丧命,活下来的人也都落有残疾。川井从小看父辈驯马,对驯马产生了极大的兴趣。他八岁起学着驯,十二岁驯马技已超过了父辈。他驯马与父辈不同,驯前,先拿出一定时间观察马的习性,了解了特点才开始驯。驯时，也不像父辈硬骑硬打，而是用锥子扎、开水烫和饿它，用完伎俩，上前安抚，上点儿好料，或手托糖凑到马嘴边。除此，还轻轻按摩马受伤的部位。正是用了这些办法，马匹很快被他驯服。川井把驯马技用在了征服人上。学校哪个同学欺负他，他除了和人家拼命打，还用锥子捅，捅完拿来好吃好玩的东西给人家。他先后换过几个学校，都是同学公认的霸王。

川井正为无法征服济南人而犯愁，见到王掌柜的信如获至宝，仿佛茅塞顿开。

军曹和翻译来到齐鲁饭庄，进门问正在吃饭的谢玉民王掌柜在哪儿。刚监视刘学栋回来的谢玉民忙放下碗领他俩上了楼。

王掌柜和范老鸹正在谈论川井接到信的反应，楼梯传来沉重的脚步声。二人霎时明白川井司令派人来了，王掌柜刚拉开门，日本军曹和翻译进来问："你是王掌柜？"

王掌柜忙堆起笑脸点头："是是是，鄙人就是。"

范老鸹也堆起了笑脸。

翻译问："是你给川井司令写信建议日本跤手同济南跤手比跤？"

王掌柜连忙道："是是是。"

翻译说："川井司令认为你的建议非常好，特令我们来请你去司令部详谈。"

王掌柜高兴地跟着翻译和日本军曹出了门。

王掌柜受到了川井司令热情接待，说他是日本人的朋友，出主意表明了对日本人忠诚，还拿出日本清酒款待王掌柜。

王掌柜受宠若惊，表示愿为日本人效犬马之劳。

川井送走了王掌柜，心里很高兴，他像找到了征服中国人的诀窍和升官的捷径。他也为过去没大力网罗汉奸而自责。明明入侵中国前，研究中国史的学者就强调：一定要网罗住亲日的中国人，说中国人在皇权压制下，一部分人形成了奴才心理，他们从骨子里愿当奴才，为了得到荣华富贵，不惜出卖朋友、师长和亲人。用他们对付中国人事半功倍。当时他听了有点反感，心想把中国人杀光，中国不就成了日本的。所以对上司制定的利用汉奸来帮助打赢这场战争的理念并不以为然。这让他来华五年受到了不少挫折。他想起了华北方面军司令冈村宁次因为理解得深，才制定出了边残酷扫荡，边宣扬中日亲善的战略，而获得了大成功。而这战略要比总司令畑俊六倡导的杀杀杀高明得多。川井现在才意识到，大力网罗和利用汉奸会事业大顺，职位会快速地晋升。

第 二 十 九 章

川井司令把山田叫到司令部，大加训斥。他恨山田被中国妓女砍掉了鸡巴，给驻济日军和他这个司令带来了莫大的耻辱。

川井恨恨地道："你早该剖腹谢罪，或被军事法庭处死！"川井确实想处死他。是山田的叔叔川井的好友多次求情，才保住了山田的命。川井说："你给皇军毁的面子必须找回来，不找回，你没法在军中混，本司令也会被下属认为做事不公。你不是北海道柔道第一高手吗，我命令你同济南第一跤手比跤，还必须获胜！"

川井从中日战争事态看出日军实力在消减，反抗力量在增长。表面看日军在中国胜多负少，其实日军遭到了中国军队更猛烈的攻击。日军偷袭了珍珠港，美国人陈纳德便带飞虎队来到了中国，八个月内，击落了日军三百多架飞机。美国还在中途岛击沉了日军四艘大型航母，击落三百多架飞机，这令川井司令意识到：想单靠军事实力已无法战胜中国，只有靠精神力量，制造出日军不可战胜的神话，才可能最终获胜。

山田听着司令官的训斥，心里也极为愤懑。他是日本顶尖的柔道高手，在东京比赛中获得过总冠军。他被招到了军中当教官，他的学生很多，他在军中广受尊重。日军全面进攻中国，他放弃了军校的舒适，来到中国想建立功名，没想到受到了奇耻大辱。

川井说："十天后，你在南门跤场和济南第一跤手较量，胜了你官复原职，败了就地剖腹！"

山田回到办公室，回想着被莲花砍掉生殖器的情景不寒而栗。

他原来很为有个硕大的鸡巴而自豪，他就是凭着这壮硕之物赢得作战部长千金青睐的。在这之前，不少军官伺候过那个表面清纯，实则放荡的女孩儿。他们都未得到她的垂青，而山田同她在床上只鏖战了一回，女孩儿便俯首称臣。他们成了亲，山田得到了提拔，同届的士官生都羡慕嫉妒他。

山田每次同艺伎交往，都用硕大的阳物挑着靓女在屋中盘旋起舞。然而，这曾引以为豪的壮硕之物却被中国妓女砍去了大半截，成了个缩头乌龟。身体大伤不说，精神受了致命打击啊！他被革去了官职降为士兵，受尽了踢打和嘲弄。每次战斗前，曹长都用刀背砍他逼他冲锋陷阵。在长官和战友看来，他只有战死才能刷清给他们带来的耻辱。

山田不敢想象今后如何面对爱他壮硕之物并为之痴狂的爱妻。

山田想着所受的侮辱，想着被剁掉鸡巴的那一幕，他愤懑痛苦。妓女莲花砍去了自己的命根，还举着自己的战刀追砍自己，自己号叫着惊恐地围着圆桌转，是两个手下刺死了莲花，救了自己的命，可日本大帝国军人的颜面尽失。他恨死了莲花，恨死了自己。自己给日本军人带来了奇耻大辱，自己被剁去了命根的事被战友们疯传，他们讥笑鄙视我，尤其受过自己辱骂的士兵和嫉妒自己的军官，更是糟蹋我。我不能反抗，也不该反抗，理应受到惩罚。想到这儿，山田痛苦地撕扯着头发，猛地踹翻写字台，冲门口喊道："来人！"

一士兵进来立正，山田冲过去一个背布袋将他重重摔倒。士兵痛苦地在地上翻滚，山田号叫着："起来！"士兵刚一站起，山田又将他狠狠地摔在地上。

马拧子收到山田送来的战书后，久久不语。振鲁、福生等人并不把这事放在心上，他们见过鬼子的柔道，认为柔道比起中国跤显得技法单调也笨拙。他们议论着什么北海道第一跤手，充其量不过是个二流。敢向济南第一跤手叫板，不知吃几碗干饭！振鲁、福生咋呼着用不着学栋出面，他俩哪个人都能把山田摔得爬不起来。

马拧子说:"山田被砍了半拉鸡巴,让莲花举着战刀在后面追,鬼子威风灭大了,这回是为了找回面子,输了肯定报复。"振鲁、福生等人才感觉出了事情的严重。

马拧子说:"要说学栋出马胜算最大,可他家刚死了那么多人,强强还不到两岁,出了事,孩子咋办?"

振鲁、福生咋呼着要上。

马拧子说:"别争了,还是我来。"

振鲁急了:"这当口,让师父挡枪迎剑,我们做徒弟的咋做人。"

福生说:"别人不都骂死俺们,俺们怎么在世面上混。"

马拧子说:"师傅五十多岁了,就是遭报复也没啥,你俩才二十郎当岁,往后的路还长呢。"

振鲁说:"师傅越这么说,我越是要上!"

马拧子说:"鬼子不光是报复,山田号称是北海道第一跤手,功夫一定不浅,你年纪轻经验少,不一定对付得了他。"

振鲁不服气:"我跤技咋样,师傅清楚,他成了太监没有多少劲儿,我就不信摔不了那小子!"

马拧子说:"他是被剁了棍儿,不是像猪阉了蛋蛋,不碍力气的事。你从北平回来,跤技大长,可别忘了山外青山人外人,敢来比跤定是高手。"

振鲁说:"他要报复,师傅你怎么办?"

马拧子说:"师傅命重要,还是咱中国人的面子重要?再说师傅就是死了还落个英名呢。"

振鲁知道师傅的脾气,定下的事谁也劝不听,就说:"这么着吧,咱俩来几跤,谁赢谁上。"

马拧子说:"好吧小子,真当你师傅老了。"

二人穿上跤衣来到场中,振鲁平时都让着师傅,这次拿出了全身的本事。他先是大力抢把,想用手法消耗掉师傅的力气。马拧子明白振鲁的用意,以柔克刚,以巧取胜。他轻舒猿臂、见缝插针一下子抢到了好把。振鲁刚想破解,马拧子的撩勾子已使在了他的腿上。振鲁腿虽被撩起,另一条腿却依然稳健地支撑着身体。马拧子

...... 633

借势身子一顶，同时上步出手一个剪腿便将振鲁放倒在地。

福生和其他徒弟暗暗为师傅的跤技叫好。振鲁不服，爬起来又同马拧子抓把。这次他注意了防师傅的偷袭，马拧子一时无计可施。振鲁终于抓住了马拧子，他想以稳取胜，就用拿手和危险性不大的技法同师傅周旋。他使了几个绊，马拧子躲过，马拧子也没对他造成威胁。振鲁心里有了底气，就同师傅周旋了起来。马拧子真的对他没有多少办法，反击的威力也越来越小。振鲁知道师傅的力气消耗得差不多了，就运足了力气，先来了个拉揣。就他的力气一般跤手都会被拉个轱辘，没想到马拧子却没被拉倒。振鲁紧接着转体使了个大别子，这个借劲打劲的动作非常厉害，跤手很难躲过，可马拧子却闪过了别子。振鲁紧跟着又来了个抱腿摔，这一拉一别一抱腿三个动作使全了，跤手没有不倒地的。可是马拧子在振鲁抱腿的瞬间，一步跳开，同时把拉踢的动作也做了出来，振鲁被摔趴在地。福生等人情不自禁地鼓掌叫好，振鲁趴在地上懊丧地连连摇头，马拧子说："你去，师傅还不放心呢。"

刑讯室里，十几个中国犯人站成一排，山田光着膀子做着准备活动，活动完他面壁沉思。他不由自主地又想起了被莲花剁掉鸡巴时的情景。痛苦恼怒令心火烧起，他瞪圆两眼发疯似的冲到犯人面前，用背布袋将他们一个个重重摔倒在地上。他号叫着踢打着犯人："起来，起来。"犯人还未站稳，又被他摔砸在地。

川井司令官出现在门口，看到这情景脸上露出笑意，山田跑过去立正。

川井点了下头，进屋看着躺在地上痛苦扭动的犯人说："最好的训练器材。"他也练过柔道，知道最有效的训练方法是摔人。川井说："你再把他们摔一遍，我给你找几个对手。"山田"嘿"了一声，转身踢打起犯人，又将他们一个个摔翻。

川井一摆手，四个健壮的鬼子兵过来，他们都练过柔道。川井一努嘴，四人脱去上衣。一个日本兵走向山田，二人角力，对方虽然有力气，但灵活性稍差，被山田瞅准时机，一个动作摔得背着了地。又一日本兵上来，山田将他摔过头顶。第三个日本兵谨慎地同山田周旋，山田用小技法将他摔翻。第四个鬼子兵柔道水平最高，曾是山田的高徒，他了解山田的特点，山田也了解他。二人周旋了好一会儿，还是山田取胜。山田跑到司令官跟前立正，川井笑了："不愧为北海道第一柔道手，看你的身手，本司令心里有底了。你知道同谁交手吗？"山田摇头。川井说："《孙子兵法》上讲，知彼知己方能百战不殆，你不了解敌人，谈何战胜？"

山田说："我相信实力。"

川井说："实力是对比而言，你没对比谈何实力，要想万无一失就去跤场瞧瞧。"

第二天，山田身着便衣来到了南门跤场，挤入人群。见马拧子和振鲁正摔得天昏地暗，就看了起来。马拧子知道自己的力气不如从前，就让振鲁和他场场真摔以增加体力。振鲁块大力足，在场面上占据了优势，可是他的跤法经验不如马拧子，还是被马拧子一个大别子摔倒。山田暗暗赞赏马拧子技法高超。二人又抓把，这次马拧子偷袭抓到上把，振鲁还没反应过来，又被马拧子一个弹拧子弹翻。山田不觉钦佩地点了下头："他跤法确实厉害。"福生上场和马拧子摔了起来，福生动作快捷灵活连连进攻，无奈马拧子经验丰富一一化解，瞅准时机借劲打劲将福生摔倒在地。

山田从跤场出来直接去了司令部，向川井司令汇报了情况。

川井喜上眉梢问："绝对能战胜？"

山田自信地点头："能。他跤法虽然精湛，但力气不如我，只要我小心，他不会得手。"

川井问别人呢，山田说还不如他。

川井大喜，他围着屋子转了一圈道："那就将比赛场地改在大观园。并贴出告示，大张旗鼓地宣传。"

大观园是济南最繁华的商业区，川井想在这里造成更大的影响。

玉泉楼又开张了，厨子头是进财，进财虽然菜做得远不如王大厨，在济南也算是好的。

客人进了玉泉楼大厅，刘学栋上前应酬，一常客对他说一个礼拜后，我们都去大观园给你捧场。刘学栋莫名其妙地问捧什么场。客人说摔跤啊，你不是跟日本北海道第一跤手比跤吗？他的话把刘学栋说得云里雾里，不明白咋回事儿。

旁边的人说："你还不知道？告示都贴出来了。"

另一个客人说："先是定在南门跤场，这不又改到大观园了，日本人正在那里建场子呢。"

刘学栋明白过来大惊，进了厨房向进财交代几句，匆匆地出了玉泉楼。

刘学栋来到南门跤场质问马拧子为何不给他说，马拧子不吭声。

振鲁告诉他师傅害怕鬼子报复他。

刘学栋说："报复就报复吧，大不了一死！"

马拧子沉下脸问强强怎么办。

刘学栋说："你怎么不说咱输了怎么办？丢死人不？济南老少爷们儿的唾沫星子不淹死咱们！"马拧子沉思。刘学栋接着说："师傅别多想了，我上场定了，再说他报复，我就干等着死？"马拧子考虑片刻点了下头。

为了恢复力气，刘学栋晚上来到木匠铺晃大缸，他晃得汗流浃背，缸里的沙子已近缸沿。马拧子站在旁边看着。刘学栋晃完停下喘息，马拧子把毛巾递给他："你力气比前天大不少，再晃两天就恢复得差不多了。"刘学栋点头说："是，我也觉得长进了。"马拧子说："两军对垒，必定先探清对方的实底。山田在日军宪兵队里，咱探不出他的实底，咱们的实底也不能让他探了去。"

刘学栋问："师傅是说山田会来咱跤场打探？"

马拧子说："肯定，这么重要的跤赛，他哪能不琢磨咱？在南门跤场，你重点练防守，绝招别露，力气也只使个七八分。"

玉泉楼伤了元气，齐鲁饭庄的生意比过去好了不少。王掌柜乐滋滋地应酬客人，见山田等人进来，慌忙迎上前："山田队长，一年不见，可好？"山田怒目而视。王掌柜才意识到说溜了嘴，连忙打圆场："太君楼上请，楼上请。"

山田等人来到楼上单间坐下，王掌柜忙招呼着上菜上酒。菜上得差不多了，王掌柜端着酒进来："山田队长亲自披挂上阵定会凯旋，比完跤我摆下南北大菜恭候您和各位。"

山田不以为然地说："摔倒五六十岁的人，胜之不武。"

王掌柜诧异地道："刘学栋他二十五六岁。"

山田一愣问谁是刘学栋。

王掌柜说："就是玉泉楼现在的掌柜，当年你还抓过他。"

山田思索一会儿："噢，那个打皇军的小子？"

王掌柜连忙点头："对，对，就是他，他吃了豹子胆，敢摔皇军。"

山田问："他比马拧子摔得好？"

"好多了，他去过北平，听说北平、天津和外地的跤手都没摔过他，还有一个蒙古搏克跤王也被他摔败了。那小子跤技可不得了，被人称为跤王。"山田愣愣地望着他，王掌柜说："那小子身高力大，像个门神，听说两膀用力，能把跤手拧翻个个儿。"

山田皱起眉头思索，王掌柜给他提供了一个很有价值的信儿。

下午，山田戴着鸭舌帽来到南门跤场。场上刘学栋和福生正在角力，福生拼尽力气连使绝招，无奈刘学栋动也不动，刘学栋似乎拿福生也没有多少办法，山田嘴角露出一丝笑意，觉得刘学栋也不过如此。他从跤场回到司令部向川井做了汇报。川井令山田加强训练，山田每天和日本柔道手角力。

过了几天，川井来到正在角力的山田身边问："你说刘学栋跤技不精，我琢磨了几天，不精，为何被称为跤王？"

山田说："我亲眼所见。"

川井在院中踱着步子，自言自语："亲眼所见……"他踱回山田面前："中国兵法有瞒天过海一计，不知道你是不是读过？"

山田摇头。

川井轻蔑地瞥了他一眼:"你当过保安处长,其实不过是一介武夫。你想中国人爱好摔跤,好手又大多云集在北方,他被尊为跤王,难道空有其名?军事上有攻心为上之说,你知道此次比跤胜败对双方士气影响多大?"

山田低下了头。

川井说:"你可知道世界的形势?"

山田回答:"不大清楚。"他说的是实话,日本下级军官大多不关心世界局势,只知道拼杀。

川井说:"现在中日战局犬牙交错,就军事力量而言,我们已不占优势。战线太长,占领地太多,已顾首顾不了尾了,我们只能靠士气战胜对方。"他顿了一下:"现在明白了吧,我一个济南警备司令,能为了一点爱好天天来看你摔跤?"他停顿片刻道:"假如你败了,我军士气将会受到打击,也大损了帝国军人的荣誉,我会被革职。"

山田头上滴下汗珠。

川井吼道:"马上去摸清刘学栋的实力!"

山田猛一点头:"嘿!"

临近比赛的前两天,天津跤师徐三带着徒弟大眼来到了南门跤场。

刘学栋从人群中认出徐三忙拱手道:"徐师傅。"徐三还礼。刘学栋把徐三和大眼请进后场,向马拧子做了介绍。马拧子施礼让座。

刘学栋问徐三:"徐师傅怎么来了?"

徐三说:"济南第一跤手和日本顶尖柔道手比跤,北平、天津都传遍了,我能不来?"

马拧子问:"徐师傅是来助兴,还是比跤?"

徐三说:"比跤不敢,当年我被你徒弟摔了三个跟头,怎敢班门弄斧。"

刘学栋忙施礼:"当年得罪徐师傅了。"

马拧子说:"他毛头小子得罪了徐师傅,我已教训了他,望徐师傅谅解。"

徐三说:"怨不得学栋,怨我当年贪心,摔个跟头落个没脸活该。今天来,是想看看济南跤手的实力,实力不济,就比试几跤,谁赢谁跟山田角力,一见学栋在这儿,我就知道轮不上我这二流跤手了。"

众人哈哈大笑。

刘学栋问:"张大柱师傅可好?"

徐三愣愣地望着刘学栋半晌:"你不知道张大柱死了?"

刘学栋等人惊得目瞪口呆。

徐三说:"叫日本鬼子砍了,身首分离。"

刘学栋脱口喊出:"张师傅……"随之眼泪喷涌而出。

徐三说:"还有一个叫王立国的徒弟。"

振鲁、福生也流下了泪。

刘学栋呜咽地:"我一定给张师傅和立国报仇。这场跤我不但摔,还要把山田摔散了架,摔死!"他恨得咬牙切齿。他不光给他们报,还要给莲花报,这几日他一直想这事。

刘学栋、马拧子、振鲁、福生、徐三、大眼在玉泉楼吃完晚饭出了酒楼。一个便衣尾随他们往木匠铺走,便衣是山田安排的,山田想摸到刘学栋的实力。

刘学栋等人进了木匠铺大院,便衣悄悄凑到院门,从门缝见刘学栋正和徐三比跤,转身飞跑而去。

不一会儿,一辆军用挎斗摩托车载着山田和那个便衣来到木匠铺不远处停下,便衣冲门一指,二人来到门前透过门缝向里窥视。

刘学栋正同大眼在院中场地上角逐,大眼已今非昔比,他和刘学栋周旋绝招频使,山田看得眼花缭乱。刘学栋毕竟技高一筹,一一破解,把大眼摔翻在地。

山田过去一直以为柔道是世界最好的跤术,当看到他二人跤技,才知中国跤变化更多,技巧性更强。

大眼来了个背布袋,刘学栋纹丝不动。刘学栋抓住大眼的跤衣袖和后腰绳将他提起,一下子扔了出去。二人再走跤步,刘学栋把大眼逼到场边,抓住他的跤衣领,将他拖到场中,两膀用力,硬把健壮的大眼拧翻了个儿。山田惊得半晌合不上嘴。

山田回到刑讯室灌下一瓶酒,仰躺在椅子上痛苦地用头撞击着椅背。面对刘学栋如此强悍的跤手,他知必输无疑,输了不但剖腹谢罪,还为同胞所不齿。

川井带着人进来,见山田浑浑噩噩全然不觉,川井走到他面前,阴冷地瞪着他。山田依然在迷糊,川井突然踹翻椅子,山田惊醒,他从地上爬起来立正。川井"啪啪"扇了他两个耳光,山田一动不动,川井阴沉着脸问:"知己知彼了?"山田点头。

川井问道:"摔不过刘学栋?"

"摔不过,但我会为了日本军人的荣誉拼死!"

川井气愤地说:"这不是战场,倒地就毁了日本军人的荣誉!"

山田吓得不敢吭气,知道毁军人荣誉就得剖腹。

川井问他不会用别的招数摔倒对方?山田说刘学栋力气惊人,招数用不上。

川井轻蔑地眯起眼睛说:"认输了?"

"不!死也不认输!"山田身体直挺挺的。

川井说:"不认输到头来还是毁了日本军人的荣誉,你战胜不了他,为何不阻止他出场?"

山田明白他的意思说:"我家世代是北海道有名的武士,武士对待敌人,拼死力搏,宁愿战死,用其他手段伤害对方为武士所不齿。"

川井轻蔑地说:"你的名声重要还是大日本帝国军人的荣誉重要?"

山田答不上来。

"你家有什么人?"

"妻子,儿子。"

"儿子几岁了？"川井问。

山田回答："八岁。"

川井话语轻飘飘地说："你输了，我倒要祝福你，你妻子和八岁的儿子都会在九泉之下与你团聚。"

山田惊恐地睁大眼睛。

川井厉声道："如果你不想让儿子死，就得胜，不管用什么办法！"

川井之所以来督促山田，是他刚刚接到上司的电话：中国国内外的形势都对日军越来越不利，这令川井感到了可怕，所以也坚定了他的决心：在比跤中一定要获胜，创造日军不可战胜的神话。

南门跤场歇场两天，为的是给学栋当陪练和制定战术。刘学栋和福生角力，马拧子和徐三在旁边指导。

马拧子让福生动作再猛点儿："山田那小子被截了鸡巴，准像疯狗猛扑猛咬，你犯点规更好，让学栋提前感受到明天的激烈性。"

福生如狼似虎地猛扑猛摔，刘学栋一一化解，把福生一次次摔倒。马拧子走到刘学栋跟前："对付山田最有效的办法，是抢把快，抓住上把，用臂力撑住。"他把福生当对手演练给学栋看："你晃大缸晃得臂膀力气超人，你胳膊长，撑住，山田那小子就拿你没办法。你呢，想怎么摔就怎么摔，可以用架梁踢、侧踢、拧子、大得合、胯摔、大别子。他想抱你腿，就给他使抹脖，让他小子来个狗吃屎。"

刘学栋听着点头。

徐三上前道："鬼子骄横气盛，你赢下第一跤，他就心急火燎乱了方寸。到时候，你以静制动随心所欲地摔他。"

刘学栋由衷地感激徐师傅，当年，自己令他的愿望落空，他还来帮自己。

马拧子说："徐师傅的话，好生记着，开头第一跤要慎之又慎，他再怎么犯规，也别生气上火。"

刘学栋点头："记住了，师傅。"

马拧子说:"学栋,今上午练到这儿,下午来几跤就偃旗息鼓,等着明天上午拿出力气摔山田脆的。"

刘学栋点头,向众人告辞出了跤场。

马拧子对振鲁、福生说:"学栋摔倒山田,日本鬼子肯定恼羞成怒,为了学栋安全脱险,你俩掩护他逃出人群,然后你仨一块儿搭车上王大厨老家找八路。"说着掏出票。

福生接过说:"放心吧,师傅。"

这时,一辆带篷的军用卡车在跤场外停下,身着和服的山田和十几个日本浪人跳下车闯进跤场。马拧子等人吃了一惊,双方对视。

马拧子打量着山田道:"你就是北海道第一跤手山田?"山田冷冷地一笑。马拧子说:"明天就要比赛了,你还不在家歇歇,来这儿有何贵干?"

山田踢开条凳走到场中:"我想和刘学栋先比试两跤。"

马拧子望着山田的眼睛琢磨着。

福生说:"比跤的时候见高低,现在没必要比。"

振鲁说:"你是不是心虚,先来探探实底?"

山田说:"我北海道第一跤手还怕你们东亚病夫!"说着哈哈大笑,日本浪人也笑了起来。

马拧子说:"我明白了,你是怕在场上丢脸,先来和学栋交手使暗招伤害他。"山田吃惊地望着对方,没想到对方已明白了自己的意图。马拧子说:"我走南闯北什么事儿没见过,告诉你:你翘翘尾巴,我就知道你拉什么屎。"

山田恼羞成怒:"让刘学栋出来!"

浪人也咋呼起来:"出来!出来!"喊着撸胳膊挽袖子。

振鲁、福生、大眼等人也做出拼打的架势。

马拧子拦住他们对山田道:"想和学栋交手先得过了我这关。"山田阴冷地盯着马拧子。马拧子冲后场咋呼着:"学栋,你先别出来,师傅败了,你再和山田交手。"

山田望了下后场的门帘冲马拧子轻蔑地一笑,然后脱去衣服,马拧子也脱衣。

振鲁拦住他："师傅，我来。"

马拧子推开他悄声道："你还得和学栋上那边去呢。"

当下，马拧子、山田穿上跤衣来到场中。二人对视片刻，凑到一块儿抢把。一交手山田才知道过去低估了马拧子，马拧子虽然年过半百，但力气头依然很大，动作也极为灵活。山田用了几个绝招，都被马拧子闪过。山田正琢磨着下步用什么招数，马拧子的连环绊已将他绊倒。徐三、振鲁等人叫好，日本浪人怒视着马拧子。山田恼羞成怒，爬起来逼近马拧子，二人又纠缠在一起，山田粗野地进攻，马拧子一一破解。山田突然用手按住马拧子的手，另一只手猛地朝马拧子肘关节一推，马拧子大叫一声倒地。

振鲁等人上前大怒道："摔跤干什么使坏招儿！"日本浪人也拥了上来，双方推搡着，马拧子从地上爬起来慌忙拦住振鲁等人。

马拧子冲山田道："你再赢我一跤就能和'跤王'刘学栋摔了。"

山田拨开日本浪人逼向马拧子，二人角力，马拧子突然一个"立倒勾"将山田重重摔在地上，山田眼冒金星头脑发蒙半天爬不起来。徐三、振鲁、福生等人鼓掌叫好，日本浪人恨得咬牙切齿。

山田半躺在地上望着马拧子，马拧子哈哈大笑，山田咬着牙慢慢地爬起，用手握住脚靴中的暗器猛地拔出冲向马拧子。马拧子没回过神儿来，暗器已插入他的侧肋，马拧子一下摔倒在地。

振鲁、福生大惊，回过神儿来扑到马拧子身上叫着："师傅，师傅。"山田一挥手和日本浪人冲入后场，看到后场空无一人，一愣。

山田大叫一声："上当了。"他们转身向前场冲去。

振鲁、福生从地上爬起来同山田等人厮打，山田等人仗着人多势众将二人摁在地上。另外那些日本浪人掏出匕首抵住了徐三、大眼和其他人的胸口。山田一挥手，几个日本浪人将振鲁、福生五花大绑拥向场外，另一个高大健壮的日本浪人将奄奄一息的马拧子扛在肩上出了场子。日本浪人把振鲁、福生拥上卡车，把马拧子扔到车上，汽车扬尘而去。

　　刘学栋在玉泉楼大厅里应酬着客人，独眼龙洪二和两个地痞来到玉泉楼门口。他们望着大厅中的刘学栋，独眼龙心虚地抹了把额上的冷汗。自从十年前刘学栋摔了他个半死，他见了刘学栋就打怵。现在山田令他伤刘学栋，他从心里胆怯。山田去跤场没伤害到刘学栋，想派人杀了他。想到影响太坏，川井司令也不会同意，心里暗暗着急。王掌柜听说了此事，跑到山田办公室说用独眼龙洪二去祸害刘学栋就能达到目的。山田不相信一个地痞能干成这事儿，王掌柜解释说他和独眼龙洪二打过多年交道，派他去尽管放心，并把如何祸害刘学栋的主意也说了。山田一听，高兴地说主意好！当即令伪军官冯营长把独眼龙洪二找来。

　　洪二来到宪兵队，山田威胁他："你做的恶事，我们全掌握，你不按我说的去做，我令冯营长这就把你拖到城外枪毙！"洪二不得不来玉泉楼。

　　独眼龙洪二身后的两地痞也惧怕刘学栋，见独眼龙停住脚步，也止步不前。洪二想到山田的命令，咬了咬牙冲两地痞喝道："走！"

　　洪二偷鸡摸狗拍花子拐卖女人什么坏事都做，他还干过一件大事，跟财政局局长三姨太睡了六年，还睡出一个儿子。儿子长得很体面，很招财政局局长疼爱，可他在家里碰上了独眼龙，才知道儿子是洪二的。儿子跟洪二像一个模子里扣出来的，只不过多了只眼。财政局局长一气之下要把独眼龙送进大牢。独眼龙却心平气和地说："把我送到阎王殿，我也不在乎，只是你名声毁了。"财政局局长听了，汗流了下来。独眼龙见状说："要不你给我两百大洋，我把你三姨太弄到外地卖进妓院，解了你的恨。另外，我把儿子也白送给你。"财政局局长想不出更好的办法，就按他说的做了。

　　洪二带着财政局局长三姨太在天津玩了一圈，把她卖进了妓院。女人哭号着骂他是个畜生，独眼龙说："我从来就没觉得自己是个人。"

洪二花完了财政局局长给的两百大洋，做起了往春楼卖女孩儿的生意。他找到外地的地痞，让他们绑架女孩儿送来，自己往春楼输送。生意干得挺顺，一年卖出了十多个姑娘。

　　那天，他见捆绑来的姑娘中有一个貌若天仙，就把她提溜到了里屋发泄起了兽欲。半个月后觉得姑娘不懂得风情，就送到了艳翠楼。

　　老鸨见到姑娘，不屑地："你还想卖五十，五块都不值！"洪二指着姑娘反驳她："胖脯子、胖腚、小细腰，五十俺都卖少了。"老鸨轻蔑地一笑："没被你玩过，值这个数，你玩了二十多回，也就值五块。"独眼龙愣住了。老鸨继续道："别看我没验她的裆，眼光一碰就知道她的成色。"洪二心里暗暗一算，老鸨说的次数还真准。

　　洪二带姑娘回府的路上暗暗发恨，揍死这个破财的玩意儿。当听到姑娘的哭声，心想："揍死她，还不如留着陪睡。"从那，他对姑娘好了起来。给她买好吃的，还买了两件花褂子。他的行为也检点了起来，不再留宿暗门子，不少地痞和街坊说他成了正人君子。

　　洪二也很享受这生活，姑娘给他做可口的饭食，他买卖外地来的姑娘更带劲儿。

　　几个月后，洪二发现姑娘肚子微微隆起，知道怀了孕。洪二想起和三姨太诞下的儿子，心里有点儿后悔。那儿子七八岁了，活泼机灵。每当看到他，洪二都会心动。他想到眼前这姑娘也能为己生儿，心花怒放。他不再碰姑娘的身子，只和暗门子的姑娘交流感情。

　　独眼龙终于熬过了十月怀胎，在医院见到了姑娘为自己诞下的圣子，这儿子模样比上个儿子略显逊色，除了鼻子、眼睛、嘴巴烂乎乎的，还少了半边脑袋。独眼龙指着大夫大怒："你他妈准给我抱错了儿！"

　　大夫反唇相讥："这是你作恶的报应！"

　　洪二恼羞成怒，扇倒大夫猛踹他的裆："爷叫你断子绝孙！"

　　洪二把刚生育完的姑娘拖回了家，质问她是不是做过暗门子。姑娘哭着道："被你绑来前，我手都没被男人碰过。"独眼龙将她踹

……645

翻:"那你天生也是个婊子!"他慷慨大方地把姑娘送给了几个拜把子兄弟。

独眼龙洪二在黑蛋死后游街时认出了他,想报告日军,想到透出风会引来杀身之祸,才没敢去日军司令部。

独眼龙三人进了大厅,刘学栋上前打招呼。独眼龙他们理也不理,傲慢地在桌旁坐下。刘学栋一愣,刚想呲他们几句,想到做生意以和为贵,就招呼了伙计上水。

伙计边倒水边道:"三位爷先看菜单。"说着把菜单递到洪二手上,又到旁边桌旁记菜。

洪二咋呼着:"过来,过来!"

伙计连忙道:"我这就过去。"

洪二眼一瞪:"你小子吃豹子胆了你!"说着猛拍了一下桌子。

刘学栋皱了皱眉头,示意伙计先过去。

洪二说:"四个凉盘,猪肝、猪心、猪耳、猪头肉,要大盘,热菜嘛——爆炒腰花、红烧排骨、干炸里脊、糖醋鲤鱼,外加几个素的。"

伙计记完转身欲走。

洪二咋呼道:"让厨子先做这桌,旁桌的停一停!"他有意说给刘学栋听。

刘学栋想反驳他,想到明天还有大事要做,就摇了摇头到门口迎接客人。

伙计端着爆炒腰花过来放到洪二桌上,洪二尝了一口大叫:"什么烂菜,甜不拉叽的!"

刘学栋过来解释:"进财刚掌勺,口味把不准,对不住。"他回过头对伙计说:"再炒一个,别太甜了。"伙计端菜进了厨房。

片刻,伙计端上腰花放到独眼龙桌上。洪二尝了一口"呸"地一口吐在地上,大叫:"酸掉牙了,什么他妈的破厨子!"

刘学栋赶紧过来,尝了一口:"不酸呀。"

洪二眼一瞪:"怎么不酸,咱俩口味一样吗?!"他拍着桌子。

刘学栋愣愣地望着他,不明白独眼龙怎敢跟他耍横。

洪二一把将盘子划拉到地上："狗屁酒楼，还不如地摊呢！"周围的人都吃惊地望着他，刘学栋打量着洪二，洪二挺着脖梗挑衅地与他对视。

刘学栋说："独眼龙，今天你不是来找事儿的吧？"

洪二眼一瞪："找么事儿，饭菜不对口，还不许言语一声！"他抔起腰。

刘学栋不解地说："独眼龙，早先你见了我，像耗子见了猫。今儿敢在这里汪汪，怕不是卖身投靠了？"

吃饭的人讥笑着望着洪二。

洪二拍着胸脯："咱谁也不靠，爷们儿独身打天下！"

刘学栋"扑哧"笑了："就你这把身子骨也敢打天下，别撞散了架。"

旁桌的人大笑了起来。

"厉害的怕愣的，愣的怕不要命的，我是亡命，什么他妈跤王，狗屁！"洪二壮着胆子咋呼。

刘学栋转身看了下周围："独眼龙，你真想打架也该多带来几个鸟人，就你仨，不够我踢腾的。"

独眼龙洪二挑衅地说："我仨也能办了你！"

刘学栋笑了："那好，今天让大伙开开眼，我磕磕烟灰的工夫就把他仨摆平了。"说着冲独眼龙一点头："到外边去。"说着走向门口。

独眼龙洪二脱去褂子往椅子上一摔："我偏不，就在这儿！"

刘学栋过来："别溅人家一身血，给我出去。"说着一把掐住洪二的脖颈推着他往门外走。这时，洪二的同伙从背后抽出尺把长的铁棍从后面猛地一下夯在刘学栋的胳膊上。刘学栋大叫一声，捂着胳膊疼得龇牙咧嘴。

洪二和同伙飞快地蹿出门，众人围了过来询问，刘学栋额头已渗出豆大的汗珠。

进财跑过来："怎么了？怎么了？"

众人咋呼着："还不快去医院！"

进财和伙计慌忙扶着刘学栋出了门。

来到医院,给黑蛋妈治过腿伤的大夫给刘学栋检查后说:"骨头断了。"

刘学栋一愣,忙问:"得多少日子能长好?"

大夫说:"三四个月吧。"

刘学栋惊得目瞪口呆。

第 三 十 章

马拧子的尸体被两个日本兵扔在了宪兵队大门外，片刻，振鲁、福生也被日本兵拥了出来。振鲁、福生扑到马拧子身上痛哭。

马拧子的尸体被运回了家，刘学栋单臂抱着师傅号啕大哭。马师傅是为学栋死的，学栋想："师傅真把我当亲儿啊，没有马师傅，遭暗算的是我。"哭完，他让振鲁、福生在自己父亲坟旁挖墓坑。夜晚，他们抬着马师傅到了墓地。刘学栋、振鲁、福生跪在地上伤心地大哭，其他师弟流着泪往坑中填土。刘学栋想起了第一次进跤场看马师傅摔跤时的情景，想着跟马师傅学艺的经历和对自己的调教："没有马师傅，俺肯定成了济南的恶霸地痞，十有八九被人打死。"想到马师傅失手摔死了自己的父亲，刘学栋想："他二老那时都年轻，也都气盛……"他跪行到父亲坟旁磕了三个头，哭着道："爸，求你跟马师傅和解吧，他摔你不是发狠，是当时昏了头，你去世后他真的很后悔。离开青岛，就是因为你出了事。他来济南开跤场，先给你建了座空坟。每年都给你上坟，还教导俺们不能使损招儿狠招儿……爸，没有马师傅，我活不到现在，就算活下来也成了地痞坏蛋。你去世后，马师傅像亲爹一样管教俺，俺才长成了今天这个样儿。爸，你跟他和解吧，求你了，爸！"说完又叩头。振鲁、福生和师弟也流下了泪。振鲁过来说："学栋，你父亲肯定原谅马师傅。"福生也过来说："他俩一定能和解，他俩都疼你这个儿子。"刘学栋哭得更伤心。

埋葬了马拧子，刘学栋、振鲁、福生、徐三、大眼等人来到南门跤场，商量明天由谁出场同山田交手。

刘学栋被打断了胳膊，心里焦急不甘，原想在大观园摔翻山田长国人的志气，为死去的叔婶、马师傅、王大厨、静心、英子、儿子、莲花、黑蛋、刘七、张大柱、王立国、王立财报仇，没想到不能上场，他恨不能找到独眼龙洪二摔死他！刘学栋知道自己不上场，振鲁、福生、徐师傅没有赢山田的十足把握，一直提着心。

徐三琢磨了好一会儿说："还是振鲁上吧。"

振鲁站起来："我摔瘫山田，给师傅师哥报仇。"

徐三说："别高兴得太早，要知道山田是北海道第一柔道手，跤技不会在你之下。"他和日本柔道手交过手，知道那些人不好对付。

振鲁说："被摔死，也不能被吓死。"

徐三点头："只能赢不能输，输了灭中国人的士气。来，振鲁，我教你对付山田。"当下二人披挂上跤衣来到场中角力。周旋半晌，徐三一个手别子将振鲁摔倒。福生和大眼鼓掌叫好。徐三叹息道："看来战山田还得我这老家伙出马。"振鲁羞得满脸通红，爬起来逼向徐三。二人纠缠在一起，渐渐地徐三力气不支，被振鲁绊倒。二人又走跤步，振鲁精神十足，徐三已显出疲惫。几个回合下来，又被摔倒在地。

福生扶起徐三说："岁数不饶人啊。"

徐三边喘息边脱跤衣边道："振鲁跤技还得向细处抠，要不到时候吃亏。"

福生接过跤衣，问振鲁："听见了吗？"振鲁点头。刘学栋望着振鲁沉思。

山田虽然暗算了刘学栋，但他不敢有一丝懈怠。他在木匠铺偷看后，知道别的跤手水平也不低，就一直刻苦地练习，他摔倒了一个柔道手又摔另一个。

川井司令带着武井队长走了过来，见山田将对手摔倒，川井示意武井同一柔道手较量，武井脱下外衣上场。武井也是日本柔道高手。山田和他交过手，虽然摔败了他，但被他的损招伤了胳膊。武井和柔道手你来我往分不出胜负。突然，武井一脚踢向对方的膝盖，柔道手"嗷"的一声捂着腿痛苦地跪在地上。众人大惊，川井示意另一柔道手上，二人抓把，柔道手吸取上个人的教训，两臂撑开弓着腰。武井两臂用力下压抓住对方猛地往怀中一带，随即提膝一顶，对方痛苦地捂着下身在地上翻滚。山田惊得目瞪口呆。川井又示意另一柔道手上，柔道手围着武井转了几圈，突然冲上前拦腰抱住武井。武井的踢和顶用不上，就伸手向对方裆部猛地一抓，柔道手疼得龇牙咧嘴摔倒在地。山田惊得张大了嘴巴，川井哈哈大笑，笑完问山田："你明白了？"山田迷惑地望着司令官，答不上话来。川井说："假如你明天无法取胜，就用这招儿攻击他的要害部位。"

山田似有所悟。

川井叹了口气："也许，令你同中国人比跤是我的失算。原以为你这北海道第一跤手，摔倒东亚病夫不会费吹灰之力，可从目前情况看，根本不是这么回事儿。刘学栋你无法战胜，其他跤手你也没有十分的把握，悲哀啊！就像我们进攻中国前，原想三个月占领华北，六个月占领全中国，可是仗打了五年，局势却对我们越来越不利，唉！事情到了这步，我命令你不管用什么办法，一定要战胜中国跤手！"

黑蛋妈抱着刘学栋的小儿子强强在玉泉楼大厅坐立不安，她几次走出大门朝远处张望。玉泉楼死这么多人，马拧子又死了，她着实为学栋担心。

刘学栋进了玉泉楼。

黑蛋妈迎上来说："你回来我就放心了。"说完长长释了口气："人人骂独眼龙，我老婆子却打心眼里感激他，他打断了你的胳膊是救了你一条命。"刘学栋扶她坐下。黑蛋妈说："黑蛋死了，马师傅也死了，妈不能再没了你。"刘学栋眼睛湿润了。黑蛋妈望着他说："你要死了，强强就成了孤儿，你不为自个儿想想，也要想想孩子。"

刘学栋接过睡熟的强强亲吻,黑蛋妈伤心地抹着眼泪。刘学栋安慰她:"妈,明天我不去比,只到那儿看看,光看看,不摔。"

黑蛋妈说:"我还不知道你的脾气,你不能去!"她口气很坚决。

刘学栋说:"我真上不了场,让山田摔倒,不给咱济南老少爷们儿丢人,我不做那傻事。"

黑蛋妈审视着他的眼睛。

刘学栋一本正经地道:"真的,妈,你看我这个样儿,"他指着上了石膏的胳膊,"咋上场?人家一碰,我就疼得冒冷汗,还能上场摔吗?"

黑蛋妈才舒了口气。

刘学栋来到厨房叫出进财,二人来到单间坐下。刘学栋说:"进财,你知道王师傅是怎么死的,我干什么事你心里也清楚。明天我要有个三长两短,你务必干好两件事:一是八路军张团长派人来接线买药,你要尽全力满足。二是赡养黑蛋妈,代我给她老人家养老送终。"

进财点头,进财走后,刘学栋恋恋不舍地在楼上楼下转悠。最后,他眼光落到了墙壁上悬挂的关公脸谱风筝上。这个风筝架子是他扎的,上面的关公像是静心照着自己模样画的。刘学栋又想起了和静心相处的日子,他久久地望着风筝,仿佛静心又出现在眼前。半响,他取下风筝,来到后院放在石锁上,掏出火柴点燃,火光映红了他的面庞。

大观园是济南最大的商贸中心,有各种商铺、电影院、剧场、七八个曲艺厅和几家大鲁菜馆,及不少小吃店。川井之所以选择这地方进行中日比跤,看中的是这里的名气和人多。几天前,他已命手下在大观园正中的场地上建起了跤场,并把中日比跤的告示贴到了济南各繁华地处。济南人早就盼着看这场比跤,原定下午三点,大清早已有人来占地方了。两点多钟,上千号人把跤场围得水泄不通,后面的人看不见,就爬到周围的楼上和房顶。

两点半后，川井带着山田、武井及上百个鬼子兵来到大观园。武井带着七八个鬼子兵护着川井、山田进入场中，其他的鬼子则包围了跤场。川井坐定后望向周围的观众，见人们怒视着自己，心里并不生气，他知道外国军队入侵他国领地，都会遭到当地人的反抗和敌视。心想："这不要紧，我们会令你们臣服。今天比跤就是打击你们的士气。"

川井见对面站着手臂打石膏的大高个正同一个年龄大点儿的人说话，问站在旁边的武井："那个人是不是刘学栋？"他指向前方。武井回答："是，和他说话的那个是从天津来的跤师徐三。"武井现在是日军宪兵队队长，兼济南警备处处长，对刘学栋等人的情况和近日的活动了如指掌。

川井注视着刘学栋，刘学栋怒视着他。川井心想："幸亏昨天打残了他，要不山田必输。"他已从对方的眼神感受到了刘学栋超人的实力和气势。

山田和几个彪悍的日本柔道手做起了热身运动，山田干净利索地摔翻他们。振鲁也和福生练着跤，振鲁动作不如山田快捷。徐三看后脸上现出担忧。观众见刘学栋吊着胳膊打着石膏，相互问："刘学栋怎么了？怎么了？"了解情况的观众告诉他们："被独眼龙洪二打断了胳膊……"接着讲起了昨天发生的事。观众一听，气愤地道："准是鬼子指使的。""肯定是！要不独眼龙哪有这个胆儿。"还有的观众说："这是日本人知道摔不过刘学栋，才下的黑手！""那还用说，准是这么回事儿！"观众义愤填膺，瞪着川井、山田和日本柔道手。

刘学栋见振鲁状态不佳站起身，上前示意福生脱下跤衣，福生脱下。刘学栋穿上示意和振鲁交手，振鲁吃惊地望着他，刘学栋见他无动于衷，单臂上来和他抓把。二人抓在了一起，相持片刻，刘学栋大喝一声将振鲁摔了出去。观众鼓掌叫好。徐三、福生面露惊喜。山田停下热身望向刘学栋，见他又一次单臂将振鲁摔翻，大吃一惊。

刘学栋对徐三说："徐师傅，还是我上吧。"

"你上当然好，可我担心你一只胳膊太吃亏！"

刘学栋活动着单臂："没事儿，我能摔振鲁腚瓜子，摔山田还不闹着玩儿啊。"

徐三思索着。

观众见他俩在说话，霎时明白徐三还在犹豫，先是一观众喊道："刘学栋上！"紧跟着不少观众纷纷喊起来："刘学栋上！刘学栋上！"

川井惊呆了，他不相信刘学栋单臂能摔倒那壮汉，他为山田担起心来，见山田愣在那儿，他脸上现出怒气。

不少观众喊着："刘学栋上，刘学栋上！"刘学栋挥手向观众示意，观众鼓起掌来。怀抱着强强的黑蛋妈急得不知如何是好，她太为学栋担心了。

强强望着父亲，喊起了："爸。"

刘学栋听见，过来亲吻儿子。

川井、武井注视着他父子俩。

徐三对刘学栋说："那你就上吧，上前我先教你单臂如何摔山田。"

刘学栋点头："谢徐师傅。"

徐三抓住刘学栋道："山田的特点是快是狠，你不可贸然进攻，上步就会露出破绽，单手防他很难。所以你逼他要步步为营，防止被他偷袭。"刘学栋点头。徐三继续道："你要把力气集中在一个点上。就像鞭梢'啪'地一抖，把劲通过胳膊手腕抖在梢上。鞭梢尺把长，不跟筷子一半粗，却能打起地磅百八十斤的砣。能把老牛身上裂道口子，为吗？就是劲集中在了一个点上。"

刘学栋听着思索着点头。

川井叫过山田，问："怯场了？"

"不，我会同他死拼的！"他口气已流露出心虚。

川井道："他是挺厉害，你应该比他更厉害，你是日本军人，日本军人天下无敌！拿出我们的气概战胜他！"

山田脚跟一并："嘿！"说完转身来到场边。

刘学栋望向山田，山田也正望着他，刘学栋眼中现出轻蔑，山田低下了头，他没想到被打断胳膊的刘学栋仍上场同自己较量，单臂还有那么大的神力……

裁判员示意二人入场，观众鼓掌。刘学栋同山田来到场中，刘学栋瞪着山田，山田不敢与他对视。

裁判员向周围的观众大声道："日本军人山田同济南跤手刘学栋比赛马上开始！开始前，我先讲一下规则，比赛五局三胜，站着为赢，倒地为输！"

观众相互悄声议论："肯定刘学栋胜，肯定，没说的，日本跤手哪是他的对手。"他们中不少人前些日子还在议论讥笑，或大骂刘学栋和婶子不规矩，现在却发自内心地敬佩他。

刘学栋和山田绕场一周，刘学栋活动着左臂大声道："我一只胳膊就能玩了他！"他指着山田。

观众不敢为他鼓掌叫好，从心里暗暗为他鼓劲儿。

山田心更虚。

川井也更为山田担忧。

裁判冲刘学栋和山田一挥手："开始！"

刘学栋来到场中，傲视山田，他伸出食指勾了几下示意山田过来。山田摆开架势逼近，刘学栋身体微屈伸出左臂。山田知道刘学栋力大无穷，就东躲西跳地和他周旋，想从刘学栋跤步找到可乘之机。刘学栋个子大，对于惯用背布袋的山田来说非常有利，只要刘学栋跤步一有破绽，山田就会迅速地贴近将他摔过头顶。刘学栋记住了徐三的话，步步为营。他左手抓了对方几把，没有抓住，也不着急。他自从吃了山西跤手王良的亏，心态比过去稳多了。他稳步向前进逼，最终把山田逼到了场边。山田想逃脱，被刘学栋抓住了跤衣领。山田欲挣开，谁知刘学栋的手就像焊在了他身上。刘学栋把他拖向场中，山田想近身抱腿，却被刘学栋死死撑住。刘学栋冲观众大声道："看好了我怎么摔他！"说着一个侧踢，山田挺住。刘学栋紧跟着使了个撩勾子，没撂倒对方，刘学栋随之来了个剪腿，山田躲过，刘学栋一个弹拧子将他弹翻在地。快捷的保定连环绊一气呵成，漂亮极了！

观众想为他鼓掌叫好，却不敢。川井气得喘息，刘学栋单臂摔翻了山田，太令日本皇军丢面子。

徐三、振鲁、福生、大眼及众师弟兴奋地挥臂鼓掌："太漂亮了，太解气！"

山田从地上爬起来羞得无地自容，他在日本取得总冠军后，很少被人摔倒，眼前这个单臂中国人，竟能把他绊得踉踉跄跄摔倒，他仿佛受到了莫大侮辱。这侮辱比上次莲花剁掉他鸡巴更狠。他恶狠狠地冲了过去，裁判慌忙将他拦住，昏了头的山田一个背布袋，把裁判重重摔在地上。观众大哗。山田冲向刘学栋，被武井拦住，武井低声道："不冷静还得输！"山田才冷静下来。

裁判从地上艰难地爬起，宣布："第一跤刘学栋胜！"

有的观众鼓了几下掌，裁判示意第二跤开始。

刘学栋迈着跤步逼向山田，来到山田面前，把左手背在身后探头戏弄他，引来观众不少笑声。山田受到戏弄，并没有忘乎所以，他知道这是刘学栋的计，不冷静必然倒地。他不指望用柔道"一本"（背布袋）来取胜了，只想摔倒对方就行。他寻找着时机，刘学栋从对方眼神知道了他的打算，有意直起身子。山田见状猛地来了个抱腿，动作之快犹如豹子。刘学栋身子一侧，山田抱空，刘学栋在他脑后猛地一拍，山田嘴抢地啃了一嘴沙子。

观众偷笑着鼓掌，掌声也不零零落落了。

川井气得眼珠快要瞪出来了，武井也失望地摇了下头。

山田站起身狠狠地吐着口中的沙子，冲上去疯狂地抢把，刘学栋单臂同双臂力搏，双方抓到了一起。武井用日语喊叫："攻击他要害部位，要害部位！"他知道两人再摔，胜负已无悬念，就鼓动山田用阴招。山田先是踢刘学栋膝盖，接着用反关节猛推刘学栋的胳膊肘，刘学栋早有防备，破解了他的损招儿，山田急得像疯狗连使犯规动作，就差用嘴撕咬了。观众见了，面露怒气，相互悄声道："不要脸，王八蛋！这哪是摔跤，耍地痞流氓！"

刘学栋想起徐三的话："把力气用在一个点上。"他吸了口气，突然单臂一抖，将山田拧翻了个儿。

观众鼓掌，叫好声也出现了。

刘学栋挥臂向众人示意，徐三、振鲁、福生、大眼和众师弟跑到场上揽着刘学栋往场下走。

山田也狼狈地下了场。

川井阴沉着脸叫士兵喊过裁判员说了几句，裁判先是吃惊，回到场上摆手示意观众安静。

裁判大声道："川井司令命令：由五局三胜，改为摔到对方爬不起来为止。"

观众先是一愣，接着悄声相互议论，愤愤不平地骂着川井。

徐三生气地冲裁判道："哪有随便改规则的！"

观众也悄声议论："随便改，还叫比赛吗？"

裁判冲众人摆摆手："按司令官的命令继续比！"

观众悄声骂道："真不是个东西！日本鬼子什么玩意儿，狗日的！"

刘学栋冲观众大声道："那我就陪他玩到底！"

观众沉静片刻鼓起掌来，有一观众道："那对你太不公平了！"

刘学栋大声道："没事儿！"他一指山田，"他和我摔三天三夜也赢不了我一跤。"

观众鼓起掌来，这一次掌声比刚才又大了一点儿。

川井叫过山田："你攻击他受伤的胳膊。"

山田一愣，刚才他在场上用阴招，已丢尽了颜面，"再踢对方受伤的胳膊，也显得太无能了。"他想。

川井见他犹豫，恶狠狠地说："你输了，当场剖腹，你妻子儿子也会死！"

山田沉思片刻，眼中露出凶光："嘿！"

刘学栋和山田又来到场上。刘学栋步步紧逼，山田后退。刘学栋伸出左臂抓住了山田，山田突然飞起一脚踢中刘学栋受伤的右臂。刘学栋"啊"地惨叫一声松开山田，捂住右臂疼得龇牙咧嘴。山田趁机上步抱腿将他掀翻。众人气愤地悄声骂着山田，川井见状，示意日本兵顶上子弹对准了观众。

刘学栋躺在地上疼得来回翻滚。半晌，他抱着右臂站起身。还没站稳，山田冲过来抓住他的右臂来了个背布袋，刘学栋被重重摔在地上，痛苦地翻滚。

川井哈哈大笑，观众恨得咬牙切齿悄声骂山田、川井。山田冲刘学栋号叫："起来，起来，什么跤王，中国猪！"

振鲁、福生想冲上去，被徐三拦住。

刘学栋躺在地上望了山田一会儿，慢慢爬起。山田猛冲过来，刘学栋一闪身脚一挡，把山田摔了个嘴啃泥。众人鼓起掌来。

山田疯了，扑上来抓刘学栋。刘学栋抓住他的跤衣领，山田抬腿踢刘学栋右臂，刘学栋左手一撑，山田的腿够不着了，刘学栋单臂将他旋了起来。众人不觉鼓掌，川井惊得目瞪口呆。

刘学栋越旋越快突然松手，山田飞出去老远摔在地上。观众偷笑着三三两两地拍了几下巴掌，川井气急败坏地喘息。

山田有气无力地爬起，刘学栋上前一个夹颈摔将他砸在地上。刘学栋体重两百来斤，加上力量，把山田五脏六腑像要挤出。他痛苦地翻滚，刘学栋拍拍身上的沙子站在他面前笑望着他。山田望着巍然屹立的刘学栋，仿佛面前立着泰山，以他的力量再也无法撼动这座大山了，他绝望地闭上了眼睛。就在这时，他眼前仿佛出现了儿子和妻子。山田猛然意识到不起来，儿子妻子会从这个世界上消失。便挣扎着站起，可他刚刚站起，又被刘学栋摔了个脆的。山田神态恍惚了，爬起被刘学栋摔倒，摔倒又站起，就这样反复着。摔到川井面前，刘学栋抓住山田的跤衣领瞥了川井一眼，运足力气猛地将山田扔到了川井面前的桌子上，川井吓得惊跳起来。

山田从桌上滚落，昏死了过去。观众暗暗地大笑，并三三两两地拍起了巴掌。

徐三、振鲁、福生、大眼等人飞跑过来搂着刘学栋往场下走。观众暗暗地鼓掌，并小声念叨："跤王！跤王！"川井气得脸色铁青。徐三忙推了振鲁、福生一把，二人明白过来，推着刘学栋欲冲出人群，可没走出几步，被持枪的冯营长和便衣拦住。冯营长是受王掌柜之托赶到跤场的。中午王掌柜把冯营长请到了齐鲁饭庄,说川井司令要是没杀了刘学栋,请他务必弄死他,事成后孝敬他三十块大洋。冯营长问他为何非要弄死刘学栋,王掌柜才说为了得到玉泉楼。冯营长说:"那你给我五百大洋,我既杀了他,还把玉泉楼过到你的名下。"王掌柜这才想起冯营长管着这一片治安,经过讨价还价定好给冯营长三百大洋。

徐三冷冷地问冯营长:"比赛完了,为什么不让走?"

冯营长板着脸一本正经地说:"川井司令还没有发话呢。"

山田站起身,胆怯无力地来到川井面前,川井恶狠狠地瞪着他。他毁了日本军人的荣誉,令打击山东人抗日士气的愿望成了泡影,川井气炸了肺。半晌,川井抽出战刀扔到山田面前,往场中一指。山田捡起战刀,双手托着一步步来到场中,观众和刘学栋等人都愣住了。山田面无表情地跪在地上,仰望天空片刻,突然,双手将战刀用力插入肚腹,众人惊骇地瞪大眼睛。

川井招呼武井来到身边嘀咕了几句,武井走到场中大声道:"日本军人山田为天皇尽忠,死得英勇,为了表示敬意,命令刘学栋等跤手每人给帝国军人山田磕三个响头!"

刘学栋气炸了肺,指着武井骂道:"叫老子头着地,除非把老子的头砍了!"观众也暗暗地叫骂起来。武井鸣枪,众鬼子兵拉枪顶上子弹,楼顶上的鬼子机枪手也摆好了射击的姿势。

这时,伪军冯营长来到川井身边悄声说了几句,川井脸上露出笑意,心想:"利用中国人治中国人确实是上策中的上策,给他块骨头,他就像狗一样效忠我们。"川井笑着道:"我会重用你。"冯营长一听心花怒放,忙冲川井抱拳行礼:"谢谢司令,谢谢。"竟忘了行军礼。

川井招呼武井过来说了几句,武井点头走向刘学栋。刘学栋等人愤怒地瞪着他,武井围着他们转了一圈,突然一把从黑蛋妈手中夺过刘学栋的儿子强强。黑蛋妈反应过来扑向武井,被武井一脚踹倒。刘学栋发疯似的冲向前,被几个鬼子兵用刺刀抵住了心口。刘学栋单臂同他们厮打,振鲁、福生也冲了过来。武井拔出手枪冲天鸣枪，随即将枪口对准了手中强强的脑袋。强强大哭，刘学栋急红了眼，却不敢上前。观众暗暗骂鬼子没有人性。

武井插入手枪，举着强强大喊："从刘学栋开始，一个个给日本军人山田磕三个头。"强强大哭，刘学栋望着强强心疼得不能自已。武井见状喊声更大："一个不磕。"他突然抽出战刀，架在强强身上："就割下他块肉！"刘学栋眼中冒火欲冲上前，被徐三死死抱住。武井用战刀拍打着强强："都不磕，我就把他剐了！"

刘学栋发疯似的撕扯着头发，振鲁、福生、徐三等人恨得咬牙切齿。

川井叫过武井嘀咕几句，武井来到场中："给一分钟，一分钟后就割他的肉！"他把强强举在空中用战刀拍打。一日军军官端着照相机来到山田尸首旁做出了拍摄的姿势。场中一片寂静，只有强强的哭声。刘学栋望着强强眼泪顺面颊哗哗地流下，黑蛋妈发疯似的冲向前，被刘学栋拦住。黑蛋妈大骂武井："畜生！畜生！"

武井用战刀一指黑蛋妈，冲手下喝道："打死她！"

一日本兵举枪瞄向黑蛋妈。

刘学栋忙摆手："别别！"喊着用身体遮住了黑蛋妈。

武井点了下头，日本兵收回枪。

刘学栋慢慢走到山田尸体旁，众人屏住呼吸望着他。刘学栋抬起头望了川井一眼，朝他走去，来到川井面前说："孩子是我的，为了孩子我什么都能做，可他们无亲无故。"说着手一指徐三、振鲁、福生、大眼和众师弟："我得抱孩子劝劝他们。"

川井思索片刻，冲武井点了下头，武井把强强放到了地上，刘学栋快步过来抱起强强亲吻，强强破涕为笑。刘学栋抱着强强来到徐三、振鲁、福生等人面前，黑蛋妈一把抱过孩子，紧紧搂住。徐三、振鲁、福生等人流下了泪。

半晌，刘学栋从黑蛋妈手中抱过强强走到徐三面前："徐师傅，好好看看，这是你孙子，孙子。"徐三不敢看，捂着脸转过头去。刘学栋又走到振鲁、福生面前："振鲁、福生，看看，好好看看，这是你们侄儿，亲侄儿！"振鲁、福生抱过强强大哭。刘学栋从他俩手中抱过强强，围着跤场边走边癫狂地冲观众大声呼喊："不怨我呀，不怨我，这是我儿子，儿子——"众人望着他父子掩嘴流泪。刘学栋慢慢地走向山田。手持相机的日军军官调整好了拍摄角度。刘学栋走到山田尸体旁，众人屏住呼吸望着他，川井咧嘴笑了。

刘学栋望着插在山田胸口的战刀眉头越皱越紧，脖子上的青筋突起，他低头出神地望着儿子，泪珠打在儿子脸上，突然刘学栋飞起一脚将战刀踢到半空中，战刀飞旋几周落在地上。刘学栋上前一脚踩住刀把，另一只脚将战刀摆得刀尖朝上，他双脚双腿把刀身紧紧夹住。众人吃惊地望着他，川井也愣住了。

刘学栋深情地吻着儿子强强稚嫩的面颊，眼泪扑簌簌打在他的脸上，强强望着父亲高兴得手舞足蹈咯咯地笑着，刘学栋悲泣地仰天长啸："儿子——"

强强"咯咯"地笑着。

刘学栋一咬牙猛地一弓腰，刀尖穿透了强强和刘学栋的胸膛。众人惊骇地望着他父子，只见刘学栋抱着强强慢慢地倒在地上，鲜血从他父子胸前身后流出渗入沙中，然而强强脸上还挂着欢喜的笑容。

刘学栋呼唤儿子的喊声和强强清脆的笑声在天地间久久地回荡……

振鲁、福生等师兄弟把刘学栋和他儿子抬回了玉泉楼，前来吊唁的有上千人。三天后，振鲁、福生等师兄弟抬着学栋和强强到千佛山后埋葬，送葬的不下四五百人。刘学栋被埋在了徐静心和英子坟旁。

埋葬后的当天夜里，振鲁杀了王掌柜，福生烧了艳翠楼。

刘学栋的故事被人们和跤手广为传颂，刘学栋被公认为"跤王"。

2023 年 7 月 5 日于济南